EX.LIBRIS

魔戒同盟

THE FELLOWSHIP OF THE RING

[英]
J.R.R. 托尔金 著

阎勇 译

J.R.R.Tolkien
Volume 1: The Fellowship of the Ring
THE LORD OF THE RINGS

图书在版编目（CIP）数据

魔戒.1，魔戒同盟／（英）J.R.R.托尔金著；阎勇译. －－北京：人民文学出版社，2024
ISBN 978-7-02-018431-6

Ⅰ.①魔… Ⅱ.①J… ②阎… Ⅲ.①长篇小说－英国－现代 Ⅳ.①I561.45

中国国家版本馆 CIP 数据核字(2024)第 008203 号

责任编辑	冯 娅　翟 灿
装帧设计	陶 雷
责任印制	王重艺

出版发行	人民文学出版社
社　　址	北京市朝内大街166号
邮政编码	100705
印　　刷	天津善印科技有限公司
经　　销	全国新华书店等
字　　数	1008千字
开　　本	880毫米×1230毫米　1/32
印　　张	51.375　插页12
印　　数	1—10000
版　　次	2024年5月北京第1版
印　　次	2024年5月第1次印刷
书　　号	978-7-02-018431-6
定　　价	248.00元（全三册）

如有印装质量问题，请与本社图书销售中心调换。电话：010-65233595

译者
前言

一

奇幻文学作为风靡全球而经久不衰的文学形式，其源头经常回溯到古希腊罗马的神话传统、北欧神话及史诗，而英国学者、作家托尔金的《魔戒》三部曲在二十世纪五十年代出版以后，不仅为这一文学传统带来了新生，更是重新界定了这一形式的书写与审美，为其赋予了现代性内涵，是当之无愧的新时代奇幻文学的发端之作。

《魔戒》讲述的是一个弱小者改变历史的故事。1914年，英国向德国宣战，翌年，身为牛津大学学生的托尔金入伍，不仅亲历了战争的残酷，也从小人物身上看到了英雄精神。他认为来自下层的列兵、勤务兵远比自己优秀，这一认识直接投射到了后来他对书中霍比特人形象的塑造，也解释了为何霍比特人甘愿踏上危险重重的护戒之旅——为了保卫家乡夏尔及它所代表的一切。"魔戒"隐喻着力量与欲望、权力与异化，在善恶力量的拉扯中，逐渐向善而行。但托尔金所写的并非简单的善良战胜邪恶的故事。弗罗多在护戒队的鼎力相助下克服了千难万苦，终于来到了末日之隙，却舍不得将魔戒毁灭；早已被魔戒控制的咕噜突然现身夺走魔戒，又失足跌入地底烈火，与它同归于尽。魔戒将咕噜的贪欲放到了最大，使得他不顾一切也要占有，反而销毁于锻造了自身的烈火，可以说，诞生邪恶的也会毁灭邪恶，邪恶覆灭的种子恰恰隐藏于邪恶本身。弗罗多没有被神化成英雄，愈靠近魔君领地，魔戒对心智的咬啮愈强，耗尽了他最后一点意志力，

001

令他显示出凡人的脆弱；但正是他的善良与勇气将魔戒带到了命定的覆灭之处，也是他的怜悯与对人性的信心让他在先前放过了咕噜，善的力量在功亏一篑之际以意想不到的方式通过咕噜之手实现了翻转。

托尔金使用了英雄使命、善恶冲突、超自然力量等传统神话要素，但又将其深深扎根于社会与历史现实之中。克莱夫·刘易斯则在与友人的通信中盛赞《魔戒》"超越了时代，就传奇小说自身的历史（可以追溯到《奥德赛》甚至更远）而言它不是回归，而是进步乃至革命，征服了新的领地"。托尔金本人在谈到写作目的时直陈自己力图呈现现代化了的神话，因为，"使它们现代化就是使它们可信"。他征服了一代又一代的读者，确实做到了"可信"。在互联网促生的超文本时代，《魔戒》早已突破文学文本的单一形态，据其改编的影视作品、开发的电子游戏、衍生与仿写的作品数量庞大，有遍布全球的忠诚粉丝社群，已经形成了围绕这个大"IP"的庞大文化集合体。

二

1954年，《魔戒》在英国出版，旋即引起本国评论家的注意，随后被引入美国并在六十年代大放异彩，销售逾百万册，引发广泛讨论。然而，由于对畅销书籍和类型小说的传统认知，多数评论家仅将其归属于通俗文学，甚至仅定位于儿童的床边故事。直到托尔金学会成立（1969年），这一作品才逐渐进入严肃文学批评者的视野，开始出现用经典理论话语进行解读的学术努力。但在很长一段时期内，即便读者过亿，《魔戒》系列仍未能跻身正统学术殿堂。托尔金百年诞辰纪念之际（1992年），《魔戒》及托尔金研究热潮再度兴起。三十余年来，语言学的、神话学的、种族的、阶级的、政治的《魔戒》诠释与再发现层出不穷，已然构建起蔚为大观的《魔戒》学术共同体,《魔戒》的经典化已经完成。

自出版至今,《魔戒》已被译成六十多种语言。我国对于《魔戒》的译介始于1998年,万象图书股份有限公司、台湾联经出版事业公司首先出版了各自的译本。在2001年至2013年间,伴随着奇幻文学在中文世界的传播与接受热潮,《魔戒》又经重译,多次出版,几经修订。在目前的五种中译本中,联经出版公司、译林出版社的朱学恒译本(2001、2011、2012、2013)和世纪文景出版社与上海人民出版社联合推出的邓嘉宛主译本(2013)影响较大。

如前捷克斯洛伐克翻译理论家、尼特拉学派(Nitra School)代表人物之一吉里·列维在其最有影响的文章《翻译是一个作选择的过程》中所言,翻译是译者不断进行选择的过程。译者的选择受其记忆和美学观等"理解前结构"的影响,是迸发着译者活泼泼精神风貌与生命体验的跨语际书写。像《魔戒》这样伟大的文学作品,文本意义一直处于流动之中;而汉语读者的阅读经验和期待视野在文学交流和文明互鉴中正发生着深刻的变化。在这样激荡着文学、文化对话的时代语境下,经典文本复译既是必然,也十分必要。于是,就有了读者诸君面前这一套新译《魔戒》三部曲。

三

《魔戒》立足古典叙事,以时间为主轴线性推进,因果关系清晰,与传统英雄传奇的基本结构一脉相承,有稳定而可信的运行逻辑。托尔金融合了自身对宗教、北欧神话、日耳曼神话、古典学、古代欧洲语言与现代英语的学识,为虚构世界赋予了物理真实性,编织起一个庞杂却又严谨有序的故事体系。

面对这样一个复杂的文本,作为译者的我们,在确保字句信息忠实的前提下,首要的任务是将一个虚构的异质性世界及发生在其中的故事置于当下的语言及文化时空里进行重构，在"妥协式"二次叙事和"创造性"二次叙事之间有效博弈，努力实现故事整体构架上的"还原性"二次叙事。托尔金对想象的中土万物进行命名，为生活在虚构世界的各族群创造了语言，神祇、魔怪、精灵、半精灵、人类、矮人各有语言，各族在跨越数千年的历史中又产生了多种语言变体。其中，霍比特人使用的语言接近现代英语的平实易懂，怪物的言语粗俗简陋，精灵使用的昆雅语、辛达语优雅神秘，有北欧语系的特征，词汇丰富，句法成熟。书中人物用各自的语言进行交流，书写本族的历史，吟唱先祖的传奇，打造了一种独具托尔金特色的多声部叙事。小说叙事者的语言也经托尔金着意设计：主体叙事用散文（prose），形式上倾向古典化，一些非常规句法现象如副词转移、主谓倒装、系词倒装等频繁出现，随着故事从古意盎然的田园传说推进到惊险恢宏的英雄史诗，风格渐次发生变化。书中根据行文需要还夹杂有大量韵文（verse）：古雅的歌谣、神秘的铭文咒语、铿锵正大的颂诗、荡气回肠的叙事长诗、优美典雅的诗篇、俚俗俏皮的小调……

为了尽最大可能实现"还原性"二次叙事，我们进行了整体上的语言设计，随着故事发展得越来越壮阔，语体风格也进行了相应调整。对于书中人物语言的跨语际转换，我们努力从他们的出身渊源、品格性情、相互关系出发，尽量确保对话贴合人物性格，再现人物神采。对于托尔金自创的词与专有名词，我们注意到附录《翻译原则》预设的目的语为欧洲语言，某些情况下与汉语的达意机制及读者习惯违背，需要进行适度调整与改写，故采取了音译、直译、意译、多种译法结合，乃至创译的方式。英国翻译理论家蒙娜·贝克在《翻译与冲突》（*Translation and Conflict: A Narrative Account*）中指出，叙事的关联性使得译者不可能将一个词语从一个给定的叙事或一系列叙事中剥离出来，将其作为一个独立的语义单元对待。译者考虑的，不仅有原文叙事，还有现代汉语已包含的既定叙事。

大量诗歌贯穿《魔戒》始终，精灵族热爱吟唱，比尔博写诗教授弗罗多以历史，汤姆·邦巴迪尔以欢乐的歌唱代替交谈，阿拉贡行险亡灵路之前吟诵先辈盟誓以壮行，吟游诗人以长诗记诵希奥顿王东征，传递捷报的大鹰以喜悦的诗歌告知人民……书中的各类诗歌承载着托尔金奇幻世界的独特叙事，共同参与建构恢宏的中土世界历史文化。基于对诗歌叙事功能的体认，我们秉承互文叙事的原则，将诗歌置于其所出现的大小语境中进行域境化转换，确保重构完整、流畅的阅读场域。同时，我们采用适度归化的翻译策略，将诗歌叙事功能有效融入主体叙事之中，打造多重叙事，确保再现原文的整体肌理。在结构上，我们以叙事进程组织语篇，以指示性标志提示情节的层进与转折，使读者无须借助繁杂的"前知识"或脚注等副文本信息，便能读懂诗歌所讲述的传说传奇、人物行状、历史事件。

翻译是无限迫近的艺术。本雅明认为，一切伟大的文本都在字里行间包含着它的潜在文本，而译者的任务是在译作的语言里创造出原作的回声。我们提供的译文是原文的一种广义互文文本，是原文的回声激荡。翻译亦是遗憾的艺术。如履薄冰开展《魔戒》复译工作，我们深知，虽已穷尽心力，译本中不尽如人意之处仍在所难免。译者团队三人携手踏上《魔戒》之旅，在将近两年的艰辛旅程中，同心协力护送它到达目的地，现在交到读者手中，热切地邀请读者诸君进入这个有魔力的文本世界，构建自己的审美空间，与我们携手，共同打造更充实、完善的《魔戒》学术共同体。

闫勇、辛红娟
2023 年 7 月

目录

楔子 001

卷 一

第一章　期盼已久的盛会　023
　　　　A Long-expected Party

第二章　往昔的阴影　053
　　　　The Shadow of the Past

第三章　三人成行　085
　　　　Three is Company

第四章　蘑菇捷径　113
　　　　A Short Cut to Mushrooms

第五章　共谋揭穿　131
　　　　A Conspiracy Unmasked

第六章　老林子　149
　　　　The Old Forest

第七章　汤姆·邦巴迪尔之家　169
　　　　In the House of Tom Bombadil

第八章　坟岗迷雾　187
　　　　FOG ON THE BARROW-DOWNS

第九章　跃马客栈　207
　　　　AT THE SIGN OF THE PRANCING PONY

第十章　神行客　227
　　　　STRIDER

第十一章　暗夜利刃　247
　　　　A KNIFE IN THE DARK

第十二章　逃向渡口　277
　　　　FLIGHT TO THE FORD

卷二

第一章　群英际会　305
　　　　MANY MEETINGS

第二章　埃尔隆德的会议　333
　　　　THE COUNCIL OF ELROND

第三章　魔戒南下　377
　　　　THE RING GOES SOUTH

第四章　暗夜之旅　409
　　　　A JOURNEY IN THE DARK

第五章　卡扎杜姆大桥　445
　　　　THE BRIDGE OF KHAZAD-DÛM

第六章 洛斯罗里恩 461
   LOTHLÓRIEN

第七章 加拉德瑞尔之镜 489
   THE MIRROR OF GALADRIEL

第八章 告别罗里恩 509
   FAREWELL TO LÓRIEN

第九章 大河 529
   THE GREAT RIVER

第十章 分道扬镳 549
   THE BREAKING OF THE FELLOWSHIP

楔子

一
霍比特人

本书对霍比特人所涉甚多，读者或可从字里行间熟知其品性，对其历史也可获知一二。已出版的《西界红皮书》中，题名为《霍比特人》的篇什里有更多讯息。该故事源自红皮书的早期章节，由比尔博本人写就。他是首位在世界上声名大噪的霍比特人，这部分故事被他命名为《去而复返》，因为讲述之事正是他的东行与返乡之旅；这场冒险后来造成所有霍比特人卷入那个年代的大事之中，而那个年代也与本书有关。

或许很多人都希望原原本本地对这支非凡的族群多加了解，可有些读者未曾拥有先前出版的书籍。为此，本章从霍比特传说中整理了一些条目，对一些重点进行说明，同时简要回顾比尔博的第一次冒险。

霍比特人寂寂无闻，但这是一个非常古老的民族，早先人口比如今繁盛；他们喜爱宁静和平，还有精耕的良田，最爱行走在井井有条、种植有道的乡野。他们虽然能娴熟使用工具，但无论过去还是现在，对于复杂程度超过锻炉风箱、水车、手摇织机的机器，他们既不理解，也不喜欢。即便在古代，他们也一贯躲避"大人族"——这是他们对我们的称呼；现在，他们也惊恐地避开我们，变得难以找寻。他们耳朵灵、眼睛尖，尽管身体容易发福，也不无端慌张，行动起来却轻巧灵活。他们自来便拥有藏匿的本领，敏捷而悄无声息，能在大人族莽撞闯入的时候躲开；这一招他们一直精进，让人类觉得如同魔法一般。可事实上霍比特人从未研究过任何一种魔法，他们的躲避术仅可归于一种专业技巧，源于天赋、练习，以及与土地的亲密情谊，是体型更大也更笨拙的族群模仿不来的。

他们属于小人，比矮人还要矮小：其实只是没那么粗壮结实，哪怕实际上并没有比矮人矮小太多。他们的身高不定，按我们的量法，在二呎[1]到四呎之间。现在很少有身高到三呎的，据说是缩减了，古时候他们要高得多。红皮书里说，艾萨姆布拉斯三世[2]之子班多布拉斯·图克身高四呎五吋，能够骑马。在霍比特人的所有记录中，只有早先两位声名显赫的人物超过他；而这桩奇事，本书也会涉及。

至于夏尔的霍比特人，也就是本书故事所涉的人物，在他们的和平昌盛时期过着快活的日子。他们穿色彩鲜艳的衣服，特别喜爱黄色和绿色；但极少穿鞋，因为他们足底的革质坚韧，足部覆着蜷曲的厚毛，很像他们的头发，通常是棕色的。所以，制鞋是唯一一种他们基本不从事的手艺。不过，他们的手指又长又灵活，能够制作其他有用而合宜的物件。他们的面孔虽不美丽，却常显温厚：脸庞宽，眼睛亮，面颊红润，笑口常开，也长于大快朵颐。确实，他们常常尽情大笑，纵情饮食，永远喜爱简单的俏皮话，以及一天吃六餐（只要有条件）。他们热情好客，乐于聚会，礼尚往来，礼物给得大方，也收得殷切。

很明显，尽管后来彼此疏远了，霍比特人同我们有亲缘关系：比我们同精灵的关系近得多，甚至比矮人也亲近。古代，他们以自己的方式讲人类的语言，好恶也同人类大致相同。但我们两族的关系究竟如何，如今已不可考。霍比特人的起源远溯到第一纪元的远古时代，那个时代现已无迹可寻，

---

[1] 原文 foot，即英尺，一呎约为30厘米。
[2] 夏尔第23任长官，属于图克家族。该家族共产生四名夏尔长官，分别以艾萨姆布拉斯一世、二世、三世、四世命名（Isambras Took I、Isambras Took II、Isambras Took III、Isambras Took IV）。

被人遗忘，仅有精灵还保存着那些逝去岁月的一些记录，而精灵传说几乎只与自家历史有关，他们的记载中人类绝少出现，霍比特人更是一笔不提。可很清楚的是，在其他族群还未意识到霍比特人的存在之前，他们确实已在中土世界静静地度过了漫长岁月。而且，这个世界上毕竟充斥着数也数不清的奇怪生物，这些矮小的人似乎无足轻重。但是，在比尔博和他的继承人弗罗多的年代，尽管他们原本无心，却忽然之间变得举足轻重，声名远扬，让智者与大能费神，干扰了他们的决策。

那些岁月——中土世界[1]的第三纪元[2]——现在早已逝去，各方土地的样子也已改变；但当时霍比特人生活的区域与他们至今仍留居的地方毫无二致：大海以东、旧世界的西北部。在比尔博的时代，霍比特人对自己的原居地没有保留什么信息。对学问（而非族系传说）的喜好当时在他们之中远非普及，但是一些旧族中仍有少数研习本族书籍的人，他们甚至还从精灵、矮人、人类那里搜集了古代和远方的记载。他们自己在夏尔安居以后才开始有记载，最古老的传说顶多回溯到他们的流浪时代。不过，这些传说以及他们特有的言辞、习俗表明，霍比特人同别的许多族群一样，早在久远的古代便向西迁徙了。他们最早的传说略微提及了该族居于安度因大河上游河

---

1 原文 Middle-earth，托尔金笔下阿尔达世界（Arda）的中央大陆，其作品《霍比特人》《魔戒》《精灵宝钻》的故事主要发生地。阿尔达是宇宙中的世界之一，其灵感来自《创世记》，由造物主伊露维塔（Eru Ilúvatar）创造，大能者维拉（Valar）治理，是精灵、人类、矮人及动植物的家园。

2 始于索隆（Sauron）被人类与精灵的最终联盟击败、第一次衰落之时，终于至尊魔戒被毁、索隆再度败亡、持戒人离开中土世界之时。这一纪元的历史也是努门诺尔流亡王国 [Numenor，对北方王国阿尔诺（Arnor）与南方王国刚铎（Gondor）的统称] 的复兴史、精灵及矮人的衰退史，标志着精灵的衰落与人类统治的来临。

谷的时期，位于大绿林外缘和迷雾山脉之间。至于之后他们为何踏上艰险之路，翻越大山、进入埃利阿多[1]，已无法说清。他们自己的说法中，提到了大地上人类的增长，还有森林因阴影降临而变得阴暗，故而"幽暗森林"成了它的新名字。

翻越大山之前，霍比特人已分裂为三个不同的族群：毛脚族、斯图尔族、白肤族。毛脚族的肤色更深，体型矮小一些，面上无须，不着鞋靴，手足齐整、灵活敏捷，喜爱高地与山坡。斯图尔族的体型更为壮实，手脚更大，更喜爱平地与河边。白肤族的肤色较为白皙，发色较浅，也比其他两族高一些、苗条一些；他们喜爱树木与林地。

古时候，毛脚族与矮人来往密切，长期居住在大山边的丘陵中。另两族还在大荒野的时候，他们便早早西迁，徜徉在埃利阿多，远至风云顶。他们是最普通、最典型的霍比特人，人口最为众多，也最愿意在一地定居，最长久地保留着祖先的隧居、穴居的习惯。

斯图尔族在安度因大河两岸逗留良久，没有那么回避人类。毛脚族西迁之后，他们也到了西部，又顺着响水河南下。再度北上之前，这一族的许多人长期居住在沙巴德与黑蛮地边界之间。

白肤族人数最少，属于北方的分支。相较于其他霍比特人，他们与精灵更为交好，更长于语言与歌唱，而不是手工艺；古时候，他们更喜欢狩猎，而不是耕种。他们翻越了幽谷以北的山脉，来到了灰泉河。在埃利阿多迪奥，他们很快与先到者打成了一片，但因为他们更加勇敢，更具冒险精神，倒常常成了毛脚族与斯图尔族的家族领袖或族长。哪怕到了比尔博的年代，大家族中也能看到明显的白肤族血统，比如图克家族和雄鹿地的首领们。

---

1 原文 Eriador，指中土西北部，迷雾山脉（Misty Mountains）与蓝色山脉（Blue Mountains）之间的地区，夏尔位于其西，也是布里（Bree）、幽谷（Dale）、北方王国阿尔诺（Arnor）所在地。

在埃利阿多的西部,迷雾山脉与路恩山脉之间,霍比特人发现了人类与精灵。确实,一支杜内丹遗民当时仍栖居在那里,他们是人类王者,从西方之地跨海而来;但他们很快衰落了,其北方王国也正在衰败,处处疮痍。过去仍有地方分给后来者,霍比特人不久便定居下来,形成井井有条的群落。到了比尔博的年代,先古的定居地早已消失,被人遗忘;但最开始的一个尽管规模缩小,却仍然存在,后来变得重要起来:此处位于布里及周边的切特森林中,距离夏尔以东约四十哩[1]。

毫无疑问,正是在这段先古时期,霍比特人依照杜内丹人的方式,学会了字母并开始书写;而杜内丹人是在很久之前从精灵那里学会的。也是在那段时期中,他们忘记了先前使用过的所有语言,只讲名为西部语的通用语言,从阿尔诺到刚铎的所有王者之地、从贝尔法拉斯到路恩山脉的沿海全线,西部语已完全通行。然而,他们仍保留了少量本族词语,还有月份与星期几的名称,以及旧时的大量人名。

大约在这个时期,霍比特传说开始记作历史,有了纪年。在第三纪元的1601年,白肤族的马尔科与布兰科兄弟从布里出发,蒙弗诺斯特的至高王[2]允准后,渡过巴兰度因河的棕色水流,后面跟着众多的霍比特人。走过北方王国在鼎盛期所建的石拱大桥之后,他们占据了巴兰度因河与远山岗之间的所有地方,住了下来。对他们的全部要求是维护好大桥及其他的桥梁与道路,以便国王的信使畅行,并承认国王的统治。

夏尔纪年由此开始,渡过白兰地河(霍比特人给巴兰度因河改的名字)成为夏尔元年,其后所有的日期都从此开始记载[3]。西部霍比特人立刻爱上了他们的新土地,留了下来,又很

---

1 指英里,一英里约1.609公里。
2 原注:刚铎的记载中称为阿盖勒布二世,乃北方一系的第二十代,这一系三百年后随阿维杜伊王终结。
3 原注:因此,精灵与杜内丹人纪年法的第三纪元,是夏尔纪年法上再加1600年。

快再度消失在人类与精灵的历史记载中。尽管他们在名义上仍是某位国王的子民，但实际上处于本族族长的治下，而且一点也不掺和外界的事情。至于弗诺斯特与安格玛巫王之间的最后战斗，他们派出了一些弓箭手去支援——这是他们自己的说法，但没有人类的传说有此记载。那场战争终结了北方王国，之后霍比特人将土地据为己有，从自己的族长之中选出一位长官行使已逝国王的权力。一千年间，他们没有什么战乱，在黑死瘟疫（夏尔历37年）之后发展繁荣，人口昌盛，直至遭遇长冬之灾与之后的饥馑之难；成千上万的霍比特人死亡，但本故事发生在匮乏时期（夏尔历1158—1160年）过去很久之后，霍比特人已经重新对富足的日子习以为常。大地丰饶慷慨，虽然他们初到之时曾经长久抛荒，但此后得以精耕细作，国王在当地一度拥有许许多多的农场、玉米田、葡萄园、森林。

此地自远山岗向白兰地桥延伸四十里格[1]，自北部沼泽向南部湿地延伸五十里格，霍比特人称之为夏尔，当作他们长官的辖地，在这片土地各有营生，井然有序。在这个愉快的世界一隅，他们勤勤恳恳地经营着井然有序的日子，对黑暗魔物游走的外部世界关注得越来越少，到后来开始认为太平富足就是中土世界的常态，任何明白人都有权得享太平富足。他们忘记了自己从未认真了解过守卫者，忘记了正是守卫者的艰辛付出，夏尔才能够长享太平；或者干脆忽视了。他们虽实际上受着庇护，却早已不再记得。

霍比特人从来没有任何一族好战，自己人之间也从来没有过争斗。自然，昔时他们被迫去争斗，在残酷的世界上求存；可到了比尔博的时代，那些都成了古老的历史。本故事开篇之前的最近的一场战斗，也即发生在夏尔界内的唯一一次，现已无人记得：夏尔历1147年的绿野之战，班多布拉斯·图

1　原文League：一里格为一人步行一小时之距离；约等于三英里。

击击溃奥克[1]的入侵。连气候都已经变得比从前温和，曾在苦寒长冬[2]自北方来此劫掠的狼群如今也只是祖父口中的故事了。因此，尽管夏尔还存有一些武器，但主要作为胜利纪念品悬在壁炉上、墙壁上，或是收藏在大洞镇的博物馆里。博物馆被叫作"马松屋"，因为霍比特人把眼前用不着又舍不得丢的物件叫作马松。他们的居所很容易堆满马松，许多屡屡转手的礼物便属于此类。

尽管如此，舒服的太平日子没有改变这个民族，他们依然出奇地强悍。非要说起来，他们很难被吓退或杀死；他们对美好的东西孜孜以求，或许尤其是因为事到临头之时他们没有这些也能对付，并且能够挺过悲哀、仇敌、天气的残忍摆布，让那些对他们了解不够、只注意他们的肥肚皮与胖脸蛋的人大为惊讶。虽然他们拙于口舌之争，也不会猎杀活物以为消遣，但陷入绝境时却勇悍非常，必要时仍能操作武器。他们眼神锐利，瞄准精确，因而射箭准头好；还不光是弓箭，若有霍比特人弯腰捡石头，那么最好赶紧躲避起来，任何擅闯的四足动物都非常清楚这一点。

起先，所有霍比特人都住在地下洞穴中，反正他们认为是这样的。他们依然觉得，住这样的地方最自在；但随着时间的推移，他们也被迫要适应其他形式的居所。其实，在比尔博的时代，通常只有最富有和最贫穷的霍比特人才保持着旧传统。最穷的继续住在最原始形式的地洞中，仅仅是个窟窿，开一扇窗户或者一扇窗户都没有；而富户修建的是古代简陋洞穴的豪华版本。不过，适合修建这种宽敞分岔的隧洞（他们称

---

1 原文 Orc：邪恶生物，又名半兽人（Goblin），是黑暗势力的士兵。
2 原文 Long Winter：第三纪元2758年11月至第三纪元2759年3月的极度寒冷的漫长冬天，席卷了中土西部，引发了夏尔长达一年的饥荒。在此期间，霍比特人表现出的勇气和互相扶助的勤勉，使得甘道夫刮目相看，也使他认定比尔博为远征孤独山脉的绝佳人选。这次远征的故事见于《霍比特人》。

为斯密奥）的地点并非到处都有。随着家族繁衍，霍比特人开始在平地与洼地上修建地上房屋。实际上，即使在丘陵地带与古老的村落，比如霍比屯啦，塔克自治镇啦，甚至夏尔首府、位于白岗的大洞镇，如今都建了许多木头砖石的房屋。磨坊主、锻工、绳匠、造车匠以及诸如此类的从业者特别喜爱这种房屋，霍比特人也早已习惯了建造工棚与作坊。

至于建造农舍与谷仓的习惯，据说始于白兰地河畔的沼泽低地的居民。东区那一带的霍比特人块头大，下肢粗壮，在泥泞的天气里穿矮人的靴子；不过，人们之所以普遍都把他们看作是斯图尔族人，很大程度上是由于他们的血统：确实，这一点可以从许多人下巴上长的细毛上看得出来，毛脚族、白肤族脸上连一点胡须的影子也看不到。泽地的大部分居民是晚些时候从遥远的南边迁到夏尔的，他们后来还占据了河东的雄鹿地，保留着许多夏尔别处没有的特别名字和古怪词语。

造房的技艺和许多其他的手艺一样，大概率源自杜内丹人。但霍比特人也有可能是直接从精灵那里学会的，精灵是早期人类的师傅。这是因为，高等族系的精灵那时还未曾放弃中土世界，他们仍居住在夏尔以西的灰港，还有其他地方，从夏尔出发都不难到达。西部边界外的塔丘之上，三座建于无法考证的上古时代的精灵塔依然在目，在月色中遥遥闪光。最高的那一座离得最远，独自矗立在一座绿丘上。据西区的霍比特人说，从那座塔的塔顶上可以看到大海；但从没听说有哪个霍比特人爬上去过。真的，少有霍比特人见过大海或在海上航行过，而返乡讲述这些经历的更是寥寥无几。绝大多数人连河流和小船都害怕，会游泳的也不多。在夏尔的日子过久了，他们与精灵的交谈越来越少，开始害怕精灵，也不信任同精灵打交道的人；"大海"成了一个恐怖的字眼儿、死亡的代称，连西部的群山，他们也扭过头不看。

虽说造房的技艺大概传自精灵或人类，但霍比特人应用时有自己的一套。他们不热衷建塔楼，修的房子一般又长又低，舒舒服服。最老式的那种其实是模仿斯密奥，顶上覆盖干草或草秆，要么用草皮做顶，也有外凸的墙壁。然而，这一阶段尚处于夏尔早期，霍比特人的建筑早就变了，他们从矮人那里学习方法，也自己摸索，对房屋加以改进。偏好圆形窗户、圆形门，是霍比特建筑物长久以来保留的主要特色。

夏尔的霍比特房屋与洞穴通常修得宽敞，一大家子一起住。（巴金斯家的比尔博与弗罗多都是单身汉，这一点极不寻常；在许多别的方面他们也一样不寻常，比如和精灵的友情。）有的时候，数代亲人和和气气地（相对而言）住在一幢隧洞众多的祖宅里，比如住大斯密奥的图克家族、住白兰地堂的白兰地鹿家族。总而言之，所有的霍比特人都是家族抱团的，而且把亲戚关系看得很重。他们绘制的家谱有数不清的分支，又长又精细。同霍比特人打交道，记住谁是谁的亲戚、关系有多近，是件要紧的事情。哪怕本书仅将所述时代的重要家族的重要成员的家谱描绘出来，都是办不到的。《西界红皮书》的末尾所载家谱，本身就够一册小书，且人人都觉得极其乏味，除了霍比特人自己。只要描绘得精确，他们就对此类东西津津乐道，他们喜欢拥有写满了自己已知事情的书籍，内容要写得诚实公正，互不抵牾。

二
烟斗草

还有一桩关于古霍比特人的奇事不得不提，他们有一个令人咋舌的习惯：从陶制或木制的管子里面吸收——或者说吸入——一种药草叶子燃烧的烟气。他们称之为烟斗草或烟叶，可能是尼古烟草属的一个变种。这一特殊习俗，或者按霍比特人喜欢的说法，这"艺术"的缘起缭绕着许多谜团，古籍中能发掘出来的相关记载由梅里阿道克·白兰地鹿（后来的雄鹿地族长）归拢，鉴于他本人及南区烟草对后来历史的推动作用，其所著《夏尔药草学》序言中的议论不妨引用如下：

"这门艺术，"他说，"我们当然可以宣称为自己的发明。霍比特人何时开始吸烟，已无从知晓；传说也好，家族史也好，无不视其为理所当然。夏尔人累月经年，吸用烟草多种，难闻者有之，甘美者亦有之。各种记载，无不推南区长谷托博德·吹号手为种植真正烟斗草之第一人，就在他自家园中，艾森格里姆二世在位之时，夏尔历约1070年。自产品质最优者，今日仍出于该区，特别是长谷叶、老托比、南方星等品种。

"老托比如何得遇佳株，未有记载，他至死也不肯吐露。此人对药草颇有见地，但绝不喜好旅行。据说，他青年时常去布里，当然，他也从未到过比布里更远的地方。故而，此人极有可能于布里识得此物，毕竟如今烟斗草正在那山南坡茁壮生长。布里的霍比特人宣称，自己才是烟斗草的首位吸烟人。当然，样样事情他们都要宣称早于夏尔人，并称夏尔人为'垦荒者'；不过，私以为，此事他们所称极有可能为真。而且，近几世纪以来，吸食真正烟斗草之技艺，确是从布里传至矮人及其他族群：游侠、巫师、流民，此等人仍在古道交会处往来经过。故此，吸烟术之源头与中心应在布里老客栈，名为'跃马'者，经营人黄油菊家族，其初始已不可考。

"话虽如此，依我数度南下所观察，此草实非我乡本土所生，而是由大河安度因下游传到北边。而且我怀疑，最初是由西方人类漂洋过海带去的。刚铎便盛产此草，且比北方所产植株高大，味道馥郁。北方此草从未在野外生长，只在温暖有遮蔽处（如长谷）才能繁茂。刚铎人类称之为'甜嘉兰纳斯'，只赞其花朵芬芳。埃兰迪尔王来临之后到我们的时代，历经漫长数百载，此草必从刚铎经由绿大道传来。不过，即使刚铎的杜内丹人亦认同荣誉归于我们：将烟草放入烟斗之开先河者乃霍比特人，连巫师有此主意时，亦晚于我们。虽说我所认识的那一位巫师习得此艺已久,且精于此道;他所用心之事,莫不如此专精。"

三
夏尔之管理

夏尔分为四片,即前文所提到的南北东西四区;每区又划为数片领地,仍冠以一些古老望族的姓氏,尽管历史到了这一阶段,这些姓氏已不仅仅出现在他们原本的领地之中。姓图克的仍然几乎都住在图克地,但许多别的家族则不然,比如巴金斯家、博芬家。四区以外是东部边界与西部边界:雄鹿地(见第133—134页);以及于夏尔历1452年并入夏尔的西界。

此时,夏尔仍不曾有过所谓的"政府"。各家族基本各理其事,种植食物、吃掉食物占据了他们大部分时间,别的事情上他们一向慷慨大方不贪婪,而是懂得知足,温和适度,所以庄园、农场、作坊、小生意会保持不变,代代如此。

不用说,尊崇弗诺斯特至高王的古传统也保留了下来。弗诺斯特位于夏尔以北,他们称其为"北堡"。可是,北堡近一千年来没有国王,连诸王的城池废墟都已长满了青草。可霍比特人谈起野蛮人与邪物(譬如食人妖),仍然是"他们未经王训"。他们认为,所有的基本法令都是古时君王所颁;他们遵规守法,通常出于自愿,因为那可是"规矩"(按他们的说法),既古老又公正。

的确,图克家族长期显赫,几个世纪之前,长官的权柄由老雄鹿家族移交给了他家,此后图克族长便一直冠有这个头衔。长官是夏尔议会的议长,也是夏尔民军及霍比特武装队的指挥。但是,议会与民军仅在紧急状况下才召集,而紧急状况再也不曾有过,长官头衔便仅剩下了名义上的尊贵。不过,图克家族实际上仍受特别尊重,因为他们人丁兴旺、财力非凡,每一代都会出一些强大的人物,他们特立独行,甚至天性喜爱冒险。可是，这种天性如今与其说被普遍认同，倒不如说（在有钱人家）得到了容忍。称家族首脑为大图克的传统倒是延续了下来，如有要求，可以再往他的名字上加个数字，比如说，艾森格里姆二世。

如今，夏尔唯一真正的官员是大洞镇（或者夏尔）的市长，每七年的仲夏日，即莱斯日，在白岗举办的自由集会上选举出来的。市长的唯一职事差不多就是主持夏尔的节日宴会，而节日每隔一段时间就有，相当频繁。不过，邮政长、夏警警长之职也与市长职位捆绑，因此他还管理着信差服务与防卫警戒。这两项是夏尔仅有的公共服务，其中信差人数最多，也最忙碌。霍比特人绝不是个个都能识文断字，但有文化的会常给朋友（以及挑选出来的部分亲戚）写信，只要他们的住处超出了午后散步的路程。

夏警是霍比特人对他们的警察（或者所具备的最近似警察的职位）的称呼。不消说，他们没有制服（此物简直闻所未闻），只是在帽子上插根羽毛；执行公务时更像是看牲口的，而不是警官；更操心的是走失的牲口，而不是人口。全夏尔只有十二位夏警，每区三位，做做"内部工作"。还雇了相当大的一群人"巡逻边界"，人数视需求而变化，确保各类外方人——不论高矮壮弱——不要惹事添烦。

本书的故事起始之时，所谓的"巡边人"已经大为增加，纷纷来报有生人和怪物在边界周围潜行，甚至越过了边界。这是最初的迹象，有些情况已不如常，向来的秩序已经生变，恒常只存在古老的故事及传说中。这迹象很少有人注意到，就连比尔博也还没有意识到这预示着什么。自他踏上那次值得纪念的旅程，六十年已经过去，即便对于大多能活过百岁的霍比特人来说，他也老了。不过非常明显的是，他那次带回的巨大财富仍然剩下很多。到底有多少，他对谁也不说；哪怕对自己最喜欢的"侄子"弗罗多也没有透露。而且，他也仍然秘密地保存着那枚得到的戒指。

四
魔戒发现始末

按《霍比特人》中所述,一日大巫师灰袍甘道夫来到比尔博门前,随行的还有十三位矮人:不是别人,正是流亡中的诸王后裔梭林·橡木盾及其十二伴。让比尔博自己一直都很惊叹的是,他竟然跟他们走了。那是一个4月的早晨,夏尔历1341年,他们的使命是寻找一笔巨富,乃是矮人历代山下之王所藏的秘宝,远在东方,河谷邦的埃瑞博山[1]之下。使命成功完成,守卫宝藏的火龙被消灭。尽管后来打完五军之战[2]他们才获全胜,梭林被弑,发生了许多大事,但若不是一个顺道的"意外",此事对之后的历史就不会产生什么影响,在第三纪元漫长的编年史中最多也只是一条注释。当时他们一行朝大荒野前进,经过迷雾山脉高处的一个隘口时遭到奥克袭击,结果比尔博在山底深处黑漆漆的奥克矿洞中迷了好一会儿路,他在黑暗中徒劳地摸索,就在那儿,他的手碰到了一枚戒指,戒指躺在隧道的地面上,他把戒指装进了口袋。当时看来纯属运气。

比尔博继续往大山之基走,想要找到出路,直到再也走下不去了。在隧道底部,有一汪远离阳光的冷水湖,湖中的石头岛上住着咕噜。这是个恶心的矮小怪物,拍打着宽大扁足划动小船,一双贼亮的灰眼睛窥探着,长长的手指会抓盲鱼,再活生生地吃掉。任何活物他都吃,奥克也行,只要能

---

[1] 原文 Erebor,是一座屹立于罗瓦尼安[Rhovanion,即大荒野(Wilderland、the Wild),中土北部、迷雾山脉以东的广大地区]东北部的孤峰,故又名孤独山脉(Lonely Mountain),也是矮人的主要居地之一。

[2] 原文 Battle of Five Armies,指第三纪元精灵、人类、矮人并肩打败奥克与邪狼联军的战役。

抓得住并能不需搏斗而把它扼死。他拥有一件秘密的宝物：一枚能使佩戴者隐身的戒指，是很久很久之前他尚在阳光下过活的时候到手的。这是他的一件爱物，他的"宝贝"，他跟戒指说话，哪怕没带在身上时也是如此。他将其妥善安藏在岛上的一个洞中，只在捕猎或窥探矿洞中的奥克时带着。

要是碰到比尔博的时候戒指在身边，他或许会立即对比尔博发起袭击；可惜没有，而且这个霍比特人手里还握着一把精灵刀，运之如剑。所以，为了争取时间，咕噜向比尔博提出比赛猜谜，说如果比尔博猜不出他的谜语，那么就由他杀了吃掉；可如果比尔博把他打败，那么他就乖乖听命：给他带路，走出地道。

比尔博反正已经在黑暗中迷了路，前进不能，后退不得，毫无希望，便接受了挑战。他们你来我往，问了许多谜语，最终比尔博赢了，与其说凭急智，不如说凭运气（看来如此）；因为最后他卡壳了，想不出问什么谜语，这时手恰巧碰到刚才捡到又遗忘了的戒指，便大声喝问："我的口袋里有什么？"尽管要求猜三次，咕噜也没能答上来。

按照比赛的严格规则来评判，最后一问是否只能算一个"问题"而非"谜语"，权威人士确实也有不同意见；但大家都同意的是，既然咕噜接受了，也努力猜了，那么承诺就能约束他。而且，比尔博逼迫咕噜说话算数，因为他想到这个黏滑的怪物可能会耍诈；尽管这样的承诺被看作是神圣的，往昔除了最邪恶的生物，无不惧怕食言。果然，经过漫长的黑暗中的孤独生活，咕噜的心已变黑，背信弃义。他悄悄溜走，潜回幽暗水中不远处的小岛，而比尔博对小岛毫不知情。咕噜以为戒指还躺在那儿。眼下他又饿又气，一旦"宝贝"在手，不管什么兵器他都丝毫不怕。

但是，戒指不在岛上；他失去了戒指，宝物不见了。他的尖叫让比尔博后背起了战栗，尽管他还不明白发生了什么。但是咕噜一下子就猜到了，喊了出来："它的口袋里有什么？"

太迟了。他飞速往回赶,要去杀了那个霍比特人,夺回自己的"宝贝";他两眼放着光,如同绿火。比尔博及时察觉不妙,顺着通道盲目往上爬,离开了水边。好运气再一次救了他的命:逃跑的时候,他把手插进口袋,戒指悄然一滑,套上了手指。结果咕噜与他擦身而过,却不能看见他,直奔出口把守,以防"毛贼"逃脱。比尔博小心谨慎地尾随其后,他边跑边骂,自言自语,念着"宝贝",终于比尔博也猜出了真相,黑暗中他有了希望:自己竟然得到了神奇戒指,有了逃离奥克与咕噜的机会。

最后,他们停在了一处看不见的出口前,出口通向大山东麓的矿坑下层大门。咕噜在此蜷伏蹲守,不停地嗅着、听着;拿刀杀死他的念头诱惑着比尔博,但怜悯心使他不忍,虽然系着唯一希望的戒指握在手中,他仍不愿借助戒指杀死那个处于不利的倒霉家伙。最终,比尔博鼓足勇气,在黑暗中跃过咕噜,沿着通道一路跑了,身后穷追不舍的是敌人愤恨绝望的哭喊:"贼!贼!巴金斯!我们恨它一辈子!"

比尔博最先告诉同伴的故事并非以上版本,如今看来有蹊跷。他对同伴讲的是:咕噜许诺,他赢了就给他一个礼物;但当咕噜回岛上取礼物的时候,发现宝物不见了:一枚很久以前他过生日时收到的戒指。比尔博推测,那正是他捡到的戒指,而且既然他赢了比赛,按理便已经是他的了。不过,鉴于境况窘迫,他没有提戒指的事,只让咕噜指给他出去的路,当作彩头,而不是赠礼。这番说法比尔博写在了回忆录里,他本人似乎也从未改过口,埃尔隆德议会之后也没有。显然,初版的红皮书里仍有这个故事,另外几种誊本与摘要中也是。但许多印本里记载的才是实情(作为不同的说法),无疑来自弗罗多或山姆怀斯的注释,这两人知晓真相,但他们并不愿意删减那位霍比特老人亲笔写下的任何内容。

不过,甘道夫刚一听到比尔博最初讲的故事便不相信,而且对那枚戒指一直非常好奇。他反复盘问，一度威胁到他们的友谊，但这位巫师似乎把真相看得很重，最终从比尔博嘴里问出了实情。还有一件事他也看得很重，而且觉得不安，虽然他并未对比尔博这么说：发现这位好霍比特人居然从一开始没讲实话，真是与他的秉性截然相反。杜撰一个"礼物"也一样不是霍比特式的发明，比尔博承认，那是从咕噜的话里无意听到的，他受到了暗示；因为咕噜确实多次把这枚戒指称为自己的"生日礼物"。这一点甘道夫也认为奇怪而且可疑，但是如同本书将要讲到的，之后许多年他也未能发现有关这一点的真相。

至于比尔博之后的历险，此间毋庸赘述。借助戒指，他逃过了大门口的奥克卫兵，与同伴重新会合。征途之中，他屡屡使用戒指，主要是为了帮助朋友，但他也尽量对朋友保密。返乡之后，他从未对任何人再提起过一次，除了甘道夫与弗罗多；夏尔再无别人知晓戒指的存在——反正他是这么认为的。弗罗多是唯一一位他展示自己旅途记录的人，当时他正在撰写。

那把剑——刺叮，比尔博挂在了壁炉上方；那件神奇的锁子甲——来自火龙守护的宝藏，矮人的赠礼——他借给了博物馆，也就是大洞镇的马松屋。那件在旅途中穿着的连帽旧披风，他却收在了袋底洞的抽屉中；至于戒指，他用一根细链系牢，放在了口袋里。

他于夏尔历1342年6月22日回到袋底洞的家中，时年五十二岁。此后夏尔没有特别值得一提的事件发生，直到这位巴金斯先生预备一百一十一岁寿辰庆典（夏尔历1401年）。本书所载历史，就从这里开始。

对夏尔记载的说明

霍比特人在第三纪元末的大事件中所做出的贡献，使得夏尔归于重联王国[1]；这也广泛激发了他们对本族历史的兴趣。当时，许多本族传统一直以来主要是口述形式，他们加以收集，用文字记下来。比较大的家族还很关心整个王国发生过的事件，许多成员对其历史及传说进行了研究。到了第四纪元的第一个世纪末，夏尔的几家图书馆内已经可以查到多部历史书籍与记录。

藏书最多的，应该是塔底居、大斯密奥和白兰地堂的图书馆。关于第三纪元末期的记述主要来自《西界红皮书》，这是魔戒之战史最为重要的信息来源，之所以叫作《西界红皮书》，是因为它长期收藏在塔底居，那里是"西界守护者[2]"俊童家族的家园。它原本是比尔博带去幽谷的私人日记，弗罗多将它带回了夏尔，同时带回的还有许多散页的注释，并且在夏尔历1420年至1421年间，加上了他自己对魔戒大战的记录，基本把日记本写满了。与之作为附件一起保存的还有三大卷，以红色的皮革装订，也许还放在一个红匣子里，临别时比尔博将它当作礼物赠予了弗罗多。西界的学者在这四卷之外又增加了第五卷，包含评注、族谱以及有关魔戒同盟的霍比特成员的各种内容。

红皮书的原初版本没有保留下来，但有很多誊本，特别是第一卷，为山姆怀斯族长的后代子孙之用。不过，最重要的誊本中记载的历史不一样。此书藏于大斯密奥，写于刚铎，完成于夏尔历1592年（第四纪元172年），大概是应佩里格林的曾孙之请而作。南方抄本增加了以下注释：御用文书芬德吉尔于第四纪元172年完成此书。这一抄本精确记录了米那斯提

---

1 原文 Reunited Kingdom：刚铎与阿尔诺的联合王国，原两个王国为埃兰迪尔及两个儿子伊希尔杜、阿纳瑞安所建立，以埃兰迪尔为至高王。之后二子去世，两国分裂，直至三千多年后阿拉贡加冕，两国重新统一。

2 原注：见附录二：1452、1462、1482年年鉴；及附录三末尾注释条目。

力斯[1]的长官之书的全部细节,遵国王埃莱萨之命完成,誊写的是《佩里安纳斯[2]的红皮书》,该书由佩里格林长官荣休后于第四纪元64年回到刚铎时带给国王。

由此,长官之书乃是红皮书的第一个誊本,包含有后世删减散佚的内容。在米那斯提力斯,此书添加了大量评注,有多处订正,特别是各种精灵语的名称、词汇、引文;另外,《阿拉贡与阿尔玟的故事》中在战争记载之外的部分的缩略本,也添加进此书中。据称,传说的全本为宰相法拉米尔之孙巴拉希尔在国王辞世后不久所著。而且,芬德吉尔版最重要的意义在于,它是唯一包含比尔博的《精灵语译文集》全文的誊本。文集凡三卷,功力深厚,学识广博,是比尔博于1403年至1418年间写就的,穷尽了他在幽谷所能接触的资料来源,无论是书面的记载还是在世的人物。不过,由于文集几乎只关注远古时代[3],弗罗多很少用到,故而此处不再赘述。

因为梅里阿道克与佩里格林成为各大大家族的首领,且同时保持着与洛汗和刚铎的联系,所以雄鹿镇与塔克自治镇的图书馆收藏了许多红皮书中未曾出现的篇什。有一些是梅里阿道克亲笔撰写或开篇的,虽然他在夏尔最为知名的是《夏尔药草学》《纪年法》;在《纪年法》中,他探讨了夏尔与布里的日历同幽谷历、刚铎历、洛汗历之间的关联。他还写了一篇专论,《夏尔古词与名称》,对发掘洛希尔人的语言与夏尔古词(例如"马松")及地名中古语因素之间的亲缘关系予以了特别关注。

---

1 原文 Minas Tirith:字面意义为"守卫之塔",刚铎城市,南方王国的首都,原名米那斯阿诺尔(Minas Anor),别名蒙德堡(Mundburg)、守卫之城、列王之城、落日之塔、太阳之塔,又因该城由白石砌成,常被称为"白城""石城"。
2 原文 Periannath:精灵语中的 perian 的复数形式,字面意义为"半身人",指霍比特人。
3 指第一纪元。

夏尔人对大斯密奥藏书没那么感兴趣，但是这部分藏书在展现更大范畴的历史方面更为重要。尽管其中并没有佩里格林亲笔撰写的内容，但佩里格林及其继任者搜集了大量刚铎书吏的手稿，主要是埃兰迪尔及其后裔的历史文献与传说的誊本和摘要。夏尔唯有此处藏有努门诺尔历史及索隆崛起的详尽资料。《编年史略》[1]大约正是在大斯密奥完成汇总的，梅里阿道克搜集的资料亦有贡献。尽管该书中的日期（特别是第二纪元的）多基于推测，仍值得关注。梅里阿道克不止一次到访幽谷，他可能从幽谷获得了信息与协助。虽然埃尔隆德已经离开，但他的儿子与一些高等精灵依然长居幽谷。据说，加拉德瑞尔离开后，凯勒博恩搬去幽谷居住，但是他最终去往灰港那日的记录是缺失的，远古时代第一纪元中土大地的最后一段鲜活记忆，也随他远去了。

---

1 原注：大幅缩略版本见附录二，仅记载到第三纪元末。

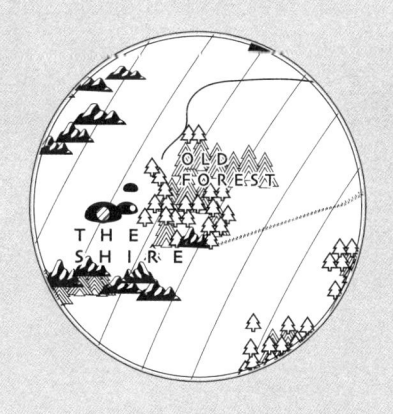

卷一

第一章
期盼已久的盛会
A Long-expected Party

———— 大道漫漫，永无尽头，自我门口，伸向远方。

袋底洞的比尔博·巴金斯先生宣布,他将不日举办一场特别盛大的聚会,以庆祝自己百又十一的寿辰。这在霍比屯引得人们议论纷纷,兴奋不已。

巴金斯极其富有又古怪非常,自他离奇失踪又意外回归后的六十年来,一直都是夏尔的传奇。他自那些游历中带回的财富现在已然是本地传说,且不论年长者的说法如何,普遍都以为袋底洞所在的小丘中满布隧道,满贮珍宝。如果这些尚不足以成就他的声名,他还有不衰的活力让人啧啧惊叹。时光缓缓流逝,却似乎对巴金斯先生影响甚微。九十岁的时候,他几乎和五十岁一个模样。九十九岁的时候,人们开始说他"保养好",其实说"容颜不改"才更为贴切。有的人大摇其头,以为绝非好事;任谁既拥有(显见的)永恒青春又拥有(传闻的)不竭财富,都有违公道。

"总归要还的,"人们说,"这有违自然,必生祸端。"

不过,到现在祸事也不曾来到;而且巴金斯先生花钱大方,所以人们大多乐意宽恕他的怪脾气和好运气。他和亲戚们保持往来(当然,萨克维尔-巴金斯一家除外),在贫贱的霍比特家庭中有许多忠实的仰慕者。但是,要待几位子侄开始长大之后,他才拥有亲密的朋友。

其中最为年长也最受比尔博喜爱的,是少年弗罗多·巴金斯。比尔博在九十九岁的时候,收养了弗罗多为继承人,带他到袋底洞居住;

萨克维尔－巴金斯的企盼最终破碎了。比尔博和弗罗多的生日恰在同一天，即9月22日。"你最好过来到这儿住，弗罗多，我的孩子，"有一天比尔博说道，"到时候我们就可以一起美美地庆祝生日啦。"当时弗罗多仍在双十之岁，霍比特人称之为不负责任的廿岁，处在童年和成人的叁三之岁中间。

又过去了十二年。巴金斯家年年都在袋底洞举办十分热闹的生日联合庆祝会；不过，眼下人们认为，今秋正在计划的更是非比寻常。比尔博马上就要百又十一岁，相当稀罕的数字，对于霍比特人来说也是备受尊敬的寿数（老图克自己也仅寿至一百三十岁）；弗罗多年届叁三，是个重要的年岁：他的"成人"之日。

霍比屯和傍水镇里开始口舌乱噪，即将举办盛典的传闻流布夏尔全境。比尔博·巴金斯先生的旧史和品性再次成为言谈的主要话题；年长者突然发现，自己的旧事回忆大受欢迎。

听众们听得最专心的，是老汉姆·甘姆吉的回忆，一般都叫他"老头子"。在傍水镇路上的一家小酒馆"常青丛"里，他讲得滔滔不绝，颇有些权威，因为他曾在袋底洞侍弄了四十年的花园，此前一直给前任园丁老霍尔曼当下手。如今他老了，关节变僵了，这份活儿主要由他的小儿子山姆·甘姆吉接着干。这对父子和比尔博、弗罗多都相处得不错，住在小丘上的袋下路3号，位于袋底洞的正下方。

"非常和善，言谈谦恭，一位霍比特君子，这就是比尔博先生了。我总是这么说。"老头子宣称。这话有十足的事实支持：因为比尔博待他彬彬有礼，称他"汉姆法斯特师傅"，常常求教蔬菜的种植——"根茎"问题，特别是土豆。附近的居民都以老头子为头号权威（他本人亦以为然）。

"那与他同住的这位弗罗多如何呢？"傍水镇的老诺克斯问道，"他是姓巴金斯的，可是人家说他血统里一多半都属于白兰地鹿家。

我就想不明白了，霍比屯哪位姓巴金斯的会跑到雄鹿地娶亲呀，那儿的人都很怪。"

"他们的人怪也不稀奇，"双足老爹（老头子的隔壁邻居）插嘴道，"住在白兰地河不好的那边，又挨着老林子。哪怕传说有一半是真的，那都是个黑暗邪恶的地界呢。"

"说得对，老爹！"老头子道，"不光是雄鹿地的白兰地鹿家住在老林子里边；他们似乎从根儿上就怪里怪气的。他们在那条大河上驾着船乱荡——这就有违自然。要我说，难怪会惹上麻烦。可不管怎样，弗罗多先生是一位大好的霍比特青年。特别像比尔博先生，还不光是外表上，毕竟他的父亲是巴金斯家的呀。德罗格·巴金斯先生，一个体体面面、值得尊重的霍比特人；到他淹死，这个人都没有什么好说道的。"

"淹死的？"好几个声音说道。他们以前当然听到过这种说法，外加别的更黑暗的传闻；不过霍比特人对别人家的家史很有热情，准备好再恭听一次。

"嗯，别人是这么说的，"老头子道，"你们看啊：德罗格先生娶了可怜的普莉缪拉·白兰地鹿小姐，她是我们比尔博先生母家的嫡表亲（她的母亲是老图克最小的女儿）；而德罗格先生则是他家的叔伯亲。所以如俗话所说，不管从哪头论起，弗罗多先生既是他的隔代表甥又是他的隔代堂侄。而且，德罗格先生一直住岳父老格巴道克族长家的白兰地堂，婚后也常住（因为偏馋他家的饭食，老格巴道克又好大摆筵宴）；他到白兰地河上划船，和妻子一同溺水而亡，可怜那时弗罗多先生还只是个孩子。"

"我听说，他们晚饭后在月下泛舟，"老诺克斯说，"都怪德罗格太重了，弄沉了船。"

"可我听说，是女的把男的推下去了，男的随后又把女的拽了下去。"开口的是霍比屯的磨坊主山迪曼。

"听说的可不该都听进去啊，山迪曼。"老头子道，他不大喜欢这位磨坊主，"没必要扯这些推呀拽呀的。即便你老实坐着，船也很难弄，保不齐惹上祸。总之：这位弗罗多先生成了孤儿，给撇在了白兰地鹿的怪人中，你可以这么说；在白兰地堂不知怎么给养大了，就是个兔子窝一样拥挤的大杂院；老格巴道克族长在那儿的亲戚总是不下几百口。比尔博先生把这孩子带回来和体面人一起生活，是行了大善。

"不过我猜，对于巴金斯家族的萨克维尔一系，这可是个很沉重的打击。当初比尔博离开那会儿，他们还以为他死了，袋底洞要归他们了呢。结果他回来了，让他们都滚，而且越活越硬朗，一天也不见老，老天保佑！突然，他又搞出了个继承人，所有的文书也妥妥当当。现在萨克维尔那帮人想都别想再踏进袋底洞啦，千万别来。"

"我听人说，里面藏着不少钱呢，"说话的是一个生客，从西区的大洞镇过来做生意的，"你们的山顶里面都是隧道，堆着一箱箱的金银还有珠宝，据别人说。"

"那你听到的比我了解的还多，"老头子应道，"我可不知道什么'珠宝'。比尔博先生花钱撒漫，好像花不完似的；但我不知道什么挖隧道的事。比尔博先生回来的时候我见到了他，六十年前的事了，我那会儿还是个小伙子，在老霍尔曼（他是我爸爸的表亲）那里当学徒还不久，但他派我去袋底洞帮他看好园子，免得在售卖的时候有人乱踩乱穿。售卖进行到一半的时候，比尔博先生突然出现在小丘，牵着马儿，马儿驮着好几个大袋子和几口箱子。我想里面肯定装满了他从异域得到的宝物，人家说，异域有金山；但他那些可塞不满隧道。不过我儿子山姆应该知道得更多，他在袋底洞出出进进，对过去的故事很着迷，所有比尔博先生的传说他都熟悉。比尔博先生还教他认字呢，纯是一片好心，注意了——但愿不要招来什么麻烦。

"'别满脑子的精灵呀！火龙呀！'我对他说，'卷心菜和土豆对你我更有益处。比你高贵的大人物的事情不要去掺和，要么你就陷到自己解决不了的大麻烦里啦。'我这么劝他。旁人最好也听听我的劝告。"他补上这一句，望向那位生客和磨坊主。

但是，老头子没能劝服自己的听众。比尔博的财富传奇在年轻一代霍比特人的脑海里留下了深深的烙印，如今很难撼动。

"啊，但他最初带回来的东西很有可能继续增加呀。"磨坊主争论，道出了普遍的看法，"他常常离家。再看看那些来找他的外方异客吧：夜里来访的矮人，那个游荡的老魔术师，甘道夫，不一而足。随你怎么说，老头子，可袋底洞是个怪地方，里面住的人更怪。"

"也随你怎么说，议论你不懂的划船，议论你不懂的事，山迪曼先生。"老头子反驳道，比平时更讨厌这个磨坊主，"要是那都算怪，我们这一带不妨多一点这种怪事。附近就有人即使自己家里拿金子砌墙，也连一品脱的啤酒都不会请朋友喝。袋底洞的人做事才体面呢。我家山姆说了，生日会每个人都邀请，还有礼物，听好了，礼物人人都有——就在这个月。"

这个月就是9月份，天气好得不能更好。一两天后，有要放烟花的传闻（好像始于那位消息灵通的山姆）散布开来——不止于此，还是近百年来夏尔都不曾见过的烟花，的确，自从老图克过世后，再也没举办过烟花表演了。

一天又一天过去，日子越来越近了。一个晚上，一辆样子奇怪的马车满载着样子奇怪的包裹，走进了霍比屯，又艰难地移上了小丘，到了袋底洞。被惊动的霍比特人从掌灯的家门边窥视，目瞪口呆。车是由外乡异人驱驾的，唱着奇异的歌谣：车夫是长须的矮人，戴着宽大的风帽。少数几位留宿在袋底洞。9月第一周的周末，大白天的，从白兰地桥方向，经由傍水镇，又来了一驾车。一位老人独自驾车，戴着一顶尖尖的蓝色高帽，披着一件长长的灰色斗篷，围着银色的围巾。他白须长长，眉毛浓密，在帽檐外面支棱着。霍比特小孩追着车穿过霍比屯，一直跑到山上。孩子们猜得没错，他拉的是一车烟花。在比尔博家的前门，老人开始卸货：大捆的各式各样的烟花，每一捆都标记着大大的红色字母G ᚷ和精灵如尼文的字母 𝒢。

这是甘道夫的标记，当然老人正是巫师甘道夫本人，他在夏尔的名气主要来自他的烟术、火术、光术。他的本业要远为复杂和危险，但是夏尔人一无所知。对于他们，他仅仅是盛会的"胜景"之一。因此霍比特小孩很兴奋。"代表瑰丽盛大的那个G！"他们嚷嚷着，老人微笑了。孩子们看到他就知道是谁，尽管他在霍比屯只是偶尔现身、稍作停留；不过，不论是孩子们，还是他们的兄姊中最年长的，都不曾见过甘道夫的烟花表演——如今这已是属于过去的传奇了。

当比尔博和几个矮人帮老人卸完车以后，比尔博散出去一些小钱；但是一个嘶嘶炮或者大爆竹也没有放，围观者感到很失望。

"散了吧！"甘道夫说，"等时候到了，给你们大放特放。"之后就和比尔博消失在门内，关上了大门。小霍比特人干瞪了一会儿大门才离开，感觉盛会的那天仿佛永远不会来临。

在袋底洞内，比尔博和甘道夫坐在一个小房间打开的窗户前，窗户朝西，对着花园。将近傍晚，光线仍然明亮，一片宁静。花儿鲜红金黄，光彩夺目：有金鱼草、向日葵，还有旱金莲，爬满了草皮墙，偷眼看着圆窗。

"你的花园真鲜艳啊！"甘道夫说。

"是啊，"比尔博说，"我确实很爱我的花园，还有亲爱的老夏尔；但是我想应该休个假了。"

"就是要继续你的计划啦?"

"没错。好几个月之前我就下定决心了,现在也没改主意。"

"很好。那么也无须多言了。照你的计划来——全部的计划,不要三心二意——我希望能为你、为我们所有人带来最好的结果。"

"我也希望如此。无论如何,周四我打算尽情欢乐,开个我的小玩笑。"

"不知道谁会笑得出呢?"甘道夫摇着头说。

"咱们等着瞧吧。"比尔博说。

翌日,许多辆马车爬上了小丘,继而还有更多。之前也许有过一些怨言,比如"也做做本地生意嘛",但就在这周,袋底洞涌出大量订单,把霍比屯、傍水镇还有附近其他地方供应的各色食品、日用品、奢侈品订购一空。人们开始热情高涨;开始在日历上勾画日子;急切地盯着邮差,盼着邀请函。

很快,邀请函开始倾泻而出,塞满了霍比屯邮局;而傍水镇邮局简直如同大雪压身,开始征集志愿邮差来帮忙。邮差们川流不息地走上小丘,带着成千的回函,上面用各种方式彬彬有礼地表示"感谢邀请,本人必到"。

袋底洞的大门上贴了一则告示:非盛会事务相关者谢绝入内。即便是那些真正的有关人员——还有假装的有关人员——也难获许入内。比尔博忙碌着:写邀请函、核划复函、包装礼物,同时为他自己私下的计划做着准备。自甘道夫来到以后,他便不再出现在人前。

一天早上,霍比特人醒来发现,比尔博家前门南面的宽阔场地上堆满了搭建各种帐篷的绳索和杆柱。道路旁边专门开了一个入口,还修了宽宽的台阶,搭起了一座白色的大门。袋下路上有三户霍比特人家毗邻场地,对此兴趣大增,也引得众人艳羡。甚至正在自家园子里假装干活的老头子甘姆吉都停下来不装了。

帐篷开始搭建起来。有一座特别大,大得能容下场地上生长的一棵树。这棵树神气地立在场地一头,靠近主桌首位,所有的树枝上都挂上了灯笼。让人更有盼头的是(按霍比特人的想法):场地北角搭起了一个巨大的露天厨房。从方圆数哩的所有酒馆、食肆网罗来的厨师川流不息地到来,给矮人和其他留宿在袋底洞的怪人帮忙。兴奋的气氛达到了最顶点。

之后,天空变得阴云密布,那天正是盛会前夜的星期三,人们忧虑万分。然后到了星期四,9月22日,天光破晓,旭日东升,阴云消散,旗帜招展,欢庆开始了。

比尔博·巴金斯把这称为"派对",其实是将多种娱乐活动融为一体。附近的每一个人几乎都请来了,只寥寥几位被不小心忽略了,但当他们都一样到场的时候,也就无伤大雅了。夏尔其他地方也有许多人受邀;甚至还有几位来自边界以外。比尔博亲自站在崭新的白色大门边迎接客人(以及多来的人)。他把礼物派发给所有客人以及闲杂人等——这些闲杂人员走后路溜出去又重新进了门。霍比特人在庆生的时候会赠人礼物,按常规不送什么贵重东西,不像这次这么靡费;但也是个不错的习俗。事实上,霍比屯和傍水镇一年之中的每一天都有人过生日,此地的每一位霍比特人至少每周都有机会收到至少一件礼物。对于礼物,他们永不厌倦。

这次盛会的礼物好得非同寻常。孩子们兴奋得甚至一度忘记了吃东西。有的玩具他们连类似的都从未见过,全都漂漂亮亮,有一些很明显是带魔法的。许多玩具其实在一年前就下了订单,从孤独山脉和河谷邦远道而来,是矮人所制真品。

当每一位宾客都受到热情迎接,终于步入大门之内,歌唱起来了,舞跳起来了,音乐奏起来了,游戏玩起来了,当然,美食美酒也端上来了。正餐有三顿：午宴、茶点、晚宴（或者叫晚餐）。不过，午宴和茶点时刻的划分主要是所有宾客坐在一起用餐的时刻，其他时候很多人一直在吃吃喝喝——从11点左右持续到6点半，直到烟火开始的时候。

烟火就是甘道夫的事儿了：他不仅运来了烟火，还是烟火的设计者和制造者；特效烟火、花式烟火、蹿天火炮也都由他来燃放。他把大量的嘶嘶炮、大爆竹、多响炮、闪光花、照明棒、矮人烛、精灵泉、兽人哮、霹雳响分给了大家放着玩，这些花炮都是顶呱呱的。甘道夫的技艺随着年岁增长而愈发精到。

蹿天炮像一群闪闪烁烁的鸟儿，甜美地啁啾歌唱；翠树花的树干是暗色的烟雾，叶子张开就像整个春天瞬间绽放，闪亮的枝条上坠落发光的花朵，直落到目瞪口呆的霍比特人身上，在碰到他们仰起的脸颊之前恰好消散，留下一缕甜香；蝴蝶喷涌如泉，闪烁着飞进树丛；彩色火焰的柱子拔地而起，幻化成雄鹰、航船，或是一队飞翔的天鹅；还有红色的雷暴、黄色的阵雨；银色长矛如林，猛地弹入空中，发出两军对阵的咆哮，又落入水中，好像一百条火热的长蛇，嘶嘶有声。为了向比尔博致敬，还安排了最后的惊喜，且正如甘道夫所愿，极度地震撼了霍比特人。灯光熄灭，烟雾滚滚而上，化成远山的形状，峰顶开始发光，喷出翠绿猩红的火焰，飞出一条金红色的火龙——并非真龙大小，但是活生生的叫人害怕：嘴巴喷火，眼睛下睨；还发出吼声，并盘旋在人群的头顶上嘶叫了三次。人们都在闪躲，许多人扑倒在地。火龙游过，就像一列快车，转身翻了一个筋斗，在傍水镇上空炸开来，响声震得耳朵都要聋了。

"这是晚宴的讯号！"比尔博说道。疼痛和惊恐立刻消失了，趴倒的霍比特人一跃而起。盛大的晚餐人人有份；"人人"的意思是，被邀去参加特别家宴的客人除外。家宴设在有树的那个大帐篷下，受邀者限十二打（霍比特人也称此数为一罗[1]，尽管用于数人并不合适）；宾客是从同比尔博和弗罗多有亲戚关系的家庭里选的，外加少数几位没有亲戚关系的特别朋友（比如甘道夫）。许多年轻的霍比特人都在受邀之列，得了父母的允许出席；因为霍比特人对于子女熬夜态度宽和，尤其是有机会吃白食的时候。养育小霍比特人可是非常耗费粮草的。

巴金斯和博芬家族都来了不少人，图克和白兰地鹿家族也是。还有挖伯家族（比尔博·巴金斯祖母家的亲戚）的各分支，胖伯家族（比尔博的外祖父图克家的亲属）的各分支；掘洞家、博尔杰家、编腰带家、獾屋家、强身家、吹号手家、傲足家各家选邀了一些。其中一些人只是比尔博很远的远房亲戚，有的住在夏尔的偏僻角落，以前几乎从未踏足过霍比屯。巴金斯家族的萨克维尔一系也没有被遗忘。奥索和妻子洛比莉亚出席了宴会。他们讨厌比尔博，憎恶弗罗多，可是邀请函是那么的精美，用金墨水写就，让他们无法拒绝。再者，他们的堂弟比尔博多年来专精饮食，他家的宴席极得佳誉。

一百四十四位宾客都盼着一场愉快的盛筵，尽管对于主人的筵后发言（此项难免）都颇有点发怵。他很可能拖拉零碎地讲一讲他所谓的诗歌；有时候喝了一两杯之后，他还会隐晦地提及他那场神秘之旅的种种荒唐冒险。宾客们没有失望，筵席非常令人愉快，简直是引人入胜的款待：丰富、充足、花样繁多、持续很久。随后几周里，本区域的食物采购几乎下降为零，不过比尔博家的酒席把方圆数哩内的商店、酒窖、库房的存货都清空了，也就无所谓了。

盛筵之后（差不多结束）就是发言。不过，绝大多数人现在都很宽容，处于他们称为"内腑尽满"的愉悦状态。他们正啜饮着心爱的饮品，轻咬着心爱的点心，把担心都抛之脑后，打算讲什么就听什么，

---

[1] 原文 One Gross，计量单位，十二打或144个。

并且在每一个句点停顿处欢呼喝彩。

"我的亲人们。"比尔博从座位上站起身,开口道,"听啊!听啊!听啊!"人们嚷嚷着,齐声重复呼喊这一句,似乎不愿意按照自己的打算来。比尔博离座,走到灯笼点亮的树下,站到了椅子上。灯笼的光芒照在他喜气洋洋的脸上;丝质刺绣马甲上的金纽扣闪闪放光。大家都能看到他站着,一只手在空中挥动,另一只手插在裤袋里。

"巴金斯家和博芬家的亲人们,"他再次开口,"以及亲爱的图克家、白兰地鹿家、挖伯家、胖伯家、掘洞家、博尔杰家、编腰带家、獾屋家、强身家、吹号手家和傲足家。""是一双傲足!"一位年长的霍比特人从帐篷后排嚷了一声。当然,他是姓傲足的,且绝对配得上这个姓氏;他有一双大脚,毛发特别茂盛,两脚都搁在桌子上。

"傲足家,"比尔博重复道,"还有我的好亲戚萨克维尔-巴金斯家,终于将你们迎回了袋底洞。今天是我的一百一十一岁生日:今天我百又十一啦!""好哇!好哇!岁岁有今朝!"大家叫着,开心地敲着桌子。比尔博讲得精彩,正是大家喜欢的那种讲话:简短又明白。

"我希望,各位正和我一样,尽享欢乐。"一片震耳欲聋的欢呼。"欢乐!"(还有人说"没乐够呢")的喊声。喇叭、号角、排箫、长笛以及别的乐器跟着发出杂响。如前所说,许多年轻的霍比特人也在场。千百个拉炮被拉响,上面大多打着河谷邦字样的标记;但是对于绝大多数霍比特人来说,这个字样没什么意义,不过他们都赞同拉炮真是非同一般。拉炮内置了响器,小小的,但是制作精良,音调迷人。而且,在帐篷一角,图克家和白兰地鹿家的一些年轻人,以为比尔博叔叔讲完了(既然他已经明显把该讲的全都讲了),组了个即兴乐队,开始奏起欢快的舞曲。埃弗拉德·图克少爷和梅里洛特·白兰地鹿小姐跳上桌子,手系铃铛,开始跳起了跃圈舞;舞蹈好看,也很热烈。

但是,比尔博还没有讲完。他从身旁的一个年轻人那里夺过一把号,响亮地吹了三声。噪音低了下去。"我不会耽搁大家太久的!"他叫道。人群发出一阵欢呼。"我请大家来,是有目的的。"他讲这句话的语气引起了注意,人们几乎安静了下来,有一两位图克家的人竖起了耳朵。

"事实上,有三个目的!首先要告诉大家,我无比喜欢你们,和你们这样优秀可敬的霍比特人一起生活,百又十一年太短。"人群爆发出了巨大的赞同声。

"你们之中我熟悉的只有一半,也没有熟悉到我希望的程度的一半;你们之中我喜欢的还不到一半,也没有喜欢到你们应得的程度的一半。"这话说得出乎意料,让人为难;只有稀稀拉拉的掌声,不过大多数人在努力琢磨它到底是褒是贬。

"其次是庆祝我的生日。"欢呼再次响起,"我得说:我们的生日。因为这也是我的继承人、侄子弗罗多的生日。今天,他已成年,步入继承之岁。"一些年长者敷衍地拍拍手;年轻人则发出一阵大喊:"弗罗多!弗罗多!快乐的老弗罗多!"萨克维尔家的人则沉下脸来,寻思着"步入继承之岁"是什么意思。

"加在一起,我们一百四十四岁。你们的人数是选好了来匹配这个非凡的数字的:一罗,如果可以用这个词儿的话。"没人欢呼。这太荒谬了。许多客人,特别是萨克维尔-巴金斯感到受了折辱,觉得请自己来就是为了凑到规定数字,好像打包的货物。"一罗,真会选!粗俗的字眼儿。"

"如果允许我提及久远的历史,这也是我乘着木桶抵达长湖畔的埃斯加洛斯的周年纪念;虽然那个情形下我全然忘记了当天是自己的生日。那时我才五十一岁,生日似乎不怎么要紧。不过,宴会非常盛大,尽管我那时感冒得厉害,我记得自己只能说出'芬常感晒你们'。现在我要正确地重复一遍:非常感谢你们莅临鄙人的小小派对。"人们固执地沉默着，都担心一支歌或者一首诗正在迫近；人们也开始烦了。他为什么不能闭上嘴巴，让大家举杯祝他健康呢？不过比尔博没有唱歌，也没有背诗。他顿了一顿。

"第三，也是最后一个目的，"他说道，"我有件事想要宣布。"最后两个字他讲得很大声，很突然，能坐直的人都坐直了，"我很遗憾地宣布——尽管如我所说的，在你们之中生活，百又十一年太短——到此结束。我要走了。现在我要离开了。再会！"

他迈步下来，消失不见了。同时闪出一道炫目的亮光，晃得所有的宾客都睁不开眼睛。待他们睁眼再看时，比尔博已经无处可寻了。一百四十四位傻了眼的霍比特人都张口结舌地靠在椅背上。老奥多·傲足把脚从桌子上缩回来，跺着地。然后是死一般的沉默。直到深深吸了几口气之后，巴金斯家、博芬家、图克家、白兰地鹿家、挖伯家、胖伯家、掘洞家、博尔杰家、编腰带家、獾屋家、强身家、吹号手家、傲足家所有人立即议论起来。

他们一致的意见是：这个玩笑非常的恶趣味，得拿更多的食物和酒水来给宾客们压惊驱烦。"他疯了。我早就这么说。"或许是最普遍的议论了。连图克家的人（例外者寥寥）都认为比尔博此举很荒谬。时间，绝大多数人想当然地以为，他的消失只不过是个荒唐的恶作剧。

但是，老罗里·白兰地鹿不那么想当然。年高和盛筵都没有使他智昏，他对儿媳妇埃斯梅拉达说："这事儿不太对劲儿，亲爱的！我相信这个疯子巴金斯又溜了。傻瓜老蠢货。但有啥可担忧的呢？他又没把吃食一起带走。"他大声喊弗罗多再上一轮葡萄酒。

弗罗多是在场的人中唯一没有说过话的。他在比尔博的空椅子边安静地坐了一会儿，无视所有的评论和疑问，不用说，他欣赏这个玩笑，即便他一直都知情。看到来宾们震惊而气呼呼的，他好容易才忍住没有笑他们。但是同时他也深感烦恼：他突然意识到，自己深深地爱着那位老霍比特人。绝大多数宾客继续吃吃喝喝，议论着比尔博·巴金斯过去的、现在的怪事；不过，萨克维尔-巴金斯一家早已愤怒地退席了。弗罗多不想再和这群人有什么牵扯。他吩咐人端上更多的葡萄酒，然后起身把自己的酒杯喝干，默默地遥祝比尔博身体健康，溜出了帐篷。

说到比尔博·巴金斯，即使在发表讲话的时候，他的手指也一直摩挲着口袋里的金戒指：正是保密了许多年的魔法戒指。他迈步下来的时候，将戒指套上手指，从此再也没有霍比特人在霍比屯见到过他。

他快步走回自己的洞府，站了一会儿，带着微笑听了听帐篷内的喧嚣，还有场内其他地方嬉笑欢乐的声音。然后他走了进去。他脱下盛会的衣裳，把丝质刺绣马甲折起，裹上薄绉纸收好。然后他迅速地穿上一套敝旧不整的衣服，腰间系上一条磨旧的皮带，挂上一柄短剑，黑皮剑鞘破旧不堪。从一个一股樟脑丸味道的上锁抽屉里，他取出一件带风帽的旧斗篷。这衣服一直锁着，好像有多珍贵似的，可却补丁连连，风渍雨淋的，连原本的颜色都让人猜不出来：也许原本是墨绿色的。他穿着还太大了。然后，他去了书房，从一个结实的大箱子里取出了一个裹着旧布的包裹，一部皮面装订的手稿；还有一个又大又鼓的信封。手册和包裹被他塞进了一个沉重的包袋上部，包袋放在一旁，已经快塞满了。他将金戒指和拴戒指的细链子装进信封，然后封了口，上面写了"给弗罗多"。起先，他把信封放到了壁炉上，忽然又拿了下来，插进自己的口袋里。就在此时，门开了，甘道夫疾步走了进来。

"你好哇！"比尔博说，"我还想你会不会出现呢。"

"很高兴见到你不再隐身，"巫师答道，在一把椅子上坐下，"我想要赶上你，说上最后几句话。我猜，你该觉得样样都华丽盛放了，依照计划进行了吧？"

"是的，没错，"比尔博说，"就是那道光有点吓人：我都吓了一跳，何况其他人呢。我猜你这是来个锦上添花？"

"是呀。这些年你明智地隐藏着戒指的秘密，在我看来，有必要给你的宾客添点儿什么，好解释你的突然消失。"

"这会毁了我的玩笑啊。你这个多管闲事帮倒忙的老家伙，"比尔博大笑，"不过我想你知道怎么做最合适，向来如此。"

"我知道——在我了解一切情况的时候。但是，对这整件事我并没有感觉很肯定。现在到了最终点了。你把玩笑也开了，把大多数亲戚也惹恼了，让全夏尔有了能议论九天的谈资，或者更可能是九十九天的吧。你还要再进一步吗？"

"是的，我要。我感觉需要一个假期，非常长的假期，我跟你说过。也许是个永远的假期：我不期望自己还会回来。其实，我也不打算回来，我已经全都安排好了。

"我老啦，甘道夫。我外表不见老，可是在内心深处，我开始感觉到了老。他们还说'保养得真不错呀！'"他冷哼了一下，"唉，我觉得力薄难支，有点儿绷得太紧了，如果你懂我的意思：就像一块在面包上擦了太多次的黄油。这样肯定不对头。我需要一点改变。"

甘道夫严谨地、仔细地打量着他。"是，这样看起来是不对，"他若有所思地说，"不，我终究还是认为你的计划可能是最好的。"

"哎，反正我主意已定。我想再去看看群山，甘道夫——群山，再找一处能够休息的所在。清净、安宁，没有一大群亲戚围着窥探，没有一大串讨厌的访客没完没了地按门铃。也许我能找个让我把书写完的地方。我已经给它想到了一个好结尾：然后他幸福快乐地生活着，直到生命尽头。"

甘道夫笑了起来:"希望他能如愿。不过,不管书怎么结尾,都不会有人读的。"

"噢,也许在未来岁月中会有人呢。弗罗多已经读了一部分了,写出来的都读过了。你会看顾弗罗多的,对吧?"

"是的,我会的——会尽心地看顾他,只要我能顾得上。"

"他肯定会跟我一起走的,只要我开口。其实有一次他自己提出来了,就在派对之前。可他还没有真心想走。我希望在死前再看看那荒野和群山;但他还爱着夏尔,爱着这里的树林、田野、小河,在这里感觉舒服自在。当然,我要把一切都留给他,除了几件零碎。我希望,等他习惯了自己一个人的时候能够幸福。现在也到了他自己做主的时候了。"

"一切?"甘道夫说,"包括戒指吧?你答应了的,没有忘记吧。"

"哎,呃,是的,我想是的。"比尔博结巴了。

"在哪儿呢?"

"在一个信封里,如果你非要知道,"比尔博不耐烦地说,"那里,壁炉上,哎呀,不对!在这儿呢,我的口袋里!"他犹犹豫豫的,"这不是奇怪了吗?"他轻声对自己说,"可是,毕竟,为什么不行呢?为什么不能留着它呢?"

甘道夫再次严厉地看着比尔博,眼中闪着一道寒光。"比尔博,我觉得,"他轻声说,"我会把它抛下。难道你不想吗?"

"唉,我想——也不想。既然话说到这儿了,我要说,我一点儿也不想和它分开。而且,我也看不出为什么我非得和它分开。你为什么要我送人呢?"他问道,嗓子变了奇怪的调子,很刺耳,充满了怀疑和烦躁,"你老是为了我的戒指对我纠缠不放;可是对我从旅程中得到的其他东西,你从不烦我。"

"对,但是我必须揪住你,"甘道夫说,"我要的是真相。真相很重要。魔法戒指——对，有魔力；又稀有，又神秘。你可以说，我过去由于职业而对你的戒指感兴趣；现在仍然是。如果你又去游荡，我得知道它在哪里。我还觉得，你已经持有戒指够久的了。你不再需要它了，比尔博，我不会搞错的。"

比尔博脸涨红了，眼中有怒火。他的一脸和气变得冷硬。"干吗不需要？"他叫道，"我怎么处置我自己的东西，你干吗非要知道，又关你什么事？它是我的。我发现的。它找上了我。"

"对，对，"甘道夫说，"但是没必要生气。"

"我生气也都怪你，"比尔博说，"它是我的，我告诉你。我自己的。我的宝贝。没错，我的宝贝。"

巫师的脸孔一直严肃、专注，只有在眼睛深处闪现的一点光芒显示出他吃了一惊，真的警惕起来："以前也有人这么称呼过它，只不过不是你。"

"可我现在就这么称呼它了。为什么不能？就算咕噜以前用一样的称呼，现在也不是他的了，而是我的了。我要留着它，就要。"

甘道夫站起身。他严厉起来。"留着它你就成蠢人了，比尔博，"他说，"你每多说一个字，你的愚蠢就越明显。它已经牢牢地控制了你。放手吧！然后你就可以走了，自由自在。"

"我要怎么做就怎么做，我爱去哪儿就去哪儿。"比尔博固执地说。

"好了，好了，我亲爱的霍比特人呀！"甘道夫说，"你这么漫长的人生中，我们都一直是朋友，你还欠着我呢。来吧，兑现你的承诺：放手吧！"

"嘿，你要是自己想要我的戒指，明说啊！"比尔博嚷嚷道，"可你拿不到。告诉你，我不会把我的宝贝送人的。"他的一只手摸上了短剑的剑柄。

甘道大眼睛闪着光，说道："那就很快轮到我发怒了。你再说那种话，我必发怒。见识见识灰袍巫师甘道夫的真容吧。"他朝着这个霍比特人迈了一步，身形猛然变高，显出恶意，影子涨满了这个小房间。

比尔博喘着粗气往后退，靠着墙壁，抓紧了口袋。他们面对面对峙了一会儿，屋内的空气都战栗起来。甘道夫的眼睛一直瞪着这个霍比特人。渐渐地，比尔博的手松开了，人开始发抖。

"你这是着了什么魔啊，甘道夫，"他说，"你以前从来没有这样过。这都是怎么回事啊？它是我的，对不对？我发现的，而且要不是我拿着它，咕噜早把我杀死了。不管他说什么，我都不是贼。"

"我也从没说你是，"甘道夫答道，"我自己也不是。我不是要抢劫你，而是要帮助你。希望你能信任我，和过去一样。"他转过身，影子消退，他好像又缩回成一个灰衣老人，弯腰曲背，忧心忡忡。

比尔博捂住了眼睛："对不起，但是我感觉很怪。不过，不再为它烦恼，也算一种解脱。它最近在我心上越压越重。有时我感觉它就像一只眼睛盯着我看。而且我总想着戴上它，消失掉，你知道吗？要么总想着它是不是还在，总要拿出来确认。我试过把它锁起来，可是发现非得把它贴身放口袋里才能踏实。我也不知道为什么。好像我自己不能做主了。"

"那就交给我做主吧，"甘道夫说，"主意已经拿定了：扔下戒指，离开这里。终止对它的占有。把它交给弗罗多，我会照看弗罗多的。"

比尔博站住了，紧张不安，犹豫不决。很快他叹了口气。"好吧，"他挣扎着说道，"我照做。"然后他耸了耸肩膀，笑得颇为沮丧，"毕竟这不就是派对的真正意义嘛：送出去很多的生日礼物，同时也让送出戒指变得轻松一点。虽然最终也没有变轻松，可是浪费掉我所有的准备就遗憾啦，差点毁了我的玩笑。"

"确实，差点就把我认为的这场盛事的唯一意义给抹杀了。"甘道夫说。

"很好,"比尔博说,"它就和所有其他的东西一起归弗罗多了。"他深深地吸了一口气,"现在我真的得动身了,不然就会被别人发现。我已经说过了再会,不能承受再说一遍。"他拎起包,朝门口走去。

"戒指还在你的口袋里呢。"巫师道。

"哎呀,确实还在!"比尔博叫道,"我的遗嘱、所有其他的文书也在。你最好都拿上,代我交付。这样更安全。"

"不,不要把戒指交给我,"甘道夫说,"放到壁炉上。那儿足够安全,等弗罗多过来。我会等他。"

比尔博掏出了信封,但就在他要把信封放在钟表旁边的当口,他的手抖了,缩了回去,信封掉落在地板上。还没等他捡起来,巫师俯身抓住了信封,放到了它该待的地方。霍比特人的脸孔上迅速掠过一阵愤怒的痉挛,又突然变成了如释重负的表情和哈哈大笑。

"好呀,就是这样,"他说,"现在我走啦!"

他们出了房间,来到大厅。比尔博从架子上挑了自己最喜欢的手杖;然后吹了声口哨。三个矮人从三个不同的房间走出来,他们一直在那儿忙活。

"样样都备好了?"比尔博问道,"样样都打好包、贴好标签了?"

"都备好了。"他们回话。

"好,那咱们出发!"他迈出了前门。

正是一个良夜,黑色的天空上缀着星星。他抬头仰望,吸吸鼻子,嗅嗅空气。"多么开心! 再次出门多么开心! 出门上路,矮人同行! 我一直盼着呢,多少年了! 再会!"他说道,目视着自己的旧宅,朝着大门鞠了一躬,"再会了,甘道夫!"

"再会,只是暂时不能相见,比尔博。自己保重! 你足够高寿了,愿你也足够智慧。"

"保重！我不在乎啦。你也别担心我！现在我非常快活，和从前一样。这就很说明问题啦。时候到了。到头来，我真是高兴得飘飘然呢。"他补充了这一句，然后像是在自语，在黑暗中低低地、轻轻地唱了起来：

> 大道漫漫，永无尽头，
> 自我门口，伸向远方。
> 遥遥向前，我必从之，
> 步履急切，追之寻之，
> 直至大道，并入大路，
> 小径行尽，使命达成。
> 彼时何去？我亦无言。

他顿住了，沉默了一会儿。之后他没再说一个字，转身背向场地上和帐篷里的灯火和人声，进入自己的花园，快步走过长长的斜径，后面跟着他的三个旅伴。他从篱笆的低处跃过，跳到底下，走向草地，走进黑夜，好像草叶间穿过一阵窸窣的风。

甘道夫凝视了好一会儿，目送他步入黑暗。"再会，我亲爱的比尔博——下次再相会！"他轻声说着，回到屋里。

弗罗多随即也进来了，看到他坐在黑暗中，陷入了沉思。"他已经走了？"弗罗多问道。

"走了，"甘道夫答，"终于走了。"

"我希望——今夜之前我还盼着这是个玩笑，"弗罗多说，"但在我心里，我知道他确实打算离开。他过去总拿大事开玩笑。我真该早回来一会儿，送送他。"

"我真心认为,他更乐意最后悄悄地溜走,"甘道夫说,"不要太烦心了。他会平安的——瞧,他给你留了个袋子。给!"

弗罗多从壁炉上取下信封,瞧了一眼,没有打开。

"我想,你会在里面找到他的遗嘱和其他文书,"巫师道,"你现在是袋底洞的主人了。另外,我猜,你还会找到一枚金戒指。"

"戒指!"弗罗多惊呼,"他留给我了?我不明白为什么。毕竟,它也许还有用处。"

"也许有,也许没有,"甘道夫说,"如果我是你,我是不会用它的。你要藏好戒指,守住戒指!现在我要去睡了。"

作为袋底洞的主人,弗罗多觉得,向宾客告别是件痛苦的任务。眼下,蹊跷事的流言已经传遍了整个场地,但弗罗多只说"到了明天早上一切就都清楚了"。差不多午夜时分,来接贵宾的马车到了。它们一辆接一辆地驶离,满载着肚皮鼓鼓却很不满足的霍比特人。安排好的园丁进来了,把因为疏忽被落在后面的人用手推车送走。

今夜慢慢地过去了,太阳升了起来。霍比特人起得比太阳迟得多。到了上午,有人进来,开始(奉命)清理,收拾帐篷、桌椅、刀匙、瓶盘,还有花匣里的花木、点心渣子、烟火的包装纸、遗落的包袋、手套、手帕、没吃完的食物(分量非常少)。之后,许多别的人也来了(非奉命的):巴金斯家的啦,博芬家的啦,博尔杰家的啦,图克家的啦,还有其他住在附近或者留宿在附近的客人。到了中午,甚至吃得最饱的那群人也起来活动了,袋底洞熙熙攘攘,都是不请自来的,却也在预料之中。

弗罗多在台阶上恭候,脸上挂着笑容,看起来却相当疲惫担忧。来客他都欢迎,话却没什么比之前可以多说的。对于所有的询问,他只简单回复一句:"比尔博·巴金斯先生走了;就我所知,再也不回来了。"有一些来客被邀请入内,因为比尔博给他们留了"口信"。

大厅里面堆着各式各样的包裹、箱子、小件的家具。每样东西上都系着标签。有几个标签是这一类的:*给阿德拉德·图克,归你自己所有,比尔博赠*;这个标在一把伞上。阿德拉德曾经顺走过许多把没标签的伞。

给朵拉·巴金斯,作为长期通信的纪念,爱你的比尔博赠;这是系在一个大废纸篓上的。朵拉是德罗格的姐姐,是比尔博和弗罗多尚在人世的女性亲属里最年长的;她九十九岁,曾经在超过半个世纪的时间里写了数千页信纸的金玉良言。

给米洛·掘洞,希望派得上用场,比·巴赠;这是一支金笔和墨水瓶上的。米洛从来不写回信。

给安吉莉卡使用,比尔博叔叔赠;这是一面圆形凸面镜上的。安吉莉卡是巴金斯家的一个年轻姑娘,自以为脸蛋标致,过于招摇。

给雨果·编腰带藏书之用,某人捐赠;这是一个空书架上的。雨果特别爱借书,更是非同寻常地不爱还书。

给洛比莉亚·萨克维尔-巴金斯,小礼致敬;这是一匣子银匙上的。比尔博确信,趁他上次出远门的时候,她拿走了他不少汤匙。洛比莉亚对这一点心知肚明。这一天她来得稍迟,虽然对比尔博的意思立刻了然于胸,但是对汤匙也没客气。

这只是礼物堆当中很小的一部分。在比尔博漫长的人生进程中,其居所相当杂乱地堆满了东西。霍比特人的穴居趋向于堆满东西:庆生时大送礼物的习俗难辞其咎。当然,生日礼物并非总是新的;其中会有一两件旧的、早已忘了用途的压箱底儿的马松会在全区流转一圈;不过,比尔博给出的礼物通常是新的,收到的礼物不再外送。他的旧洞府现在清爽一点了。

各色离别礼物每一件都有标签，比尔博亲笔写就，一些别有意味，或者藏着玩笑。不过，也不消说，多数物品赠给了有需要的地方，也受人家欢迎。家境差点儿的霍比特人家，特别是袋下路的街坊们尤其如此。老头子甘姆吉得到两口袋马铃薯，一把新铲子，一件羊毛马甲，还有一瓶药膏，用来治疗他吱嘎作响的关节。老罗里·白兰地鹿特别好客，结果得到了一打老酒庄出品的酒：这是南区的一种高度数红酒，相当醇浓，因为是比尔博的父亲贮藏的。一瓶下肚，罗里就对比尔博特别宽宥了，选他为头号好人。

留给弗罗多的很多，样样都有。当然，所有的大宗财物，还有书啦，画啦，用不完的家具啦，都归他所有。然而，关于金钱和珠宝却没有表示，只字未提：连一分钱、一个玻璃珠子都没有赠出。

这个下午，弗罗多备受煎熬。全部家当正在白送的虚假传闻传得快如野火；很快，家里就挤满了不相干的人，但是又轰不走。标签被扯下，弄混，时时爆发争吵。一些人在大厅里就要交易交换；另一些人企图顺走没有赠予他们的小物件，或者任何一件貌似无人想要或无人看管的东西。从路上一直到门口堵着独轮车和手推车。

正乱哄着，萨克维尔-巴金斯驾到。弗罗多已退下去歇一会儿，留他的朋友梅里·白兰地鹿盯着东西。奥索嗓门很大，要见弗罗多，梅里礼貌地一躬身。

"他身体不适，"他说，"正在休息。"

"躲起来了吧，你的意思是，"洛比莉亚说，"总之我们想要见他，我们就要见他。去找他，就这么说！"

梅里让他们在大厅等了颇久，足以让他们找到那套作为离别礼物的银匙。这也没能让他们脾气好点儿。最终，他们被领到了书房。弗罗多坐在桌边，面前堆着很多文件。他看起来不舒服——一见到萨克维尔-巴金斯他就不舒服;他站起身,为自己口袋里的某件东西心思烦乱。但是,他讲话很有礼貌。

萨克维尔-巴金斯来势汹汹。他们开出很低的价格(那种友情价),要买各种值钱而没有贴标签的东西。当弗罗多回答说,只有比尔博特别吩咐的那些东西才赠送,他们就说整件事情有猫腻。

"我就看清了一点,"奥索道,"你可是正在从中获利,占尽好处。我一定要看遗嘱。"

要不是比尔博收养了弗罗多,奥索就会成为他的继承人了。他读着遗嘱,哼着鼻子。不走运的是,遗嘱非常清楚,无可指摘(依足了霍比特人的法律常规:除了所有要求,还有七位见证人以红墨水签名画押)。

"又落空了!"他对妻子说,"白等了六十年。一匣子汤匙?见鬼了!"他在弗罗多的鼻子底下打了个响指,怒冲冲地走了。但是,洛比莉亚没那么容易打发。过了不一会儿,弗罗多走出书房,查看情况,发现她还在四处转,研究着犄角旮旯,对地板敲敲拍拍。从她那儿,他索回了几件不知怎么掉进她的伞里的小东西(但挺值钱的),之后坚决地送她出了宅子。她脸上的表情仿佛是正处于阵痛之中,要挣扎着挤出最有杀伤力的临别赠言;但她只是在台阶上转过身,脱口说道:

"你活着总有一天会后悔的,小年轻!你干吗不也走了算了?你不属于这里,你又不是姓巴金斯的——你,你是姓白兰地鹿的!"

"你听见没有,梅里?侮辱人啊,是不是?"弗罗多当着她的面摔上了门。

"才不是,是赞美,"梅里·白兰地鹿说,"所以作不得数。"

然后,他们巡遍了洞府,赶走了三个年轻的霍比特人(两个博芬家的,一个博尔杰家的),他们正在一个地下室的墙上打洞。弗罗多还和小桑乔·傲足（老奥多·傲足的孙子）撕打起来，桑乔已经在大食品储藏间开挖了，他觉得储藏间有回音。比尔博的金子传说激起了好奇，也激起了渴望；因为人人知道，传说中的金子（就算不是来自歪门邪道，也是来源神秘）谁找到就是谁的——除非搜寻被阻止。

当弗罗多打败桑乔，把他推出去后，他瘫坐在大厅的椅子里。"该关店打烊啦，梅里，"他说，"上锁吧，今天谁来也不开，他们带攻城槌来也不开。"之后，他要去喝一杯已经耽搁了的茶，让自己恢复恢复。

刚坐下来，前门传来轻轻的敲门声。"多半是洛比莉亚又来了，"他想，"她一定想出了特别恶毒的话，回来说给我听的。这个不急着听。"

他继续喝茶。敲门声又响起了，声音大了一些，但他不予理会。忽然，窗外现出巫师的头。

"如果你不让我进门，弗罗多，我要把你的门从你的洞府炸下来，炸穿到山那边去。"他说。

"我亲爱的甘道夫呀！马上就来！"弗罗多嚷道，从房间跑出来，跑到门口，"请进！请进！我以为是洛比莉亚呢！"

"那我原谅你。我刚才碰见她驾着马车去傍水镇，那张脸酸得能把鲜奶凝成糊糊。"

"她已经把我搅成糨糊了。真的，我差点戴上比尔博的戒指。我想消失。"

"不要戴！"甘道夫说。他坐下来，"那个戒指你千万小心，弗罗多！事实上，部分是因为它，我才来交代最后一句话。"

"哎，它怎么了？"

"你已经知道了多少？"

"只有比尔博告诉我的那些。我听过他的故事：怎么找到的，怎么用的。我说的是他那次旅程中的故事。"

"哪个故事呢？我想知道。"甘道夫说。

"噢，不是他讲给矮人、写进书里的，"弗罗多说，"我搬过来不久，他给我讲了真实的情况。他说你缠着不放他才告诉你的，所以我最好也知情。'咱俩之间没有秘密，弗罗多，'他讲，'但是秘密也限于咱俩。它总归属于我。'"

"有意思，"甘道夫说，"那么，你怎么看？"

"如果你说的是围绕着'赠礼'编出的所有故事，哎，我觉得他讲的情况应该是真的，我看不出有编故事的必要。这事儿根本不像比尔博的作风，我觉得相当奇怪。"

"我也觉得。不过，拥有这些宝物的人有奇遇也是可能的——如果他们使用宝物。引以为戒吧，对它你要千万谨慎。除了让你在想消失的时候消失，它也许还有别的魔力。"

"我不明白。"弗罗多说。

"我也是，"巫师应道，"我也才开始琢磨这个戒指，特别是昨晚过后。不必担心。但如果你听我的，尽量少用，或者根本不用。最低限度，我请求你，用它会引人议论、引人疑心的话就千万不要用。我再说一次：好好保管，好好保密！"

"你真是神秘兮兮的！你在惧怕什么？"

"我不确定，所以我也不会多说。也许等我回来就能有消息告诉你。我立刻要离开：眼下要跟你告别。"他站起身。

"立刻！"弗罗多喊道，"我以为你会至少待上一周的。我盼着你的帮助呢。"

"我原本这么打算的——但是我主意已改，可能要离开颇长的时间；但我会尽快再来看你。说不准什么时候我就出现了！我会悄悄地溜进来的。我不会再时不时公开地造访夏尔。我发现自己已经很不受欢迎了，人家说我是讨厌鬼、搅事精。某些人等于在指控我把比尔博拐跑了，甚至有比这更难听的。你如果想听，某些人的说法是你我密谋，霸占他的财产。"

"某些人！"弗罗多惊叫道，"你说的是奥索和洛比莉亚吧！真可恶！要是我能让比尔博回来，能跟随他漫游乡野，我把袋底洞、把一切送给他们都行。我爱夏尔。可不知为什么，我也开始想着自己也离开就好了。我不知道还能不能再见到他。"

"我也是。"甘道夫说，"还有许多其他的事我也想知道。现在再会吧！自己保重！留心等我，特别是在不大可能的时候！再会！"

弗罗多送他出门。他最后挥了挥手，迈着惊人的大步离开了；但是弗罗多觉得老巫师看上去不寻常地佝偻，仿佛身负着沉重的负担。夜幕正在降临，他披着斗篷的身影很快消失在昏暗中。弗罗多很久都没有再见到他。

第二章
往昔的阴影
THE SHADOW OF THE PAST

——————— 我们所须决定的,就是如何应对加之于我们的时代。

——————— 他对魔戒又爱又恨,正如他对自己也是又爱又恨一样。他扔不下。

九天过去了，甚至九十九天过去了，议论都没有平息。比尔博·巴金斯先生的第二次消失在霍比屯乃至整个夏尔让人议论了一年零一天，之后还让人念念不忘。这件事成了年轻霍比特人的炉边故事；末了，老是乓的一声、唰地一闪就消失，然后带着成袋珠宝黄金再现的疯狂巴金斯，成了传说中最受喜爱的角色，在一切真相都被人遗忘很久以后，他还命长地活在记忆中。

不过眼下坊间的普遍看法是，比尔博本来就一直神神叨叨的，终于发了大疯，跑得没了影踪。他肯定是跌进了池塘或河里，成了个悲剧，可这个结局也不能说是不合时宜。最受责难的是甘道夫。

"但凡那个讨厌的巫师对小弗罗多放手，他就能安定下来，培养点霍比特人的自觉。"他们说。而从表面来看，巫师的确放了手，弗罗多的确安定了下来，只是霍比特人的自觉培养得不怎么明显。更甚者，他还即时发扬了比尔博古怪的名声。他拒不服丧哀悼；第二年还办聚会，为比尔博庆祝百又十二的寿辰，称其为"公担[1]"之宴。不过人数没有达标，只邀请了二十位客人，吃了好几餐，按霍比特人的说法，美食如云，美酒如雨。

一些人很吃了一惊；但弗罗多年复一年地定规给比尔博办生日会，后来人们也都习惯了。他说，他认为比尔博没有死。人家问他："那

---

1 原文 Hundred-weight，英担或半公担，一英担等于112磅，正合比尔博的寿辰。

他现在哪儿呢？"他就耸耸肩。

和比尔博一样，弗罗多独自生活；但他有许多朋友，特别是霍比特年轻人（多是老图克的后人），他们自小就喜欢比尔博，常在袋底洞进进出出。福尔科·博芬和弗雷德加·博尔杰就是其中两位；不过他最亲近的是佩里格林·图克（常被叫作"皮平"）和梅里·白兰地鹿（其真名是梅里阿道克，已不大有人记得）。弗罗多和他们结伴走遍了夏尔；不过他更经常独自游荡，有时被人看到在离家甚远的山间林里行走，还披星戴月的，让明事理的人们啧啧称奇。梅里和皮平疑心他时时去拜访精灵，就像曾经的比尔博。

随着时间推移，人们开始注意到，弗罗多也表现出"保养有道"的迹象：外表上他是个强健而精力充沛的霍比特人，在双十之岁的朋伴之中很出挑。"有的人就是走大运。"他们说；但是到弗罗多步入应该更加持重的五十之年以后，他们才开始觉得奇怪。

弗罗多本人在最初的震荡之后，发现做自己的主人、做袋底洞的主人巴金斯先生相当惬意。多年来，他相当快活，对未来也不怎么忧心。但他自己模模糊糊地意识到，当初没随比尔博离开，他的懊悔与日俱增。有时候，他发现自己对荒原好奇，到了秋季尤甚，而且会梦见自己从未见过的群山奇景。他开始对自己说："也许有一天我自己也要跨过大河。"但他心灵的另一半会回应："时机未到。"

日子就这样过去，他的四十之年快要过完了，五十岁生日正在迫近：五十这个数字，他觉得有某种意义（或者预兆）；比尔博正是在这个岁数撞上了突如其来的奇遇冒险。弗罗多开始坐立不安，那些老路似乎走过的次数太多了。他看地图，揣测地图的边界之外会是什么：夏尔制作的地图，一般把边界线之外留白。他开始更多地独自一人漫游到野外更远处；梅里和其他朋友则忧虑地关注着他。此时，一些奇怪的旅人开始出现在夏尔，常有人看见他与之走在一起，还互相说话。

传闻说，外面的世界出了怪事；且由于甘道夫那时没有现身，好几年也没有口信传来，弗罗多只得尽力打探消息。原本极少在夏尔行走的精灵，现在出现了，他们在夜里从林间穿行，一路向西，并不回头；他们正在离开中土世界，也就不再理会这里的事端。不过，路上矮人却多得不寻常。东西大道贯穿夏尔，通向灰港，矮人们原本一直借道这一段去他们在蓝色山脉的地矿。如果霍比特人想打听，他们是远方信息的主要来源；通常矮人不爱多说，霍比特人也不追问。但现在弗罗多常常遇到从遥远他乡过来的陌生矮人，要到西方避难。他们忧心忡忡，有的会悄声说起大敌和魔多那个地方。

这个名号霍比特人只在关于暗黑过去的传说中听过，就像他们记忆的背景上的一道阴影；可是它不吉利，让人不安。似乎幽暗森林的邪恶力量被白道会驱逐出去以后，却变得更加强大，重现在魔多的旧据点中。据说黑暗妖塔已经重建，邪恶力量从那里扩张八方，极远的东方和南方都起了战事，恐慌日增。奥克重新霸占了山脉，食人妖四处流窜，不再迟钝，变得狡猾起来，还装备了致命武器。还有的话说得吞吞吐吐的，暗示还有比这些更加可怕的怪物，只是尚无名字。

当然，这些消息几乎很少传到普通霍比特人的耳朵里。但是，即便是最耳背、最足不出户的人也开始听到奇怪的说法；由于办事情而到边界去的人还目睹了古怪的东西。在弗罗多五十岁那年的一个春夜，傍水镇的绿龙酒馆里的对谈表明，即便是夏尔轻松舒服的中心也开始传起这些流言，尽管多数霍比特人仍对此哈哈一笑。

山姆·甘姆吉坐在靠近火炉的角落里，对面是磨坊主的儿子泰德·山迪曼；还有各色霍比特乡下人听他们聊天。

"这些日子咱们可听到不少怪事呢,千真万确。"山姆说。

"嗳,你要听就听到了呀。可是这种炉边传说、儿童故事,我要听坐在家里就可以听到了。"

"可不,你当然可以,"山姆反驳道,"我敢说,这里头有些是真的,不是你以为的那样。毕竟谁编这些事啊?就拿那个龙当例子吧。"

"谢谢您嘞,"泰德说道,"龙我可消受不来。我是个小年轻的时候就听过龙的瞎话儿,可现在就没必要相信啦。傍水镇的龙仅有一条,而且是绿色的。"他的话引得哄堂大笑。

"行吧,"山姆说着,和大家一起大笑起来,"但是那些树人,那些巨人呢?管你怎么称呼吧,他们确实说,不久以前在北沼看见一个比树还高的家伙过去。"

"他们都有谁啊?"

"我的表弟哈尔算其中一个。他在过山村给博芬先生帮工,到北区去打猎。他看到了一个。"

"口头说说的吧。你们那个哈尔老说自己看到了神啦鬼啦;也许他看到的都不存在。"

"可他看到的这一个有榆树那么高,还走路——一步迈出七码长,差也差不出一吋[1]。"

"行,那我打赌就差一吋。十有八九,他看到的就是一棵榆树。"

"但这一棵在走路哇,我跟你说;而且北沼不长榆树。"

"那么哈尔就不可能看得到榆树。"泰德说。笑声、掌声响了起来:观众们好像认为泰德赢了一分似的。

"即使如此,"山姆道,"你也不能否认,除了我家的哈尔法斯特外还有人看见奇怪的人横穿夏尔——正在横穿,你注意了:还有更

---

[1] 指英寸,一英寸约2.54厘米。

多人在边境线上被挡了回来。巡边人以前从来没这么忙过。"

"我还听说,精灵正在西迁。他们的确说了,要到港口去,比白塔还远呢。"山姆含糊着挥了挥手臂:他和这些人谁也不知道,经过夏尔的西区之西的古老塔林,还要多远才能走到大海。据古老的传说,彼处便是灰港,时有精灵船从此起航,永不回头。

"他们航海,航海,航海,航行在大海,正在远离我们,直奔向西。"山姆的话半吟半唱,他还悲伤又严肃地摇着头。但是泰德大笑起来。

"好啦,你要是相信老传说,那就不是啥新闻。而且,我看不出跟你我有什么关系。让他们航行去呗!但是我保证你没有看见他们航海;夏尔没人看见过。"

"唉,我不知道。"山姆若有所思。他认为自己曾在林中见到过一个精灵,很希望某一天能多见到几位。少时曾听过的所有传说中,霍比特人所了解的关于精灵的断篇残章和只剩一半的故事,总是深深地把他打动。"即便在我们这些地方,也有人认识精灵族,也有他们的消息,"他说,"就说我效劳的那位巴金斯先生吧,他告诉我,精灵已经起航,他知道一点他们的事。老比尔博先生知道得更多:我小的时候可跟他没少聊。"

"噢,他俩都疯疯癫癫的,"泰德说,"退一步说吧,老比尔博已经疯了,弗罗多正在变疯。要是你的消息是从他们那里听来的,那你可不缺糊涂醉话。好啦,朋友们,我走啦,回家啦!祝你们健康!"他把杯子喝干,动静很大地出了门。

山姆沉默地坐着,一言不发。他有好多事要想一想。一方面,袋底洞的园子里活儿很多,明天如果天晴了,他一定会很忙。草长得飞快。但是,压在山姆心头的不只是园艺的事。过了一会儿,他叹了口气,起身走了。

正是4月初,大雨过后,天气放晴。太阳已落山,微凉暗淡的傍晚正在静静地融入黑夜。在暮星的星光下,他穿过霍比屯,爬上小丘,一路走回家,一边低声吹着口哨,一边想着心事。

就在此时此刻,甘道夫在消失良久之后又重新现身了。那场盛会之后,他离开了三年。然后他匆匆回来看望弗罗多,好好照看了他一下又出发了。接下来的一两年,他出现得颇为频繁,黄昏之后出乎意料地来,天亮之前不打招呼就走。对于自己的事情和游历他不会提及,好像感兴趣的主要是弗罗多的健康和作为等小事。

然后突然他就不来了。弗罗多上次见到他、听到他的消息已是九年多之前,已经开始以为巫师永不会再来,对霍比特人的兴趣一点不剩了。可是在这个夜晚,在山姆正往家走而暮色渐褪之时,熟悉的叩窗声又在书房窗户上响起。

弗罗多惊喜万分地迎接了他的老朋友。他们仔细打量着彼此。

"都好吧?"甘道夫说,"你和以前一个样子,弗罗多!"

"你也是。"弗罗多回应;但是他暗中觉得甘道夫显老了,更加忧虑憔悴了。他催甘道夫讲讲自己的新闻、广阔世界的新闻,很快两人就进入了深谈,一直谈到深更半夜。

第二天早晨,用过晚了点的早餐后,巫师和弗罗多坐在书房敞开的窗前。壁炉里炉火明亮,可太阳也暖和,风从南来。一切看起来都是清新的,春天的新绿在园地里、树顶上闪闪烁烁。

甘道夫想着差不多八十年前的另一个春天,比尔博同他一起跑出袋底洞,连块手帕都没带。他的头发或许比从前更白了,胡子眉毛或许更长了,脸上皱纹更多了,透着忧虑和智慧;但是他的眼睛永远那么明亮,他抽着烟,和从前一样活泼而愉快地吐着烟圈。

他沉默地抽着烟,因为弗罗多一动不动地坐着想心事。即使在早晨的阳光下,他也感受到了甘道夫带来的消息的黑暗阴影。最终,他打破了沉默。

"甘道夫,昨夜你刚跟我讲起戒指的古怪之处,就打住了,因为你说那类事最好留在天亮后再说。现在讲完你觉得好不好?你说戒指很危险,比我猜测的还危险百倍。危险在什么方面?"

"很多方面,"巫师答道,"首先,它的魔力比我放胆猜测的还要远远大得多,强大到能够彻底征服占有它的任何凡人,反而将他占有。"

"很久以前,在埃瑞吉安造出的精灵戒指有许多枚,你们称之为魔法戒指,当然它们属于不同种类:有的强些,有的弱些。次级戒指在完全炼成之前,只是技艺不成熟的试验品,对于精灵匠人来说,只能算小玩意儿——可在我看来对凡人仍然很危险。但是,主魔戒,也叫力量魔戒,它们的危险是毁灭性的。

"弗罗多,一介凡人如果拥有了主魔戒中的一枚,便可不灭不死,但是也不再生长,不增寿数,只是苟延,到后来每一分钟都是煎熬。而且,如果他时时用这枚戒指让自己隐形,就会褪隐,到最后永远消隐,在统治众魔戒的黑暗力量眼皮底下,行走在昏昧之中。不错,迟早的事——如果他定力强,或者从开始就心怀良善,就会拖得久点;但是定力和良善都坚持不了很久,黑暗力量迟早会把他吞噬。"

"太恐怖了!"弗罗多说。二人又是长时间的沉默。园中传来山姆·甘姆吉修剪草皮的声音。

"此事你知道多久了?"弗罗多终于开口问道,"比尔博又知道多少?"

"比尔博知道的都告诉你了,我确定,"甘道夫说,"他绝不会把他认为有危险的东西传给你的,就算是我答应照看你,他也不会。他以为戒指非常美丽,用得着的时候又非常有用;要是哪里有毛病或不对劲,那也是因为他自己。他说戒指'在他心上越压越重',而且他老是担心它;但他没想过该怪罪的是戒指。尽管他已经发现有件事要注意:戒指的尺寸、重量不是一成不变的,它会蹊跷地变大变小,还会突然从原来戴得牢牢的手指上滑脱。"

"对,他在最后一封信里提醒过我,"弗罗多说,"所以我总是把它系在链子上。"

"很明智,"甘道夫说,"但对于自己的高寿,比尔博从来没有将它与戒指联想到一起。他以为自己得天独厚,还洋洋自得。虽然他越来越坐立不安,心神不宁。'力薄难支''绷得太紧'是他的原话。这就是戒指开始控制他的征兆。"

"这些你知道多久了?"弗罗多再次问道。

"知道?"甘道夫说,"智者才知道的秘辛我已经知道很多了,弗罗多。但是,如果你的意思是'了解这枚戒指',唉,我还了解得不够,可以这么说。要进行最后的检验我才能确定。但是,我已不再怀疑自己的猜想。"

"这个猜想是什么时候开始有的呢?"他思忖着,在记忆里搜寻着,"我想想——就是白道会把黑暗力量逐出幽暗森林的那一年,恰在五军之战之前,也是比尔博发现戒指的那一年。当时,阴影笼罩了我的心,尽管我还不知道在惧怕什么。我经常琢磨,咕噜怎么弄到一枚主魔戒,显然它就是主魔戒——这一点一开始就已经很清楚了。之后,我听说了比尔博如何'赢来'戒指的奇事,我无法相信。等我终于从他那里问出实情,马上就发现他一直企图对戒指的所有权正名,让人无可指摘;很像咕噜所谓的'生日礼物'。两者扯的谎这么类似,让我无法安心。显然,戒指的伤害性一到持有者手中就开始发作了。这是我第一次产生真正的警觉,警觉到一切不妙。我常跟比尔博说,这样的戒指最好不使用;但他心生不满,很快怒气冲冲。别的我做不了什么,也不可能强取而不伤害到他;并且我也没有权利拿走它。我只能守望、等待。或许我本该去询问白袍巫师萨鲁曼,但是总有说不清的感觉拖住我。"

"他是谁?"弗罗多问,"这个名字我从来没有听到过。"

"可能你确实没听到过,"甘道夫说,"他对霍比特人毫不在意,或者说至少过去如此。不过,他是智者中的大人物,是我这一序列的长老,白道会之首。他的学问大,但是傲气也随着变大,而且乱插手会让他动怒。精灵戒指属于他的学识领域,不管所涉是大是小。他研究经年,探寻失落的戒指锻造之秘;但是,当白道会讨论戒指的时候,他透露给我们的魔戒信息正与我所惧怕的相悖。所以,我让疑虑沉睡——但心中不安。我仍然守望着,等待着。

"比尔博似乎一切安好。多年过去,是啊,多年过去,岁月饶过了他,他毫不见老。阴影再次笼罩了我的心,但是我对自己说:'毕竟他的母家是个长寿家族。还有时间。等待吧!'

"我又等待下去,直到他离开这个宅子的那一夜。他的言行让我充满了惧怕,萨鲁曼讲的没有一个字能把惧怕减少半分。我明白,某种暗黑的、致死的东西终于起效了。自那以后,我大多数时间都在寻找戒指的真相。"

"没有造成什么永远的伤害吧?有没有?"弗罗多着急地问,"他会随着时间过去而完全转好吧,是不是?我是说,能得安宁了?"

"他立时就感觉好多了,"甘道夫说,"这世上仅有一个势力完全了解魔戒及其法力;而且就我所知,这世上没有一个势力完全了解霍比特人。智者中,仅我一人研究霍比特人的学问:寂寂无名的知识分支,却充满惊奇。虽然他们可以柔弱如黄油,有时却强硬得像经年的老树根。我认为,有些霍比特人可以长久抵抗魔戒之力,久得让多数智者难以置信。我觉得,你无须担心比尔博。

"当然,他占有戒指多年,并且使用过,所以可能需要很长时间才能让影响消退——之后再见戒指对他才安全。此外,他可以快乐地继续活上很多年,不像他与戒指分离时那样。因为他最终是出于自愿放弃了戒指,这一点很重要。啊,亲爱的比尔博放手之后,我就再也不为他担心了。我感觉需要负责的是你。

"自从比尔博离开,我一直都在深深地记挂你,记挂所有这些可爱、滑稽、无助的霍比特人。如果黑暗力量占领了夏尔,你们大伙儿,善良、快活、憨傻的博尔杰家、吹号手家、博芬家、编腰带家和其他人,更别提荒唐有趣的巴金斯家——都被奴役,世界将受到多么重的打击啊。"

弗罗多发抖了。"可是怎么会呢?"他问,"他怎么会想要我们这样的奴隶呢?"

"跟你说实话,"甘道夫答道,"我认为,迄今为止,迄今为止,你注意了——他都完全忽视了霍比特人的存在。你应该感激。但是,你们不再安全。他用不着你们——他有更多的得力奴仆——可他也不会再次把你遗忘。而且,让霍比特人成为悲惨的奴隶,远比让霍比特人自由快乐更让他高兴。世上确实有纯粹的恨意和报复心。"

"报复?"弗罗多问道,"为什么报复?我还是不懂,这个和比尔博、我,和我们的戒指有什么关系。"

"大有关系,"甘道夫说,"你还不知道真正的凶险;但是你会知道的。上次我来的时候,我自己还不确定;但是到了该说明的时候了。先把戒指给我。"

弗罗多从后口袋取出戒指,它扣在一条链子上,链子挂在腰带上。他慢慢地解下来递给巫师。它突然变重了,似乎要么是它,要么是弗罗多自己,有些不肯让甘道夫碰到。

甘道夫举起戒指。它看起来是用纯净坚硬的金子铸成。"你能看到上面的印记吗？"他问道。

"不是，"弗罗多说，"上面啥也没有。素面的，而且从来显不出任何划痕或者戴过的痕迹。"

"那好啊，看着！"巫师突然将戒指扔到了火炉里闪亮的火焰正中，让弗罗多大吃一惊、担心不已。他惊叫一声，伸手摸向火钳子；但是甘道夫拉住了他。

"等等！"他以命令的口吻说道，蓬乱粗眉下的眼睛飞快地看了他一眼。

戒指没有起什么明显的变化。过了一会儿，甘道夫站起来，关上窗外的百叶，又拉上了窗帘。房间变得黑暗安静，不过，从花园里隐约传来山姆修枝剪的咔嚓声，现在靠近了窗户。巫师站了一会儿，看着火炉；然后俯身用火钳将戒指移到炉边地上，立即捡了起来。弗罗多倒抽一口凉气。

"挺凉的，"甘道夫说，"拿着！"弗罗多畏缩着伸手接住了它，感到它似乎从未如此厚实、沉重过。

"举起来！"甘道夫说，"细细瞧！"

弗罗多照做了。现在，他看见细细的线条沿着戒指爬满内外，比最细的笔尖写下的还细：火焰的线条好像组成了某种流动的铭文的字母。线条光亮刺目，却又遥远，好似来自深处。

"我读不懂这些火焰文字。"弗罗多颤声说。

"我知道,"甘道夫说,"但我能读。字母是精灵文的,古代写法,但是语言是魔多的语言,在此地我不会读出口的。不过,通用语里它很接近这个意思:

至尊魔戒驭众戒,至尊魔戒得众戒;
众戒皆从至尊戒,众戒禁锢黑暗中。

"这不过是一首长期以来为人熟知的精灵传说的诗歌中的两行。

力量三戒精灵铸,归属天下精灵王,
又有七戒赠矮人,山下地底石厅藏;
凡人寿数虽有定,亦得戒指共九枚,
魔君高踞黑王座,魔影之中持至尊。
至尊魔戒驭众戒,至尊魔戒得众戒;
众戒皆从至尊戒,众戒禁锢黑暗中。
黑暗之中魔多地,魔多妖邪影幢幢。"

他顿了一顿,然后用低沉的嗓音缓缓地说:"这枚就是主魔戒,统御众戒的至尊魔戒;也是久远年代以前他所丢失的至尊魔戒,极大地削弱了他的力量。他极为渴望得到——但绝不能让他得到。"

弗罗多一言不发,一动不动。恐惧仿佛自一只巨手中蜿蜒而出,好像一团东方升起的乌云,森然迫近,要把他吞没。"这枚戒指!"他结结巴巴地说,"它、它到底是怎么来到我手上的?"

"啊!"甘道夫说,"这话说起来就太长了。开头得回到黑暗年代,只有学问大师现在还记得。如果我把所有的来龙去脉都讲给你，春去冬来的时候我们还得在这儿坐着呢。

"但是，昨夜我跟你讲了强大的索隆，也就是黑暗魔君。你听到的那些传闻是真的：他确已再度崛起，离开了幽暗森林的巢穴，回到了他在魔多的古老要塞暗黑邪塔。这个名号连你们霍比特人都听说过，仿佛是古老故事的边缘上笼罩的一片阴影。尽管屡经挫败，暂得喘息之后，魔影总是换身移形，再度滋长。"

"我真不想这种情况发生在我的时代。"弗罗多说。

"我也一样，"甘道夫说，"万物苍生任谁要遭逢那种时代都不会愿意。但这由不得大家来定。我们所须决定的，就是如何应对加之于我们的时代。而且，弗罗多，我们的时代已经开始变得黑暗了。大敌正在迅速地强大起来，非常厉害。他的计划还远未成熟，但是正在成熟之中。我们会处境艰难，哪怕没有眼前这个可怕的机会，我们的处境也会非常艰难。

"要击退所有的抵抗、冲破所有的防御、再次将黑暗笼罩各土，大敌仍然缺少一件可以给他力量与知识的东西。他缺少的是至尊戒。

"精灵三戒至美至善，被精灵王所隐藏，他永远无法染指、无法玷污。矮人七戒为矮人王所持，但他夺回了三枚，四枚被火龙所毁。还有九枚他赐给了骄傲强大的凡人，引诱他们进了圈套。早在很久之前，他们已屈从于至尊戒的统领之下，成了戒灵，是他巨大魔影下的影子，也是他最可怕的仆从。这已是很久远的事了。距离九个戒灵上次踏足异土已经过去很多年了。但是谁知道呢？魔影再次强大，他们也许会再次出动。啊，算啦！就算是在夏尔的晨光中，我们也不该谈论这样的事情。

"所以，现况是：凡人九戒他已收归己有；矮人七戒有的收回，有的摧毁了。精灵三戒仍然隐匿，但不会再让他烦恼。他所需要的只有至尊戒；因为这一枚他亲手锻造，本就属于他，并且注入了当时的大部分法力，以统治其余的魔戒。如果他重获至尊戒，便可以再次号令其余，不论落在何处，甚至连精灵三戒也不例外，所有借此成就的都会暴露，他会变得空前强大。

"这就是我说的那个可怕的机会，弗罗多。他以为至尊戒已经摧毁；原该由精灵们毁掉它。但是，他现在知道，戒指没有被毁，已经重现。所以他正在上天入地地找寻它，全副心神都在这枚戒指上。这是他巨大的契机，也是我们巨大的危机。"

"为什么？为什么没有毁掉？"弗罗多叫起来，"大敌那么强大，这枚戒指对他那么宝贵，又怎么会弄丢呢？"他把戒指紧握在手心里，好像已经看到了黑暗的指爪伸过来要抢走它。

"这枚戒指是从他手里夺取的，"甘道夫说，"很久以前，精灵反抗的力量比现在更强，而且并非所有人类与他们离间。当时西方的人类前来助他们一臂之力。古老历史中的这一章包含着苦痛，聚集着黑暗，但是了不起的勇气、伟大的努力并未完全付之东流，仍然值得回顾。也许有一天，我会告诉你事情的全部，或者会由最了解内情的人来讲给你听。

"不过，眼前你最需要知道的是此物的来历，那么现在我要讲的就已足够，要说的就是以下这么多：推翻索隆的是精灵王吉尔-加拉德以及西方的埃兰迪尔，但他们自身已在壮举中陨落；埃兰迪尔之子伊希尔杜砍下索隆的手指，取走了魔戒。索隆大败，灵魂脱逃，藏匿经年，直到他的魔影在幽暗森林再度成形。

"但是魔戒也失落了。它落入了安度因大河，没了影踪。当时伊希尔杜沿河东岸向北急行军，在金菖蒲沼地附近遭到大山中奥克的伏击，他所有的部下几乎都被斩杀，他跳进水中，可是戒指在他游水的时候滑落，于是他被奥克发现，用箭射死了。"

甘道夫顿了一下："就这样，戒指沉在金菖蒲沼地黑暗的泥水中，不为人所知，跳出了传说之外；而且，即便现在有几个人已经知道了它的重重旧史，智者的白道会也没能把它找到。不过，我终于可以把这个故事延续下去了。

"很久以后，但距今仍然是很久很久以前，在大河两岸、大荒野边缘生活着一族心灵手巧、轻手轻脚的矮人。我推测他们属于霍比特人种，和斯图尔族的祖先有亲缘关系，因为他们喜爱大河，常在河里游水，以芦苇扎制小船。他们之中有一个家族颇有名望，比其他家族更庞大、更富有，由族中的一位既严格又精通旧传说的祖母统领。这个家族里最爱打听、最富好奇心的一位名叫斯密戈。他好刨根究底，深潭有他去下潜，树根、植物底下他掘洞，青丘之中钻隧道；山峰、枝头树叶、朝天开放的花朵他不抬头瞧，双眼总是朝下望。

"他有个朋友叫迪戈，物以类聚，迪戈眼睛更尖，但是没有他灵活，没有他强壮。一次，他们划船顺流而下，来到了金菖蒲沼地，那里有大片大片的菖蒲花和正在开花的芦苇丛。斯密戈下船围着岸边踅摸，迪戈坐在船上钓鱼。忽然，一条大鱼咬钩了，他还没反应过来，人就被拖出了船、拖下了水，直沉到底。他感觉在河床上看到了一个闪光的物件，就松开鱼线屏住呼吸，伸手把它捞起。

"然后，他哗啦啦地游上水面，头发里缠着水草，手中一把泥巴；他游到岸上。瞧啊！泥巴洗掉之后，他的手里躺着一枚美丽的金戒指，在阳光下闪耀光芒，让他心中欢喜。但是，斯密戈一直从一棵树后盯着他，就在迪戈满心欢喜地看着戒指的时候，斯密戈轻轻地走到他的身后。

"'把那个给咱吧，迪戈，亲爱的。'斯密戈从他的背后俯身说道。

"'为啥？'迪戈说。

"'因为今天我过生日,亲爱的,而且我想要嘛。'斯密戈说。

"'我不管,'迪戈说,'礼物我已经给你送过了,贵得我肉痛。我找到的这个,我要自己留着。'

"'噢,你是认真的吗,亲爱的。'斯密戈说着,扼住了迪戈的喉咙,掐死了他,因为金子看上去实在是又闪亮又美丽。然后,他就把戒指套在了自己的手指上。

"后来再也没有谁发现迪戈的遭遇;他在离家很远的地方被害,尸体又被狡猾地掩藏。斯密戈独自回家后,发现戴着戒指的时候家里人谁也看不到他。这个发现让他高兴坏了,他小心隐瞒,把戒指用于打探秘密,再用知道的秘密为非作歹。所有的害人事儿,他都耳聪目明。戒指按照他这块材料赋予他对等的力量。毫不奇怪,他变成了万人嫌,所有的亲戚都躲着他(在他不隐形的时候)。他们踢他,他就咬人家的脚。他开始偷东西,四处转,嘴里念念叨叨,嗓子里咕咕噜噜的。所以人家叫他咕噜,诅咒他,叫他滚开;而他的祖母,为求安宁,将他逐出家族,轰出她的洞府之外。

"他踽踽独行,抹了一会儿眼泪,叹世事之艰,然后沿着大河北上,来到了源自山间的一条溪边,接着溯溪而行。他用隐形的双手在深潭里捉鱼,生着吃掉。有一天天气极热,他在俯身探向水潭的时候,感到脑后一阵灼热,水面上闪着的耀眼的光芒刺痛了他湿漉漉的双目。他对着这片亮光大感疑惑,因为几乎已经忘记了太阳。然后,他最后一次仰望太阳,向太阳挥拳。

"但是,当他放低视线时,看到了远在前方的迷雾山脉的山顶,溪水正是源自此处。他突然想到:'那些山底下一定阴凉。那儿太阳也望不到我。那些山的根一定是真正的根;那儿一定埋着自太初也无人发现的大秘密。'

"于是,他昼伏夜行,到了高地之上,找到了溪水流出的小山洞;

他如蛆虫一般，蠕动着探进了山的中心，消失不见，无人知晓。戒指也随着他潜入黑暗，甚至连戒指的锻造者也毫不知情，即使那会儿他的力量已经开始壮大了。"

"咕噜！"弗罗多叫道，"咕噜？你指的是比尔博给我讲的那个咕噜吗？多么可恶啊！"

"我倒觉得这是个可悲的故事，"巫师道，"也有可能发生在别人身上，甚至我所认识的某些霍比特人。"

"我无法相信咕噜和霍比特人有亲，不管是多远的关系，"弗罗多有些激动，"这个说法多么恶心！"

"真相毕竟是真相，"甘道夫说，"关于霍比特人的起源，不管怎样，我比霍比特人自己知道得还多。甚至比尔博的故事也暗示着亲缘关系。他们的背景、头脑、记忆中有太多太相似的地方了。他们深刻地了解彼此，远超霍比特人对矮人、对奥克的了解，甚至包括精灵。就说一件，想想他俩都懂的那个谜语吧。"

"不错，"弗罗多说，"可霍比特人以外的其他人也出谜语，几乎一模一样的谜语。而且，霍比特人不骗人。咕噜总是企图骗人。他只是想要让可怜的比尔博放下戒备。我还敢说，玩上一把最终可以让他轻松害人、输了也伤不到自己的游戏，正中他那邪恶的下怀。"

"恐怕是再对也没有了，"甘道夫说，"但是，我觉得这件事里还有别的东西你还没有看明白。即使是咕噜也没有彻底败坏。他已经证明自己比一位智者所猜想的还要强大——作为一个霍比特强者。他心中尚存一个小小的、属于自己的角落，光线可以透进来，就像黑暗中的一条窄缝；这是来自过去的光明。我想，再次听到同类的声音其实是令人愉快的，它带来风、树、草地、阳光，还有其他遗忘的东西的回忆。"

"但是，这些当然只能最终更加激怒他邪恶的那部分——除非邪恶能被克服，或者除非邪恶可以被治愈吧。"甘道夫叹道，"唉！对于他而言，治愈的希望太渺茫了。可也不是没有。尽管他占有戒指很久，几乎久得自己都记不起从何时开始的了，但还有希望。因为他很长时间都不怎么戴：在漆黑的黑暗中，戒指很少用得上。肯定他也从未'褪隐'，他还是干瘦结实。不过，此物一直在吞噬他的心智，而且不用说，这份折磨已变得快要无法承受了。

"山底下所有的'大秘密'原来只是空无的永夜：没有什么好发现的，没有什么值得做的，只有肮脏鬼祟的猎食，以及充满憎恨的记忆。他痛苦万分。他厌憎黑暗，更厌憎光明：一切他都憎恨，尤以这枚魔戒为最。"

"你这话是什么意思呢？"弗罗多问，"魔戒不是他的宝贝吗？不是他唯一在乎的吗？可要是他憎恨魔戒，干吗不扔了它，或者丢下它自己离开呢？"

"听了这么多旧事之后，你应该有所领会，弗罗多，"甘道夫说，"他对魔戒又爱又恨，正如他对自己也是又爱又恨一样。他扔不下。这件事上他没有什么残存的意志力。

"力量魔戒会照管自己的，弗罗多。它会滑脱，会背弃持有人，而持有人却绝不能抛弃它。最多他会随便转转念头，是不是把它交给他人照管——但只发生在早期阶段，在魔戒刚开始掌控人的时候。不过，据我所知，比尔博是史上仅有的一位，不止于转转念头，而是真的交出了魔戒。他也需要我全力帮助才做得到。即使如此，他也不能就放开手，或者把它抛一边。弗罗多，做决定的不是咕噜，而是魔戒本尊。是魔戒离开了他。"

"什么，正赶上迎接比尔博吗？"弗罗多问，"奥克岂不是更适合它吗？"

"这可没什么好笑的，"甘道夫说，"特别是对你。这是魔戒史上到现在最为奇诡的事件：比尔博来得正是时候，而且眼睛看不到，摸着黑，他的手碰到了魔戒。

"不止一种力量在背后施展，弗罗多。魔戒企图回到主人身边。它从伊希尔杜的手上滑脱，背叛了他；然后机会来了，它找上了可怜的迪戈，而他被害了；之后是咕噜，而他被吞噬了。它再也榨不出利用价值了：他太弱小、太卑劣了；只要在咕噜身边，它就离不开深潭。眼下，当它的主子再次苏醒，自幽暗森林发出暗黑的意念的时候，它抛弃了咕噜。却没想到，被最不可能的人捡了去：夏尔的比尔博！

"这背后必有另一种力量在运作，绝不在魔戒锻造者的设计之内。我可以最直白地说，比尔博注定要发现魔戒，而且这不是其锻造者的意愿。如此说来，你也注定要拥有它。这么想来，应该让人感到鼓舞。"

"我不觉得，"弗罗多说，"虽然我不确定是不是听懂了你的意思。魔戒还有咕噜的这些事情，你又是怎么知道的？你是真的全都知道呢，还是只在猜测？"

甘道夫看向弗罗多，眼中射出光来。"我原本就所知甚多，现在又得知不少，"他答道，"但是，我不会向你一一报告我的所为。埃兰迪尔和伊希尔杜的历史、至尊戒的历史在智者那里是尽人皆知的。仅凭火焰铭文，就能证明你拥有的正是那枚至尊戒，且不说其他的证据。"

"你是什么时候发现的呢？"弗罗多插嘴问道。

"当然就在此时，就在此处，"巫师尖刻地答道，"但是在我的预料之中。我走过一段段黑暗的旅程，经过了漫长的搜寻，就是为了这最终的检验。这是最后的证据，现在一切都再清楚不过了。我颇费了一些思量，才辨出咕噜的那部分，嵌进历史的缺口。对咕噜我或许是从猜测开始的，但现在不是。我确信无疑。我已经见过他了。"

"你见过咕噜了？"弗罗多惊奇地叫了起来。

"是的。这当然是肯定要做的事情,但也得做得到。很久以前我就努力找他;最终找到了。"

"那比尔博从咕噜那里逃出以后发生了什么? 你知道吗?"

"不是很清楚。我告诉你的,是咕噜愿意说出来的部分 —— 当然,也不是按我所讲的这样说的。咕噜谎话连篇,你必须把他的话筛一筛。比方说,他称魔戒为他的'生日礼物',而且不改口。他说魔戒传自他的祖母,她有好多类似的美丽物件。胡编乱造。我毫不怀疑斯密戈的祖母是一位女族长,算得上一位了不起的人物,但是说她拥有许多枚精灵戒指就太荒唐了,还有她赠出魔戒,都是谎言。但却是包含了些微真相的谎言。

"谋害迪戈的事阴魂不散,咕噜编出了一套辩护词,在黑暗里啃骨头的时候,反反复复地对着他的'宝贝'一遍遍地说,说得自己都快相信了。那天正是他的生日,迪戈理应把魔戒送给他。它的出现,显然就刚好做个礼物。本就是给他的生日礼物,如此这般,这般如此。

"我对他忍了又忍,可是真相又极度重要,末了我不得不强硬起来。我把恐惧之火降到他身上,一点一滴地挤出实话,他涕泪交加,咆哮嘶吼。他觉得自己被误会了,被亏待了。但是,当他终于透露过去的事,也只讲到猜谜和比尔博逃走,就不肯往下讲了,只有含糊的暗示。有其他什么在威胁他,比我的恐惧之火更暴烈。他嘟囔着要夺回自己的东西,让大家看看,他还会不会站着白受人踢打,被轰进洞里再被抢劫。咕噜现在有好朋友了,非常强大的好朋友。他们会帮他的。巴金斯会付出代价的。这就是他主要的念头。他恨比尔博,念着他的名字诅咒。而且,他知道他来自何方。"

"可他是怎么发现的呢?"弗罗多问道。

"哎,名字嘛,都怪比尔博太蠢,自己告诉咕噜的;有了名字,咕噜一旦从地下出来,就不难找到他的家乡。哦没错,他出来了。他对于魔戒的渴望胜过了对奥克的恐惧,甚至胜过了对光明的恐惧。一两年后他离开了群山。你看,尽管仍受制于对魔戒的欲望,魔戒却不再吞噬他了;他开始复苏了一点。他感觉老了,老得可怕,却不那么胆怯了,而且感到极度饥饿。

"光亮,太阳的光、月亮的光,他仍然惧怕、厌憎,而且我想这一点他永远也改变不了;但是他狡诈多端,他发现可以躲开日光和月光,借着那双苍白阴冷的眼睛,轻快地在夜晚的死寂时分行路,并捕捉吓坏了的或者不警醒的小生灵。有了新鲜食物、新鲜空气,他变壮了,胆子也变大了。不出所料,他找到了进入幽暗森林的路。"

"你是在那儿找到他的吗?"弗罗多问。

"我在那儿看见的他,"甘道夫答道,"但此前他曾追着比尔博的踪迹游荡了很远。当然,要从他那里知道点什么很难,因为他的话总是被诅咒和威胁中断。'它的口袋里有什么?'他说,'它可不会说,没有宝贝。这个小骗子。问得不公平。它先骗人的,它先骗的。它不守规矩。咱本该捏死它的呀,宝贝。总有一天咱会的,宝贝!'

"他的话就像这样。估计你也不想再听。我听了很多天,听累了。但是,从他纠结的嘶吼中所洒漏的暗示里,我推知他那双长蹼的双脚曾经远到埃斯加洛斯,甚至踏上了河谷邦的大街,让他得以暗中偷听窥探。唉,那些大事的消息传遍了大荒野,很多人都曾耳闻比尔博的大名,知道他家乡在何处。在西边,我们对他的返乡行程没有遮掩,咕噜的耳朵尖,很快就能知道他想要的。"

"那他为什么没有继续跟踪比尔博?"弗罗多问道,"他为什么没到夏尔?"

"啊,"甘道夫说,"终于说到这儿啦。我认为咕噜跟踪过。他出发朝西往回走,一直走到大河,但之后就改变了方向。我很肯定,遥远的路途不会把他吓倒,是别的东西把他引开了。帮我追捕他的那些朋友们也这么认为。

"起先森林精灵找到了他的踪迹，对他们来说挺简单，因为咕噜的痕迹那会儿还仍然新鲜。痕迹引着他们穿过幽暗森林又返回来，却从未捉住咕噜。森林中到处是他的传言，连鸟兽都在讲可怕的故事。林中人类说，异域生出了新的恐怖怪物、一个饮血的鬼魅：它爬树寻巢；钻洞觅幼；甚至从窗户缝溜进去找寻摇篮。

"但是，在幽暗森林的西边边界上，痕迹掉转了方向。他向南走去，脱离了森林精灵的视线，消失了。之后我犯了大错。是的，弗罗多，不是第一次犯错；但我担心，可能这是最要命的错误：我听之任之，由他跑了；因为那时我有太多其他的事情要思考，而且仍然相信萨鲁曼的解释。

"唉，已经很多年了。后来，我为此经历了很多黑暗危险的日子。在比尔博离开之后，我重新追踪咕噜的痕迹，但已是日久难寻。要不是有一位朋友帮忙，我的搜寻就白费了：此人名叫阿拉贡，是当代当世最了不起的行者、最出色的捕猎好手。我们一起踏遍了大荒野，搜寻咕噜，不抱希望，也没有成功。但是到了最后，当我放弃了追捕，要转向其他途径的时候，咕噜被他发现了。我的朋友历经艰险，带回了那个可怜虫。

"他不肯交代自己一直都在做什么，只是哭哭啼啼，说我们残忍，嗓子里咕噜不停；我们逼问他，他哀哀哭泣，缩成一团，搓着长长的手，舔着手指，好像手指在作痛，好像他想起了旧日的什么折磨。不过我可以肯定无疑的是：他慢慢吞吞，鬼鬼祟祟，一步一步，一哩一哩，一直南下，最后来到了魔多之地。"

房间的沉默气氛很重。弗罗多听得到自己的心跳。甚至外面的一切也安静了。山姆修枝剪的声音也听不到了。

"是的,他来到了魔多。"甘道夫说,"啊!魔多吸引着所有的邪恶,暗黑力量一心一意把它们聚拢。那枚大敌锻造的魔戒也会留下印记,让咕噜听从召唤。那时所有人都在窃窃私语着南方的新魔影,以及魔影对西方的憎恨。原来这就是咕噜新的好朋友,会帮他报仇的好朋友!

"可悲的蠢徒啊!在那里他会受到很多教训,让他痛苦难过。而且,他在边境埋伏窥探的时候早晚会被捉住,被拿去盘查研究。恐怕就是这样。他被发现时已经在那里待了很久,并且已经准备回程,受差使做什么坏事。但现在已经不太要紧了。他最大的恶已经作下了。

"唉!没错,大敌从他那里得知至尊戒已经再现于世。他知道伊希尔杜在哪儿落水的,知道咕噜在哪儿得到的魔戒,知道那是一枚至尊魔戒,因为它能令人长生。他知道,那不是精灵三戒之一,因为精灵戒指从未丢失,也不容忍邪恶;他知道,那不是矮人七戒之一,亦非人类九戒之一,因为它们各有下落。他知道那就是至尊魔戒。而且,我认为,他还终于听说了霍比特人和夏尔。

"夏尔——即便他尚未发现其所在,那么现在可能也正在寻找。真的,弗罗多,我担心,巴金斯这个久无人知的名字甚至有可能在他那里变得重要起来了。"

"这太可怕了!"弗罗多喊道,"比我从你的暗示和警告中所推想的最坏的情况还要坏上百倍。哦,甘道夫,最好的朋友,我该做些什么?现在我真的怕极了。我该做些什么呢?比尔博那时竟然没有趁机刺死那个卑劣的怪物,太可惜了!"

"可惜?正是怜惜让他住了手。怜惜,还有慈悲,除非必要,绝不动杀机。而且他得了好报,弗罗多。无疑,邪恶对他伤害甚微,最终他得以逃脱,因为他对魔戒的持有正是始自于此:心怀怜惜。"

"我错了,"弗罗多说,"可是我吓坏了;并且我对咕噜丝毫不感怜惜。"

"你还没见过他。"甘道夫插话道。

"没见过，我也不想见他，"弗罗多说，"我理解不了你。你是说，你，还有精灵竟然饶了他一命吗？他做了那么多坏事！现在不管怎么说，他都和奥克一样坏，就是一个敌人。他活该去死。"

"活该！恐怕我也得这么说。许多活着的人都该去死，而许多死去的人本该活着。你能令死令生么？不能，那就别急着凭一己之见分派他人的生死。因为即使有大智慧者，也不能万端皆见。对于咕噜在有生之年改邪归正，我虽不抱什么希望，但仍不是不可能。而且，他的命运是和魔戒捆绑在一起的。我的心告诉我，不论正邪，在终局之前他还有份；尘埃落定之时，比尔博的怜惜之心也许会决定许多人的命运——尤其是你的命运。不管怎样，我们没有杀死他：他那么衰老，那么可悲。森林精灵将他囚在狱中，但是待他甚善，这份善良来自他们智慧的内心。"

"就算如此，"弗罗多说，"就算比尔博没能杀死咕噜，我也希望他当时没有藏起魔戒。真希望他从未得到过魔戒，这样我也不会继承！为什么你要我持有它？为什么不让我把它丢弃，或者，或者把它摧毁？"

"让你？要你？"巫师说，"我说的这些你究竟有没有在听？真是不经大脑，张口就来。就说把它丢弃吧，明显是在犯错。这些魔戒自有办法被人找到；到了恶人手中，没准儿会作出更大的恶。最糟的是，它还有可能落入大敌手里——而且它一定会落入敌手：因为这是至尊戒，是他正在施展全力找寻并引向自己的宝物。

"不用说，我亲爱的弗罗多，它对你很危险；这让我深感困扰。但是，太多的东西岌岌可危，我不得不冒点险——即便在我远离的时候，夏尔也没有一天不是由警觉的眼睛看守着的。只要你不使用魔戒，我认为它不会对你产生持久的影响，很长时间内都绝不会有坏事发生。你一定还记得九年以前，在上一次我来看你的时候，对魔戒我还很不确定。"

"但是为什么不摧毁它呢？像你说的，多年前早就该这么做了。"弗罗多又喊了起来，"要是你警告过我，哪怕只带个口信给我，我都会把它除掉的。"

"是吗？你要怎么除掉它呢？你有没有试过呢？"

"没有。不过我想可以捶烂它，或者烧熔它。"

"试试！"甘道夫说，"现在就试试！"

弗罗多再次把魔戒从口袋取出打量。现在，它显得很平滑，他看不到任何标记或花纹。一眼看去，金子非常纯净美好，弗罗多心想，它的色泽多么浓郁美丽，它的圆环多么完美啊。这真是一件令人赞叹而且十分珍贵的宝贝。刚拿出来的时候，他本打算投入最炽热的火中，然而现在他发现自己做不到，甚至不需要怎么挣扎就放弃了。他在手中掂量着魔戒，犹豫着，逼迫自己回想甘道夫告诉他的一切；然后他凝聚意志力开始动手，打算要把它抛出去似的——但是他发现自己将魔戒放回了口袋。

甘道夫冷酷地笑了："看到了吧？连你也已经不能轻易放手了，弗罗多，更舍不得损坏它。我也不能'要'你去做——除非使用威力，但那样会打碎你的心神。至于要打碎魔戒，威力是无效的。就算你把它拿出来，抡起大重锤也砸不出一丁点凹痕。它无法由你的双手毁灭，我的双手也不能。

"还有，你的小小火苗，连普通的金子都熔化不了。这枚魔戒已经过了你的火烧，毫无创痕，甚至连温度都没加热。在此夏尔全境，没有哪个匠人的锻造能够改它分毫，甚至矮人的铁砧和熔炉也不能够。曾有一说，火龙之焰可以把力量魔戒烧熔并化掉，但是现在世上已无火龙，龙之古火才足够灼热；何况从未有任何一条火龙能够损伤唯一的至尊戒,哪怕是黑龙安卡拉刚也不行,因为它是索隆亲手锻造的。

"如果你真心希望摧毁它,让大敌永远不得掌控它,唯有一条途径:找到火焰之山奥罗德鲁因深处的末日之隙,将魔戒抛入。"

"我的确希望摧毁它!"弗罗多喊道,"哎,或者说我的确希望它能被摧毁。我天生不是冒险胜大任的材料。我真希望从来没见过魔戒!为什么它找上了我?为什么选中的是我?"

"这样的问题是没有答案的,"甘道夫说,"你应该明白,这不是因为你有别人没有的长处:非为力量,亦非为智慧,不管怎么说。但是你已被选中,那么你有什么力量,有什么精神,有什么才智,你就必须用什么力量,什么精神,什么才智。"

"可是我所有的力量与才智都太少了呀!你既有智慧,又有力量。你不愿拿走魔戒么?"

"不!"甘道夫大叫,一下子弹起身来,"有了魔戒之力,我拥有的力量就过于强大、过于可怕了。而且魔戒从我身上还会汲取更加强大、更加致命的力量。"他的眼睛在喷火,他的面孔仿佛被内在的火焰照亮了,"不要诱惑我!我不想变得和黑暗魔君一样。可是,魔戒侵入我的心灵靠的是怜悯,是对弱小的怜悯,和获得行善力量的愿望。不要诱惑我!我不敢拿,哪怕只保管它而不予使用,我都不敢。使用它的愿望会非常强烈,我抵挡不了。毕竟我面前险恶重重,我会需要它的力量。"

他走到窗边,拉开窗帘,打开百叶窗。阳光重新泻入房间。山姆沿着外面的小径走过,吹着口哨。"现在,"巫师说着,转身面向弗罗多,"选择在你。我会永远支持你。"他把手按在弗罗多的肩膀上,"只要你还担着这副重担一天,我就会帮你分担。但是我们必须行动,要快。大敌已有动作了。"

二人沉默良久。甘道夫重新坐下，抽着烟斗，似乎迷失在思绪之中。他的眼睛似乎合上了，其实他垂下眼帘密切注视着弗罗多。弗罗多定睛凝视着壁炉里红色的余烬，直到余烬涨满了他的视野，好像他在俯瞰火井的深壁，脑子里正在遐想着传说中的末日之隙和可怕的火焰之山。

"好啦，"甘道夫终于开了口，"你在想什么？决定好做什么了吗？"

"没有！"弗罗多答道，从黑暗中回过神来，吃惊地发现天还没黑，还能看到窗外被阳光照亮的花园，"也许算是决定好了。就我对你所说的这些话的理解，我猜，至少目前我必须持有魔戒并守护它，不论它要把我怎样。"

"如果你怀有这样的目的来持有它，不论它要把你怎样，都会发作得很慢，很久之后才会有坏影响。"甘道夫说。

"但愿如此，"弗罗多说，"可我希望你能尽快找一个更合适的守护者。不过目前来看我是个危险人物，会给靠近我的一切带来危险。我若持有戒指，就不能住在这儿。我应该离开袋底洞，离开夏尔，离开一切，走得远远的。"他叹息道。

"我愿意拯救夏尔，只要我能办到——尽管我曾时不时觉得这里的居民愚钝得无法形容，甚至觉得来场地震、火龙入侵也许对他们有好处。但我现在不那样想了。我感觉，只要夏尔还在后方，安然祥和，那么漫游冒险我也会觉得没那么难受：因为我心里知道有这样一个坚实的落脚点，即便我的双脚再也无法踏足也无妨。

"自然，我有时也想过远离，但是在我想象里那仿佛是度假，好像比尔博那样的系列冒险，或者还要好一些，最终归于安宁。但是这次却意味着放逐，意味着才出狼窝又入虎穴，引得危险步步紧追。而且，如果我要离开，要拯救夏尔，就必须独行。但是，我感觉自己非常渺小，没根没基，简直是——绝望。大敌太强大、太可怕了。"

虽然弗罗多没有跟甘道夫讲,但是当甘道夫说话的时候,追寻比尔博的强烈愿望在他心中燃起了火苗——去追寻比尔博,甚至也许再度相见。这个愿望非常强烈,克服了恐惧:他差点不戴帽子就要跑出去,立刻上路,像很久以前的一个相似的上午比尔博做过的那样。

"我亲爱的弗罗多!"甘道夫叹道,"如我之前所说,霍比特人真的是了不起的生灵。你可以在一个月内了解他们所有一切习俗癖好,可一百年后他们还是会在节骨眼上给你惊喜。哪怕是你,我也没抱太多期望,能够得到这样的回答。比尔博真的没有选错继承人,虽然他当初也不曾想过这一选择会有多么重大。我想你是对的。魔戒不可能在夏尔默默隐匿太久;为了你自己,也为了别人,你必须离开,把巴金斯的姓氏抛在身后。不管是在夏尔之外还是在荒原之中,顶着这个姓氏都会有危险。我现在给你一个路上用的名字。上路以后,你就是山下先生。

"但我觉得,如果你知道有可以信任、愿意伴你左右的人——而且你愿意携他共赴未知的险境,你就无须独自前行了。但是挑选同伴要小心!说话也要小心,哪怕说给最亲密的朋友!大敌耳目众多,有各种偷听的方法。"

他猛然住口,似在倾听。弗罗多意识到,一切都非常安静,屋内屋外皆然。甘道夫蹑手蹑脚地走到窗户的一侧,然后嗖地冲向窗台,舒展长臂往窗下一抓。只听哇的一声叫,长着一脑袋卷发的山姆·甘姆吉被扯着耳朵拽了起来。

"好啊,好啊,瞧瞧这运气!"甘道夫说,"山姆·甘姆吉对吧?说说,你在做什么呢?"

"愿主保佑您,甘道夫先生,老爷!"山姆说道,"我啥也没干!我只是在修剪窗户下的镶边草呢,您明白我的意思吧。"他拾起剪刀,呈为证据。

"我不明白,"甘道夫冷冷地说,"我听不到你的剪刀响声已经好一会儿了。你在墙脚偷听多久了?"

"墙脚?老爷,我不懂,求您宽恕我。袋底洞没啥墙脚,这是事实呀。"

"别装傻!你都听到了什么,为什么要偷听?"甘道夫的眼睛闪过一道光,眉毛像鬃毛一样立了起来。

"弗罗多先生,少爷!"山姆嚷嚷着,直打哆嗦,"别让他伤害我,少爷!别让他把我变成啥怪模怪样的东西!俺老爹可得闹腾了。我没啥坏心思,以我的名誉担保,老爷!"

"他不会伤害你的,"弗罗多说,差点儿憋不住笑,虽然他自己也吓了一跳,也很不解,"他和我一样清楚你没有恶意。你还不站直了立刻回答他的问题!"

"哎,少爷,"山姆还有一点发抖,"我听到了个不太理解的情况,有个大敌,戒指,还有比尔博先生,少爷,还有火龙啦,火山啦,还有——还有精灵,少爷。我听是因为管不住自己,您懂我的意思。愿主保佑我,少爷,可我真的爱听这种故事。我也相信这些,不管他泰德咋说。精灵啊,少爷!我可想看看他们啦。您不能带我去看精灵吗,少爷?您啥时候走?"

甘道夫突然迸发出一阵大笑。"进来吧!"他喊道,伸出双臂,把惊呆了的山姆拎了起来,带着大剪刀、草屑以及零七碎八的东西,穿过窗户,放到地板上立着。"带你看精灵,嗯?"他说着,仔细打量山姆,但是脸上闪着笑意,"你听见弗罗多先生要走了?"

"是的,老爷。这也是为啥我哽咽了:好像您都听到了。我使劲忍着,老爷,可它要从我身体里涌出来:我可不好受了。"

"这是没有办法的,山姆。"弗罗多难过地说。他已经猛然意识到,远离夏尔不单单是和袋底洞里熟悉舒适的一切说再会,还意味着许多更加痛苦的别离。"我不得不走。不过——"他紧紧地盯着山姆,"如果你真的在乎我,你要守住这个终极秘密。明白吗? 如果你嘴不严,哪怕泄露你在这儿听到的一个字,我就希望甘道夫把你变成一只斑点癞蛤蟆,把花园里布满草蛇。"

山姆跪倒在地,瑟瑟发抖。"起来,山姆!"甘道夫说,"我想到了更好的主意。既能让你封口,又适当地惩罚你偷听。你应当和弗罗多先生一起离开!"

"我吗,老爷!"山姆喊道,一跃而起,好像一只受邀出门散步的小狗,"我也去,还能看看精灵什么的! 万岁!"他大呼小叫,眼泪夺眶而出。

第三章
三人成行
THREE IS COMPANY

———————— 朝向危险的道路；但是要迂回，要缓行。

———————— "可勇气我到哪里去找呢？"弗罗多问道，"我最需要的就是勇气。"
"在最不可能之处发现勇气，"吉尔多说，"怀有希望！"

"你应该悄悄走,而且要赶紧走。"甘道夫说。两三个星期已经过去了,可弗罗多仍没有准备好动身。

"我懂。但两样都做到可不容易,"他反对道,"要是我像比尔博那样一下子消失,立刻就会传遍整个夏尔。"

"当然你绝不能就地消失!"甘道夫说,"那绝对不行!我说的是赶紧,不是瞬时。如果你能够想到办法,可以溜出夏尔又不让人都知道,那么小小的拖延是值得的。但是你不能拖延太久。"

"秋天怎么样?在我俩的生日当天或者之后?"弗罗多问道,"我想,到那时我多半可以做些安排了。"

说实话,他很不情愿动身,既然说到了正题:袋底洞多年来都住得称心如意,现在看来更是难舍,这是他在夏尔的最后一个夏天,他想尽可能地多品一品滋味。待到秋天,他知道,至少自己心中会更乐于出行,到了那个季节总是这样。他私下里拿好了主意,要在自己的五十岁生日那天离开:也就是比尔博的一百二十八岁生日那天。不知怎的,那一天才像是追随他出发的正日子。追随比尔博是他心里最要紧的事,也正是这个目的让离开变得没那么难受。他尽可能不去想魔戒,也不去想最终魔戒将把他带到何方。不过,他没有把所有的想法都告诉甘道夫。那个巫师会猜到什么,一向都很难捉摸。

他看着弗罗多,微笑道:"很好,我觉得可以——但一定不能再晚了。我现在很担心。同时,一定要小心,千万不要透露一点你要去哪儿的风声！看好那个山姆·甘姆吉，不要说出去。如果他多嘴，我真的会把他变成癞蛤蟆。"

"说到我要去哪儿，"弗罗多说，"还真的很难走漏风声，因为连我自己都没想清楚去哪儿。"

"别胡闹！"甘道夫说，"我提醒你的可不是勿在邮局留地址！你要离开夏尔这件事不可让人知道，你走出去很远之前都得保密。总之你得走，或者至少要准备出发，不管向北还是向南、往西还是往东——去向当然也要保密。"

"我满脑子都是离开袋底洞、和大家告别，还从来没考虑过去向，"弗罗多说，"我要去哪里？谁给我指路？我的目标是什么？比尔博出门是去寻找宝贝，去了又回；可我是要去丢掉宝贝，不再返回，至少在我看来如此。"

"但是你看不到那么远啊，"甘道夫说，"我也不行。也许找到末日之隙是你的使命；不过也许是别人的任务：我并不知道。不管怎么说，你还没有做好准备，踏上远行的路途。"

"确实没有！"弗罗多说，"但是现在我要踏上哪条道路？"

"朝向危险的道路；但是要迂回，要缓行。"巫师答道，"如果你需要我的建议，就去幽谷吧。去那儿的路上不会太过危险，尽管大道已不如从前好走，而且待到年凋岁暮，还会变得更糟。"

"幽谷！"弗罗多说，"好得很：我向东行，往幽谷去。我会带着山姆看精灵；他一定会很开心。"他轻快地说着；但心中突然一动，渴望去看一看半精灵埃尔隆德的寓所，呼吸一下那个深谷的空气，那里仍安宁栖居着许多美丽种族的人。

夏日的一个晚上，一条惊人的新闻传到了常青丛和绿龙酒馆。夏尔边境上的巨人和别的凶兆都给抛到了一边，因为出了更大的事：弗罗多先生要出售袋底洞,而且已经卖出去了——卖给了萨克维尔-巴金斯家!

"卖了不少钱呢。"有些人说。"哪有,给的便宜价,"另一些人说,"洛比莉亚太太是买家嘛,肯定压价了。"(奥索几年前已经去世了,虽然享年一百零二岁,但也遗憾不够长命。)

至于比尔博先生何故出售他美丽的洞府,比卖价更引人争辩。有几个人推断——并得到了巴金斯先生本人点头暗示——弗罗多的钱快花光了:他要离开霍比屯,搬到雄鹿地他那些白兰地鹿亲戚中间去,靠这笔钱过过清净日子。"离萨克维尔-巴金斯一家越远越好嘛。"有人补充道。但是,袋底洞之主巴金斯富不可测的概念太深入人心了,多数人都认为这个说法不可信,比别的一切有道理、没道理的胡猜乱想还要不可信:在多数人看来,这背后是甘道夫设下了阴暗然而尚未拆穿的阴谋。虽然他没有任何动静,白天也不到处走,但尽人皆知他"躲进了袋底洞"。不管搬走是不是正合了他的巫术诡计,但有一件事实是确定的:弗罗多·巴金斯要返回雄鹿地了。

"是的,这个秋天我要搬走了,"他说,"梅里·白兰地鹿正在帮我找一处小小的安乐洞呢,也或许找个小房子。"

实际情况是,在梅里的帮助下,他已经在雄鹿镇外的克里克洼乡下选购了一幢小房子。他对所有人都假装说要在那里定居,只没有瞒着山姆。向东出发的决定促成了这个想法;因为雄鹿地在夏尔的东界,而且因为他童年在此度过,还乡至少看起来可信。

甘道夫在夏尔停留了两个多月。之后,在6月底的一个夜晚,就在弗罗多的计划最终安排好以后,他忽然宣布第二天一早要再次出发。"我希望只是短短一阵子,"他说,"我要南下到南边边界以外,尽力去打探一些消息。我已经闲散得太久了,很不应该。"

他语调轻松，但在弗罗多看来，他脸上相当忧虑。"出事了吗？"他问。

"啊，没有；但是我听到了风声，让我焦急，需要去查一下。如果我发现还是有必要让你立即出发，我会马上回来，或者至少带话回来。这段时候按照你的计划来；但是要更加小心，特别是那枚戒指。让我再一次提醒你：勿用魔戒！"

黎明时分，他出发了。"我也许会随时回来，"他说，"最迟也会来参加告别会。我想，毕竟在路上你还需要我的陪伴。"

一开始，弗罗多感到很不安，常常琢磨甘道夫会打听到什么消息；不过他渐渐松懈了，天气很好，让他暂时忘却了自己的烦恼。夏尔很少有这样美妙的夏日，也很少有这样丰饶的秋天：树上苹果累累，蜂巢流淌蜂蜜，玉米高大饱满。

入秋很久以后，弗罗多又开始担心甘道夫。9月就要过去了，还是没有他的消息。生日、搬家越来越近，可他还没有来，也没有音讯。袋底洞开始忙碌起来。弗罗多的一些朋友住了过来，帮他打包：有弗雷德加·博尔杰、福尔科·博芬，当然也少不了他的特别密友皮平·图克和梅里·白兰地鹿。他们把整个地方弄了个底朝天。

9月20日，两辆盖着油布的满载马车出发去了雄鹿地，装着弗罗多没有卖的家具和物品，经由白兰地桥去了新家。第二天，弗罗多变得非常焦躁，不停地张望，看看甘道夫来了没有。周四，他生日当天的早晨，破晓后就像很久以前比尔博的盛会那天一样晴朗澄澈。甘道夫仍然没有现身。晚上，弗罗多举办了告别宴会：很小的规模，只有弗罗多自己和四个帮手一起吃一餐；但他心烦意乱，没有胃口。想到即将不得不与年轻的朋友们分离，他心情沉重。他不知道怎么跟他们开口。

另外四位年少一些的霍比特人却情绪高涨，尽管甘道夫不在，聚会很快就欢乐起来。餐厅光秃秃的，只有餐桌和椅子，但是食物不错，还有好酒：弗罗多的藏酒并没有出售给萨克维尔-巴金斯。

"等萨-巴家那些人的爪子伸过来的时候，无论我余下的东西命运如何，至少我给它找了个好归宿！"弗罗多说着，将杯中物一饮而尽。那是老酒庄陈酿的最后一滴。

他们唱了许多歌儿，聊了很多过去一起做的事，举杯为比尔博祝寿，并按照弗罗多的规矩，为他和弗罗多身体健康干了杯。之后，他们出去吹了吹风，看了一眼星星，然后上床睡觉了。弗罗多的聚会结束了，而甘道夫仍没有来。

第二天早上，他们忙着将剩下的行李打包，又装了一车。梅里揽下此事，和胖子（就是弗雷德加·博尔杰）驾车出门。"得有人在你之前先去新家暖居呀，"梅里说，"好啦，回见——后天见，路上可别睡着误事！"

福尔科午饭后回家了，但是皮平留下了。弗罗多焦躁不安，竖着耳朵也听不到甘道夫的一点动静。他决定等到夜幕降临。之后，如果甘道夫找他找得急，就直接去克里克洼，说不定还能先到。因为弗罗多要步行，他打算——为了愉快地看夏尔最后一眼，这个理由同样重要——从霍比屯步行到雄鹿镇渡口，悠着点，放轻松。

"我也应该来点儿锻炼啦。"他说道，在半空的厅堂里的一面蒙尘的镜中看着自己。他已经很长时间没有进行过一点费力的步行了，镜子里的自己看起来挺松垮的，他想。

午饭后，萨克维尔-巴金斯家的洛比莉亚和她的棕发儿子洛索来了，弗罗多很感厌烦。"终于归我们啦！"洛比莉亚走进来的时候说。这话既不礼貌，严格来说也不对，因为袋底洞的买卖要到午夜才生效。不过也可谅解：比起原本期待的时间，她被迫多等了七十七年才得到袋底洞，现在她已经一百岁了。不管怎样，她来是要查看她付过钱的东西有没有哪样被运走；而且她要拿钥匙。让她满意颇费了一番时间，因为她带了整整一本目录从头到尾地核对清楚。末了，她和洛索离开了，得到了备用钥匙，也得到了承诺：另一把钥匙将放在袋下路的甘姆吉家。她哼着鼻子，直截了当地表示，她觉得甘姆吉一家做得出趁夜打劫洞府的事。弗罗多一口茶也没有给她上。

他与皮平、山姆·甘姆吉在厨房里自顾喝茶。对外早已正式宣告：山姆将跟他去雄鹿地，"给弗罗多先生料理家务、照管小园子"；老头子同意了这个安排，但一想到将要和洛比莉亚做邻居，这个安排并不能给他慰藉。

"我们在袋底洞的最后一餐啦！"弗罗多说道，将椅子推回原位。他们把刷刷洗洗的任务留给了洛比莉亚。皮平和山姆把他们三人的行囊捆扎好，摞在门廊上。皮平出去到花园里转了最后一圈。山姆不知去哪里了。

太阳下山了。袋底洞看起来忧伤惨淡，乱糟糟的。弗罗多在熟悉的房间里转悠，看着落日的余晖在墙上渐渐消失，阴影从墙脚爬了出来。室内慢慢变暗。他走出房间，一直到小路尽头的大门，一段短短的路程后就走到了小丘路。他多少有点盼着能看到甘道夫从暮色中大步走来。

天空如洗，星星越来越明亮。"良夜当前，"他大声说，"开始行程正合适。我很想走路。我没办法再继续等下去了。我得出发了，甘道夫一定会跟上来的。"他转身往回走，却又停住脚步，因为他听到袋下路尽头的拐角处有说话声。一个声音明显是老头子的；另一个声音是个陌生人，还有点让人不高兴的感觉。他听不清陌生人说的什么，但是听到了老头子的回答，声音颇有些刺耳。老人似乎生气了。

"不是的，巴金斯先生已经走了。今天早上走的，我儿子山姆跟他一起：所有的东西也带走了。是的，卖掉了，走掉了，我告诉你。为啥？这不关我的事，也不关你的事。去哪儿了？这又不是啥秘密。他搬到雄鹿镇还是啥地方去啦，那边很远的地方。是的没错——很远的路。我自己从没出过那么远的远门；雄鹿地那儿的人挺古怪的。不行，我送不了口信。晚安再见吧你！"

脚步声往小丘下走去。弗罗多模糊地想，为什么自己因为他们没有上山而感到如释重负？"我猜，是因为我受够了对我的举动的好奇和提问，"他想，"这群人真是好打听！"他有点儿想去问问老头子是谁在打听；但转念一想还是不问为好，于是转身快步走回了袋底洞。

皮平正在门廊倚坐，山姆不在。弗罗多走进漆黑的门内。"山姆！"他喊道，"山姆！该走了！"

"来了，少爷！"回应声从门内深处传来，接着山姆出来了，抹着嘴巴。他刚才一直在跟地窖里的啤酒桶道别呢。

"都准备好了，山姆？"弗罗多问道。

"是的，少爷。我现在劲头可足了，少爷。"

弗罗多关上圆门，锁好，将钥匙递给山姆。"拿上这个跑到你家里，山姆！"他吩咐，"然后再抄近路，尽快到草地外面那条小路的大门口和我们碰头。我们今晚不从村子里走。太多耳朵支棱着打听、太多眼睛盯着窥视了。"山姆飞快地跑了。

"啊，现在我们终于出发啦！"弗罗多说。他们将包裹捆在肩上，拿起拐杖，绕过墙角，朝袋底洞的西边走去。"再见！"弗罗多说着，看着黑洞洞的空窗。他挥了挥手，然后转身（循着比尔博当时走过的路，只是他并不知道），快步跟上佩里格林从花园小路下行。他们在路尽头的篱笆低处跳了过去，走向田野，走进黑暗，好像草叶间穿过一阵窸窣的风。

到了小丘底部西侧，他们来到了开着的大门，门外是一条窄路。他们停住脚，整理了一下打包带。这时山姆快步跑来，喘着粗气；他的行李沉重，在肩膀上高高耸起，还在头上顶着一个高高的不成形状的毡包，称其为帽子。在暗中他看起来很像一个矮人。

"我说，你们肯定把最沉的东西都给我了，"弗罗多说，"我好同情蜗牛呀，以及所有把家当扛在背上的。"

"我还能再背很多东西呢，少爷。我的行李挺轻的。"山姆的嘴挺硬，话里透着虚假。

"不行，你别，山姆！"皮平说，"这对他正合适。除了他让我们打包的东西，别的他都没背。最近他挺懒散的，让他走一走，适应适应，就不会感觉那么重啦。"

"对一个可怜的老霍比特人发发善心吧！"弗罗多大笑道，"我肯定，还没到雄鹿地我就会瘦得像根柳木棍儿了。不过刚才我在胡说呢。山姆，我猜你背的行李比自己应该背的那份要多，下次整理行李的时候我要查看查看。"他重新拿起拐杖，"好啊，我们都喜欢在黑夜里行路，睡前让我们先走上几十哩吧！"

为抄近路，他们沿路向西走去。之后离开小路左转，又悄悄地走进田野。他们排成一行，沿着矮树篱和矮树林组成的边界前行，夜色黑沉沉地笼罩在他们四周。裹在黑色的大氅里，他们仿佛都戴上了魔戒。鉴于他们的霍比特天赋，加上刻意保持安静，一点声响也没有，甚至连霍比特人也听不出；哪怕是田野里的野物也很难注意到他们经过。

走了一会儿，他们从一个窄木桥穿过了霍比屯西边的小河。河水成了一条弯曲的黑丝带，两边镶着倾斜的桤树。向南又走了一两哩后，他们从白兰地桥快速穿过大道，就来到了图克地，再折向东南，朝绿丘乡野走去。开始爬第一道山坡时，他们回头望见霍比屯的灯光，在温柔的小河谷中遥遥闪烁。很快，灯光就消失在阴暗大地的褶皱里，接着他们来到了灰色池塘边的傍水镇。当最后一个农庄的灯光也远抛身后,在树丛中时隐时现,弗罗多转过身,举起一只手挥别。

"不知道以后还有没有机会再俯瞰这个河谷了。"他轻声说道。

走了大约三个钟头以后,他们停下歇脚。夜晚晴朗凉爽,繁星满天,轻烟似的缕缕薄雾从河水和草地深处升起,爬上山坡。薄雾轻裹的桦树在微风里摇着树冠,映着暗淡的天空,织成了一张黑色的网。他们吃了很俭朴的一餐(以霍比特人的标准),然后继续上路。很快就到了一条窄径,盘旋着忽上忽下,在前方灰扑扑地沉入黑暗:这是去往林木厅、斯托克、雄鹿镇渡口的路。它从小河谷中的主路上逸出,围着绿丘的边角绕了一圈,奔向了林尾地,那是东区的一个荒凉角落。

过了一会儿,他们一头扎进了高高的树林,小路仿佛是林中劈开的一道深缝,干枯的树叶在暗夜中沙沙作响。路上非常黑。起先他们聊天,一起轻轻地哼着小调,因为现在已经远离了打探的耳目。之后他们沉默地疾行,皮平开始落后。末了,他们准备爬上一个陡坡,皮平停下来打哈欠。

"我太困了,"他说,"马上就要倒在路上啦。你们打算走着睡吗?都快到午夜了。"

"我以为你喜欢在夜里行路呢,"弗罗多说,"不过没啥着急的。梅里预计我们后天才会到呢,所以我们还有差不多两天的时间。接下来有合适的地方我们就停脚。"

"风从西来,"山姆说,"如果咱们到这座山的另一边,就能找着有遮蔽、够舒服的地方,少爷。要是我没记错,前边有个干燥的杉树林。"山姆对霍比屯方圆二十哩内了如指掌,但他的地理知识也仅限于此。

刚过山顶,他们就来到了那片杉树林。他们离开小路,走进黑暗树林的深处,黑暗浸染着树脂的芬芳。他们捡了一些枯枝和球果生火。很快,在一棵大杉树底下,他们燃起了欢快的篝火,火堆哔剥作响,围坐了一会儿之后，就困得点起了头。然后，每个人占据了大树树根的一个夹角，蜷在披风和毯子里，很快睡熟了。他们没有安排警戒；连弗罗多也不害怕有危险，因为他们仍在夏尔的腹地。当篝火渐熄，来了几只动物，看了看他们。一只穿过树林忙活自己的事情的狐狸停下来几分钟，鼻子嗅着。

"霍比特人！"它寻思，"哎，接下来会怎样？我听说过这片土地上的怪事，可我从没见过一个睡在户外树下的霍比特人。整整三个！背后必有大蹊跷。"它猜得很对，只是再也没有进一步的发现了。

早晨来临了，暗淡湿冷。弗罗多第一个醒来，发现树根在他背后硌出了印子，所以他的脖子很僵。"还快乐步行呢！我为什么不驾车呢？"他想。远行开头的时候他总是这样。"我所有漂亮的羽绒床都卖给萨克维尔-巴金斯一家了！这些树根倒是挺适合他们的。"他伸了伸懒腰。"起来吧，霍比特人！"他喊道，"美丽的早晨到了。"

"哪儿美丽了？"皮平问道，从毯子边上睁开一只眼睛看着，"山姆！9点半备好早餐！洗澡水烧热没有？"

山姆跳起身，看上去睡眼惺忪："没，先生！我还没有，先生！"他说。

弗罗多从皮平身上剥下毯子，把他翻了个身，然后走开，来到了树林边上。远远的东方，太阳正在升起，红红地透过雾霭，雾霭厚厚地盖着世界。秋天的树木点染着金色和红色，仿佛在朦胧的海上漫无根基地漂流。在他的下方一点，路在左侧陡直向下，钻进一个山谷，消失不见了。

当他回去后，山姆和皮平已经生好了一堆旺火。"水！"皮平叫道，"水呢？"

"我又没把水存在口袋里。"弗罗多说。

"我们以为你去找水了,"皮平一边说,一边忙着摆放食物和杯子,"你最好现在去找。"

"你也一起来,"弗罗多说,"带上所有的水囊。"山脚下有一条小溪,水从灰岩石露头的地方流下来,有几呎高,他们在这个小小的瀑布处灌满了水囊和露营小烧水壶。水凉冰冰的,洗脸洗手的时候,他们啪啪地撩水,呼呼地喘气。

早餐用毕,行李重新扎紧,已是10点以后,天气变得晴好,热了起来。他们走下山坡,从小溪潜到路下的地方跨过,上了另一个坡,爬上另一个山肩再爬下;此时他们的披风、毯子、食物、水和其他的装备已经成了沉重的负担。

日间行路注定是又热又累的。走了几哩之后,道路不再上下盘旋,而是曲曲折折、令人心烦地爬上了一个陡坡的顶部,再预备好最后一次俯冲向下。在前方,他们看到低地上点缀着团团树木,在远处渐渐消融,成了棕色的林地雾影。他们的视线越过林尾地,投向白兰地河。道路在眼前蜿蜒而去,好像一条带子。

"这条路没个头儿,"皮平说,"可我不歇一下不行了。早该吃午饭啦。"他在路边的坡上坐下来,东望雾影,其外流淌着白兰地河,接着是夏尔的尽头,他这辈子还未曾踏足其外。山姆站在他的身旁。他圆圆的眼睛瞪得大大的——他的视线越过他从未看过的土地,望向新的地平线。

"那些林子里住着精灵吧?"他问道。

"据我所知,不是。"皮平说。弗罗多没有说话。他也在顺着路向东凝望,好像他以前从未见过这条路似的。突然,他开口了,声音响亮,但仿佛在自言自语,缓缓吟道:

大道长长,修远无尽,

自我家门，起步初始。

遥遥向前，何其远哉。

尽我所能，必将循之；

双足虽倦，寻之不渝，

直至此路，并入通衢；

阡陌百条，汇聚一道，

彼时何去，我不知晓。

"听着有点像老比尔博的韵调，"皮平说，"还是你仿写的一个？听上去不怎么鼓舞人心呀。"

"我不知道，"弗罗多说，"刚才它来到我的嘴边，似乎是我编的；不过很久以前我也许听到过。当然，它让我特别想起很多比尔博离开之前的最后岁月。他常说大道只有一条；就像一条大河：源头就在每家的门阶，每条小路都是它的支流。'弗罗多，走出家门是件危险的事，'他常说，'你走上大道，如果你立足不稳，就不知道会被裹挟到哪里去了。你有没有意识到，这正是穿过幽暗森林的路，而且如果你随着它走，它就会把你带到孤独山脉，乃至更远、更糟的地方去。'过去，他站在袋底洞前门外面的路上时，常常这么说，尤其是出门走了很长的路回来之后。"

"哎哟，大道至少在一个钟头内不能把我挟到哪里去。"皮平说道，解下他的背囊。其余人也学他的样，把背囊倚靠在坡上，腿伸到路上。休息之后，他们好好地吃了顿午饭，又休息了一会儿。

太阳开始偏西，他们下山时，下午的阳光洒在大地上。到现在，他们在路上连一个人影也没碰见。这条路少有人行，因为难跑马车，而且绝少人去林尾地。他们又小跑了一个多钟头，这时山姆停了一会儿,似乎在侧耳倾听。现在他们来到了平地上,之前一直曲折蜿蜒的道路笔直地伸向前方,穿过零星点缀着高树的草地,是即将来到的树林的外缘。

"我能听到一匹小矮马或者大马在后面从路上过来。"山姆说。

他们回头望去,但是路有转弯,他们无法看到远处。"不知道是不是甘道夫正在赶上来。"弗罗多说;可尽管话出自他的口中,他却感觉不对,而且乍然间想要藏起来,不能让来者的视线落到自己身上。

"也许没什么要紧,"他带着歉意说,"但是我不愿被人在路上看到——任何人。我受够了自己的一举一动都被人注意、被人议论。若来的是甘道夫,"他又想了一想,补充道,"我们可以小小地吓他一跳,算是对他迟到这么久的报复。咱们躲起来!"

另两位向左奔跑,下到了离路不远的小凹坑里卧倒。弗罗多犹豫了一秒:好奇心还是别的什么感觉正在和躲藏的想法打架。马蹄声越来越近,他刚好来得及扑进树后一丛长长的草中,这棵树的树荫遮住了道路。之后,他抬起头,视线越过一个大树根,小心窥探。

转过拐角,来了一匹黑马,绝非霍比特人的小矮马,而是一匹高头大马;上坐着一个大个子,似乎缩在马鞍上,裹着一条黑色的连帽披风,只露出了踩在高镫上的靴子;他的脸藏在阴影里看不见。

当马儿走到树旁,与弗罗多平齐的时候,它停住了。骑马者静静地坐着,垂着头,似在倾听。兜帽里传来声响,好像有人在吸鼻子,想要捕捉一缕转瞬即逝的气息;他的头左右转动,打量着道路两边。

一股无缘无故的恐惧突然攫住了弗罗多,他恐惧会被发现,想到了自己的戒指。他几乎不敢呼吸,可是把戒指从口袋里取出的愿望变得非常强烈,他开始缓缓地伸手。他感觉唯有戴上它,自己才会安全。甘道夫的建议显得那么荒谬。比尔博不也曾用过魔戒嘛。"而且我仍在夏尔境内。"他想着,手摸到了系着戒指的链子。就在此时,骑马者坐直身体，摇了摇缰绳。马儿向前迈步，起初缓慢，然后突然开始快跑。

弗罗多爬到路边，望着骑马者，直至他的身影越缩越小，融入远方。他不是很确定，但突然似乎看到，在从视线中消失之前，那匹马转身走进了右边的树林。

"哎，我觉得十分古怪，而且让人很不放心。"弗罗多自言自语道，走向他的同伴。皮平和山姆还在草里平卧着，什么也没看见；于是弗罗多描述了那个骑士和他的古怪举止。

"我说不出为什么，但是我觉得他肯定在寻找我或者嗅探我；我也绝不愿意被他发现。以前在夏尔，我从未见过这样的人，从未有过这种感觉。"

"可是一个大人族能与我们有什么相干？"皮平说道，"在这块地方他又有何贵干？"

"附近有一些人类出没，"弗罗多说，"据我所知，在南区那边，他们与大人族闹矛盾。不过我从未听说过一点类似这个骑马者的事，很想知道他从哪里来。"

"不好意思，"山姆突然插嘴，"我知道他从哪儿来。这儿的这个黑骑士就是从霍比屯来的，除非这样的骑士不止一个。我还知道他要去哪儿。"

"你这话是什么意思？"弗罗多厉声说，震惊地看着他，"为什么不早说？"

"我刚想起来，少爷。是这样的：昨天晚上我拿着钥匙回到俺们家洞府，我爸他跟我说：'嘿！山姆！我想你明天早上就和弗罗多先生走了。有个奇怪的家伙打听袋底洞的巴金斯先生呢，刚走的。我把他打发到雄鹿镇去了。我不喜欢他那声嗓。我跟他说巴金斯先生永远离开老家的时候，他看着可恼了，对着我嘶嘶的，真的。吓得我哆嗦。''他是个啥人？'我问老头子。'我不知道，'他说，'但他不是

霍比特人。高个儿，黑乎乎的，俯身朝我压过来。我估摸着他是从外边儿来的大人族。说话佾腔佾调的。'

"我不能久待听他多说，少爷，当时您在等我；我自己也没多加注意。老头子岁数大了，眼神有点不行了。而且这家伙来小丘的时候，肯定都快天黑了，正看见老头子在俺们街头上活动透气儿。我希望他没有坏了什么事，少爷，希望我也没有。"

"怎么样也怪不着你家老头子，"弗罗多说，"其实我听见了他跟一个生人说话，那人似乎在打听我，我差点去问他是谁。真希望当时我问了，或者你早点告诉了我。那样在路上我就会更加小心。"

"不论如何，这个骑士也许和找老头子的陌生人没有关系，"皮平说，"我们离开霍比屯的时候足够机密，我觉得他不可能跟踪我们。"

"那闻味儿的事怎么说，先生？"山姆问道，"而且老头子也说那是个黑乎乎的家伙。"

"要是我等着甘道夫来就好了，"弗罗多咕哝道，"不过也许只会让事情更糟。"

"那你是知道这位骑士，还是猜到了什么？"皮平问，他听到了弗罗多的咕哝。

"我不知道，也不愿意猜。"弗罗多说。

"好吧，弗罗多表舅！要是你想神神秘秘的，眼下你大可以守着你的秘密。现在我们干什么？我本想吃上一口，喝上一口，可不知怎么的，我想最好我们离开这儿往前走。你们说的用看不见的鼻子嗅探的骑士让我不踏实。"

"是的，我们现在就出发，"弗罗多说，"但是不走大路——万一那个骑士折返，说不定还有一位同伙跟来。我们今天应当好好地走几步路，雄鹿地还远着呢。"

他们动身时，树木的树荫在草地上拉得长长的、淡淡的。现在他们在仅距大道掷石之遥的左侧，尽量躲在别人视线之外。但这样阻碍了他们；因为草既厚又密，地面不平，树木开始互相连枝，交错成丛。

太阳已经落在他们身后的山那边，红红的映照着。地面变平，直直地伸展出去好几哩，他们走完这长长的一段回到大道上时，夜晚开始来临。路在此时向左转，探入耶尔低地，奔向斯托克镇；但是有一条支路向右斜出，蜿蜒穿过一个古老的橡树林，朝林木厅而去。"这就是我们要走的路。"弗罗多说。

离岔路口不远，他们偶然碰到了一棵巨树的残段：仍有生命，枝权掉落了很久的断桩周围已长出了小树枝，上面生出了叶子；但它是中空的，远离路的一侧有一个大裂缝，可以进入。这几位霍比特人爬了进去，坐在枯枝腐木组成的地面上，歇脚休息，简单地吃了一餐，说话很轻声，时不时听听动静。

待他们爬回路上时，已身处暮光之中。西风在枝间叹息，树叶在低声细语。很快，道路逐步温柔然而坚定地坠入黄昏。在他们的前面，渐暗的东方现出了一颗星星，悬在树木上空。他们并肩齐步，保持精神昂扬。过了一段时间，星星稠密起来，也更加明亮，他们不安的感觉消退，也不再倾听马蹄声。他们开始轻声哼唱，霍比特人走路的时候喜欢这样唱，特别是夜里快要到家的时候。多数霍比特人把这支歌当作晚餐歌或睡前曲；但是这几位霍比特人哼的是行路谣（当然会涉及晚餐及眠床）。比尔博·巴金斯填了词，配的是亘古已有的曲调，在他和弗罗多在小河谷中行路、聊冒险的时候教给了他。

　　壁炉前方，炉火映红，
　　屋檐之下，眠床温暖；
　　吾之双足，尚未疲倦，

或可与你，旋而遇见。
倏然有树，岩石耸矗，
唯由你我，独自得见。
树木鲜花，绿叶青草，
路过匆匆，路过匆匆；
穹顶之下，水水山山，
匆匆路过，匆匆路过。

转角之外，或有新路，
秘密之门，静静等待；
今日匆匆，过而不入，
明日再来，或循此路。
我们踏上，隐秘小径，
奔向月亮，奔向太阳。
苹果荆棘，坚果刺李；
皆随风去！皆随风去！
沙石水潭，林谷小峪，
后会有期！后会有期！

故园在后，世界向前，
路径纷繁，待我行践，
阴影越过，暗夜边缘，
且待群星，尽放灿烂，
世界抛后，故园在前，
漫步归家，睡床待眠，
迷雾暮光，乌云阴翳，

尽皆消散！尽皆消散！
灯火相伴，肉饵饱餐，
上床好眠！上床好眠！

歌儿结束了。"现在好眠！现在好眠！"皮平高声唱道。

"嘘！"弗罗多说道，"我觉得又听到马蹄声了。"

他们骤然收声，像树荫一样静静地站立着，仔细听着。路上传来马蹄的声音，在身后尚远，但随风缓送，清晰入耳。他们安静迅速地离开大道，跑进橡树下浓黑的树影里。

"我们不要走开太远了！"弗罗多说，"我不想被看到，但是想看看是不是又一位黑骑士。"

"可以！"皮平说，"但别忘了他会嗅探！"

马蹄声越来越近。他们无暇去找比树下的大团阴影更好的地方藏身；山姆和皮平蜷缩在大树干后面，弗罗多又朝着大道往回爬了几码。路显得灰扑扑的，很暗淡，像穿过树林的一线黯下去的光。道路之上是暗沉的天空，星星密密麻麻，但是没有月亮。

马蹄声停住了。弗罗多观察到一个黑乎乎的东西穿过了两树之间亮一些的地带，然后止住了步。看着像一匹马的黑影，由一个小一些的黑影牵着。黑影站的位置非常接近他们从大道上离开的地方，并且向左右两边摆动。弗罗多觉得自己听到了抽鼻子的声音。黑影又弯向地面，然后开始朝他匍匐而来。

戴上魔戒的欲望再一次向弗罗多袭来；而且比之前更加强烈。这欲望十分强烈，在他意识到自己做什么之前，他的手已经在口袋里摸索了。但是，就在此刻，传来了一阵混着笑声的歌声。在被星光照亮的空气中，声音清清楚楚，上下起伏。那黑影直起身后退，爬上了影影绰绰的马儿，似乎穿过小路消失在另一边的黑暗之中。弗罗多呼出一口气来。

"是精灵！"山姆沙哑地低声惊呼，"精灵呀，少爷！"要不是被拉回去，他就会冲出树林，朝那声音奔去了。

"没错，是精灵，"弗罗多说，"有时能在林尾地碰到他们。他们不在夏尔居住，但是春秋时节会漫游到这边，离开他们自己的地方，远离塔丘。谢天谢地！你们是没有看见，那个黑骑士就在这儿停下来，正朝着我们爬呢，这时响起了歌声。一听到歌声，他就溜走了。"

"那精灵们呢？"山姆问，激动得无暇顾及骑士，"要不我们去看看？"

"听啊！他们正朝这边过来，"弗罗多说，"我们只需等待。"

歌声愈发近了。这时，一个清亮的声音拔高了，盖过了其他人。唱的是优美的精灵语，弗罗多只懂一点儿，另两位一窍不通。可是，这声音和着旋律，好像在他们脑海里形成了文字，他们仅仅能懂得一部分。以下是弗罗多听到的：

> 白雪白！白雪白！哦夫人澄澈清白！
> 西海之外，哦女王殿下！
> 照亮我等，漫游到此
> 正身处密林丛！
>
> 吉尔松尼尔[1]！哦埃尔贝瑞丝！
> 双目清澈，气息晶莹！
> 白雪白！白雪白！我等献歌一曲
> 自海外极远方！

---

1 原文 Gilthonile，与其后的埃尔贝瑞丝（Elbereth）同指一位维拉大能（Valar），此名意为"星辰女王"，昆雅语呼之瓦尔妲（Varda），意为"崇高者"，也称 Fanuilos，意为"永远洁白"。她深受精灵的喜爱与尊崇，精灵陷入黑暗时会呼唤她的名号。

哦她在无日之年
素手闪亮,播下星星,
在狂风之地,现澄净光明
见君银花吹遍!

哦埃尔贝瑞丝!吉尔松尼尔!
吾等居此,极远之地,
树林之下,不敢或忘,
您洒星光西海上!

歌儿结束了。"是高等精灵[1]！他们唱了埃尔贝瑞丝的名字！"弗罗多惊讶道,"在夏尔极少能见到这些最美丽的族群。如今他们住在大海之东、中土世界的也不多了。真是奇缘!"

这些霍比特人在路边的树影中坐下,不一会儿,精灵从路上走来,向山谷而去。他们走得不快,霍比特人可以看得清他们的头发间、眼眸中闪烁的星光。他们并未提灯,但在他们行走的时候,有一道微光落在他们的脚旁,就像待升的月亮投在山脊边缘的亮光。现在他们不声不响,当最后一位精灵经过的时候,他转头看向霍比特人,笑了起来。

"你好啊,弗罗多!"他喊道,"这么晚了你还出门在外。还是你迷路了？"然后他大声呼唤其他精灵,所有精灵都停住围了过来。

"真是令人称奇!"他们说,"夜里三个霍比特人在林子里！自从比尔博离开,我们再也没见过这般景象。这意味着什么呢？"

"美丽一族啊,这意味着,"弗罗多说,"就是我们好像与你们同

---

[1] 也称作光明精灵(Elves of the Light);指曾在阿门洲居住的精灵及其后代。他们见过双圣树光辉,受过神灵启迪。后文中的"流亡者(Exiles)"指精灵宝钻失窃后出奔阿门洲、前往中土世界的精灵,详见附录。

路呢。我喜欢在星光下行路，也欢迎有你们做伴。"

"但我们不需要别的同伴呀，而且霍比特人又那么无趣。"他们笑道，"你怎么知道我们与你们同路呢？你又不知道我们要去向何方。"

"您又怎么知道我的名字呢？"弗罗多反问道。

"我们知道的可多啦，"他们回答，"以前我们常常见你和比尔博在一起，尽管你可能看不到我们。"

"您是哪位？您的领主又是哪位呢？"弗罗多问道。

"我是吉尔多，"领头的答道，他就是先跟弗罗多打招呼的精灵，"芬罗德家族的吉尔多·英格罗瑞安。我们是流亡者，我们的族人多在久远之前离境，我们现在此地稍作逗留，之后便重返大海之上。但是，也有一些族人仍和平地栖居在幽谷。来，弗罗多，告诉我们，你所为何事？我们在你身上瞧见了恐惧的阴影呢。"

"噢！智慧的人呀！"皮平急切地插嘴道，"跟我们讲讲黑骑士吧！"

"黑骑士？"他们放低了声音，"为何问起黑骑士？"

"因为今天有两名黑骑士追赶上了我们，或者一名黑骑士两次追赶上了我们，"皮平说，"就在刚才，你们走近的时候，他溜走了。"

精灵们没有立刻作答，而是用他们自己的语言低声商量。过了好一会儿，吉尔多转向霍比特人："此事此间不可说，我们认为，现在你们最好与我们同行。虽非我族俗例，但此次可携你们行我们的路；如果你们愿意，今夜亦可同宿。"

"噢！美丽一族呀！真是喜出望外的好运！"皮平道。山姆说不出话来。"真心感谢您，吉尔多·英格罗瑞安，"弗罗多躬身谢道，"*Elen sila Lúmenn' omentielvo*，星光闪烁相逢时。"他补充了一句高等精灵语。

"当心呀，朋友们！"吉尔多笑着叫道，"机密勿言！这里有位古语学者呢。比尔博真是一位好老师。向你致敬，精灵之友！"他向弗罗多躬身一礼,"来,和你的朋友加入我们!最好走在中间,以免走散。我们休息之前可能你就疲倦了。"

"为什么?你们要去哪儿?"弗罗多问。

"今晚我们去林木厅之上的山间林地。还有很多哩路,但是走完会休息,也会缩短你们明日的行程。"

他们再次默默疾行,就像暗影和微弱的灯光掠过:因为精灵(较霍比特人尤甚)行路时,可以从心所欲地不出一点声响或足音。皮平很快就瞌睡了,跄跄了一两次;但每次他身边的一位高个子精灵都拉住了他的胳膊,没有让他摔倒。山姆行在弗罗多身侧,如在梦中,脸上的神情半是害怕,半是惊喜。

两边的树林变密了;现在树木更稠密了,树龄也更小了;随着道路向低处延伸,进入了山间褶皱,隆起的山坡上,左右手边都是又深又密的榛树丛。最后,精灵转身离开道路,有一条几乎看不见的绿色的马道穿过右侧的灌木丛;他们循着这条小路,从长满树木的山坡背后蜿蜒而上,到了山肩的顶上,群山耸立,伸入河谷低地。忽然之间,他们走出了树木的阴影,面前展开一片宽阔的草地,在夜色下灰蒙蒙的。草地三面环树,但东边的地面陡然下沉,坡底生着树木,黑压压的树顶就在他们的脚下。远处,发暗的低地在星空之下平平地展开。较近处,几点灯光在林木厅的村庄里闪烁。

精灵在草地上坐下,一起低声说着话,似乎不再理会霍比特人。弗罗多和同伴把自己裹进斗篷和毯子里,睡意悄悄袭遍全身。夜色愈深,村庄的灯火熄灭了。皮平枕着一块绿石睡着了。

东方高悬着瑞弥拉斯宝石网星座,即"被网住的星星",而红色的波吉尔赤星缓缓地升起在雾霭之上,闪闪发光,好像一枚火焰宝石。然后,风息流转,所有的雾霭像面纱一样被抽走了,"天空剑客"梅内尔瓦格星佩着闪亮的腰带,攀过世界的边缘,探出了身。所有的精灵放声歌唱,树下突然腾起了红亮的火焰。

"来啊!"精灵呼喊着霍比特人,"来啊!时辰到了,言语吧,欢乐吧!"

皮平坐起身揉揉眼睛,打了个寒战。"大厅里有火,还有食物款待饥饿的客人。"一位站在他跟前的精灵说。

绿草地的南头有一片林中空地,绿色的地面铺入树林,形成了厅堂似的空间,屋顶就是树的枝丫,粗大的树干像柱子一样沿着侧边排开。中央点着一堆木柴,火光耀眼。树干柱子上有闪着金光银焰的火炬,熊熊燃烧。精灵们围着火,有的坐在草地上,有的坐在锯成段的老树干上。一些人走前走后地端杯子、倒饮料;其他人端出食物,盘子碟子成堆。

"饮食寒酸,"他们对几个霍比特人说,"因为我们宿在绿树林,远离自家府邸。若在家中迎客,则将款待更周。"

"在我来看,比生日宴会不差什么啦。"弗罗多说。

皮平后来几乎记不得吃喝了什么,因为他满脑子都是精灵面孔上的光辉,以及他们的声音,那么多变,那么美妙,他感觉好像在一个醒着的梦里似的。不过,他记得有面包,饥肠辘辘的人吃精白面包所尝到的美味也比不上;水果甜似野莓,气味比园中精心培育的果子还要馥郁;他喝干了一满杯芬芳的饮料,其清凉如澄澈的泉水,其金色似夏日午后。

对于那一夜的所感所思,山姆永远无法用言语形容,也无法给自己清楚地绘出画面,尽管在他的记忆中一直是人生大事之一。最多他只能说:"哎呀,少爷,如果我能种出那样的苹果,我就可以管自己叫园丁了。而真正流入我心田的是他们的歌声,您懂我的意思吧。"

弗罗多坐下来,开心地吃喝谈天;但他主要注意力在谈话的内容上。他懂一点精灵语,努力倾听。他时不时以精灵自己的语言和服侍他的精灵说话、道谢。他们朝他微笑，还笑着说："这儿有霍比特人之中的珠玉呢！"

过了一阵子，皮平酣然入睡，被抬起来搬到了林下的一个树荫篷中，放到了柔软的床上，一觉睡到天亮。山姆拒绝离开主人。皮平离席后，他过来蜷在弗罗多的脚边，最后困得点头，合上了眼睛。弗罗多一直没睡，与吉尔多交谈。

他们谈到了很多，有新闻，有旧事，弗罗多向吉尔多询问了很多夏尔之外的广大世界发生的事情。消息大多悲哀不祥：暗黑势力聚集，人类彼此争战，精灵纷纷逃离。末了，弗罗多问了最贴近他心底的那个问题：

"告诉我，吉尔多，自比尔博离开我们以后，您有没有见到过他？"

吉尔多微笑了。"见过，"他答道，"两次。就在此处，他向我们道别。但是我又见到他一回，在距此处非常远的地方。"他不愿再多谈比尔博，弗罗多陷入了沉默。

"和你自己有关的事，你问的不多，跟我讲的也不多，弗罗多，"吉尔多说，"不过我已略有所知，从你的脸上、你这些问题背后的想法里我也能读出更多。你离开了夏尔，然而你怀疑能不能找到所追寻的，能不能达成目的，甚至还能不能返回家乡。是不是这样？"

"是的，"弗罗多说，"可是我以为只有甘道夫与忠诚的山姆知道我离开的秘密呢。"他低头看了看正在轻轻打鼾的山姆。

"我们不会把秘密泄漏给大敌。"吉尔多说。

"大敌？"弗罗多说，"这么说，您知道我为何离开夏尔了？"

"我并不知晓大敌为何搜寻你，"吉尔多回道，"但我感知到他正在搜寻——确实蹊跷，然在我看来如此。我提醒你，危险现在既在你前，又在你后，既在你左，也在你右。"

"您指的是骑马者吗？我担心他们是大敌的仆从。黑骑士是什么人？"

"甘道夫什么也没告诉你吗？"

"没提过这样的怪物。"

"那么我想，也不宜由我多说 —— 以免你恐慌而弃行。以我来看，你出发得恰恰及时，也愿果真如此。现在你行动须速，勿停留，勿回头；因为夏尔不再是你的庇护地了。"

"我想不出有什么讯息能比您的暗示和警告更可怕，"弗罗多惊叫道，"我明白前方肯定有危险；可是我不曾预想会在我们自己的夏尔遇险。难道霍比特人不能太太平平地从小河走到白兰地河了么？"

"然而夏尔不独是你们自己的，"吉尔多说，"在霍比特人之前便有他人栖居此地；霍比特人不在之后，此地又会再栖他人。世界广大，包合你们四围：你们或可筑篱墙，居其内，但不可永将世界隔于其外。"

"我懂 —— 可是夏尔看起来永远那么安全，那么可亲。现在我能做什么呢？我的计划原是秘密离开夏尔，设法去幽谷；可现在还没等我到达雄鹿地，行迹就有人跟踪了。"

"我以为，你仍应依计前行，"吉尔多说，"以你的勇气，大道不会太过难行。但是，若你渴求更加清晰的指引，应当询问甘道夫。你逃离的原因我不知晓，故而无从得知追踪者如何对你发起袭击。此间种种，甘道夫定当明了。我猜，离境夏尔之前，你与他会有一见？"

"希望如此。但这是叫我焦心的另一桩事。多日来我一直等待甘道夫。他本该最迟在两夜之前就到霍比屯；可他从未出现。现在我很想知道出了什么事了。我应该等待他吗？"

吉尔多沉默了一会儿。"我不喜欢这个消息，"他终于开口道，"那位甘道夫竟然迟到，兆头不好。但是谚语有云：巫师之事不可插手，其人机敏且易怒。选择在你：前行也好，等待也好。"

"谚语亦有云，"弗罗多回道，"问事勿问精灵，给你回答两可。"

111

"果真如此吗？"吉尔多笑道，"精灵极少给人不谨慎的建议，因为建议是危险的赠予，即便由智者赠予智者，一切仍可走向崩坏。但你还想怎样？你的事情未曾尽告于我；我何以做出比你更优的选择？但既然你要建议，我就给建议，以尽朋友之谊。我以为，现在你当立即动身，不可耽搁；若出发之前甘道夫仍未来到，我还建议：不可独行。带上忠实可靠、甘心情愿的友人。现在你当感激，因我并非乐意建议。精灵自有其劳苦，有其悲苦，霍比特人的事与其绝少相干，地上其他生灵的事亦与其无涉。我们所行的路，不管凑巧还是刻意，交叉他人之路极少。此次相会，也许并非纯属偶然，但因由我尚不清楚，且恐言多有失。"

"我不胜感激，"弗罗多说，"但仍愿您明白告诉我黑骑士是什么人。按您的建议，我可能很长时间都见不到甘道夫，我理应知道搜寻我的是何种危险人物。"

"知道他们是大敌的仆从还不够么？"吉尔多答道，"逃离他们！一句话也不要和他们讲！他们会取人性命的。勿再问我！但我心内预感，一切终结之前，你，德罗格之子弗罗多，于此凶险之事，将知之甚多，超过吉尔多·英格罗瑞安。愿埃尔贝瑞丝庇佑你！"

"可勇气我到哪里去找呢？"弗罗多问道，"我最需要的就是勇气。"

"在最不可能之处发现勇气，"吉尔多说，"怀有希望！现在睡吧！早上我们应已离开；但我们会从地上传递消息。漫游族将会知道你们的行程，拥有向善之力者会留神守候。我赐名你为精灵之友；愿在你一路之上，群星照耀！生人极少令我们这般喜爱，从世间其他过客的唇间听到古语片言，甚善。"

吉尔多正待说完，弗罗多已感到困意袭来。"我要睡了。"他说。精灵领他到皮平旁边的一个树荫篷，他扑倒在床上，立刻陷入无梦的睡眠。

第四章
蘑菇捷径
A Short Cut to Mushrooms

———————— "要是您不回去，少爷，那我也不回，这是肯定的，"山姆说，"'你休要离开他！'他们对我说。'离开他？！'我说，'我永远不会。我要跟他走，哪怕他爬到月亮上去；要是那些黑骑士里有谁想挡他的路，他们就得先掂量掂量我山姆·甘姆吉。'我说。他们都哈哈笑。"

———————— 如果我们得踩泥坑，穿荆棘，那现在就出发！

早上，弗罗多醒来，感到精神焕发。他睡在一处树荫篷中，是把一棵树的枝条交错编织而成的，直垂到地；他的床是蕨和草铺就的，厚厚软软，带着异香。阳光透过颤动的树叶照射下来，树叶长在树上，翠绿依然。他一跃而起，走了出来。

山姆在林边草地上坐着。皮平站着，研究天空和天气。精灵已经没了踪影。

"他们给咱们留了水果、饮料，还有面包，"皮平说，"过来吃早饭吧。面包尝起来几乎和昨晚的一样美味。要不是山姆坚持，我一点也不想给你留。"

弗罗多在山姆身边坐下，开始吃饭。"今天有什么打算？"皮平问。

"尽快赶到雄鹿镇。"弗罗多答道，然后专心吃东西。

"你觉得咱们会不会看到那些骑马的？"皮平快活地问。在朝阳之下，他好像觉得，即便看到一整队黑骑士也不是很吓人。

"也许会，"弗罗多不喜欢这个暗示，"但是我希望能顺利过河而不被他们发现。"

"你有没有从吉尔多那里得到什么关于他们的消息？"

"不多——只有暗示和哑谜罢了。"弗罗多含含糊糊地说。

"你有没有打听嗅探的事？"

"这个我们没有谈到。"弗罗多嘴里塞满了食物。

"你应该问一问。我确信这个很要紧。"

"要是问了，我确信吉尔多会拒绝解释的，"弗罗多严厉地说，"现在让我稍微清静一会儿！我不想吃着东西还要回答一大串的问题。我要想一想！"

"老天呀！"皮平说，"早饭的时候就想事儿？"他朝着绿地边缘走去。

在弗罗多的心里，明亮的早晨 —— 亮得危险莫测 —— 未能驱散被追踪的恐惧；他思量着吉尔多的话。这时，皮平快活的歌声传到他的耳边，他正在绿草地上奔跑歌唱。

"不，我不能！"他自言自语道，"带着年轻的朋友一同走遍夏尔，饿了倦了有美食眠床，这是一码事；带着他们流亡而不一定能疗饥愈倦，这是另一码事，大有不同 —— 即使他们愿意跟来也不行。继承这一切的，唯有我一个。甚至连山姆我也不应该带来。"他望向山姆·甘姆吉，发现山姆正盯着他看。

"哎，山姆！"他说，"你觉得怎样？我要尽快离开夏尔啦 —— 其实我主意已定，哪怕一天也不在克里克洼多等，只要办得到。"

"好得很，少爷！"

"你还打算随我一起吗？"

"是的。"

"山姆，这会非常危险。危险已经来了。很可能咱俩谁也回不去。"

"要是您不回去，少爷，那我也不回，这是肯定的，"山姆说，"'你休要离开他！'他们对我说。'离开他？！'我说，'我永远不会。我要跟他走，哪怕他爬到月亮上去；要是那些黑骑士里有谁想挡他的路，他们就得先掂量掂量我山姆·甘姆吉。'我说。他们都哈哈笑。"

"'他们'是谁？你在说些什么呀？"

"精灵呀，少爷。昨晚我们聊了会儿；他们好像知道您要离去，所以我觉得否认也没啥用。精灵一族很棒，少爷！很棒！"

"没错，"弗罗多说，"现在你已经很近地看过精灵了，你还喜欢他们吗？"

"怎么说呢，他们似乎谈不上由我来喜欢还是不喜欢，"山姆慢吞吞地答道，"我怎么看他们，好像无关紧要。他们和我想的很不一样——那么年老，又那么年轻；那么欢乐，又那么哀伤。"

弗罗多看着山姆，颇为惊愕，有些想找找发生在他身上的这个古怪变化的外在痕迹。听上去不像是他熟悉的那个老山姆·甘姆吉的腔调；但看上去坐在那儿的还是老山姆·甘姆吉，只是一脸的若有所思，很不寻常。

"既然要见精灵的愿望已经成真了，现在你还觉得有任何离开夏尔的必要吗？"他问。

"还是觉得有必要，少爷。我不知道咋说，可昨晚过后我感觉不一样了。我好像有点儿能看到将来了。我明白咱要走很长的路，走进黑暗；我也明白我不能回头。现在看精灵、看火龙、看大山都不是我想要的——我也不清楚我该要什么；但是在终结之前，我有事情要做，它在前方，而不在夏尔。我一定坚持到最后，少爷，您明白我的意思吧。"

"你的意思我不是全明白。但我明白，甘道夫为我选了一个好伙伴。我很满足。我们将一起同行。"

弗罗多默默地吃完早饭，然后站起来，望着前方的土地，呼喊皮平。

"大家都准备好出发了吗？"皮平跑过来的时候，他说，"我们必须立刻动身。我们起得迟；还有很多路要赶。"

"起得迟的是你，该是这个意思吧，"皮平说，"我早就起来了，大家还不是在等你吃完东西、想完事情嘛。"

"两样我现在都完成了。我要尽快到达雄鹿镇渡口。我不要费力再回到昨夜离开的那条大道：我要从此处径直穿过这片区域。"

"那你是要飞呀，"皮平说，"靠脚走你可没法径直穿过这片区域。"

"我们总可以不走弯路，尽量走直线，"弗罗多回应道，"渡口在林木厅村以东；但这条确定的路向左拐弯——从这里你可以远远看到它向北拐了个弯。它围着沼泽地的北端绕了一下，以接上从斯托克河上大桥连着的那条堤道。这可绕了不少哩路。如果我们从现在站着的地方，画一条直线到渡口，就能省下四分之一的路程。"

"走捷径，误事多，"皮平争辩道，"这周围很崎岖，到了沼泽又有泥坑和各种障碍——这部分地方我是了解的。如果你担心黑骑士，依我看，在路上遇见比在林子里、田野里遇见也糟不到哪儿去。"

"在林子里、田野里寻找目标难度大一些，"弗罗多回答道，"而且，如果你按常理走大路，那么他们大概会在路上寻找你，而不是在路外。"

"好吧！"皮平说，"我就跟着你，蹚进片片沼泽条条沟。但真的难走呀！我原本还指望着日落前经过斯托克镇上的金鲈酒馆呢，他们有东区最好的啤酒，至少从前是最好的：我上次品尝后，已经过去很久啦。"

"就这么定了！"弗罗多说道，"走捷径虽然误事，但酒馆误事更多。无论如何我们也必须让你离金鲈酒馆远远的。我们要在天黑之前赶到雄鹿镇。山姆，你说呢？"

"我跟您走，弗罗多先生。"山姆说（虽然他暗怀疑虑，并为错过东区最好的啤酒深感遗憾）。

"如果我们得踩泥坑，穿荆棘，那现在就出发！"皮平说。

天气已经和前一天差不多一样热；但自西边开始飘来乌云，似乎要化成雨水。几位霍比特人从一个绿色的陡坡上爬下去，一头扎进其下的密林中。他们选择的路线，是要躲开左边的林木厅，从群山东侧簇集的树林斜穿，一直走到林外的平地上。然后，他们就可以从开阔地径直奔渡口，中间只需过几条沟、几道篱墙。弗罗多估摸着，走直线有十八哩。

很快，他就发现灌木丛比看上去的更密、更虬结。林下的矮灌木丛中没有路，他们走不快。挣扎着来到坡底之后，他们发现，从后面的山里流下来一条溪，河床很深，两侧又滑又陡，垂生着悬钩子丛。最为麻烦的是，它横拦在已经选定的路线上。他们不可能跳过去，要想过溪，又确实不可能不弄湿衣服、划伤自己，会搞得一团污糟。他们停住脚，琢磨着该怎么办。"第一道关！"皮平冷笑着说。

山姆·甘姆吉转回头，视线穿过一块林间空地，瞥了一眼他们刚才爬下的绿坡顶。

"看！"他一把抓住了弗罗多的胳膊。他们都看过去，就在他们头顶上高高的坡边上，映着天空，有一匹马站在那里；马的旁边，有一个黑影正在俯探。

他们立刻彻底放弃了原路返回的念头。弗罗多领头，迅速扎进了溪边密密的灌木丛中。"哼！"他对皮平说，"我俩都没错！捷径已经走歪；但我们刚好及时隐蔽。山姆，你的耳朵尖：你能听到有什么过来吗？"

他们站着不动，倾听的时候几乎屏住了呼吸；但是没有搜寻的声音。"我猜，他不会带着马下那个坡，"山姆说，"可我估摸，他知道咱们下来了。咱们最好继续前进。"

继续前进全非易事。他们背着行囊，而且灌木丛与悬钩子扯扯绊绊，不乐意让他们穿过去似的。身后的山脊阻住了风，空气不流动，很憋闷。当他们终于勉强来到开阔一点的地方时，已是又热又累，划痕累累，连自己走的什么方向也不再确定。随着溪水流到平地，它的两岸沉降，水面变宽，水深变浅，蜿蜒流向沼泽地和大河。

"哎呀，这是那条斯托克溪呀！"皮平说道，"如果我们要回到原路线，必须立刻过溪向右走。"

他们涉水而过，急急走过对岸的一片宽广的开阔地，这里长着灯芯草，没有树。之后他们再次来到了一个林带：多数是高高的橡树，这里那里偶尔长着一棵榆树或者桦树。地面相当平坦，林下几乎没有矮灌木；但是林木太密，他们看不远。风一阵一阵地突然刮起，把树叶向上吹，雨点开始从阴暗的天空上掉下来。之后风停了，雨水倾泻如注。他们艰难行进，尽力快走，走过一片片草丛，踩进一堆堆枯叶，雨把他们全身打得啪啪响，一股股地往下流。他们没有交谈，但时时回头，两边查看。

半个小时以后，皮平说："希望我们没有偏南太多，也没有沿着纵线穿过这个林子！这不是个很宽的林带——我得说，最宽的地方也不过一哩——到这会儿我们本应该已经走出来了。"

"我们左拐右拐没有意义，"弗罗多说，"于事无补。继续这么走吧！我现在还不太肯定，要不要走出林子到开阔地去。"

他们大约又走了几哩路。之后，太阳从参差的云层里透出光来，雨势也减弱了。中午已过，他们觉得早该吃午饭了。他们在一棵榆树下停下来：树叶虽然黄得快，但仍然稠密，树根处的地面相当干燥，有不错的隐蔽。当他们来预备饭食的时候，发现精灵们给他们的水囊中灌满了一种清澈的饮料，颜色淡金：有百花酿蜜的香气，兼具提神的美妙。很快，他们就笑出了声，对着雨水以及黑骑士不屑地打响指。他们感觉，最后几哩路一下子就能抛在身后。

弗罗多倚着树干，撑着后背，闭上了眼睛。山姆和皮平挨着坐着，开始哼曲调，然后柔声唱起来：

嚯！嚯！嚯！奔向杯中酒，
以慰我心以浇愁。
雨可滂沱风可吼，
长路漫漫仍要走。
高树下且躺无忧，
乌云片片眼前流。

"嚯！嚯！嚯！"他们又开始唱，声音更响亮了。忽地，歌声骤然中断，弗罗多跳起身。随风送来一声拖长的呼啸，像是什么妖邪或者孤独的生物在吼叫。声音抬高又低落下去，以一个高高的、刺耳的音结束。恰在此时他们或站或坐，好像突然被冻住了。又有一个声音应和，弱一些也更远一些，但是一样让人血液冷凝。之后是一阵静默，只余风吹树叶的声音。

"你觉得那是什么？"皮平终于开口问道，他故作轻松，但声音还是有点颤抖，"说是鸟叫吧，可我以前从未在夏尔听到过。"

"并非鸟兽，"弗罗多说，"那是一种呼唤，或是一个讯号——叫声里包含话语，虽然我听不懂。而且霍比特人里没谁能有这种嗓子。"

众人无话。他们都想到了那些骑马人，虽然嘴上没说。现在，他们既不愿意留，也不愿意走；可是早晚得穿过开阔地去渡口，而且最好趁着天光早些赶过去。只过了一小会儿，他们便重新掮上行囊，出发了。

没过多久，树林突然到了尽头。宽广的野草地在他们面前展开。现在，他们发觉自己委实已经偏南太多了。越过平地，他们可以瞥到河对岸雄鹿镇的矮山，但现在矮山却已位于他们的左侧。他们小心翼翼地从林边溜了出来，尽快穿越这片开阔地。

一开始，离开树林的荫蔽让他们感觉害怕。在他们身后远远的地方，矗立着他们曾用早餐的高地。弗罗多多少以为，他会遥遥看到坡边上有骑马人的小黑影映着天空；但那里半点影子也没有。太阳挣脱了散开的乌云，在他们离开后开始偏向西山，现在再次大放光芒。尽管仍感不安，但他们不再害怕。土地上开垦的痕迹越来越多，越来越规整。很快，他们来到了精耕细作的田野和草地上：有围栏、大门、排水沟。样样都安静祥和，正是夏尔的寻常一角。每走一步，他们的精神就涨一分。白兰地河的那条长线越走越近；而黑骑士好像成了远远丢在身后的林中魅影。

他们沿着一片很大的萝卜田的边缘走过，来到了一个结实的大门前。门外是一条压着辙痕的车道，两边是整整齐齐的矮栏，通向远处的一丛树林。皮平住了脚。

"我认得这些田和这个门！"他说，"这是豆园庄，老农马格特的地。远处林子那边就是他的农庄。"

"麻烦一个接一个啊！"弗罗多看起来颇为惊慌，几乎就像皮平刚宣布这条路是通向恶龙巢穴的入口似的。另两位惊讶地看向他。

"老马格特怎么啦？"皮平问，"他是白兰地鹿全家的好朋友。当然啦，他会吓唬私自穿行的人，还养着凶猛的狗——可毕竟住这儿离边境近，人们就得更警醒着点儿。"

"我知道，"弗罗多说，"可尽管如此，"他羞惭地笑起来，"我怕他，也怕他的狗。好多好多年了，我都躲开他的农庄。我在白兰地堂生活，还是个小年轻的时候，他抓住我私自入内采蘑菇，有好几次。最后一回他揍了我，把我带给狗看。'好好看看，小伙子们，'他说，'下次这个小流氓再踩上我的土地，你们可以把他吃了。现在给他送行！'它们一路追着我跑到渡口。尽管我敢说畜牲们是懂事儿的，不会真的碰我；但我一直后怕到现在。"

皮平大笑："好啊，你也该弥补改正啦。特别是你正要回雄鹿地居住。老马格特可真是条壮汉——只要你别碰他的蘑菇。咱们到路上走吧，这样就不算私闯了。要是碰见了他，话由我来说。他是梅里的朋友，有一阵子我常和他一起来这里。"

他们沿路前行，直到看见一幢大房子和农庄的茅草屋顶，从前方的树林中隐现。马格特家族、斯托克镇的泥足家族，以及泽地的多数居民都住在房屋里；这个农庄用砖盖得结结实实，周围还围有高墙。墙上开着一扇宽宽的木头大门，对着车道。

他们越走越近，突然爆出了一阵可怕的嗥叫和吠叫声，还有一个大嗓门在喊："利爪！尖牙！凶狼！上啊，小伙子们！"

弗罗多和山姆立刻僵住了，但皮平又往前走了几步。大门打开，三条巨犬射出来冲上车道，扑向几位旅人，凶猛地狂吠着。它们不理会皮平；山姆贴着墙缩起身体，两只狼一样的狗怀疑地嗅来嗅去，他稍有动弹就会低吼。三条狗中最大最凶的那只拦在弗罗多跟前，鬃毛奓起，狺狺咆哮。

门里出现了一位身材壮实的霍比特人，长着一张红红的圆脸庞。"嘿！嘿！你们是谁，想要干啥？"他问道。

"下午好，马格特先生！"皮平说。

农夫仔细地打量他。"哎呀，这不是皮平少爷嘛——佩里格林·图克先生，我应该这么称呼你！"他嚷道，一脸怒容化为咧嘴大笑，"已经很久不见你到这儿啦。我认识你，算你走运。我原本正要放狗对付生人。今天可是出了些蹊跷事。当然，我们这儿时不时确实有怪人溜达。离那条河太近啦，"他说着，摇了摇头，"但这家伙是最怪异的，我这双眼睛从没见到过。他可别想再次不经同意就穿过我的土地，只要我拦得住。"

"你说的是什么家伙呀?"皮平问道。

"这么说你们没有碰到他?"农夫说,"刚才不久,他从车道过来,朝堤道去。他是个怪客,问了一些怪问题。不过也许你们先进来?我们坐舒服一点儿,讲讲这桩新鲜事。我桶里还有好麦芽啤酒,如果你和你的朋友们愿意赏光,图克先生。"

显然,只要随他的方便、按他的方式来,这位农夫会跟他们多讲一些情况,所以他们全都接受了邀请。"狗怎么办?"弗罗多紧张地问。

农夫笑了起来。"它们不会伤到你——只要我不下令。过来,利爪!尖牙!紧跟上!"他喊道,"凶狼,跟上!"狗走开了,放开了弗罗多和山姆,让他们松了口气。

皮平向农夫介绍了两位伙伴。"这是弗罗多·巴金斯先生,"他说,"你可能不记得他了,但他以前住在白兰地堂。"听到巴金斯的名字,农夫一惊,锐利地扫了弗罗多一眼。弗罗多一度以为,被偷蘑菇的记忆已经唤醒了,他会命令凶犬把他送走。但是,农夫马格特拉住了他的手臂。

"哎呀,这可不是大大的稀罕事嘛!"他叫道,"巴金斯先生是吧?快进来!我们一定要谈一谈。"

他们进了农夫的厨房,在宽敞的炉边坐下。马格特太太取来一大罐啤酒,倒进四个大杯子里。酒酿得很好,皮平觉得错过金鲈酒馆已得到了超额的补偿。山姆狐疑地啜着啤酒,他天生不信任生活在夏尔其他地方的人;而且,他不想那么快就和打过自己主人的人交朋友,不管是多久之前打的。

寒暄了几句天气和收成年景(这个和往年一样)之后,农夫马格特放下杯子,挨个儿看向他们。

"现在,佩里格林先生,"他说,"你们从哪儿来,又要到哪儿去?你们不是来找我的吧?如果是的话,你们可已经走过了门口而我还没瞧见你们呐。"

"哎，不是的，"皮平答道，"跟你说实话，既然你也猜到了，我们是从另一头走到这条道上来的：我们是从你的田里穿过的。但很大程度上出于偶然。我们本打算抄近路去渡口，可是在林木厅附近的林子里迷了路。"

"要是你们急着赶路，走大道本应更方便呀，"农夫说道，"但是我不担心那个。佩里格林先生，如果你想，我允许你从我的土地上过。还有你，巴金斯先生——虽然我敢说你仍旧喜欢吃蘑菇。"他笑了起来，"啊没错，我想起来这个名字了。我想起来了，那会儿年轻的弗罗多·巴金斯可是雄鹿地最坏的小坏蛋之一呢。但是我刚才惦记的不是蘑菇。在你出现之前，我刚刚听到巴金斯的名字。你猜那位怪客问了我什么问题？"

他们紧张地等着他说下去。"嗯，"农夫继续说，不慌不忙谈到了要点，"他骑着一头高大的黑马来到大门口，当时门正好打开着，他就直接到了我的房门口。他自己也是一身黑，披着斗篷戴着风帽，似乎不愿意被人家认出来。'他到夏尔图的是什么呢？'我心里想。过了边境线，咱这里大人族不多见；而且不管怎么说，我从来没听说过像这个黑家伙似的人物。

"'祝你日安！'我说着，出了门到他跟前，'这条路哪儿也不通，不管你要去哪儿，最快的就是返回大道上。'我不喜欢他的样子；而且当利爪出来时，它闻了闻，发出了一声尖叫，好像给蜇了似的：它夹着尾巴嚎叫着飞跑开了。黑家伙坐在马上一动不动。

"'我从那边来，'他说，动作缓慢发僵，回身指向西边——他竟然跨过了我的田，'你见到过巴金斯没有？'他问，嗓音怪怪的，俯身朝我压下来。他的脸孔我一点儿也瞧不见，因为他的兜帽垂得很低；我还觉得后背起了一阵战栗。但是，我不懂他凭什么竟然那么大胆地从我的田上骑马过来。

"'走开!'我说,'这儿没啥叫巴金斯的。你在夏尔找错地方了。你最好返回西边,去霍比屯——但这一次你要走大路。'

"'巴金斯已经离家了,'他低声说,'他正朝这儿来,距离不远。我希望找到他。他路过的话,你可以告诉我吗?我会再来,带着金子。'

"'你别来,'我说,'从哪儿来你回哪儿去,加快速度走吧。我给你一分钟,要不我就放出所有的狗了。'

"他发出了一种嘶嘶声。也可能是在笑,也可能不是。然后他冲着我,用靴上的马刺踢马,我将将及时从路上跳开。我喊了狗,但他一跃而起,像道霹雷似的,从大门骑马而出,上了车道,朝堤道的方向去了。你们怎么想这事儿?"

弗罗多坐着,盯着炉火看了一会儿,但他脑子里唯一的念头是他们究竟还能不能赶到渡口了。"我不知道该怎么想。"他最后开口道。

"那我来告诉你该想什么,"马格特说,"你本不该去和霍比屯人搅和在一块儿,弗罗多先生。北方那边儿的人都古里古怪的。"山姆在椅子上坐不住了,不友善地盯着农夫,"可是你从小就一直鲁莽。当时我听说你离开了白兰地鹿,去找那个老比尔博先生,我就说你在自找麻烦。记住我的话,这一切都起因于比尔博先生那些奇怪的行为。人家说,他的钱是在外域用奇奇怪怪的手段弄来的,照我听说的,也许有些人想知道他埋在霍比屯山里的金子珠宝的下落?"

弗罗多一言不发:农夫聪明的猜测太叫人心慌了。

"好啦,弗罗多先生,"马格特继续说道,"我很高兴,你有这个理智,又回到雄鹿地来啦。我的建议是:留在这儿!别回去和那些外地怪人掺和。你在这块儿会交到朋友的。要是那些黑家伙有谁又来找你,我会解决的。我会说你死啦,要么你离开夏尔啦,随便什么你想要我说的。而且那也不算谎话吧,因为他们想要的十之八九是老比尔博先生的消息。"

"也许你说得对。"弗罗多避开了农夫的眼睛,盯着炉火。

马格特若有所思地打量着他。"好吧,我看你有自己的主意,"他说,"秃头上的虱子明摆着,同一天下午来了你和那个骑士,绝非巧合;也许我的大新闻对你压根儿就不新鲜。我不是要你告诉我一切你有意保密的事;但是我看得出来,你遇上麻烦了。也许你在想,到渡口而不被发现,恐怕不太容易,对吧?"

"正是我在想的,"弗罗多说,"但我们必须设法赶到那儿;坐着空想可办不到。所以恐怕我们必须走了。真的非常感谢你的好意!马格特农夫,说来你也许会笑话,我怕你和你的狗怕了三十多年。真是遗憾:因为我错失了一位好朋友。现在,我很抱歉这么快就离开,但是也许有一天我会回来拜访的——如果还能有机会。"

"你再来,我欢迎,"马格特说,"不过现在我有个主意。已经快日落了,我们要吃晚饭了;因为我们通常日落以后就上床休息。如果你、佩里格林先生还有大伙儿能留下和我们一起吃上一口,我们会很开心的!"

"我们也是!"弗罗多说,"可恐怕我们必须立刻走了。即便是现在走,我们到渡口之前天也会黑了。"

"啊!等一等!我本要说:吃点晚饭,然后我套辆小马车,送你们大家去渡口。能省你们走不少路呢,也说不定还能省下另一种麻烦。"

弗罗多充满感激地接受了,皮平和山姆也松了口气。太阳已经落在西山之后,天色越来越暗。马格特的两个儿子和三个女儿走进来,大餐桌上摆上了丰盛的晚餐。厨房里点亮了蜡烛,添上了柴火。马格特太太忙里忙外。农庄上的一两个霍比特帮工也来了。很快就坐了十四个人准备吃饭。啤酒管够,除了扎实的农家饭菜,还有一大盘子蘑菇和熏肉。狗卧在火边,咬着熏肉皮,啃着骨头。

吃完以后，农夫和两个儿子提着灯笼出去，备好了马车。客人们出来的时候，院子里黑黑的。他们把包裹扔到车上，爬了上去。农夫坐在驾车人位置上，扬鞭驱动他的两匹肥壮的小矮马前行。他的妻子站在打开的门里，身上笼着灯光。

"你当心自己，马格特！"她喊道，"别跟任何外人起口舌，直接回家来！"

"我会的！"他说着，驾车出了大门。现在，风息没有搅动；夜色安宁，空气中含着冷意。他们没有掌灯，缓缓而行。走了一二哩之后，车道穿过一条深沟，爬上一个矮坡，上了高筑在岸上的堤路，便到了尽头。

马格特下了车，仔细观察了南北两边，但是黑暗中什么也看不见，无风的空气里什么声音也没有。一缕缕薄薄的河雾悬在水沟之上，匍匐着覆过田野。

"雾要变重了，"马格特说，"但是我等到转头回家的时候再点灯笼。不管今晚路上有什么，碰上它之前我们都能先听到动静。"

从马格特家的车道到渡口有至少五哩路。霍比特人们将自己裹起，但竖着耳朵，听着车轮吱呀声和马蹄缓慢的嗒嗒声之外的响动。弗罗多觉得，马车简直比蜗牛还慢。皮平在他身旁，头一点一点的，快睡着了；但是山姆凝视着前方正在升腾的雾气。

最终，他们来到了渡口车道的入口。标志入口的是两个白色的高柱，赫然耸现在他们右边。农夫马格特拉住小矮马，车子吱嘎一声停住了。他们正待爬下来，忽然听到了所有人一直恐惧听到的声音：前方路上的马蹄声。声音是冲着他们来的。

马格特跳了下来，站着拢住马头，凝视着前方的黑暗。嘚嘚—嗒嗒，嘚嘚—嗒嗒，骑马人愈走愈近了。马蹄落下的声音，在凝滞的雾气中听起来格外响亮。

"你最好躲起来,弗罗多先生,"山姆紧张地说,"你在车里躺下,盖上毯子,我们打发这个骑马的滚回去!"他爬了出去,站在农夫的身边。黑骑士要靠近马车,得先从他身上踩过去。

嗒嗒 — 嗒嗒,嗒嗒 — 嗒嗒。骑马者几乎靠近他们了。

"喂!"农夫马格特喊道。逼近的马蹄声戛然而止。他们可以在雾中依稀辨出一个披着斗篷的黑影,就在前面一两码处。

"听着!"农夫说道,把缰绳掷给山姆,大步往前,"不许再近前一步!你想怎样,你要去哪儿?"

"我要找巴金斯先生。你见到过他吗?"一个声音瓮声瓮气地说 —— 但这声音是梅里·白兰地鹿的。一盏昏灯的盖布揭开了,灯光照亮了农夫错愕的脸。

"梅里先生!"他喊道。

"是我,当然是我。你以为是谁呢?"梅里走过来说。他从雾中走出来时,他们的恐惧消退了,好像他一下子缩成了普通的霍比特人的个头。他骑着一匹小矮马,脖子上围着一条围巾,遮住了下巴,以抵御雾气。

弗罗多从马车里蹦出来迎接他。"你可算是来了!"梅里说,"我都开始寻思你今天到底还会不会出现,那时我正打算回去吃晚饭。起雾的时候,我照说好的,骑上马朝斯托克走,看看你是不是掉进了水沟。天可怜见我也不知道你从哪条路过来。马格特先生,你从哪儿发现他们的?在你的养鸭池吗?"

"不是的,我逮着他们私闯我家田地了,"农夫说,"差点还放狗咬了他们;不过他们会跟你讲整个经过的,肯定的。现在,恕我告退,梅里先生、弗罗多先生和大伙儿,我最好掉头回家啦。夜色深了,我太太要担心了。"

他将马车拉回车道，掉转车头。"好啦，祝你们大家晚安，"他说，"今天真是古怪多，错不了的。但是，结果好，一切都好；这句话也许应该等到各自家门前再说；不过我不否认现在说我也很高兴。"他点亮灯笼，上了车。忽然间，他从座位下面变出来一个大篮子。"我差点儿忘了，"他说，"马格特太太给巴金斯先生装的，一点敬意。"他放下篮子，在异口同声的谢谢和晚安声中离开了。

他们看着马格特的灯笼的黯淡光圈在雾夜中渐渐消失不见。弗罗多突然笑了起来：从他手中提着的盖篮中，升腾的正是蘑菇的香气。

第五章
共谋揭穿

A Conspiracy Unmasked

———————— 你可以信任我们，会不离开你半步，同甘共苦 —— 再苦也跟你坚持到最后。你也可以信任我们，对你所有的秘密守口如瓶 —— 不会像你一样露出口风。但是，你不能以为我们会任由你独自面对麻烦，任由你一字不说就离开。我们是你的朋友，弗罗多。

"现在我们自己最好也回家,"梅里说,"我看这一切里面有古怪,但也得等我们进了家门再说。"

他们转身上了渡口道,这条路很直,维护得很好,边上垒着刷白的石头。走了大概一百码,他们来到河岸边,有一个宽宽的木栈桥,旁边泊着一艘平底大渡船,水边有白色的缆桩,两盏路灯悬在高柱上,照得缆桩微微发光。在他们身后,平坦田野上的雾气现在已升到了围栏之上;但眼前的水暗沉沉的,只在岸边水草间有一两缕卷曲的水汽。河对岸的雾似乎薄一点。

梅里牵着小马经过跳板上了渡船,其他人跟在后面。然后,梅里撑一支长篙将船缓缓推离,白兰地河的宽广河水在他们面前缓缓流淌。另一侧堤岸陡峭,有一条小路自更远处的栈桥蜿蜒爬上堤岸,栈桥上的灯光忽明忽昧,其后赫然耸立着雄鹿山;山外,透过笼罩着的迷离雾气,许多圆窗亮着黄的、红的灯光。这是白兰地堂的窗,是白兰地鹿家族古老的家园。

很久以前,沼泽地乃至夏尔最古老的老雄鹿家族的族长戈亨达德·老雄鹿,曾涉过这条河,这条河是夏尔东部的原始边界。他修建了(并挖掘了)白兰地堂,改名为白兰地鹿,在此安居,成了一个实际上的小小独立王国的首领。他的家族越来越壮大,在他身后持续发展,白兰地堂最后占满了整座矮山,有三个高大的前门,许多侧门,窗户一百扇上下。之后，白兰地鹿家族的人和他们数不清的子女、属从开始打地洞，又建房屋，遍布各处。这就是雄鹿地的起源。它处于河流和老林子之间，地形狭长，人烟稠密，算是一个源自夏尔的开拓地。最主要的村落是雄鹿镇，村民聚居在白兰地堂后面的河岸和山坡上。

沼泽地的人和雄鹿地的人交好，堂主（白兰地鹿家族族长的称呼）的权威仍被斯托克镇和灯芯草岛之间的农夫所承认。但是，老夏尔的多数人都将雄鹿地人视为异类，把他们算作半个外域人。尽管事实上，他们与其他四区的霍比特人并没有很大区别。只除了一条：他们喜爱船只，有些人还会游水。

他们的土地原来没有防护，不能免受东方的侵扰；于是，他们在东侧筑起了护墙：高篱墙。树篱在许多代之前就已种下，一直都有人仔细照料，现在长得又密又高。它自白兰地桥头始，远离河流，弯了一个大圈，一直延伸，直到篱墙尾（源于老林子的绞柳河在此处汇入白兰地河）：从这头到那头超过二十哩。但是，它当然不是一个滴水不漏的屏障。老林子在很多处逼近了护墙。雄鹿地人在天黑后紧锁房门，这在夏尔又是不寻常的。

船慢慢地横渡水面，雄鹿地河岸愈来愈近。山姆是几个人当中唯一不曾跨过此河的。当汩汩的流水缓缓滑过时，他有了一种奇特的感觉：他过去的生活已留在了身后的雾中，而黑暗的冒险就在前方。他挠了挠头，有一瞬间掠过一个愿望：弗罗多先生要是能够继续安静地生活在袋底洞就好了。

四个霍比特人走下渡船。梅里将船拴好，皮平已将小矮马牵到路上，山姆（他一直在回头看，似乎在向夏尔辞行）沙哑地低声道：

"快回头，弗罗多先生！您看见了吗？"

在远处的栈桥上，遥遥的灯下，他们只能看得出一个轮廓：貌似一个落下的黑乎乎的包裹,但当他们回头看时,它移动了,摇来摆去,好像在地面上搜寻;然后匍匐着,或者是蜷缩着,退回了灯光照不到的暗处。

"这到底是个啥玩意?"梅里惊叫道。

"是跟踪我们的,"弗罗多说,"但现在不要多问! 我们立刻走!"他们飞快地从小径上到堤岸顶,再次回望时,对岸笼罩在雾中,什么也看不见了。

"谢天谢地你没有在西岸留泊渡船!"弗罗多说,"马能过河吗?"

"他们可以向北走十哩路过白兰地桥 —— 要么就游水,"梅里答道,"不过我还从没听说过马儿游过白兰地河的。可马儿和这有啥关系?"

"回头告诉你。我们先到屋子内,然后再聊。"

"好的! 你和皮平认得路;我骑马先走,告诉胖子博尔杰你们到了。我们会备好晚饭还有东西。"

"我们和农夫马格特提早吃过了,"弗罗多说;"不过再来一餐也没问题。"

"你会如愿的! 给我那个篮子!"梅里说着,策马进入了黑暗。

从白兰地河到弗罗多在克里克洼的新家有一些距离。他们步行经过了雄鹿山和白兰地堂,在雄鹿镇的外沿上了雄鹿地的主路,主路过桥以后延伸向南。沿着这条路北行了半哩之后,他们向右拐入一条岔道;沿着岔道,他们在乡野间上上下下,又走了一两哩。

最后,他们来到了厚篱墙上的一道窄门前。房子在黑暗中一点也看不见:房子远离道路,位于圈宽草地正中央,草地外包围着一道矮树带,矮树带外是树篱墙。房子是弗罗多选的,因为它在乡间的偏僻角落,邻近也没有其他住户,你可以进进出出而无人注意。这是很久以前白兰地鹿家族的人修的,用作客居,或者给家里人小住,以暂时逃开白兰地堂挤哄哄的日子。房子是老式的乡居,尽可能地模仿了霍比特人的洞穴：长且低矮，没有加盖上一层；屋顶是草皮的，圆窗户，还有一扇大圆门。

他们进了门，走上了一条绿色的小路，看不到灯光；窗户紧闭，黑洞洞的。弗罗多敲了敲门，胖子博尔杰打开门，令人感到温和的灯光流泻而出。他们闪身进屋，将自己和灯光都关在里面。宽敞的厅堂两侧都有门；在他们的面前是一条走廊，从屋子中央延伸到后面。

"哎，你们觉得怎样？"梅里从走廊走了过来，"我们尽力把它在短时间内收拾得像家里一样。毕竟，昨天胖子和我才把最后一车东西拉过来。"

弗罗多打量四周，确实看起来像家里。许多他自己最喜欢的东西——或者说比尔博的东西（这些东西放在新环境里，让他鲜明地忆起了他）——尽可能摆放得和过去在袋底洞一致。真是一个让人愉悦、舒服、宾至如归的地方；他感觉到，自己多么想是真的要在此处安顿下来、清净退隐啊。让朋友们如此大费周章，实在不公平：他又开始琢磨怎么跟他们透露，他必须尽早离开他们，而且是马上离开。就在今夜表明真相吧，就在他们都去上床睡觉之前。

"真让人愉快！"他强作欢欣，"我感觉跟没搬家似的。"

旅人们挂起斗篷，把行囊堆放在地板上。梅里领他们走到长廊尽头，猛地推开一扇门。火光透了出来，还有一团水汽。

"热水澡！"皮平叫道，"噢！蒙天恩佑的梅里阿道克呀！"

"我们按什么顺序来？"弗罗多说，"年纪最长的先来，还是走路最快的先来？怎么排你都是最后一个，佩里格林少爷。"

"相信我吧，我的安排更妙！"梅里说，"为洗澡争吵？我们可不能这么开启在克里克洼的生活。那间房里有三个浴盆、一锅滚开的水。还有毛巾、脚垫、肥皂。进来吧，快点！"

梅里和胖子进了走廊另一侧的厨房,为迟到的晚餐做最后的准备,忙活起来。浴室断断续续地传来争相歌唱的声音,和泼水的声音、在水里打滚的声音混在一起。皮平的嗓门突然拔高,盖过了另两人,唱的正是比尔博最喜欢的一支泡澡曲:

> 一日将尽,洗澡唱嘿!
> 洗去污垢,荡涤疲惫!
> 唯有愚人,不会歌吟:
> 浴水暖热,可称高贵!
>
> 雨水落下,声声甜美,
> 溪流跳跃,山到平野;
> 滴答潺潺,皆有所逊:
> 浴水暖热,烟汽氤氲。
>
> 冷水泼洗,不得已时,
> 饮入焦喉,亦是美事;
> 然若渴饮,啤酒胜之,
> 浴水暖热,最宜擦背。
>
> 泉水高腾,水花洁白,
> 天空之下,岂不美哉;
> 浴水哗啦,双足踩溅,
> 泉水难及,歌吟百遍!

一声很大的泼水声响了起来,弗罗多"哇啊"一声叫了出来。好像是皮平把洗澡水弄出了个喷泉，腾起很高。

梅里走到门口，"晚餐啤酒，皆入焦喉，怎么样？"他喊道。弗罗多擦着头发出来了。

"到处湿乎乎的，所以我到厨房来弄完。"他说。

"天啦！"梅里往里看了看，石头地板都泡在水里了，"你不把这些都拖干净，就没东西吃，佩里格林，"他说，"快点，要不我们不等你了。"

他们坐在火炉边的餐桌旁吃晚餐。"你们仨不想再吃蘑菇了吧？"弗雷德加问道，并没有抱什么希望。

"我们想！"皮平嚷道。

"蘑菇是我的！"弗罗多说，"马格特太太给我的，她真是农妇中的女王啊。把你们贪婪的爪子拿开，我来给你们分。"

霍比特人对蘑菇有强烈的热情，大人族的最贪婪的嗜好也比不上。这可以部分地解释为什么弗罗多年少时要长途跋涉摸到沼泽地著名的蘑菇田，以及受了损失的马格特为什么大光其火。这一次，即便以霍比特人的标准来衡量，蘑菇也足够所有人吃的。随后还有许多其他的饭菜，吃完以后，连胖子博尔杰都发出了满足的叹息。他们把桌子往后一推，把椅子拉到火炉边。

"我们一会儿再收拾，"梅里说，"现在都告诉我吧！我猜你们在经历冒险，没有我可是不太公平。我要你们原原本本地讲述；我最想知道的是你们和老马格特的事，以及他为什么那么对我说话。听起来好像他吓坏了，他竟然还能被吓到。"

"我们全都吓坏了，"皮平顿了一下说，这期间弗罗多盯着火苗，没有开口，"要是你被黑骑士连着追两天，你也得给吓坏了。"

"那是个啥？"

"骑着黑马的黑影，"皮平答道，"要是弗罗多不想讲，我就从头给你讲完整。"然后，他从离开霍比屯讲起，原原本本地讲述了整个旅程。山姆配合他的讲述，又是点头、又是感叹。弗罗多一言不发。

"我以为这都是你们编造出来的，"梅里说，"要不是我看到了栈桥上的那个黑影——并且听出马格特声音中的一丝古怪。你怎么看，弗罗多？"

"咱们的表亲弗罗多一直嘴巴很严，"皮平道，"但现在他应该开诚布公了。目前，我们仅仅知道农夫马格特猜测的那些，这和老比尔博的财宝有关。"

"那只是猜测，"弗罗多急忙说，"马格特什么也不知道。"

"老马格特很精明，"梅里说，"他圆圆的脑袋里转着很多念头，可嘴巴不曾吐露一点。我曾听说，他一度常去老林子，而且他知道很多怪事，素有声名。但你最少可以告诉我们吧，弗罗多，你觉得他猜测得对不对。"

"我觉得，"弗罗多缓缓地答道，"他的猜测就其本身而言是对的。确实和比尔博过去的探险有关系，而且骑士真的在查找，或者应该说是搜寻——他或者我。如果你们还想知道，我恐怕这根本不是什么玩笑；我在这儿也好，在别处也好，都不安全。"他环顾了一圈窗户和墙壁，好像害怕它们突然倒塌似的。其他几人默默地看着他，互相交换了一下意味深长的眼神。

"马上就要说出来啦。"皮平对梅里耳语。梅里点点头。

"好吧！"弗罗多最后坐了起来，挺直后背，就像下了决心似的，"我不能再藏着掖着了。我有事要告诉你们大家。但我不知道怎么开口。"

"我想我能帮你，"梅里轻轻地说，"我来跟你说一说这个事吧。"

"你是什么意思？"弗罗多说，紧张地看着他。

"我亲爱的老弗罗多，就是这个意思：你很难受，因为你不知道如何说再见。当然，你打算离开夏尔。可是危险比你预料的来得还快，现在你决心马上走。可你又不愿意走。我们很为你难过。"

弗罗多张了张嘴，又闭上了。他一脸吃惊，很是滑稽，他们都笑了。"亲爱的老弗罗多！"皮平说，"你真以为撒了把土就蒙住了我们所有人的眼睛吗？你既没那么谨慎，也没那么聪明，你做不到啊！打4月以来，你明显计划要走，跟你常去的地方一一告别。我们老听见你嘟囔'不知道还能不能再看到那个峡谷'，诸如此类。你还假装钱财快要用尽，居然把你心爱的袋底洞卖给了萨克维尔－巴金斯家！还有那些和甘道夫的密谈。"

"老天啊！"弗罗多说，"我还以为自己既谨慎又聪明呢。我都不知道甘道夫会怎么说。那么全夏尔都在议论我离开的事喽？"

"噢，不是的！"梅里说，"别担心！当然，秘密保持不了很久；但眼前秘密还是秘密，我想，只有我们几个密谋的人知道。毕竟，你一定记得，我们非常了解你，还常和你在一起。我们一般都能猜到你在想什么。我也了解比尔博。跟你说实话吧，自从他走了，我一直都很仔细地盯着你。我以为，你迟早要随他走；其实我还以为你会早走呢，最近我们一直都很担心。我们一直害怕你给我们来个不辞而别，突然离开，全凭自己喜欢，就像他似的。打这个春天以来，我们瞪大眼睛盯得紧，自个儿做了不少的谋划。你可没那么容易逃掉！"

"但我必须走，"弗罗多说，"这是没办法的事，亲爱的朋友们。这对我们大家都很不好过，但你们想挽留我是没有用的。你们既已猜到了那么多，就请帮帮我，不要阻拦我！"

"你没有听懂！"皮平说，"你必须走——所以我们也必须走。梅里和我跟你一起走。山姆是个了不起的伙计，为了救你他会往火龙的喉咙上跳，可他自己笨手笨脚的；而且，在你危险的冒险之旅中，你需要的伙伴不止一个。"

"我亲爱的、最亲爱的霍比特人呀！"弗罗多深深地感动了，"但是我不允许。这一点我也是很早之前就决定了的。你们谈到了危险，可是你们不懂有多危险。这绝不是什么寻宝、什么去了又回的旅行。我是要从一个死境逃向另一个死境啊。"

"我们当然懂，"梅里坚定地说，"所以我们才决定去。我们懂得，魔戒不是开玩笑的；但是，我们会用尽一切来帮你抵御大敌。"

"魔戒！"弗罗多说，现在彻底目瞪口呆了。

"是的，魔戒，"梅里说，"我亲爱的霍比特老伙计，你没考虑到朋友会究根问底的。我知道魔戒的存在已经很多年了——其实在比尔博走之前就知道；但既然他明显把它当个秘密，我就存在心里，直到我们结成同谋。当然，我不像你那么了解比尔博；那会儿我还太年轻，他也更谨慎——但还不够谨慎。如果你想知道起先我怎么发现的，我会告诉你的。"

"继续讲吧！"弗罗多有气无力地说。

"就是萨克维尔-巴金斯让他败露的，你可能也猜到了。那场盛会之前一年的某一天，我恰巧走在路上，瞧见比尔博就在前面。忽然远处出现了萨-巴家的几个人，正朝我们走过来。比尔博放慢了脚步，然后啪嗒一下子！他就消失了。我大吃一惊，脑了都跟不上了，差点连用普通的方法把自己藏起来都不会了；不过我还是穿过树篱墙，从里面的田上走。我从树篱墙缝偷眼儿瞧着路上，等萨-巴家的人走过去以后，眼睁睁地看到比尔博又突然出现了。当他把什么东西放回裤子口袋的时候，我瞥见金光一闪。

"打那以后我就瞪大了眼睛。好吧，我承认我窥探了。但是你必须承认，这事太让人好奇了，而我那时才十几岁。除了你弗罗多之外，我一定是夏尔内唯一读过老家伙的秘密书稿的人。"

"你读过了他的书稿！"弗罗多叫道，"苍天在上！还有什么是安全保险的吗？"

"不是太安全，我得说，"梅里说，"不过我只匆匆瞥了一眼，看一眼都很难啊。他从不把书稿四处放。我想知道书的下落，我想再看一眼。书在你手上吗，弗罗多？"

"没有，那本书不在袋底洞。一定是他给带走了。"

"好吧，如我所说，"梅里继续说道，"这个事情我只自己埋在心底，直到今春情况严峻起来。然后我们结成同谋；因为我们很严肃，而且是认真的，我们一直谨慎到了极点。你可是个难应付的茬儿，甘道夫更是。但是，如果你想认识一下我们的头号调查员，我可以引见。"

"他在哪儿？"弗罗多环顾四周，好像等着一个阴险的蒙面客从橱柜中走出来似的。

"向前一步，山姆！"梅里说。山姆站了起来，满脸通红，一直到耳朵根，"这位是我们的情报搜集员！我可以告诉你，被捉住之前他搜集了很多情报。那以后，我或许可以说，他就以为自己在假释期，收手不干了。"

"山姆！"弗罗多喊了一声，觉得震惊到了无以复加的地步，不知道自己是应该觉得愤怒、好笑、释然，还仅仅是自觉愚蠢。

"我在，少爷！"山姆说，"求您原谅，少爷！但是那件事上我对您没有坏心思，弗罗多先生，对甘道夫先生也是一样。他真的很明智，请注意了；当您说'独自上路'时，他说'不！带上你可以信任的人'。"

"但现在看来我谁也不能信任啦。"弗罗多说。

山姆难过地看着他。"这全取决于你想要什么，"梅里插嘴道，"你可以信任我们，会不离开你半步，同甘共苦——再苦也跟你坚持到最后。你也可以信任我们，对你所有的秘密守口如瓶——不会像你一样露出口风。但是，你不能以为我们会任由你独自面对麻烦，任由你一字不说就离开。我们是你的朋友，弗罗多。无论如何，就是这样：甘道夫对你说的话的大部分我们都知道，魔戒的很多事我们都知道。虽然我们非常害怕，但我们要跟你同行，像忠犬一样紧跟着你。"

"而且说到底，少爷，"山姆加了一句，"您确实应该听从精灵的建议。吉尔多说了您应该带上自愿同行的伙伴，这您可不能否认。"

"我不否认，"弗罗多说着，看向正在咧着嘴笑的山姆，"我不否认，但不管你打不打鼾，我再也不相信你是睡着的了，我会狠狠地踢你，看看你是不是真睡着了。"

"你们这伙儿奸诈骗人的坏东西！"他说着转向了另几位，"但我愿老天保佑你们！"他笑了，站起身挥着胳膊说，"我投降。我听从吉尔多的建议。若不是面临的危险这么黑暗，我应当快乐地起舞了。可即便如此，我也忍不住感到欢乐，我很久都没感到这么欢乐了。本来我很紧张今夜的。"

"好！就这么定了。为队长弗罗多和队伍三次欢呼！"他们嚷道，围着弗罗多跳起舞来。梅里和皮平开始唱一支歌，明显是为了这个场景预备好的。

歌曲是依照很久前曾激发了比尔博踏上冒险旅途的矮人曲改编的，曲调相同：

> 今别壁炉暖厅堂，
> 管他雨落风吹狂。
> 未等破晓须上路，
> 远赴高山丛林莽。
>
> 去向幽谷精灵地，
> 林间旷处薄雾依。

策马急过荒泽沼，
之后何去怎知晓。

前有仇敌危在后，
穹顶之下地为床。
终有一日跋涉尽，
征途完满大功成。

吾必行！吾必行！
破晓之前策马行！

"好极了！"弗罗多说，"不过这样一来，我们在睡觉前还有很多事情要做——趁今晚无论如何还有屋顶遮头。"

"噢，这不是唱歌嘛！"皮平说，"未必你真打算破晓前出发？"

"我不知道，"弗罗多答道，"我担心那些黑骑士，而且我确信，在一处久待是不安全的，特别是待在他们已知我要去的地方。吉尔多也劝我不要等待。但我非常想见甘道夫。我看得出来，听说甘道夫从未现身的时候，连吉尔多都感到担忧。这其实取决于两个问题：那些骑士能有多快来雄鹿镇？我们能有多快出发？要准备的可太多了。"

"第二个问题已有答案，"梅里说，"一个小时之内我们就可以出发。我已经把一切都准备好了。田地对面的马厩里有五匹马；储备和用具都打好了包，只差几件备用的衣裳和新鲜的食物。"

"你们的密谋看来效率很高啊，"弗罗多说，"可黑骑士的问题怎么办？再等甘道夫一天会不会有危险？"

"这取决于你觉得如果黑骑士在这儿找到了你，他们要做什么，"梅里回答道，"当然，要不是被挡在了北门，他们现在本该找到这儿了。防护篱墙一直绵延到河岸,就在桥的这一边。守门卫兵不会允许夜间通行的,不过他们也可能强行突破。就算是在白天,卫兵也会将他们拒之门外,我想,至少要等传信给堂主——因为那些骑士的样貌不受待见,肯定会吓到他们。不过,他们要坚决进攻,雄鹿地肯定抵御不了很久。而且,即使明早过来一个黑骑士要找巴金斯先生,可能就给放进来了。你回到克里克洼居住的事知道的人毕竟不少。"

弗罗多坐着思索了片刻,最后说道:"我拿定主意了,明天走,天一亮就动身。但是不走大路:走大路还不如待在这儿等着安全。如果我走北门,那么我离开雄鹿地的消息很快就尽人皆知了——本可以至少保密几天。而且,就算骑士一个也没能进入雄鹿地,大桥和靠近边界的东大道一定会被监视起来。我们不知道有多少骑士;但至少有俩,也许更多。唯一要做的,就是从出其不意的方向离开。"

"可这就意味着走进老林子!"弗雷德加吓坏了,"你想都不要想。老林子差不多和黑骑士一样危险。"

"差着呢,"梅里说,"我相信弗罗多是对的,虽然听起来很孤注一掷。这是唯一一条可以离开而不被立即跟踪的路。走运的话,我们可以有个不错的起点。"

"但是在老林子里你走不了运呀,"弗雷德加反对道,"谁到那儿谁倒霉。你会迷路的。没人往那儿去。"

"才不是,有人去的!"梅里说,"白兰地鹿家的人会去——偶尔兴之所至的时候。我们有个私密入口。弗罗多很久以前去过一次。我去过好几次:当然一般是白天去,当树木都在睡觉,比较平静的时候。"

"好吧,你们觉得怎么最合适就怎么做!"弗雷德加说,"我最怕老林子,我所知道的任何其他东西都没有它可怕:老林子的故事是场噩梦;但是我这一票很难算数,因为我不会踏上这个旅程。不管怎样,我还是很欣慰能留下来,可以等甘道夫出现的时候告诉他你们做了什么。他肯定不久就会赶来了。"

尽管胖子博尔杰很喜欢弗罗多,但他不想离开夏尔去见识外面的世界。他的家族来自东区大桥地的博杰津,而且他从未跨过白兰地大桥。根据密谋者的原始计划,他的任务是留守,应付打听的人,尽可能长久地维持巴金斯先生仍住在克里克洼的假象。他甚至还拿了几件弗罗多的旧衣裳,以便假扮他这个角色。他们几乎没有去想,假扮他后来会有多么危险。

"棒极了!"理解了计划以后,弗罗多说,"否则我们就无法给甘道夫留信了。我不知道那些骑士识不识字,当然了,但是我也不敢冒险写在纸上,以防万一他们闯进来搜查房子。但是如果胖子愿意留守堡垒,我能确保甘道夫知道我们的去路,就能下决心了。明天我的第一要务是进入老林子。"

"好,就这样定了,"皮平说,"总的来说,我更愿意干我们的任务,而不是胖子的——坐等黑骑士来临。"

"等你深入老林子就懂了,"弗雷德加说,"明天到不了这个钟点,你就会祈祷能回来和我一起待在这儿啦。"

"再为这个争下去没有意义,"梅里说,"睡觉前我们还得收拾东西,还有行李打包最后收尾。明天天亮之前我会喊大家起床。"

最后到了不得不上床的时候,弗罗多久久无法入睡。他双腿疼痛,很高兴明早要骑马出发。末了他陷入了一个模模糊糊的梦境,好像他正从一个高高的窗户向外望去,窗下是交错纠结的树,暗沉如海。树根下匍匐着怪物,鼻子哼哼哧哧地嗅着。他感觉自己迟早一定会被它们闻出来。

然后,他听到了远处的声响。起初他以为是掠过森林枝叶的大风,然后他明白过来那不是树叶，而是遥远的海的声音；醒着的时候从未听到过这种声响，但常常惊扰他的梦境。突然，他发现自己身处室外的空地上，一棵树也没有。那是一片灌木丛生的黑暗荒地，空气里有一股奇怪的盐味。抬头仰望，可以看到面前有一座白色的高塔，孤零零地矗立在高高的山脊之上。一股强烈的欲望向他袭来，想要爬上高塔看看大海。他开始艰难地朝着高塔往山坡上爬；但是，一道突如其来的光芒自天空划过，雷声隆隆而来。

第六章
老林子
THE OLD FOREST

忽然，树林到了尽头，迷雾已在身后。他们已经走出了林子，眼前冒出来一片宽广连绵的草地。河水坝在成了细细的急流，欢快地跳跃下来迎接他们，星星已闪耀在天空上，河水处处映着星光。

弗罗多猛然醒来。房间里仍然黑着。梅里站在那儿，一手端着蜡烛，一手砰砰地敲着门。"好啦！怎么啦？"弗罗多说道，仍处在恐惧和疑惑之中。

"还问怎么啦！"梅里叫道，"该起床啦。4点半了，雾很大。来！山姆已经备好了早饭。连皮平都起床了。我马上要去给马套上鞍子，把驮行李的那一匹牵来。把懒胖子喊起来！至少他得起来送送我们。"

刚过6点，五位霍比特人整装待发。胖子博尔杰仍在打哈欠。他们悄悄地溜出了家。梅里领头，牵着驮行李的小矮马，预备穿过屋后杂树林中的一条小径，再抄近路横穿几块农田。树上的叶子闪着微光，每一根树枝都在滴水；草地灰蒙蒙的，挂着寒冷的露水。一切都静静的，远处的嘈杂声听起来又近又清楚：谁家院子里的家禽在咯咯叫，谁又关上了远处房子的一扇门。

在自家的棚子里，他们看到了小矮马：霍比特人喜爱的小个儿牲口品种，结结实实的，脚程不快，但是善耐长日辛劳。他们上了马，很快就骑马进入了大雾里，雾气好像很不情愿地为他们分散开，在他们身后很快又闭合得严严实实。他们慢慢地策马而行，没有说话，走了大概一个钟头以后，骤然看到护墙耸立在前。墙很高，结满了银色的蛛网。

"你怎么从这堵墙穿过去呢？"弗雷德加问。

"跟我来！"梅里说，"你们就会明白啦。"他顺着护墙左转，随即到了一个地方，护墙在此沿着一个地洞边缘内凹的地方向内弯曲。距护墙不远处，挖了一个路堑，缓缓斜沉，进入地面以下。两边用砖筑了墙，直升向上，最后突然接成拱顶，形成了一个隧道，深埋在护墙之下，又从另一边的一个洼地冒出来。

胖子博尔杰在此处停住脚，说："再会，弗罗多！我真希望你不要走进林子。我只盼着日落之前你不要求救。但还是祝你好运——今日好运，日日好运！"

"如果前方没有比老林子更坏的东西，那我还真是好运，"弗罗多说，"告诉甘道夫速速赶到东大道：我们会努力赶路，应该很快就会回到东大道。""再会！"他们大声说着，骑马顺着斜坡走进隧道，从弗雷德加的视线中消失了。

隧道里阴暗潮湿。另一端是封闭的，关着一扇粗铁栅栏的大门。梅里翻身下马，打开锁头，等大家都出去后，又把门推上。呛啷一声大门关上，锁也咔嗒一下锁上了。这个响声充满不吉利的感觉。

"瞧！"梅里说，"你们已经离开了夏尔，现在身处其外，在老林子的边儿上啦。"

"那些故事是真的吗？"皮平问。

"我不清楚你说的是哪些故事，"梅里答道，"如果你说的是胖子的保姆以前给他讲的老掉牙妖怪故事，那些半兽人啦，恶狼啦什么的，我得说不是真的。无论如何我也不相信。但是，这林子确实古怪。不如说，林中样样东西都更活生生的，自有意识，知道外界的情况；这么说吧，和夏尔的生物可大不一样。而且林子里的树不喜欢生人。它们会盯着你。通常，只要天还没黑，它们盯着你就满足了，不会再进一步。最不友好的树偶尔会砸下一根树枝，或者伸出一条树根，或者用一根长藤来抓你。可据我所知，到了夜里，就非常吓人了。天黑以后我只在这儿待过一两回，还离护墙很近。我觉得，所有的树都在窃窃私语，用一种不可捉摸的语言传递消息、罗织阴谋；而且树枝都无风自动，摸摸弄弄的。人家说，这些树真的能移动，能把生人包围锁死。事实上，它们久远之前曾围攻过护墙：它们移动过来，把自己挨着护墙栽下，斜压过去。但是霍比特人赶来砍下了成百上千的树，在林子里烧起了很大的篝火，从护墙向东，烧出了一条狭长的空地。打那以后，树木放弃了攻击，但是变得极其不友好。烧过的地方现在还是寸草不生，很宽，就在里面不远。"

"危险的只有树吗？"皮平问。

"还有各种各样栖息在林子深处的怪东西，在林子另一头也有，"梅里说，"至少我是这么听说的；但是这些我都没见过。可是，有东西修了小道，不论什么时候进入林子，都能发现可以通行的路径；不过这些路似乎常常奇怪地变来变去。离这个隧道不远有一条挺宽的小路的入口，或者说很久以前有，是通往焚林地的；然后大致沿着我们要去的方向延伸过去，东偏北一点。这条路我准备试着找一找。"

几位霍比特人离开隧道大门，骑马跨过宽宽的洼地。在另一端，是一条隐约的小路，向上直到林子的地面，离护墙大约一百多码；可是，这条路刚把他们带到树下就消失了。回望身后，他们能从树干缝隙间看到暗色的一线护墙，树干已经将他们密密地围起来了。向前张望，他们只能看见树干，粗粗细细，形状各异，数也数不清：笔直的，弯折的，扭曲的，倾斜的，粗矮的，修长的，光滑的，疙里疙瘩的，枝节横生的；树干都或绿或灰，长着苔藓和黏腻腻、乱蓬蓬的东西。

梅里自己颇为兴高采烈。"你应当继续领着我们向前，把那条路找到，"弗罗多对他说，"别让我们彼此走丢了，也忘了回护墙的路！"

他们选了一条林间的路，小矮马踏步前行，小心地避开许多蜿蜒交错的树根。树下没有矮灌丛。地面一直在抬高，而且他们越往前走，树木就好像越高、越暗、越密集。水汽凝结，从静止的树叶间偶尔滴落，除此之外也没有声音。眼下，树枝间没有低语也没有动作；但他们都有一种不舒服的感觉，感觉自己被嫌恶地注视着，而且嫌恶在加深，到了厌恶甚至敌对的地步。这种感觉不断滋长，到后来，每个人都在不自觉地猛然抬头探看，或者越过自己的肩膀往后瞧，好像防着被突然袭击似的。

仍然没有任何小路的影子，而树木似乎在不停地阻挡去路。皮平突然感到再也无法忍受了，他毫无预兆地发出一声大叫。"喂！喂！"他嚷嚷，"我没有打算要做什么。就让我过去吧，行不行！"

其他几位都愣住了；但这声嚷嚷就像被厚幕布裹住了似的落了下来。没有回音，没有回应，而林子似乎变得比刚才更加拥挤，更加提防。

"我要是你，就不会嚷嚷，"梅里说，"弊大于利呀。"

弗罗多开始疑心是否还有可能找到出路，自己让大家进入这个可恶的林子是不是对的。梅里左看右看，似乎已经不知道走哪条路了。皮平注意到了。"这还没过多长时间，你就把我们带迷路了。"他说。但就在此刻，梅里如释重负地吹了一声口哨，指向前方。

"看呀，看呀，"他说，"这些树确实移动了。咱们前面就是焚林地（但愿没错），但是通向空地的小路好像移走了！"

越往前走，光线越明亮。突然之间，他们走出了林子，到了一处宽敞的环形空地。头顶上能看到天空，蔚蓝晴朗得让他们吃惊，因为之前在林子的枝叶之下，他们看不到晨光升起、雾气腾空。太阳虽还不够高，阳光尚照不进空地，但已经照上了树顶。空地边缘的树叶更稠密、更翠绿，几乎像坚实的墙壁一样将空地合围。这里没有长树，只有杂乱的野草和许多高高的植物：枯萎的长茎野芹和峨参，常将种子播撒进蓬松灰烬中的火烧地杂草，还有疯长的荨麻和蓟草。真是个可怕的所在；但刚穿过了不透气的林子，这儿就像一个可爱迷人的花园。

霍比特人大感振奋，满怀希冀地抬头仰望天上渐盛的日光。空地的另一头的树墙上有一个裂缝，其外有一条畅通的小径。他们可以看到小径延伸到林中，某些路段挺宽阔的，也没有遮蔽，尽管树木时不时地挤占到路边，黑色的枝丫投下阴影。他们顺路而上，仍在缓缓地攀高，但现在速度快得多，心情也更愉快；因为在他们看来，林子似乎让步了，总算是不再阻拦，让他们通过了。

但是不一会儿空气开始闷热起来。树木再次从两侧合拢，他们看不到远处，再次感到了林子恶意的威压，比之前更为强烈。周围一片寂静，小矮马的马蹄落在枯叶上的窸窣声，偶尔被隐藏的树根绊了一下的声音，都重重地击打着他们的耳鼓。弗罗多试着唱一支歌来鼓舞大家，但他的声音沉了下去，成了低语。

噢！大地之上影幢幢，
游子之心勿彷徨。
林木虽深终有尽，
得见天日过四方：
日升日落皆有时，
白昼已矣复又始。
东西妖林全必败……

"败"——这个字刚一出口，他的声音就压低了，静默了。空气似乎沉重了，吐字也变得费力。就在他们身后，从一棵树枝悬垂的老树上掉下来一根大树枝，轰然砸进了小路。在他们前面，树木似乎合拢了。

"'已矣'啦,'必败'啦,它们不爱听,"梅里说,"眼下我什么歌也不会唱了。等我们走到林子边上,转身给它们来个热闹的大合唱!"

他讲得轻松愉快,即便有重重担忧,他也没有显露出来。另外几位没有搭腔。他们很沮丧。弗罗多的心头压着沉重的负担,现在每往前走一步,他都后悔自己竟然妄想挑战树林的恶意。就在他真的要停下来提议返回(如果还能回得去)的时候,出现了新的转机。道路不再爬升,这阵子变得几乎水平了。暗沉沉的树木向两侧分开,他们可以看到道路几乎笔直地通向前方。在他们前面还有一段距离的地方,立着一个绿色的小山头,没有长树,好像从环绕的林间隆起的一个光秃秃的脑袋。这条路似乎是直接通向小山的。

现在,他们再次快步前行,想到一会儿能脱身,爬到林子的上方,就感到高兴。小路下沉,然后又上升,终于将他们带到了陡峭的山坡脚下。小路在此离开树林,隐入草地。树林围着小山一圈,好像浓密的头发围绕着剃得光溜溜的头顶。

霍比特人牵着小矮马向上爬,弯弯绕绕,一圈一圈,终于到了山顶。他们站住脚,凝望四周。被阳光照射的空气很明亮,但有些薄雾蒙蒙;他们望不到很远处。近处的薄雾几乎俱已散去;但仍然零零落落地聚集在林间凹处;在他们的南边,从一条横跨林子的深深的褶皱中,一股股、一缕缕白烟似的雾气仍在升腾。

"那儿,"梅里用手指着说,"那一线是绞柳河。这条河源自坟岗,向西南穿过老林子中央,在篱墙尾下方汇入白兰地河。我们可别走那条路!绞柳河谷据说是整个林子里最诡异的地方——可以说,所有诡异都源自这个中心。"

其他人顺着梅里所指的方向眺望,但是除了笼罩着潮湿深谷的迷雾,他们几乎什么也看不到;河谷另一边是老林子的南半边,隐没在视野中。

山顶上的太阳照得越来越热，肯定到11点左右了；但秋天的雾霭仍然挡着他们的视线，从其他方向望去，看不见多少。向西远眺，既辨不出护墙的轮廓线，也看不清其外的白兰地河谷。朝最寄希望的北边望去，也一点都看不到东大道的痕迹，这是他们前行的目标。他们身处茫茫林海上的一个小岛，而地平线蒙着面纱。

东南侧的地面陡峭直落，似乎山坡在持续下探，直到林木之下很深的地方，好比一座实为从深水下隆起的高山的岛屿，而岛岸其实是它的山坡。他们坐在绿岗边缘，俯瞰着脚下的树林，吃了一天中间的这一餐。太阳高升，午时已过，他们向东远眺老林子东侧以外的坟岗的灰绿色轮廓，感到由衷的高兴；因为瞥见林子边界以外的任何所在都是件好事，虽然只要能避得开，他们才不想朝那边去：坟岗在霍比特人的传说里声名邪恶，不输老林子本身。

他们好容易才下定决心再次上路。那条带他们到山上的小路重新出现在朝北的一侧；但还没走出多远，他们就意识到，这条路逐渐折向了右边。很快，小路急剧下降，他们猜测，肯定是在往绞柳河谷引，根本不是他们想走的方向。商量过后，他们决定离开这条诱人歧途的路，转而向北；尽管从山顶上看不到大道，但大道肯定在北边，而且所去不会走很多哩。另外，从小路左侧向北，地面也似乎更干燥、更敞亮，地势升高，连着树木比较稀疏的斜坡，是些松树、杉树，而不是林子稠密处的橡树、榉树以及其他陌生而叫不出名字的树。

他们的选择刚开始貌似不错：走得相当快，虽然每次他们得以从开阔处望一望太阳的时候，总好像无法解释地偏向东行。过了一会儿，就在远望时树木比较稀疏分散的地方，树木再度逼近围拢。紧接着，地面上意外地出现深深的褶陷，好像是巨大的车轮压出的车辙，或者是长久弃用的宽沟和下陷的道路，里面密密麻麻地长着悬钩子。这些褶陷沟壑总是横亘在他们前进的路线上，只能爬下去再攀上来，他们带着小矮马，既麻烦又困难。每回爬下去，他们都发现沟里长满了浓密的灌丛和缠结的矮树，不知为什么不肯向左放行，只有他们转右的时候才肯让步；而且得从沟底走上一段距离才能寻到爬上对岸的路。每一次爬出沟来，林子看起来总是变得更深、更暗；总是在向左走、往上行的时候最难找到路，逼着他们向右走、往下行。

一两个钟头之后，他们已经完全丧失了清晰的方向感，但心里很清楚，自己早已没有朝北走了。他们被有意拦截着，只能顺着给他们选好的路线走——向东、向南，深入老林子的腹地，而不是走出林子。

下午渐渐过去，这时他们连滚带爬地进入了一条比之前走过的都要宽、都要深的地堑。两边特别陡峭，岩石向外凸出，想再爬出去而不丢下小矮马和行李是不可能的，前进还是后退都不行。他们只能沿着地堑朝下走。地面变软了，有些地方像沼泽一样潮湿；两壁冒出了泉水，很快他们发现自己正跟随着一条小溪，涓涓细流潺潺地流过长着杂草的河床。然后，地面陡然下降，小溪水流变大，喧闹起来，轻快地跳跃着流向山下。他们身处于一个阴暗幽深的溪谷，头顶上方高处是树枝结成的拱顶。

沿着溪流跌跌撞撞走了一段路以后，他们一下子步出了幽暗，好像透过一扇大门看到了前面的阳光似的。来到了空地上，他们发现，自己披荆斩棘地穿过了山坡中一条又高又陡的裂缝，那个山坡几乎可以说是悬崖了。坡脚边是一片宽广的草地和芦苇丛；远处可以瞥见另一个山坡，几乎同样陡峭。近晚的阳光把下午染成金色，温暖而懒洋洋地落在两坡之间隐藏的土地上。土地中央慵懒地蜿蜒着一条褐色的昏暗河流，两岸长着古老的柳树，上方是柳枝的拱顶，倒下的柳树横在河道上，河面上斑斑点点的是千万片枯萎的柳树叶子。空中满是黄黄的树叶，在枝条上颤动着；因为正有温暖柔和的轻风在河谷里徐徐吹着，芦苇窸窸窣窣，柳树枝干嘎嘎吱吱。

"哎呀，现在我至少知道咱们在哪儿了！"梅里说，"我们和想去的方向差不多完全走反了。这是绞柳河！我往前走一走，探一探。"

他走进阳光里，消失在高高的草丛中。不一会儿又出现了，报告说悬崖脚下和河流之间的地面相当坚硬，有些地方结实的草皮一直长到水边。"还有，"他说，"河这边有一条像脚踩出的小道蜿蜒向前，如果我们向左转，顺着小道，一定会最终走到林子东侧的。"

"不好说啊！"皮平道，"这条小道会不会到那么远，会不会只是把我们引到一个泥坑扔下。你猜猜，是谁踩出的小道？为了什么？我肯定，不是为了利好我们。我现在对这个林子疑心很大，包括里面所有的东西。我开始相信所有关于林子的传说故事了。还有，朝东我们还得走多远，你有没有头绪？"

"没有，"梅里说，"没头绪。我根本不知道我们沿绞柳河向下走了多远，也不知道有谁可能来这儿，还经常来，都踩出一条小道来了。但是，我看不到也想不出还有别的出路。"

既然无计可施，他们一个接一个地走了出来，梅里带大家去他发现的那条小道。到处都是繁茂高大的芦苇和野草，多处远高于他们的头顶；但找到路以后就很好走了。小道弯弯折折，挑出了泥坑和水塘间比较安全的地面。它时不时地跨过从林间高地流下、探入沟壑而注入绞柳河的细流，这些地方都仔细地搭上了树干或捆好的灌木，以便通过。

几位霍比特人开始感觉很燥热，各种各样的飞虫成群结队，绕在耳边嗡嗡嘤嘤，午后的日光灼烤着他们的后背。末了，他们突然来到了一处稀薄的树荫；巨大的灰树枝横贯小道。越往前走，越迈不动腿。睡意仿佛是从地里爬出来的，攀上他们的双腿，又仿佛凭空而降，软绵绵地落在他们的头上、眼上。

弗罗多感觉自己的下巴颏往下坠,头一点一点的。就在他的面前,皮平膝盖一软,跪倒在地。弗罗多停了下来。"这不行,"他听到梅里说,"不歇一下,一步也走不了啦。必须打个盹儿。柳树底下凉快,飞虫少!"

弗罗多不喜欢听到这样的声音。"振作!"他喊道,"我们现在还不能打盹儿。我们首先必须彻底离开林子。"但另外几人精神太过恍惚,不理会他的话。山姆在旁边站着打哈欠,傻乎乎地挤着眼睛。

霎时间,弗罗多自己也感觉招架不住睡意了。他脑袋发晕。现在,空气中似乎寂静无声,飞虫也停止了嗡嗡声,只有一个温柔的声音,响起在快要听不见的地方,像是隐约哼出来的音符的轻颤,在头顶上的树枝中间搅动着。他抬起沉重的眼皮,瞧见一棵巨大的柳树正冲他俯身压下来。树很老了,覆着灰白的毛,看上去巨大无比,正在张开的树枝好像伸开的胳膊,有许多只手指长长的手,随着树枝的动作,扭曲多瘤的树干张开了裂缝大口,发出轻微的嘎吱声。树叶摇动,映衬着明亮的天空,让他头晕目眩,身体摇晃翻倒,躺在了草地上。

梅里和皮平拖着身体往前,后背朝着柳树树干躺倒下去。他们身后树干的裂口大张,接纳他们,树身摇动,发出嘎吱的声响。他们仰望着灰色和黄色的树叶,背着光轻轻摇动、低唱。他们合上眼睛,然后仿佛能够听见歌词,清凉的歌词,诉说着河水和沉睡。他们臣服于咒语,在巨大的灰柳树的脚下沉沉睡去。

弗罗多躺在地上,和压倒性的睡意搏斗了好一会儿,努力挣扎着又站起来。他感到极度渴望清凉的水。"等着我,山姆,"他磕磕巴巴地说,"我得洗一下脚。"

半梦半醒之间,他朝着柳树临河的方向晃过去,柳树虬结的巨大树根伸进了河水里,好似扭曲的幼龙抻着身体探进去饮水。他跨坐在一根树根上,把发热的双脚伸进清凉的褐色河水中划动着;霎时间,他也背倚柳树睡去了。

山姆坐下挠了挠头,嘴巴张得像个大洞似的打哈欠。他很担忧。下午渐晚,他觉得这突如其来的睡意很离奇。"不光是太阳和暖和的空气,这背后还有别的,"他喃喃自语,"我不喜欢这棵大树。它很可疑。听听它现在又唱催眠曲了!这绝对不行!"

他努力站起来,踉跄着走开,去查看马怎么样了。他发现,有两匹马已经沿着小路跑出去很远了;他刚刚把两匹马捉住,准备带回来和另外的拴一起,就听到两声响动;一个吵,一个轻,但非常清晰。吵的那一声是个重东西跌进水中溅起水花的声音;轻的那一声像一扇门轻轻关紧时锁舌撞击的一响。

他飞快地跑回河岸。弗罗多睡在水里,靠近水边,一根大树根好像正覆在他身上把他按下去,但他毫不挣扎。山姆揪住他的上衣把他从树根底下往外拉,艰难地把他挪到了岸上。他几乎立刻就醒了过来,一边咳嗽,一边噗噗地吐着口水。

"你知道吗,山姆,"他终于开口了,"这树是个禽兽,把我扔了进去!那个大树根绞着我,把我翻进了水里!"

"弗罗多先生,你是在做梦吧,我想,"山姆说,"打瞌睡的时候不该坐在那种地方。"

"其他人呢?"弗罗多问,"也不知道他们在做着什么梦。"

他们绕到了柳树的另一侧,这下山姆明白了自己听到的咔嗒声何来了。皮平失踪了。他曾经倚靠的那个树干裂口已经合上了,连一个缝隙也看不见。梅里给陷住了:另一个裂口环抱着他的腰;他的腿还在外头,可上半身进了一个黑口子里,口子的边缘像一把钳子一样夹紧了。

弗罗多和山姆先是猛击皮平靠过的那个树干，然后发疯般地拼命去掰开夹着可怜皮平的裂口。都是白费力气。

"出了这么糟糕的事！"弗罗多发狂地叫道，"我们干吗要进这个可怕的林子呀？真希望我们都还在克里克洼！"他不顾自己的脚，用尽全身的力气踢着柳树。一阵很难察觉的颤抖传遍了树干，又传上了枝头；树叶唰啦啦地低语，但现在伴着依稀的、遥远的笑声。

"咱们行李里没打包斧子吧，弗罗多先生？"山姆问。

"我带了把劈柴火的短柄小斧子，"弗罗多说，"没多大用处。"

"等一下！"山姆叫起来，柴火让他突然有了主意，"我们可以用火呀！"

"是可以用火，"弗罗多迟疑地说，"但那也会成功地把皮平在里面给活烤了。"

"我们可以试着烧伤这棵树，吓唬它，开个头儿，"山姆凶狠地说，"要是它还不放人，我就把它弄倒，用牙啃都行。"他跑向小矮马，很快就带回了两个火绒匣和一把短柄斧。

他们很快敛起了干草和树叶，以及小块的树皮；还堆起了一堆断枝和砍下来的枝条。然后把这些搬到受困者的另一侧，靠着树干堆起来，山姆刚用火匣打着一个火花，干草就点着了，火苗急速燃起，升起了一阵烟。树枝发出噼噼啪啪的声音，小火舌舔着古树干裂的树皮，把它烧焦。整棵柳树都在战栗，树叶在他们头顶上嘶嘶作响，带着痛苦和愤怒的声音。梅里大声尖叫，他们还听到皮平从树干内里深处发出了沉闷的叫喊。

"熄掉！熄掉！"梅里喊着，"你们不熄火，他就把我夹成两半。他说的！"

"谁？说啥？"弗罗多叫道，冲到柳树的另一侧。

"熄掉！熄掉！"梅里哀求道。柳树的树枝开始狂暴地摆动，似有风声生起,向外传到周围所有其他的树的枝条,就像他们把一块石子投进了静静沉睡的河谷,激起了愤怒的涟漪,传遍了整个老林。山姆踢散小小的火堆,踩灭了火花。而弗罗多顺着小道跑了出去,呼喊着"救命! 救命! 救命!"连他自己也不清楚为何这样做,不清楚自己在盼着什么。他好像自己都听不到自己尖厉的声音:话刚出口,柳林风就把声音吹走,淹没在树叶的喧嚷之中。他绝望了:智计已穷,迷茫无路。

突然之间,他停了下来。有回音,或者他以为有;回音好像来自他的身后,顺着小道回溯到林子深处。他转过身聆听,很快就确证无疑了:有人正在唱歌,一个欢快的低音正在漫不经心又高兴地唱着,但歌儿很荒唐:

> 嘿咚! 快乐咚! 响起咚滴嘟!
> 响起咚! 跳起咚! 倒下柳树嘟!
> 汤姆邦,欢乐汤,汤姆邦巴嘟!

这会儿,弗罗多和山姆都站住不动了,半怀希望,半怀担心,担心新的危险来临。突然,唱完一长串的荒唐话(至少听着是)后,来者的调门拔高了,又响亮又清楚,乍然唱起了这支歌:

> 嘿! 来吧快乐咚! 嘀嗒我的达令!
> 微风吹轻轻,椋鸟羽轻盈。
> 山下遥遥处,闪耀日光中,
> 阶上正等候,星辉照寒空。
> 我的美夫人,娘家是河神,
> 身似娉婷柳,人若水还清。

邦巴老汤姆，睡莲托手心，
蹦跳回家路，可闻我歌吟？
嘿！来吧快乐咚！嘀嗒嘟，快乐咚，
金莓金，金莓黄，快乐莓子黄！
可恶柳老头，收起你的根！
汤姆急赶路，昼尽夜来黑。
汤姆又回家，睡莲托手心。
嘿！来吧快乐咚！可闻我歌声？

弗罗多和山姆像中了咒语，站住了。风息已止，柳树叶再次静静地挂在一动不动的枝条上。歌声又迸发出来，芦苇顶上忽然出现了一顶破旧的帽子，帽顶高高，帽箍上插着一支长长的蓝色羽毛，蹦跳舞蹈着从小道走来。然后又是一跳一跃，一个男人出现在视野中，或者看上去是一个男人。说他是个霍比特人无论如何也不可能，他个头太大、太壮；说他是个大人族也不像，因为他又不够高，虽然他发出的响动毫不逊色：粗壮的腿上穿着大大的黄色靴子，重重地走着，在芦苇丛和灯芯草丛中横冲直撞的，好像一头母牛要去饮水。他穿着一件蓝外套，褐色的胡须长长的，有一双明亮的蓝眼睛，脸庞红得像熟透的苹果，但是刻满了笑纹。他的手中托着一片大叶子，像个托盘似的，放着一小堆白色的睡莲花。

"救命呀！"弗罗多和山姆双手张开，大叫着朝他跑来。

"哇！哇！稳住！"老人喊着，单手举高，而他俩戛然站住了，好像被一拳打蒙了似的，"好啦，我的小朋友们，你们这是要去哪儿啊，呼哧呼哧喘得像风箱？这儿出什么事啦？你们知道我是谁吗？我是汤姆·邦巴迪尔。跟我说说，你们惹了啥麻烦！汤姆现在急匆匆，莫碰坏了我的睡莲花！"

"我的朋友们陷在柳树里了。"弗罗多上气不接下气地喊。

"梅里少爷给卡在裂口里了!"山姆也喊。

"什么?"汤姆·邦巴迪尔叫着,跳到了半空中,"柳树老头?糟糕透顶了是吧?很快就能治好,我知道治他的曲调。灰发柳树老头!他要是不老实,我把他的树髓冻僵。我要把他的根唱掉,我要唱起一阵风把他的树叶树枝都刮跑。柳树老头!"

他把睡莲花小心翼翼地安放在草丛里,朝着柳树跑去。他瞧见梅里的脚还伸在外面——身体已经被吸进去更深了。他把嘴巴凑近裂口,以低沉的声音朝里面唱起歌来。弗罗多和山姆听不出歌词,但梅里明显被唤醒了。他的双腿开始踢蹬。汤姆跳开,折断一根悬垂的树枝,抽打着柳树一侧的树干。"你把他们放了,柳树老头!"他说道,"你倒是想!你就不该醒来。吃土去!挖深点!喝水去!睡你的觉!邦巴迪尔在说话!"之后,他抓住梅里的脚,把他从猛然张开的裂口中拽了出来。

又响起了撕裂的嘎吱声,另一个裂口也扯开了,呼啦一下皮平弹了出来,好像给踢出来似的。然后是很响的一声咔嚓,两个裂口又都紧紧闭合了。柳树从根尖到树顶传过一阵战栗,完全默然了。

"谢谢您!"霍比特人一个接一个地道谢。

汤姆·邦巴迪尔爆发出一阵大笑。"好啦,小朋友们!"他说着,弯下腰,好仔细打量他们的脸,"你们应该跟我回家!餐桌上满堆着黄黄的鲜奶油,蜂巢蜜,白面包,还有黄油。金莓等着我们呢!吃着晚饭,你们可以问个够。你们跟在我后面,能走多快走多快!"说着,他拿起睡莲花,手一挥,沿着小道向东蹦跳舞蹈着走去,依然大声唱着不知所云的歌。

几位霍比特人大感吃惊,又大松了一口气,什么话也说不出来,就跟在他后面快步前进。但他们走得还不够快,汤姆一下子就消失在他们前面，歌声也越来越弱，越来越远。突然之间，他的声音随着一声响亮的吆喝，飘回他们的耳边。

　　溯洄绞柳河，小友且跳行！
　　汤姆前引路，秉烛来照明。
　　太阳西边落，天黑摸不清。
　　夜幕降临时，开门把客迎，
　　黄光荧闪闪，灯火透窗棂。
　　黑桤何所惧！灰柳不须惊！
　　莫怕根与枝，路有汤姆领。
　　嗨唱快乐嘟，大驾我恭迎！

　　唱到这之后，他们就听不到歌声了。几乎就在此时，太阳落进了他们身后的树丛中。他们想到了白兰地河上波光粼粼的傍晚斜晖，想到了雄鹿镇的圆窗里开始点亮千百盏灯。巨大的阴影投到他们身上，林木的树干和枝条黑沉沉地悬着，在小道上空恫吓着逼近。白色的雾气开始升腾，在河水水面上卷曲着，淹留在水边树根的周围。从他们脚下正踩着的土地里逸出朦胧的水汽，和迅速降临的暮色缠绕在一起。

　　小道变得难以辨认，而且他们也非常疲惫。他们的腿像灌了铅，身旁两侧的灌木丛和芦苇丛里穿梭着诡异的鬼鬼祟祟的声响；当他们抬头仰望暗淡的天空，可以辨认出许多扭曲而多节瘤的面孔，映着半明半昧的暮色，显得很阴郁，从高高的坡岸和林子边缘俯瞰睥睨着他们。他们开始感觉，整个地方都不真实，自己正跌跌撞撞地走在一个不祥的梦里，永远也没有醒来的尽头。

　　正当他们发觉步履迟缓，快要走不动的时候，突然注意到了地面在缓缓抬升。河水喃喃低语,黑暗中他们辨出了浪花泡沫的白色微光,原来此处河水下流形成了一个小瀑布。忽然,树林到了尽头,迷雾已在身后。他们已经走出了林子,眼前冒出来一片宽广连绵的草地。河水现在成了细细的急流,欢快地跳跃下来迎接他们,星星已闪耀在天空上,河水处处映着星光。

他们脚下的草地平平整整,草也短短的,仿佛割过剪过。林子突起的边沿被修剪整齐,成了一面篱墙。这会儿,他们眼前的小道平平坦坦,精心维护过,两边垒着石头。它弯弯曲曲地攀到了一个长满草的小山丘顶上,在浅淡的星空之下颜色发灰;在更远的一个山坡上的更高处,他们看到一幢房子闪烁着灯光。小道下坡又上坡,再爬过山腰上一段长长的平整的草皮,向着灯光迤逦而去。突然,房门大开,明亮的黄色灯光倾泻而出。汤姆·邦巴迪尔的家就在眼前,上山,下山,再到山脚下便是。房后是一带灰蒙蒙、光秃秃的陡峭的山岭,其外影影绰绰的是坟岗,蔓延向东,与夜色融为一体。

他们不论人马都向前疾走,一半的疲劳和恐惧都已经抛在了身后。"嘿! 来吧快乐咚!"歌声滚滚而来,迎候他们。

  嘿! 来吧嘀嗒咚!
  我的好伙伴,欢跃莫要停!
  霍比特朋友,小矮马携行!
  派对我们爱,齐唱乐不停!

然后,另一个清越的声音,像春天那样年轻,也像春天那样古老,唱出的歌声仿佛一股欢快的清泉从山间明亮的早晨流入黑夜,银铃似的摇落,迎接他们:

我们启歌喉！我们齐声唱！
　　歌唱日月星，歌唱云雨雾，
　　光照叶芽绽，毛羽滚露珠，
　　开阔山头风，石楠花似铃，
　　荫塘芦苇茂，睡莲水上生：
　　并肩老汤姆，河神掌上珠！

　　随着这样的歌声，霍比特人站到了门口，一团金色的光芒将他们全身笼罩。

第七章
汤姆·邦巴迪尔之家
IN THE HOUSE OF TOM BOMBADIL

———— 老汤姆在林中漫步,涉水过河,光下影中跳跃在山之巅,都没有谁捉住过他。他无所畏惧。汤姆·邦巴迪尔是主人。

四位霍比特人跨过了宽宽的石头门槛，站住脚，眨着眼睛。他们现在身处于一个低矮的长房间，悬挂在屋顶房梁上的灯把灯光洒满了房间；擦得亮亮的暗色木头餐桌上摆着许多黄色的长蜡烛，散发着明亮的光芒。

房间对着大门的另一端的椅子上，坐着一个女人。她一头长长的金发如波浪般垂在肩头；她的裙袍是绿色的，绿得如同嫩苇；织着银丝，好像滴滴露珠；她的腰带是金子的，做成一串菖蒲花的形状，中间嵌着勿忘我花，好像淡蓝色的眼眸。她的足边有绿褐相间的宽敞陶器，漂浮着朵朵洁白的睡莲，使得她看上去像端坐在水中央的王座上似的。

"请进来，贵客们！"她说道。这一开口，他们就知道了自己刚才听到的歌声来自这个清越的嗓音。他们怯怯地往屋内迈了几步，便深深地鞠躬，感觉奇异，既吃惊又不好意思，好比敲农舍的门想要讨口水喝的人，发现应门的竟是一位裹着鲜花衣裳的年轻美丽的精灵女王。但在他们开口说话之前，她轻盈地跳起身，跃过睡莲皿，笑着向他们奔来；奔走时，她的裙袍发出轻柔的窸窣声，好像河岸盛开的花朵中穿过一阵轻风。

"快来，亲爱的朋友！"她说着，拉起了弗罗多的手，"笑吧，乐吧！我是河之女金莓。"然后她掠身而过，关上大门，转过身来，背对大门，伸开两条白皙的手臂，说道："今晚让我们把黑夜关在门外吧！因为你们还在害怕，也许怕迷雾，怕树影，怕深水，还有野物。什么也不要怕！今晚你们安身在汤姆·邦巴迪尔家屋檐下。"

几位霍比特人惊异地望着她；她打量着每一个人，微笑了。"美丽的金莓夫人！"弗罗多终于说出了话，感觉内心被一种自己也不理解的欢喜所打动。他站住了，就像曾经被精灵美好的声音迷住了不动一样；但是这次施于他的迷咒却不相同：欢欣来得没那么强烈，也没那么高贵，但是更深沉，更贴近凡人的心；奇妙非凡却不感陌生。"美丽的金莓夫人！"他又喊了一声，"我们听到的歌儿里隐藏的喜乐，现在清清楚楚地在我眼前了。"

噢——身似娉婷柳！噢——人若水还清！
噢——塘边芦苇茂！河神女窈窕！
噢——春日连夏日，夏去春又回！
噢——清风吹瀑布，万叶有笑声！

他突然住了口，嗫嚅起来，为自己说出这样的话惊讶不已。但是金莓笑了起来。

"欢迎！"她说，"我从未听说夏尔人的嘴巴有这么甜呢。不过，我看得出你是一位精灵之友；你眼中的光彩、你嗓音中的鸣声证明了。与你们会面真欢欣！请入座，等一等家中的男主人！他很快就来；正照顾你们累坏了的牲口呢。"

几位霍比特人高兴地在灯芯草垫子的矮椅子上坐下，而金莓忙着张罗餐桌；他们的视线追随着她，因为她苗条优雅的动作让他们感觉充满了宁静的欣喜。从很多声的"嘀嗒嘟、欢乐咚、响起叮咚嘟"中，他们时不时地听到重复的歌词：

老汤姆·邦巴迪尔，快乐无人及；
　　亮蓝外套身上披，脚踩黄靴子。

"美丽的夫人！"过了一会儿，弗罗多再次喊道，"我有一个愚蠢的问题，但请您告诉我，谁是汤姆·邦巴迪尔？"

"就是他。"金莓说着，继续敏捷地忙活着，微笑着。

弗罗多探询地看向她。"他就是，如你所见到的他，"她回应了他探询的目光，"他是林之主、水之主、山之主。"

"那么这片奇怪的土地全都属于他？"

"并非如此！"她答道，笑意褪去了，"那会是极大的负担，"她低声补充了一句，好像在自言自语，"树木、野草，生长生活在这片土地上的万物，每一个都属于它们自己。汤姆·邦巴迪尔是主人。老汤姆在林中漫步，涉水过河，光下影中跳跃在山之巅，都没有谁捉住过他。他无所畏惧。汤姆·邦巴迪尔是主人。"

一扇门开了，汤姆·邦巴迪尔走了进来。他的帽子已经摘掉，浓密的褐发上顶着秋叶，好像头冠。他笑声朗朗，奔向金莓，拉起她的手。

"这位是我的美丽夫人！"他说着，向霍比特人们躬身致意，"这位是我的金莓，衣绿织银，束带缀花！餐桌摆好了吗？我看见黄黄的鲜奶油、蜂巢蜜、白面包、黄油；牛奶、奶酪、新采的绿香草，还有莓子熟透了。食物是否足够？晚餐是否备好？"

"晚餐准备好了，"金莓说，"但客人未必吧？"

汤姆拍拍双手，大声说道："汤姆，汤姆！你的客人疲惫了，你却几乎忘记了！快来，我快活的朋友们，汤姆让你精神振！请将污秽的双手洗净，请将疲惫的脸儿洗好；甩下沾满泥巴的披风，梳一梳纠缠的乱发！"

他打开那扇门,带他们穿过一个短走廊,拐过一个狭弯,便来到了一个斜屋顶的矮房间(看起来像是一间披屋,修在房子左侧)。墙是干净的石头砌的,几乎挂满了绿色的挂毯和黄色的帘子。地是石头板铺的,撒着新鲜的绿色灯芯草。地板上摆着四个厚垫子,每一个上面都堆着白色的毯子,一个挨着一个。有一个长凳靠着对面的墙,凳子上摆着宽口的陶盆,盆边放着褐色的瓷罐,装满了水,有冷水,有冒着气的热水。每张床垫旁边已经摆好了柔软的绿色拖鞋。

很快,几位霍比特人清洁干净,焕然一新,两两分坐在餐桌两边,金莓和主人坐在餐桌两端。饭吃了很久,宾主尽欢。尽管霍比特人胃口大,饥肠辘辘的霍比特人尤然,食物也丝毫不见匮乏。饮钵中似乎是清凉的水,却像酒一样沁入心脾,滋润了他们的嗓子。客人们忽然意识到自己在欢歌,似乎歌唱比讲话来得更容易、更自然。

末了,汤姆和金莓站起身,麻利地把桌子收拾干净。他们命客人安静坐着,踏踏实实地在椅子里,每人一个脚凳,休息疲累的双脚。他们跟前是宽大的壁炉,火烧起来有一种芬芳,似乎是苹果木。待样样整理得井井有条之后,房间里所有的灯熄灭,只在烟囱架的两端各留了一盏灯和一对蜡烛。然后金莓过来,手持一根蜡烛,站在他们面前,向每一位道了晚安,祝他们好眠。

"享受安宁,"她说,"直至清晨!夜间响动,无须担忧!什么也不会走过门窗,只有星辉月光,和山巅吹下来的风。晚安!"伴着微光闪动和一阵窸窣,她走出了房间。她的足音好像在宁静的夜晚从山上流下的溪流,温柔地落在凉凉的石头上。

汤姆在他们身旁安静地坐了一会儿,他们晚饭时就有许多问题想问,这会儿每一个人都努力鼓起勇气,想要问上一问。睡意压在他们的眼皮上。最终弗罗多开口了:

"您是不是听到我在呼救,主人,还是那一刻机缘巧合把您送来的?"

汤姆动了一下,好像从美梦中给摇醒了。"呃,什么?"他说,"我是不是听到你在呼救? 非也,我没有听到:那会儿我正忙着唱歌呢。我出现在那儿就是机缘,按照你们的叫法。绝非我的设计,虽然我是在等着你们来。我们听说了你们的消息,知道了你们在路上。我们猜测,不久你们会来到水边:所有的路都南下引到绞柳河。灰发柳树老头,他是个强大的歌者,小家伙们很难逃脱他狡猾的迷宫。但是汤姆到此有差事,他可不敢来阻拦。"汤姆的头开始一点一点的,似乎又盹着了;但他用柔和的歌声继续下去:

>我到此处有差事:睡莲花好多采摘,
>莲叶青来莲花白,祈悦我的美夫人,
>采花不等花季终,护花免遭冷寒冬,
>朵朵花开美足畔,不败直到雪消融。
>为伊寻花每夏末,沿河而下我远行;
>池塘水面宽又广,清涟荡荡且深深;
>花信最先随春到,花期最长秋始凋。
>往昔池边初相见,河神之女名金莓,
>灯芯草中闲闲坐,伊人青春美葳蕤。
>喉清韵甜今犹记,芳心悸动暗许谁!

他睁开眼睛,瞬间蓝光一闪,看着他们:

>故而遇我你之幸,因我不再彼处行:
>不再迢迢溯林涧,值此年终岁老时;
>不再路经老柳舍,春日尚远秋萧瑟。

且待来年春气盈，河神之女换春装；
池塘之中浴春水，柳径之上舞春光。

他又闭口不言了；但弗罗多忍不住又问了一个问题：也是他最想知道答案的一个问题。"主人，请跟我们说说，"他说，"那个柳老头，他是啥？我以前从未听说过。"

"不，不要！"梅里和皮平一起说道，猛地坐直了，"现在不要！明早再说！"

"没错！"老人说，"现在该休息啦。世界在夜影之中，有些事情听之有害。一觉睡到天光，一梦枕上甜香！夜间响动勿惊！灰发老柳别怕！"说着，他取下灯盏吹熄，一手擎着一支蜡烛，引他们出了房间。

他们的床垫和枕头像羽绒般柔软，毯子是白色羊毛的。刚一躺在厚厚的床上，把轻柔的毯子盖在身上，他们就睡着了。

在这死寂的夜里，弗罗多睡在一个没有光的梦里。之后，他瞧见新月升起，惨淡的月光下，一堵黑色的石头墙矗立在他的面前，墙上劈开一个黑色的拱顶，好像一座大门。弗罗多感觉自己被抬升起来，飞越了拱门，看到石墙犹如一圈环绕的群山，中间是一块平地，平地中心之上耸立着一座石头的尖峰，好像一座硕大的高塔，却绝非人力可筑。峰顶之上有一个人影，月亮升高，似乎一度悬在此人头上，风吹动了他的一头白发，月光把头发照得发亮。自下方的平地上传来阵阵可怕的嘶喊，还有狼群的嗥叫。突然之间，一个黑影掠过月亮，好像一对巨大的翅膀。那人举起双臂，挥动手杖，闪出一道光芒。一只孔武有力的巨鹰滑翔而下，将他载走了。喊声变成了号啕，狼群开始呜嗥。响起了好像强风呼啸的声音，风之上有马蹄声声，嗒嗒，嗒嗒，嗒嗒,自东方飞驰而来。"黑骑士!"弗罗多一念及此,惊醒了过来,脑海里仍然回响着马蹄声。他不知道自己还有没有勇气,离开这石墙围筑的庇护。他一动不动地躺着,仍在倾听;但一切都静悄悄的。最后他翻了个身,又睡着了,又进入了其他记不起来的梦境。

在他身旁,皮平愉快地做着梦;但是梦境生变,他翻身呻吟起来。他突然惊醒,或者以为自己醒了过来,在黑暗中仍然听到了扰他美梦的声音:呲-嚓,嘎吱:好像树枝在风里刮擦,枝条手指在墙壁和窗户上挠动:咯吱,咯吱,咯吱。他怀疑是不是柳树逼近了房子;而且猛地感觉自己绝非身处寻常的屋舍,而是正在柳树的树干里,又一次听到那干涩可怕的嘎吱声正在嘲笑自己。他坐起身,发现柔软的枕头正攥在自己手里,于是又躺下了,放下心来。他好像听到耳朵里回响着一些话:"什么也别怕! 安稳睡到早上! 夜间响动勿惊!"然后他又睡着了。

流水声落入了梅里安静的睡梦中:水轻柔地流下来,然后不可阻挡地弥漫,弥漫了整幢房子,淹进了一个没边没沿的黑暗池塘。水在墙下汩汩,水位缓慢而稳定地上涨。"我会淹死的!"他想,"水会想办法流进来,而我到时会淹死的。"他感觉躺在软腻黏糊的沼泽里,于是猛地一弹,把脚踩到了一块又冷又硬的铺路石的一角。然后他想起来自己身在何处,又躺了下来。他好像听到有人说话,或者他记得自己听到了:"什么也不会走过门窗,只有星辉月光,和山巅吹下来的风。"一小缕甜美的风息掀动了窗帘,他深呼吸着,再次睡去。

山姆只记得自己像一段木头似的酣睡了整晚,只是木头不能像他一样感到心满意足。

在晨光中,他们四人一起醒来。汤姆像只椋鸟似的吹着口哨满屋子转,听到了他们的动静,他拍着手喊道:"嘿! 快来欢乐嘟! 嘀嗒嘟！我的伙伴们！"他把黄色的窗帘拉开，霍比特人们发现，窗帘遮住了两扇窗户，一扇朝东，一扇朝西。

他们精神奕奕地跳起了身。弗罗多跑到东边窗前，看到了一座灰蒙蒙的覆着露水的菜园。他本来有点以为，会看到草皮一直延伸到墙脚下，并且踏满了马蹄足印；实际上，他的视线被高高的豆藤架子所阻挡；视线越过架子，远在其上的是灰色的山峰，高耸着，映着升起的朝阳。这是一个暗淡的早晨：东边长长的云好像污脏了的羊毛条，边缘染了红渍，云后深处是黄色的，透着微光。天空预言着雨的到来；但是很快便天光大亮，豆藤的红花映衬着湿润的绿叶，耀眼夺目。

皮平从西面的窗户向外望，窗下一团雾气，浓雾之下藏着林子。从上面看，好像俯视一个云的坡顶。在一条山谷或者沟壑中，雾气散作缕缕羽丝，翻滚作浪：那是绞柳河河谷，河水自山的左侧流下，消失在白色的雾影之中。近前的是一座花园，围着修剪整齐的篱墙，罩着银色的蛛网，其外是修理过的草坪，灰蒙蒙地罩着露水，视野之中，没有柳树。

"早上好，欢乐的朋友们！"汤姆喊道，把东面的窗户大敞四开。一股清凉的空气灌了进来，带着雨水的气息，"今天看不到多少太阳，我估摸着。自打天蒙蒙亮，我就溜达了一大圈，在山顶上跳跃，脚下草地湿漉漉，头上天空湿漉漉。我在窗下歌唱，唤醒了金莓；但是在大清早啥也休想叫醒霍比特人。小伙伴们在夜里醒来，可天亮了却又睡着了！响起叮当嘟！现在醒来吧，我欢乐的朋友们！忘了夜里的声响！响起叮当嘟嘀嘟！嘀嗒嘟，我的伙伴们！快快来，你们会看到餐桌上摆好了早餐。迟迟来，你们只有吃草饮雨水！"

不消说——倒不是汤姆的威胁听起来有多认真——霍比特人们很快就来到了餐桌旁，良久才离开，而且几乎把桌上一扫空。汤姆和金莓都不在，屋里各处都能听到汤姆的声音，厨房里的哐啷声，上下楼梯的脚步声，屋外这里那里的歌唱声。房间朝西俯瞰云雾弥漫的河谷，窗户打开着，水从茅草屋檐滴下来。他们还没有吃完早饭，云彩已连成了厚实的一层，笔直的灰色雨线轻轻地径直落了下来。在厚厚的雨幕背后，林子完全盖上了面纱。

他们向窗外张望时，头顶上响起了金莓的歌声，仿佛伴着从天空流淌而下的雨水轻柔地流泻。他们几乎听不出歌词，但是很清楚这是一支雨之歌，甜美如滋润旱山的甘霖，讲述着源自高地泉眼的河水向低处流到遥远海洋的传说。霍比特人们愉快地听着，弗罗多满心欢喜，感恩这善良的天气，推迟了他们离开的时间。自从醒来的那一刻，离开的念头就沉甸甸地压着他；不过他猜，今天他们往前走不成了。

高空中不停地吹起西风，卷起水汽更浓、更厚的云，将满载的雨水泼洒在坟岗光秃秃的丘顶之上。房子四周，除了落雨，别的什么也看不见。弗罗多站在打开的门旁，看着白垩土的小径变成了一条小小的奶河，冒着泡流入河谷。汤姆·邦巴迪尔绕着屋子的四角小跑着，挥舞着手臂，仿佛在抵御雨水——确实，当他跃过门槛，他身上看起来挺干燥，除了靴子是湿的。他把靴子脱下来放到壁炉角落，然后坐到了最大的椅子上，把霍比特人喊过来围着他。

"今天是金莓的沐浴日，"他说，"也是秋季清扫日。对霍比特人来说太潮湿啦——赶快趁机休息吧！今天适合讲长故事，适合提问，适合解答，所以汤姆打开话头啦。"

然后，他讲了很多不寻常的故事，有时好似半是讲给自己的，有时猛然望着他们，浓眉下的蓝眼睛亮亮的。他的诉说常常转为歌唱，还会离开椅子，在四周舞蹈。蜂与花，树之习性，老林子里的古怪生物，邪物善物，友方敌方，凶残的，良善的，还有悬钩子丛下掩藏着的秘密，这一切的故事他都讲给他们听。

听着听着，他们开始了解老林子里相对于他们自身之外的生命，觉出来自己确实是外人生客，而其他一切都如同在家般自在。他的故事里来来回回总是提到柳树老头，现在弗罗多总算了解了个心满意足，其实了解得过了头，因为那些事令人不舒服。汤姆的话把这些树木的心理和想法揭露得赤裸裸的，那些想法常常既黑暗又诡异，充满了对在大地上自由行走之物的憎恨：因为他们是能啃、能咬、能折、能砍、能烧的破坏者、侵占者。称之为老林子不是没有原因的，它确实十分古老，是被遗忘了的浩瀚森林的残留；其中仍然生存着万树祖先的祖先，寿比山石，青春难老，仍记得它们做主子的时代。无尽的岁月赋予它们满满的骄傲、根深蒂固的智慧，还有恶毒怨恨。但是没有谁比大柳树更加危险：他的心已腐坏，但气力仍然青壮；而且他很狡猾，是弄风的大师，他的所歌所思会沿着河流两岸传遍整个森林。他那灰败饥渴的灵魂自大地攫取力量，再如细细的根须一般在土里扩散，又如无形的枝条在空中张牙舞爪，直到将老林子中几乎所有的树木置于统领之下，自护墙至坟岗，都是他的地盘。

突然，汤姆话头一转，离开了林子，跳上了年轻的溪流，跃过了冒着水泡的瀑布、鹅卵石、光溜溜的岩石，又扎进了密草丛里和潮湿缝隙间的小花丛中，最终漫游到了坟岗之上。他们听他讲起巨坟和座座青丘，讲起山上和山间洼地中的岩石圆阵。羊儿成群，咩咩低鸣，绿墙筑罢，又筑白墙。高地之上有堡垒，小国的国王彼此征战，他们手中新铸的贪婪的刀剑，金刃红染，被年轻的太阳照得如火一般。胜败轮回，高塔倾颓，堡垒焚毁，烟炎张天。死去的国王和王后的棺椁架上，金子成堆；墓丘将其掩埋，石头墓门紧闭，青草遍生其上。一时羊儿过来吃草，但很快又成空山。自遥远的黑暗的所在，来了一道暗影，惊起了墓中的枯骨。坟岗厉鬼在山间洼地上行走，冰凉的手指上套着的戒指、身上佩戴的金链在风中叮当作响。月光之中，岩石圆阵自大地上裂开嘴巴,露出一口缺齿烂牙狞笑。

几位霍比特人打了个寒战。即便在夏尔,有关老林子以外的坟岗的厉鬼传言他们也有所耳闻。但是,没有一个霍比特人乐意听这种传说,待在远离坟岗的舒适的炉火边也不行。眼下,这四位突然想到,汤姆·邦巴迪尔的家中的欢乐让他们把一个事实抛在了脑后:这个家正是安在那些可怕的山岗之下。这下汤姆的故事断了线,他们不安地挪动着身子,你看看我,我看看你。

当他们回过神来接上汤姆的讲述,他已经漫谈到一些奇特的地域,远在他们的记忆之外,亦非他们清醒的思维可及;他谈到过去的时代,那时的世界更为宽广,四海径直流向西岸;而且汤姆仍然来来回回地大声歌唱,歌唱远古的星光,彼时醒来的只有精灵的祖先。然后,他突然住了口,他们瞧见他开始点头,似乎是睡着了。几位霍比特人在他跟前一动不动地坐着,着了迷;而且似乎在他的话语的魔力之下,风已远去,乌云散尽,天光消退,而黑暗自东西两方袭来,整个天空上布满了白色星星的光芒。

逝去的是一日之晨昏,还是多日之晨昏,弗罗多分辨不出;他也不觉饥饿疲惫,只是充满了惊异。星光透过窗户,宁静的苍穹似乎将他围绕。最后,出于好奇,也出于对这种宁静突如其来的惧怕,他开口问道:

"您究竟是谁,主人?"

"呃,什么?"汤姆直起身,一双眼睛在暗中闪光,"你们不是已经知晓我的姓名了吗?这就是唯一的答案。告诉我,单你一己之身却没有姓名,你又能是谁呢?但是,你们年轻,我已年老。最为年长的,那就是我。注意我的话,朋友们:河水流淌、树木生长之前,汤姆已经在此;汤姆记得第一滴雨水、第一颗橡实。在大人族之前,他已修建了道路,并看到了小人族的到来。国王争战之前,青冢坟起之前,坟岗鬼行之前,他已在此。精灵西行路过的时候,海水改道之前,汤姆已经在此。他熟知无所畏惧时代星空下的黑暗——在黑暗魔君从宇外到来之前。"

窗外似乎掠过了一道阴影,几位霍比特人急切地瞥过窗棂。当他们转过头来,金莓已站在后门边,笼罩着灯光。她擎着蜡烛,一只手为火焰挡风;烛光透过她的手,好像透过白色贝壳的阳光。

"雨已停了,"她说,"新水在星光里向山下流淌。现在让我们欢笑吧,快乐吧!"

"也让我们吃喝吧!"汤姆喊道,"长长的故事使人口干,长长的倾听使人饥饿,从早晨,到中午,又到晚上!"说着,他从椅子上跃起,一纵身,从炉台上取下一盏蜡烛,凑着金莓的烛火点燃,然后围着桌子跳起舞来。他忽然一下子跳过房门,消失了。

很快,汤姆又返回来,端着一个又大又满的托盘。他和金莓一起摆好餐桌;霍比特人落座,半是惊叹,半是好笑:金莓的动作是那么地雅致优美,而汤姆跳跳蹦蹦,是那么地欢快古怪。可他们似乎以某种方式交织而成一场舞蹈,不会妨碍彼此,进出房间,绕桌而舞;食物、器皿、灯火很快速地一一摆好。桌面发亮,蜡烛白黄。汤姆向客人们躬身,金莓说道:"晚餐备好。"这时,霍比特人瞧见她全身穿着银色的衣裳,系着白色的腰带,鞋履似鱼儿的银鳞。而汤姆全身穿得净蓝,蓝得好像雨后的勿忘我花,还有绿色的袜子。

这一餐比前一餐还要美好。在汤姆的话语的魔咒之下,霍比特人也许错过了一顿饭,也许错过了不少顿,但当食物摆在眼前,他们就好像饿了一周似的。一时间,他们没有唱歌,也很少说话,专心致志地吃起来。但过了一会儿,他们再度心情雀跃、兴致高昂,语声伴着欢笑响了起来。

餐后，金莓给他们唱了很多支歌，歌声欢快地起自山间，再温柔地落入寂静；寂静之中，他们在自己的心灵里看到了池潭和流水，比他们所知的都要宽广。当他们望向水中，看到了水底之下的天空，深邃处还有如宝石一样的星辰。之后，她再度祝他们晚安，把他们留在了火炉边。这时汤姆倒是非常的精神，向他们连连提问。

他似乎对他们的家世都已熟知，而且的确对夏尔的历史和事迹知之甚详，一直回溯到连霍比特人自己都记不清楚的岁月。这已不再使他们吃惊；但他毫不遮掩，他最近的消息很大程度上拜农夫马格特所赐，似乎汤姆把他看得很重，超出了他们的想象。"他苍老的双脚踏着大地，手指沾着泥土；骨中浸透了智慧，眼光锐利，透彻洞明。"汤姆说。而且，汤姆明显和精灵有来往，关于弗罗多出逃的消息是吉尔多以某种方式传递给他的。

真的，汤姆所知道的那么多，问询得又那么巧妙，弗罗多不知不觉间把比尔博的事、自己的期待与恐惧都告诉了他，连甘道夫他都没讲那么多。汤姆一上一下地点着头，在听到黑骑士的时候，眼中精光一闪。

"给我看看那个宝贝魔戒！"他突然在叙述当中插了一句：让弗罗多自己都感到吃惊的是，他立即把链子从口袋中拉了出来，解下戒指，递给了汤姆。

戒指在汤姆褐色皮肤的大手掌中躺了一霎，仿佛变大了。然后，他把戒指凑到眼前，笑了起来。霍比特人在这一秒看到一个奇景：他的亮晶晶的蓝眼睛正透过一个金环闪着光芒，让人觉得既好笑又惊怕。然后，汤姆把戒指套进自己的小指，举起来对着烛光。这一刻，霍比特人注意到，毫无异状出现。他们屏住呼吸。汤姆没有消失的迹象！

汤姆又笑了起来，然后把戒指抛到了空中——金光一闪，戒指不见了。弗罗多发出一声叫喊——汤姆欠欠身，微笑着把戒指递还给他。

弗罗多仔细地打量魔戒，满怀疑虑（像个把小首饰借给耍杂技的人一样）。还是那个戒指，或者看起来一样的，重量也是一样的：因为它在弗罗多手上总是奇怪地沉重。但是，他像是被什么催促似的，要确保无疑，也许是对汤姆有一点着恼，因为连甘道夫都认为魔戒十分凶险、十分要紧，汤姆却似乎等闲视之。他等着机会，当谈话继续，汤姆讲起獾及其古怪行径的荒唐故事时候——他把戒指偷偷套上了手指。

梅里扭过头来，正待对他说些什么，吃了一惊，差点没叫出来。弗罗多很开心（某种意义上）：毕竟还是他自己的戒指，因为梅里正在呆呆瞪着他的椅子，显然看不见他了。他站起身，悄悄地从炉火边溜开，朝外门走去。

"嘿！"汤姆喊道，朝他看去，亮晶晶的双眼里闪过洞穿一切的神情，"嘿！到这儿来，弗罗多！你打算去哪儿？老汤姆·邦巴迪尔的眼神还没那么不济呢。摘下你的金戒指吧！不戴它你的手更好看。快回来！别耍把戏了，坐到我身边！我们必须多谈一会儿，考虑考虑明早。汤姆得指点给你们正确的道路，免得你们的脚瞎乱跑。"

弗罗多笑出了声（勉强让自己开心点），摘下戒指，走回来重新坐好。这会儿，汤姆告诉他们，他预计明天会出太阳，会有一个愉悦的早晨，出发会充满希望。不过，他们最好趁早出发；因为这个地方的天气即便汤姆也不能长久准确地预测，有时变化来得比他换外套还要快。"我绝不是天气之主，"他说，"靠双腿行走的一切生物都做不了天气的主。"

依他所言，他们决定从他的房子对着正北早早出发，翻过坟岗西侧的低坡：他们希望，这么走可以在一天的跋涉之后来到东大道，并避开那些古坟。汤姆告诉他们不要怕——但要只专心自己的事。

"不要离开青草地。不要去摸弄老墓碑，或者掺和冷冰冰的厉鬼，不要窥探他们的住所，除非你很强大，你的心永不畏缩！"这些话他说了不止一次；并且他建议，若不巧靠近了这些地方，就从西侧翻过山岗。之后，他教给他们一支歌谣，以备第二日万一不幸陷入危险或困境，便可唱起。

  哦！汤姆·邦巴迪尔，汤姆·邦巴迪尔啰！
  以水之名，以林与山之名，以苇与柳之名，
  以火之名，以日与月之名，快快听，听到我呼声！
  速速来，汤姆·邦巴迪尔，我们临难了！

当他们在他身后齐唱起这支歌，他笑着拍了拍每个人的肩膀，拿起蜡烛，引他们回了卧房。

第八章
坟岗迷雾

Fog on the Barrow-downs

———— 即便是最肥胖、最懦弱的霍比特人心里也藏着勇气的种子（通常藏得很深），等待着某种终极的、绝望的危险刺激它发芽。

———— 但是，勇气已在他心中唤醒，现在正炽：他不能那么轻易地撇下朋友。

这一夜他们没有听到任何声响。但是弗罗多说不清是在梦里还是梦外,他听到了甜美的歌声响彻脑海:歌声来得就像灰蒙蒙的雨幕后面的一道微光,然后越来越强,将雨幕都照成了白银与琉璃,直至最后雨幕卷起,一片绿色的遥远乡野在他眼前展开,太阳迅速升起。

这幅景象融进了他醒来的一刻;汤姆吹着口哨,好似满满一树的鸟儿齐唱;太阳光已经斜射在山上,射进了打开的窗。外面万物生翠,披着淡淡的金色。

他们再次独自用过早餐,然后准备好去告别,心情沉重,在这样的早晨确实不易:凉爽,明亮,淡蓝的秋日晴空如洗。西北风吹来新鲜的空气,他们安静的小矮马几乎都活跃起来,喷着鼻子,不耐烦地扭动着。汤姆走出房子,挥着帽子,在门阶上跳起舞蹈,嘱咐霍比特人起身出发,快马疾行。

他们沿着屋后的一条蜿蜒小路骑行,离开小路又斜着向上走,朝着将这幢房子庇护其下的山脊的北端攀行。就在他们翻身下马,牵着小马走上最后一段陡坡的时候,弗罗多突然停下了脚步。

"金莓!"他喊道,"我的美丽夫人,全身穿银裹绿!我们居然没有向她道别,自昨晚也没有相见!"他很沮丧,不由得转头回望;但就在此刻,一声清越的呼喊如流水一般自上方传了下来。在山脊之上,站立的正是金莓,举手将他们召唤:她发丝飞散,让太阳照得光彩熠熠。在她舞蹈的时候,脚下烁烁闪亮,好像草地上露珠的水光。

他们匆匆忙忙爬上这最后一道坡,气喘吁吁地站到她的身旁。他们鞠躬行礼,但她手臂一挥,命他们环顾四周;于是,他们从山顶俯瞰晨光里的大地。当他们站在林子中的圆丘顶上的时候,大地曾经雾蒙蒙的,掩着面纱,现在则清清楚楚,视野辽阔。可以看到那个圆丘在西,绿意朦胧,自暗沉的树林中凸起。朝这个方向望去,地势升高,山岭隆起,岭上长满了树木,在阳光下或绿,或黄,或赤褐。山岭之外,隐藏着白兰地河河谷。向南,越过一条线似的绞柳河后,遥遥闪烁如暗淡玻璃的是白兰地河,在低地上兜了一个大圈,然后流向了霍比特人无从知晓的所在。向北,丘陵渐趋低平,大地伸展开来,有平地,有起伏,发灰发绿,显现着黯淡的土地的色彩,渐渐消失在模糊平淡、影影绰绰的远方。向东,古坟岗隆起,一道梁叠着一道梁,融入晨光,直到消失在视线中,引人遐思:虽然遐思中只有蓝天和遥远的白色微光混入天际,却从记忆和古老的传说中向他们言说,言说那高耸的遥远苍山。

他们深吸了一口气,感到只需一跃,再来几个箭步,便能去到任何想去的地方。在一侧慢行,从皱皱巴巴的丘陵的边沿走过,再踅到大道,仿佛是懦弱者所为,而他们本该像汤姆那样神采奕奕,凌空跳跃,把丘陵当作踏脚石一样踩过,径直奔向大山。

金莓开口对他们说话,拉回了他们的视线和思绪。"加速行呀,贵客们!"她说,"不要偏离了目标! 朝北行,让风儿拂过你的左目;保佑你们的脚步不踏错! 趁太阳当空,快快行!"她又对弗罗多说道,"精灵之友,再会了,与你相见甚欢愉!"

可是弗罗多找不到话应答。他深深地鞠躬了一躬,翻身上马,身后跟着他的朋友们,沿着山后的缓坡慢跑而下。汤姆·邦巴迪尔的家、山谷还有老林子都消失在视线之外了。翻过一面山坡,又是一面山坡,像绿色的山墙,其间的空气愈发温暖,青草的芬芳随着他们的呼吸愈发地浓郁、甜美。到了绿色山谷的谷底之后，他们转身回望，看到金莓，她的身影映在天空，渺小却亭亭玉立，就像一朵阳光照耀下的花：她一直站在那儿望着他们，双手向着他们伸展，当他们回望时，她发出一声清越的呼喊，举起一只手来，然后转身消失在山背后。

他们的路在谷底曲曲折折，绕过一座陡峭山峰的山脚，探入了一个更深、更宽的山谷，然后跨过更远处的山肩，随着伸展得长长的山麓，再攀上平坦的山坡，爬上新的山顶，探入新的山谷。这里没有树，也看不到水：遍地都是野草和短而富有弹性的草皮，除了大地边际漫过来的风息的低语，以及高处的怪鸟孤独的鸣叫，一切都静悄悄的。他们跋涉越远，太阳便升得越高，气温越热；每爬上一道山梁，轻风便会更轻上一分。当他们向西张望这片土地，瞥到远处的老林子似乎冒着烟气，好像刚落过的雨正在重新从树叶、树根、泥土中蒸腾出来。目力所及的天边，正笼着一片阴影，一团昏暗的雾霭，其上的天空好像一顶蓝帽子，又热又重。

将近中午的时候，他们来到了一座小山，山顶宽平，好似一个浅碟子，边沿围着绿色的土墩。里面一丝风也没有，天空似乎很近，就在他们头顶上。他们骑马穿过，向北望去，心情振奋起来；因为他们明显比自己期待的走得还要远。眼下，远方都显得雾蒙蒙的，很迷惑人，但是他们可以确定，坟岗已经快到头了。他们之下有一条长长的山谷迤逦北去，直至两座陡峭的山峰之间，形成了一片空地。空地之外似乎再无山岭了。面朝北方，他们隐约瞥见一条暗色的长线。"那是一排树，"梅里说，"一定是大道的标志。大桥以东，沿着大道种着绵延很多里格的树。有人说，树是老年间就栽下的。"

"好极了！"弗罗多说，"如果今天下午我们走得像上午一样快，日落之前就能离开坟岗，从从容容地去找宿营地了。"但是说这话的时候，他扭头向东张望了一下，看到东边的山更高，俯视着他们；而且每一座山的山顶都围着绿色的土墩，有的上面还立着石头，直指上空，好像绿色的牙床上伸出了参差的利齿。

这幅景象让人有些不安，所以他们转头不看，下行到圆环中间的谷地。在谷地正中，独独竖着一块石头，在太阳底下高高耸立，此刻也未投下影子。石头没什么形状，但显得很紧要：似一个地标、一根表示守护的手指，或者更像是一个警告。但是，他们眼下饿了，日正中天，仍是无可惧怕的中午时分；所以他们把石头东侧当作靠背。石头凉飕飕的，似乎太阳也无力晒热它；但是此时正合他们的意。他们又吃又喝，这顿露天午餐任谁都会满意；因为食物来自"山下那家"；汤姆为他们备下的，足够舒舒服服地享用一日。他们的小矮马也卸下了行李，在草地上徜徉。

骑马翻过了一山又一山，饱餐一顿，阳光温暖，草皮芬芳，躺得稍微多了一会儿，伸展了双腿，望着鼻尖上的天空：也许这些足以解释事情是怎么发生的。甭管如何，他们猛然从睡梦中醒来，很不舒服，这一觉也绝非有意要睡。石柱是凉的，向东投下了拉长的惨淡阴影，把他们笼罩其下。太阳是暗淡的黄色，像用水稀释了似的，将将地悬在他们睡下的谷地的西墙之上，透过雾霭发着微光；北边，南边，还有东边，墙外的雾气浓厚，寒冷，苍白。空气是寂静的，而且凉飕飕、沉甸甸的。他们的小矮马挤在一处，垂着头。

霍比特人惊跳起来，冲到西边缘。他们发现自己落到了一个雾中孤岛上。他们沮丧地向外张望，眼睁睁地看着西斜的太阳沉入了白茫茫的雾海，身后，一道寒冷的灰色阴影从东边涌了出来。雾气卷向四墙，越升越高，然后翻过墙来，在他们的头顶上倾倒，直至并成一个屋顶：他们被封闭在一个迷雾厅堂之中，中心的柱子正是那块耸立的石头。

他们感觉，一个陷阱正在围着他们合拢；但是还没有那么灰心丧气。他们还记得眺望前方大道的那条线，记得看到的那个充满希望的景象，并且还记得大道的方向。无论如何，他们眼下对这片以石柱为中心的谷地满怀厌恶，丝毫也不想再待下去。他们用发冷的手指尽可能快速地打包行李。

很快，他们便牵着小矮马，排成一行，越过了谷地边缘，沿着东向的长坡走了下去，走进了一个雾海之中。越往下行，雾气越冷、越湿，他们的头发直垂下来，贴着额头滴水。到达山底时，他们冷得停了下来，取出了披风和风帽，很快便结上了灰色的露水。之后，他们翻身上马，继续缓缓前行，感觉着脚下地面的起起伏伏。他们尽量推测着调整方向，朝着早晨曾望到的长谷北头的那个大门似的口子行进。只要穿过那个口子，便只需继续保持差不多直线前进，最终一定会走上大道的。他们并没有想得更远，唯有模糊地希望，过了坟岗再走一段，也许就没有雾了。

他们走得非常缓慢。为了防止走散到不同的方向去，他们排成了一个纵队，弗罗多打头，山姆紧随其后，之后跟着皮平，再就是梅里。山谷似乎无穷无尽地伸展着。突然，弗罗多看到了希望的迹象。前方两侧各有一个黑影，透过迷雾开始逼近；他猜，他们终于靠近了群山中的那个缺口，古坟岗的北大门。如果能够穿过去，他们就自由了。

"加把劲！跟上我！"他回头向后喊道，自己加快向前。但是希望很快就化为了疑惑和警惕。黑影越来越黑，但却在缩小；而且他突然看见，眼前高高耸立着两根不祥的巨石柱，彼此稍稍倾斜，像缺了门楣的两根门柱。他记得，早晨从山上远眺时，不曾看到山谷里有这样的东西。还来不及意识到，他已经穿过了石柱；而就在穿过的刹那，黑暗降落，将他包围。他的马扬起前蹄，打着响鼻，把他摔了下来。他回头看时，发现只有自己：其他人没有跟过来。

"山姆！"他喊，"皮平！梅里！快来！你们怎么没有跟上？"

没有回应。恐惧攫住了他，他向回跑过石柱，疯狂地叫喊："山姆！山姆！梅里！皮平！"小矮马飞快地跑进了迷雾，消失了。在一段距离之外，或者似乎只是他感觉如此，他听到了一声喊："喂！弗罗多！喂！"声音从东边远处传来，在他的左侧，他站在巨石柱下，瞪着黑暗，勉力踏入，朝呼喊的方向扑过去，却发现自己上了一个陡峭的山坡。

他继续挣扎，再次呼喊大家，越喊越慌张；有一度他听不到回音，再后来，从前方很高的地方传来了微弱的声音。"弗罗多！喂！"从迷雾中传来几条喉咙的细微的喊声：然后有一声听上去像在喊"救命，救命"，连续几声，最后一声"救命"拖成了长长的哀号，却戛然而止。他跌跌撞撞地朝着呼救的方向拼力快跑；但是天光已逝，黑夜缠身而来，把他封住，什么方向也确认不了，好像永远在往上爬啊爬。

只有脚下地势的变化告诉他，他最终来到了一个山脊或山顶。他很疲惫，汗涔涔的，身上却发冷。天完全黑了。

"你们在哪儿？"他凄惨地大喊着。

没有回答。他侧耳站着，突然意识到周遭正变得非常寒冷，高处开始刮风，冰一样的寒风。天气起了变化，雾气现在像一条条破布似的从他身边流过。他呼出的气都是白的，黑暗离远了一点，没那么黑了。他向上仰望，惊奇地看到，头顶上云雾的缕缕湍流之间露出了微弱的星光。风开始在草上嘶鸣。

有一瞬间，他以为自己捕捉到了一声瓮声瓮气的叫喊，跑了过去；正当他前去的时候，雾气卷起，扑向一边，布满星星的天空显露出来。这一瞥让他看清自己正面朝南方，身处一个圆圆的山顶之上，刚才他一定是从北边爬上来的。刺骨的寒风自东吹来。在他的右侧，映着西边的星星,乍然耸立起一个暗沉的黑影。那是一座大冢。

"你们在哪儿?"他再次呼唤,又气又怕。

"在这儿呢!"一个声音答,深深的,冷冷的,似乎从地下传来,"我正等你呢!"

"不要!"弗罗多说,但没能跑开。他双膝发软,跪倒在地。什么也没有发生,什么声音也没有。他颤抖着抬起头,正好迎上一个高高的阴暗的人形,像一道背对星光的阴影。它向他俯下身来,他感觉它有一双眼睛,非常冰冷,尽管眼中有微光,但光似乎是从很遥远的地方射出的。随即,他被一副比铁还硬、还冷的指爪紧紧地抓住了。这冰冷的一抓冻住了他的四肢百骸,之后便什么也记不得了。

当他苏醒过来,一时间除了恐惧感,脑子里一片空白。然后他猛然意识到,自己被无望地抓住了,关起来了,正身处坟墓之中。一只坟岗厉鬼捉了他,也许自己已经中了坟岗厉鬼的可怕咒语,就像低声讲述的传说里的一样。他不敢动,只敢像醒来时那样躺着:平躺在一块冰冷的石头上,双手放在胸口。

但是,尽管他深感恐惧,仿佛恐惧成了包围着他的黑暗的一部分,他发觉自己躺着想到了比尔博·巴金斯及他的故事,想到了他俩一起在夏尔的道路上漫步,聊着各种道路和冒险。即便是最肥胖、最懦弱的霍比特人心里也藏有勇气的种子(通常藏得很深),等待着某种终极的、绝望的危险刺激它发芽。弗罗多既不肥胖,也不懦弱;实际上,虽然他并不知道,比尔博(还有甘道夫)认为他是夏尔最出色的霍比特人。他以为自己已走到了冒险的终点,一个可怖的终点,但这个念头反而使他坚强起来。他发现自己不再软绵绵的,好像在准备最后的一搏;他不再像一只无助的猎物那样萎靡。

他平躺着,思索着,逐渐把握住自己,立即注意到了黑暗正在缓缓退去：自己周围出现了一道暗淡的发绿的光。起初，这道光并没有照清楚他处在什么地方，因为光似乎是从他身上和近旁的地面上发出的，尚不能照到屋顶或墙壁。他转过头，在寒冷的光芒中看到山姆、皮平、梅里躺在身边。他们平躺着，脸色死一般苍白，还裹着白布。有许多珍宝围着他们的身体，也许是金制的，在这个光芒里看起来冷冰冰的，并不可爱。他们的头上戴着金环，腰间系着金链，手指头上套了许多戒指，身侧放剑，脚旁放盾。但是，横跨在他们三人脖颈上的，是一柄出鞘长剑。

一支歌曲猛然响起：冰冷的呢喃，起起伏伏。声音似乎很遥远，极其可怖，有时浮在高高的空中，尖尖细细，有时又像低沉的呻吟，从地下传来。从这一串不成形的可悲却可怕的声音中，断断续续的歌词时不时地显形：字眼儿阴暗又冷酷，无情又凄厉。黑夜在叱责它所丧失的清晨，寒冷在诅咒它所渴求的温暖。弗罗多寒彻骨髓。唱了一会儿之后，歌声清晰了一些，他心里带着恐惧，感知到歌曲变成了一套咒语：

> 心手骨骸俱深寒，
> 碑下冰冷入长眠：
> 石床之上醒无日，
> 月陨日崩终有天。
> 黑风吹起星皆丧，
> 依然瞑目黄金上，
> 黑暗魔君抬手间，
> 地无寸草海枯干。

他听到脑后响起吱吱咯咯的刮擦声。他用一只手臂支起身,在微光中看到,他们在一个类似通道的地方,身后有一个拐角。沿着拐角,一只长臂正在摸索,正在用手指行走,走向躺在最近处的山姆,走向搁在他脖子上的那把剑的剑柄。

起先,弗罗多感觉中了咒语,真的变成了石头。随即,逃跑的疯狂念头在脑中生起,他想着要不要戴上戒指,坟岗厉鬼会不会看不到他,或许他就能找到生路。他想着解脱出来,跑过草地,为梅里、山姆、皮平哀悼,但自己得了自由,保住了性命。甘道夫也得承认,除此以外,他别无办法。

但是,勇气已在他心中唤醒,现在正炽:他不能那么轻易地撇下朋友。他犹豫着,在口袋里摸索,又自我挣扎着;正在此时,那个手臂爬得更近了。刹那间,他铁下心来,抄起身旁的一柄短剑,跪下来把腰弯低,横越过伙伴们的身体。带着这份力量,他对着爬行手臂的手腕猛劈过去,砍下了那只手;但与此同时,剑身劈裂,直至剑柄。一声尖叫响了起来,绿光也消失了。黑暗之中响起了咆哮。

弗罗多向前扑倒在梅里身上,梅里的脸是冷的。骤然之间,他回想起来迷雾开始涌出的时候丢掉的那段记忆,在山下那个家里汤姆的歌吟。他记起了汤姆教给他的歌谣,绝望地开口小声唱道:"哦!汤姆·邦巴迪尔!"这个名字一念出口,他的声音似乎响亮起来:饱满而生机勃勃,似乎和着鼓点与号声在黑暗的密室里回响。

> 哦!汤姆·邦巴迪尔,汤姆·邦巴迪尔啰!
> 以水之名,以林与山之名,以苇与柳之名,
> 以火之名,以日与月之名,快快听,听到我呼声!
> 速速来,汤姆·邦巴迪尔,我们临难了!

一阵深深的沉默突如其来,弗罗多在沉默中听到了自己心脏的跳动。过了很长很慢的一段时间,尽管遥远,他清楚地听到了回应的唱响,似乎穿过地下而来,穿过厚墙而来:

老汤姆·邦巴迪尔,快乐无人及;
亮蓝外套身上披,脚踩黄靴子。
谁也不曾抓到他,汤姆是主人:
他的歌声更强大,脚步更迅疾。

巨大的轰隆声响了起来,似乎有石头在滚动砸落,忽然,光明涌了进来,真正的光明,清清楚楚的白昼之光。弗罗多的脚外,密室的尽头,现出了一个门一样的低矮开口;汤姆的脑袋(帽子、羽毛、所有的)探进来,他身后初升红日的光芒给他的头镶了一道光圈。阳光照在地面上,照在弗罗多身旁躺着的三个霍比特人的脸上。他们没有动,但不再是那种死气沉沉的脸色,这会儿看上去只是睡得很深。

汤姆弯下腰,脱下帽子,走进阴暗的墓室,唱道:

老厉鬼你滚出去!阳光之下遁无踪!
速退散,似冷雾,空哀号,似狂风。
滚进荒原不毛地,远远离开群山青!
一去此地永不回,坟冢墓室任空颓!
快消失,被遗忘,沉入幽玄黑暗乡,
永闭禁门难再现,补天修地世如常。

随着这些词句,响起了一声喊叫,密室内里的一角轰然坍塌。接着,是凄惨的哀号,拖得长长的,消失在不可测的远方,之后是一片寂静。

"来吧，小友弗罗多！"汤姆说，"我们出去，到洁净的草地上去！你须助我背负他们。"

他们一起把梅里、皮平、山姆搬出去。弗罗多最后离开坟墓时，觉得自己看到了一只砍下来的手仍在一堆塌落的土石中蠕动，好像一只受伤的蜘蛛。汤姆又折了回去，随后响起了咣咣当当的砸踏的声音。再回来时，汤姆抱着一大堆珍宝：金的、银的、紫铜的、青铜的物件儿；很多的珠子、链子，还有镶珠嵌宝的首饰。他爬上青冢，将东西一股脑儿放在冢顶，照在阳光下。

之后，他站在那儿，一手拿着帽子，任风梳着他的头发，俯瞰着被平放在坟墓西侧草地上的三位霍比特人，举起他的右手，以命令的口吻清清楚楚地念道：

快乐少年速速醒！听我呼唤速速醒！
心脏肺腑快快暖！手脚四肢快快暖！
寒石已堕死手断，直入暗黑排闼宽。
夜影重重俱飞散，且有生门已洞开！

让弗罗多无比欣喜的是，三位霍比特人动弹了，他们伸开手臂，揉了揉眼睛，然后一下子跳起了身。他们惊异地左看右看，先看向弗罗多，又看向汤姆，他正活生生地站在他们上方的冢顶之上；再看向自己，裹着单薄的破白布，戴着暗淡的金头箍，束着暗淡的金带，挂着的小首饰叮当作响。

"这到底是怎么一出奇事？"梅里开口问道，摸着滑下来挡住了一只眼睛的金头箍，随即停住，脸上掠过一道阴影，闭上了眼睛。"我当然记得！"他说，"卡恩督姆[1]的人昨夜拿住了我们，轻易把我们打垮了。啊！穿心的长矛呀！"他揪住了胸口。"不！不！"他说着，睁开了眼睛，"我在说什么呢？我一直在做梦吧。你到哪儿去了，弗罗多？"

"想来我是迷路了，"弗罗多说，"但我不想谈。我们想想现在要做的事吧！继续前进！"

"穿成这个样儿前进吗，少爷？"山姆说，"我的衣裳呢？"他把金头箍、腰带、戒指抛到草地上，无助地四处张望，好像盼着能在近处手边找到他的披风、上衣、马裤，还有别的霍比特衣服。

"你们的衣裳再也找不着啦。"汤姆说着，从青冢上跳了下来，一边大笑，一边在阳光里围着他们舞蹈，使人觉得似乎什么危险的事、什么可怕的事都不曾发生过；当他们看到他，看到他眼里闪耀着的欢乐，恐惧真的从心头退去了。

"您的意思是……？"皮平望着他问道，半是疑惑，半是好笑，"为什么找不着？"

汤姆只是摇摇头，说道："你们这是才出龙潭，重新找着了自己的命呀。能逃出命来，衣裳只是小损失。开心起来，我快乐的朋友们，让暖和的阳光晒热心窝，晒热手脚！脱下那些冰冷的破布！赤身在草地上跑一跑，汤姆去打猎啦！"

他蹦跳着下了山，一边吹着口哨，一边呼喊着。弗罗多的目光追随着他下山，看着他沿着此山与邻山之间的谷地朝南一路跑去，仍然呼哨着，呼喊着：

---

[1] 原文 Carn Dum，北方邪恶王国安格玛（Angmar）的都城。carn 词义为红谷，dum 在矮人语中意为"厅堂"，在凯尔特语中意为"要塞"。

嘿！快来！快来咴咴叫！你们撒欢在何方？
上下，远近，这里，那里，还是在彼方？
尖耳朵，灵鼻子，嗖嗖尾，矮墩墩，
白蹄儿我的小伙计，还有亲亲的肥墩墩！

他这么唱着，飞快地跑着，把帽子抛起来又接住，直到进入大地的褶皱里看不见；有好一会儿，他喊的"嘿快来！咴咴叫！"仍在随风飘来，风向已转，朝南吹去。

空气再次变得非常暖热，几位霍比特人照汤姆交代的，在草地上奔跑了一会儿，随后躺着晒太阳，满怀欣喜，就像突然从苦寒之地来到了气候宜人之乡，又像久病之人缠绵病榻，一朝醒来，发现自己意外地康复了，生活再度充满了希望。

汤姆回来的时候，他们感觉有了气力（肚子也饿了）。他重新出现，先进入视线的是帽子，刚擦过山脊，身后是一队六匹驯顺的小矮马：除了他们自己的五匹，还多了一匹。走在最后的正是老肥墩墩：它比那五匹个头更大，更肥壮，也老一点。梅里是五匹小矮马的马主，他其实不曾给马儿取那些名字，但是它们认了汤姆新取的名字，认了一辈子。汤姆一个接一个地叫它们，它们爬过山脊，排成一行。随后，汤姆对着霍比特人鞠了一躬。

"你们的马儿在此！"他说道，"它们比你们这些乱走的霍比特人更理智（某些方面）——鼻子灵得多，嗅出了前方的危险，而你们直闯进去；若逃走是为了自救，那么它们逃得对。你们一定得原谅每一匹马儿；因为它们虽然忠心耿耿，但要直面恐怖的坟岗厉鬼，却天生不是那块料。看，它们回来了，驮着行李，一件不少！"

梅里、皮平、山姆随即穿上了包裹里备用的衣服；很快就感到太热了,因为他们只得穿上又厚又暖和的衣服,本是为即将到来的冬天预备的。

"那匹老马,那个肥墩墩,它是哪儿来的?"弗罗多问道。

"它是我的马,"汤姆说,"我的四条腿的朋友;只是我很少骑,它常常在远处徜徉,在山坡上自由自在。你们的马在我家的时候,认识了我的墩墩;夜里闻到了它的气味,很快跑去与它相会。我猜,它也在找寻它们,而且用自己智慧的话语,驱走了它们全部的恐惧。不过这会儿嘛,我的快活的墩墩,老汤姆得骑上你啦。嘿!他要与你们同行,把你们送到路上;所以他需要马儿。因为你得靠两条腿努力小跑着,才能跟骑着马的霍比特人聊天儿,那可不容易。"

霍比特人听他这么说都很高兴,对汤姆千谢万谢;但是他笑了,笑他们太善于迷路,他非得亲眼看着他们平安地过了他的疆土的边界才能放心。"我有事情要做,"他说,"我制东西我唱歌,我要说话要漫步,还要照看这片疆土。汤姆不可能总是招之即来,开坟墓门、扒柳树缝。汤姆有家挂心上,还有金莓在等待。"

看看日头,时间尚早,估计在九点到十点之间,几位霍比特人的心思转向了吃饭。上一顿饭还是前一天在石柱旁边的午餐。他们把剩下的汤姆的备粮当早餐吃掉了,原本是备给他们的晚餐;再加上汤姆随身带来的食物。算不上丰盛(考虑到霍比特人的好胃口和他们的情况),但是他们感觉好了很多。他们用餐的时候,汤姆上了冢顶,查看那些珍宝。绝大部分都被他拢作一堆,在草地上闪闪烁烁。他把珍宝丢在那里,"见者得之,鸟、兽、精灵、人类,随任何善良生灵取用";这样坟墓的咒语才会打破消散,厉鬼永不得回巢。他从珍宝堆里为自己选了一枚镶着蓝石头的胸针,蓝色深浅变化多端,好像亚麻花朵,又像蓝蝴蝶的翅膀。他长久地凝望着胸针,似乎被什么回忆所扰，摇着头，最后开口道：

"这件是给汤姆和夫人的漂亮玩意儿！很久以前，把这枚胸针佩在肩头的那位是多么美啊。现在应由金莓来佩戴，我们也会记着她！"

他为每一位霍比特人选了一把匕首，刀身是狭长的叶片形，锐利，制作精良，锻造着红色和金色的蛇纹。匕首一从黑色的外鞘抽出便寒光闪烁，外鞘是某种奇特的金属制成的，轻便坚实，嵌着火玛瑙。不知是由于刀鞘的神奇，还是由于坟墓的咒语，刀刃似乎没有时间的痕迹，不锈不蚀，十分锋利，在太阳下光芒耀眼。

"旧时刀的长短正合给霍比特人当剑使，"他说，"夏尔人要远行，向东、向南，深入黑暗与险境，当怀利刃。"随后，他告诉他们，这些匕首年代久远，是西方之地的人类锻造的：他们是黑暗魔君的仇敌，但是被安格玛之地的卡恩督姆恶王打败了。

"现在几乎没人记得他们啦，"汤姆喃喃道，"但仍有一些西方之地的人类在游荡，被遗忘的诸王子孙在孤独游走，保护无知冒失的人们不受邪物侵扰。"

霍比特人听不懂他的话，但随着他的诉说，他们眼前浮现出这样的景象：漫长浩瀚的岁月在他们身后铺开，像一片幽暗的无垠平原，上面有一些人影在阔步行走，身材高大，面目坚定，手握雪亮的刀剑，最后走来的一位眉上有一颗星星。之后，这一幕淡去，他们又回到了阳光灿烂的世界。该重新出发了。他们做好准备，装好行李，驮在小矮马背上。新得的武器系在皮带上，盖在外套下，触碰之间十分别扭，他们疑心是否会用得上。之前，谁也不曾想到过，逃亡所带来的冒险之中还会有争战打斗。

终于，他们出发了。把小矮马牵下山，然后上马，沿着山谷一路快跑。回望时，他们看到，阳光照射在山上古冢顶上的金子上，好像腾起了金黄的火焰。随后，他们转过了坟岗的一道山肩，那个景象也看不见了。

弗罗多四下张望，没有看见任何类似大门的巨石柱的痕迹。很快，他们来到了北边的山口，轻快地策马而过，地势在他们眼前一直向下。这段旅程很开心，因为有汤姆·邦巴迪尔骑着肥墩墩在他们身边欢乐地疾行，有时跑到他们前面，这匹马的腹围虽宽，跑起来可是飞快。绝大多数时间汤姆都在唱歌，但都没什么意义，或者唱着霍比特人不懂的奇特语言，某种古语，主要是赞叹和欢喜。

他们直驱向前，很快就明白了，大道比他们想象的要远得多。即便没有大雾，昨天日中睡的那一觉也阻碍他们在天黑以后走到大道上。他们曾经望到的那一条暗色的长线并非树木，而是一条深沟的堤岸上长着的一道灌树丛，深沟的另一岸是一堵陡峭的高墙。汤姆说，这里曾一度是某个王国的边界，但已经是很久以前的事了。他似乎想起了什么伤心事，不愿多谈。

他们爬下深沟，又爬出来，穿过墙上的豁口，之后汤姆转向北，因为他们之前不知为何一直在偏西而行。这里地面开阔，平平展展，他们加快了步伐，终于在日已偏低的时分看到了前方的一排高高的树木，他们心里明白，经历了这许多意外的惊险之后，他们回到了大道。于是，他们策马快跑，走完了最后一段路，然后停在长长的树影之下。这是一道坡岸的坡顶，随着夜晚迫近，大道模糊不清，在下方迤逦而去。从他们落脚的地方看，大道差不多是从西南走向东北，又在他们的右侧陡然沉入一条宽宽的凹谷。路面上有车辙，还有很多最近大雨的痕迹；到处是积水的坑坑洼洼。

他们骑着马沿岸而下，上下打量，不见任何异状。"啊，终于回到路上啦！"弗罗多说，"我估摸着，我们按我说的穿老林子抄近道，所浪费的时间也就两天！但也许耽搁得正好——或许他们已经跟丢了。"

其他人看向他，被黑骑士跟踪的恐惧猛然再度降临。自从进入林子以后，他们满脑子想的是回到大道上；现在大道就在脚下，他们才记起来有危险追着他们，很有可能正在这条大道上等着他们。他们担忧地回望西沉的落日，但是土褐的大道空空荡荡。

"您是否认为，"皮平犹犹豫豫地问道，"认为我们也许会被追袭，就在今晚？"

"不，我想不会是今晚，"汤姆·邦巴迪尔回答，"也不一定是明天。但是我的猜测不可信；因为我也说不准。我的知识到了东边是无效的。骑马者来自黑暗之地，黑暗之地远离汤姆的领土，他不是主人。"

话虽如此，霍比特人仍然希望汤姆与他们同行。他们觉得，如果有人知道怎么对付黑骑士，那个人只能是汤姆。很快，他们就要踏上完全陌生的土地，是夏尔最语焉不详、最遥远的传说也不曾提到的土地，而且在愈来愈浓的暮色之中，他们想家了。深深的孤独感与失落感笼罩了他们。他们站住不动，很不情愿最后分别，好一会儿才意识到汤姆正在和他们告别，告诉他们要情绪高昂，天黑之前继续前行，不要停顿。

"汤姆有忠告：今日终结前（过了今日，一定会伴随你们、引领你们的就是自己的运气啦），沿着大道走四哩路，你们会到一个村庄，布里山下的布里村，门儿朝西开。村里有个老客栈，名叫跃马。客栈有个好主人，名叫麦曼·黄油菊。今晚你们可投宿，明早上路快快行。胆子要大心要细！保持快乐好心情，骑上马儿撞大运！"

他们恳求他至少到客栈再次一起喝上一杯；但是他呵呵笑着拒绝了：

汤姆之地到此终：不会跨越此边界。
汤姆有家心挂牵，还有金莓在等待！

之后，他转过身，抛起帽子，跳上肥墩墩的马背，策马攀上了堤岸，歌唱着走入黄昏。

几位霍比特人也爬上堤岸，目送他直至消失在视线之外。

"邦巴迪尔老爷离开了，真遗憾，"山姆说，"他又仔细，又不出错。我寻思，咱们还会走出老远，也碰不见比他更好的人或者更怪的人了。不过我不否认，到他说的这个跃马客栈我会开心的。希望和家乡的绿龙酒馆一样！布里村里都是啥样的人？"

"布里住的有霍比特人，"梅里说，"还有大人族。我敢说，那里足够有家乡的感觉。人人都说跃马是一家好客栈，我家经常有人骑马过去呢。"

"也许它样样真有那么好，"弗罗多说；"但毕竟到了夏尔之外。别跟在家里似的太放松了！请记住 —— 每个人都记住 —— 巴金斯这个名字绝对不能提起。非要指名道姓的话，我是山下先生。"

随即，他们翻身上马，默然步入夜色。黑夜迅速降临，他们缓慢地爬下山，又爬上山，终于看到了前方远处闪烁的灯光。

布里山在他们面前耸起，挡住了去路，黑黢黢的一大团映着朦胧的星光；在西侧山腰里，坐落着一个庞大的村庄。眼下，他们朝着村庄急驰，只想找到一炉火，以及一扇门，将自己与黑夜隔开。

第九章
跃马客栈

AT THE SIGN OF THE PRANCING PONY

———————— 布里乡还有许多霍比特家族，宣称此处是世上最古老的霍比特居地，甚至早在有人跨越白兰地河很久之前，早在夏尔被开拓很久之前，这里就已经建立了。

布里村是布里乡的主要村庄，布里乡是一块小居住地，像一座被无人烟的土地所环绕的小岛。布里村之外，山的另一边还有斯泰德村，再向东一点的深谷里是康比村，切特森林边上是阿切特村。环绕着布里山和这些村落的是一小片田野和开垦过的林地，只有几哩宽。

布里人褐头发，宽身板，个子矮，乐天独立：他们谁也不归属，自己当家做主；比起一般的大人族，他们对霍比特人、矮人、精灵和世上生活在他们周围的其他族类更友好，也更熟络。根据他们自己的传说，他们乃原住居民，是最先踏足中土世界之西的人类的后裔。很少有人逃过上古的纷争骚乱；但诸王自大海返回时，布里人仍在，并且今天还在世上，而古时诸王的记忆早已湮没在草丛中。

那些岁月里，没有其他的人类西进到这么遥远的地方安家，也没有人类定居在夏尔方圆一百里格之内。但是，在布里之外的荒原上，有神秘的漫游客。布里人称之为游侠，对他们的根底一无所知。他们比布里人高一些，黝黑一些，据说视力超常，耳力非凡，还通兽言鸟语。他们向南方、向东方随心漫步，甚而远至迷雾山脉；不过现在人很少了，也难得一见。现身的时候，他们会带来远方的消息，讲述被遗忘的奇特故事，人人争相侧耳；但布里人不与他们交朋友。

布里乡还有许多霍比特家族，宣称此处是世上最古老的霍比特居地，甚至早在有人跨越白兰地河很久之前、早在夏尔被开拓很久之前，这里就已经建立了。他们大多住在斯泰德，也有些住在布里本村,特别是山中较高的坡上、人类居所的上方。大人族与小人族(他们对彼此的称呼)友好相处,各管各的事,各有各的道,不过都理所当然地将自己视为布里人不可或缺的组成部分。有这样独特(然而极好)安排的,世上再没有其他地方。

布里居民不论是大人族还是小人族,都不怎么远行;他们主要关心的是四个村庄的事务。布里的霍比特人偶尔会到雄鹿地或者东区;但夏尔的霍比特人现在极少造访布里,尽管跨过白兰地大桥骑马向东不过一日的路程就到了这个小地方。偶尔,雄鹿地人或者图克家族中爱冒险的人会跑出来到跃马客栈住一两晚,但连这也越来越少见了。夏尔的霍比特人把住在布里和边界之外的其他人称作"外方人",对他们没什么兴趣,认为他们愚钝粗鄙。现下,散居在西边各处的外方人很可能比夏尔人以为的要多得多。有些人无疑跟流浪汉差不多,随时在随便什么坡上掘个洞住下,能凑合多久就凑合多久。但是不管怎样,布里乡的霍比特人既体面又兴旺,一点儿不比他们在夏尔的大多数远亲土气。人们尚还记得,夏尔和布里曾有一度来往密切,而且根据各种流传的说法,白兰地鹿人有布里血统。

布里村中有约莫百所大人族的石头房子,多数在大道上方,安置在山坡上,窗户西望。在坡这面,有一条深深的壕沟,围着山绕了大半圈,靠里的岸上有厚密的篱墙。大道经由一条堤道跨过壕沟,但在穿越篱墙的地方有一扇大门把守。在大道出村的南角还有一扇大门,夜幕降临之后,两扇大门紧闭;不过,紧挨着门里有守门人的小屋。

沿大道向南,在它绕过山脚右拐的地方,有一座大客栈。客栈修建在很久以前,那时路上的交通远比现在繁忙。因为布里处在旧时的道路交汇处;村子西头、就在壕沟以外还有一条古道穿过东大道,早年间有人类和其他各种族群行走频繁。东区直到现在还流传着一条谚语,"奇哉怪也正如布里新闻",就是从那会儿传下来的。彼时南方、北方、东方的新闻都能在客栈听到,而夏尔的霍比特人过去也常来,得以耳闻。然而,北方诸地荒弃已久,北大道现在也很少使用,已是芳草萋萋,布里人称之为绿大道。

不过,布里客栈仍在,而且客栈主人是个重要人物。四村落居民中有游手好闲的、好聊天的、好打听的,不管是大人族还是小人族,都在此相会;游侠和其他的漫游客,还有仍在东大道上行走的旅人(多是矮人),往返迷雾山脉,都在此休憩。

天色已黑,白色的星星放着光芒,弗罗多和同伴终于来到了绿大道与东大道的交叉路口,靠近了村子。西大门已经关闭,但是门边的小屋里坐着一个人。他跳起来,取了一盏灯笼,从门头上惊讶地望着他们。

"你们从哪里来,要干什么?"他没好气地问。

"我们是来此投店的,"弗罗多答道,"我们向东去,今夜走不动了。"

"霍比特人!四个霍比特人!而且,听口音是从夏尔来的。"守门人轻轻说道,像是自言自语。他阴沉地盯了他们一会儿,然后慢吞吞地打开大门,让他们骑马穿过。

"夜里在大道上骑行的夏尔人我们一向少见,"众人在他的门边稍微停滞时,他继续说道,"原谅我好奇,你们跑到布里东边来要干啥事情!容我问一问尊姓大名?"

"我们的名姓、我们要干什么都是自己的事情,此处似乎也不宜谈论。"弗罗多说,既不喜欢这个人的神色,也不喜欢他说话的腔调。

"你们的事情是自己的事情,这倒是不错,"此人说道,"可是入夜后要盘问来人就是我的事情了。"

"我们是雄鹿地的霍比特人,我们一时起意出门旅行,想住这儿的客栈,"梅里插进来说道,"我是白兰地鹿先生。够了没有?布里人对旅人向来是和声细语的，我可是这么听说的。"

"好吧，好吧！"此人说道，"我无意冒犯。不过，不只我守门的老哈利，你们会碰到更多的人问问题的。怪人就在周围出没。你们要去跃马客栈，也会发现客人不只你们。"

他道了晚安，他们也不再言语；但是弗罗多能够就着灯笼的光看到，这个人仍在好奇地觑眼看他们。骑马前行时，他很高兴听到大门在身后哐啷关上了。他想知道，为何这个人如此多疑，是不是有人一直在打听一伙霍比特人的消息。会不会是甘道夫呢？他们在老林子和坟岗耽搁的时候，也许他已经到了。但是，守门人的神色和口气中有什么让他感到不安。

此人凝望了霍比特人一会儿，然后返回了他的小屋。就在他转身的一刹那，一个黑影迅速地翻过大门进来，融入了村街的阴影之中。

几位霍比特人骑马爬上一个缓坡，经过几幢不相连的房屋，在客栈外停下了马。客栈的房子在他们看来又大又怪。山姆抬头凝望客栈的三个楼层和多扇窗户，感到心里一沉。他曾设想过，旅行途中自己终有一时会遇上比树还高的巨人，还有其他更可怕的怪物；但是就在此刻，他发现见到人类和他们的高房大屋的第一眼就够了，刚过了筋疲力尽的一天，熬到了天黑，再看到这些简直是太够呛了。他在脑子里勾画出黑色的马匹在客栈院子的阴影中全都上鞍待发，而黑骑士正从楼上阴暗的窗户里向外窥视。

"我们肯定不要在这儿过夜吧，是不，少爷？"他叫了起来，"这块儿不是有霍比特人嘛，我们干吗不找几位愿意留客的呢？会更像家里一样。"

"客栈有什么不好的？"弗罗多说，"这是汤姆·邦巴迪尔推荐的，我想里面会像家里一样的。"

在熟客的眼里，仅从外面来看，客栈也是令人愉悦的家园。它的门脸儿朝着大道，两排客房向后雁翅排开，由于地基有一部分建在较低的山坡上，后面三楼客房的窗户正好与坡面平齐。有一个宽宽的拱顶门廊，通向两翼客房之间的庭院，门廊下左手边有一个宽敞的入口，迈上几级宽宽的台阶即到。入口的门是开着的，灯光倾泻而出。拱门上挑着一盏灯，灯下悬着一面招牌：一匹肥壮的白色马驹高扬前蹄，上身昂立。门上漆着白色的字样：麦曼·黄油菊之跃马客栈。低处的许多窗户透过厚厚的窗帘亮着灯光。

他们在外面的黑地里踟蹰的时候，里面有人开始唱起一支快乐的歌曲，接着很多欢快的声音大声加入了合唱。他们听了一会儿这鼓舞人心的歌声，随后下了马。歌唱完了，人群爆发出一阵大笑和掌声。

他们把小矮马牵进门廊下面，走到庭院里，留下它们站定，自己则登上台阶。弗罗多向前直走，差点撞上一个秃头顶、红脸膛的矮胖男子。他系着一条白围裙，忙忙碌碌，这门出，那门进，端着一个托盘，托盘上堆着啤酒杯，摞得满满的。

"我们想——"弗罗多开口道。

"半分钟就来，请您等一下！"男子回头嚷嚷着，消失在七嘴八舌的声音里和一团烟气中。很快他又出来了，在围裙上揩抹着双手。

"晚上好，小少爷！"他说着，鞠了一躬，"您需要什么？"

"四个人的床位，五匹小马的马厩，您看能不能安排。您是黄油菊先生吗？"

"没错！麦曼是我的名字。麦曼·黄油菊为您效劳！你们是打夏尔来的吧？"他说着，忽然把手往额上一拍，好像在努力回忆什么。"霍比特人！"他喊道，"瞧瞧我想起什么来着？先生们，敢问尊姓大名？"

"这两位是图克先生和白兰地鹿先生，"弗罗多说，"这位是山姆·甘姆吉。小姓山下。"

"糟了！"黄油菊先生说着，打了个响指，"又忘了！不过会想起来的，等我有工夫细想。我的脚要跑断了；不过让我看看能为您伺候些什么。从夏尔来的成队的人如今少见啦，要是不能让您感到宾至如归，那就遗憾了。可今晚已经有一大群客人了，很久都没这样了。我们布里有个说法，雨不下犹可，下则倾盆。"

"哎！诺伯！"他喊道，"哪儿去了，你这个毛脚拉破车的？诺伯！"

"来了，先生！来了！"一个长相喜兴的霍比特人从一扇门里跑了出来，频频点头行礼。看到几位旅人，他一下子顿住了，饶有兴味地盯着他们。

"鲍伯哪儿去了？"店主问道，"你不知道？行，找他去！麻利快呀！我又没长三头六臂，又不能眼观八方！跟鲍伯说，五匹小矮马要进马厩，不管怎样他得挪出地方来。"诺伯咧嘴一笑，挤了一下眼睛，小跑着出去了。

"好啦，我想说什么来着？"黄油菊先生拍着自己的脑门说，"真可谓想起这件就忘了那件。今晚我太忙了，脑袋都晕了。昨晚从绿大道自南边来了一帮人——打开头就这么怪，今晚来了一群往西去的矮人。现在又是你们。得亏你们是霍比特人，要不我怕你们宿不下。北翼我们备有霍比特人特别客房，盖这个客栈的时候修的。他们一般乐意住底楼；有圆窗和一切他们喜欢的设施。希望你们住得舒服。你们一准儿想吃晚饭。立刻送来。现在这边请！"

他领着他们下到一条走廊，走了一小段后，打开了一扇门。"这儿有一个舒舒服服的小包间！"他说，"希望合用。容我告退。我忙极了，没时间聊天。必须跑啦，两条腿真受不住，可我也没见瘦。回头我再来。您需要什么就摇这个手铃，诺伯会来。他要是不来，使劲摇铃，大声喊！"

末了他终于走了，他们给搞得感觉气都喘不过来。不管多忙碌，他似乎都能滔滔不绝地讲个没完。现在，他们身处一个舒适的小房间，壁炉里有一点温暖的火光，炉前摆着几把低矮舒服的椅子。有一张圆桌，洁白的桌布已经铺好，上面放着一把大摇铃。不过，没等他们想要摇铃，那位霍比特仆人诺伯，早早匆忙赶来，带来了蜡烛和一个托盘，上面放满了餐碟。

"想要喝点什么，先生们？"他问道，"晚餐正在准备，要不要我先带您看看卧房？"

待黄油菊先生和诺伯再次进来的时候，他们都已盥洗完毕，满满的一大杯啤酒喝了一半。晚餐一眨眼的工夫就摆好了。有热汤、冷肉、黑莓馅饼、新烤的面包、厚切黄油，还有半块熟奶酪：简单美好的食物，在夏尔端出来的也不过如此，如家的感觉足以驱散山姆的最后一点儿戒心（出色的啤酒已经让他放松了不少）。

店主人转圈忙了一会儿，随后预备离开。"不知各位用完晚餐后有没有兴趣跟大伙儿聚聚，"他在门边站住，说道，"也许你们更愿意上床睡觉。不过各位若是有意，大伙儿会非常欢迎的。我们这儿不常来外方人——原谅我这么说——夏尔来的游客；我们很乐意听一点新闻，你们能想起来的什么故事啦，歌曲啦也行。当然悉听尊便！缺什么，请摇铃！"

吃完晚餐（一直吃了三刻钟，没有无必要的闲聊打扰），弗罗多、皮平、山姆感到精神焕发，心情振奋，决定去找大伙儿。梅里说那边会很气闷："我会安静地在火边坐一会儿，也许迟些到外面呼吸一下新鲜空气。注意言行礼貌，可别忘了你们是秘密在逃，还在大路上，离夏尔并不很远！"

"好啦！"皮平说，"你小心自己吧！别走丢了，也别忘了，室内更安全！"

大伙儿聚在客栈的宽敞大堂里。弗罗多的眼睛适应了光线以后，发现人很多，形形色色，鱼龙混杂。最亮的是燃烧着的劈柴，因为梁上吊着的三盏灯暗暗的，灯光还半被烟气遮掩。麦曼·黄油菊站在火边，正对着几个矮人和一两个面貌奇特的人说话。长凳上坐着各色人等：布里的人类，一伙儿本地霍比特人（正坐在一起聊天），几位矮人，还有在暗处和角落里的难以辨认的模糊人影。

夏尔的霍比特人一进来，布里本地人就一齐表示欢迎。陌生人，尤其是从绿大道来的，则好奇地打量他们。店主人把新来者介绍给布里人，他语速太快，他们只听到了许多名字，却难以确定哪个名字对着谁。布里人类的姓氏似乎都带着植物名（在夏尔人看来很古怪），比如灯芯草、山羊叶、石楠趾、苹果树、蓟花毛、蕨尼（更不用提黄油菊）。一些霍比特人有类似的姓氏，比如姓艾蒿草的就数不清。不过，大多数人都是一般姓氏，像山坡啦，獾屋啦，长洞啦，挑沙啦，隧道利啦，许多在夏尔也常见。斯泰德来了几位姓山下的，他们以为同姓必然同宗，在心里亲近弗罗多，拿他当失散多年的堂亲。

事实上，布里的霍比特人不只友善，还挺好奇，弗罗多很快就发现，为他所来何事，他不得不解释一番。他托词自己爱好历史与地理（虽然这两个字眼儿在布里方言中很少用到，许多人听到还是连连点头），又说自己正在考虑写一本书（听到这一句，人们惊呆了，话都说不出来），所以和朋友们打算搜集生活在夏尔之外的霍比特人的信息，特别是在东部的。

这下人们一齐七嘴八舌哄然讲起话来，倘若弗罗多真的有意写书，且长着许多双耳朵，这几分钟里他听到的足以写出好几章来。倘若这还不够，人们还给他列出了完整的名单，上面第一位就是"此店老麦曼"，可以找他进一步打听消息。不过只一会儿工夫，鉴于弗罗多没有表现出任何当场动笔的迹象，霍比特人们又转而问起夏尔的事情。弗罗多显得不是很善交际，不久就被丢在角落里独自一人，听着别人说话，东张西望。

人类和矮人主要谈论的是远方的事件，以及人们听得越来越熟的新闻。遥远的南方出了麻烦，已经走上绿大道的人类似乎正在搬迁，寻找能够得到些许安宁的地方。布里人深表同情，但显然也没十分准备好在他们的小小土地上接纳大量的外人。旅人当中，有一个长着斜眼的丑家伙，预言很快就会有越来越多的人朝北来。"如果不给他们找地方，他们就会自己给自己找地方。他们和其他族类一样，有权利活下去。"他讲得很大声。本地居民看起来对这个预期颇感不快。

霍比特人对这一切不太在意，因为这些眼下似乎不关霍比特人的事。大人族几乎不会到霍比特人的洞穴里乞求食宿。他们对山姆和皮平更感兴趣，这两位现在颇感自在放松，正在快乐地大谈夏尔发生的种种奇事。皮平讲了大洞镇的镇府屋顶倒塌的事，引得众人大笑不已：镇长威尔·白足，西区最肥的霍比特人，给埋在了白垩土里，爬出来的时候活像个沾满面粉的团子。但是，有几个问题问得弗罗多有点儿紧张。有一位去过夏尔几次的布里人想要知道，姓山下的家在何处，和谁是亲戚。

猛然间，弗罗多注意到一个形容奇怪、饱经风霜的男人也正在专注地听着霍比特人谈天，他靠墙坐在阴影里，面前摆着一个高高的大啤酒杯，抽着一个长柄烟斗，上面有古怪的雕花。他的双腿朝前伸开，穿着很合适的软皮高筒靴，但看得出磨痕累累，还糊着结块的泥巴。一件墨绿色厚料子做的斗篷风尘仆仆的，紧裹在他身上，屋内虽暖和，他仍戴上了兜帽，脸藏在阴影中；但是，当他望向霍比特人的时候，可以看到他目露光芒。

"那位是谁？"弗罗多得以同黄油菊耳语的时候，向他问道，"您没有介绍他吧？"

"他?"店主人悄声答道,眼光一扫,但没有回头,"我不很清楚。他属于漫游族——我们管他们叫游侠。他很少开口:他愿意的时候倒是会讲一讲稀奇的故事。他会消失一个月,要么一年,然后又啪嗒出现。今年春天他出出进进的很勤,但最近我没在附近看到他。他的真名实姓我从未听到过:但是在这儿人们叫他神行客。两条大长腿,走路大步流星的;不过为啥大事非得这么着忙,他谁也没告诉。'西边还有东,谁也说不清',我们在布里这么说,东边指的是游侠,西边,不好意思,指的是夏尔人。您居然问起他来,真有意思。"就在这一刻,黄油菊先生被唤走添啤酒了,最后一句话还没来得及解释。

弗罗多发觉那位神行客正在打量他,似乎他听到了或者猜到了他们交谈的一切。这会儿,他挥了一下手,点了一下头,邀请弗罗多过去和他一起坐。弗罗多走近的时候,他摘下了兜帽,现出一头蓬乱的乌发,夹杂着几点灰白,苍白严厉的脸上有一双犀利的灰色眼睛。

"在下人称神行客,"他低声说,"非常高兴见到你,山下少爷,希望老黄油菊没把你的名字搞错。"

"没错。"弗罗多生硬地说。在这双犀利的眼睛的注视下,他感觉极不舒服。

"哎,山下少爷,"神行客说,"如果我是你,我就会阻止你那两位年轻的朋友,不让他们多言。啤酒,暖火,偶遇都足够让人开心,可是,哎——这里不是夏尔。附近有奇怪的人出没。也许你以为,这话我不该说,"他看到弗罗多瞥去一眼,揶揄地加了这一句,"而且最近还有更奇怪的旅人在布里穿行。"他继续说道,观察着弗罗多的神色。

弗罗多回以注视,但一言不发;神行客也没有进一步的举动。他的注意力似乎突然被皮平吸引了。让弗罗多警觉的是,这位年轻荒唐的图克先生,因为大洞镇胖镇长的故事讲得成功,大受鼓舞,现在居然讲起了比尔博告别宴会的滑稽事。他已经开始模仿他的告别讲话，马上就要讲到他令人震撼的消失了。

弗罗多恼了。无疑，对于多数本地的霍比特人来说，这个故事没有妨害：不过是白兰地河对岸的滑稽人物的又一个滑稽故事罢了；但是，有人（比如老黄油菊）对此事知道一二，也许在很久之前就听说过比尔博消失的传闻。这会让他们想起巴金斯这个姓氏，要是曾有人在布里追问过这个姓氏，更会如此。

弗罗多心烦意乱，想着要怎么做。皮平显然过于享受众人的注目，把他们的危险都忘掉了。有一霎，弗罗多突然害怕起来，趁着眼下这股劲儿，连魔戒他都可能会提到，那可真是要闯下大祸了。

"你最好马上采取行动！"神行客附在他耳边低语。

弗罗多跳到了桌子上，开始说话。皮平的听众分了神，一些霍比特人看着弗罗多，鼓掌大笑，以为这位山下先生啤酒喝得过了量。

弗罗多一下子觉得自己很蠢，发觉自己正在口袋里摸索（当众演讲的时候他习惯如此）。他摸到了系在链子上的戒指，一种莫名的渴望淹没了他，渴望套上它，从这个愚蠢的场合消失。不知为何，这种渴望似乎是从外而来的，来自这个房间内的某个人或某样东西。他坚决地抵制了这个诱惑，把戒指紧握在手心里，好像要制住它，不让它逃走或者做坏事。不管怎样，它没有带来任何讲话的灵感。他讲了"几句场面话"，就像一般在夏尔会讲的："大家友善的招待，我们深表感谢；让我斗胆盼望，鄙人的短暂拜访有助于夏尔和布里之间传统友情的重续"；说到这儿，他踌躇了，干咳了几声。

厅里的每一个人都望着他。"唱支歌吧！"有一个霍比特人嚷嚷。"唱歌！唱歌！"所有其他人都嚷嚷起来，"来啊，少爷，给我们唱一支没有听过的歌！"

有那么一霎,弗罗多张口结舌地站着。随即他把心一横,开口唱起比尔博很喜欢(还很骄傲,因为歌词是他自己编的)的一支荒唐曲。歌曲是关于一家客栈的,也许正是因为这个原因,它刚才一下子跳入了弗罗多的脑海。歌词全文如下,不过如今人们还记得的只有不多几句了。事情一向如此。

老灰山底下,有间老客栈,
快活又古老,酿得啤酒棕,
引来月中人,夤夜醉酕醄。

马夫有醉猫,演奏五弦琴;
琴弓上下舞,忽而高声嘶,
忽而中音锯,忽而低声鸣。

店主有小狗,酷爱听笑话,
来宾笑声震,小狗竖耳听,
让它笑岔气,笑话妙且精。

还养一母牛,头上顶犄角,
高傲如王后,闻乐如饮酒,
簇尾连连甩,草上舞不停。

银碟排成行,银匙聚成队,
等待礼拜日,特别来配对,
礼拜六午后,全部擦锃亮。

月中人既饮,绵绵酒意深,
碟匙桌上舞,醉猫始呜咽,
小狗逐尾巴,花园牛欢跃。

一樽又饮罢,滚落座椅下,
月中人睡去,啤酒入梦来,
酣眠星光淡,破晓在天边。

马夫唤醉猫:"月中白马嘶,
啃咬银马嚼;马主醉昏昏,
不知东方白,旭日即将升!"

猫儿乃操琴,嘎吱如拉锯,
嘀嘟曲调急,死人能惊起,
店主摇醉客:三点早已过!

大家齐合力,慢推客上山,
推到月亮上,白马随后跳,
母牛如小鹿,紧跟跃轻俏,
银碟伴匙跑,提琴拉快调,
嘀嗒嘟嘀嗒,小狗汪汪叫,
牛马拿大顶,宿客全吵醒,
床上跃起身,下地齐舞蹈。

噼啪一声响,提琴弦断掉!
牛跳过月亮,小狗哈哈笑,

银碟与银匙,相携私奔逃。

太阳冒起头,月亮滚下山,
睁大火焰眼,太阳也称奇,
白昼尽高卧,回笼觉睡起!

　　一曲唱罢,响起了长时间的热烈掌声。弗罗多有一副好嗓子,曲子又正中大伙儿下怀。"老麦去哪儿啦?"他们嚷嚷着,"他真该听听这支曲子。鲍伯该教他的猫咪拉琴,然后咱们跳上一曲。"他们叫了更多的啤酒,开始大声说,"再唱一遍,少爷!来啊!再来一遍!"

　　弗罗多被劝着又喝了一杯,然后又开始唱这支歌,许多人跟着唱起来,因为曲调大家耳熟能详,而歌词很快就学会了。现在轮到弗罗多飘飘然了。他在桌子上又蹦又跳,等第二遍唱到"牛跳过月亮"时,他跃到了空中。这一跃太卖力了,落下的时候,他嘭地踩进了一个堆满了杯子的托盘,然后脚一滑,撞到桌子上,滚了下去,哗啦,哐啷!所有人张大嘴巴,还没等笑出声,就猛然呆住了,一片安静;歌者不见了。他就那样消失了,好像啪的一下钻进了地板,连个洞都没有留下!

　　本地的霍比特人惊讶地瞪大了眼睛,随即跳起身来,大声呼唤麦曼。所有人都躲开了皮平和山姆,剩下他俩独自在角落里,被人隔开一段距离,阴沉且怀疑地打量着。显然,现在许多人都把他们当成了某个游方术士的同伙,而他的法术未知,目的不明。有一个黑不溜秋的布里人站在那儿,带着一副了然于胸和有些嘲弄的神情看着他们,让他们感到极度不适。眼下,他溜出了门,那个斜眼的南方人跟上了他:今晚这俩人一直凑在一起,没少嘀嘀咕咕。

　　弗罗多觉得自己是个蠢货。他不知如何是好,只得爬过一张张桌子底,到了神行客坐着的黑暗角落里。他坐着不动,丝毫也不显露所思所想。弗罗多靠在墙上,把戒指摘下来。究竟魔戒是怎么套到手指上的,他无从知晓。他只能推测,是自己在唱歌时一直摸魔戒,而摔倒时猛然伸出手来撑住的时候,它不知怎的套上了手指。有那么一霎,他怀疑是不是魔戒本身捉弄了他;也许它感知到了大厅里的某种愿望或者指令,为了响应而想要显露真身。他不喜欢溜出去的那两个人的神情。

"怎么?"神行客再度露脸,说道,"你这是在做什么?比你的朋友管不住嘴巴更糟!你这是一脚踩进麻烦堆啊!还是该说你的手指闯了祸?"

"我不明白你什么意思。"弗罗多说,既烦躁又惊怕。

"得了吧,你心里明白,"神行客说,"不过我们最好等这场骚动平息了,然后,如果你愿意,巴金斯先生,我想私下里和你谈谈。"

"谈什么?"弗罗多问,假装没注意到自己的真名突然被提到。

"谈要紧的事——对我们双方都要紧的事,"神行客答道,看着弗罗多的眼睛,"对你有利的事。"

"好得很,"弗罗多说,尽量显得无动于衷,"稍后我和你谈谈。"

与此同时,火炉边正在进行着一场争辩。黄油菊先生已经小跑着进来了,眼下正听着几个人七嘴八舌一齐开口,努力分辨几种彼此冲突的说法。

"我瞧见他了,黄油菊先生,"一位霍比特人说,"或者应该说,我瞧不见他了,要是你懂我的意思。说起来,他就那么消失了,进了虚空了。"

"不会是真的吧,艾蒿草先生!"店主说道,满脸疑惑。

"是真的!"艾蒿草说,"而且,我说的句句属实。"

"哪儿弄错了吧,"黄油菊摇着头说,"说山下先生进了虚空,这话过头了；在这个厅里面，要说也得说进了混浊的空气里啦。"

"哎，那他现在在哪儿呢？"好几条喉咙一起嚷嚷。

"我怎么知道？他爱去哪儿去哪儿，只要他明天早上付账。哟，这不是图克先生嘛：他可没消失。"

"嘿，我明白自己瞧见了什么，更明白自己没瞧见什么。"艾蒿草固执地说。

"要我说就是哪儿弄错了。"黄油菊重复了一遍，拿起托盘，收拾起砸烂的杯子。

"当然是弄错了！"弗罗多说，"我没消失，就在这儿呢！我刚才一直在和角落里的神行客聊天呢。"

他往前一步，走到火光照着的地方；但多数人往后退，甚至比刚才还惊乱。他说摔下去后飞快地从桌子下爬走了，这个解释他们压根儿就不买账。多数霍比特人和布里的人类当场立刻气鼓鼓地走了，今晚没有心情再找乐子。有一两位对弗罗多怒目相向，然后一起咕哝着走了。留下来的矮人和两三个古怪的人类向店主道了晚安，但是都不理睬弗罗多和他的朋友。很快，除了神行客外，其他人都走了。他靠墙坐着，丝毫不引人注意。

黄油菊先生看起来不怎么着恼。他盘算着，接下来的许多夜晚，他的客栈都可能满客，直到把今夜的奇事讨论透彻。"您都干了些什么，山下先生？"他质问，"耍戏法把我的客人吓跑，把我的杯子打碎！"

"添了麻烦，我深感抱歉，"弗罗多说，"我向您保证这是无心之过，是个很遗憾的意外。"

"行吧，山下先生！可如果您要再摔一跤，再玩魔术，不管是什么，您最好提前提醒大伙儿——尤其是我。对任何出格的事——神秘的事，我们这儿的人都有些疑心，如果您懂我的意思；冷不丁的我们受不了。"

"我一定不会再做类似的事,黄油菊先生,我向您承诺。现在我要上床休息了,我们要早早出发。您可不可以保证八点钟备好我们的小马?"

"很好! 不过您出发前,我有句话要和您私下里说,山下先生。有件事我刚刚想起来该告诉您。希望您别见怪。如果您愿意,我忙完一两件事之后,去您的房间。"

"当然愿意!"弗罗多说,但他的心往下一沉。他不知道就寝之前会有多少私下里的话要谈,也不知道会从中得知什么样的消息。难不成这些人联合起来与他作对? 他开始怀疑,连老黄油菊的胖脸下面也隐藏着阴暗的计谋。

第十章
神行客

STRIDER

———— 谨慎是一回事,而优柔寡断是另一回事。

———— 我是阿拉松之子阿拉贡;若拯救你们需要豁出性命,我也在所不辞。

弗罗多、皮平和山姆摸回了先前的包间。没有灯,梅里也不在,炉火也弱了。他们给火鼓风、吹高火苗,又添了两把柴,才发现神行客跟来了。他就平静地坐在门旁的椅子上!

"喂!"皮平说,"你是哪位,有何贵干?"

"在下人称神行客,"他答道,"你们的朋友怕不是忘了,他答应和我私下里谈一谈。"

"我想你说过,我会听到对我有利的事,"弗罗多说,"你有什么要谈的?"

"好几桩事呢,"神行客答道,"不过,我当然有我的价码。"

"你什么意思?"弗罗多厉声问。

"别惊慌!我的意思只是:我告诉你我所知道的,给你忠告——但我要回报。"

"什么回报呢,请明示?"弗罗多说。现在他怀疑自己惹上了一个无赖,而且很不舒服地想到,自己随身只带了一点钱。全交出来也难打发一个恶棍,他一点儿也省不下。

"当然是你付得起的回报,"神行客慢悠悠地笑了,似乎猜到了弗罗多的心思,"我只要你一定带我一起走,直到我自愿离开。"

"噢,还真是!"弗罗多回应道,大吃一惊,不过也没有多么宽心,"就算我还想要一位同伴,我也无法同意这种安排,我还没有好好地了解你、了解你的事情。"

"好得很！"神行客大声说着，舒舒服服地跷起腿来往后一靠，"看来你恢复理智了，真是件好事。之前你太不小心了。很好！我会把知道的告诉你，回不回报由你决定。等你听完，也许会欣然同意。"

"那就请继续吧！"弗罗多说道，"你都知道些什么？"

"太多了；太多黑暗的东西，"神行客冷冷地说，"不过至于你的事嘛——"他站起身走到门边，迅速地打开门往外张望了一下，又轻轻地关上，重新坐下来，"我的耳朵很灵，"他压低嗓门继续说道，"虽然我不能隐身，但我曾捕猎过许多机警的野物，而且只要我想，就能够避免被人发现。听着，今天傍晚在布里以西的大道上，有四个霍比特人从坟岗过来。他们跟老邦巴迪尔说了什么、彼此之间说了什么，我无须一一复述；但有一桩让我感兴趣的。其中一人说道，'请记住，巴金斯这个名字绝对不能提起。非要指名道姓的话，我是山下先生'。我大感兴趣，所以一直跟踪到这儿，紧跟在他们身后溜进了大门。也许巴金斯先生隐姓埋名有个正当的理由；可即便如此，我也得建议他和他的朋友们多加小心。"

"我看不出布里有什么人要对本人的姓名感兴趣，"弗罗多生气地说，"还得请教，为何你要感兴趣。也许神行客先生窥探窃听有个正当的理由；可即便如此，我也得建议他解释解释。"

"应对得妙！"神行客大笑道，"解释起来也简单：我正在寻找一位名唤弗罗多·巴金斯的霍比特人。我得尽快找到他。我已得知，他从夏尔带出了一个，呃，一个秘密，与我和我的朋友都大有干系。"

"哎，别误会！"他叫起来，因为弗罗多从座位上站了起来，而山姆跳起来对他怒目相向，"对那个秘密，我会比你们更小心守护，而且小心是必须的！"他倾身向前，盯着他们，"小心每道黑影！"他低声道，"黑骑士已经过了布里。据说，星期一有一位自绿大道而来；稍后又有一位走绿大道自南而来。"

大家都不作声。最后弗罗多开口对山姆和皮平说:"看门人那样招呼我们,我早就该猜到了,而且店主人似乎也听到过什么。他为何催促我们去找大伙儿? 我们又到底为何做出蠢事? 我们本该安静地待在这儿。"

"真待在这儿就好了,"神行客说,"可惜我不能拦住你们,不让你们去大厅;当时店主人不让我进去,也不肯带话。"

"你是不是认为他——"弗罗多开口说。

"不,我认为老黄油菊没有什么恶意,他只是完全不喜欢像我们这一族的神秘流浪汉罢了。"弗罗多疑惑地看着他,"啊,我长着一脸流氓相,是吧?"神行客翘起嘴角,眼里闪着古怪的光,"可我希望咱们能多了解一下对方,之后,我希望你解释一下那支歌唱完时发生了什么。因为那个小小的恶作剧——"

"那纯属意外!"弗罗多打断了他。

"不是吧,"神行客说,"行,就算是意外,那个意外已经让你处境危险了。"

"还能危险到哪里去,"弗罗多说,"我知道这些骑马人在追捕我;但现在不管怎样,他们似乎跟丢了我,已经走了。"

"你千万不能指望这个!"神行客冷冷地说,"他们会回来的,而且还会来更多的骑士。不止这些。我知道他们的人数,我了解这些骑士。"他顿了一下,眼神冷酷,"布里也有一些人不可信任,"他继续说道,"比如比尔·蕨尼,他在布里素有恶名,家中时有怪人造访。你肯定在人群中注意到他了:一个黑不溜秋面带冷笑的家伙。他跟一个南方来的陌生人很近乎,在你的'意外'发生以后,他俩一起溜出去了。那些南方人并非都是善茬儿;至于蕨尼嘛,他什么都能出卖,卖给什么人都行;要么以坑人为乐。"

"蕨尼会出卖什么,我的意外又和他有什么关系?"弗罗多说,仍然决意假装没听懂神行客话里的暗示。

"当然是出卖你的消息啦,"神行客答道,"某些人会对你的行迹报告非常感兴趣的。听完之后,他们基本也不需要打听你的真名实姓了。在我看来,今天天亮之前他们极有可能得知有关你的消息。这些足够了吧? 回不回报由你:带我走,当向导,或者不带。不过我要说,我熟悉夏尔和迷雾山脉之间的所有地方,因为我曾在此徜徉多年。我比我看上去岁数大,带上我应该有用。过了今晚,你们绝不能走开阔的道路,因为骑马人会日夜监视。你们可以逃出布里,趁太阳还没下山往前走一段;可你们走不远。他们会在荒野之中,在某个求告无门的阴暗处对你们动手。难道你们希望被他们找到? 他们令人胆寒!"

几个霍比特人望着他,惊讶地看到,他的脸似乎痛苦地扭曲起来,而他的双手紧紧地抓着椅子的扶手。房间内完全静滞了,灯光也似乎暗了下来。有那么一刻,他坐着,目光游离,似乎行走在遥远的记忆之中,或者聆听着遥远的黑夜之声。

"是啊!"良久后他发出一声喊叫,抬手抹过额头,"对于这些追捕者,或许我比你们更为了解。你们害怕他们,但怕得还不够。只要办得到,明天你们一定要逃。神行客能够带你们走人迹罕至的小路。你们愿意带上他吗?"

房间内一阵沉重的静默。弗罗多没有应声;他心乱如麻,惶惑不安。山姆皱着眉头,看着自己的主人;最终开口打破了沉默:

"恕我直言,弗罗多先生,我说不带! 这位神行客,警告咱们,说要多加小心;这一点我倒是同意,第一个要小心的就是他。他从大荒野来,我从没听说过这些人有啥好事。显然,有些事他知道,我不爱听也得认;但这绝不是让他带咱们走的理由,如他所说的那样,带咱们去啥求告无门的阴暗的地方。"

皮平坐立不安，看上去很不踏实。神行客没有理会山姆，而是将犀利的眼睛转向了弗罗多。弗罗多一对上他的视线就别过头去，"不行，"他缓缓地说，"我不同意。我觉得，我觉得你的真面目并不是你有意展现出来的那样。最开始你像布里本地人一样跟我搭话，但现在你的腔调变了。山姆在这一点上似乎没错：我看不出你为何既警告我们多加小心，又要我们信任你。你为何伪装？你到底是谁？你对——对我的事——究竟知道多少，又是怎么知道的？"

"谨慎这一课果然学得不错，"神行客冷笑道，"但是，谨慎是一回事，而优柔寡断是另一回事。现在靠你自己永远也到不了幽谷，托付我是你唯一的机会。你必须下定决心。我会回答你的一些问题，只要能帮你下决心。可是，如果你已经不信任我，又怎么会相信我的话呢？这其中还有……"

就在此时响起了敲门声。黄油菊先生举着蜡烛来了，身后是端着热水罐的诺伯。神行客退到了阴暗的角落里。

"我来跟您道晚安，"店主说着，将蜡烛放到桌子上，"诺伯！把水送去房间里！"他进了屋，关上了门。

"是这样的，"他开始说道，有些犹疑，面带不安，"要是我坏了什么事，那真的太对不住了。但想起这件就忘了那件，我是个大忙人啊，你们也看到了。不过，这周一件事连着另一件事，正像俗话说的，由此及彼，全都想起；希望还不算太迟。您瞧，有人要我注意从夏尔来的霍比特人，特别是一位姓巴金斯的。"

"这和我有什么关系？"弗罗多问。

"啊！您最清楚不过啦，"店主说道，了然于胸，"我不会把您说出去的；但是有人告诉我，这位巴金斯会以山下的化名行走。有人给我描述了他的样貌，说起来，跟您丝毫不差。"

"真的吗！说来听听！"弗罗多不太明智地插了一句。

"'壮实的小个子，红扑扑的脸膛。'"黄油菊先生正色道。皮平咯咯地笑出了声，但山姆看起来气呼呼的，"'这么说还不足以帮你辨认；多数霍比特人都这样，老麦，'他对我说，"黄油菊先生瞥了一眼皮平，继续说道，"'但这一位比一般人要高，比多数人要英俊，下巴上有道沟，眼睛明亮：是个很精神的小伙子。'请您原谅，可这是他说的，不是我。"

"'他说的'？他是谁？"弗罗多急切地问。

"啊，是甘道夫，您也认识吧。人家说他是个巫师，但不管是不是，他都是我的好朋友。不过如果再次相见，我不知道他会对我说什么：把我的啤酒都变酸还是把我变成一块木头，我都不会吃惊。他脾气有点急躁。可做下的事撤不回了。"

"好，您做下什么事了？"弗罗多问道，黄油菊说事情絮絮叨叨的，他开始不耐烦了。

"我刚说到哪儿了？"店主顿了一下，打了个响指，"啊！对，老甘道夫。三个月前，他门也不敲，径直到我房间里，说，'老麦，我一早动身。你能为我做件事吗？''随你提。'我说。'我很急，'他说，'我自己没有时间，但有封信要送到夏尔。你有没有信得过的人可以派去？''我能找到人，'我说，'明天或者后天。''就明天送。'他说，然后给了我一封信。"

"地址写得清清楚楚。"黄油菊先生说着，从口袋里掏出一封信来，缓慢而骄傲地（他很看重自己识文断字的名声）读出了地址：

夏尔 霍比屯，袋底洞，弗罗多·巴金斯先生 亲启

"一封甘道夫写给我的信！"弗罗多叫道。

"啊！"黄油菊先生说，"那么，您的本名正是巴金斯啰？"

"是的，"弗罗多说，"您最好马上把信给我，解释解释为何从未送出。我猜，这就是您要找我说的，虽然磨蹭了很长时间才到正题。"

可怜的黄油菊先生一脸苦相："您说得没错，少爷，我求您原谅。要是因此坏了事，甘道夫会怎么说，我真害怕死了。但我不是故意留着信的，我是为了安全。那天次日我找不到愿意去夏尔的人，再过一日也没有，我自己的人手也匀不开；然后一件事接着另一件事的，就把它抛到脑后了。我是个大忙人呀。我愿意尽力补救，有任何我能帮得上的，您尽管提。

"就算不为信的事，我也同样对甘道夫做了保证。'老麦，'他对我说，'我这位从夏尔来的朋友，不久后可能从这条路过来，他自己和另一位一起。他会自称山下。注意了！但是你无须多问。若我没有同他一起，他或许有麻烦了，需要帮助。尽你所能去帮他，我会感激的。'他说。现在您到了，看来麻烦也不远了。"

"您指的是……？"弗罗多问道。

"那些黑衣人，"店主人压低了嗓门，"他们在找巴金斯，但凡有半点好心，那我就是个霍比特人。那是在礼拜一，所有的狗都吠叫，所有的鹅都嘶鸣。要我说就是不对劲。诺伯他过来告诉我，有两个黑衣人在门口，打听一个姓巴金斯的霍比特人。诺伯给吓得头发根根直竖。我把黑家伙打发走，当着他们的面摔上了门；但我听说，他们一路到阿切特都在问同样的问题。而那个游侠神行客，也一直在问来问去。他啊，想闯进来见您，那时您还没来得及吃口饭、喝口汤，真是的。"

"真是的！"神行客忽然走到光亮处，"要是你让他进来了，得省下多少麻烦，麦曼。"

店主人惊得跳了起来。"是你！"他喊道，"你总是啪地冒出来。

你现在要干什么？"

"他在这儿是经我同意的，"弗罗多说，"他来此说要帮忙。"

"好吧，您的事情您清楚，也许吧，"黄油菊先生说着，怀疑地看着神行客，"但是，如果我落入您的困境，我是不会与一个游侠为伍的。"

"那你愿意与谁为伍？"神行客问，"一个只记得住自己名字的肥胖店主？还是因为人家整天叫他才记得住的。他们不可能永远待在跃马客栈，又不能回家。他们面前还有很长的路，你愿意跟他们走，并且击退黑衣人吗？"

"我？离开布里！给我多少钱也不干，"黄油菊先生说，好像吓得不轻，"但是，为什么您不能悄悄地在这儿待上一阵子呢，山下先生？出的这些蹊跷都是怎么回事？我想知道，那些黑衣人在找什么，他们从哪儿来？"

"对不起，我解释不了那么多，"弗罗多答道，"我累了，也很烦恼，说起来话又很长。但是，如果您有意帮我，我必须警告您，只要我在这里，您就有危险。那些黑衣人的来路我不确定，但是我想，恐怕是从——"

"他们是从魔多来的。"神行客低声道，"魔多来的，麦曼，你应该懂得这意味着什么。"

"老天救我！"黄油菊先生脸色煞白，这个地名显然他是知道的，"这是我这辈子在布里听到的最坏的消息。"

"确实。"弗罗多说，"您仍然愿意帮助我吗？"

"愿意，"黄油菊先生说，"非常愿意。虽然我也不知道像我这样的人能够做什么来抵抗，抵抗……"他结巴了。

"抵抗东方的魔影。"神行客平静地说，"不需鼎力相助，麦曼，能帮任何一点小忙都行。你可以让山下先生以山下的身份在这儿度过今晚；你可以忘掉巴金斯的姓氏，直到他远走高飞。"

"我会照办，"黄油菊说，"可我担心，即便我不说，他们也会发现他在这儿。实在遗憾，今晚巴金斯先生自己招人注目，也无须多说。早在今晚之前，比尔博先生消失的故事就在布里流传。就连我们诺伯那个呆瓜都一直在猜测；更别说布里其他比他脑筋转得快的人了。"

"唉，我们只能希望那些骑士还没有返回了。"弗罗多说。

"我也这么希望，"黄油菊说，"不过，管他们是人是鬼，进跃马没那么容易。到明早您都不用担心。诺伯嘴巴很严。只要我的两条腿还能站着，什么黑衣人也休想踏入我的门口。我和我的人今晚会一直警戒；但您要是睡得着的话，最好睡一会儿。"

"无论如何，天一亮就必须喊我们起床，"弗罗多说，"我们必须尽早走。请安排六点半的早餐。"

"行！我会盯着办妥，"店主说，"晚安，巴金斯先生——我应该叫山下！晚安了——哎，我的天啊！你们那位白兰地鹿先生哪儿去了？"

"我不清楚。"弗罗多说，猛然心焦起来。他们完全把梅里忘了，而夜越来越深，"他怕是还在外面。他说过出去呼吸一下新鲜空气什么的。"

"唉，你们真的是需要人照顾，一点不错：你们这帮人简直是来度假的！"黄油菊说，"我必须赶快闩上门，你们的朋友回来时再让他进来。我最好派诺伯去找他。所有人，晚安啦！"黄油菊先生终于出了门，临走又怀疑地看了神行客一眼，摇了摇头。他的脚步在走廊里渐渐走远了。

"怎么？"神行客说，"你什么时候打开这封信呢？"弗罗多仔细地看过封口戳，才把信封打开。看起来确实是甘道夫的封蜡。信里面，巫师以遒劲却优雅的笔迹书写的，是如下内容：

布里，跃马客栈。夏尔纪年1418年，年中日[1]。

亲爱的弗罗多：

我在此处收到了坏消息，必须立刻动身。你最好赶快离开袋底洞，逃出夏尔，最迟不要迟于七月底。我会尽快赶回；如果我发现你已离开，我会找你。如果你路过布里，请在此给我留信。你可以信任店主（黄油菊）。可能你在大道上会遇到我的一个朋友：一个人类，瘦，黑，高个，有人叫他神行客。他知道我们的事，会帮助你。设法去幽谷，希望我们在那里重会。如果我到不了，埃尔隆德会给你建议的。

甘道夫　匆就

又及：不管出于任何理由，绝对不要再用它！不要在夜间赶路！

再及：务必确认神行客真身。路上怪人很多。他的真名叫阿拉贡。

真金未必都闪亮，
浪子亦非皆迷惘；
壮健老树不凋零，
扎根深处霜难伤。
灰烬沉沉火将起，
暗影重重光明升；

---

[1] 原文 Midyear's Day，一年正中的日子，大约在夏至日。

残刃焕然锋芒盛,
无冕君临再称王。

复又及:希望黄油菊将此信及时送到。他是个可敬的人,但记性像个杂物间:要找的东西总埋在底下。要是他忘了,我会烤了他。

祝安好! 𐤂

弗罗多默读了这封信,又递给皮平和山姆。"老黄油菊真是搞得一团糟!"他说,"他活该给烤了。要是我及时拿到了信,我们现在说不定都安全地待在幽谷了。可是甘道夫会出什么事呢?他写信的口气好像要奔赴极大的危险。"

"多年来他一直在赴险。"神行客说。

弗罗多转过头,若有所思地望着他,琢磨着甘道夫的第二条附言。"为什么你不及时告诉我你是甘道夫的朋友呢?"他问道,"能省下不少的时间。"

"能吗?这一刻之前,你们有谁相信我了吗?"神行客说,"我对这封信毫不知情。我所知道的是,如果我要帮你,只能无凭无据地去说服你信任我。不管怎样,我对你不会立刻将自己和盘托出,我必须先研究一下你,确保真的是你。大敌先前给我设过陷阱。一旦我拿定主意,就准备对你有问必答。但我必须承认,"他奇怪地笑了一下,"我希望你们因为我这个人而接受我。有时,一个被追捕的人会厌倦猜疑,渴望友情。可是啊,我想我的样貌就不利于我。"

"确实——第一印象尤其是,"皮平笑道,读完甘道夫的信,他一下子松了口气,"但在夏尔我们常说,做事漂亮才是真的漂亮;而且我敢说,在树篱下和沟渠里睡上几天,我们都会看上去差不多。"

"要想看上去和神行客差不多,在大荒野中游荡几天可不够,几周、几年都不够,"他答道,"而且还没变成这样,你就先送了命,除非你的内在比外表看上去更强悍。"

皮平偃旗息鼓了;但是山姆不气馁,仍然怀疑地觑看着神行客。"咱咋知道你就是甘道夫说的那个神行客?"他诘问,"这封信没出现以前,你根本没提过甘道夫。说不定你是个伪装的奸细呢,依我看,想哄我们跟你走。说不定你干掉了真的神行客,披上了他的衣裳。对这话你有什么好说?"

"说你真是个顽固脑袋,"神行客答道,"恐怕这就是我唯一的答复,山姆·甘姆吉。要是我杀了真神行客,也完全能杀了你。而且不须这么多的废话,早把你杀了。要是我所图的是那枚魔戒,我也早得手了——看着!"

他站起身,身形似乎陡然长高。他的眼里闪着寒光,犀利逼人。他把披风朝后一甩,伸手按住了隐在身侧的剑柄。他们吓得不敢动,山姆张大了嘴巴,呆呆地瞪着他。

"不过幸好,我是真的神行客,"他说着,俯视着他们,忽然一笑,脸色柔和下来,"我是阿拉松之子阿拉贡;若拯救你们需要豁出性命,我也在所不辞。"

众人沉默良久。末了弗罗多迟疑地说:"读信之前,我已相信你是朋友了,至少我希望你是。今晚你吓到我好几次,但绝不是我想象中的大敌仆从的那种吓人。我觉得,大敌的奸细会——呃,看着更善良,但感觉更奸恶,如果你能理解。"

"我明白,"神行客笑道,"我看着奸恶却让人感觉善良。是吧?真金未必都闪亮,浪子亦非皆迷惘。"

"那么这首诗写的就是你啦?"弗罗多问,"我读不出诗里写的是什么。可是,如果你从未读过甘道夫的那封信,你怎么知道信里写了这首诗?"

"我不知道,"他答道,"但我是阿拉贡,这首诗正是写给这个名字的。"他抽出剑来,剑刃果然在剑柄下一呎处残断了,"没多大用处了,是不是,山姆?"神行客说,"但是,时机近了,残刃将重铸了。"

山姆没有吭声。

"好,"神行客说,"山姆默许了,我们算定下来了。神行客将给你们带路。现在,我想你们该上床尽量休息休息了。明天,我们的路途凶险。即便我们能够不受阻碍地离开布里,也很难不受注意地离开了。不过,我会尽快地隐匿行踪,我知道主路之外的一两条出布里的小道。一旦我们甩开追兵,我就设法去风云顶。"

"风云顶?"山姆问,"那是啥?"

"是一座山,就在大道以北,差不多是从这儿到幽谷之间的中点。此山俯临周围广大的山野;到山上我们将有机会查看四周。如果甘道夫能跟上我们,他也会设法到这个地点的。过了风云顶,我们的路就更加艰难了,我们必须从不同的危险中做出选择。"

"你最近一次见到甘道夫是什么时候?"弗罗多问,"你知道他在哪里,在做什么吗?"

神行客面色一沉:"我不知道,春天的时候我和他去了西边。过去几年里,他在别处有事情忙的时候,我就常常去看守夏尔边境,因为他很少会任由边境无人守备。我们上一次会面在五月的第一天:在白兰地河下游的萨恩渡口。他跟我讲了他和你的事情进展顺利,你会在九月的最后一周动身去幽谷。因为我知道你身边有他,我就踏上了另一条我自己的旅途。结果很不妙;显然他收到了一些消息,而没有我在他身边帮忙。

"我心神不宁,这还是自认识他以来头一回。即便他不能亲身前来,我们本也能够互通音讯。多日之前,当我返回的时候,听到了坏消息。四方哄传，甘道夫失了踪，而骑马人现了身。这是吉尔多为首的精灵族告诉我的；后来他们告诉我，你已离家；却又没有你离开雄鹿地的消息。我一直焦急地盯着东大道。"

"你觉得黑骑士和这件事有没有关系——我是说，和甘道夫的失踪有没有关系？"弗罗多问道。

"除了大敌本尊，我不知道还有别的什么能阻挡他，"神行客说，"但不要放弃希望！甘道夫比你们夏尔人所知道的要强大得多——你们惯常能看到的只是他的玩笑和玩具。但是我们的这件事将是他最伟大的任务。"

皮平打了个哈欠："抱歉，但我累死了。虽然危险多多，忧虑重重，我也必须上床了，要么就坐着睡。梅里那个傻家伙在哪儿？要是我们还得出去在黑夜里找他，那真要把人压垮了。"

就在此刻，他们听到门被撞开，然后有脚步声从走廊跑来。梅里冲进房内，诺伯紧随其后。他匆匆把门关上，倚着门上气不接下气。众人惊讶地望着他，过了一会儿，他才喘吁吁地说："我瞧见他们了，弗罗多！我瞧见他们了！黑骑士！"

"黑骑士！"弗罗多叫了起来，"在哪儿？"

"就在这儿，在村里。我在屋子里待了个把小时，因为你们还不回来，我就出去转转。再回来以后就站在灯光外看星星。突然我起了寒栗，感觉到有可怕的东西正在蠕动逼近：路对面的阴影中有某种更浓重的阴影，恰在灯光的边缘之外。它极快地滑进了黑暗，一点儿声息都没有。附近也没有马。"

"它朝哪条路去了？"神行客突然严厉地问道。

梅里吓了一跳，这才注意到有个生人。"快说！"弗罗多说，"这位是甘道夫的朋友，我稍后解释。"

"朝东,它似乎奔大道去了,"梅里继续说,"我试着跟上,当然,它几乎一下子消失了;但我转过街角,一直跟到大道上最边上的一座房子。"

神行客惊奇地看着梅里。"你有一颗强大的心,"他说,"但这么做很傻。"

"我不知道呀,"梅里说,"我觉得,这既不是勇敢,也不是愚蠢。我忍不住,好像是被什么勾着。反正吧,我走过去,猛然听到树篱边上有声音。一个声音在咕哝,另一个在低语,或者说发出嘶嘶的声音。我一个字也听不清,也没有再靠近一步,因为我开始浑身颤抖。之后我吓坏了,转身正待冲回家去,这时有什么东西追到我身后……我就倒下了。"

"我找到的他,老爷,"诺伯插进来,"黄油菊先生派我出去,带着灯笼。我走到西门,又折回来去南门。就在比尔·蕨尼家旁边,我觉得能看到大道上有什么东西。我不能肯定,但看着好像有俩人正在弯身抬起什么。我喊了一声,赶到那儿以后他们已经没影了,只有白兰地鹿先生躺在路边,跟睡着了似的。'我以为掉进了深水里。'我把他晃醒,他对我说。他可怪了,我刚把他弄醒,他就爬起来,跟个兔子似的跑回来了。"

"恐怕就是他说的这样,"梅里说,"虽然我不记得说了什么。我做了个噩梦,自己也忘了。我紧张得蒙了,不知道中了什么邪祟。"

"我知道,"神行客说,"你中了黑瘴[1]。骑士们一定将马儿留在外面了,再秘密地穿过南门回来。既然他们已经找过了比尔·蕨尼,那么现在应该全都知道了。说不定那个南方人也是一个密探。我们离开布

---

1 原文 Black Breath,是索隆爪牙黑骑士呼出的毒气,能使中毒者患黑魔影症(Black Shadow),陷入黑暗阴冷的睡眠,梦话不断,直至最终彻底陷入黑暗。

里之前,今夜还会出事。"

"会出什么事?"梅里说,"他们会袭击客栈吗?"

"不,我认为不会,"神行客说,"他们还没到齐。而且不论如何,那不是他们的作风。在黑暗中对付落单的人,他们的力量最强;除非迫不得已,亮着灯、满是人的房子他们不会公然袭击的。可我们还有埃利阿多地区的漫漫长路要走,他们有的是机会。他们的力量在于恐怖,并且已经将布里的一些人置于股掌之中。他们会驱使这些可怜虫做恶事:蕨尼、一些陌生客,也许还有那个守门人。星期一的时候,他们和守西门的哈利谈过话,我盯着呢。他们离开的时候,哈利脸色苍白,瑟瑟发抖。"

"我们似乎腹背受敌,"弗罗多说,"我们该怎么办?"

"原地不动,不要去你们的房间!他们肯定已经找到了你们的房间。霍比特客房的窗户向北,离地面很近。我们大家要抱成一团,闩上门窗。不过我和诺伯得先去取你们的行李。"

神行客不在的时候,弗罗多很快地向梅里说明了晚餐后发生的所有事情。神行客和诺伯回来的时候,他还在读着甘道夫的信,琢磨着。

"少爷们,"诺伯说,"我已经把被子弄皱,每张床中央塞了一个长垫枕。我还用棕色的小羊毛毯做了你的假头,巴——山下先生。"他咧嘴笑着加了一句。

皮平大笑道:"活灵活现!不过,等他们刺穿了伪装,会怎么样呢?"

"我们会知道的,"神行客说,"希望我们能够守住堡垒直至天亮。"

"各位晚安。"诺伯说完,出去执行他的守门任务了。

他们把包裹和用具堆在小包间的地板上,用一张矮椅子抵住门,关上了窗户。弗罗多向外窥视,夜色仍然清朗,镰刀星座[1]明亮地悬

---

[1] 原注:霍比特人对北斗星或大熊座的称呼。

在布里山的山肩之上。之后他合上厚重的内百叶窗，闩好，把窗帘拉紧。神行客把火烧旺，吹熄了所有的蜡烛。

霍比特人躺在毯子上，脚向着壁炉；但神行客安歇在抵着门的椅子上。他们聊了一会儿，因为梅里仍有几个问题要问。

"还跳过月亮呢！"梅里咯咯笑着滚进了毯子，"真有你的，弗罗多！真希望我也在场亲眼看见。布里名流从此得把这件事议论上一百年。"

"但愿如此。"神行客说。之后，他们都不再说话，霍比特人一个接一个地进入了梦乡。

第十一章
暗夜利刃

A Knife in the Dark

———————— 几只忧伤的鸟儿在尖叫哀号,直到圆圆的红日缓缓沉入影影绰绰的西方,空洞的沉寂笼罩了大地。霍比特人思念起遥远的袋底洞,那里有明亮的圆窗,透着温柔的落日余晖。

当他们在布里的客栈预备就寝时，雄鹿地夜幕低垂；山谷之中、河岸之侧雾霭迷离。坐落在克里克洼的家宅静静地矗立着。胖子博尔杰小心地打开门向外张望。整整一天里，他感到了一种越来越强的恐惧，让他坐卧不安，无心入睡；在夜里无风的空气中，有威胁正在森然迫近。在他望向黑暗时，一道阴影正在树下移动；大门好像自发打开，又无声地合上了。恐惧攫住了他。他缩回门后，站在门厅里战栗不已；好一会儿之后，他才关门落锁。

夜已深沉。有人沿着道路牵马潜行，传来了轻轻的马蹄声。他们在大门外停下脚，接着三条黑色人影进了门，如同黑夜的影子爬过地面。一个去了门口，另两个各去了两边的屋角，静立不动，好像石头的影子，而夜晚在缓缓流逝。房子和安静的树木似乎都在屏息等待着。

树叶轻微地扰动了一下，远处的公鸡啼了一声。黎明前的寒冷时刻正在消逝，门边的黑影动了。黑暗中没有星辉月映，拔出的利刃兀自闪亮，好像一道寒光出鞘。只一击，动作轻，威力重，门晃动起来。

"以魔多之名，命你开门！"一个尖锐的声音恐吓道。

再一击，门垮了，门扇后倒，木板裂开，锁头已烂。黑影轻快地过门而入。

恰在此刻，附近的树林中响起了号角声，如山顶的火焰一般撕裂了夜空。

醒醒！事发！火起！敌来！醒醒！

胖子博尔杰没有闲着。刚一瞧见黑影从花园潜来，他就明白自己不逃就肯定没命了。他从后门跑出来，穿过花园，越过田地。他跑了一哩多地，来到最近的人家，栽倒在门阶上。"不，不，不要！"他一直在嚷嚷，"不，不是我！不在我手上！"人们费了一番工夫才弄清他在胡言乱语什么，最终明白了敌人已到雄鹿地，以为是来自老林子的陌生入侵者。之后他们一刻也没耽搁。

事发！火起！敌来！

白兰地鹿吹响了雄鹿地的号角令，自苦寒长冬冻住了整条白兰地河，白狼入侵之后，它已静默了百年。

醒醒！醒醒！

远处响起了号角回应。警报遍传八方。

黑色人影从房子里逃离了。其中一个在逃跑时把一件霍比特披风掉落在台阶上。车道上爆发出马蹄的噪声，连成一片急驰的声响，敲击着地面远去，遁入黑暗。克里克洼四周号角阵阵，很多条喉咙在喊叫，脚步在奔跑。但是，黑骑士像一阵飓风刮过北门。让小矮子们吹去吧！索隆过后会收拾他们的。此时他们有另一桩差事：现在他们知道了，此处已人去屋空，魔戒也已不在。他们骑马冲过北门守卫，离开了夏尔，消失得无影无踪。

夜色尚早，弗罗多从沉睡中猛然醒来，似乎有什么声响或鬼怪惊扰了他。他看到神行客坐在椅子上保持警戒：眼睛闪烁，映着火光；火堆被呵护着，明亮地燃烧着；但他一动不动，也没有示警。

弗罗多很快又睡着了；但梦里仍不安稳，有呼呼的风声和急驰的马蹄声。风似乎在围着房子盘旋，震撼着房子；他还遥遥听到了疯狂吹响的号角。他张开眼睛，听到客栈庭院里有只公鸡精神奕奕地打鸣。神行客拉开窗帘，哐啷一声推开百叶窗。第一道浅淡的晨光照进了房间，寒冷的空气从打开的窗户灌了进来。

神行客把他们叫起来后，马上带他们去了卧房。看到卧房的情形，他们都很庆幸听从了他的意见：窗户被蛮力破开，摇摇晃晃，窗帘拍打着；床铺被彻底翻过，垫枕划破，甩在地板上；棕色小毯被扯成了碎片。

神行客立即找来了店主。可怜的黄油菊先生睡眼惺忪，吓得不轻。他整晚几乎都没合眼（据他说），可一点响动都没听到。

"我这辈子从没出过这样的事！"他嚷嚷着，害怕地举起双手，"客人们不能在床上安眠，好好的垫枕给毁了，还有这些！我们这是来到了什么时代啊？"

"黑暗时代，"神行客说，"不过等你摆脱了我们，你或许还能苟延片刻清静。我们立刻走。不必在意准备早餐：我们只能站着吃喝一口，几分钟内我们要收拾好。"

黄油菊先生急匆匆跑出去，以确保他们的小矮马都备好了，再给他们拿口吃的。但他很快就沮丧地回来了：马儿不见了！马厩所有的门在夜里被人打开了，马儿没了：不仅是梅里的小矮马，在场所有的马和其他牲口都消失了。

弗罗多被这个消息击溃了。他们怎么能指望着在后有骑马追兵的情况下步行到达幽谷呢？还不如让他们去上天登月。神行客坐着有一阵子没说话，打量着霍比特人，似乎在掂量他们的力气和勇气。

"要逃脱骑马人,小马帮不上我们,"他终于开口了,深思熟虑,似乎猜透了弗罗多的心思,"我们走我计划的小路,步行也慢不了多少。不管怎样我原本都打算步行。让我烦心的是食物和储备,从这儿到幽谷的路上不能指望找到吃的,只能自己背;而且我们还得带上足够的备用粮,因为我们可能被耽搁,或者被迫远离直路兜圈子。你们准备背上多少?"

"需要多少背多少。"皮平心里一沉,但是努力强充壮汉。

"我能背足够俩人用的东西。"山姆的嘴很硬。

"不能想点办法吗,黄油菊先生?"弗罗多问道,"我们不能从村里找两匹小马吗,哪怕只有一匹,来驮行李也好。我也不指望能租用,但我们可以买下来。"他犹疑着加了一句,不知道自己是否付得起价钱。

"我很怀疑,"店主郁闷地说,"布里的两三匹骑乘用马都养在我的院子里,也都不见了。至于其他的牲口,拉货拉脚的马也好,小矮马也好,在布里非常稀少,有也都不卖。不过我会尽力去办,我会把鲍伯喊起来,赶紧到周围看看。"

"好吧,"神行客有些勉强地说,"最好派他去看看。恐怕我们必须至少弄一匹来。可那样就别想着早早动身,悄悄溜走了!我们简直是在大吹大奏,宣扬着出门。不用说,这是他们谋划的一部分。"

"还是有些慰藉的,"梅里说,"希望不止一点屑末可吃:等待的时候我们可以来顿早饭嘛——坐下来慢慢吃。咱们找诺伯去!"

末了,他们耽搁了三个多小时。鲍伯回来报告说,邻里没有出让马匹或小矮马的,讲情不行,给钱也不行——只有一户:比尔·蕨尼或许有可能出卖一匹。"一个倒霉的半饥不饱的牲口,"鲍伯说,"但是,他得要至少三倍的价钱才舍得卖,趁火打劫,要么就不是我认识的比尔·蕨尼了。"

"比尔·蕨尼？"弗罗多说，"不会有陷阱吧？这牲口不会驮着我们所有的东西跑去找他吧，要么留下痕迹让人跟踪什么的？"

"谁知道，"神行客说，"但是我想，不管什么动物，一旦离开他，肯定不会跑回去的。我猜，这是仁慈的蕨尼老爷事后灵机一动：想办法多榨点儿油水。最大的危险在于，这头可怜的牲口大概离死不远了。但似乎我们也没有什么选择。他要卖多少钱？"

比尔·蕨尼要价十二个银币；的确至少是这里小矮马价值的三倍。结果一看，是头骨瘦如柴、没有喂饱、无精打采的牲口；好在看上去离死还远。黄油菊先生掏的腰包，又给了梅里十八个银币，作为丢失马儿的补偿。他是个实诚人，按布里的标准算是富翁；但三十个银币让他肉痛，被比尔·蕨尼欺诈更让他难受。

不过，事实表明他最后还赚到了。后来发现，只有一匹马被偷了，其他的被赶跑，或者吓得逃走了，在布里的各个角落游荡。梅里的小矮马一起逃了，最终（非常明智地）跑到了坟岗去找肥墩墩。所以，它们由汤姆·邦巴迪尔照料了一阵子，过得很不错。但是当布里的新闻传到汤姆耳朵里以后，他把马儿送回到黄油菊先生这里，让他以非常优惠的价格一下子得了五匹好牲口。它们在布里要劳作辛苦一些，不过鲍伯照料得很好；所以整体上它们很幸运：避开了黑暗危险的旅途。可惜也从未到过幽谷。

可是，眼下这会儿，黄油菊先生所知道的是他的钱怎么都回不来了。而且他还有别的麻烦。余下的客人起床后一听到客栈遭袭的消息，就哄闹得很厉害，南方来客丢了好几匹马，高声指责客栈主人，直到大家得知夜里他们之中的一位也消失了，他们才收了声。消失的不是别人，正是那个与比尔·蕨尼为伍的斜眼。怀疑立刻集中到他身上。

"如果你们结交盗马贼，还把他带到我家来，"黄油菊气呼呼地说，"你们自己应该赔付所有的损失，而不是过来对我嚷嚷。找蕨尼问问你们的漂亮朋友去哪儿了！"但结果发现，他谁的朋友也不是，谁也想不起来他是什么时候混进他们这群人的。

吃过早饭，霍比特人不得不重新打包，现在他们预期行程加长，为此要多备给养。待他们终于动身，已经快十点钟了。到了这个辰光，全布里都嘤嘤嗡嗡，兴奋莫名。弗罗多的消失法术啦，黑衣骑马人的出现啦，马厩劫案啦，尤其是游侠神行客已经加入神秘的霍比特人一伙儿的新闻，这些合成了好一个故事，能够让他们在平静无波的许多年里津津乐道。布里与斯泰德的许多居民，甚至还有很多从康比和阿切特赶来的人，挤在路上，看他们启程。客栈里的其他客人则要么堵在门口、要么从窗户探出身来争睹此景。

神行客改了主意，决定从主路离开布里。任何立刻跨越田野的举动只能让情形更糟：有一半居民会跟上来，看他们要干啥，阻止他们私自穿越自家田地。

他们向诺伯和鲍伯道别，与黄油菊先生分别的时候千恩万谢。"希望有朝一日，一切再度顺心顺意的时候，我们能够重会，"弗罗多说，"我只求能在你的店里安宁地住上一阵子。"

他们在众人的眼皮子底下踏着沉重的步伐离开，满怀担忧，心情低落。并非人人都有一张和善面孔，话也并非都是当面大声说出来的。但是，神行客似乎让大多数布里人敬畏，被他瞪住的人会闭上嘴巴闪开。他和弗罗多走在前面；接着是梅里和皮平；山姆走在最后，牵着小矮马，马背上驮着他们狠心加之于它的部分行李；但它已经不那么没精打采了，似乎欣然接受了命运的改变。山姆在若有所思地嚼着苹果，他有一口袋的苹果，是诺伯和鲍伯送给他的临别礼物。"走路吃苹果，坐下抽烟斗，"他说，"不过我想，过不久我就会怀念这两样了。"

霍比特人走过的时候，很多人好奇地从门缝里探出头来、从墙头篱笆上冒出来,他们不予理会。但是,当他们靠近远处大门的时候,弗罗多看到了一幢藏在厚树篱后面的房子,房子很昏暗,没人打理,正是村里最边上的一家。从其中的一扇窗户里,他瞥见了一张蜡黄的脸,长着一双奸狡的斜眼;但一下子就消失了。

"原来那个南方人就藏在这儿!"他想,"看上去他倒有点像个半兽人。"

另一个人从树篱之上探出头来,混不吝地盯着看。他长着粗重的黑眉毛,轻蔑的深色眼睛;大嘴巴讥诮地歪着,抽着一个短柄的黑烟斗。他们走近的时候,他把烟斗从嘴上拿下来,吐了一口痰。

"早啊,长腿子!"他说,"出发挺早啊?终于找到几个朋友啦?"神行客点了点头,没有应声。

"早啊,我的小矮子朋友们!"他对其他人说道,"我猜你们清楚自己跟啥人混一块儿了吧?事事无成神行客,他就是!我还听说过其他不那么漂亮的名号呢。今夜小心呀!还有你,小山姆,可别虐待我可怜的老马!呸!"他又吐了一口痰。

山姆立刻转过头去。"还有你,蕨尼,"他说,"藏起你那张丑脸别让人看见,否则就要受伤了。"猛然间只见迅如闪电的一动,一只苹果自他手里飞出,正中比尔的鼻梁。他躲避不及,从树篱后传来一阵咒骂。"可惜了一个好苹果。"山姆遗憾地说着,大步向前走去。

他们终于把村子抛在了身后。伴随的小孩和后面追着的浪荡汉们累了,到南门就折返了。过了南门,他们沿着大道走了不少哩后,路向左拐,掉头向东,绕着布里山的山脚,然后轻快地一路向下进入了林地。他们可以看到,左侧是斯泰德村坐落在和缓的东南坡的房屋和霍比特洞居;大道以东的远处有一个深谷,炊烟袅袅,显示出康比的所在;阿切特村则藏在更远处的树林之中。

走了一段下坡路以后,他们已将布里山高耸的褐色山峰甩在身后,来到了一条狭窄的小径,离开大道北上。"我们要从此处离开大路,隐蔽起来。"神行客说。

"但愿别是'捷径',"皮平说,"上回我们在林子里走捷径,差点倒了大霉。"

"啊,可那会儿你们还没有我呀,"神行客笑道,"我抄的小道,不管是捷径还是绕远,不会出错。"他把大道上上下下查看了一番,一条人影也没有,接着领着众人迅速下到了林谷里。

他们对这片地方不熟,所理解的神行客的计划就是先朝着阿切特前进,但是要向右拐,从阿切特东面抄过去,然后在荒野中尽量走直线到风云顶山。如果一切顺利,这样走他们会省去大道所兜的大圈,因为大道为避开蚊蠓沼,会向南绕弯。可这样一来,他们只能自己穿过那片沼泽,据神行客的描述,可不怎么乐观。

不过,眼下的步行还是愉快的。确实,要不是昨夜闹的那些烦心事,他们这会儿将很享受这部分旅途,比之前的都愉快。阳光照耀,天气晴朗却不很热,谷中的树木叶子未落,色彩绚烂,看上去宁静安详,生机勃勃。神行客很肯定地领着他们走过许多路口,如果让他们自己走,很快就会迷路。为摆脱可能的追踪,他走的是一条七拐八绕的路线,有很多转弯,还会突然折回。

"比尔·蕨尼肯定会盯着我们从哪儿下了大道,"他说,"虽然我认为他不会亲自跟踪我们。周围四方他非常熟悉,但也知道在林子里不是我的对手。我担心的是他跟别人报告了什么,我想他们也不会离我们很远。如果他们以为我们是朝着阿切特去的,反而更好。"

不知是因为神行客的手段高明,还是别的缘故,他们一整天都没有见到或听到其他活物的动静:除了鸟儿,没有见到两足的动物;除了一只狐狸和几只松鼠,也没见到四足的野兽。第二日,他们调整方向,径直向东;万物仍然安静祥和。第三日,他们离开了布里,走出了切特森林。自打他们背离大道,地势便持续下降,眼下他们来到了一片平平展展、宽广无垠的野地,穿过去要难得多。布里的边境已经离开很远,在这片无路的荒野上,他们正在靠近蚊蠓沼。

地面开始潮湿起来,他们时不时地在湿软的地方碰到水坑,芦苇和灯芯草长成宽宽的一大片,里面遍藏着小鸟,叽叽喳喳。他们不得不小心翼翼地挑着落脚的地方,免得弄湿双脚,也免得偏离了正确路线。起先进度还不错,但越往深处走,就越慢、越危险。沼泽地令人迷惑,暗藏凶险,即使对游侠而言,从移动变幻的沼坑之中也找不出固定的路径。飞虫开始折磨他们,空中充满着一团团的细小蚊蠓,钻进了他们的袖口内、马裤中、头发里。

"我要被生吃了!"皮平叫道,"蚊蠓沼!蚊蠓多过水沼!"

"没有霍比特人送上门的时候,它们靠啥活着呢?"山姆抓挠着脖子问。

在这片孤零零的倒霉地方,他们度过了凄惨的一天。宿营地又潮又冷,很不舒服;咬人的虫子让他们无法入眠。又高又密的草丛和苇子丛里出没着极其可憎的玩意儿,听声音是蟋蟀的亲戚,但是很邪恶,得有成千上万只,在周遭厉声尖叫,嘀——哗,哗——嘀,彻夜不停,险些把霍比特人逼疯。

次日,也就是第四日,也没好到哪里去,夜间一样难过。虽然嘀儿哗虫(山姆的叫法)已经甩在身后,但蚊蠓追着他们叮咬。

弗罗多躺下的时候,尽力合眼却仍合不上,好像看到远处东边的天际闪过一道光,多次迅速亮起又消退。那不是曙光,因为还得好几个小时才天亮。

"那道光是什么?"他问神行客。神行客已经起身站着,向前凝视着黑夜。

"我不清楚,"神行客答道,"太远了,分辨不了。像是从山顶上打起的闪电。"

弗罗多重新躺下,但很长一段时间里仍能看到白色的闪光,神行客高大的黑色身影映着闪光,沉默而警惕地站立着。末了他忧心忡忡地睡着了。

第五日,并未前行多远,他们便离开了散落在沼泽地最边缘的沼坑和芦苇荡。眼前的土地再度一直抬升,遥望东方,他们可以看到一线远山。其中最高的一座在右边,和其他山峰略分隔开,有一个锥形的顶,峰尖略平。

"那就是风云顶,"神行客说,"我们已经离开古大道很远,它在我们的右边,从风云顶南侧山脚的不远处经过。如果我们朝着大道直行,大概明天中午能赶到。我建议最好这么走。"

"你的意思是……?"弗罗多问。

"我的意思是:我们到风云顶以后,不知道会撞到什么。那儿靠近大道。"

"但我们肯定有希望在那儿碰到甘道夫?"

"是的,但是希望渺茫。要是他也打这条路过来,就不一定经过布里,也就不一定知道我们在做什么。而且不管怎样,除非我们运气好,能差不多同时赶到,否则就会错过彼此;因为不管是他,还是我们,在那儿等待太久都不安全。如果黑骑士没能在荒野捉到我们,他们就可能自己去风云顶,那里能俯视周围四野。真的,我们站在这里,此地的许多鸟兽也能从那个山顶望见我们。并非所有的飞鸟都可信任,还有其他比它们更邪恶的密探呢。"

霍比特人担忧地望着远处的群山。山姆抬起头看着灰蒙蒙的天空，害怕头顶上出现盘旋的鹰隼，亮亮的眼睛不友好地窥探他们："你的话真让我感到不自在，有些无所适从，神行客！"

"我们该怎么做，你怎么说？"弗罗多问道。

"我想，"神行客缓缓地开了口，似乎不很确定，"我想，最好是从此处朝东尽可能走直线，往那一线远山走，而不是风云顶。到了以后，我们可以走一条我知道的绕山脚的小道，能够隐蔽一些，从北边上风云顶。到时候，该看到的我们都能看到。"

终其一天，他们都在艰难跋涉，直至寒冷的黄昏提前到来。地面干燥了一些，也更加荒芜；但是雾霭和水汽仍浮在他们身后的沼泽上。几只忧伤的鸟儿在尖叫哀号，直到圆圆的红日缓缓沉入影影绰绰的西方，空洞的沉寂笼罩了大地。霍比特人思念起遥远的袋底洞，那里有明亮的圆窗，透着温柔的落日余晖。

此日将尽，他们来到了一条溪边，溪水从山中蜿蜒而下，消失在污浊凝滞的沼泽地中。他们趁天光溯溪而上，最终停脚的时候已是夜晚，在溪岸上几棵矮小的桤树下扎了营。晚空之下，在他们面前森然耸立着群山荒凉的山脊，一棵树也没有。这一夜，他们设了岗哨，而神行客似乎一点没睡。月亮正在变圆，在入夜尚浅时分，冷冷的浅淡清辉洒满了大地。

次日早上，太阳刚刚升起，他们就又上路了。结了霜，天空是清澈的淡蓝色。不受打扰地睡足一夜之后，霍比特人精神焕发。他们已经逐渐习惯了匆匆打尖而行长路——不论如何，以夏尔的标准，他们会觉得匆匆吃这么点东西都不够支撑他们站起来。皮平宣称，弗罗多看起来有他原来的两倍体格。

"那才怪呢，"弗罗多说着，紧了紧腰带，"想想看，我其实已经掉了不少分量了。我希望不要继续瘦个没完，那我就瘦成幽灵了。"

"不要提起那个！"神行客迅速说道，严肃得令他们惊讶。

群山愈发近了。山脊波浪起伏，常常是几乎一蹿一千呎高，又下落形成罅隙或山口，通向山外东方的土地。沿着起伏的山脊，霍比特人可以望见似乎是长满青草的断壁残壁，在山之间的罅隙里，仍立着旧时石头工事的遗迹。到了夜晚，他们来到了西坡，安营休息。这是10月5日，他们离开布里的第六日。

早上，他们自离开切特森林以后第一次看到了一条明明白白的路径。他们转向右，沿着这条路南行。它很巧妙，似乎有意挑选了一条隐秘的路线，不论是从上面的山顶还是从西侧的平地上观望的视线，都被尽量躲开了。它扎进山谷，紧抱着陡峭的山坡，当到了平坦一些或开阔一些的地方，路两边有巨大的石头或者劈开的石块，几乎像篱墙一样，掩护着里面的行路人。

"真好奇谁修的这条路，为什么修的，"他们正走在这样的一条路上，两边的石头大得不同寻常，紧密相连，梅里说道，"也难说我喜欢这条路：它有点儿——哎，挺像厉鬼坟岗那样儿。风云顶上也有坟岗吗？"

"没有。风云顶上没有坟岗，这些山上都没有，"神行客答道，"西方的人类并不住在这儿；虽然在他们的岁月的晚期，他们一度保卫了此处的群山，抵挡了安格玛来的邪恶势力。这条路是为了方便堡垒间通行，沿着护墙修的。但在很久以前，北方王国初兴之时，在他们称为风之山的风云顶上修建了一个巨大的瞭望塔。塔被烧毁了，现在只剩下一圈坍塌的石块，好像老山头上的一顶破烂王冠，可它曾经是高大美丽的。据说，在最后联盟[1]的年代，埃兰迪尔曾站在那里，瞭望

---

1 原文作 Last Alliance，是第二纪元精灵与人类为对抗索隆而组成的联军。吉尔-加拉德是发起联盟的诺多（Noldor）至高王，另一位发起者是人类埃兰迪尔（Elendir），阿尔诺（Arnor）王国的国王，也是神行客阿拉贡的祖先。

着自西方而来的吉尔－加拉德。"

几位霍比特人望着神行客,目瞪口呆。看来他不光熟知荒野中的小路,对旧时传说也知之甚深。"吉尔－加拉德是谁?"梅里问道;但神行客没有回答,似乎陷在思绪里失神了。突然,一个低沉的声音喃喃念道:

> 吉尔－加拉德乃精灵王,
> 竖琴悲歌把他唱:
> 东起高山西至海,
> 最终乐土任徜徉。
>
> 宝剑锋长矛头利,
> 遥望头盔闪光芒;
> 天上繁星数不尽,
> 映照如镜银盾上。
>
> 向时此王骑马遁,
> 栖身何处无人知;
> 但因暗中命星坠,
> 落入魔多影沉沉。

他们惊讶地转过身去,因为这个声音是山姆的。

"继续念!"梅里说。

"我只知道这么多,"山姆结结巴巴地说,脸红了,"我还是个小年轻的时候从比尔博先生那里学的。他知道我总是盼着听精灵的故事,常给我讲类似的传说。正是比尔博先生教我认字的。亲爱的老比尔博先生读了可多的书呢，他还写诗。我刚念的就是他写的。"

"不是他编写的，"神行客说，"这是短歌《吉尔－加拉德之陨落》的一部分，是古语写就的。比尔博一定把它译出来了。我倒是从不知道。"

"还有好多呢，"山姆说，"都是关于魔多的，吓得我哆嗦，我没学那部分。我也从没想到，自己会正在往那儿去！"

"去魔多吗！"皮平叫道，"可千万别到那份儿上呀！"

"不要高声讲那个名字！"神行客说。

当他们走近路的南端的时候，已是日中，一道灰绿色陡坡出现在面前，在清澈浅淡的十月阳光里攀援而上，好像一座桥似的连接着山的北坡。他们决定要趁着昼光正盛的时候，马上朝山顶出发。掩蔽行踪已不再可能，只能祈盼着没有敌人或密探窥视他们。山上看不见任何移动的东西，即便甘道夫就在附近，也一点痕迹都没有。

在风云顶的西翼，他们发现了一个有荫蔽的山谷，底部是一个碗形的凹坑，长满了青草。他们把山姆、皮平和小矮马留在这里，放下了包袱和行李，另外三人继续前行。艰难攀登半个小时以后，神行客到了山顶；弗罗多和梅里随后，累得气喘吁吁。最后一道梁石头又多又陡峭。

如神行客所说，在山顶上，他们看到了一个很大的古代环形石头工事，现已风化剥落，覆盖着经年的野草。但是，在石环中央，用残石堆着一个尖石堆，石头发黑，似乎被火烧过。石堆周围的草皮烧得见了根，石环内的草全都是枯焦的，似乎火焰席卷过山顶；不过，没有任何活物的迹象。

站在破败的石圈边缘俯瞰，周围四方宽广的景象尽收眼底，因为大部分的土地都空荡荡的，没什么特别之处，除了遥远的南边有几块林地，过了林地，他们能瞥见远处散落着点点波光的水面。脚下的南麓上绕着丝带似的古大道，它自西而来，蜿蜒起伏，向东消失在一道阴暗的山岭之后。大道上无人行走。顺着大道向东远眺，他们看到了迷雾山脉：近处的褐色丘陵暧昧昏暗；其后有高一点的灰蒙蒙的影子，再其后高耸着白色的山峰，在云间闪烁着微光。

"啊，终于到了！"梅里说，"看着真没意思，倒胃口！没水源，没遮挡，也没有甘道夫的痕迹。可我也不怨他不肯等——要是他到过这个破地方。"

"我猜，"神行客看着四周若有所思地说，"即使他比我们晚一两天到布里，他也可能先到这里。事情紧急的时候，他可以一路飞驰。"突然，他躬身去看尖石堆顶端的石块；它比其他石头平整一些、白一些，似乎逃过了火烧。他取下石块，在指间翻来覆去地细看。"这一块是新近放上去的，"他说，"这些标记你们怎么看？"

在石块平整的底部，弗罗多发现了几道刻痕：丨⋅丨丨丨。"似乎是一竖，一点，又三竖。"他说。

"左边的一竖加细划可能是如尼文字母G，"神行客说，"可能是甘道夫留下的记号，虽然不能肯定。刻痕很细，看着确实也很新。不过，这些标记的意思也许全然不同，跟我们无关。游侠就使用如尼文，有时候他们会到这儿来。"

"如果真是甘道夫留的，那这些标记会是什么意思？"梅里问。

"要我说，"神行客答道，"这些标记代表G3，是甘道夫10月3日来到此地的记号：即是距今天三日之前。而且还表明，他是在匆忙之中，危险在侧，所以没有时间或者不敢多写、写明白。如果真是这样，我们必须谨慎了。"

"不管标记是什么意思，真希望我们能确认是他留下的标记，"弗罗多说，"知道他也上了路，不论在我们之前还是之后，都是极大的慰藉。"

"也许吧，"神行客说，"就我自己来看，我相信他到过这儿，并且遇到了危险。此处烧过烈火；让我想起了三夜之前我们在东方天空看到的闪光。我猜，他在这个山顶上遇袭，结果如何我也辨不出。他已经不在此处，现在我们必须尽全力，自己照看自己，自己设法去幽谷。"

"幽谷有多远？"梅里问道，看着四周，心情有些低沉。从风云顶上望去，世界宽广荒凉。

"布里向东走一天，有个遗忘客栈，我不清楚大道过了客栈之后的路有没有量过哩数。"神行客说，"有人说幽谷很远，有人说不是。那是条奇怪的路，不论花的时间长短，人们走到旅途终点总是很开心。但是我知道自己走过去需要花多少时间：天气晴好、不出岔子的时候，从这儿走到布鲁伊嫩渡口要十二天，那是大道与幽谷流出的响水河的交叉处。考虑到我们不能上大路，所以至少还有两周的路要走。"

"两周！"弗罗多说，"两周的时间能发生很多事情！"

"有可能。"神行客说。

他们在山顶的南缘沉默地站了一会儿，在这个孤寂的所在，弗罗多第一次彻底意识到自己无家可归，危险重重。他内心苦涩，多希望命运仍把他留在他所钟爱的宁静的夏尔。他俯视着可恨的大道，往回走，向西方——通往他的家乡。猛然，他注意到，大道上有两个小黑点正在慢慢移动，朝西走；定睛再看，还有三个黑点向东蠕动，要和另两个会合。他惊叫一声，紧紧抓住了神行客的胳膊。

"看！"他指着下方说。

神行客立即就地扑倒在破败的石墙之后，拉着弗罗多趴在他身边。梅里也跟着扑倒。

"是什么？"他轻轻地问。

"不清楚，但我担心是最糟的情形。"神行客答道。

他们慢慢地爬到石圈的边缘，从两块参差的石头之间的裂缝中向外窥探。阳光已不再明亮，因为明媚的晨光已经消退，自东匍匐而来的云团这会儿遮蔽了太阳，开始向下飘移。三人都能看到黑点，不过弗罗多和梅里都不能确认黑点的形状；但是，直觉告诉他们就在那儿，遥遥在下，黑骑士正在山脚旁的大道上集结。

"没错，"神行客说，他的眼神更为敏锐，让他确信无疑，"敌人到了！"

他们匆忙爬走，滑下北坡，去找伙伴。

山姆和佩里格林没有闲着，把小凹谷和周围的斜坡勘查了一番。他们在不远处的坡上找到了一眼清泉，附近有一两天以内的足印。谷内还找到了新近烧火的痕迹，以及其他匆忙扎营的迹象。凹谷挨着山最近的那一侧有一些落石，山姆在落石后面意外看到了一小堆柴火，码得齐齐整整。

"我在想老甘道夫是不是到过这儿，"他对皮平说，"不管是谁，在这儿放了这些东西，看来是准备回来的。"

神行客对这些发现非常感兴趣。"刚才我真该在这儿待一下，自己勘查这个地方。"他说着，奔向溪边去查看足印。

"怕什么来什么，"他回来后说，"山姆和皮平踩在软地面上，把印记要么弄毁了，要么弄乱了。游侠最近来过，留下木柴的是他们。可是，还有几样新的痕迹，不是游侠的。至少有一组沉重的靴印不是，就在一两天之前。至少一组。我现在不能确定，但我觉得有许多穿靴子的足印。"他停了口，站住了，焦虑地思索着。

每一个霍比特人的脑海里都出现了身披斗篷、脚踩靴子的骑士的样子。若是骑马人已经发现了这个谷地，那么神行客越快带他们离开越好。山姆已经得知敌人就在大道上，离他们只有几哩，正极不高兴地望着山谷。

"我们还不该赶紧撤嘛,神行客先生?"他不耐烦地问,"天晚了,我也不喜欢这个洞:不知为啥让我的心往下沉。"

"对,我们必须马上决定怎么办。"神行客抬头看天,盘算着时辰和天气,"哎,山姆,"末了他说,"我也不喜欢这个地方,但是我也想不出来,天黑之前我们还能赶到哪里去。至少眼下我们不在别人视线之内,可是一动起来,就大有可能被探子看见。我们能够做的,就是离开我们的路线,掉头向北,走群山的这一侧,其地形同这儿几乎一样。大道被监视了,但如果我们要走南边借树林的遮蔽,就必须穿过大道。过了这片山丘,大道北边绵延数哩都是平坦无遮掩的。"

"骑士有视力吗?"梅里问,"我是说,他们平时似乎用的是鼻子,而不是眼睛,至少在白天的时候,嗅探我们,如果嗅这个词用得对。可你看到他们在下方的时候让我们都趴下;现在又说我们走动会被他们看到。"

"在山顶的时候我太大意了,"神行客说,"我太心急了,想找到甘道夫留下的标记;但是,我们三人上去站那么久,是个失误。因为那些黑马的眼睛能看见,而且骑士可以利用人或其他生物当探子,我们在布里不就遇到了嘛。他们不像我们,自己可以看到有光的世界,但是,我们的身体投下的影子会映在他们的灵台上,而影子只有正午的太阳能破坏掉;在黑暗中,他们能感知到许多躲过我们眼睛的标记和形状:此时最应害怕。而且不管什么时候,他们都能嗅到活物的血味,对这个味道渴望又仇恨。视觉和嗅觉之外的知觉也一样。我们能够觉出他们的存在——我们刚一到这儿还没见到他们的时候,就心烦意乱;他们对我们的存在感知得还要敏锐一些。还有,"他加了一句,嗓门压低,耳语道,"魔戒吸引着他们。"

"这样就逃不掉了是吗?"弗罗多急切地环顾着四周说,"动一下,就会被发现,被追捕!待住不动,我会把他们引过来!"

神行客用手按住了他的肩头。"仍然有希望，"他说，"你不是孤单一人。这柴是堆好预备点燃放信号的，咱们拿走吧。此处没什么掩体和防御，但是火既是掩体，也是防御。索隆可以把火、把一切都用来作恶，但这些骑士不喜欢火，害怕掌控火的人。荒野之中，火是我们的朋友。"

"也许吧，"山姆嘟囔着，"照我看，这样也等于说'我们在这儿呢'，只差大声嚷嚷了。"

在谷中地势最低、遮蔽最严的角落里，他们点燃了火堆，预备起饭食。天色已黄昏，冷了起来。他们忽然感觉极其饥饿，因为早餐后就没吃东西；但他们只敢草草准备一餐。面前的土地除了鸟兽空无一人，是被世上所有族群抛弃了的不良荒地。一些游侠时而经过山那边，但他们人数寥寥，不会停留。其他的漫游客更为稀少，且属于恶种：食人妖有时会从迷雾山脉的北谷出来，下山游荡。只有在大道上才能看到行路者，通常是矮人，为自己的事情匆忙赶路，很少和陌生人搭话，也不会伸手帮忙。

"我不知道，咱们的食物怎么撑到最后，"弗罗多说，"过去的几天里我们都很小心节省，这一顿也不是什么大餐；但如果我们还要走上两周或者更长时间，我们消耗的已经超量了。"

"食物荒野里就有，"神行客说，"莓果、块根、野菜；需要的时候我打猎也有两下子。冬天没到，你就不用担心饿肚子。不过，采集、猎取食物既耗时又累人，而我们还要赶快。所以，勒紧裤带，盼着埃尔隆德家的筵席吧。"

天黑下来以后愈发寒冷。他们从凹谷的边缘张望，什么也看不见，只有灰蒙蒙的大地正迅速地融入黑暗。头顶上的天空放晴了，慢慢地缀满了亮晶晶的星星。弗罗多和同伴们围着火堆挤在一起，把所有的衣服和毯子都裹在身上；但是，神行客只披一件斗篷就够了，他稍微坐开了一点，沉思着，抽着烟斗。

随着夜幕降临，火焰的光芒明亮起来，他开始给他们讲故事，让他们忘了害怕。久远之前的许多掌故和传说他都知道，精灵的啦，人类的啦，还有古时的善事与恶行。他们很好奇他的年岁，以及他是从哪儿知晓的这些传说。

"跟我们讲讲吉尔-加拉德吧，"当他讲完了一个精灵王国的故事，稍作停顿的时候，梅里冷不丁说道，"关于你提到的那支古代短歌，你还知道别的部分吗？"

"我当然知道，"神行客答道，"弗罗多也知道，它把我俩紧密联系到了一起。"梅里和皮平看向弗罗多，他正凝视着火苗。

"我只知道甘道夫告诉我的那一点儿，"弗罗多缓缓开口，"吉尔-加拉德是中土伟大的精灵王中的最末一位。在他们的语言里，吉尔-加拉德是'星光'的意思。他与精灵之友埃兰迪尔一起去了……"

"停！"神行客打断了他，"大敌的仆从就在近旁，那个故事现在还不该讲出来。如果我们克服艰险，顺利地到达埃尔隆德之家，你们会在那里听到这个故事，完完整整地讲给你们。"

"那给我们讲讲古代的其他故事嘛，"山姆恳求道，"讲个衰退时代之前的精灵故事，眼下黑暗好像正从四方逼紧，我可愿意多听些精灵的事呢。"

"我给你讲一讲缇努维尔的故事吧，"神行客说，"简短地讲讲，因为它很长，结局谁也不知道；现在，除了埃尔隆德，没谁还确切地记得它是怎么讲述古代的。和所有中土的故事一样，这个故事虽哀伤却很美好，说不定还能振奋你们的心。"他沉默了一刻，再开口时不是讲述，而是柔声唱了起来：

草叶长长草叶青，
野芹伞花立亭亭，
林中空地星光照，
幽暗之中放光明。
缇努维尔此间舞，
不见吹笛伴笛声，
星辰熠熠藏发间，
又映衣袂闪晶莹。

寒冷群山走贝伦，
树下徘徊迷途中，
精灵河水波涛滚，
踟蹰独行暗伤神。
芹叶丛中惊瞥见，
金花点缀袍袖间，
秀发如影随衣翩。

命定跨山双足累，
顷刻痊愈神魂颠，
健步急奔追上前，
唯得月光握指间。
精灵之家林深密，
舞步轻旋失芳踪，
森林寂静余贝伦，
仍自踟蹰侧耳听。

时得足音飞遁去，
入耳犹似椴叶轻，
或有乐音地下涌，
幽谷震颤起回声。
眼见芹花已萎尽，
榉叶片片亦凋零，
呢喃低语声声叹，
林地冬日颤凄清。

远行苦苦寻伊人，
踏足落叶积年深，
月耀星辉霜天动，
伊人㰀闪月色中。
翩跹起舞在山顶，
山远且高道阻长，
遥望脚踏银雾散，
萦绕双足微微颤。

冬逝伊人复又降，
歌喉顿开春乍临，
好似百灵遏行云，
落雨叮咚春水融。
精灵花朵绕足开，
贝伦见之心病消，
但求无忧草地上，
伊人身旁舞且唱。

缇努维尔再躲逃，
贝伦疾步追赶到。
缇努维尔！缇努维尔！
声声呼唤精灵名；
引得伊人驻足听，
顷刻中咒命注定：
贝伦再至伸双臂，
佳人如玉拥怀中。

深深凝视伊双眼，
映照天穹繁星闪，
秀发如云还掩映，
贝伦一见更深情。
缇努维尔美精灵，
精灵少女有永生，
长发纷披来环绕，
轻舒银臂拥贝伦。

命定共踏征途长，
翻山嶙峋越荒凉，
铁殿密门层层过，
深林夜影日难明。
无情大海隔有情，
终有一日重相逢，
久已携手远尘世，

无忧林中相和鸣。"

神行客叹息一声，沉默了一下才又开口："这是一首歌，格式是精灵所谓的安－森纳斯，但很难译成我们的通用语言，我唱的只是它的粗略回响。它讲的是巴拉希尔之子贝伦与露西恩·缇努维尔的相逢。贝伦是一介凡人，而露西恩是世界还在早期的时候，中土精灵王辛格尔的女儿；她是世间好儿女中最美丽的少女，可爱如北地雾霭之上的星星，面孔闪耀有光。那时候，大敌栖身于北方的安格班，魔多的索隆尚只是他的一名侍从。西方精灵返回中土世界，向大敌发起战争，以夺回被他盗取的精灵宝钻；人类的先祖与其并肩作战。但是，大敌得胜，巴拉希尔被弑，贝伦历经极大的凶险，跨过恐怖山脉，逃到了辛格尔隐藏在尼尔多瑞斯森林中的王国。此处，他看到露西恩在魔河埃斯加尔度因旁的林中空地上歌舞，称她为缇努维尔，古语中夜莺之意。之后这一对经受了许多痛苦，被长久地分离。缇努维尔将贝伦从索隆的地牢中救出，一起历经奇险，甚至将大敌掀下王座，从他的铁王冠上取下了三颗精灵宝钻之中的一颗，乃是一切珠宝中最璀璨的。贝伦预备献给辛格尔，作为求娶露西恩的聘礼。可就在最后，安格班守门的巨狼来了，咬死了贝伦，他死在了缇努维尔的怀中。她选择做个凡人，要从尘世死去，以追随贝伦；歌里唱道，他们重逢在永隔之海的彼岸，有短暂的时光复生，再一次徜徉在绿色的森林。随后他们携手而逝，不再受现世的羁绊，已是很久之前的事了。所以，精灵一族中唯有这位露西恩·缇努维尔死去了，离开了世界，他们失去了最心爱的少女。但是自她伊始，古老的精灵王一脉在人类中赓续绵长。露西恩的后代子孙仍然在世，据说她这一脉永不断绝。幽谷的埃尔隆德即属于这一支。因为，贝伦和露西恩生了狄奥，是辛格尔的继承人；而狄奥之女白羽埃尔玟嫁给了埃雅伦迪尔，他将精灵宝钻佩在额上,驾船冲破了世间重重迷雾,驶入天堂之海。埃雅伦迪尔的子孙便是后来西方之地努门诺尔的诸王。"

神行客讲述的时候,他们注视着他被柴火的红光照得微微发亮、闪着奇异热情的面庞。他双目放光,嗓音低沉浑厚,头顶上是布满星星的黑色夜空。突然之间,他身后风云顶的峰尖上现出一缕淡淡的光芒,一轮渐圆的月亮缓缓爬上了山坡,山坡投下的影子遮住了他们,山顶上的群星黯然失色。

故事讲完了。几位霍比特人动了动身体,舒展了一下。"瞧!"梅里说,"月亮升上来了,夜一定深了。"

其他人纷纷仰头看月。就在此时,他们看到,映着月升的微光,山顶上有个小小的黑东西。或许只是一块大石头,或许是一块突出的巉岩,恰被淡淡的月光勾勒出来。

山姆和梅里站起身,离开了火堆。弗罗多和皮平坐着没动,一声不响。神行客专心地观看着山上的月色。一切都悄然静寂,可是神行客不再说话了,弗罗多感到一股瘆凉的惧意爬上心头。他朝火堆又挪近了一点,这时山姆从凹谷边缘跑了回来。

"不知道为啥,"他说,"我突然感到害怕。给我多少钱我也不出谷了;我感觉有啥东西正在往坡上爬呢。"

"你这是看到什么了?"弗罗多一下子跳了起来。

"没有,先生。我啥也没看见,也没停下脚来看。"

"我看见了,"梅里说,"要么我觉得自己看见了——西边远处,山顶的影子之外,洒着月光的平地上,我觉得有两三个黑影。他们好像正朝着这边来。"

"靠近火,脸朝外!"神行客大喊,"抄根长柴放手上备好!"

他们屏息坐了一刻,不出声,很警惕,后背向火,每个人的眼睛都紧盯着包围他们的黑暗。什么也没有发生。黑夜中没有声响,也没有动静。弗罗多移动了一下，感觉自己憋不住要打破沉默，很想大声叫出来。

"嘘！"神行客轻声说。与此同时，皮平倒抽了一口凉气："那是什么？"

在这个小谷的边缘以外，山的对侧，他们感觉到——而不是亲眼看到——有黑影升起，一个，或许不止一个。他们睁大了眼睛，黑影似乎涨大了。很快，他们就确定无疑了：坡上站着三四个高大的人影，正在俯瞰他们。他们是那么的黑，好像是身后浓重的阴影戳出的黑洞。弗罗多觉得听到了轻微的嘶嘶声，好像来自浸着毒液的喘息。他感到了一股尖锐的刺骨凉意。接着，影子缓缓迫近了。

恐惧压倒了皮平和梅里，他们扑身在地趴平，山姆缩在弗罗多的身边。弗罗多的恐惧并不亚于同伴；他浑身颤抖，仿佛冻坏了，但是，戴上魔戒的诱惑突如其来，他将恐惧硬咽了下去，被这个诱惑攫住了，满脑子只有这个念头。他并没有忘记坟岗的经历，也没忘记甘道夫的信；但是有什么似乎占据了他的心神，让他无视一切警告，很想屈从。不是企图逃跑，也不是不论好坏要做点什么：他只是单纯地感觉非要把戒指取出来戴在手指上不可。他出不了声，感觉到山姆正在望着他，仿佛知道自家少爷陷入了极大的麻烦，却无法转脸去看山姆。他闭上双眼，挣扎了一会儿；可是抵抗让他受不了，最终还是磨磨蹭蹭地拉出来链子，把戒指套在了左手的食指上。

一霎间，虽然一切都像之前一样昏暗不明，黑影却变得清晰得可怕。他简直能看穿黑衣包裹之下有什么。五个高大的人影：两个站在凹谷边缘，三个正在前进。惨白的脸孔上，锐利的眼睛燃烧着无情的光芒；大氅之下是灰色长袍；灰白的头发上顶着银盔，枯槁的手里握着钢剑。他们朝他冲了过来，视线落在他身上，能把他刺穿。绝望之中，他拔出自己的剑，剑在他眼里似乎闪着红光，好像火把一般。黑影中的两个停住了脚,第三个最高:他头发长而闪亮,头盔上有一顶王冠,一只手握长剑,一只手持刀,刀与持刀的手都闪着寒光。他向前一跃,朝弗罗多劈了下来。

说时迟那时快,弗罗多扑倒在地,听到自己大声喊道:"哦!埃尔贝瑞丝!吉尔松尼尔!"同时朝敌人的双脚砍去。一声尖厉的号叫响彻夜空;他感到左肩一阵疼痛,好像中了一枚有毒的冰镖。就在昏过去的那一刹,他瞥见神行客穿过萦绕的迷雾,两手各执一根燃烧的木棒,自黑暗中跳将出来。弗罗多用尽最后的力气,抛下短剑,将戒指从手指上褪下来,紧紧握在右手手心里。

第十二章
逃向渡口
Flight to the Ford

———————— "以埃尔贝瑞丝之名,以精灵露西恩之名,"弗罗多拼尽最后的力气,举起他的剑,"魔戒和我,哪一样你们都休想得到!"

———————— 黑马狂性大发,在惊恐之中奋蹄前冲,驮着骑马人闯入了滔滔洪水。他们尖厉的呼号被咆哮的河水淹没,人被河水冲走。之后,弗罗多感觉自己正在下坠,而咆哮和混乱似乎正在涨高,将他与敌人一起吞入深渊。他什么也听不到了,什么也看不见了。

弗罗多醒来时，仍然死死地攥着魔戒。他躺在火堆旁，这会儿堆得高高的柴火烧得正旺。他的三个同伴正俯身望着他。

"发生了什么事？那个惨白的王哪里去了？"他狂乱地发问。

同伴们听到他开口，都高兴得过了头，好一阵没有顾得上答话；也听不懂他问的什么。最终，他从山姆的话里拼凑得知，除了看见模糊的黑暗人影朝他们过来，别的他们什么也没有看见。山姆猛然发现自家少爷消失了，很惊恐；那一瞬间有一个黑影从他身边冲过，他摔倒了，能听到弗罗多的声音，可似乎来自很远的地方，或是传自地下，喊着奇怪的字眼儿。别的他们都没看到，后来就绊倒在弗罗多的身体上。他如同死了一般，脸朝下趴在草地上，身下压着他的短剑。神行客命他们把他抬到火堆旁，然后就不见了；到现在已经走了好一会儿了。

山姆显然又开始对神行客起了怀疑；可就在他们谈话的时候，神行客回来了，从黑暗中突然现了身。他们惊跳起来，山姆拔出剑，站在弗罗多身前护住；但神行客极快地在弗罗多的身旁跪下来。

"我并非黑骑士，山姆，"他温和地说，"也不是他们的同伙。我一直在找他们行动的痕迹，但一无所获。我想不通为何他们离开，不再发动袭击。但是，附近哪儿也感觉不到他们的存在了。"

当听到弗罗多不得不坦白的事，他十分焦心，摇摇头，叹了口气。然后，他命皮平和梅里用他们携带的小水壶尽量多烧些热水，给弗罗多清洗伤口。"小心别让火灭了，给弗罗多保暖！"他说完，站起来走到一旁,把山姆叫了过去,"我想现在情况比较清楚了,"他低声说,"似乎敌人只有五个。为何他们没全来,我也不知道;但我想,他们没有预料到会遭到抵抗。他们撤退只是暂时的,只怕也不会退到远处。如果我们逃不了,他们下个夜晚还会再来的。现在他们只是在等待,因为他们觉得目的差不多达到了,魔戒飞不出他们的掌心了。山姆,我估计,他们认为你家少爷受了致命伤,将会屈从于他们的意志。我们等着瞧吧!"

山姆哭得声噎气堵。"不要绝望!"神行客说,"现在你必须信任我。你的弗罗多比我猜的还要坚强,原来甘道夫暗示过他会证明这一点的时候我还不信。他没有给杀死,我想,他不会像敌人预想的那么快就抵不住伤口的邪毒。我会尽我所能帮助他、救治他。我不在的时候,保护好他!"说完,他匆匆忙忙再次消失在黑暗中。

弗罗多打起了瞌睡,尽管伤口越来越痛,一股致命的寒意正从肩头蔓延到手臂和半边身体。他的朋友们照看着他,给他保温,清洗着他的伤口。这一夜过得又漫长又疲惫。晨光在天边渐渐变亮,凹谷中充满了浅淡的光辉,这时神行客终于回来了。

"看!"他喊道,然后弯腰从地上捡起一件黑色的大氅,昨夜被黑暗掩盖而无人发现。在下缘往上一呎的地方,大氅被划了一道口子。"这是弗罗多的那一剑划的,"他说,"恐怕只伤到敌人这么多;因为剑丝毫未损,而刺中那个可怕的王者的所有利刃都会崩坏。对他而言,更为致命的是埃尔贝瑞丝的名号。"

"对于弗罗多而言,更为致命的是这个!"他再次俯身,捡起一柄薄刃长刀,刀身闪着寒光,当神行客拎起刀的时候,大家看到在近刀尖的刃上有破口,刀尖也已折断。可是,当他还来不及在渐盛的晨光中把刀举起,刀刃就似熔化了一般,在空气中化作一缕烟,只留下刀柄还握在神行客手里。"啊呀！"他叫道，"正是这把诅咒之刀劈出了那道伤口。现在很少有人懂得应对这种邪恶兵器的愈合之术了。不过，我会尽力而为。"

他坐在地上，拿起刀柄放在膝头，对着它用一种陌生的语言唱了一支舒缓的歌。然后，他把刀柄放在一边，走到弗罗多身旁，柔声说了一些别人听不懂的话。从腰带上系着的口袋里抽出了某种植物的长叶子。

"这些叶子，"他说，"是我走了很远找到的；因为这种植物在秃山上不生长；但是，我闻着叶子的气味，在大道以南的矮树丛里摸黑找到了它。"他用手指捻碎了一片叶子，一股辛辣但甘甜的气味散发出来，"能找到它实在幸运，这是西方人类带到中土世界的一种药草，名为阿塞拉斯，现在很稀少了，只在古时人类栖居或安营的地方附近才有生长；而且现在北方无人认识，除了荒野中漫游的人里有一些还知道。此草大有益处，但是对这样的伤口，它的愈合力或许有限。"

他将叶片投入沸水，冲洗弗罗多的肩膀。水蒸气的香味提神醒脑，没有受伤的人闻了感觉心灵平静，头脑清楚。药草对弗罗多的伤口也有效，因为他感觉到半边身体的疼痛减轻，寒意变弱；但手臂尚未恢复生机，他抬不起手来，也用不上劲。他对自己的愚蠢痛悔不已，自责意志不坚；因为他现在意识到了，戴上戒指顺从的并非自己的愿望，而是敌人的命令。他疑心自己是不是终身残废了，还有，接下来的路怎么走完。他很虚弱，站不起来。

这个问题其他几位也正在商量。他们很快决定，要尽快离开风云顶。"现在我觉着，"神行客说，"这个地方敌人已经盯了好几天了。如果甘道夫来过这儿，他一定会被迫离开，不再回来。不论如何，自昨夜遇袭以后，天黑后我们在这儿极度危险，不管去哪儿也比在这儿安全。"

天一大亮，他们就匆忙地吃了东西，打包了行李。因为弗罗多不可能走得了路，他们四人分担了更重的行李，将弗罗多扶到了马上。

过去区区几天内，这头可怜的牲口的状态突飞猛进，已经明显地肥壮起来，并且开始亲近新主人，特别是山姆。比尔·蕨尼一定把它虐待得不轻，因为荒野之旅看来都比它从前的日子好多了。

他们动身向南，这意味着横穿大道，但要到更多树林覆盖的地方，这么走最快。另外，他们需要燃料，因为神行客说必须给弗罗多保暖，特别是在夜里，同时火堆对大家也有所保护。他还计划缩短行程，抄近路穿过大道的另一个大弯：大道在风云顶以东改了道，向北拐了个大弯。

他们谨慎地绕着风云顶的西南坡缓行，不久以后来到了大道边上，不见骑士的一点踪迹。但即便是他们在匆匆横穿大道的时候，他们听到了两声遥远的喊叫：一个冷冷的声音在呼唤，另一个冷冷的声音在回应。他们战栗着往前冲，奔向前面的矮树丛。眼前的土地地势向南倾斜而下，蛮荒无路；灌木和矮树密集成团，东一片西一片的，其间是光秃秃的宽广空地，长着稀稀拉拉的野草，灰败粗糙；矮树丛的树叶已经枯萎，正在凋落。这是一片阴郁的土地，他们行进缓慢，心情低落，步履艰难，很少交谈。弗罗多看着大家走在他身旁，垂着头，背负的行李压弯了腰，心里很难过。连神行客都好像疲惫不堪，心情沉重。

第一日的行程尚未走完，弗罗多的伤口疼痛又加重了，但他忍了很久都没有说。四天过去了，地表和景象无甚变化，只是身后的风云顶缓缓沉到地平线下，而远处的山脉在眼前逼近了一些。不过，在听到那两声遥远的喊叫之后，他们还没有见到或者听到敌人的印迹，没有在他们逃跑途中做标志，也没有跟踪他们。他们害怕黑暗时分，夜里两两一组警戒，预备着黑色的人影随时在黯淡夜色之中、云遮月晦之时悄然而至；但是，他们什么也没有看到，什么也没有听到，只有萎叶枯草的叹息。山谷遇袭之前曾侵扰过他们的那种邪恶临近的感觉,他们一次也没再有过。但由此希望骑士已再次把他们跟丢了,似乎乐观过头;也许他们正在狭路等候,预备伏击呢?

第五日将尽时,他们走出了一个宽阔的浅谷,地势复又缓缓抬高。神行客把路线又改回东北向,第六日,他们来到了一个长缓坡的坡顶,遥望前方,是簇集的群山,山上林木葱葱。俯瞰脚下,是大道绕着山脚蜿蜒远去;向右,有一条灰色的河流,在稀薄的日光下微微闪光。极目远眺,他们看到一座石头峡谷中还流着一条河,半掩在雾霭之中。

"恐怕我们必须从此处返回大道,走上一段,"神行客说,"现在我们来到了灰泉河,精灵称之为米斯埃塞尔。它源自埃滕荒原,就是幽谷以北的食人妖沿泽,流到南方与响水河汇合。合流以后,有人称之为灰潮河,入海的时候是一条壮观的大河。自埃滕荒原的源头以下,没有可以渡河的地方,唯一的通道是大道跨过的那座末日桥。"

"另一条远远看到的河是什么河?"梅里问。

"那就是响水河,在幽谷它的名字是布鲁伊嫩,"神行客答道,"过了末日桥,大道顺着山边延伸数哩,就到了布鲁伊嫩渡口。但是我还没想好怎么过这些河。一条一条地过吧!如果末日桥无人把守,阻截我们,那真的是走大运了。"

次日一早,他们再次来到大道边上。山姆和神行客走上前,并没有发现任何行路人或骑马人的踪迹。在被山影遮住的背阴处曾有落雨,神行客判断,雨下在两天之前,冲掉了所有的足印。至少就他所见,雨后没有任何骑马人经过。

他们拼命向前飞奔了一二哩,望见末日桥就在前面一道矮矮的陡坡底下。他们很害怕会看到黑色的人影守在那儿,可什么也没看见。神行客命大家隐蔽在路边的矮树丛下,自己去探路。

不一会儿,他就匆匆赶了回来。"没发现敌人的踪迹,"他说,"这意味着什么很费琢磨。但是，我发现了非常奇怪的东西。"

他伸出手来，掌中是一枚浅绿色的宝石。"我在桥中央的泥巴里找到的。这是一枚绿柱石，精灵之石。它是特地放在那儿的，还是不小心掉落的，我也说不清；但是它带给我希望。我把它当作我们可以过桥的信号；但是过桥以后如果没有更明显的凭证，我不敢继续走大道。"

他们立刻继续前行，安安全全地过了桥，除了河水打着漩儿冲刷三个大桥拱的声音，他们什么也没听到。又走了一哩路，前面是一条狭窄的山涧，向北探入大道左侧陡峭的大地。神行客在此转道，很快，他们便隐身于一片长着黑树的幽暗之地，在座座阴森的山丘的山脚之间蜿蜒行进。

霍比特人离开了之前那片阴郁的土地和危险的大道倒是挺开心；可这片新的土地似乎也不友好，充满着威胁。他们越向前行进，周围的山势也越来越高。在高处和山脊上时常可见古代的石墙和塔台的残迹，一副不吉之相。弗罗多不用走路，有时间凝望前方，想想事情。他回忆起比尔博对自己旅途的描述，提到过他的第一次重大历险发生在食人妖森林，而就在靠近森林的荒野之中、大道以北的山上有凶塔。弗罗多猜测，他们眼下处于同一片区域，也好奇他们会不会也走近同一个地点。

"谁住在这一片地方呢？"他问，"谁修的这些塔？这是食人妖的地盘吗？"

"不是！"神行客说，"食人妖不事营造。这一片地方无人居住。很久以前，人类在此栖居；但现在谁也没留下来。按照传说，人类落入了安格玛的阴影之下，变成了恶人。可一切都毁于那场让北方王国消亡的战争。不过，那些事已过去太久，群山已经把他们忘记，尽管阴影仍笼罩在这片土地上。"

"如果这片土地空荡无人又健忘，你是从哪里知道这些故事的呢？"佩里格林问道，"鸟兽又不会讲这样的故事。"

"埃兰迪尔的后裔并没有把往事都忘记，"神行客说，"还有许多我讲不出来的，都铭记在幽谷。"

"你常去幽谷吗？"弗罗多问。

"是的，"神行客说，"我曾在那儿居住，现在有机会的时候仍会回去。那里是我心之所属；但坐享太平却非我的命运，哪怕是在埃尔隆德的美好家园里。"

此时，群山已将他们封闭在内，身后，大道继续朝布鲁伊嫩河而去，但都已隐藏在视线之外。一行人进入了一条长长的山谷：狭窄、深邃、阴暗、安宁。老根虬结的树木悬生于崖壁之上，一重又一重地堆积上去，形成了高耸的松坡。

霍比特人感到非常疲倦。他们行进得很慢，因为要从无路的荒野找出下脚的地方，又为落木和滚石所阻碍。为了弗罗多，他们尽量避免攀爬，而且要从狭窄的山谷中找路爬上去也确实困难。他们在这一片荒野走了两天以后开始下起雨来。风自西不停吹来，将远方海洋的水分化作湿润的细雨倾洒在阴暗的山头之上。夜幕降临的时候，他们都湿透了，扎营更让人郁闷，因为火压根儿生不起来。翌日，眼前的山越来越高，越来越陡，逼得他们只能偏离路线向北而行。神行客开始焦躁起来：离开风云顶已将近十天，存粮开始告急。雨下个不停。

那一夜，他们在一块石台上宿营，石台倚着一堵石壁，石壁向内凹成一个浅洞，只能算是山崖上的一个凹坑。弗罗多心神不宁，寒冷与潮湿引得伤口疼痛更甚于之前，而疼痛与致命的寒意让他丝毫无法入睡。他辗转反侧，害怕地倾听着夜间鬼鬼祟祟的响动：吹进石头罅隙的风声、滴水声、断裂声，以及松动的石块猛然滚落的成串声响。

他感觉黑色的人影正在近前要把他闷死；但当他坐起身，只看见神行客守夜的背影，弓身坐着，抽着烟斗。他重新躺下，滑进了不安的梦境，梦里他走在夏尔自家花园的草地上，但却模糊昏昧，还没有站在树篱外的高大的黑色人影清晰，他们的目光正越过树篱望进来。

早上，他醒来，发现雨停了，仍有厚厚的云层，但正在分散，云开处露出一条条浅蓝色的天空，风向也又变了。他们没有一早动身，刚吃完冰冷难受的早餐，神行客就独自离开了，告诉他们待在崖顶的掩蔽之下，等他回来。如果办得到，他打算爬上去看看地形。

回来以后，他忧心忡忡："我们已经朝北走得太远啦，必须想办法向南回退。这么走下去，我们就进了幽谷以北很远的埃滕山谷，那可是食人妖的地盘，我也不熟。也许能找到路穿过去，再从北边绕到幽谷，但太花时间了，因为我不认识路，食物也支撑不了那么久。所以不管怎样我们必须找到布鲁伊嫩渡口。"

这一天接下来他们都在攀爬嶙峋的石头。他们从两山之间找到了一条路，通向一个东南向的山谷，正是他们要走的方向；但一日将尽，他们发现路又断了，一个高高的山坡挡住了去路；阴暗的山岭边缘映着天空，裂成一个个秃峰，好像一把钝锯的锯齿。他们要么选择原路返回，要么选择爬过山峰。

他们决定试试爬过去，但确实非常困难。没多久，弗罗多就被迫下马，挣扎步行。即使如此，他们也常感绝望，因为要赶马上山，背负那么多的行李还要艰难寻路。待他们到了顶上，天几乎黑了，人也筋疲力尽。这是两座高岭之间狭窄的鞍部，前方短短一段距离开外，地势再度陡然下降。弗罗多任自己瘫倒在地，躺着发抖。他的左臂毫无生机，半边身体和肩膀好像被冰爪抓着。周遭的树木、岩石显得影重重、暗沉沉的。

"我们不能再往前走啦，"梅里对神行客说，"我怕弗罗多受不了，我对他担心得要命。我们该怎么办？就算我们还能到达幽谷，你觉得他们能把他治好吗？"

"到时候我们就知道了，"神行客应道，"在荒野里我只能做这么多；而且正是因为他的伤，我才催得那么急。不过，我同意，今晚不能再往前走了。"

"我家少爷是怎么回事？"山姆恳切地望着神行客，低声问道，"他的伤口不大，而且已经收口了。他肩膀上除了一条冰冷的白色疤痕啥也没有。"

"弗罗多中了大敌的兵器，"神行客说，"有一股邪气或邪毒，我本领不够，驱不出来。但是不要放弃希望，山姆！"

峰高夜寒，他们在一株老松树虬结的树根下生了一个小火堆，此树悬生在一个浅坑之上：看上去像是过去在此采石留下的。他们偎坐在一起，风从垭口冷冷地吹来，他们听到树冠被压低了，发出呻吟叹息之声。弗罗多在半梦半醒之间躺着，想象着无尽的黑翼在他头顶上掠过，追兵乘在翼上，在每一个山窟中对他追索不已。

破晓了，晨光明媚美好，空气清爽干净，如洗的碧空浅淡而清透。他们受到鼓舞，渴盼阳光来温暖寒冷发僵的四肢。天很快亮了，神行客带着梅里去巡查从高处到垭口以东的情况。他们回来的时候，太阳已经升起，阳光闪耀，带回的消息令人安心不少：眼下大家大致走对了方向，如果继续前行，从山脊的另一侧下去，他们的左侧就会是迷雾山脉。神行客还在前方远处再次瞥见了响水河，尽管尚在视线以外，但神行客清楚，通向渡口的那段大道离河不远，而且就在离他们最近的这一侧。

"我们必须重回大道，"他说，"不能指望着从这些山里蹚出条路来。不管大道埋伏着什么危险，它都是我们去渡口的唯一通路。"

吃完东西他们就出发了。他们缓缓地爬下山脊南侧；不过，路比他们以为的要好走得多，因为此侧的山坡平缓得多，没过多久，弗罗多又能骑在马上了。比尔·蕨尼的这匹可怜的老矮马展现了意想不到的才能，会挑着路走，最大限度地避免颠到马背上的人。群情再度振奋，就连弗罗多在晨光中也感觉好一些了，但似乎总有一丝雾影时不时地模糊他的视线，他抬起手在眼前挥来挥去。

皮平走在大家前面一点，忽然，他回转头喊大家："这儿有条小路！"

大家追上他，见他说得果然不错：这儿明显有一条路的起点，从坡下的树林里蜿蜒曲折地爬上来，又隐没在山峰之后。如今，这条小路有不少地方都已掩没在野草之中，要么被落石和倒下的树木所阻；但看得出曾经常有人行。开路者有强壮的臂膀，粗重的大脚，时不时有老树被伐倒或折断，还有巨石被劈开或移走，让出路来。

这条小路让他们下山省了不少力气，他们顺着走了一段，但走得小心翼翼，进入阴暗的树林后，路面越来越平坦宽敞，他们更加紧张了。一条冷杉林带忽然出现，沿着一座山坡陡然而下，再急转向右，绕过了此山的一座嶙峋山肩的拐角。到了这个拐角后，他们环顾四处，看到一个悬生着树木的低矮悬崖，崖壁之下有一条长长窄窄的平地，小路拐到了这条平地上。石壁上有一扇微启的门，歪歪斜斜地挂在一个大铰链上。

到了门口，他们都顿住了。门后或许是个山洞，或许是个石室，但是里面黑乎乎的什么也看不见。神行客、山姆、梅里用尽全身的力气，把门缝推开了一些，然后，神行客和梅里走了进去。他们没有走进深处，因为地上满是枯骨，门口处除了一些空空的大罐子和破壶，什么也看不到。

"如果真的有食人妖的话，这一准儿是个食人妖的洞！"皮平说，"出来吧，你俩！咱们走吧。现在可知道路是谁修的了——咱们最好赶紧离开。"

"我觉得没有必要，"神行客走出来说，"肯定是个食人妖的洞，但看着已经废弃很久了。我想，我们不用怕，不过继续走要小心，我们走着看。"

小路过了门口，又转向右边，横穿过那条平地，扎进了一个林深树密的山坡。皮平不愿意在神行客面前显得还在害怕，跟梅里走在前面；山姆和神行客在后面，一左一右地走在弗罗多的马旁，因为这一段路面宽了，够四五个霍比特人并行。但还没走多远，皮平就跑回来了，后面跟着梅里，俩人看起来吓坏了。

"真的有食人妖！"皮平大气都喘不匀了，"在下面不远的树林空地里！我俩从树缝里瞧见了，他们的块头可大了！"

"那我们就来会一会他们。"神行客说着，捡起一根树枝。弗罗多不作声，但山姆满脸惊恐。

太阳已高，阳光射过半秃的树枝，照亮了空地，投下明亮的光斑。他们在空地边上猛然收住了脚步，屏息从树缝之间窥视。食人妖正站在那儿：有三个大块头，一个弯着腰，另两个站着的正在瞪他。

神行客毫不在意地走向前："起来啦，老石头！"他说着，拿树枝抽在弯腰的食人妖身上，树枝折了。

啥事儿也没有。霍比特人惊得倒吸一口气，可随后连弗罗多都笑了起来："哎，我们怎么把自家家史都忘了！这必定是那三位被甘道夫捉住的食人妖，当时正在吵嘴，争执烹煮十三个矮人加一个霍比特人的正确方法。"

"没想到我们都走到那地方附近了！"皮平说。这个故事他很熟，比尔博和弗罗多常常讲；但他其实最多算半信半疑。即使现在看着几个石化的食人妖，他也带着疑虑，怕万一什么魔法会突然把他们复活。

"你们忘记的不只是家史，还有所有关于食人妖的知识。"神行客说，"这大天白日的，你们居然跑回来吓唬我，编故事说这片空地上有活生生的食人妖等着我们！再怎么样，你们可能都已经注意到了，其中一个的耳朵后面还有个旧鸟巢呢，活的食人妖怎么会佩戴这样的装饰！"

他们都笑了起来。弗罗多感觉精神一振：比尔博第一次成功冒险的纪念物令人鼓舞。阳光也温暖舒服，他眼前的雾影似乎都移开了一点。他们在空地上歇了一会儿，在食人妖粗大的腿部的阴凉里吃了午饭。

"日头正高，没人给大伙儿来首歌吗？"饭吃完后，梅里说道，"我们好多天都没唱过歌、讲过故事啦。"

"自到了风云顶以后就没有啦。"弗罗多说。其他人望向他，他继续说道，"不用担心我！我感觉好多了，但我怕还唱不了。也许山姆能从记忆中挖出点宝来。"

"山姆来一个！"梅里说，"你脑袋里藏的可比你讲出来的多。"

"那些我不懂，"山姆说，"这首不知合适不？不是啥正经的诗歌，如果您明白我的意思：只是一点胡诌。但眼前这些旧石像让我脑子里灵光一现。"他站起身，像在学堂里似的把双手背在身后，开始用古老的曲调唱了起来。

> 妖精独坐石凳上，
> 咔咔咬来吭吭嚼，
> 咬着光溜老骨头，
> 多年紧啃这一根，
> 鲜肉不打门前过。

磨牙床！完蛋货！
洞穴只住他一个，
鲜肉不打门前过。

汤姆穿着大靴来，
请教妖精啃的啥，
"看着像是小腿骨，
属于我叔老提姆，
我叔本应墓中眠，
穴里躺！土里眠！
提姆走了很多年，
以为他在墓中眠。"

"你这小伙听我言，
此骨是俺偷来的。
骨躺洞穴有啥用？
你叔已经死透透，
之后俺取小腿骨，
硬骨头！细骨头！
横竖他也用不着，
穷老妖精匀一股。"

"似你这等粗夯货，
不告自取无缘由，
胫骨腿骨大小股，
我家父辈骨中骨；

交出那根老骨头,
贼盗寇! 还回来!
提姆虽死骨犹在;
交出那根老骨头!"

老妖露齿狰狞笑:
"不费两下扫堂腿,
连你腿骨一起嚼。
来点鲜肉顺喉过,
现在拿你磨磨牙。
小心了! 瞧好了!
老骨糙皮啃厌了,
现在美餐上门了。"

本想美餐已入彀,
两手抓空无一物。
老妖尚未转过神,
汤姆溜到其身后,
靴脚一踹教训他,
踹一脚! 咒一脚!
狠踢一脚后臀上,
给他来点颜色瞧。

怎知妖精独坐久,
肉粗骨硬赛石头,
好比踢在山脚上,

老妖后臀安无恙。
没破皮！全无恙！
听到汤姆呻吟声，
磔磔大笑老妖精，
笑话汤姆脚趾痛。

汤姆跛腿往家逃，
足瘸皮靴难上脚；
老妖浑然不在意，
仍把偷来骨头咬。
予骨的！偷骨的！
妖精老臀仍完好，
还有骨头偷来的！

"哎，这可是对我们所有人的警告呀！"梅里笑道，"神行客，幸好你用的是根棍子，不是自己的手！"

"你是从哪儿学来的，山姆？"皮平问，"我以前从来没听过这套词儿。"

山姆嗫嚅着别人听不清的话。"从他自己的脑袋里来的呀，还用说。"弗罗多说，"这一趟我可对山姆·甘姆吉刮目相看了。起先他是个密谋家，现在是个滑稽家。末了他得成为巫师——或者斗士！"

"千万别，"山姆说，"这两样我都不想当！"

下午，他们继续在林子里行进，走的也许正是多年前甘道夫、比尔博以及矮人所走过的那条路。几哩之后，他们出了林子，到了大道边上的一个高坡顶上。此处，大道将灰泉河远远地甩在后面的狭谷里，紧紧地贴着山脚,在林间和石楠丛覆盖的山坡中起伏蜿蜒,一路向东,直至渡口和迷雾山脉。在坡下不远处的草丛里,神行客指出来一块石头,上面粗略地刻着矮人的如尼文字和秘密记号,虽遭风霜侵蚀不堪,但仍勉强可辨。

"看哪!"梅里说,"这肯定是那块标记着食人妖藏金处的石头。我很好奇,弗罗多,比尔博的那份还剩下多少?"

弗罗多看着那块石头,真希望比尔博没有带回家那么凶险却那么难抛舍的宝物。"一点不剩了,"他说,"比尔博全送出去了。他告诉我,他觉得东西并不真正属于他,毕竟是从强盗手里来的。"

黄昏把长长的影子投在大道上,一片安宁,连半个行人的踪迹也看不到。眼下既然已无他路可走,他们爬下了坡,向左拐,尽可能快快离开。很快,群山的一道山肩就遮住了迅速西沉的太阳,从前方的高山里迎面吹下来一股冷风。

他们开始找一个可以离开大道安营过夜的地方,正当此时,听到了让恐惧猛然重回心上的声音:马蹄声声,就在身后。他们回头张望,但大道起起伏伏,曲曲折折,看不到远处。他们连滚带爬地尽快离开了人们常走的路,攀进了上方陡坡石楠和越橘丛深处,最后钻进了一小片浓密的榛树林。从灌木之间可以窥见大道,在渐暗的光线中模糊而暗淡,大约在他们之下三十呎。马蹄声愈来愈近,走得很急,咯噔——咯噔——咯噔,轻轻地响着。之后,微风似乎把马蹄声从他们身边吹走了,他们隐约听到了细弱的丁零声,好像是小铃铛在叮叮作响。

"这听起来可不像是黑骑士的马!"弗罗多侧耳细听,说道。其他霍比特人也怀着希望说不像,可又都充满了怀疑。被追捕的恐惧已经萦绕了太久,身后的任何响动在他们听来都不祥而有敌意。但是,神行客已倾身向前,俯倒在地面上,一只手拢着耳朵,脸上现出欢喜。

天光已暗，灌丛上的叶子轻柔地发出窸窸窣窣的声音，叮当的铃声现在越来越近，咯嗒——咯嗒的马蹄急急地踏着路面。突然，一匹白马在下方闯入眼帘，轻快地跑着，在暗地里散发着光芒。暮色之中，马辔头闪烁生光，仿佛镶嵌着星星般的宝石，星星仿佛都有生命。骑士的大氅在身后飘逸舒展，兜帽也甩在身后，一头金发飘扬在疾驰的风中，闪着金光。在弗罗多看来，有一团白色的光芒从这位骑士的身形和行头里透出来，仿佛照透了一层薄纱。

神行客一个箭步从藏身处跳出来，冲向大道，跳出石楠丛的时候大声叫喊着；不过，未等他动作叫喊，那位骑士就勒住了马儿，停住了脚步，抬头望向他们所在的树丛。一看到神行客，他便翻身下马，飞奔相迎，口中喊着："Ai na vedui Dúnnadan！ Mae govannen[1]！"他的言语，还有清澈如银铃一般的嗓音，让他们的心中再无疑惑：此骑士属于精灵一族，天下虽广，却再无其他族群有这样美妙的嗓音。不过，他的喊声中有一丝焦急恐慌，他们看见他正急切地同神行客说着什么。

很快，神行客转身朝他们走来，他们也从灌丛中出来，急急地跑下大道。"这位是埃尔隆德之家的格洛芬德尔。"神行客说。

"欢迎，终于相会了！"精灵领主对弗罗多说道，"我自幽谷而来，奉命寻你，恐你在大道遇险。"

"这么说，甘道夫已经到达幽谷了？"弗罗多欣喜地叫道。

"不，我离开之时他尚未到达；那已是九日之前，"格洛芬德尔答道，"埃尔隆德收到消息，为此忧心。我的族人在贵方巴兰度因河[2]对岸旅行时，得知事有不谐，飞速传信，说九黑骑离境，而甘道夫未返，

---

[1] 精灵语，意为"啊，杜内丹！你终于来了！幸会！"
[2] 原注：即白兰地河。

你背负甚重,无人指引,已入迷途。纵在幽谷,也很少有人能公开对战九黑骑;话虽如此,埃尔隆德已尽数派向北、西、南三方。我们以为,为躲追兵,你会绕远而行,迷失在荒野之中。

"我的任务是看住大道,约七日之前,我到了米斯埃塞尔桥,留下一枚信物。索隆有三侍从在桥上,遇我而撤,被我驱赶西逃。又遭遇另两侍,但他们掉头向南而走。自此我找寻你的踪迹,两日之前有发现,追过大桥;今日我注意到你再次下山。不过,先不提了!没有时间深谈。你既已到此,我们必须冒险走大道。五名追兵在后,待发现大道有你的行踪,必会快如疾风,追赶我们。且追兵还未到齐,另外四名现在何处,我也无从知晓,只怕渡口已被占据,阻截我们。"

格洛芬德尔说话时,夜影渐浓,弗罗多感觉一股剧烈的疲惫占据了全身。自太阳开始落山,他眼前的雾影变深了,感到有一道影子拦在他和朋友们的面孔之间。这时疼痛袭来,他身上发冷,摇晃了一下,连忙抓住了山姆的胳膊。

"我家少爷受伤生病了,"山姆恼怒地说,"天黑以后他不能骑马。他得休息。"

弗罗多要倒地的时候,格洛芬德尔扶住了他,轻轻地把他抱在怀中,察看他的面孔,神色严峻焦急。

神行客简要地跟他讲了风云顶宿营时发生的袭击,还有那把致命的刀。刀柄他留下了,现在取出来递给了精灵。格洛芬德尔拿起的时候颤抖了一下,但还是仔细打量起来。

"这刀柄上写了邪咒,"他说,"虽然你们的眼睛无法看见。阿拉贡,放好它,直到我们抵达埃尔隆德之家!可要加小心,务必少碰!唉,此兵器所伤,我力不能及。我当尽我所能——然如今之际,我只能多多催促你们继续前行,不可休息。"

他以手指摸索着弗罗多肩上的伤口,神色越发严峻,好像摸索所知令他不安。不过,弗罗多感觉半侧身体和手臂的寒冷减轻了;一点暖意从肩膀传到手上,疼痛变弱了。周遭的暮色似乎变浅了,好像阴云散去了一般。他能更清晰地看到朋友们的面庞,有几分希望和力量又回到了他身上。

"你骑我的马,"格洛芬德尔说,"我会收短马镫,短到鞍下,你务必尽量夹紧坐稳。也无须担忧:但凡我命此马驮负的人,它必不摔下。它的步子既轻又稳,若危险逼得太近,它能负你快逃,敌人的黑马亦难望其项背。"

"不行,骑不得!"弗罗多说,"我不能骑你的马,我怎么能由它带我去幽谷或者别处,而把朋友抛在身后遇险呢。"

格洛芬德尔笑了:"我十分怀疑,若非你在身边,你的朋友又怎会遇险!我认为,追兵会追你而去,不管我们。弗罗多,正是你本人,及你所携之物,置我们于险境。"

这一番话让弗罗多无言以对,他被说服了,骑上了格洛芬德尔的白马。那匹矮马转而驮上了其他人的大部分行囊,故而他们得以轻装前进,一时间走得很快;但是,霍比特人发现,难以赶上精灵轻捷不倦的脚步。他引着大家前进,走进黑洞洞的夜色之中,无星无月,在浓密的阴云之下不停地走啊走,一直走到东方发白,才允许他们稍停。此刻,皮平、梅里、山姆俱已蹒跚,几乎要走着睡着了;就连神行客也累得垮下了肩膀。弗罗多坐在马背上,陷在黑暗的梦里。

他们扑倒在路边几码开外的石楠丛中,一下子就睡着了。当独自担任警戒的格洛芬德尔唤醒他们时,他们感觉还没怎么合眼。这会儿,太阳已爬得高高的,夜间的云雾消失殆尽。

"喝下这个!"格洛芬德尔对他们说着,从他镶着银钉的皮囊中轮流给每个人倒了一点琼浆,清如泉水,入口无味,不凉不温;但一喝下去，力气和活力便流向四肢百骸。饮罢再吃变味的面包和干枯的果子（目前所剩只有这些），比夏尔的美味早餐更能慰藉他们的饥渴。

他们只休息了不到五个钟头就重新回到大道。格洛芬德尔仍然不停地催促他们，一天的急行里只允许他们稍微歇脚两次。这样，天黑之前他们走了近二十哩路，来到了一个拐点，大道自此右转，向山谷谷底直行而下，直奔布鲁伊嫩渡口。行至此处，霍比特人都没有看到追踪的迹象，也没有听到追踪的动静；但当他们落后的时候，格洛芬德尔时常停下来倾听一会儿，脸上笼着愁云。有那么一两次，他还和神行客用精灵语交谈。

但不管这两位引路人如何焦急，这一晚霍比特人明显不能再前进一步了。他们走得跌跌撞撞，累得晕晕乎乎，除了歇歇腿脚，别的什么也不想。弗罗多疼痛倍增，白天里，他周围的东西模糊得成了灰色的鬼影子。他简直要欢迎夜晚的来临，这样世界看起来没有那么苍白虚空。

次日一早，霍比特人起身再次出发的时候仍然疲惫，可到渡口还有数哩路要走，他们努力以最快的步伐跋行向前。

"我们将达河岸之时最为凶险，"格洛芬德尔说，"我的心在示警，身后的追兵追赶甚快，且另有危险在渡口等着我们。"

大道笔直通往山下，两边时有茂盛的草丛，霍比特人尽量往草里蹚，以舒缓疲惫的双脚。快到傍晚的时候，他们来到了一处地方，大道在此突然转入一片高大松林的暗荫之下，之后急降，进入了一条深堑，红岩为壁，陡峭潮湿。他们匆匆往前冲的时候，深堑内荡起了回音；似乎自己的足音后又跟来了许多脚步声。乍然间，如同穿过了一道光之门，深堑走到了尽头，大道再次进入了开阔地。在一面陡坡的坡脚下，他们可以看到，面前还有平平展展的一哩路，过去便是幽谷的渡口。渡口对岸是一面褐色的陡坡,有一线小路蜿蜒而上;陡坡之外群山耸立,一岭高过一岭,一峰连着一峰,绵延至苍茫的天际。

他们身后的深堑中似乎仍回响着脚步跟来的声音;有一阵鼓噪冲撞而来,好像有狂风乍起,横扫松林,穿透了枝枝杈杈。格洛芬德尔侧身倾听了一霎,往前一纵,大声呼喊起来。

"快逃!快逃!敌人追上我们了!"

白马跃起,冲向前方。霍比特人奔下山坡,格洛芬德尔与神行客断后。平路还未穿过一半,马蹄声猛然噪起,一名黑骑士自他们刚刚走过的林间出口骑马冲出,他将马勒住,止住马步,在鞍上一晃。又一名紧随其后,接着还有一名;再后还有两名。

"向前跑!骑马快跑!"格洛芬德尔朝弗罗多大喊。

他没有立即从命,因为一种奇怪的感觉攫住了他,让他不愿向前。他勒马慢行,转身回望。黑骑士坐在高头骏马上,好像置于山上的雕像,充满威吓,黑暗坚固,他们周遭所有的树木和土地都好像退却到了雾气之中。霎时间,弗罗多心里明白了过来,他们正在暗中命令他等候。随即,恐惧和憎恨立刻被唤醒了,他的手甩开缰绳,抓住剑柄,剑身出鞘,闪出一道红光。

"骑马跑!快跑!"格洛芬德尔大叫,随即用精灵语对马儿清楚响亮地喊道,"noro lim, noro lim, Asfaloth[1]!"

白马立刻飞身跃起,风一般跑过大道的最后一弯。与此同时,黑马跳下山坡追赶,黑骑士发出一声可怕的呼啸,正如弗罗多曾在遥远的东区听到过的一样,那一声将恐惧注满了树林。让弗罗多他们惊恐的是,呼啸得到了应和,自左边的树林岩石间又飞驰而出四名骑士,有两名直取弗罗多,另两名策马狂奔向渡口,要切断他的去路。他感

---

[1] 精灵语,意为"快跑,快跑,阿斯法洛斯!"其中,"阿斯法洛斯"为马名。

觉,他们迅如疾风,渐渐并到他的路线上时,身形暴涨,愈发阴森。

弗罗多扭头回望了一刻,朋友们已不在视线内,紧随的黑骑士也落了后:哪怕他们的高头骏马也比不上格洛芬德尔的精灵白马的速度。他又朝前望去,不由得灰了心。看来不等他有机会赶到渡口,就会被伏击者截停。现在他可以清楚地看到:他们将黑色的披风和兜帽甩在一旁,露出了灰白色的袍子;苍白的手中握着出鞘长剑,头上戴着头盔,目露寒光,口出恶声,向他呼号。

此时,恐惧占据了弗罗多的全部心神。他不再有用剑的念头,也没发出一声叫喊。他把眼睛一闭,紧贴着马颈,风声在他的耳中啸鸣,马辔上的铃铛响得狂乱尖锐。一股带着致命寒意的气息像长矛一样把他刺穿,精灵白马最后奋力一冲,快得如乘飞翼,像白色的火光一闪,恰在最近的骑士脸前掠过。

弗罗多听到了河水泼溅的声音,波浪的泡沫在脚边激起。在白马过了河,奋力挣扎爬上石头小径的时候,他感觉到河水迅速掀起了汹涌的波涛。眼下,他正在攀上陡坡,渡口已经通过。

但是,追兵咬得很紧。白马在坡顶停住了,打着转,竭力地嘶鸣。坡下水边聚集了九黑骑,仰起了面孔,威胁当前,弗罗多魂飞魄散。他不知道,有什么能够阻挡他们跨越他也轻易跨越的渡口;他还感觉,一旦他们跨越了,从渡口到幽谷谷边的路途漫长莫测,他想要逃走也是徒劳的。总之,他感到自己被下了急令,停下不动。憎恨再一次在胸中涌动,但他不再有气力抵抗。

突然,最前面的骑士用马刺踢马前行,马在水边退缩了,仰起了前蹄。弗罗多鼓足勇气,坐直了身体,挥舞着短剑。

"滚回去!"他喊道,"滚回魔多,不许再跟着我!"在他听来,自己的声音单薄颤抖。骑士们顿住马步,可弗罗多并不具备邦巴迪尔的力量。敌人嘲笑他,笑声刺耳,令人遍体生寒。"过来!快过来!"

他们喊道,"我们带你去魔多!"

"滚回去!"他喃喃地说。

"魔戒!夺魔戒!"他们恶狠狠地喊着;领头的当即策马入水,还有两个紧随其后。

"以埃尔贝瑞丝之名,以精灵露西恩之名,"弗罗多拼尽最后的力气,举起他的剑,"魔戒和我,哪一样你们都休想得到!"

话音刚落,领头的已到了渡口中间,气势汹汹地在马镫上站立起来,举起了一只手。弗罗多被震慑得呆住了,感觉舌头粘到了嘴上,心里备受煎熬。他的剑折断了,从颤抖的手中摔落。精灵白马昂首而立,喷着响鼻。冲在最前的黑马的马蹄就要踩上河岸了。

恰在此刻,响起了一阵咆吼与奔涌之声:响亮的水流冲过块块岩石,顺流而下的是一支如佩羽饰的波涛骑兵。波峰好似马颈飞鬃,在弗罗多眼中,上面闪烁着猎猎白焰。他似乎在幻觉中看到水中有白骑士跃然白马之上,马鬃上水沫翻涌。尚在渡口正中的三名黑骑士被水吞没,消失不见,顷刻之间葬身于怒涛之下。后面的害了怕,连连后退。

凭着最后一点尚未丧失殆尽的知觉,弗罗多听到了呼喊声,除了在岸上踌躇的黑骑士之外,自己似乎看见了一个闪耀白光的身影;其后朦朦胧胧地奔腾着挥舞火焰的小影子,在一团正在下降笼罩世界的灰雾中闪着红色的火光。

黑马狂性大发,在惊恐之中奋蹄前冲,驮着骑马人闯入了滔滔洪水。他们尖厉的呼号被咆哮的河水淹没,人被河水冲走。之后,弗罗多感觉自己正在下坠,而咆哮和混乱似乎正在涨高,将他与敌人一起吞入深渊。他什么也听不到了,什么也看不见了。

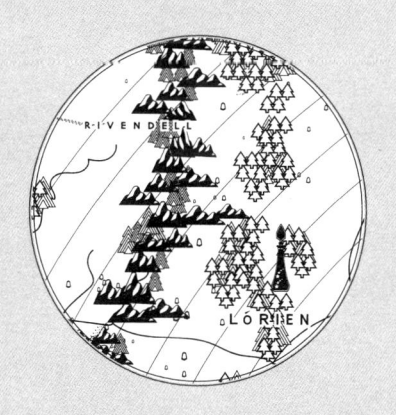

卷二

第一章
群英际会
Many Meetings

他们在此小坐,透过窗户,望着高陡树林上方闪亮的群星,轻声交谈着。他们不再谈论远方夏尔的琐碎消息,也不谈论包围自己的暗影和危险,却只谈一起目睹过的世间美好,精灵、星星、树木,还有闪耀华年之时林中的温柔秋色。

弗罗多醒来后，发现自己躺在床上。起先，他以为自己做了一个长长的不愉快的梦，醒得迟了，梦还在记忆的边上盘旋不去。又或许自己病了一场？但是，天花板看着挺奇怪：平平整整的，有黑色的横梁，雕刻着繁复的花纹。他多躺了一小会儿，盯着阳光投在墙上的斑块，听着瀑布的流水声。

"我在哪儿，现在是什么时间？"他大声对着天花板说。

"你在埃尔隆德家园，现在是上午10点钟。"一个声音答道，"10月24日的上午，如果你想知道。"

"甘道夫！"弗罗多坐起身喊道。敞开的窗户旁的椅子上，坐着的正是老巫师。

"是我，"他说，"我在这儿。你离家后做了那么多荒唐事，还能来到这儿，实在是幸运。"

弗罗多又躺下了。他感觉非常舒适，非常安心，无意争辩，而且无论如何，他觉得自己也没法儿在争辩中占上风。这会儿他完全清醒了，旅途的记忆重现：穿过老林子的倒霉"捷径"；跃马客栈的"意外"；风云顶下山谷中要戴上魔戒的疯狂。他想着这些事情，竭力把记忆连到抵达幽谷这一节，可怎么也连不上。房间里沉默良久，甘道夫正向窗外吐着白色的烟圈，只有轻轻的喷烟声把沉默打破。

"山姆在哪儿？"弗罗多终于问道，"大家都还好吗？"

"都好，大家全都安然无恙。"甘道夫答道，"山姆一直守在这儿，大约半个钟头前,我刚打发他去休息一下。"

"在渡口出了什么事?"弗罗多问,"一切都感觉那么模糊;现在还模糊着。"

"是的,理应如此。你在变得虚弱,"甘道夫答道,"那道伤口最终还是压制了你,再晚几个钟头,我们也救不了你。但是,我亲爱的霍比特人呀,你身上藏着某种力量! 就像你在坟岗展现的一样。当时真是千钧一发:说不好是最危急的时刻了。我真希望,要是你在风云顶也撑住就好了。"

"看来很多事你都已经知道了,"弗罗多说,"我还从未和别人说起过坟岗的事。开始是因为太可怕,后来是有别的事要操心。你是怎么知道的?"

"你睡着的时候,嘴巴可总是在讲话呢,弗罗多,"甘道夫温和地说,"而且,读出你的心思和记忆,对我来说从不是难事。不要担心!虽然我刚才说了'荒唐',但并不当真。我认为你很了不起 —— 你们大家都了不起。走了那么远的路,经历了那样的危险,还能保住魔戒,这份功劳非同小可。"

"若不是神行客,我们决计办不到,"弗罗多说,"可我们当时需要你啊。没有你,我不知道怎么办。"

"我被耽搁了,"甘道夫说,"险些让我们毁于一旦。可我也不能肯定:或许那样反而更好。"

"真希望你能告诉我发生了什么事!"

"别急,很快就都告诉你! 按埃尔隆德的嘱咐,今天你还什么话都不要讲,什么事都不要担心。"

"可是讲一讲我才不会瞎琢磨,胡思乱想一样累人。"弗罗多说,"我现在完全醒过来了,我记起来很多事,都需要解释。你为什么耽搁了? 至少你要告诉我这一桩。"

"你想知道什么,很快就全都会听到的,"甘道夫说,"等你好得差不多,我们就会召开会议。眼下我只能告诉你,我被囚禁了。"

"囚禁你?"弗罗多叫喊起来。

"没错,囚禁我,灰袍巫师甘道夫。"巫师正色道,"善也罢,恶也罢,这世上力量众多。有的比我更强,有的我还未一较高下。但是较量的时刻就要到了。魔古尔之王和他的黑骑士已经出动。一战在即!"

"这么说,你早就知道黑骑士的事了——早在我遭遇他们之前?"

"是的,我知道。其实有一回我对你提到过;黑骑士就是戒灵,是魔戒之王的九大仆从。但是,我那时不知道他们已再度崛起,否则我会立即带你逃走。6月我离开你之后才听到他们的消息;不过那话得之后再谈。眼下是这样:阿拉贡救了我们,免遭大难。"

"没错,"弗罗多说,"是神行客救了我们。可起先我还怕他呢。我看,山姆对他无论如何都不能完全信任,遇到格洛芬德尔后才放下心来。"

甘道夫笑了:"山姆的事我都听说了,现在他没有疑虑了。"

"我很高兴,"弗罗多说,"因为我现在非常喜欢神行客。啊,喜欢这个词不合话。我是说,他在我心里很亲近,很可贵,尽管他挺古怪,有时还挺凶的。其实,他常常让我想起你来。大人族里我不知道像这样的还有谁。我觉得吧,他们只是个头高大,可是挺蠢的:要么像黄油菊那样和善但傻乎乎的,要么像比尔·蕨尼那样愚蠢又邪恶。不过,我们在夏尔时对人类所知不多,也就了解一点布里人。"

"要是你以为老麦曼傻乎乎的,那么你对布里人也没什么了解,"甘道夫说,"在他自己的那一套里,他很有智慧。他想的没有说的多,脑子没有嘴巴快;可是,他就像布里俗话所说,时候一到,砖墙看穿。中土世界像阿拉松之子阿拉贡这样的人物所剩寥寥,渡海而来的诸王一族快要凋亡了。魔戒之战或许就是他们的最终冒险了。"

"难道你是说神行客属于古代王者那一族吗？"弗罗多好奇地问，"我以为他们很久以前全都消亡了。我还以为他不过是个游侠。"

"不过是个游侠！"甘道夫叫了起来，"我亲爱的弗罗多呀，所谓游侠一族，指的就是西方人类、伟大的人族在北方的最后遗民。从前，他们予我以援手；往后，我还需要他们的帮助；虽然我们已经抵达幽谷，但魔戒的事还未平息。"

"我想也是，"弗罗多说，"不过，到目前为止，我唯一的念头是赶到这儿来；而且我希望不要再往前走一步。能消停一下实在令人愉快。一个月以来我都在流亡、冒险，对我来说已经足够消受。"

他不再说话，合上了眼睛。过了一会儿，他又开口道："我一直在数日子，可怎么加也加不到10月24日。不该是21日吗，我们到达渡口的那天肯定是20日。"

"你说得太多，数得也太多了，对你的身体不好，"甘道夫说，"你的左肋和肩膀现在感觉如何？"

"说不清，"弗罗多答道，"一点知觉也没有；但应该是好转了，"他努力动了一下，"我又能稍微动一动胳膊了。没错，开始恢复活力了，不再冷冰冰的了。"他用右手去触碰左手，补充道。

"好！"甘道夫说，"痊愈得挺快。不日你就又健健康康的了。埃尔隆德治好了你：自打你被送过来，他连日照料你。"

"连日？"弗罗多问。

"哎，准确地说，是三天四夜。精灵们在20日的夜里把你从渡口送来，你就是在这儿数漏了。我们焦急万分，山姆夜以继日，除了跑腿送信，几乎没离开你半步。埃尔隆德是疗愈大师，但我们敌人的兵器是致命的。跟你说实话吧，当时我几乎灰心了，因为我怀疑，在你闭合的伤口里，还残留了刀刃的碎片。直到昨晚才找出来。埃尔隆德取出了碎片，埋得很深，而且一直朝里钻。"

弗罗多打了个寒战，记起了那把消失在神行客手中的凶器，刀刃上有个缺口。"别紧张！"甘道夫说，"它已不在，已被熔化了。而且，似乎霍比特人很能抵抗褪隐。我所认识的大人族中的强壮勇士都会被那个碎片迅速击垮，而你中刀整十七天。"

"他们本要拿我怎样？"弗罗多问道，"骑士有何企图？"

"他们企图以留在你伤口中的魔古尔之刀，刺穿你的心脏。要是他们得逞了，你就会和他们一样，处在他们的掌控之下，只是低等一些。你会成为黑暗魔君治下的一名幽灵；他会抢走魔戒，让你眼睁睁地看着它落入他手，以此为至大的折磨，惩罚你妄图持有他的魔戒。"

"谢天谢地，我不曾意识到危险究竟有多可怕！"弗罗多虚弱地说，"不用说，我会吓个半死；可如果我知道更多的内情，我肯定吓得动弹不得。我能逃得性命，真是奇迹！"

"是的，运气或命运拯救了你，"甘道夫说，"更不用提勇气。碎片还未碰到你的心脏，只刺穿了肩膀；那是因为你能抵抗到底。但即便如此，也是险而又险，侥天之幸。你戴上魔戒的时候是最凶险的时候，一半已踏入了幽界，而且他们可能会掳走你。你能够看到他们，他们也能够看到你。"

"现在我知道了，"弗罗多说，"他们看一眼都很可怕！可为什么我们都能看见他们的马呢？"

"因为马是真马；正如黑袍也是真黑袍，他们披上袍子，是为了在和生灵打交道的时候，给自己的虚空赋以形体。"

"那为什么这些黑马禁受得住这样的骑马者呢？他们一靠近，其他所有的动物就惊恐不已，连格洛芬德尔的精灵骏马也不例外。狗冲他们咆哮，鹅对他们尖叫。"

"因为这些马匹生来养来就是为了侍奉魔多的黑暗魔君的。并非他所有的仆从和奴隶都是幽灵！有奥克、食人妖、邪狼、人狼；从过去到现在，还有许多活在阳光下的人类、勇士、王者，却奉他的命令行走。而且，他们的数目正在与日俱增。"

"那幽谷和精灵们呢？幽谷安全吗？"

"目前是，到其他地方全部被征服之前，这里是安全的。精灵或许会惧怕黑暗魔君，会在他来临时飞逃，但永远不会听命于他，永远不会做他的仆从。而且，就在幽谷仍存在着他的大敌：精灵智者，来自最遥远的海洋彼岸的埃尔达领主。他们无惧戒灵，因为这些曾居福地[1]者同时生存于两界，不管是对抗可见之物，还是无形之物，他们皆有极大的力量。"

"我觉得自己看到了一个闪光的白影，不像其他人那样变得黯淡。是那位格洛芬德尔吗？"

"是的，你在那一霎看到了他临于彼界的样貌：他是首生儿女[2]中的强者，王孙家族的一位精灵领主。确实，幽谷有一股力量暂可以抵挡魔多之威，别的地方也有其他力量守护；夏尔就存在着另一种力量。但是，如果形势照现在这样发展，这些地方很快会被包围，成为孤岛。黑暗魔君正在全力进发。

"尽管如此，"他猛然站起身，扬起下巴，须发怒张，硬直如钢丝，"我们必须保持斗志。我要是还没有把你唠叨死，你很快就会康复的。你现在幽谷，眼下不需要为任何事担心。"

"我没有什么斗志可保持，"弗罗多说，"但这会儿也不忧心。快告诉我朋友们的消息，告诉我渡口之险怎么了结的，我就会满足了，不会一直问个没完。之后我想再睡一觉，可是这些事你不给我讲完，

---

1 原文 Blessed Realm，指阿门洲，维拉们的居地。下文也用"蒙福之地"指称。
2 原文 Firstborn，指精灵，是造物主伊露维塔直接造物中先出生的，先于人类在中土世界苏醒。此词也特指由爱努（Eru，神圣者）最先唤醒的精灵。

我合不上眼。"

甘道夫把椅子挪到床边，认真打量弗罗多。他的脸恢复了血色，眼神清澈，神志清楚，完全清醒了。他面带微笑，看起来没什么不对。但是，在巫师的眼里，他发生了细微的变化，周身好像有一点透明，特别是被子外边的那只左手。

"这自然是可以料到的，"甘道夫暗忖，"此事他历经尚不足一半，最终如何连埃尔隆德也无法预言。想来不会走向邪恶。或许，他会成为充盈着清光的琉璃盏，有心之人都能看见。"

"你看起来状况很好，"他大声说，"我也不问埃尔隆德的意见了，放胆给你简略地讲一讲吧。但注意了，非常简略地一讲，之后你必须睡觉。就我所知，事情是这样的：你刚一逃，黑骑士就冲你直取而来。他们不再需要坐骑的引导，因为你已经对他们显了形，已经一脚踏上了彼界的门槛。还有魔戒在吸引着他们。你的朋友们为免被马匹踩踏，从路上跳开了。他们心里清楚，若白马都救不了你，那没有什么能救得了你。骑士太快，追赶不上；人数太多，对抗不了。单凭双足，没有坐骑，即使格洛芬德尔和阿拉贡加起来也不能同时与所有九骑相匹敌。

"戒灵掠过时，你的朋友们在后面紧追。靠近渡口，路边有一个小凹谷，遮盖着一些矮树。他们在那儿匆忙点起火来，因为格洛芬德尔知道，如果骑士要过渡口，洪水就会冲下来，他就得对付留在河这边的敌人。洪水一起，他就冲了出去，身后跟着阿拉贡和其他人，手里举着燃烧的木棒。敌人陷于水火之间，而且看见一位精灵领主暴怒现身，他们惊慌失措，坐骑也狂性大发。洪水第一波袭来，冲走了三位骑士；余下的让惊马带着，卷入了水底。"

"黑骑士就这样毁灭了吧？"弗罗多问。

"不，"甘道夫说，"他们的马肯定毁灭了，没了马他们等于跛了脚。但是，戒灵自身不是那么轻易被摧垮的。不过，目前他们也没什么叫人害怕的了。洪水过后,你的朋友们跨过渡口,发现你趴在坡顶上,身下压着一柄折断了的剑。白马在你身边守着。你面色苍白,浑身冰凉,他们害怕你已经死了,甚至更糟。埃尔隆德的人遇到了他们,慢慢地把你抬回了幽谷。"

"谁发动的洪水?"弗罗多问。

"埃尔隆德发的号令,"甘道夫说,"这条山谷的河流听命于他,若他亟须封锁渡口,河水便会怒涨。戒灵头子刚驱马入水,洪水便涌出。让我告诉你吧,我加了一点自己的润色:或许你不曾注意,但有些波浪显出来雄骏白马的英姿,乘着闪光的白骑士;还夹着许多滚石碾压而来。我一度担心释放的怒涛过于汹汹,洪水会失控,会把你们大家都冲走。水来自迷雾山脉的积雪,蕴含着强大的生命力。"

"是啊,现在我全都想起来了,"弗罗多说,"水声巨吼,我以为自己要同朋友和敌人一起淹死了。但现在我们都安全了!"

甘道夫迅速地看了弗罗多一眼,但他又闭上了眼睛:"没错,眼下你们都安全。而且为了庆祝布鲁伊嫩渡口大捷,很快就要举办宴饮娱乐,你们都会到场,坐上尊位。"

"好极了!"弗罗多说,"埃尔隆德、格洛芬德尔这些伟大的领主,更不用提神行客,会如此大费周章,待我如此厚意,实在是太荣幸了。"

"啊,他们有很多理由要这样做,"甘道夫微笑着说,"我算是一个好理由,魔戒算另一个:你是持戒人,又是魔戒发现者比尔博的继承人。"

"亲爱的比尔博呀!"弗罗多带着困意说道,"真想知道他身在何处。真希望他也在这儿,听到所有发生的事。'牛跳过月亮'!一定会让他大笑的。还有那个倒霉的老食人妖。"说完这句话,他很快睡着了。

弗罗多现在安全地身处大海以东最后的温馨之家。正如比尔博多年以前所讲述的,"不管你喜欢吃喝也好,休息也好,说故事、唱歌都好,或是单单坐着畅想美事,或是样样都开开心心地做一点,这都是一个完美之家。"仅仅身处其间,便可疗愈疲惫恐怖,抚慰忧伤。

天色向晚,弗罗多又醒过来的时候,觉得自己不再疲乏,不再困倦,只满心渴望饮食,或许随后再欢唱一番,听讲故事。他下得床来,发现自己的手臂俨然已复原如初,一套干净的绿色布料的衣服已经备好,非常合他的身。照镜子的时候,他被自己大为清减的样貌吓了一跳,和记忆中的自己很不一样:倒是肖似比尔博年轻的侄子,当年他与这个叔叔在夏尔四处游荡。镜中人的眼睛望向他,满怀思绪。

"是啊,自你上次从镜中向外窥视以来,对世事已经领教了一二了,"他对镜中的自己说,"但现在准备欢乐相聚吧!"他伸了个懒腰,吹起了小调。

此时响起了敲门声,进来的是山姆,他奔向弗罗多,笨拙地握起他的左手,有些难为情。然后,他轻柔地摩挲了一下,脸上泛起了红晕,急忙转过身去。

"喂,山姆!"弗罗多说。

"是暖的!"山姆说,"您的手是暖的,弗罗多先生。过去那几个长夜里,这只手摸着那么凉。但是,天赐鸿福,欢呼胜利!"他嗫嚅着,再度转身,眼睛闪闪发亮,在地板上手舞足蹈起来,"看见您能起身,复原,真是太好啦,先生!甘道夫叫我来看看你准备好下楼没有,我还以为他开玩笑呢。"

"我准备好了,"弗罗多说,"我们走吧,找大伙儿去!"

"我可以带您去找他们,先生,"山姆说,"这个房子可大了,非常不一般。老是让你探索不完,不知道转过拐角会遇上啥。还有精灵,先生!这儿啊那儿啊,都是精灵!有的像国王,庄严可怕;有的像孩子,快快乐乐。还有音乐啦,歌唱啦——就是咱们到了以后我没工夫也没心情去听。不过,我可是弄清了这地方的一些门路啦。"

"我知道你一直以来都在忙什么,山姆,"弗罗多说着,挽起他的手臂,"但是,今夜你要开开心心,听个心满意足。来,带我转转那些拐角!"

山姆领着他走过几条走廊,下了许多台阶,来到外面高处的一座花园,筑在河岸的一处陡坡上。他看到朋友们正坐在此房朝东一侧的门廊中。下方的山谷已笼上了阴影,而远方高耸的群山山坡上仍披着阳光。空气温暖,河水奔流落下的声音响亮,黄昏里满是树木和花朵的清芬,似乎夏日仍在埃尔隆德的花园里流连。

"万岁!"皮平嚷嚷着,跳了起来,"我们的高贵表亲大驾光临!为魔戒之主弗罗多让路啦!"

"嘘!"甘道夫自廊后的暗处出声,"这个山谷妖邪进不来;但同样的,他们的名字我们也不应提及。魔戒之主并非弗罗多,而是魔多黑暗妖塔的主子,他的势力又在世上扩张了。我们现在安坐堡垒之中,而外面已愈发阴沉了。"

"这种让人开心的事儿,甘道夫可一直念叨了不少呢,"皮平说,"他认为我需要守规矩,可不知怎的,在这个地方好像不可能觉得郁闷或压抑。要是我知道什么歌儿适合这个场合,我倒想要放声歌唱呢。"

"连我都想唱,"弗罗多笑道,"虽然眼下我更想大吃大喝。"

"这一样倒是很快就有救了,"皮平说,"你总是这么乖滑,正赶着饭点儿起床。"

"不只是一餐饭呢!一场大宴!"梅里说,"甘道夫刚讲你复原了,宴会就准备上了。"他的话未说完,钟声便齐齐鸣响,召唤他们大厅入席。

埃尔隆德家园的大厅里聚满了各路人物:精灵最多,也有一些其他族群的来宾。一张长桌摆在高台之上，埃尔隆德照例端坐在长桌一头的高椅之上，紧挨着他一边坐着格洛芬德尔，一边坐着甘道夫。

弗罗多满怀惊叹地望着埃尔隆德，这个他从未得见一面的无数传说中的人物；而且，当格洛芬德尔和甘道夫在埃尔隆德的左右手落座以后，他发现这两位自己原以为非常熟悉的人显露出君王般的尊贵和威严。

甘道夫的身形较另外两位矮小，但是，他长发皤然，银须飘拂，肩膀宽阔，恍若古代传说中的某位明智的君王。他苍老的面孔上，粗眉如雪，掩着乌黑如炭的双眸，仿佛猛然间能蹿出火苗。

格洛芬德尔高大挺拔，金发闪亮，面孔年轻俊美，无所畏惧，充满欢欣；他的眼睛锐利明亮，嗓音动听悦耳，眉宇间盛着智慧，手掌中握着力量。

埃尔隆德的面孔没有岁月的痕迹，既不苍老，也非年少，却书写着林林总总的回忆，有悲有欢。他的头发黑如黎明前的暗影，发上戴着银箍；他灰色的双眸如晚暮晴空，眸中闪着熠熠星光。他神圣高贵，好似一位历经寒暑的冠冕之王；而又矍铄抖擞，好似一位身经百战的勇士，蓄满了力量。他是幽谷之主，在精灵与人类两界都有非凡之强。

长桌中间，华盖之下，倚靠织毯墙衣，有一把椅子，上坐着一位美得令人仰视的女士，肖似埃尔隆德的女形拓模，弗罗多猜她是埃尔隆德的血亲。说她年轻却又不尽然，她乌黑的发辫并未染霜，白皙的手臂和明净的面孔光滑无瑕，明亮的灰色眼眸如无云朗夜，闪着烁烁星光；望之高贵如女王，眸睑间显露出的思想学识，又像是经年累岁而来。眉梢额上，覆着一顶银蕾丝的小帽，帽上网络着小粒宝石，白光璀璨；但她柔软的灰色裙裳未饰一物，只束着一条薄银叶子锻造的腰绦。

弗罗多眼中所见，正是凡人鲜所未见的埃尔隆德之女阿尔玟。都说她酷似露西恩，是露西恩再降世间；又呼她乌多米尔，取暮星之意，是其族人之星。她在大山之外的罗里恩、她的母族之土居留甚久，最近刚刚返回幽谷的父亲家。不过，她的兄弟，埃尔拉丹和埃尔洛希尔云游行侠去了。他们常常与北方游侠一同骑行，远离家乡，对母亲在奥克的巢穴中所遭受过的折磨，从未有一时或忘。

生灵竟能有如许美丽，弗罗多见所未见，也未曾想象得出来。身处这些高贵美丽的人物之中，在埃尔隆德的桌前有一席之位，弗罗多感到既惊又窘。虽然他的座椅合适，还加了几个垫子增高，但他自觉渺小，与此处大不相称；但这种不安很快消失了。宴会很愉快，食物正满足了他的辘辘饥肠。过了好一阵，他才重新打量四周，进而转向他的邻座。

他先找的是自己的朋友。山姆恳求许可他侍奉少爷，但别人告诉他，此番他是尊贵的客人。弗罗多看到了他，与皮平和梅里一起，坐在高台近旁的一张边桌的上首。但是他找不见神行客的影子。

紧挨着弗罗多的右手边，坐着一位样貌尊贵的矮人，衣着华丽。他的胡须分绺，极长而白，白得几乎像他衣裳的雪白布料。他系着银腰带，颈上挂着一条镶钻的银链。弗罗多停下口，望向他。

"欢迎，幸会！"矮人说道，也转身向他。眼下，他自椅上起身，鞠了一躬：

"在下格罗因愿为您效劳。"说着，他躬得更深了。

"在下弗罗多，愿为您及家人效劳，"弗罗多得体回应，惊讶地站起身，弄乱了那些坐垫，"恕我冒昧，我猜您就是位列梭林·橡木盾大王十二伴的那位格罗因吧？"

"一点不错，"矮人说着，收好坐垫，彬彬有礼地协助弗罗多坐回去，"我倒不需问，因为已经有人告诉我，您是我们的朋友、大名鼎鼎的比尔博的亲属及收养的继承人。请允许我祝贺您康复。"

"非常感谢。"弗罗多应答。

"您经历了稀奇古怪的冒险,我听说,"格罗因道,"我很好奇,是什么使得四位霍比特人踏上如此遥远的征途。比尔博和我们出过远门之后,还没出过这样的事。不过,既然埃尔隆德和甘道夫似乎不乐意提及此事,似乎我不该追问太紧?"

"我想还是不谈为好,至少眼下不谈。"弗罗多礼貌地说。他猜,即便在埃尔隆德之家,魔戒的事也不是可以闲谈的;而且他极之希望能暂时忘却自己的麻烦。"可我也一样好奇呢,"他补充道,"是什么让如此尊贵的一位矮人从孤独山脉远道而来?"

格罗因看着他,说:"若您尚未耳闻,我想也是暂且不谈为好。我相信,埃尔隆德大人即将召集我们众人,到时候我们就能听闻许多事情了。不过,现在可聊的也多着呢。"

宴会接下来的时间里他们都在一起聊天,不过弗罗多听得多,说得少;因为除了魔戒的事情以外,夏尔的新闻显得偏远琐屑、微不足道;而格罗因有很多大荒野东部的大事要讲。弗罗多听到,贝奥恩之子老格里姆贝奥恩现在是许多强悍人类的领主,他们的领地位于迷雾山脉与幽暗森林之间,奥克与恶狼都不敢近前。

"说真的,"格罗因道,"要不是贝奥恩这一族人,早就不可能从河谷邦来幽谷啦。他们很英勇,使得高隘口和卡尔岩渡口一直畅通。不过他们的过路费要价太高了,"他摇着头补充道,"而且,和老年间的贝奥恩一样,他们不那么喜欢矮人。话又说回来,他们为人可靠,如今这年头已经很不错啦。河谷邦的人类对我们很友善,别的地方都比不上。那些巴德一族的人啊,他们是善良的一族。神箭手巴德的孙子,巴德之子巴因的儿子布兰德如今统领着他们。他是一位强大的王者,领地现扩到了南方极远处和埃斯加洛斯以东啦。"

"您自己的族人怎样?"弗罗多问。

"那要说的就太多了,好事也有,坏事也有,"格罗因说,"不过还是好事多：到现在我们的运气一直不错，虽说并不能逃脱现如今的魔影。如果您真愿意听听我们的事，我会很乐意讲一讲新消息。就是您听累了的时候要打断我！人家说，聊起自家事，矮人舌不停。"

说完，格罗因开始了长篇大论，讲起了矮人王国的种种与桩桩。能找到一位这么彬彬有礼的听众，他很开心；因为弗罗多一点倦意也不显，也没有要更换话题的意思，虽然他其实很快就被从未听过的古怪人名、地名弄糊涂了。不管怎样，弗罗多饶有兴味地听到，达因还在迷雾山脉之下称王，现年事已高（已度过二百五十个春秋），德高望重，财富惊人。五军之战后活下来的十伴之中，仍有七位同他一起：德瓦林、格罗因、多利、诺利、比弗、伯弗、波姆布尔。波姆布尔现在胖得都不能从长榻挪到餐椅，得让六名矮人小伙儿把他抬过去。

"那么，巴林、奥利、奥因后来怎样了呢？"弗罗多问。

一缕阴影掠过格罗因的面庞。"我们不知情，"他答道，"正是为了巴林的缘故，我才来询问这些居住幽谷之人。但今夜还是聊一聊开心点的事吧！"

随后，格罗因开始谈起族人的杰作，在河谷邦与大山下付出的艰辛劳动。"我们干得不错，"他说，"但金属锻造方面还比不上父辈祖先，他们的许多秘诀都失传了。我们的铠甲制作精良，刀剑锋利，可再也造不出媲美恶龙来前制造的锁甲与锋刃了。唯有采矿和建筑，我们超过了旧时。弗罗多，您真应该瞧瞧河谷邦的水道，还有喷泉、水池！您还该瞧瞧彩石铺就的道路！还有修在地下的厅堂、深邃的街道，拱顶上雕刻了树木花纹；还有孤独山脉山坡上的梯台与塔楼！那时您就明白，我们可没有闲着。"

"只要去得成，我会去看一看，"弗罗多说，"要是比尔博看见斯矛格荒地的这些变化，得多惊讶啊！"

格罗因看着弗罗多，笑问道："您很喜欢比尔博吧，是不是？"

"是的，"弗罗多答道，"比起看遍世上所有的高塔与宫殿，我只想见比尔博一面。"

宴会终于到了尾声。埃尔隆德与阿尔玟站起身，走下大厅，人们按次序跟随其后。厅门大开，他们走过一条宽敞的走廊，穿过另外的大门，来到了更深处的一个厅堂。此厅不设桌子，但是两侧的雕花柱子之间有一座巨大的壁炉，正燃着明亮的火焰。

弗罗多发现自己同甘道夫走在一起。"这是火焰厅，"巫师道，"此处你会听到许许多多的歌谣、故事 —— 只要你保持清醒。但是，除了节日，平时这里空荡安静，人们到此为的是安宁与冥想。火总是燃着，终年不熄，此外几乎没有其他的光源了。"

随着埃尔隆德步入大厅，走向为他备好的座椅，精灵乐手开始奏起美妙的音乐。慢慢地，大厅的人满了，弗罗多欣喜地抬头看着聚在一起的许多美丽面孔；金色的火光照亮了这些面孔，在他们的发间闪耀着。忽然之间，他注意到，在炉火对面不远的地方，有一个矮小的黑色人影，背靠着一根柱子，坐在一张凳子上。他身旁的地板上，放着一个杯子和一些面包。弗罗多想他是不是生病了（如果在幽谷也能有人生病的话），所以没能去成宴会。他的头垂在胸口，好像睡着了，暗色披风的一角拉了过去，遮住了他的脸。

埃尔隆德走上前去，在这个安静的人影边站下，"醒醒，小个子先生！"他微笑着说。然后他转向弗罗多，向他示意，"弗罗多，你一直期盼的时刻终于到来了，这儿有位朋友，是你思念已久的。"

黑色人影抬起了头，露出了脸。

"比尔博！"弗罗多一下子认了出来，嚷嚷着，向前跃去。

"你好啊，弗罗多我的孩子！"比尔博说，"你终于到这儿啦，我老盼着你能顺利来到。好啊，真好！我听说，整场宴会都是为你庆祝的。想来你很开心？"

"你为什么没去呀？"弗罗多叫道，"之前为什么不允许我见你呀？"

"因为你在沉睡。我可是总去见你呢，每天我都和山姆一起坐在你身边。不过至于宴会嘛，如今我不大爱好这些了。而且我还有别的要忙。"

"你在忙什么？"

"啊，静坐冥想。近日我常常这样，而此处照例是静坐冥想的最佳场地。真的醒过来啦！"他朝埃尔隆德挤挤眼，眼中闪着亮光，弗罗多一点睡意也看不到，"还叫我醒醒！我刚才没睡着，埃尔隆德大人。说起来啊，您从宴会来得太急，打扰我了——一首歌谣刚编到中间。我卡在一两句上，正琢磨呢；可眼下我觉得永远也写不对了。这儿很快就将歌唱不休，我脑子里的灵感会被清干净。我得找我的朋友杜内丹来帮帮我。他在哪儿？"

埃尔隆德笑了起来："会找到他的，然后你们二位到角落里完成任务，我们会在欢庆结束之前听一听，评一评。"几个传信人被派了出去找比尔博的朋友，尽管无人知晓他去了何处，以及为何不曾出席盛宴。

这会儿，弗罗多与比尔博肩并肩地坐着，山姆很快跑来，在他们身旁找了个位置。他们轻声说着话儿，毫不在意周围大厅里的欢闹和乐声。关于自己，比尔博没多少要说的。当年他离开霍比屯以后就漫无目的地沿着大道或者在大道两边的乡野上游荡，不过他始终调整方向，朝幽谷而来。

"我没经历多少危险就到这儿了，"他说，"休整之后，又同矮人一起继续前行到了河谷邦：我的最后旅程。我不会再上路了。老巴林已经走了，然后我回到这儿，一直待着。我干干这个，干干那个，继续写写我的书。而且，当然啦，我还写了几支歌谣。他们时不时地唱上一唱：我想只是为了让我高兴，因为，不用说那几支并不真好，在幽谷还不够格。我也聆听，我也思考。时间在这里似乎不会逝去，只是静止着。总的来说,真是个非同凡响的地方。

"我听到了各种消息,从迷雾山脉传来的,从南方传来的,但很少有从夏尔来的消息。自然,我听说了魔戒的事。甘道夫常到这儿来,倒没有跟我讲多少,最近两年他的嘴特别严。杜内丹告诉我的还多些。真没想到我的那枚戒指造成那么大的风波!可惜甘道夫没有早点发现个中隐情,要不我本可以早早把那物件儿带到这儿来,省下多少麻烦。好几回我都想回霍比屯去取;可是我老了,他们不肯放我去:我说的是甘道夫和埃尔隆德。他们好像觉得,敌人在上天入地地找我,若是他捉住我在荒野上蹒跚,一定会把我剁成肉泥。

"甘道夫还说:'魔戒已经传承下去了,要是你还想搅和进去,对你和别人都没好处。'甘道夫就这样,老说这种怪话。可他还说会照看你的,所以我放手不管了。看到你安然无恙,我高兴死了。"他顿了一下,迟疑地打量着弗罗多。

"你把它带过来没有?"他耳语道,"你知道,听说了那么多事后,我忍不住好奇。我非常想再瞄它一眼。"

"是的,我带着呢,"弗罗多答道,感到一阵奇怪的抗拒,"它就是老样子,没变。"

"啊,我只想要看一下。"比尔博说。

弗罗多之前更衣的时候发现,在他沉睡的时候,戒指给系在了一根轻巧但结实的新链子上,挂在了他的脖子上。他慢慢地把它拉出来,比尔博伸出手。但是,弗罗多飞快地又把戒指收了回去。他惊愕又沮丧地发现,他眼前不再是比尔博这个人;一道阴影似乎隔开了他们,透过阴影,落入眼中的是一个矮小的皱巴巴的家伙,一脸饥渴,瘦骨嶙峋的双手摸摸索索。他感到一股冲动,要挥拳相向。

围绕他们的乐声与歌声似乎退却了,一片沉默。比尔博飞快地看了一下弗罗多的表情,抬手抹了一下自己的眼睛。"现在我懂了,"他说,"把它拿走！我很抱歉：抱歉让你掺和进来，背上这个重担；一切都很抱歉。冒险难道就没个头儿了吗？我猜没有。总要有人来把故事继续下去。唉，这是没有办法的。我怀疑是否有必要努力把书写完？但是，眼下我们不要担心这个了——让我们讲点真正的新闻吧！把夏尔所有的事都给我讲一讲吧！"

弗罗多将魔戒藏起，那道阴影消失了，几乎一丝痕迹也无。幽谷的光明与乐声又围绕在他身边了。比尔博很高兴，一会儿微笑，一会儿大笑，弗罗多能讲得出的夏尔的每一桩事情都令他兴致盎然，不管是伐倒一棵最小的树，还是霍比屯里最年幼的孩子的恶作剧——山姆时不时地描补或修正一下。他们深深地沉浸在夏尔四方的林林总总中，未曾注意到一位绿衣客的到来。他站在一旁，带着微笑，低头看他们看了颇有一会儿。

比尔博猛然抬头："啊！你可算是来了，杜内丹！"他大声说。

"神行客！"弗罗多说，"看来你有不少的名号啊。"

"哎呀，神行客这个名号我可从没听过，"比尔博说，"你为何这样称呼他？"

"在布里他们那么叫我，"神行客哈哈大笑，"当时我就是这么介绍给他的。"

"你又为何称他杜内丹呢？"弗罗多问。

"是某位杜内丹，"比尔博说，"在这儿人们常这么称呼他。我以为，以你的精灵语水平，至少知道杜-内丹的意思：西方人类，努门诺尔人。不过现在不是上课的时候！"他转向神行客，"你去哪儿了，我的朋友？为什么没参加宴会？阿尔玟公主也在呢。"

神行客神色凝重地下瞰比尔博："我知道。但我时常必须将娱乐放在一边。埃尔拉丹与埃尔洛希尔意外地自荒野返回了，他们带回的消息我希望立刻听到。"

"哎，我亲爱的伙伴，"比尔博说，"消息你也听过了，就不能匀出一刻给我吗？有个着急的事要你帮忙。埃尔隆德说，我的这支歌谣要在今晚聚会结束前写完，可我卡住了。咱们找个角落，打磨润色！"

神行客微笑着说："就来！让我听听！"

弗罗多被留下独处了一会儿，因为山姆已经睡着了。他独自一人，有些孤单，尽管周围聚起了幽谷的人，但靠近他的人都不说话，专心倾听歌唱与奏乐，其他的都不注意。弗罗多也开始聆听。

最初，他刚一凝神，优美的旋律和交织其中的精灵语的美丽歌词就把他迷住了，虽然他能听懂的不多。那些歌词几乎幻化出了图景，他不曾想象过的远方与光明在他眼前展开，火光照亮的大厅好像一团金色的薄雾，漂浮在大海之上，海上的泡沫在世界的边缘轻轻叹息。渐渐地，这魅惑之境越来越如梦似幻，他感觉有一条无尽的河流自身上流过，涌金滚银，变化出万千花样，莫测难解。河水与他周遭荡漾的空气融为一体，浸透了他，淹没了他。在这闪耀的水压之下，他迅速地陷入了沉沉的睡眠。

酣睡中，他在一个音乐之梦里久久徜徉，然后，音乐化为流水，流水又化为了一个声音，好像是比尔博的声音，正在吟唱着诗文。起先微弱模糊，随后词句清晰起来。

    古有一舟子，其名埃雅伦迪尔，
    勾留阿维尼恩[1]，伐木宁布瑞希尔[2]，

---

1 原文 Arvernien，是海边的一片高地。
2 原文 Nimbrethil，是阿维尼恩的一片白桦林。

筑得海舟成，不日将远行；
帆织白银丝，灯镂银雕就，
艍曲天鹅颈，旗升明光中。

身披先王胄，铠环相连扣；
亮盾刻古符，百害难相侵；
龙角制弓劲，乌木削箭轻，
银链锁短甲，玛瑙磨剑鞘；
精钢淬刃猛，金刚炼盔高，
盔顶插鹰羽，胸前佩翠石。

星月交映下，远离北海岸，
迷航魔咒道，凡尘岁月渺。
冰峡齿差互，冰山寒影深，
幽冥热焰炽，荒土如火烧。
惶急棹舟转，再入歧途远，
漂泊无尽浪，星隐水茫茫。
终至虚空域，又经乌有夜，
追光光不见，无觅光明岸。
怒风严相逼，白浪令目瞥，
西逃且东遁，孤舟飞航急，
无奈辱使命，但求还乡去。

白羽埃尔玟，下降来相救，
暗夜燃炬火，火映钻石光，
宝钻嵌项圈，不及炬火芒；

赠此精灵钻，冠以光辉煌，
额前亮璀璨，无惧转棹航。
海外彼界中，风暴起暗夜，
高空卷狂风，恣肆力千钧。
吹起孤舟轻，路无凡人踪。
长海愁难济，死神跨灰浪。
乘势急向东，由西渡劫波。

归航穿永夜，长途吼黑涛，
陆沉昼未晓，天涯海之角。
忽闻仙乐传，乍起明珠滩。
滩头滚白浪，金宝色黯然。
眼前起圣山，晨昏光影间。
遥望海之外，埃尔达玛[1]现。
终离漆黑夜，驶入安全港。
港湾何皎皎，青翠精灵居。
美地风息净，陡崖灯塔高，
清透如琉璃，闪耀伊尔玛林[2]，
山下有影湖，倒映提力安[3]。

暂止海上游，游子且淹留，
精灵授音律，旧史叙来惊；

1　原文 Eldamar，是精灵于阿门洲的居所，字面意义为"精灵家园"。
2　原文 Ilmarin，是瓦尔妲与曼威（见下页注2）的宫殿，建在大地最高山的最高峰上。字面意义为"高空中的殿堂"。
3　原文 Tirion，是精灵于阿门洲的主城。字面意义为"守望塔"。

予之金竖琴，又携新衣赠。
精灵白袍裹，七灯前引行。
只身越隘口，卡拉奇尔雅[1]；
探入古秘境，高堂立永恒。
煌煌岁无尽，御极大君王[2]。
伊尔玛林崇峻，私语未所闻：
言毕凡人事，再述精灵族。
世外显预兆，世内不可窥。

精灵造船新，慷慨铸秘银[3]，
再铺仙琉璃，船艏放光明。
划船桨不削，银桅帆不张；
照明无需灯，精灵宝钻悬，
焰跃船旗亮，星主亲手放。
又赐不朽翼，永生得命长，
以航无涯海，以载日月光。
仙境群山险，流银泉轻溅，
双翼扶摇升，闪电凌巨峰。
启程云天外，游子望乡归。
穿过流云影，依稀见故园。
蹈雾从高至，疾似孤星炽；

1　原文 Calacirian，是阿门洲东海岸佩罗瑞山脉（Pelóri）的一道隘口，双圣树的光辉自此流出。字面意为"光之隘口"。
2　原文 Elder King，指的是曼威（Manwë），维拉之首、阿尔达世界之王，也是瓦尔妲的配偶。
3　原文 mithril，指的是卡扎杜姆的矮人开采出的珍贵金属，银色轻质，却极其坚固。

遥遥凌日火，划过黎明时，
灰浪北地涌，此景世间奇。

飞越中土地，终闻苦啼泣，
远古妇人悲，精灵女泪垂。
游子运数定，天命不可违，
此岸难再履，永世别凡尘。
无待月华昏，灿星循环行，
先驱吉祥使，高挑宝钻灯，
化身西方焰[1]，传讯永不停。

吟唱止住了。弗罗多睁开眼睛，看到比尔博坐在凳子上，被一圈听众围着，正在对他微笑鼓掌。

"现在咱们再唱一遍吧。"一个精灵说道。

比尔博站起身，鞠了一躬："鄙人受宠若惊，林迪尔，但重复一遍恐怕太累人啦。"

"可不会累到你，"精灵们笑答，"你知道的，唱起自己的曲子来，你永远不嫌累。不过，只听一遍，我们真的没法回答你的问题呀！"

"怎么！"比尔博叫道，"你们竟分不出哪部分是我写的，哪部分是杜内丹的吗？"

"分清两位凡人的差别，对我们并不容易。"那个精灵说。

"瞎说，林迪尔，"比尔博哼道，"要是你连人和霍比特都分不清，那你的判断力比我以为的还糟。明明就像豌豆跟苹果那么不一样。"

"或许吧。在羊儿看来，其他的羊儿肯定都不一样，"林迪尔笑道，

---

[1] 原文 Flammifer of Westernesse，指埃雅伦迪尔，化身为明亮星辰。

"牧羊人也分得清。但凡人从不是我们的研究对象,我们还有其他的事做。"

"我不同你争辩,"比尔博说,"听了这么多音乐,唱了这么久的歌,我瞌睡了。留给你去猜想吧,要是你想猜一猜。"

他起身走向弗罗多。"哎,结束了。"他低声说,"比我期待的好。要我再唱一遍可不常有。你觉得怎么样?"

"我不会费劲去猜的。"弗罗多笑着说。

"不用猜,"比尔博说,"其实,全都是我写的,除了那个阿拉贡硬要我加进去的绿宝石。看来他觉得很重要,我也不知道缘故。要么就是他明显觉得我太自不量力了,说如果我的脸皮够厚,要在埃尔隆德家园写关于埃雅伦迪尔的诗歌,那就是我自己的事。我想他说得对。"

"我不知道,"弗罗多说,"在我看来,虽然说不清,但挺合适的。你刚开口的时候,我半睡着,歌儿好像接着我梦到的什么唱了下去。快到结尾,我才明白过来其实是你在吟唱。"

"在这里保持清醒不容易,你还要适应适应。"比尔博说,"让霍比特人学着精灵那样,对音乐、诗歌、故事有那么大的胃口,也不容易。他们对这些喜爱得就像喜爱美食,可能还不止。还得持续好一会儿呢,咱们溜出去,安静地聊一会儿,你觉得好不好?"

"可以吗?"弗罗多问。

"当然可以。这是娱乐,不是正事。随你来来去去,只要不嘈吵。"

他们站起身,悄悄地退到阴影中,朝门口走去。他们撇下了山姆,他睡得正酣,脸上还带着笑意。走出火焰厅的时候,弗罗多不曾感到有比尔博相伴的欢乐,反而涌上来一股悔意。就在他们跨过门槛的一霎,一个清亮的声音高唱起来:

A Elbereth Gilthoniel,
Silivren penna míriel
o menel aglar elenath!
Na-chaered palan-díriel
o galadhremmin ennorath,
Fanuilos, le linnathon
nef aear, sí nef aearon![1]

啊！埃尔贝瑞丝，吉尔松尼尔，
银白璀璨，流泻宝光，
苍穹之上，星主辉煌！
中土茂林深处，
我们遥遥仰望。
范努洛丝，我来颂唱，
于海此岸，汪洋彼方！

弗罗多顿住脚步，回头望去，埃尔隆德端坐其位，火光映在脸上，好像夏日光辉照在树上。挨着他坐的是阿尔玟公主。让他惊讶的是，那位阿拉贡立在她身侧；黑色的大氅甩在身后，似乎披上了精灵铠甲，胸口闪着一颗星星。他们正在说话，之后弗罗多突然感到阿尔玟转头望向自己，眼中的晶光遥遥地落到他身上，穿透了他的心。

他被慑住了，站着一动不动，精灵歌曲的甜美音节滚落下来，好似糅合了词语和旋律的透明珠玉。"这是一首致埃尔贝瑞丝的歌，"比尔博说，"今晚他们会一遍遍地唱起这支歌，还有蒙福之地的其他歌

---

1 注：精灵语诗歌均保留原文，原文下为译文。

曲。跟上来!"

他引弗罗多来到自己的小屋。小屋对着花园开门,南望布鲁伊嫩河谷。他们在此小坐,透过窗户,望着高陡树林上方闪亮的群星,轻声交谈着。他们不再谈论远方夏尔的琐碎消息,也不谈论包围自己的暗影和危险,却只谈一起目睹过的世间美好,精灵、星星、树木,还有闪耀华年之时林中的温柔秋色。

终于,门上响起了轻叩声。"请您原谅,"山姆说着,把头探了进来,"只是想着,或许您有什么需要。"

"也请你原谅一下,山姆·甘姆吉,"比尔博回道,"我猜,你的意思是,少爷到上床时间啦。"

"哎呀,老爷,我听说明天一早有个议会呢,他今天才第一次下床。"

"说得很是,山姆,"比尔博笑道,"你可以一路小跑去告诉甘道夫他已经上床啦。晚安,弗罗多! 老天啊,再见到你真是太好了!毕竟,要想尽情聊一聊,谁也比不上霍比特人。我现在上了岁数,开始担心能不能活到你的那一章故事啦。晚安! 我要散个步,在花园里瞧一瞧埃尔贝瑞丝之星。睡个好觉!"

第二章
埃尔隆德的会议
The Council of Elrond

————————竟然有人会拒绝魔戒,拥有了魔戒我们竟然寻求摧毁它,这样的念头永远到不了他的心里。如果我们以此为目的,我们便能出其不意。

————————虽然有千难万险,我们也必须踏上这条路。而且,我们能在这条路上走多远,力量也罢,智慧也罢,都帮不了我们。但是,只要怀有强烈的希望,弱者能同强者一样勇担此任。但这不就是万物巨轮运行之理吗? 当大人物将眼光投向别处,小人物却下定决心,尽微渺之力推动巨轮。

次日，弗罗多早早醒来，感觉精神焕发，身体康健。沿着俯瞰哗哗流淌的布鲁伊嫩河的坪台，他一路走去，望着一轮浅淡的冷日升到远处的群山之上，洒下的日光斜斜穿透银色的薄霭；黄叶上的露珠明明火火，每一丛灌木上都挂着蛛网，闪闪烁烁。山姆跟着他，不作声，却嗅着空气，时不时张望东方的高大群山，眼中带着惊奇。山巅上的积雪洁白。

小路转弯的一侧，有一个把石头切开凿成的座椅，他们在此碰见了甘道夫和比尔博，谈兴正浓。"嗨呀！早上好！"比尔博说，"准备好参加重大会议啦？"

"我准备好参加一切啦，"弗罗多答道，"但今天我最想走一走，探一探这个峡谷。我想走进上面的那片松树林。"他冲着幽谷谷壁的高处向北一指。

"迟些时候你会有机会去的，"甘道夫说，"但眼下我们还安排不了。今天要听的很多，要决定的也很多。"

就在他们说话的时候，突然响起了清脆的钟声。"这是埃尔隆德会议的提醒钟，"甘道夫叫道，"快过来！你和比尔博都要出席。"

弗罗多和比尔博迅速跟上巫师，沿着蜿蜒的小路，回到屋子里；山姆眼下被忽略了，他不请自来，一路小跑跟在他们身后。

甘道夫引他们来到了前一晚弗罗多发现朋友们所在的那个门廊。

晴朗秋晨的阳光现在将山谷照亮，汩汩的水流声从卷着浪花泡沫的河床传来，鸟儿欢歌，大地上一片美好祥和。弗罗多觉得，他的危险逃亡，以及外部世界黑暗势力正在增长的传言，已经好像恼人旧梦的回忆了；但是，他们走进去时，一张张转来相迎的面孔却凝重严肃。

埃尔隆德在里面，其他几个人围坐在他身边，安静无语。弗罗多看见了格洛芬德尔和格罗因；神行客独自坐在角落里，又裹上了他那件栉风沐雨的旧衣裳。埃尔隆德拉弗罗多坐到自己身旁，把他引见给众人：

"朋友们，这就是那位霍比特人，德罗格之子弗罗多。极少有人如他一般，背负着那样紧迫的使命，经历了那样巨大的危险来到此地。"

之后，他把弗罗多未曾谋面的诸位一一点出来，介绍给他姓名。有格罗因家的年轻矮人、他的儿子吉姆利；有其他几位除了格洛芬德尔以外的埃尔隆德家的顾问，以埃瑞斯托为首；他身边有一位灰港的精灵加尔多，身负造船师奇尔丹委托的使命。还有一位穿着绿褐相间衣裳的陌生精灵，叫莱戈拉斯，是北方幽暗森林精灵王瑟兰杜伊尔之子，担当他的信使。坐得稍远的还有一位高个子人类，脸庞白皙高贵，头发乌黑，眼珠灰色，顾盼间骄傲威严。

他身披大氅，脚穿靴子，似乎骑马而来；虽然装扮富丽，大氅还衬着皮毛内里，但却带着长途跋涉的风尘。他戴着银领圈，嵌着独颗白宝石；卷发剪到齐肩。斜披的肩带上挂着一个末端镶银的大号角，现在搁在膝头上。他瞪大眼睛看着弗罗多和比尔博，带着突如其来的惊讶。

"这位，"埃尔隆德说着，转向甘道夫，"乃是波洛米尔，自南方而来的人类。他趁着晨曦驾到，有事相询。我邀他出席，因为他的疑惑将在此间得到解答。"

对于议会上提及和争论的议题，眼下尚不须一一讲明。说得最多的是外部世界的事，特别是南方和群山以东的广袤土地上发生的事。关于这一切，弗罗多已经听说了许多传言；但格罗因讲的都是新鲜事，他听得很认真。似乎孤独山脉矮人的心血之作的光辉之下，藏着隐忧。

"骚动降临到我族，"格罗因说，"距今已经多年。当时，我们并未立刻感知。有人开始窃窃私语：说我们困在井底，而更广阔的世界里能够找到更多的财富，得到更大的荣耀。还有人提起雄伟的墨瑞亚：是我们先辈所建，我们的语言称为卡扎杜姆，话里宣称，现在我们终于人多势强了，可以回去了。"

格罗因叹了口气："墨瑞亚啊墨瑞亚！北方世界的奇迹！我们在彼处深挖深掘，惊醒了不可名之的恐怖之物。都林的子孙飞逃，墨瑞亚的广厦抛空，已过去了很久。可现在我们带着企盼重提，又不免害怕；因为没有矮人胆敢跨过卡扎杜姆的大门，多少朝代以来，只有瑟罗尔胆大走过大门，而他丧了命。然而，最终巴林听信了流言，决意前往；尽管达因同意得很勉强，他还是带上了奥利、奥因以及许多同伴，一路向南。

"这差不多是三十年前。我们一度收到消息，貌似顺利：报告说他们进入了墨瑞亚，开始了大工程。之后就没了动静，自此墨瑞亚没再传出只言片语。

"大概一年前，来了一位信使找达因，不过不是墨瑞亚来的——是魔多来人：乘夜色而至的骑士，把达因唤到门前。伟大的索隆王，这是他的原话，原与我们缔结友情。为此他原意送出魔戒，就像送给老辈矮人一样。他问起霍比特人的事情，他们什么种族、居住何方，问得很急。'因为索隆知道，'他说，'你们曾经与一位霍比特人相熟。'

"听到这话，我们大感困扰，没有回话。他可怕的声音低了下来，他也许想使声音悦耳一点，只是做不到：'索隆要一样小小的信物，仅为证明你们的友善；你们把这个贼找到，'他原话如此，'不管他乐意不乐意，你们要从他那儿取一枚小小的戒指，众戒指之中最弱的，就是他偷的那枚。索隆想要的微不足道，只是你们显示诚意的一个定礼。找到这枚，矮人祖先曾经拥有的那三枚戒指全部返还，墨瑞亚疆域永远属于你们。仅打听到贼的消息，是死是活，行踪何处，我主将大大赏赐，永结友情。倘若拒绝，事情可就不太妙了。你们会拒绝吗？'

"说着，他的呼吸变得像蛇一样嘶嘶有声，周围站立者无不颤抖。但是，达因道：'我既不接受也不拒绝。公平的外皮下究竟是什么意思，我必须要考虑考虑。'

"'好好考虑吧，但不要拖太久。'他说。

"'我要考虑多久是我自己的事。'达因说。

"'暂且如此。'他说着，就驱马走进了黑夜之中。

"自那晚过后，我们首领的心上便压了大石头。不需信使那可怕的声音来提醒，我们也知道他话里包含恶意，还有欺骗；因为我们已经知道，重新进入魔多的力量并未改变，还是旧时背叛我们的那个。信使又来了两次，没有得到我们的回话。第三次，也是最后一次的时间马上就到，就在年底之前。

"因此，我最终被达因派去警告比尔博，敌人在搜寻他，并且，有可能的话，也想要弄清为何他索要戒指里最弱的这一枚。我们盼望埃尔隆德指点，因为魔影越来越重，越来越近。我们发现，信使还找了河谷邦的布兰德王，他很害怕。我们担心他要屈服，其东部边界已开始集结备战。如果我们还不回话，敌人可能会驱使他麾下的人类，来刺杀布兰德王，还有达因。"

"你来得对，"埃尔隆德答道，"今日，你能听到所需的各种消息，了解敌人的目的。你所能做的唯有抵抗，不管有没有希望。但是，你并非孤身应战,你将会知晓,你们的麻烦,不过是整个西部世界的麻烦的一部分。魔戒!我们要如何处置那枚魔戒,所有魔戒中最弱的,索隆想要的小玩意儿?这一劫数,我们必须拿个主意。

"召集诸位到此,也为此事。虽言召集,我其实并未召集诸位远方的陌生人来到我处。大家各自前来,恰在这紧要关头于此相逢,似乎出于偶然,其实不然。又恰是我们,而非别人,共坐于此,现须决断以拯救世界于危难,请相信这是天意的安排。

"故而,那些仅有寥寥几位得知、把众人瞒到如今的事情,现在应公开讨论。首先,为使大家都理解这场危难,魔戒的故事应该从头讲起,乃至讲到当下的情形。虽然故事将由他人结束,但将由我从开头讲起。"

之后,人人倾听埃尔隆德用他那清晰的嗓音,讲起索隆、力量之戒,以及久远之前,在第二纪元时期戒指的锻造过程。有的人知道部分情形,但没有人知道完整的,听到埃尔隆德讲起埃瑞吉安的矮人工匠、他们与墨瑞亚的友谊、他们对知识的渴望,以及索隆利用这一点让他们钻进了圈套的时候,许多人又害怕又吃惊,纷纷将眼光投向埃尔隆德。当时,索隆的邪恶尚未显露,矮人接受了他的帮助,在技艺上突飞猛进,但他知道了矮人的全部机密后就背叛了他们,在火焰之山偷偷地锻造了至尊魔戒,统治了他们。但是,凯勒布林博对他早有提防,藏起了自己制造的三枚戒指;战事起,疆土荒,墨瑞亚关上了大门。

接着,他追述了之后多年间魔戒的踪迹;但这部分历史在别处有详细记载,连埃尔隆德自己也将这部分写进了他的著作,此间不再赘述。因为故事太长,伟业与惨烈并茂,尽管埃尔隆德讲得简略,在他结束之前,日已升空,晨光已逝。

他提到了努门诺尔的辉煌与沉没,以及自大海深处乘风破浪回归中土的人中王者。随后，"长身"埃兰迪尔与其强壮的儿子伊希尔杜、阿纳瑞安成了伟大的领主，于安度因大河河口之上，在其北建立了北方王国阿尔诺，在其南建立了南方王国刚铎。但魔多的索隆发动了袭击，他们与精灵及人类结成最后联盟，吉尔-加拉德大军与埃兰迪尔在阿尔诺集结。

说到此处，埃尔隆德顿了一会儿，叹了口气："他们旗帜鲜明，我还记得很清楚，让我忆起了远古贝烈瑞安德大军的荣光，然而纵使聚集了那么多的王孙与将领，仍然比不上桑格罗德里姆被攻破时的人多势烈，而精灵那时还以为邪恶已永远终结，后来却并非如此。"

"您还记得？"弗罗多惊讶极了，大声说出心中所思，"可我以为，"当埃尔隆德转向他时，他结巴起来，"我以为吉尔-加拉德陨落是古代的事了。"

"确乎如此，"埃尔隆德严肃地答道，"但我的记忆甚至能回溯到远古时代。埃雅伦迪尔是我的父亲，出生在刚多林陷落之前；我的母亲是狄奥之女埃尔玟，外祖母是多瑞亚斯的公主露西恩。我曾历经西部世界的三个纪元，目睹多场战败，以及多场没有胜果的胜利。"

"我曾担任吉尔-加拉德的传令官，在魔多的黑门之前，打起达戈拉得平原之战，我们攻下了黑门，因为无人能敌吉尔-加拉德的长矛埃格罗斯加上埃兰迪尔的圣剑纳熙尔。我目睹了奥罗德鲁因山坡上的最终决战，吉尔-加拉德阵亡，埃兰迪尔战死，纳熙尔在他身下裂为碎片；但索隆本人也被打倒，伊希尔杜捡起父亲的残剑，斩下索隆的手，拿到了魔戒，收为己有。"

听到此处，陌生客波洛米尔大声插了一句："所以这就是魔戒的下落了！即便南方曾有过这样的说法，也早被遗忘了。我曾听说过他的这枚我们无法名之的神奇魔戒；但我们以为，魔戒在他的第一个王国覆灭之时就已毁于世上。原来伊希尔杜拿去了！真是新消息。"

"啊呀,是的,"埃尔隆德说,"伊希尔杜拿走了,但本不应该。那时,魔戒应该在其锻造之处,就近投入奥罗德鲁因的烈焰里销毁。那场最终的凡人争战中,伊希尔杜有他父亲支持,吉尔-加拉德这边只有奇尔丹和我,但伊希尔杜不听我们的劝阻。

"'这个我留下,当作对我父亲与弟弟之死的补偿。'他说;所以,不管我们愿意与否,他把魔戒带走珍藏。但是很快,魔戒背叛了他,导致了他的死亡;北方伊希尔杜之克星便是如此定名的。但比起其他可能降临到他头上的命运,死亡或许还要好一些。

"这些消息只传到了北方,只传给了少数几人。波洛米尔,你不曾耳闻,倒也不奇怪。伊希尔杜遇害的金菖蒲沼地之祸之后,仅有三位走过了漫漫迷途,翻越了高山,得以返回。其中一位名欧赫塔,是伊希尔杜的侍从,带回了埃兰迪尔圣剑的残片,交给了伊希尔杜的继承人维兰迪尔,当时还只是个孩子,一直住在幽谷。但是纳熙尔剑已碎,光芒已失,且还未被重铸。

"我是不是说最后联盟的胜利没有胜果?也不尽然,虽联盟未能达成目标。索隆被削弱,但没有被摧毁;他的魔戒失了踪,但没有被抹杀;黑暗妖塔被攻破,但根基没有动摇;因为其根基借魔戒的力量建造,魔戒不灭,根基犹在。那场大战殒灭了众多精灵、众多强大的人类,还有他们的朋友们。阿纳瑞安被弑,伊希尔杜被弑;吉尔-加拉德与埃兰迪尔也逝去了。精灵与人类再也结不成那样的联盟;因为人类繁衍壮大,而精灵却日益式微,两族现在疏远了。而且,自那日以后,努门诺尔一族就凋零了,寿数也缩短了。

"在北方,大战以后,金菖蒲沼地屠杀以后,西方之地的人类削弱了,他们修在暮暗湖畔的安努米那斯城也化为废墟;维兰迪尔的后裔迁到北方山岗高地的弗诺斯特居住,现在也荒芜了。人类称之为'死人堤',不敢踏足。因为阿尔诺一族衰落了,被仇敌吞噬,他们的统治结束了,绿草山间,只余青冢。

"南方的刚铎王国长久屹立,威势一度增长,在其衰落之前,多少重现了努门诺尔的国力。人们建高塔,修要塞,造避风港,泊船众多;操着各种语言的人说起人中王者的饰翼王冠,无不赞叹。都城是欧斯吉利亚斯,即星辰堡垒,安度因大河从中穿流而过。他们还修了米那斯伊希尔,即月升之塔,坐落在阴影山脉的东翼山坡上;而在白色山脉西翼山脚下,又建了米那斯阿诺尔,即日落之塔。国王的庭院中,种着一株白树,源自伊希尔杜漂洋过海带来的树种;而生此树种的白树出自孤岛埃瑞西亚;再往前,还要回到世界幼时之前,此树出自极西之地。

"但是,在中土的急景凋年间,阿纳瑞安之子梅内尔迪尔这一支衰败,白树也随之枯萎,努门诺尔人的血脉与次等人类混合。之后,对魔多城的监视松懈了,暗黑生物潜回了高格罗斯。有一次,邪物进攻,占领了米那斯伊希尔,改造为恐怖之地,改名为米那斯魔古尔,即妖术之塔。之后,米那斯阿诺尔重新命名为米那斯提力斯,即守卫之塔;二城自此交战,但位于它们之间的欧斯吉利亚斯废弃了,鬼影在其废墟间行走。

"多少人类的世代过去,情形都是如此。但是,米那斯提力斯的城主们坚持战斗,抵抗我们的敌人,守住了安度因大河从阿戈那斯到入海口的水道。好了,我要讲的这段故事就要结束了。因为伊希尔杜统治时期至尊魔戒的情形无从知晓,而精灵三戒脱离了其统领。但是在今日下午,三戒再度面临危险,因为让我们烦忧的是,至尊戒现身了。找到它的过程将由他人讲述,因为我在其中功劳甚少。"

他停住了,但波洛米尔立刻站起身来,高大骄傲,站在众人面前。"埃尔隆德大人,恕我冒昧,"他说,"首先,关于刚铎,我要多讲几句,我正是从刚铎之地而来。让大家知道刚铎发生了什么,很有必要。我估计,我们的事迹少有人知,故而,若我们最终失败,将要面临何种危险也少有人推测得出。

"请相信,在刚铎之地,努门诺尔人的热血还未抛尽,骄傲与荣光还未尽忘。我们骁勇御敌,将东方狂徒拒之门外,将魔古尔妖邪制于河湾;保卫了我们身后的土地、西方之堡垒,唯此才得维持和平与自由。但是,倘或大河通道被敌人夺取,将会如何?

"而敌占时刻,也许不日将来。不可名之敌已再度崛起,我们呼为奥罗德鲁因的末日山已再起妖烟,黑暗之地势力增长,我们深受威胁。敌人归来之时,我族被迫撤离大河以东的美丽疆土伊希利恩,仅留一处立足和武装。然而,正在今年6月,魔多突袭我们。因为魔多联合了东夷与残酷的哈拉德人,他们人多,我们势弱,但我们战败却非因寡不敌众;其中有一股我们从未感知到的力量。

"有人说,这股力量肉眼可见,貌似一位高大的黑衣骑士、月下的黑色阴影。他所到之处,敌人无不疯狂,而我军最勇敢的士兵也会恐慌,人马纷纷奔逃,屈服让路。仅有东军一支残部返回战场,摧毁了欧斯吉利亚斯废墟之中仍然屹立的最后一座桥梁。

"当时我与众人控制大桥,直到大桥在我们身后摧毁。仅有四人游水逃生:我弟弟、我自己以及另两位士兵。但我们坚持作战,守住了安度因河西岸全线。躲避在我们身后的,但凡听到我们的名号,无不称赞:只是赞扬虽多,援手却少。当下,若我们发出召唤,仅洛汗一地有骑兵驰援。

"在此晦暗不祥之际,我跋涉千里,历尽危难,独行百日又十天,来找埃尔隆德。非求结盟打仗,因为人人都说,埃尔隆德之力不在刀兵,而在智慧。我来为寻指点,为求解谜语。魔多突袭前夜,我弟弟睡不安宁,做了一个怪梦;其后,又屡梦相似之梦,连我也有一次梦到。

343

"梦中,我看到东边天际变暗,雷声愈来愈响;而西边有微弱亮光,徘徊不去;我还听到光中有声,遥远却清晰,喊叫道:

> 圣剑虽断,速去寻之:
> 伊姆拉德里斯,断剑所隐;
> 彼处将举,共商议会,
> 威力犹胜,魔古尔之咒。
> 彼处将有,符物现身,
> 顷刻之间,命数将定;
> 伊希尔杜,克星苏醒,
> 半身之人,挺身向前。

话里的意思我们几乎难以理解,所以我们报告了家父德内梭尔,他是米那斯提力斯的执政宰相[1]、刚铎传说中的智者。他只讲得出伊姆拉德里斯是北方遥远幽谷中的一支精灵的旧称,幽谷中住着半精灵埃尔隆德,乃是最伟大的博学智者。我弟弟心中明白,我等需求极其迫切,故而愿意遵从梦中指引,探寻伊姆拉德里斯;然而此去路途难测,危险重重,我便亲自担当。父亲虽不情愿,仍予放行。我走过条条被遗忘的古道,常常迷失路径,只为寻找埃尔隆德家园,耳闻此地者虽多,知其所在者寥寥。"

"在埃尔隆德家园,更多的谜底将会对你揭开。"阿拉贡起身说着,将佩剑放到桌上,站到埃尔隆德面前,剑刃是裂成两段的,"断

---

[1] 刚铎王室自第三十三任国王埃雅努尔(Earnur)挑战魔古尔巫王失去踪迹后,没有合格的继承人,由宰相代理政权并世袭,自此宰相成为刚铎的最高统治者的称谓。

裂的圣剑在此！"

"你又是谁，你与米那斯提力斯有何关系？"波洛米尔问道，惊讶地望着游侠瘦削的面庞和布满风尘的披风。

"他是阿拉松之子阿拉贡，"埃尔隆德说，"米那斯伊希尔的埃兰迪尔之子伊希尔杜乃是他的先祖。他也是北方杜内丹人的族长，这一族如今所剩无几了。"

"那么它是属于你的，根本就不属于我！"弗罗多吃了一惊，跳了起来，大声喊道，好像盼着魔戒立刻被拿走似的。

"它不属于你也不属于我，"阿拉贡说，"但天意注定，你将要持有一段时日了。"

"把魔戒取出来，弗罗多！"甘道夫严肃地说，"时机已到，举起魔戒，波洛米尔就会理解全部谜语了。"

众人都噤声不语，将眼光投向了弗罗多。一阵突如其来的羞耻与恐惧把他击得摇摇欲坠，他感到自己非常抵触暴露魔戒，也憎恶它的碰触，恨不能躲得远远的。他用颤抖的手把魔戒在众人面前高高举起，魔戒发出光辉，熠熠闪烁。

"看哪，这就是伊希尔杜克星！"埃尔隆德说道。

波洛米尔盯着这个金子的物件，眼睛里射出光来。"半身人！"他喃喃道，"难道米那斯提力斯终于命数将尽了吗？却为何要我们找寻断剑呢？"

"谜语说的不是米那斯提力斯的命数，"阿拉贡说，"但命数与伟业确实近在眼前。断剑就是在埃兰迪尔倒下时断在他身下的那把圣剑，被他的后代子孙珍藏，而其他的传家宝都已失落；因为我族长辈说，当那枚魔戒、伊希尔杜克星出现之时，便是断剑重铸之日。现在，你既已见到所寻的断剑，还有什么要问的吗？你可盼望埃兰迪尔家族重返刚铎之地吗?"

"我父遣我来,非为求乞恩赐,只为求解谜语,"波洛米尔骄傲地回答,"虽然我族深受挤迫,且能得到埃兰迪尔之剑的助力是意外之喜——倘若此物确实能从往昔阴影中复原。"他再次望向阿拉贡,眼神中含着怀疑。

弗罗多感到比尔博在身边焦躁难耐,很明显,他为朋友的缘故烦躁。他猛然起身,大声吟道:

真金未必都闪亮,
浪子亦非皆迷惘;
壮健老树不凋零,
扎根深处霜难伤。
灰烬沉沉火将起,
暗影重重光明升;
残刃焕然锋芒盛,
无冕君临再称王。

"诗或许算不上很好,却切中肯綮——若是单单埃尔隆德的言语对你还不足够。而且,他的话如果值得跋涉一百一十日来听,你最好听进去。"他气哼哼地坐下了。

"这是我自己写的,"他悄声告诉弗罗多,"为那位杜内丹人而作,很久之前他告诉我家事的时候写的。我简直宁愿自己的历险还未结束,这样我就能在他的命定之日到来时,与他同往。"

阿拉贡朝他微笑了一下,又转向波洛米尔:"单就我本人而论,我原谅你起疑心。埃兰迪尔与伊希尔杜在德内梭尔厅堂里的雕像庄严高贵,我半分也不相像。我只是伊希尔杜的后代,并非伊希尔杜本尊。

我过的日子艰苦,岁月漫长;刚铎与此地之间的长路,在我行过的路中,只算短短一段。我曾翻越座座高山,跨过条条河流,踏足平原无数,甚至进入过鲁恩[1]与哈拉德[2]的遥远国度,那里连星辰都异样。

"但是,我所拥有的家乡在北方。那里,维兰迪尔的后裔世代居住,父传子继,绵延相传。我们的岁月已经黯淡,我们的族群已经萎缩,但是圣剑世传,已到新人之手。波洛米尔,在我讲完之前,我要告诉你:我族乃独行人类、荒野游侠、猎手——但捕猎的是大敌的仆从,因为他们并非仅现身于魔多,如今各地都有踪迹。

"波洛米尔,若刚铎果真是强大的堡垒,那么我族岂不是另有效力了么?你们城墙虽坚、刀剑虽亮,对于诸多邪恶之物却无法抵挡。对于你方边境之外的疆域,你所知太少。你不是提到了和平自由吗?若不是我族,北方又怎知何谓和平自由?只怕恐怖早已将其尽摧。但是,当黑暗邪物溜出无人居住的山岭,爬出无天无日的森林,它们见我族而逃散。若杜内丹人沉睡,或尽数入土,谁人还敢穿街行路?寂静大地又有何处平安?

"然而,我族得到的谢意,比你们得到的还少。旅行者对我们怒目,乡下人给我们起轻蔑的外号。在某个胖子眼中,我是个'长腿子';敌人不过一日之程便可达其所居之地,若非我等日夜无休地护卫,敌人已将他的心脏冻僵,或将他的小镇化为废墟了。然而,我们宁愿如此。倘使单纯百姓免于担忧恐惧,未来他们便能单纯下去,而我族必须对他们隐姓埋名才能护此单纯。岁月绵延青草长,我族一向秉此使命。

"但是,当今世界再度改变。新的时刻已来临,伊希尔杜克星已

---

[1] 原文 Rhûn,中土东端,居住着东夷人。
[2] 原文 Harad,中土南端,居住着南蛮人。

现，战事在即。圣剑将重铸，我要去米那斯提力斯。"

"你说，伊希尔杜克星已现，"波洛米尔说，"我在一位半身人手中见到了闪亮的魔戒；但人们说，此纪元的世界肇始之前，伊希尔杜便已殒命。智者如何知晓，这枚魔戒就是他的？多年以来魔戒如何传到如今？又为何由这样奇特的使者带到此处？"

"会讲到的。"埃尔隆德说。

"但是先别开始，请求您，大人！"比尔博喊道，"太阳已高，天已过午，我感觉需要来点东西，添点力气。"

"我还没点到你的名字呢，"埃尔隆德笑着说，"那就现在吧。来！给我们讲讲你的故事。若你尚未将故事写成诗歌，就用白话来讲吧。讲得越简练，你就越早休息。"

"好得很，"比尔博说，"我当遵命。不过，这次我要讲的是真实的故事，如果在座的有人听过我讲的故事不一样——"他斜睨了格罗因一眼，"我求您忘掉，求您原谅。那时我只想着宣称宝贝属于我自己，还想着洗去加在我头上的贼名。不过，现在我也许对事情把握得好一点儿了。总之，故事是这样的。"

对某些来宾而言，比尔博的故事是全新的，他们听得入神，而这位老霍比特人原原本本地重述了他与咕噜的险遇，且没有一点不高兴。他一个谜语也没省略，要是得到允许，他会把他的聚会、他从夏尔失踪的事情也讲一遍，可惜埃尔隆德抬起了手。

"讲得很好，我的朋友，"他说，"不过这次就到这里吧。眼下，知道魔戒传给了你的继承人弗罗多便已足够。现在请他发言！"

弗罗多没有比尔博那么积极，他从魔戒传给他保管那天讲起，讲了所有的牵扯。他从霍比屯到布鲁伊嫩渡口的每一步都有人提问、琢磨；所有他能够回忆起来的有关黑骑士的林林总总都被检视了一番。

末了,他再度落座。

"不错,"比尔博对他说,"要不是他们总在插嘴,你能讲出一个好故事来。我试着做了一些笔记,以后我要写出来,哪天咱俩得从头到尾过一遍。你来到此处之前的事得足足写好几章呢!"

"对,足以写个长篇故事,"弗罗多说,"不过依我看,故事还不完整,还有很多我想要知道的,特别是有关甘道夫的部分。"

灰港的加尔多坐在近旁,顺耳听到了他的话。"你也说出了我的心思,"他叫道,转向了埃尔隆德,"智者或许有充分的理由相信,这位半身人所持宝物确为长期争议的至尊戒,但在不如他们知情的人眼中,它可能不是。可不可以让我们听一听证明?而且,我还有一问:萨鲁曼怎么看?尽管他不在场,但他对魔戒的知识很渊博。如果我们刚才听到的他也知道,他会有什么意见?"

"加尔多,你提出的问题是彼此相关的,"埃尔隆德说,"这些我并未忽略,你的问题也将会解答。但这些事情当由甘道夫来说明;我将最后召请他,因为此位最尊,而此事以他为首。"

"加尔多,"甘道夫说,"有些人会认为,格罗因的消息、弗罗多遭到的搜捕足以证明,这位半身人的宝物对于大敌极具价值。而且,宝物是一枚戒指。然后呢?九枚由那兹古尔[1]持有,七枚或被夺走,或被损毁。"听到这话,格罗因不安起来,但没有开口,"三枚我们知道下落。那么,他如此渴求的这一枚会是什么戒指呢?

"它流离在大河与大山之间,从失落到发现,其中的确虚掷了太多时间。但是,智者的知识缺口已经最终填补,只是速度太慢了。因为大敌已在身后迫近,甚至比我所担心的更近。而他似乎迟至今年,

---

1 原文 Nazgûl,即黑骑士,字面意义为"戒灵"。

也就是今夏，才得知全部真相。

"在座中有人或许还记得，多年以前，我一腔孤勇，跨过多古尔都的死灵法师之门，秘密调查他的手段，由此发现我们的担忧成真：他正是索隆本人，我们的宿敌，最终又修炼成形、获取了法力。有人或许还记得，萨鲁曼劝服我们，不对其采取公开对抗，长期以来仅予以监视。可是后来，随着他的魔影壮大，萨鲁曼屈从，白道会聚集力量，将邪恶势力驱出幽暗森林——正是发现这枚魔戒的那一年：即便是巧合，也未免太古怪了。

"但是，如同埃尔隆德所预见的，我们的动作太迟了。索隆也在监视我们，为抵御我们的攻击做了长期准备。他通过驻守着九侍从的米那斯魔古尔，遥遥掌控魔多，直到万事俱备。之后，他在我们阵前落败，却伪装逃跑，很快返回了暗黑之塔，公开亮明身份。然后，白道会最终再聚；当时我们意识到，他正在变本加厉地搜寻至尊戒，我们担心他掌握了我们还不知道的消息。但是，萨鲁曼说，非也，重复了之前同我们讲过的话：至尊戒将永远不会在中土世界重现。

"'充其量，'他说，'我们的敌人知道我们没有得到它，它仍然下落不明。虽然他也会想，丢失的可以找回来；但不要怕！他会被自己的期望所蒙蔽。难道我不曾认真研究此事吗？它落入了安度因大河，很久以前，索隆沉睡之时，它顺流而下，冲入了大海，且让它永沉海底，直至此事终局。'"

甘道夫不再说话，从廊下向东凝望远方迷雾山脉的山顶，凝望大山巨大的山脚，在那里，能够毁灭世界的灾星曾经沉睡了那么久。他叹了一口气。

"我就是在此处犯了错，"他说，"智者萨鲁曼的话麻痹了我；可我本应该早点儿寻找真相，这样我们眼下的危险就会减轻。"

"当时我们都犯了错,"埃尔隆德说,"要不是你警惕在先,黑暗或许已经降临到我们头上了。请讲下去!"

"打一开始,我心中便忐忑不安,虽照我所知道的道理,我不该不安。"甘道夫说,"我很想知道,此物如何落到咕噜手中的,他曾占有了多久。所以,我对他设了监视,推测他不久便要从暗地里走出,寻找他的宝贝。他出是出来了,但又逃得无影无踪。然后,唉!我静待事态发展,只是观望等候,我们太惯常于此了。

"忧心忡忡中,时间过去了,然后我的疑心再度惊醒,猛转为害怕。霍比特人的魔戒去了何处?如果我的担忧成真,又该如何处置它呢?这些事情,我必须下决断。但是,我没有对任何人讲起我的害怕,因为我懂得,不合时宜的私语一旦传错,便是祸害。在与黑暗妖塔的长期斗争中,背叛乃是我们至大的敌人。

"这是十七年前的事了。很快,我便注意到各种各样的探子聚集到夏尔周围,甚至包括鸟兽。我越发担忧,请求杜内丹人援手,他们的监视增加了一倍;对于伊希尔杜的继承人阿拉贡,我敞开了心扉。"

"而我主张,"阿拉贡说,"尽管看起来已经迟了,我们仍该搜捕咕噜。并且,伊希尔杜铸下的错,合该由伊希尔杜的继承人去弥补;所以我便与甘道夫踏上了漫漫长途,开始了无望的搜捕。"

之后,甘道夫讲述了他们如何搜遍大荒野全境,甚至搜到了阴影山脉以及魔多的界墙:"在那里我们听到了他的传闻,猜测他长期栖身于黑暗的山间;可我们总也找不到他,后来我绝望了。然后,在绝望之中,我又想到了一个测试的法子,也许就不必再搜寻咕噜。戒指自身或可验明它是不是至尊魔戒。我想起白道会上萨鲁曼说的话,当时我听得半心半意的,眼下却在心中一字一句听得清清楚楚。

"'九戒、七戒、三戒,'他说,'每一种都有相配的宝石。但至尊戒没有。它是一枚没有装饰的圆环,貌似次等魔戒;但是其铸造者镌

刻了铭文，或许能者仍可以看到并辨认出来。'

"什么铭文他并没有说。眼下谁会知道呢？铸造者。萨鲁曼呢？无论他的学识多么丰富，必定其来有自。魔戒失落之前，除了索隆之外，又落入了谁的手中？唯有伊希尔杜。

"想到这一层，我放弃了追捕，迅速赶到刚铎。早年间，我这个序列的白道会成员在刚铎颇得欢迎，而萨鲁曼最受优待。长久以来，他都是历任执政宰相的座上宾。德内梭尔宰相对我不像旧时那么欢迎，虽然允许我查阅他的藏书与卷轴，但是颇为勉强。

"'照你所说，如果你真的只是查看古代的记载和本城的初建，那么去读吧！'他说，'因为在我看来，往昔比不上将来那么黑暗，将来才使我忧心。不过，除非你的本领大过曾经在此长久钻研的萨鲁曼，你找不出我不熟悉的东西，我才是本城历史传说的博学家。'

"德内梭尔如此说道。可是，在他的藏书中，有许多记载，如今即便博学家也少有人能读懂，因为记载的手稿和语言对于后人已经变得晦涩难解。波洛米尔，我猜，米那斯提力斯仍收藏着伊希尔杜亲自写就的卷轴，自王者陨落以后，除了萨鲁曼和我本人以外，没有人读过。因为伊希尔杜并没有径直从魔多之战中开拔离开，不是一些传说中讲的那样。"

"也许北方有人这么传说，"波洛米尔插了进来，"在刚铎，人们所知的是他先去了米那斯阿诺尔，与侄子美尼尔迪尔居住了一段时日，教导他，之后将南方王国的权柄授予他。那个时候，他种下了白树的最后一株树苗，以纪念自己的弟弟。"

"那个时候，他也写下了这个卷轴，"甘道夫说，"但似乎在刚铎无人记得，因为卷轴与魔戒相关。伊希尔杜手书如下：

此枚宝戒，从今日起，将由北方王国代代传承；但因埃兰迪尔之后代居于刚铎，故宝戒之记载将保留于刚铎，以防有朝一日，伟大事迹被人淡忘。

"写下这些话之后，伊希尔杜对魔戒做了描述，比如发现它时的情形。

> 此物刚拿起时，滚烫如炽煤，灼伤我手，令我生疑，是否永远不能免于灼痛。然而待我记载之时，戒指冷却，尺寸似缩小，而其形其美皆无减损。其上所镌铭文，起初清晰如赤焰，现已褪去，难以识读。字体取自埃瑞吉安之精灵文字，魔多之地无有文字可书此精妙之工；所用语言我并不通晓，但我以为，此语邪恶可怕，当为黑暗之地用语。所言是何邪佞，我也不知；此处描摹拓写，以防遗忘。戒指或许犹思索隆手之高温，其肤色乌黑而烧灼如火，吉尔－加拉德便命丧此手；又或，倘再度烧热戒指之金，铭文则重现。然我本人决不愿冒险伤此物之一毫：遍览索隆造物，唯此为美。且为得此戒，我历经惨痛，故视此为宝贝。

"读到这些话时，我的追寻便终结了。因为描摹的铭文，确如伊希尔杜推测的，是魔多及妖塔侍从所用语言，讲的是什么，我们也已经知晓了。因为就在索隆首次戴上至尊戒的当天，三戒的铸造者凯勒布林博，已对他有所察觉，从远处听到他念诵这些铭文，从而揭破了他的邪恶目标。

"我便立刻向德内梭尔辞行，就在我北上的时候，从罗里恩传来消息，说阿拉贡已经路过，并且找到了叫作咕噜的怪物。因此，我先去与他相会，听他讲述过程。我不敢揣测，他独自一人到过怎样的死亡险境。"

"述说险境没什么必要,"阿拉贡说,"如果一个人必须在望得见黑门的地方行走,必须踏足魔古尔山谷的毒草凶花,那么他就会遇险。我本来到了最后也绝望过,开始返程归乡。可之后全凭运气,我突然碰到了苦寻的东西:一个泥塘旁边的软足足印。当时的足迹新鲜且匆忙,指向的并非魔多,而是他处。我沿着死亡沼泽的边缘追踪,然后找到了他。他潜在一个死水潭边,在水中窥探,黑夜降临的时候,我捉住了他:满身裹着绿色黏腻的咕噜。他恐怕永远也不会喜欢我;因为他咬我,我也不温柔。从他的口中我什么也没问出来,倒给咬了两排牙印。我觉得,这一趟最糟糕的是归途:没日没夜地盯着他,逼他走在我前面,脖子上系着绳,口里塞着布,直到他因为缺吃少喝而驯服,被驱赶着朝幽暗森林走。最终,我把他带到了幽暗森林,交给了精灵,因为我们有约在先;我也很高兴摆脱他,因为他气味腌臜。就我而言,我但愿永远不要再见他;不过甘道夫来了,忍耐着与他交谈了很久。"

"是的,又久,又累,"甘道夫说,"但是有收获。其一,关于自己失去魔戒的事,他所讲的与比尔博现在首次公开的相吻合;不过这些无关紧要,因为我已经猜到了。但是,我第一次得知,咕噜的魔戒出自大河,近金菖蒲沼地;也得知了他持有了很长时间,寿命是他那个矮人族的数倍。魔戒的力量延长了他的年岁,远超他正常的寿数;这种力量仅有至尊戒才能施加。

"如果这些还不足以证明,加尔多,这里还有我说的另一个检验办法。就在你所见到的这枚高举的圆形无装饰的戒指之上,伊希尔杜所记下的文字仍能读出,只要你有足够的意志力把这个金器投入火中烧一会儿。我已这么做了,读出的铭文如下:

Ash nazg durbatulûk, ash nazg gimbatul,

ash nazg durbatulûk agh burzum-ishi krimpatul。"

巫师的声音起了令人惊骇的变化，猛然间变得险恶逼人、气势汹汹，冷酷如岩石。似乎有一片阴影掠过了高悬的太阳，前廊一度陷入了阴暗。万物战栗，精灵们掩耳不听。

"灰袍巫师甘道夫，从未有人胆敢在伊姆拉德里斯[1]念出此种语言的话来。"埃尔隆德说着，阴影掠走，众人又能呼吸了。

"那么，让我们期望，永远不会有人在此再度念出来，"甘道夫回应道，"尽管如此，埃尔隆德大人，我也不求您原谅。因为若是不想即将听到此种语言回响在西方世界的角角落落，那么我们大家都应不再怀疑，此物确为智者所宣称的：大敌之宝物，满怀其恶意，大敌在古时的大部分法力蕴藏其中。以下便是埃瑞吉安的工匠当时听到的话，传自黑暗年代，一听他们就知道自己被背叛了：

至尊魔戒驭众戒，至尊魔戒得众戒；
众戒皆从至尊戒，众戒禁锢黑暗中。

"我的朋友们，也请你们知晓，我从咕噜那里探知了更多。他交代得勉强，也讲得含糊，但确凿无疑的是，他去了魔多，在那里，他所知的一切都被迫交代，故而大敌现在知道至尊戒已现，且在夏尔已久；另外，既然他的爪牙已经快追到了我们门口，魔戒在我们手中的事，他很快便会知道，甚至也许就在我开口的同时，他便已经知道了。"

一时间，众人沉默不语，末了波洛米尔开口道："这个咕噜，依

---

[1] 原文 Imladris，幽谷的精灵语称呼。字面意义为"陡峭的深谷"。

你说,是个小东西?个子小,作恶的本事却大。他怎样了?你给了他什么下场?"

"他在囚禁中,仅此而已,"阿拉贡说,"他受过很多折磨,而且肯定受过拷打,对索隆的恐惧在心中留下了阴影。不过,就我本人而言,我乐见他安全地控制在幽暗森林警觉的精灵手中。他恶意极大,这赋予他很强的力量,让人难以相信如此瘦小枯槁之躯竟有这般强力。要是他得了自由,他还能做出许多恶事。而且,我毫不怀疑,他得到许可离开魔多,是有奸恶的任务要完成。"

"哎呀!哎呀!"莱戈拉斯叫道,他那张美丽的精灵面孔上忧虑重重,"派我来传达的消息现在必须报告了。不是好消息,可到这儿以后,我才意识到对大家来说这个消息有多么糟糕。斯密戈,也就是现在所说的咕噜,已经逃跑了。"

"逃跑了?"阿拉贡失声叫道,"这消息真的太糟了。恐怕我们会为此懊恼万分。瑟兰杜伊尔族如何辜负了信任呢?"

"并非由于我们不够警惕,"莱戈拉斯说,"倒可能由于我们过于善良。我们担心囚徒有外援,对于我们的作为比预期的了解得还多。我们遵照甘道夫的吩咐,日夜守着这个怪物,尽管这个任务令我们十分厌倦。但是,甘道夫也嘱咐我们,他还有希望矫正,我们不想永远将他禁锢在地下暗牢中,因为他在地下会重新堕落,重拾过去的阴暗心思。"

"你们当年对我可没有这么柔情啊。"格罗因说,他眼中光芒一闪,忆起了被囚在精灵王厅堂深处的旧事。

"你又来!"甘道夫说,"我的好格罗因,求你不要打岔。那是个令人遗憾的误会,也匡正已久了。如果精灵与矮人之间的所有恩怨都要在此处摆出来,我们不如放弃这次议会好了。"

格罗因起立躬身,于是莱戈拉斯继续讲道:"天气晴好的时候,我们带咕噜穿过森林,远离其他树木的地方有一棵高高的独木,他喜欢攀爬。我们不时允许他爬到最高的树枝上，感受一下自由的风，并在树下设有警卫。有一天，他拒绝下树，而警卫们也无意跟着他爬上去：他已经学会了手脚并用，附在树枝上，所以他们守在树下，直至深夜。

"正是在那个星月无光的夏夜，奥克趁我们不备，发起了袭击。我们费了一番工夫把他们驱走，虽然他们数量多，又凶残，但他们来自山地，不惯于林间作战。战斗结束后，我们发现咕噜不见了，警卫不是被害，便是被掳。到了那时，我们才明白，这次袭击是为了救咕噜，而且他提前得到了消息。他们如何预谋的，我们猜不出；但咕噜狡猾，而敌人的探子又多。恶龙毁灭那年我们驱走的邪物又回来了，数量众多，除了我们维系的疆土以外，幽暗森林再度成为邪恶之地。

"我们未能抓回咕噜。在密密麻麻的奥克踪迹中，我们跟上了他的脚印，脚印进入森林深处，向南而去。但是不久后，我们的手段就辨不出他了，我们也不敢继续追捕；因为我们已经距离妖术之山多古尔都很近，此地太过妖邪，我们从不踏足。"

"唉，唉，让他跑了，"甘道夫说，"我们没有时间再去搜捕他了。他一定会做想做的事，但是，他也许还会起作用，他本人和索隆都预见不到的作用。

"现在，我将回答加尔多的其他问题。萨鲁曼怎样了？为达此目的，他对我们有何建议？这件事我必须讲完整，因为只有埃尔隆德听我说过，还很简短；但它关乎我们必须解决的一切。魔戒的故事讲到现在，这是最后一章。"

"6月底我在夏尔，但愁云笼罩了我的心，我骑马到了这片小小土地的南部边界，因为我预感到有危险，虽然我还不知道，但越来越逼近了。在边界，我得到了刚铎打仗与战败的消息，当听说黑魔影症时，一股寒意让我心中一沉。可是，除了几个南方来的逃亡者，我什么也没发现；可在我看来，似乎他们头上压着一种不能言说的恐惧。之后，我转向东方、北方，沿着绿大道行进，在离布里不远的地方，碰到了一位旅人，坐在路边，马儿在身旁啃草。他是褐袍巫师拉达加斯特，曾居住于幽暗森林边界附近的罗斯戈贝尔，他是我的同侪，但我多年未见到他了。

"'甘道夫！'他叫道，'我一直在找你，但这些地方我不熟悉，所知道的只是有可能在一个名字粗俗、叫作夏尔的穷乡僻壤找到你。'

"'你的消息准确，'我说，'但是，如果你遇到夏尔的任何一位居民，可别这么说。你现在已靠近夏尔边界了。你找我何事？一定很要紧，你过去从不远行，除非迫于紧急的需求。'

"'我有一项紧迫的任务，'他说，'我有一个坏消息。'然后，他四周打望一番，好像害怕篱墙长了耳朵。'那兹古尔，'他低声道，'九戒灵又离境了。他们已经秘密渡过了大河，现在正在西行。他们的装扮是黑衣骑士。'

"我到那时才明白，自己不清楚却害怕的是什么。

"'敌人一定有什么迫切的需求或目标，'拉达加斯特说，'但是我猜不出，是什么让他注意到这种偏僻的地方。'

"'你这话作何解？'我说。

"'有人告诉我，不管到哪里，这些骑士都会打听一个叫作夏尔的地方的消息。'

"'夏尔。'我念着这个名字，心往下沉。因为九戒灵被他们的邪恶头目召集到一起时，即便是智者也会畏惧与之对抗。这个头目过去是一个了不起的王者兼法师，现在则能将致命恐惧施加于人。'谁告诉你的？谁派你来的？'我问。

"'白袍巫师萨鲁曼，'拉达加斯特答道，'他要我告诉你，若你觉

得有需要,他会帮忙;但你要立刻去寻求他的帮助,否则就太迟了。'

"这个口讯给予我希望。因为白袍萨鲁曼是我这一序列中的最强者。当然,拉达加斯特是一位不错的巫师,精通易形与色调变化,饱学草木野兽的知识,尤其善与鸟儿为友。但是,萨鲁曼长期研究敌人本身,所以我们常常能够料敌于机先。也正是凭借萨鲁曼的智计,我们才把他驱出多古尔都。或许他已经找到了可以击退九戒灵的什么武器。

"'我去找萨鲁曼。'我说。

"'那你要立刻动身,'拉达加斯特说,'因为我找你浪费了时间,时日无多了。他命我在仲夏之前找到你,现在已是仲夏了。即便你立刻从此处出发,也难在九戒灵发现要找的地方之前与萨鲁曼碰头。我自己也要立刻折返。'说着,他翻身上马,便要径直策马而行。

"'暂且留步!'我说,'我们将需要你的帮助,以及万物如果愿意相帮,我们都需要。请传信给你所有的鸟兽朋友,告诉它们,把关乎此事的所有消息带给萨鲁曼和甘道夫,把信送到欧尔桑克。'

"'我会传信的。'说着,他便驱马走了,仿佛九戒灵在追他似的。"

"当时当地,我不能跟他走。当天我已经骑了很远,马儿与我一样疲累;我还需要考虑事情。当晚我留宿布里,确认自己已没有时间返回夏尔。我真是大错特错呀!

"不过,我写了一封信给弗罗多,托给我的朋友客栈主人交给他。我在黎明离去,终于来到了萨鲁曼的栖身处。他在艾森加德的极南,迷雾山脉的南端,距离洛汀隘口不远。波洛米尔可以告诉你们,那是一处开阔的山谷,位于迷雾山脉与埃瑞德尼姆拉伊斯——也就是他的家乡白色山脉——最北麓之间。不过,艾森加德是一圈光秃秃的岩石,如墙一般合围着一个峡谷,峡谷中心是一座石头塔楼,叫作欧尔桑克。修建它的并非萨鲁曼,而是很久以前的努门诺尔人;塔楼很高，有很多秘密；可外表并不像人力穿凿而成。要抵达塔楼，唯有穿过艾森加德的石墙；而在环形石墙上，唯有一门可入。

"一日夜深时分，我来到那个门前，仿如岩石墙上的一条巨大拱门；并且守卫森严。不过，看门人在守望我，告诉我萨鲁曼在等我。我从拱道骑马而入，大门在我身后无声闭合，突然间，我感到毫无来由的害怕。

"但我一路骑到欧尔桑克脚下，踏上了去见萨鲁曼的台阶；他见了我，引我到他的高处密室。他的手指上戴着一枚戒指。

"'你终于来了，甘道夫。'他庄重地对我说；可他眼睛里似乎有一道白光，好像从心底里迸出的冷笑。

"'是的，我来了，'我说，'我来请你帮助，白袍萨鲁曼。'这个头衔似乎惹恼了他。

"'请我帮助？灰袍甘道夫！'他嘲讽地说，'你是认真的吗？很少听说灰袍甘道夫有寻求帮助的时候，他那么狡黠，那么智慧，四处游走，事事掺和，不管是不是他的事。'

"我看着他，感到不解。'可如果我没有受蒙骗，'我说，'当下事情的进展将要求联合我们所有人的力量。'

"'或许如此，'他说，'但你的这个念头来得太迟了。我琢磨着，有一桩至关紧要的事，你瞒着我这个白道会的首领有多久了？是什么风把你从夏尔的老巢给吹过来了？'

"'九戒灵已再度进发，'我答道，'他们已渡过了大河。拉达加斯特这么告诉我的。'

"'褐袍拉达加斯特啊！'萨鲁曼笑起来，再也不掩饰自己的轻蔑，'驯鸟人拉达加斯特！老实人拉达加斯特！蠢货拉达加斯特！不过，我分派给他的任务，他刚好有足够的脑子完成。你这不就来了？这便是我那个口讯的全部目的。你就待在这儿，旅途疲惫，休

息休息,灰袍甘道夫。我乃是智者萨鲁曼,铸戒者萨鲁曼,彩袍萨鲁曼!'

"我这才去看他的袍子,原来看上去是白的,其实不然,而是缤纷诸色织就,随他的行动闪闪生光,色彩变幻,令人目眩。

"'我更喜欢白色的。'我说。

"'白色!'他哼道,'那是给初阶的。白布可以染色;白纸可以重写;白光可以分解。'

"'那便不是白色了,'我说,'把事物分解以发现其本质的,已经偏离了智慧之道。'

"'不要拿我当你的傻瓜朋友那样跟我说话,'他说,'我让你到这儿来,不是为了听你教训,而是给你一个选择。'

"他挺直身体,开始慷慨陈词,好像在做一篇练习了很久的演说:'昔日老矣已逝去,居中流光把人抛,青春岁月恰开端。精灵的时代终结了,但我们的时代即将来临:人类的世界,我们必须统治。但是,我们必须有力量,统领万物听命于我们的力量,从中获取唯智者才能看到的益处。'

"'甘道夫,我的老朋友、好帮手,听着!'他说着,凑近了一些,嗓音柔和下来,'我说的是我们,因为如果你愿意和我联手,那就是我们。一股新的力量正在崛起,若与之作对,旧时的联盟和策略于我们完全无济于事。不管是精灵,还是垂死的努门诺尔,都已毫无希望。现在,有一个选择放在你面前、我们面前。我们可以加入这股力量,甘道夫,这样才聪明,这样才有希望。它不日就要获胜,谁帮了它,谁便获得丰厚的回报。随着这股力量的增长,它验证了的盟友也会壮大;而智者如你我,可以耐心等到最后,左右其方向,控制它。我们等待时机,把真心深藏,为其间或许做下的坏事痛心,却始终秉持崇高的终极目标:知识、规则、秩序;这一切,是我们拼力到如今也未达成的,因为我们那些盟友帮不上忙,他们要么弱小,要么懒惰,反成阻碍。我们的目的不需要也不会有任何实质改变,改变的只是我们的手段。'

"'萨鲁曼,'我说,'这类调调我之前听到过,但只是从魔多派出的密使的嘴巴里听到过,为的是欺骗愚昧无知之徒。想不到,你让我从那么远的地方赶来,只是为了让我耳朵起茧。'

"他斜睨着我,停下来思考了一会儿。'好,我看出来了,这条明智的道路不合你的意,'他说,'还是说,尚未合意? 如果我能谋划出一条更好的道路呢?'

"他走过来,把手指修长的手搭在我的臂上。'何不为之,甘道夫?'他耳语道,'何不为之? 至尊魔戒合你的意吧? 要是我们掌握了它,那股力量不就到我们手上了嘛。老实说,这才是我让你来的原因。我有许多条眼线,我相信,你知道这个宝物现在在哪儿。我说得不错吧? 否则为什么九戒灵在找夏尔,而你又在那儿忙什么?'说着,一股无法掩藏的贪欲突然在他的眼中一闪。

"'萨鲁曼,'我说着,从他身边走开,'至尊戒每次只能由一人持有,这点你非常清楚;所以别费力说什么我们! 但我是不会交出来的,不,我连关于它的消息也不给你,既然我已经知道了你的心思。你是白道会的首领,但终于暴露了你的嘴脸。好吧,你给我的选择似乎是向索隆投降,或者向你投降。哪个我也不选。你还给我准备了别的选择吗?'

"他冷下脸来,很是阴险。'有,'他说,'我原本也没有指望你表现得多聪明,哪怕是为了你自己;但是我给过你机会,让你主动协助我,以给自己多省些麻烦,少受些折磨。第三个选择是留在此处,直至了结。'

"'怎么了结?'

"'直至你向我坦白哪里能找到至尊戒。也许我找到了说服你的办法,或者没你协助也找到了它,到时候,本统领就有时间处理轻松些的事情了:比方说,给从中阻挠、傲慢无礼的灰袍甘道夫设计一个合适的赏赐。'

"'那可不会是什么轻松的事情。'我说。他对我哈哈大笑,因为我说的不过是空话,而且他很清楚。

"他们将我拿下,把我单独关押在欧尔桑克的塔尖,就是萨鲁曼惯常观星的地方。除了一条数千级台阶的狭窄楼梯,无法下楼;而其下的峡谷看起来遥不可及。我望向曾经绿意葱茏的美丽峡谷,如今处处是坑洞与熔炉。艾森加德豢养了妖狼与奥克,因为萨鲁曼正在纠集一支自己的强兵,与索隆抗衡,当时他尚未成为索隆手下。他所有的工事上方笼着黑烟,把欧尔桑克的四边都包裹起来。我好像独自站在一座云中孤岛上,没有机会逃脱,日子很痛苦。严寒刺骨,只有窄室供我前后踱步,反复琢磨着黑骑士来北方的事。

"萨鲁曼的话里可能有谎言,但除此之外,我对于九戒灵的崛起感到很确定。早在来艾森加德之前,我便在路上听到了消息,决不会有错。我心里一直在为夏尔的朋友们感到恐惧;但仍抱有希望。我希望弗罗多如我在信中催促的,已经立刻出发,希望他在死亡追捕启动之前就赶到幽谷。可是,我的恐惧也好,希望也罢,都证明是不可靠的。因为我把希望寄托在布里的一个胖老头身上,而我的恐惧生发于索隆的狡诈。可是,那个卖啤酒的胖老头有太多客人要招呼,恐惧又使得索隆的力量被我高估。但是,我当时独自陷在艾森加德的石墙围圈之内,很难想象,人人望风而逃或不敌的追捕者会在遥远的夏尔败退。"

"我看见你了!"弗罗多叫道,"你在来回踱步,月光照亮了你的头发。"

甘道夫震惊地住了口，看着他。"只是在梦里，"弗罗多说，"但我一下子想起来了，我几乎都忘记了。梦是在我离开夏尔后做的，有一段日子了。"

"那么梦得有些迟了，"甘道夫说，"你会明白的。我当时困顿窘迫，熟悉我的人都了解，我从未落得如此境地，对如此遭遇也忍受不来。灰袍甘道夫竟如一只飞虫，困在蜘蛛奸诈的网中！可即便最精心的蜘蛛也会留下一根脆弱的蛛丝。

"起初我害怕拉达加斯特也已经堕落了，萨鲁曼无疑就打算让我这么想。可是，在我们会面的时候，我在他的声音和眼神中没有捕捉到丝毫不对劲。要是早有觉察，我绝不会到艾森加德来，来也要提高警惕。萨鲁曼猜到了，他掩藏真意，骗过了他的信使。无论如何，企图让老实人拉达加斯特叛变，诱哄他投敌，都会是徒劳。他怀着善意找到了我，又如此说服了我。

"这也让萨鲁曼的阴谋无法得逞。因为拉达加斯特没有理由不按照我说的去做；他骑马奔向幽暗森林，他在那儿有许多旧友。山鹰飞得又高又远，一切尽收眼底：妖狼聚集，奥克集合，九骑士在大地上行走四方；它们还听到了咕噜逃跑的消息，派了一位信使给我传信。

"事情便是这样：夏日将尽的时候，在一个月夜，飞得最快的巨鹰——风王格怀希尔意外地来到了欧尔桑克，发现我站在塔顶。之后，我同它交谈，在萨鲁曼觉察之前，它载着我飞走了。待到妖狼与奥克从大门蹿出来追捕我，我已经远离了艾森加德。

"'你能载着我飞出多远？'我问格怀希尔。

"'很多里格之外，'它说，'但到不了大地的尽头。我是给派来送信的，不是来载重的。'

"'那我必须在陆上找一匹骏马，'我说，'一匹绝快的骏马，因为我从未这么急需赶路过。'

"'那我载你去埃多拉斯,洛汗之王端坐王堂的所在,'它说,'那儿并不遥远。'我很高兴,因为驭马地洛汗正是马之主洛希尔人的居地,他们在迷雾山脉与白色山脉之间的大峡谷中培育的马匹,是无与伦比的。

"'你觉得,洛汗的人类还可信任吗?'我问格怀希尔,因为萨鲁曼的叛变已动摇了我的信念。

"'据说,他们将马匹上贡,'它答道,'每年送大量马匹到魔多;但他们尚未套上枷锁受辖制。不过,如果萨鲁曼像你说的那样变坏了,他们的末日也不远了。'

"天亮之前,它把我放在了洛汗;到此我的故事已经拖得太长了,余下的部分一定要简短些。在洛汗,我发现邪恶已生:萨鲁曼的谎言惑众,此地的国王听不进我的告诫。他叫我挑上一匹马离开,我选了一匹很合我心意的,只是他不乐意。因为我骑走了他国中最好的马,而且我从未见过能与此马相比肩的。"

"一定是一匹高贵的骏马,"阿拉贡说,"得知索隆收取这样的贡品,比许多其他更糟的消息还要叫我难过。上次我到那里时,还不是这样。"

"现在也不是,我发誓,"波洛米尔说,"这是敌人放出的谣言。我了解洛汗人,他们真诚勇敢,是我们的盟友,仍然居住在我们赠予的土地上。"

"远方已被魔多的阴影笼罩,"阿拉贡回应道,"萨鲁曼便倒在这阴影下。洛汗已被包围。如果你重返洛汗,谁知道你会看到什么情况?"

"至少不会看到这种情况,"波洛米尔说,"他们爱马仅次于自己的亲人,绝不会卖马保命。而且我这么说不是没理由的:驭马地的马出自北方原野,距离魔影很远,传承自古代自由岁月的祖先,与它们的主人一样。"

"确实如此!"甘道夫说,"其中一匹,也许正是降生于这个世界的黎明。九骑士的马儿不能与之匹敌;它不知疲倦,快如疾风。人们叫它捷影。日间它的鬃毛闪亮如银;夜晚变成暗灰的阴影,隐身而过,马蹄落地极轻!从未有人能够攀上它的马背,但我牵走了它,驯服了它,它载着我疾驰,弗罗多到坟岗的时候我就到达夏尔,而我离开洛汗时他才刚从霍比屯动身。

"但是,越往前走,我越担忧。就在我北上的路上,我听到黑骑士的消息;虽然我一天天地追上来,可他们总在我前面。后来我知道,他们兵分几路:有几个驻在东部边界,近绿大道;有几个从南方侵入夏尔。我赶到霍比屯,弗罗多已经走了;但我与老甘姆吉谈了谈,他话虽多,但切题的少。对于袋底洞的新主人的短处,他的话说不完。

"'我这辈子,无法忍受变化,何况是这种最糟的变化。''最糟的变化'这一句他重复了很多次。

"'"最糟"可不是个好字眼,'我对他说,'希望不会真有一天你会亲眼见到最糟的。'不过,从他的话里,我最终弄清楚了弗罗多已在不到一周前离开了霍比屯,当晚山上来了一个黑衣骑马人。之后,我骑上马,带着担忧前行,去了雄鹿地,发现当地已经骚动起来,忙乱得好像有根棍子搅进了蚁巢。我来到克里克洼的宅子,门被撞开,空空荡荡,门槛上却丢着弗罗多披过的斗篷。一时间我丧失了希望,所以没有等着探听消息,否则还能得些宽慰;我沿着黑骑士的踪迹继续骑行,可很难跟踪,因为他们去向纷乱,我又迷路了。不过,我看出来有一两个是朝着布里去的;我就上了路,因为我想了一些话,可以讲给那位客栈主人。

"'他叫黄油菊,'当时我想,'要是因他的过失误了事,我就把他身体里的黄油全给熔化掉,我要把这个老糊涂放在文火上慢烤。'他估摸的也差不多,一见到我的脸,就瘫倒在地,当场就软化了。"

"你把他怎样了?"弗罗多惊叫道,"他真的对我们很不错,他真的尽力了。"

甘道夫笑道:"别怕!我没伤他,也没怎么吼他。他告诉我的消息让我大喜过望,待这个老家伙不颤抖了,我拥抱了他。当时我推测不出发生了什么,但知道了你前一夜到过布里,早上便与神行客离开了。

"'神行客!'我高兴得大喊起来。

"'是的,先生,恐怕就是他,先生,'黄油菊误会了我的意思,'他接近了他们,虽然我能做的都做了,可他们跟他挺近乎,他们在这儿一直都举止古怪:可以说是任性妄为。'

"'蠢驴!呆瓜!值得加倍又加倍爱戴的麦曼啊!'我说,'这是仲夏以来我听到的最棒的消息;至少抵得上一个金币。愿你的啤酒施了魔咒,一连七年品质超群!'我说,'现在我可以休息一晚啦,我都想不起来多久没休息了,这还是第一次。'

"那晚我住在客栈,思索了很久黑骑士会怎样;因为布里似乎还只有两名骑士的消息。但是,那晚我们听到了更多的动静,至少有五名自西而来,撞毁大门,狂风一般呼啸着穿过布里,那儿的人现在还在发抖,等着末日到来呢。天不亮我就起了床,跟在他们后面。

"我说不准,但在我看来,事情应该是这样:他们的头目在布里以南秘密藏身,两名先行,穿过村子,四名侵入夏尔。但是,在布里和克里克洼受挫的几个返回向头目报告,所以大道有一段时间没有看守,只有探子。然后,头目派出几名骑士向东直穿村野,他和余下的人马在盛怒中上了大道。

"我像一阵飓风般朝风云顶飞驰,在离开布里第二天的日落之前赶到——而他们早我一步到达。他们感知到我的怒火汹汹而来,不敢在太阳未落之时与我对峙,便躲开了。但是,到了夜里,他们合围逼近,把我包围在山顶上,风云顶上的阿蒙苏尔环形石墙之中。我真的很难扛得住:风云顶从古代烽火之后,再也没有腾起过这样的烈焰光电。

"我在太阳升起的时候脱身,向北而逃。我无法打算做到更多,弗罗多,在荒野中找到你是不可能的,而且身后紧跟着九戒灵还去找你,更是愚蠢。所以,我只能托付给阿拉贡。但是我还是希望能引开几个,赶在你之前抵达幽谷,派出援兵。确实有四个骑士跟上了我,可一段时间后又掉头,似乎朝渡口去了。这有点儿作用,因为你们的营地遇袭的时候,只有五个骑士,而不是九个。

"我溯灰泉河而上,穿过埃滕荒原,再从北方南下,经过一条又长又险的路来才到这里。离开风云顶后我差不多走了十五天,因为在食人妖山岗的乱石中我无法骑马,和捷影分开了。我把它还给了它的主人,不过,我们已产生了深厚的情谊,一旦我有需要,呼唤它,它便会前来。就这样,我来到了幽谷,只比魔戒早两天,而有关其凶险的消息已经送到了——消息也证实的确有用。

"弗罗多,我的叙述到此结束。但愿埃尔隆德以及诸位原谅叙述的冗长。但是,甘道夫不守信诺、不能赴约这种事以前从未有过。我想,对持戒人说明这桩奇事,是必须的。

"好,事情现在从头到尾讲清楚了。我们齐聚在此,魔戒也在此,但是距大家的目标尚未更近一步。我们该如何处置魔戒呢?"

众人一片沉默。末了,埃尔隆德再次开口。

"萨鲁曼变节的消息很严重,"他说,"因为我们过去信任他,我们所有的谋划他都参与很深。对大敌的法术钻研过深,不论是为善还是为恶都很危险。唉! 不过这样的堕落与背叛,往昔也曾发生过。

今日所听到的故事中，弗罗多的让我最感新鲜。除了此处的比尔博，霍比特人我几乎都不认识；在我看来，他也许不像我过去以为的那么孤单、那么独一无二。自我上次踏上西行路以后，世界已改变太多。

"我们知道坟岗厉鬼，他们有许多不同的称呼；老林子的传说也听过不少：现在它存留的不过是古代北端的外缘。曾几何时，松鼠从一棵树跳到另一棵树，就可以从现在的夏尔一路跳到艾森加德以西的黑蛮地。我曾去过那些地方，许多奇特的野物我都认识。但是，我已经把邦巴迪尔忘了——如果这一位确实就是很久以前行走在林中和山间的那个人；而且早在彼时，他也已是高古之人了，年岁比远古还长。那时他还不叫这个名字，我们称他伊阿瓦因-本-阿达尔，意思是年岁最长且无父承。不过，别的民族对他有许多其他称呼：矮人叫他弗恩，北方人类叫他欧拉尔德，还有其他名字。他是一位奇特的人物，也许我本应该召他来参加我们的会议。"

"他不会来的。"甘道夫说。

"难道我们不能给他送信，博得他的帮助吗？"埃瑞斯托问，"他拥有的力量似乎连魔戒也能支配。"

"不，我不那么认为，"甘道夫说，"倒不如说，魔戒没有支配他的力量。他是他自己的主人，但是，他改变不了魔戒本身，也不能打破魔戒对他人的控制。现在，他缩在小小的一隅，自己划定的圈内——尽管无人看得见这个边界——也许在静待时日的变化，但他不会踏出边界一步。"

"但是边界以内似乎没有什么能让他惊怕吧，"埃瑞斯托说，"难道他不能拿走魔戒，在界内持有，让它永远不能作恶？"

"不行，"甘道夫说，"他不会情愿。如果全世界的自由人民都恳求他，或许他会代管魔戒，但是他不会理解这个需要。而且，如果魔戒给了他，他很快就会忘掉，更有可能把它丢弃。此类物品左右不了他的心神，他会是最不安全的守护人；单这一条便足以回答你的问题了。"

"不管怎样，"格洛芬德尔说，"把魔戒送到他那里只能推迟邪恶时代的到来。他在迢迢千里之外，眼下我们无法把魔戒送去而不引起所有探子的猜测和注意。即便我们能送去，魔戒之主迟早会知道魔戒的藏匿地，会竭尽所有的力量去抢它。这个力量，邦巴迪尔能够独自抵抗吗？我认为不能。我认为，到了最后，如果所有其他人都被征服了，邦巴迪尔也会败溃，乃是世上最终，正如他也是世上之始；之后永夜便会来临。"

"对此人我只知道伊阿瓦因这个名字，"加尔多说，"但是我觉得格洛芬德尔说得对。他并不拥有反抗大敌的力量，除非这个力量存于大地自身。可是，我们知道，索隆能使得地裂山崩。而在伊姆拉德里斯这里，在奇尔丹的海港、在罗里恩那里，仍有这样力量与我们同在。但是，当索隆最终杀到，一切颠覆之时，我们与他们有没有与敌抗衡的力量？"

"我没有那个力量，"埃尔隆德说，"他们也没有。"

"那么，如果没有让敌人永远拿不到魔戒的力量，"格洛芬德尔说，"唯有两桩，我们犹可一试：把魔戒送到大海彼方，或把魔戒摧毁。"

"但是，甘道夫已经揭示了，凭我们所有的本领也摧毁不了魔戒。"埃尔隆德说，"而且，生活在大海彼方的精灵不会接受：因为不论是凶是吉，魔戒属于中土世界；只有我们，生活在中土世界的我们来承担。"

"那么，"格洛芬德尔说，"让我们把它投入深海，让萨鲁曼的谎言成真。因为现在已经清楚了，即使身处白道会，他也已踏上了邪路，他知道魔戒不会永远失踪，却希望我们这么想；因为他自己垂涎魔戒。可是，谎言中往往暗藏真相：魔戒在海中便安全了。"

"不会永远安全。"甘道夫说，"深水之中，万物莫测，且沧海亦能变为桑田。而且，我们今天的责任，不是只考虑一时的春秋变换、人类的几次轮回，或者世间一个纪元的终结。我们应该寻求的是，彻底解除这个威胁，哪怕我们不期望能够做到。"

"这个解决，我们在去大海的路上是找不到的，"加尔多说，"如果认为把魔戒送交伊阿瓦因太过危险，那么，逃到海上现在也危机重重。我的直觉告诉我，等索隆知道发生了什么事，他会预料到我们将会西渡。而且他很快便会知道。九戒灵确实损折了马匹，但只是暂阻，很快他们便会找到跑得更快的新骏马，现在仅有力量衰退的刚铎挺立在敌人面前，阻挡了他横扫海岸线杀入北方；如果他挥兵袭击白塔与灰港，那么笼罩中土世界的阴影愈加深重，精灵族也无法逃脱。"

"敌人攻势虽久，却必被拖住，"波洛米尔说，"你说，刚铎力量衰退了；但是刚铎不屈挺立，即便其力量已近末势，也仍然十分强大。"

"可是刚铎的警戒线已不足以屏退九戒灵，"加尔多说，"他可以找到刚铎未设守卫的其他路线。"

"那么，"埃瑞斯托说，"如格洛芬德尔所称，仅有两条路可走：把魔戒永远藏起，或者把它摧毁。可又皆非我们的力量所能办到的。谁来为我们破解这个难题呢？"

"此间无人能解，"埃尔隆德沉重地说，"至少，无论选哪一条路，都无人能够预知需要跨越什么障碍。不过，在我看来，现在我们必须选择的路已经清楚了。西行最易，故而必须避开：敌人一定会监视，且精灵族已太多次从此路逃离。到了最后关头，我们必须选择一条艰难的道路，一条预想不到的道路。走这条路才有希望，倘若那就是希望。步入险境——向魔多而行。我们必须将魔戒送入末日之焰。"

又是一片沉默。尽管身处这么美丽的厅堂，向外能望见日光照亮的山谷，山谷回荡着清澈的水声，弗罗多仍感到死亡的黑影投到了心间。波洛米尔不安起来，弗罗多望向他，他正在摩挲着他的大号角，皱着眉头。终于，他开了口。

"这一切我不理解。"他说，"萨鲁曼是叛徒不错，可难道他没有一点智慧吗？为何你们一直在讨论隐藏和摧毁？为什么我们不能以为，至尊戒恰在此亟须关头来到我们手中，是为了襄助我们？自由人的自由王如果运用它的法力，一定能战胜敌人。我寻思，这一点才是他最怕的。

"刚铎的人类英勇无畏，永不会投降；但也许会被打败。英勇首先依靠力量，其次是武器。若魔戒拥有如你们所言的力量，就让它成为我们的武器吧。取魔戒之力，向胜利前进！"

"啊，不可！"埃尔隆德说，"我们不能使用至尊魔戒，这一点我们眼下已经非常清楚了。它属于索隆，为他一人独造，绝对邪恶。波洛米尔，魔戒之力太强，任何人都无法随心意使用它，除了自身力量已十分强大者；可对他们魔戒反而潜藏着更致命的凶险，因为占有它的欲望恰恰会腐蚀人的心灵。想想萨鲁曼吧。假如任何一位智者戴上这枚魔戒，使用自己的本领推翻魔多之主，他就会让自己坐上索隆的王座，成为下一位黑暗魔君。这也是魔戒理应摧毁的又一理由：只要它存于此世，便是危险，连智者也难逃。因为，万物本性皆非恶，即使索隆也亦然。拿走魔戒，藏匿起来，我害怕；拿走魔戒，施用法力，我不愿。"

"我也一样。"甘道夫说。

波洛米尔疑惑地看着他们，低下了头。"如此也罢。那么，我们在刚铎必须有什么武器便依靠什么武器了。最低限度，有智者们护卫魔戒，我们将战斗到底。但愿断裂的圣剑仍能力挽狂澜——如果握剑之手不单继承了祖传之宝，更继承了人王力量之源。"

"谁能断定呢？"阿拉贡说，"但是，终有一日会验证的。"

"愿那日来得不要太迟，"波洛米尔说，"因为我们虽不开口求援，但确需援手。能够知道他人也竭尽全力作战，将令我们宽慰。"

"且请宽心,"埃尔隆德说,"因为还有你们所不知晓的其他力量和王国,对你们隐藏不见。大河安度因流至阿戈那斯与刚铎的大门之前,还流过了许多的地方。"

"如果所有这些力量联合起来,每一方的势力都由联盟拧成一股,对大家岂不有利。也许还有其他的魔戒,潜在危险少的,或可为我们所用。我们失去了七戒的下落——巴林尚未找到其中最后一枚瑟罗尔的戒指;自瑟罗尔命丧墨瑞亚以后,他的戒指便杳无音讯。说真的,现在我可以明言,巴林离去,部分原因是希望找到那枚戒指。"

"巴林在墨瑞亚找不到什么戒指,"甘道夫说,"瑟罗尔将戒指传给了儿子瑟莱因,可瑟莱因没能传给梭林。瑟莱因在多古尔都的地牢里受刑,被夺走了戒指。我到得太迟了。"

"啊,天啊!"格罗因喊道,"何时是我们的复仇之日?不是还有三戒吗,精灵的三戒现在如何?据说力量十分强大。精灵王者难道没有持有吗?可它们也是黑暗魔君很久之前铸造的,它们还有效吗?我看见精灵王者在场,难道你们没有要讲的吗?"

众精灵不答言。"你未曾听见我的话吗,格罗因?"埃尔隆德开口了,"三戒非索隆所造,也从未被他染指。但是,三戒是不可言说的。此刻既已生疑,我眼下所能说的只有这么多:它们并非失去效力,但却未铸造为战斗或征服的武器:它们的力量不在征战。其铸造者不求获得势力,不求统领四方,不求聚集财富,但求理解、创造、治愈、保护万物免遭玷污。这些追求,中土精灵在某种程度上已经实现,尽管伴随着痛苦。但是,只要索隆重获至尊戒,三戒之运用者借戒指所达成的一切将化为乌有,他们的意识与心灵也将暴露给索隆。这三戒还不如不存在。敌人的目的正是如此。"

"那么,依照您的判断,如果至尊魔戒真的被毁掉了,会发生什么?"

"我们不能断定,"埃尔隆德悲哀地说,"有人希望,三戒从此得到自由，因为它们从未被索隆触碰过，而且三戒的掌握者可以治愈他对世界造成的伤害。可是，当至尊戒消失，三戒也许会随之失灵，许多美好的东西会消退乃至被遗忘。这是我的看法。"

"可是全体精灵都愿意承受这个风险，"格洛芬德尔说，"只要这样做索隆的力量可以分崩离析，从而我们永远不需担心受他辖制了。"

"所以，我们又回到了摧毁魔戒上，"埃瑞斯托说，"这并没有朝前推进一步。我们有什么力量可以找到铸造魔戒的烈火？这等于走上一条绝望之路，如果拥有深长智慧的埃尔隆德不禁止，我甚至要说是愚蠢之路。"

"除了绝望，就是愚蠢？"甘道夫说，"不是绝望，因为只有确凿无疑一眼望到终局的人才会绝望，我们并没有。衡量过所有其他的路线之后，认清必须做的事是智慧，不管死抱着虚妄希望的人觉得这有多么愚蠢。好，就让我们披上愚蠢的外衣，将纱幕遮蔽在敌人的眼前！因为他很精明，把一切都放在恶意的天平上精确权衡。但是，他所知道的唯一的砝码是欲望，对权力的欲望，他以此来称量所有的人心。竟然有人会拒绝魔戒，拥有了魔戒我们竟然寻求摧毁它，这样的念头永远到不了他的心里。如果我们以此为目的，我们便能出其不意。"

"至少目前如此。"埃尔隆德说，"虽然有千难万险，我们也必须踏上这条路。而且，我们能在这条路上走多远，力量也罢，智慧也罢，都帮不了我们。但是，只要怀有强烈的希望，弱者能同强者一样勇担此任。但这不就是万物巨轮运行之理吗？当大人物将眼光投向别处，小人物却下定决心，尽微渺之力推动巨轮。"

"很好，很好，埃尔隆德大人！"比尔博突然开口，"不用再说了！您指的是谁再明显不过了。比尔博这个傻瓜霍比特人引起了事端，那么比尔博最好去了结事端，要么了结他自个儿。我在这儿住得很舒服，我的书也正在写。您想知道吗，我正在给书写结尾呢。我本打算这么写：从此以后，他幸福地生活着，直至生命尽头。虽说用得俗了，可仍不失为一个好结尾。眼下我不得不改了它：它不可能成真啦，很明显，不管怎样还得有好几章要写，如果我还有命回来。真是个可怕的麻烦事呀。我应该何时行动？"

波洛米尔惊讶地望着比尔博，但是，当他发现所有其他人都带着尊敬，严肃地注视这位老霍比特人的时候，他的笑僵在了唇边。只有格罗因在微笑，但这个笑意来自旧时的记忆。

"当然啦，我亲爱的比尔博，"甘道夫说，"此事若真的因你而起，或许你应该将它了结。可现在你很清楚，认下事端，无论对谁也过于重大；而且大事之中，无论是什么英雄，能做到的也只有一小部分。你无须屈从！尽管你并非虚言，我们也不怀疑，你玩笑话底下是勇敢的挺身而出。但你力所不及啊，比尔博。你不能再取回此物，它已经传承下去了。要是你还需要我的建议，我会说，你的那部分故事已经结束，只是你还要作为记录者把它记下来。写完你的书吧，保留你的结尾！实现这个结尾仍有希望。但是，准备好等他们归来以后写个续集吧。"

比尔博笑了起来："怎么以前你给我的建议没有这次顺耳呢。可是，鉴于你所有不顺耳的建议都有益处，我想这个建议应该也不坏。另外，我觉得自己也不剩什么力气和运气来折腾魔戒啦。魔戒之势已长，我可没有。但请告诉我：你说的'他们'指的是谁？"

"为护送魔戒派出的使者。"

"着哇！会是谁呢？依我看，此事正是这个会议必须决定的，也是唯一必须决定的事。精灵们或许光靠长篇大论也能保持生机勃勃，矮人们十分能耐饥劳；可我只是个老霍比特人，肚子饿了就想吃午饭。现在我们不能提出几个名字吗？或者推迟到饭后再议？"

无人应声。午间的钟声敲响了，还是无人开口。弗罗多扫视每个人的面孔，可是没有人转头看他。所有参会人都静坐着，目光低垂，似乎陷入了沉思。一股巨大的恐惧压到他身上，似乎他一直都在等待着某个宿命的宣布，这个宿命他早已预见，可又徒劳地渴望着永远不会被说出来。他满心里充塞着一个压倒一切的愿望：在幽谷安定下来，太太平平地守在比尔博身边。终于，他鼓足气力开了口，听见自己的声音都感觉异样，好像是别人的意志在用他的微小声音说话似的。

"我来护送魔戒，"他说，"尽管我不知道路在何处。"

埃尔隆德抬起眼睛，朝弗罗多望去，这突如其来锐利的一瞥，让弗罗多感到自己的内心被刺穿了。"如果刚才所讲的我理解得不错，"他说，"我想，这一任务便指定给你了，弗罗多；如果你不知道走什么路，那么别人也一样。此刻属于夏尔人，你们自宁静的田园挺身而出，震撼了大人物的高塔与决议。诸多的智者中可曾有哪一位预见此刻呢？或者说，若他们真的是智者，又怎能预知不到，却要等待此刻降临呢？

"但是，这是一项重任，谁也不能将此等重任放到他人的肩头。我不会让你担负，可既然你慨然承担，我要说，你做出了正确的选择。就算古代所有强大的精灵之友——哈多、胡林、图林、贝伦——齐聚，你也能够跻身其中，占据一席之地。"

"可是您肯定不会派他自个儿去吧，大人？"山姆大叫，再也控制不住自己，从他一直静静坐着的地板的一角跳了出来。

"肯定不会！"埃尔隆德说，微笑着转向山姆，"至少你要跟他去。你同他实在难以分离，哪怕受邀参加秘密会议的是他，而不包括你。"

山姆坐了下来，脸涨得通红，摇着脑袋，咕咕哝哝地说："咱俩可是自己撞网里了，有得苦头吃啦，弗罗多先生！"

第三章
魔戒南下
THE RING GOES SOUTH

———— 要是这几位霍比特人明白有何危险,他们会变得胆怯不前;可他们仍然希望前往、希望自己无畏,还会为自己感到羞愧、感到惆怅。

———— 现在就怀着坚定的心出发吧!再见了,愿精灵的祝福、人类的祝福、所有自由民的祝福与你们同行。愿星光照亮你们的面庞!

当天晚些时候，霍比特人在比尔博的房间里召开了自己的会议。当听说山姆溜进了埃尔隆德的会议，而且已经被选为弗罗多的同伴，梅里与皮平都愤愤不平。

"太不公平啦，"皮平说，"埃尔隆德非但没把他轰出去，给他哐啷一声套上锁链，反倒奖赏了这个厚脸皮！"

"还奖赏？"弗罗多说，"我想不出比这更严厉的处罚了。你说话的时候不动动脑子：被判处踏上没有希望的征途，算哪门子奖赏啊？昨天我还梦想着自己的任务完成，能就地休息，长久地休息，或许直到永远呢。"

"我倒不奇怪，"梅里说，"我也盼着你能休息。可我们妒忌的是山姆，不是你。如果你不去不行，那么不管把我们中的谁甩下，哪怕留在幽谷，也是处罚。我们跟你一起走过了那么长的路，度过了紧张的时刻，我们想要继续跟你一起走。"

"我就是这个意思，"皮平说，"咱们霍比特人应该抱团，而且也会的。我一定要跟你走，除非他们把我锁起来。队伍中必须有一个有智慧的。"

"那么你肯定不能入选了，佩里格林·图克！"甘道夫从贴近地面的窗户中看进来，说道，"不过你们大家的担心没有必要，一切都尚未决定呢。"

"尚未决定！"皮平嚷嚷道，"那你们都干什么去了？你们可是关起来好几个小时啦。"

"我们在讨论，"比尔博说，"讨论了很多，每个人都开了眼界，甚至包括老甘道夫。我看，莱戈拉斯说的那个关于咕噜的消息，可把他打了个措手不及，尽管他遮掩过去了。"

"你说得不对，"甘道夫说，"你不专心。我早就从格怀希尔那里得到消息了。说起来，真正唯一让人开眼界的——用你的措辞——是你和弗罗多；而我是唯一没有感到惊讶的。"

"好吧，总之，"比尔博说，"什么都没定下来，只选定了可怜的弗罗多和山姆。我一直提心吊胆的，怕如果把我饶过了，就会走到这一步。不过，如果你让我说，埃尔隆德会等情报搜集以后再派出相当数量的人马。他们出动了吗，甘道夫？"

"出动了，"巫师答道，"已经派出了一些哨探，明天还会派出更多。埃尔隆德派出了精灵，会联系游侠，可能联系幽暗森林的瑟兰杜伊尔一族。阿拉贡同埃尔隆德的儿子们一起出发了。采取任何行动之前，我们须把方圆数里格的地方都细细巡查，所以，弗罗多，开心一点！你要在此长住啦。"

"啊！"山姆郁闷地说，"那我们就得一直待到冬天来临啦。"

"没办法，"比尔博说，"这有一部分得赖你，弗罗多我的孩子：非要等到我的寿日那天。我忍不住想，用这种办法致敬真好笑，我可不会挑这一天让萨-巴家住进袋底洞。不过事情就是这样：现在你不能等到春天才走；可情报没掌握你也不能动身。

> 冬日来临寒啮骨，
> 霜夜几重冻石裂。
> 池塘水黑叶落尽，
> 荒野妖邪行走时。

但恐怕这就是你的运道。"

"我也这么想，"甘道夫说，"掌握黑骑士的行踪之前，我们不能行动。"

"我还以为他们都在洪水中丧命了。"梅里说。

"那样可灭不了戒灵，"甘道夫说，"他们身上有其主子的力量，他们与他共存亡。我们希望，他们都折损了坐骑，被剥下了伪装，暂时没那么危险了，不过我们必须确认无误。眼下，你应该努力忘掉你的麻烦，弗罗多。我不知道能做些什么帮助你，但我要在你的耳边轻声说：有人讲，队伍里需要有智慧的人，他讲对了。我想，我应与你同行。"

听到他这么宣告，弗罗多欣喜若狂，甘道夫只得离开他一直坐着的窗台，站起身，脱下帽子，躬身说道："我说的只是我想我应与你同行，先别指望什么。这件事上，埃尔隆德很有发言权，还有你的朋友神行客也是。这倒提醒了我，我要去见埃尔隆德。我必须走了。"

"你觉得，我在这儿还有多长时间？"甘道夫走了以后，弗罗多问比尔博。

"喔，我说不好。幽谷的日子我算不出，"比尔博说，"但我得说，挺久的。我可以聊很多。帮我写写我的书？为下一部想个开头？你有没有想过结尾？"

"想过，好几个呢，全都是阴暗难过的结尾。"弗罗多说。

"噢，不会的！"比尔博说，"书应该有好结尾。这个怎么样：他们全都安定下来，从此以后，幸福地生活在一起？"

"这个挺好的，如果真的能成。"弗罗多说。

"啊！"山姆说，"但他们要在哪儿生活呢？我总是好奇这个问题。"

霍比特人继续谈论思考了一会儿过去的旅程和前途的危险；可幽

谷这片土地有一样好处，很快把所有的担心与焦虑从他们心上移走了。未来不管好坏，虽并未被忘怀，却不再有影响当下的力量了。他们日益健壮，心中越来越有希望，日日都是好日，他们心满意足，每一餐饭、每一句话、每一首歌都让他们感到快乐。

日子便这样一天天地溜走了，明媚美好的黎明开启每一个早晨，凉爽清透的黄昏带来每一个夜晚。可是，秋日很快萎凋，金晖渐渐褪成淡淡的银光，依依不舍的树叶掉落光秃秃的枝头。从迷雾山脉向东吹来的风带着寒意，狩猎月[1]在夜空中盈满，逼退了所有无法与之比肩的星辰。但是，有一颗星星低垂在南方，闪着红光，每夜随着月亮由盈渐亏，它越来越闪亮。弗罗多可以从窗户望见它，在深深的天空上燃烧，好像一只警视的眼睛从峡谷边缘的树林之上凝望。

霍比特人在埃尔隆德家园住了近两个月，11月已带着最后几缕秋意远去了，12月正在流逝，这时哨探开始返回了。有的北上，越过了灰泉河的泉眼，深入埃滕荒原；有的西行，在阿拉贡和游侠的帮助下，搜检了深入灰潮河下游的地方，一直到了沙巴德港，古代的南北大道在这里经由一座废弃的城镇跨过灰潮河。还有很多人去了东部与南部，其中有人翻越迷雾山脉，进入了幽暗森林，其他人则翻过了金菖蒲河源头处的垭口，南下进入大荒野，搜遍了金菖蒲沼地，远至拉达加斯特的老家罗斯戈贝尔。拉达加斯特不在家，他们便由人称红角口的高峰垭口返回。埃尔隆德的儿子埃尔拉丹与埃尔洛希尔是最后返回的，他们走了很远的路，溯银脉河而下，到了陌生的地方，但是除了埃尔隆德，他们的任务对谁也不会说。

无论何处，信使们都没有发现黑骑士的任何踪迹与消息，也没有

---

[1] 原文 Hunter's Moon，9月22日或23日秋分后两周内的第一个满月。

发现敌人的其他爪牙。连从迷雾山脉的鹰那里，他们也没有打听到任何新消息。谁也不曾见过咕噜，也不曾听说他的事；但是，野狼仍在聚集，而且再次窜至大河上游很远的地方捕猎。黑马中有三匹在渡口洪水中当场溺死，急流下的石头上又找到了五匹的尸骸，还有一领长长的黑色披风，已被划破撕碎了。黑骑士的踪迹只找到这些，而且不论哪里也没有感知到他们的存在，似乎他们从北方消失了。

"至少，九骑士中八个有了下落，"甘道夫说，"不能太笃定，那样很草率；不过我想，眼下我们可以指望，戒灵被冲散了，两手空空，没有形迹，不得不尽快赶回魔多去见他们的主子了。

"若果真如此，等他们再次发起追捕还会有一段时间。敌人当然还有其他的爪牙，然而，他们要长途跋涉到幽谷的边界才能获得我们的行踪，而且只要我们小心谨慎，他们很难发现。但是，我们一定不能再耽搁了。"

埃尔隆德召见了霍比特人。他严肃地看着弗罗多，说："时候到了。如果要送走魔戒，就必须快走。但是，护送魔戒的人无法仰仗战争或武力的帮助来完成使命，必须深入到援兵鞭长难及的大敌领地。弗罗多，你是否仍秉持你的诺言，愿意当持戒人？"

"是的，"弗罗多说，"我与山姆同行。"

"那么，我帮不到你很多，甚至给不了建议，"埃尔隆德说，"你的前路我几乎无法预见，你的使命如何达成我也不能知晓。目前，魔影已蔓延到大山脚下，甚至逼近了灰潮河边缘；阴影笼罩之下，一切对我皆昏暗难视。你会遭遇许多敌人，有的不加掩饰，有的戴着伪装；可在你最不刻意寻找的时候，你也会在路上找到朋友。我会尽我所能，给广袤世界上我所认识的人送出消息；可是如今的大地已危险重重，有一些消息很可能被误送，或者快不过你的脚步。

"我还会为你选择同行的伙伴,只要他们愿意,或者机缘合适。人数必须少,既然你完成使命的希望在于速度和保密。即便我拥有古代那样的精灵劲旅,也派不上用场,只能会激起魔多的势力。

"魔戒远征队的人数将为九名;九行者对抗邪恶的九骑士。陪伴你和你忠实的仆从的还会有甘道夫,因为这是他的重要使命,或许也是他的苦劳之终。

"其他的成员将代表世上的自由人民:精灵、矮人、人类。莱戈拉斯将代表精灵;格罗因之子吉姆利代表矮人。他们愿意前往,至少会跨过迷雾山脉的隘口,或者更远。人类将有阿拉松之子阿拉贡与你同往,因为伊希尔杜之戒与他干系甚大。"

"神行客!"弗罗多喊道。

"我在,"阿拉贡微笑着说,"我再次请求成为你的同伴,弗罗多。"

"我本想恳求你一起,"弗罗多说,"只是我以为你要同波洛米尔一起去米那斯提力斯呢。"

"我是要去,"阿拉贡说,"我动身参战之前,曾经的断剑将要重铸。且你的路线和我们的路线重叠了上千哩,所以波洛米尔也会加入队伍。他是个英勇的人。"

"还需要再找两位,"埃尔隆德说,"我来考虑人选。也许在我自己的家族中,能找到我认为合适的人手派出去。"

"可这就没有我俩的位置啦!"皮平不高兴地喊道,"我们不想给甩下,我们要跟弗罗多一起去。"

"这是因为,前路潜伏着什么,你们不明白,也想象不到。"埃尔隆德说。

"弗罗多一样也不明白,也想象不到。"甘道夫出乎意料地支持皮平,说道,"我们之中没有谁能清楚地知道。确实,要是这几位霍比特人明白有何危险,他们会变得胆怯不前;可他们仍然希望前往、希望自己无畏,还会为自己感到羞愧、感到惆怅。埃尔隆德,我想,在此事上,大可以信赖他们之间的友谊,而不是了不起的智慧。即使你为我们挑选一位精灵领主,比方说格洛芬德尔,他也不能凭自己的本领直捣黑暗妖塔,不能开出一条通向末日之焰的路来。"

"你讲得很郑重,"埃尔隆德说,"但是我有怀疑。我有预感,夏尔现在不能免遭于难,所以我打算把这两位派回传信,尽他们所能,按照本土的方式,给人民发出预警。不管怎样,我认定这两位中较为年轻的佩里格林·图克应该留下来。我心中不同意他前去。"

"那么,埃尔隆德大人,您就不得不把我锁进牢里,要么把我捆着装进口袋里送回家乡。"皮平说,"否则我一定会跟着远征队走。"

"只得如此啦。你去吧,"埃尔隆德叹了一口气,"现在九人总数已满。七日之后,远征队必须出发。"

精灵工匠把埃兰迪尔之剑铸造一新,剑身上镌刻了七星图,星星两端各有一枚新月和一个光芒四射的太阳,环绕着许多如尼文字;为阿拉松之子阿拉贡将要对战魔多大军而备。此剑全新再造,闪亮非常,太阳照耀其上显赤光,月亮照耀其上现冷辉,其刃且利且坚。阿拉贡给剑取了新的名字,安督利尔,意为西方之焰。

阿拉贡与甘道夫边走边谈,或坐下来讨论他们的路线和可能遇到的危险,琢磨埃尔隆德家园的绘注地图与传说书籍。有时弗罗多同他们一处,不过有他们的指导可以仰仗他就满足了,他尽可能多和比尔博一起度过时光。

在最后的日子里,几位霍比特人在晚间一起坐在火焰大厅里,在讲到的许多故事之中,听到了贝伦与露西恩的完整叙事诗,还有关于夺得宝钻的;在白天,梅里与皮平出门四处游荡,弗罗多和山姆却和比尔博待在他的小屋里,比尔博会朗读他书里的段落(仍然很不完整)

和诗歌断章，要么记录弗罗多的历险。

最后一天的早晨，弗罗多与比尔博单独在一起，这个老霍比特人从床下拖出一只木箱，打开箱盖，伸手进去摸索。

"这是你的剑，"他说，"可剑是断的，你知道。我拿走了剑，收了起来，但忘了问工匠是否能够修补。现在没时间啦。所以我想，或许你会乐意接受这一把，是不是？"

他从箱中取出一把装在破旧皮剑鞘中的短剑，然后把剑抽出，剑刃打磨过，保养得很好，登时放出光来，冷飕飕，闪亮亮。"这是刺叮，"他说着，稍一用力，便将短剑深深地插入了木柱，"如果你喜欢，就拿上它。我估摸着自己不再需要了。"

弗罗多感激地接了过来。

"还有这个！"比尔博说着，取出了一个包袱，尺寸不大却沉甸甸的。他解开了几层旧布，拿出了一件短甲。短甲由许多小环细密地钩织而成，柔软得几乎像件亚麻衬衫，凉得像冰，却比钢铁还结实。甲上钉着白色的宝石，像月光照在银子上那么亮，还有一条珍珠与水晶连缀的腰带。

"是件漂亮东西，对吧？"比尔博说着，把它移到光亮处，"还很有用。这是梭林送给我的矮人甲。临走前，我到大洞镇那里取回，装进了我的行李。我把历险的全部纪念物都带上了，除了魔戒。不过，我以前没觉得这个用得上，现在除了偶尔看看，也不需要。披上它你也很难感觉到有什么分量。"

"我会看上去——哎，我觉得穿上它我会看上去别别扭扭的。"弗罗多说。

"我也这么说自己，"比尔博说，"不过永远不要在意外表。你可以把它穿在外衣里面。来！你一定要和我一起保守这个秘密，跟谁也不要讲！要是知道它穿在你身上，我会感到开心得多。我妄想着它甚至能挡开黑骑士的刀剑。"最后,他压低了声音。

"好得很,我收下了。"弗罗多说。比尔博给他穿上,把短剑刺叮在亮晶晶的腰带上系牢;然后弗罗多在外面套上他那条饱经风霜的旧马裤,穿上短袍和上衣。

"你看上去就是一个平平无奇的霍比特人嘛,"比尔博说,"不过,现在你比表面看上去的可多了内涵啦。祝你好运!"他转过头去,望向窗外,想努力哼出曲调来。

"我对你感谢不尽,比尔博,为了这个,为了过去你待我的一切善意。"弗罗多说。

"别说啦!"老霍比特人说着,转过身来,一巴掌拍在他的后背上,"嗷!"他叫道,"你现在硬邦邦的拍不得啦! 你记住:霍比特人一定要抱团,特别是巴金斯家的人。我所求的报答只是:好好地照顾自己,把听到的所有新鲜事,所有老歌、老故事都带回来。我会努力在你回来之前把书写完。我还想写第二本书呢,如果老天让我活到那会儿。"他突然住了口,又转向了窗户,柔声唱起来。

> 静坐炉火畔,
> 旧忆浮眼前,
> 每逢夏日到,
> 蝶舞花草妙。
>
> 蛛丝黄叶绕,
> 晨霭随秋早,
> 日光映如银,
> 我发拂秋风。

静坐炉火畔，
展思将来日，
终得寒冬降，
冬后无春光。

世间万物繁，
岂得一一见：
林木何其多，
频频春再临，
新绿万千变，
可惜无缘见。

静坐炉火畔，
旧友萦心间，
待有后辈出，
人间换新颜。
纵有世界新，
我已永难见。

静坐思忆久，
往昔旧事稠，
侧耳捕足音，
门外游子回。

　　这是近12月底的一天，阴冷灰暗，东风一波一波地穿过光秃秃的树杈，在山上黑暗的松林中翻腾。乱云在头顶上迅速流过，昏暗低垂。

阴郁的暮色开始降临时分，远征队准备好出发了。他们要趁黄昏动身，因为埃尔隆德建议他们尽量借黑夜的掩护行路，直到远远离开幽谷。

"你们应该警惕索隆众多爪牙的窥视，"他说，"我不怀疑，黑骑士狼狈受挫的消息已经传到了他那里，他一定火冒三丈。很快，他的那些有足的、长翅的探子便会遍布北方大地。在路上的时候，哪怕是头顶上的天空你们也必须注意。"

远征队几乎没带作战装备，因为他们完成使命的希望在于秘密行动，而不是战斗。阿拉贡只带了安督利尔这一件兵器，穿着锈绿与赭色的衣服，像一个荒野游侠。波洛米尔有一柄长剑，样式类似安督利尔，但少些传奇；还带了一面盾牌和那把战号。

"在山间谷中，它的声音又响亮又清楚，"他说道，"刚铎之敌，全部退散！"说着，他把战号放到唇边，轰然吹响，回声在块块岩石上蹦跳，幽谷所有听到号声的人都跳起了身。

"以后吹响号角须暂缓三思，波洛米尔，"埃尔隆德说，"待你到重踏故土边界之日，或大难临头之时吧。"

"也许吧，"波洛米尔说，"但启程之时我总是把号角吹响，这样即便我们之后要行走在重重阴影之中，我也不会夜里做贼似的前进。"

矮人吉姆利独自外穿着一件钢环短甲，矮人们不在乎负重；他的腰带上系着一柄宽刃斧头。莱戈拉斯带着一把弓和箭筒，系在他腰带上的是一柄雪亮长刀。几个年轻的霍比特人挎着从坟岗得来的剑，而弗罗多只带了刺叮，穿了锁子甲，像比尔博希望的那样藏在里面。甘道夫拿着手杖，但身侧挎着精灵宝剑格拉姆德林，与之成对的奥克利斯特剑如今安置在孤独山脉之下的梭林胸前。

埃尔隆德给每个人都装束齐备：暖和的厚衣服，还有皮毛内里的斗篷与上衣。备用食物、替换衣物、毯子和其他给养都由一匹矮马驮着,正是他们以前从布里买下的那匹可怜的牲口。

驻留幽谷给它带来了巨大的奇妙改变:它油光水滑,似乎拥有了青春活力。是山姆坚持选择它的,宣称如果比尔(他这么喊它)不能来,就会憔悴消瘦的。

"这头牲口快能说话啦,"他说,"要是再待久一些,它就开口了。它看着我的眼神,明明白白和皮平先生说的话一样:如果你不让我跟你一起去,山姆,我就自个儿跟上。"于是,比尔作为负重的脚力加入了,而且它是队伍里唯一一个没有面带愁容的成员。

他们已经在大厅的炉火旁向众人告别过,眼下只等甘道夫从屋内出来。敞开的门里闪出火光,许多窗户亮起了柔和的灯光。比尔博裹着一件斗篷,默默地站在台阶上,挨在弗罗多身旁。阿拉贡屈腿坐着,头抵在膝上;唯有埃尔隆德完全懂得这一刻对他意味着什么。其他人在暗中看去,是绰绰灰影。

山姆站在矮马旁,嚼着牙齿,闷闷不乐地凝视着幽暗深处,喧嚣的河水在下方冲刷着多石的河床。他对冒险的渴望陷入了最低潮。

"比尔,我的小伙子,"他说,"你不该跟我们混在一起。你本可以待在这儿,新草长出来之前,还有最好的干草吃。"比尔摇摇尾巴,什么也没说。

山姆解下肩上的行囊,在脑子里紧张地过了一遍他收拾的全部家当,检查是否遗漏了什么:做饭的家伙是首要的宝贝,还有他总是带在身上、一有机会就添满的一个小盐匣,很多烟草(但远非足够,绝对的);火石火绒、羊毛裤袜、衬衣衬裤,各种各样他家少爷忘掉而他打包好的小物件,就等着需要的时候耀武扬威地取出来。他把东西都检查了一遍。

"绳子!"他嘟囔道,"忘了绳子! 就在昨晚你还对自己说呢:'山姆，带段绳子不？要是没带上，你肯定会缺用的。'这下好了，我会缺绳子用。眼下也拿不着了。"

就在此时，埃尔隆德同甘道夫走了出来，将远征队唤到他跟前，低声说道："这是我最后的话。持戒人向末日山进发，踏上征程，使命系于一身：勿抛开魔戒，勿将魔戒交付敌人的任何仆从，勿使远征队与白道会成员以外的人触碰魔戒，且仅在十万火急时允许他们经手。其他人为自由队员，在途中辅助持戒人，可逗留，可返回，可另选他路，见机行事。你们所行愈远，则抽身退步愈难；无誓言契约加诸你们，若有违心愿，则可停步。因为你们尚不知晓自己心中蕴藏之力，亦不能预见，各自在前路有何际遇。"

"前路晦暗之际告别者，信念不坚。"吉姆利说。

"或许如此，"埃尔隆德说，"但是，未见识过夜幕者，怎可让他立誓在黑暗中前行。"

"可誓言能坚定动摇的心啊。"吉姆利说。

"也能粉碎动摇的心。"埃尔隆德说，"不要虑得那么远！现在就怀着坚定的心出发吧！再见了，愿精灵的祝福、人类的祝福、所有自由民的祝福与你们同行。愿星光照亮你们的面庞！"

"祝……祝你们好运！"比尔博喊道，冻得结结巴巴，"弗罗多我的孩子，我想你记不成日记，但我盼着你回来给我完整地讲一讲。别去太久呀！再会！"

许多埃尔隆德家园的其他人站在暗地里目送他们，轻声道别。没有笑声，没有歌声，也没有乐声。末了，他们转身离开，默默地消失在暮色中。

他们走过小桥，沿着又长又陡的小径蜿蜒而上，从山谷的裂缝走出了幽谷；最终走到高地沼原，风嘶嘶地穿过石楠丛。之后，他们回望了一眼闪烁在小径下方的最后一个温馨家园，大步走入漫漫长夜。

远征队在布鲁伊嫩渡口离开大道，南向取道大地起伏间的狭窄小路。他们打算沿迷雾山脉以西的路线行走数日多哩，大山另一侧是大荒野，大河的河谷绿意盎然，相比之下，这一侧崎岖得多也荒芜得多，他们的进度也会缓慢；但他们希望走这条路可以躲开不怀好意的注视。在这片空荡荡的原野上，目前为止几乎还未见到索隆的探子，而且除了幽谷居民，几乎没人认识路。

甘道夫走在前面，阿拉贡与他并肩，哪怕天黑了他也对这片土地了如指掌。其他人排成一队跟在后面，由眼神锐利的莱戈拉斯殿后。旅途的第一部分艰辛可怕，后来弗罗多什么也记不得了，除了狂风。连续多天没有太阳，冰冷的狂风一阵阵地从东面的大山吹来，似乎什么衣服也不能挡住狂风摸索的手指。尽管队员们都裹得严严实实，可不论走着还是坐着，他们都很少觉得暖和。他们在日中睡觉，睡得不踏实，要么在地洞里，要么藏身虬结的荆棘丛下——许多地方长着荆棘，缠结成了灌木丛。近傍晚的时候，担任警戒的人把大家叫醒，吃一顿主餐：惯常是冰冷无味的，因为他们很少冒险生火。夜晚，他们继续前进，总是尽量找向南的路来走。

起先，霍比特人觉得，虽然他们磕磕绊绊地走到筋疲力尽，可慢得像蜗牛爬，而且似乎走向了死路。每一天走到的地方都和前一天差不多。不过，大山一直越来越近，到了幽谷以南，群山耸立得更高，并且向西折去。在主峰的山脚边，起伏着更广阔的荒凉山地，还有深深的峡谷，翻滚着汹涌的怒涛。很少有路，有也很曲折，经常把他们带到陡峭的山坡边缘，或是下降到危机暗伏的沼泽。

他们走到第十四日，天气变了。狂风突然下沉，风向转南，流云上升消散，太阳出来了，颜色清淡而明亮。他们跌跌撞撞地走完一夜长路后，迎来了寒冷而晴朗的黎明，来到了一个低矮的山岭，山顶上生长着古老的冬青，灰绿色的树干仿佛恰好取材于山上的石头。旭日的光辉里，冬青树暗绿的树叶闪闪发亮，浆果红得放光。

向南远眺，弗罗多能够看见山脉高耸的灰影，似乎挡住了远征队正在走的路。这片山地的左边矗立着三座山峰：最高的也离他们最近，好像一枚尖上带雪的牙齿，其北面的巨大秃壁仍然大半罩在阴影中，但阳光斜照处红得耀眼。

甘道夫站在弗罗多身旁，勾手远眺，说道："我们表现得不错，已经来到了人类称为'冬青郡'的地界了。过去的幸福岁月中，这儿曾生活着许多精灵，那时此地名为埃瑞吉安。乌鸦飞行四十五里格能到达这里，而我们步行要多走许多哩的长路。从现在地势变缓，天气好转，可也许益发凶险了。"

"凶险且放一边，一场真正的日出太令人愉快了。"弗罗多说着，将兜帽甩在脑后，让晨光照在脸上。

"但前面有山挡路啊，"皮平说，"昨天夜里我们肯定向东转了。"

"没有，"甘道夫说，"不过，明亮的光线下你能望得更远。山峰之外，山岭转折向西南方。埃尔隆德家园有许多地图，不过我猜你从来都没想着看一看？"

"想着呢，有时候看一看，"皮平说，"只是我记不得。这类东西弗罗多的脑袋更在行。"

"地图我不需要。"吉姆利说。他与莱戈拉斯走过来，眺望眼前，深邃的眼睛里闪着奇异的光芒，"这是我们的父辈从前劳作过的土地，我们已把这些山脉的形象刻在了许许多多的金属与石头上，写进了许许多多的歌曲和故事中。这些山峰高耸在我们的梦中：巴拉兹、奇拉克、沙苏尔。

"之前我只有一次真正远远地眺望过这几座山峰,但是我熟悉它们、熟知它们的名字,因为山底下坐落着卡扎杜姆,即矮人挖掘之所,现在名为黑坑,精灵语叫墨瑞亚。远处耸立的是巴拉辛巴,即红角峰、残酷的卡拉兹拉斯;挨着它的是银齿峰和云顶峰:又名白峰与灰峰,我们的语言称为兹拉克-兹吉尔和邦杜沙苏尔。

"迷雾山脉正是从此处分开,山麓之间是我们不能忘怀的幽暗峡谷:阿扎努尔比扎尔,即黯溪谷,精灵语称为南都西瑞安。"

"我们正是朝着黯溪谷走的,"甘道夫说,"如果我们爬过卡拉兹拉斯山峰另一侧下方叫作红角口的隘口,我们就能顺着黯溪梯向下进入矮人的深谷。谷底有镜影湖,湖中有一个冰泉泉眼,乃是银脉河的源头。"

"凯雷德-扎拉姆湖水暗幽幽,"吉姆利说,"奇比尔-纳拉泉水冰冷冷。想到很快便能亲眼得见,我的心都在颤抖。"

"愿你见景而欣喜,我的好矮人!"甘道夫说,"可不管你做什么,我们无论如何都不能在谷中停留。我们必须沿着银脉河顺流而下,深入秘密森林,然后一直走到大河,再然后——"

他顿住了。

"听着呢,然后到哪里呢?"梅里问。

"到此征程的终点,"甘道夫说,"我们看不了那么远。第一段路安全走完,让我们开心起来!我想,让我们就地休息,不光是今天,今晚也休息。冬青郡的氛围有益身心。一个曾经有精灵栖居的地方不会完全把精灵遗忘,除非太多邪恶降临。"

"确实如此,"莱戈拉斯说,"不过,这片土地上的精灵对我们森林精灵来说是陌生的一族,此处的草木如今也不记得他们了。我只听到岩石在悼念:深深掘来美美雕,精灵将我筑得高;如今他们已离去……他们已离去，很久以前去往海港了。"

当天上午，他们在大片冬青树丛围裹的一处深谷里生了火，这是出发以来最快乐的一顿当作晚餐的早餐。饭后，他们没有急着去睡，因为有整晚可以睡觉，而且到次日晚上以前他们也不打算上路。唯有阿拉贡不说话，也不安心。过了一会儿，他离开众人，爬到山岭上，在一棵树的树影里站住，向西方和南方眺望，侧着头，仿佛在聆听。之后，他返回到谷边，朝下望着欢声笑语的其他人。

"怎么啦，神行客？"梅里抬头喊道，"你在找什么？想念东风了吗？"

"没有，"他答道，"但我有想念的东西。我曾在各种季节来到冬青郡的乡野，现在没人居住了，可自始至终还生活着许多别的生灵，特别是鸟儿。现在除了你们，万物都静悄悄的。我能感觉得到，我们周围数哩之内都没有声响，你们的声音好像弄得地面都有回声了。我觉得很奇怪。"

甘道夫抬头仰望，突然起了兴趣。"照你猜测是什么原因呢？"他问，"在这个少见人烟、难闻人声的地方，瞧见四个霍比特人，且还不提我们几位，除了惊讶而噤声，还会有别的反应吗？"

"我倒希望如此，"阿拉贡回答道，"但是我有一种警觉感和恐惧感，这是我在此地从未有过的。"

"那么我们必须多加小心了，"甘道夫说，"带着一位游侠同行，最好仔细听他说话，尤其这位游侠还是阿拉贡。我们必须停止大声讲话，安静下来睡觉，还要设警戒。"

当天轮到山姆第一个当值，不过阿拉贡同他一起。其他人睡着了，之后越来越静默，连山姆都感觉到了。睡者的呼吸声能够听得清清楚楚，马儿甩尾，偶尔移动马蹄，都变成了喧哗；山姆连自己挪动时的关节咔吧声都听得到。他被死寂包围，太阳从东方露头的时候，晴朗的蓝天悬在一切之上，但在南边远远地出现了一片黑色，涨大着向北而来，好像风中的一股飞烟。

"神行客，那是啥？瞅着不像云彩。"山姆低声对阿拉贡说。他没有应答，正在聚精会神地凝视着天空；但是没有多久，山姆自己也能看清楚是什么在迫近：极速飞行的鸟群，翻滚着，盘旋着，在整片地面上来来回回，仿佛在搜查着什么；而且越飞越近了。

"躺平！不要动！"阿拉贡用气声说，把山姆扯进一片冬青丛的影子里；因为有整整一大群鸟突然脱离了主群，飞得很低，径直朝山岭而来。山姆认为，它们属于某种大体型的乌鸦。它们从头顶飞过时，密密麻麻地聚成一团，黑黑的影子遮蔽了下方地面。他们听见了粗嘎的叫声。

鸟群向北向西飞去，才刚缩小在远方、晴空重现时，阿拉贡便一跃而起，去叫醒了甘道夫。

"黑鸦军团正飞遍迷雾大山与灰潮河之间的所有地方，"他说，"已飞过了冬青郡。它们不是本地土生的，是来自范贡和黑蛮地的克瑞巴因鸦。我不清楚它们在忙什么：可能南方有麻烦，它们在逃离；不过我认为是在窥探这片地方。我还瞧见不少鹰隼在天上高飞。我想，今晚我们必须动身，冬青郡对我们不再有益身心：它被监视了。"

"这样一来，红角口也会有监视，"甘道夫说，"我想不出怎么才能通过而不被发现。不过，车到山前必有路，事到必要再琢磨。你说天一黑就上路，恐怕说对了。"

"好在我们的火堆没冒什么烟，在克瑞巴因鸦飞来前就燃得很低，"阿拉贡说，"必须熄灭，再不能点燃了。"

"哎呀，这不是太倒霉、太讨厌了嘛！"皮平说。近傍晚时分，皮平刚一醒来,便被透露了新消息:不能生火,又要赶夜路,"居然只因为一群乌鸦!我还盼着今晚好好吃一餐热乎饭呢。"

"啊,你可以保持期待,"甘道夫说,"前方可能有许多意料不到的宴会等着你呢。我自己只想舒舒服服地抽上一斗烟,暖暖脚。有一样我们无论如何也能确定:越往南,越暖和。"

"怕是太暖和了,也不奇怪,"山姆对弗罗多嘟囔道,"我开始觉得是不是该看到火焰之山了,还该看到大道的尽头,这么说来。原先我以为,这个红角峰——不管叫啥名——就是尽头呢,吉姆利说了他那一大段我才知道。矮人语真的是太拗口磨牙了!"地图的讯息进不了山姆的脑子,这些陌生地方的远近八方看起来那么辽阔,他实在估算不出距离。

整个白天,远征队都在隐藏。黑色的鸟时不时飞过,直到西沉的太阳颜色转红,它们才消失在南边。黄昏时,远征队出发了,此刻半向东转,把路线调到卡拉兹拉斯方向。太阳已西沉不见,卡拉兹拉斯峰披着最后一缕余晖,仍然微弱地闪着红光。天空的色彩褪去,白色的星星一颗一颗地跳了出来。

阿拉贡带队,他们走上了一条好走的道路。在弗罗多看来,这条路好像是某条古代大道的遗留,从冬青郡通往大山隘口,曾经是规划良好的宽广大道。今天月亮又盈满,从山上升起,洒下了淡淡的月光,月光中石头的影子黑黢黢的,许多都像经过人手凿成,而如今凌乱跌落,废弃在荒芜凄凉的大地上。

正是第一线晨曦将露之前的酷寒时刻,月已沉坠,弗罗多仰头看天,猛然看到或者觉得有一个影子掠过了高高的星星,似乎有一瞬星星消失了,之后再复闪现。他战栗了。

"你看到有什么飞过去了吗?"甘道夫就在他的前面,他过去耳语道。

"没有，但不管是什么，我感觉到了，"他说，"也许什么也不是，只是一片薄云。"

"它移动得很快，"阿拉贡喃喃道，"而且没有乘风而行。"

当夜再无他事发生。次日的黎明比之前还要明媚，但气温再次变冷，风已转向，吹向东边。接下来的两夜，他们继续行军，一直在攀高，但是越来越慢，因为道路盘山蜿蜒而上，群山高耸，离得越来越近。到了第三个早晨，卡拉兹拉斯峰矗立在他们的面前，十分险峻，尖顶积雪如银，但侧壁陡直光秃，颜色暗红，好像沾了血污。

天空黑沉沉的，太阳苍白，此时风向转到东北。甘道夫嗅着空气，向后回望。

"冬意在我们身后变深了，"他悄悄地对阿拉贡说，"北边远处的高峰比过去更白，山岭上的雪线下降了很多。今晚，我们要朝着红角口高攀，那条小路狭窄，我们很有可能被监视者发现，遭遇恶物伏击；而且这天气也许会比任何敌人还要致命。现在你怎么看你的路线，阿拉贡？"

弗罗多无意间听到这些话，才知道甘道夫和阿拉贡在继续争论一个早就开始了的问题。他紧张地竖起了耳朵。

"我自始至终都不看好我们的路线，你也很清楚，甘道夫，"阿拉贡答道，"而且，随着我们前进，已知的、未知的危险也在增加。但是，我们必须向前，推迟翻越大山没有好处。再往南走没有通道，唯有到洛汗隘口。自从听你说了关于萨鲁曼的消息，这条路我就再也信不过了。谁知道那些养马的将帅现在站在哪一边？"

"谁也不知道！"甘道夫说，"但是还有另一条路，不用经过卡拉兹拉斯的路：我们说起过的那条幽暗秘密的路。"

"我们不要再提起那条路！现在先不提。我恳请你，对其他人什么也不要说,等到明明白白没有其他路线可走的时候再说。"

"我们必须在往下走之前拿定主意。"甘道夫说。

"那就让我们在心里掂量,趁其他人休息睡觉的时候。"阿拉贡说。

向晚时分,其他人快要吃完早饭的时候,甘道夫与阿拉贡一同走到一边,望着卡拉兹拉斯,崖壁现在昏暗阴沉,峰顶没入了灰云中。弗罗多注视着他们,琢磨着他们的争论会走向何方。他们返回众人身旁后,甘道夫开口了,这时他听到,已经决定直面天气,走高岭隘口。他松了一口气,因为他猜不出另一条幽暗秘密的路会如何,可似乎单单提到这条路,就让阿拉贡满心忧愁。弗罗多很高兴这条路被放弃了。

"从我们最近见到的迹象来看,"甘道夫说,"恐怕红角口已经被监视了;对于即将来到的天气我也有疑虑。大雪将至,我们必须尽力全速前进。即使如此,我们也需要走两段行程才能到峰顶隘口。今晚天会黑得早,你们一准备好我们就必须出发。"

"可以的话,我想多给一句建议,"波洛米尔说,"我出生在白色山脉的山影中,对高处的旅途略知一二。不等爬到山的另一侧,我们就会遇到严寒,甚至更糟。要是我们为了保密把自己冻死,于事无补。这儿还有些许树木和灌丛,离开的时候我们每个人都应该背上木柴,能背多少背多少。"

"比尔能多背一点,对不,小伙子?"山姆说,马儿忧伤地看着他。

"很好,"甘道夫说,"但除非不烧火就会死,我们一定不能用柴。"

远征队再次出发,开始速度很快,但不久后,道路变得陡峭难行。这条路蜿蜒而上,很多处几乎已经消失不见,还有很多落石阻碍。浓云密布,夜色如死一般黑暗,一股凄苦的风在岩石间打着旋。到了午夜,他们已爬到大山山腰靠下的位置,狭窄的小路在这里绕到了陡峭的岩壁下方，向左拐去；其上是卡拉兹拉斯阴森的侧壁，高高耸起，消失在一片幽冥中；右边是一道黑堑，此处地势突降，陷入深壑。

他们费力地爬上一道陡坡，在坡顶上暂憩。弗罗多感觉有什么在轻触他的脸庞，伸出手臂才看到暗白的雪花落上袖口。

他们继续前进。但是不久雪便落得紧了，到处都是，旋转着飘进弗罗多的眼睛里。甘道夫与阿拉贡弯着的背影只在前面一两步的距离，却很难看清。

"我一点都不喜欢这样，"山姆在他身后喘着粗气，"美好的早晨来场雪还行，可雪落的时候我愿意躺在床上。但愿这个运道跑去霍比屯！那儿的人们也许欢迎这场雪呢。"除了北区的高地荒原，夏尔其他地方很少下大雪，大雪被人们当作乐事和娱乐庆祝的机会。活着的霍比特人之中（除了比尔博）没有谁还记得1311年的严酷寒冬，白狼跨过冰封的白兰地河，侵入了夏尔。

甘道夫停下了脚步。他的兜帽和肩膀上堆着厚厚的雪，他的靴子踝部以下也埋在雪中。

"我担心的就是这个，"他说，"阿拉贡，现在你怎么说？"

"这也是我担心的，"阿拉贡答道，"不过我更担心其他的事。我明白大雪的风险，虽说这么靠南的地方除了高山上很少下这么大的雪。可我们爬得还没那么高，还在很靠下的地方呢，往常这些路整个冬季都不会封冻。"

"我怀疑这是不是敌人的手段，"波洛米尔说，"在我的家乡，人们说他能驾驭魔多边界阴影山脉的风暴。他的法术诡异，盟友众多。"

"如果他能从北方取雪来困扰三百里格以外的我们，"吉姆利说，"那么他的威力确实已经长进了。"

"他的威力已经把手伸得太长了。"甘道夫说。

他们停脚的时候，风住了，雪也放缓了，几乎渐至停息。他们又深一脚浅一脚地上路了。但是，还没走出一弗朗[1]远，暴雪带着新的怒气回来了。狂风呼啸，雪大得令人目盲。很快，连波洛米尔都觉得难以前行。几个霍比特人的腰几乎弯到了地，艰难地跟在高个子后面挪动，可除非雪停，他们明显不能继续前进了。弗罗多的双脚像灌了铅，皮平落在后面。就连矮人中最壮的吉姆利也在一边艰难抬脚一边发牢骚。

大家突然一起停住，好像他们无须言语，已达成了共识。在包围着自己的黑暗中，他们听到了怪诞的声响，也许本不过是风吹过岩壁裂缝与沟壑耍的把戏，但听起来是尖叫和狂嗥狞笑。石块开始从山壁上砸落，呼啸着擦过他们的头顶，要么摔在身旁的路上。时不时地，他们听到沉闷的轰隆声，好像高峰隐蔽处有巨石滚落。

"今晚不能再走一步了，"波洛米尔说，"谁愿意管这个叫狂风谁叫去，空中有凶恶的声音，而且这些石头是冲着我们来的。"

"我管这个叫狂风，"阿拉贡说，"不过这么称呼也不意味着你说的不是真的。世上有许多不怀好意的恶物不喜欢双足行走的人，却并没有与索隆结盟，只是自有其目的。其中一些存世的时间比他更久。"

"卡拉兹拉斯曾被叫作残酷峰，过去有恶名，"吉姆利说，"很多年啦，那时这片地方还没听说过索隆的传言。"

"如果我们不能击退袭击，谁是敌人又有什么要紧？"甘道夫说。

"可我们能怎么办？"皮平痛苦地喊道，他倚靠着梅里和弗罗多，正在打颤。

"要么就地停下，要么返回，"甘道夫说，"再走下去没好处。如果我记得不错，再稍高一点儿，这条路便离开悬崖，进入一条宽宽的

---

[1] 原文 furlong，八分之一英里，约二百米。

谷底,就在一条难走的长坡脚下。到那儿我们不会有遮蔽,躲不开雪、石头——以及其他任何东西。"

"暴雪持续的时候走回头路也没好处,"阿拉贡说,"我们爬上来路上没有经过可以提供遮挡的地方,不像现在我们容身的峭壁底下。"

"遮挡!"山姆嘟囔着说,"这要是个遮挡,那不带顶的一面墙也算个房子了。"

远征队成员们依偎在一起,尽量紧紧地贴着崖壁。崖壁朝南,底部稍微斜伸向外,于是他们希望能受到一些保护,挡些北风,避开落石。但是狂风从四面八方绕着他们打旋,乌云更加浓密,往下倾倒着雪片。

他们背靠着崖壁,蜷缩着抱成一团。小矮马站在霍比特人身前,垂头丧气地忍耐着,为他们遮挡些许;可不久吹积的雪便没过了它的蹄背,它往上爬去。要不是还有身材较高的同伴,这几个霍比特人很快就会被完全埋住了。

一股强烈的睡意向弗罗多袭来,他感觉自己正在迅速沉入一个温暖又迷糊的梦境。他以为有一堆火正在烤着他的脚趾,壁炉另一侧的影子里传出比尔博的声音,说:"我觉得你的日记不怎么样。1月12日,暴雪;跑回来报告这个没必要嘛!"

"可是我需要休息,需要睡觉,比尔博。"弗罗多挣扎着答道,然后感到有人在摇晃自己,他痛苦地恢复了清醒。波洛米尔正把他从地上的一个雪窝里拖起来。

"半身人会丧命的,甘道夫,"波洛米尔说,"坐这儿干等着头上风雪过去没用,我们必须自救。"

"这个给他们,"甘道夫说,在袋子中摸索,掏出一个皮水囊,"每人只喝一口——所有人。非常珍贵,是米茹沃,伊姆拉德里斯的甘露酒。出发的时候埃尔隆德给我的。传一圈!"

弗罗多刚咽下一点温暖芬芳的蜜酒,便感到心脏注入了新的力量,沉甸甸的睡意离开了四肢。其他人也再获生机,重新焕发了希望和活力。但是暴雪没有减弱,更密集地围着他们回旋,风也吼得更响了。

"生火你觉得怎样?"波洛米尔突然问道,"眼下已经快到不烧火就会死的关头了,甘道夫。等大雪把我们盖住了,无疑所有不怀好意的眼睛也看不见我们了;但也没用了。"

"能生起火就生火,"甘道夫答道,"要是这儿有能熬得过这场雪的监视者,那生不生火他们都能看得见我们。"

但是,尽管他们照波洛米尔的建议带了木柴与火引,在旋风中点燃潮湿的柴火超出了精灵的本领,连矮人也做不到。最终,甘道夫不情不愿地参与进来。他捡起一把柴,高举了一会儿,然后念了一句咒语:"*naur an edraith ammen*[1]!"将法杖的一端掷入柴把中间,一大股蓝绿色的火焰瞬时喷发出来,跳跃着,木头点着了,噼啪作响。

"万一这儿有监视,至少我暴露了,"他说,"我等于写下了'甘道夫在此',给从幽谷到安度因河口能读懂我的记号的所有人读。"

但是,队员们不再在乎监视者和不怀好意的眼目,他们看到火光,心中满是欣喜。木柴欢快地燃烧着,虽然雪花绕火嘶嘶,雪水洼在脚底,但他们高兴地向火烤着双手。他们弯腰站成一圈,围着喷薄跳跃的小火苗,疲惫焦虑的脸上映着红光,身后是一堵黑墙般的夜。

木柴烧得很快,而雪一直下。

火焰低了下去,最后一把柴也添上了。

---

1 精灵语,意为"火来救我"。

"夜越来越冷，"阿拉贡说，"黎明不远了。"

"不知什么样的黎明能刺破这些乌云。"吉姆利说。

波洛米尔走出小圈，抬头凝望黑暗深处。"雪变小了，"他说，"风也静多了。"

弗罗多疲惫地瞪着从黑暗中落下的雪片，在将熄的火光中短暂地显现出白色；可很长时间他都看不出雪有变小的迹象。突然，睡意再度爬遍他全身，他意识到风确实变弱了，雪花变大了，变稀了。一缕微光非常缓慢地亮起来，雪终于完全停了。

光线愈来愈亮，现出一个银装素裹的寂静世界。他们的庇护所的下方是白色的隆起和圆丘，以及无形无状的深处，之下他们曾走过的小路已经完全消失不见；但头顶之上的高峰仍藏在密云之中，含着杀气腾腾的浓重雪意。

吉姆利仰望高峰，摇了摇头："卡拉兹拉斯没有放过我们，如果我们继续前进，它会朝我们扔下更多的雪。我们越早掉头下去越好。"

人人都同意他的话，可眼下退路艰难，很有可能无法下山。火堆灰烬旁几步之外积了数呎深的雪，高过了霍比特人的头；风掀起又吹积的大雪，挨着悬崖形成了巨大的雪堆，这里那里都是。

"如果甘道夫举着烈火走在前面，他能给你化开一条路。"莱戈拉斯说。暴雪几乎没有困扰他，队伍中唯有他仍然保持着轻快的心情。

"如果精灵飞过大山，他们能把太阳摘下来拯救大家，"甘道夫回敬道，"但我必须有施法的媒介，雪我可烧不起来。"

"嗳，"波洛米尔说，"脑子停转，身体来干；我家乡人这么说。我们中身体最强壮的应该开路。瞧！虽然现在大雪覆盖了一切，我们上来的那条路，是沿着那边下方的岩石的侧棱转上来的。大雪就在那里开始压向我们。如果我们能够回到那个点，也许接下来会容易一些。最多一弗朗的路，我估计。"

"让我们去开一条通向那里的路,你和我去!"阿拉贡说。

阿拉贡是队伍中最高的,波洛米尔虽身高略低,身形却更加宽实。他走在前,阿拉贡跟在后,慢慢地移了出去,很快便举步维艰。有的地方雪已齐胸,波洛米尔看起来不像在走路,倒像是挥着两条结实的手臂游水或挖地。

莱戈拉斯唇边带着微笑,盯着他们看了一会儿,转头对其他人说:"身体最强壮的人应该开路,你们这么说的吧? 不过我要说:耕地找农夫,游水选海獭,若要草上飘,或者雪上飘——那得看精灵的。"

说着,他灵巧地向前纵身一跳。弗罗多虽早已知道,却仿佛第一次注意到精灵不穿靴,只穿轻便的鞋子,他的双足在雪上几乎没有留下印痕,而且一贯如此。

"再会!"他对甘道夫说,"我去找太阳啦!"之后,他像跑在硬沙地上似的冲了出去,迅速赶上了艰辛跋涉的二人,挥手之间便越过了他们,奔到远处,转过岩石拐角,不见了。

余下的人挤在一起等待,注视着波洛米尔和阿拉贡在一片白茫茫之中缩小成两个黑点,直到他们走出视线。时间拖拖拉拉地往前走,乌云降低了,又有几片雪旋转着飞了下来。

大约一个钟头过去了——尽管感觉比一个钟头长得多;终于,他们看到莱戈拉斯回来了。同时,波洛米尔与阿拉贡也从拐角现身了,远远落在莱戈拉斯身后,艰难地爬上了山坡。

"哎,"莱戈拉斯跑过来,说,"我没摘到太阳。她正在南方的蓝色田野散步呢,红角峰这个小土丘上的区区雪冠她毫不在意。不过,我给命中注定只能用脚走的人带回来一缕金色的希望之光,刚过拐弯有最大的一堆吹积雪,把我们的壮汉差点给埋了。我返回来告诉他们这个雪堆比一堵墙宽一点点,他们就不绝望了。另一边的雪冷不丁变小了,再下去的雪顶多是张白床单,也就凉快一下霍比特人的脚指头。"

"啊,我说什么来着,"吉姆利低吼道,"根本不是普通的暴风雪。这是卡拉兹拉斯的恶意,它不爱精灵,不爱矮人,那个雪堆成心要切断我们的逃生路。"

"高兴吧,你的卡拉兹拉斯忘了你还有人类同伴,"此时,波洛米尔走了过来,"而且是勇者,容我冒昧地说;虽然弱一些的人类用铁铲能帮上你更大的忙。总之,我们挖穿了雪堆,掘出一条路来;这儿所有不能像精灵一样飘飞的人都应感激。"

"虽说你们挖穿了雪堆,我们怎么走到下面去呢?"皮平说出了所有霍比特人的心声。

"别放弃希望!"波洛米尔说,"我累了,但还剩了一些力气,阿拉贡也是。我们会背上小个子。其他人必须凑合一下,跟在我们后面踩着走。来,佩里格林少爷! 我先从你背起。"

他背上了皮平,"抱着我的脖子! 手臂我还有用呢。"说着,他大步向前。阿拉贡背上了梅里,跟随其后。皮平看到他单靠强壮的四肢、不用任何工具开辟出的通道,不禁赞叹他的力气。哪怕是现在背负着一个人,他仍在为后面的人拓宽通道,一边走一边把雪推挤到两边。

他们终于走到了巨大的吹积雪堆,它横亘山路,好像从天而降的一堵秃墙,顶上形状如锋利的刀尖,高高耸立,比两个波洛米尔摞起来还高;但是中央已挖出了一条通道,升高又降低,好像一座小桥。梅里和皮平在另一头被放下,和莱戈拉斯一起等着余下的成员。

过了一会儿,波洛米尔背着山姆回来了,身后是甘道夫,走在狭窄却已踩实了的路上,他牵着比尔,马背上驮着吉姆利,缩在行李堆中,最后是阿拉贡,背着弗罗多。他们穿过通路,可还没等弗罗多的脚碰到地面,轰隆隆一阵闷响,滚下了许多石块,还有崩落的积雪。飞溅的石块和积雪使得队员几乎半盲,他们贴着崖壁蜷缩起来,待到空气澄清以后，他们发现身后的道路又被堵住了。

"够了，够了！"吉姆利嚷道，"我们已经在尽快离开了！"果然，大山在最后一击之后，恶意似乎耗尽了：闯入者已被击退，也不敢返回，卡拉兹拉斯好像满意了。大雪的威胁移除，云破天青，天光益盛。

和莱戈拉斯报告的一样，他们发现，一路越往下走，积雪越薄，连霍比特人也能慢慢地跟上。很快，所有人再次站到了前一夜雪花初次飘落的地方，陡坡顶上一块突起的平坦岩石上。

当下已近中午。他们从高处向西回望，俯瞰低地，遥远处地势骤降，大山脚下掩着的正是他们出发攀向隘口的那个山谷。

弗罗多冷到了骨头里，双腿疼痛，腹内饥饿，想到漫长痛苦的下山路，他就头晕。有一些黑斑飘浮在眼前，他揉揉眼睛，黑斑仍在。遥遥在他脚下但仍远高于低处山丘的地方，黑色的斑点正在空中盘旋。

"又是那些鸟！"阿拉贡向下指着。

"现在也没有办法啊，"甘道夫说，"不管它们是好是坏，是不是与我们毫不相干，我们必须立刻下山。即便在卡拉兹拉斯的半山腰下方，我们也不能再一次等待黑夜降临！"

他们转过身，背对着红角口，疲惫地蹒跚下坡，一阵冷风从他们身后流泻而下。卡拉兹拉斯打败了他们。

第四章
暗夜之旅

A Journey in the Dark

———————— 我们仍有前方的征途与使命。

———————— 火光摇曳，甘道夫似乎突然身形大涨：他巨大的充满威胁的身影拔地而起，像一座古代君王的纪念像立在山上。他行云流水一般躬身拿起一支燃烧的柴枝，大踏步去迎战狼群。在他面前，狼群退却了。烈焰熊熊的火炬被他高高抛掷到空中，瞬间爆燃，腾起闪电般的白光，而他的声音滚动如雷。

天色向晚，黯淡的暮光再度快速消退，这时他们都非常疲惫，停下来过夜。大山蒙着逐渐加深的暮色，刮着冷风。甘道夫给每人又分了一口幽谷的米茹沃甘露酒，大家吃了一些东西后，他召集开会。

"今晚我们肯定不能再继续赶路了，"他说，"红角口的攻击已让我们筋疲力尽，我们必须就地休息一下。"

"之后我们去哪里？"弗罗多问。

"我们仍有前方的征途与使命，"甘道夫回答，"我们没有选择，只能前进或返回幽谷。"

单单听到幽谷这个词就明显点亮了皮平的脸庞；梅里和山姆满怀希冀地抬起了头。但是阿拉贡和波洛米尔没有表示，弗罗多看起来心烦意乱。

"我真希望能回去，"他说，"但除非确实走投无路，而且我们已经一败涂地，否则回去怎么可能不感到羞愧？"

"你说得对，弗罗多，"甘道夫说，"回去意味着承认失败，而且面临将来更惨重的失败。如果现在我们回去，魔戒只能存放在幽谷，我们没有能力再次出发。然后或早或晚幽谷便会被包围，再经过短暂然而痛苦的一段时间被毁灭。戒灵已经是致命的敌人，但如果至尊魔戒又落入他们主子手中，现在的他们只能算是其将会拥有的恐惧之力的影子。"

"这样说来，只要有路可走，我们就必须前进。"弗罗多叹了一口气,山姆又陷入忧愁。

"有一条路我们可以试试,"甘道夫说,"从一开始我刚考虑这次旅程的时候,我就想应该试试。但那条路令人不快,之前我没有同大家说起。阿拉贡反对,我们尝试过翻越大山走那个隘口以后,他才改变主意。"

"如果那条路比红角口还糟,那一定十分险恶,"梅里说,"不过你还是跟我们讲讲,让我们立刻了解最糟的情形。"

"我所说的路通向墨瑞亚矿。"甘道夫说。只有吉姆利抬起头来,眼中燃起压抑的火光;这个名字一提起,其他人便都感到一股惧意,即便在霍比特人听来,它也代表着莫名恐怖的传说。

"那条路是通向墨瑞亚的,我们怎么能指望它走出墨瑞亚?"阿拉贡阴沉地说。

"这个名字意味着凶兆,"波洛米尔说,"我也看不出有去的必要。如果我们翻不过大山,就向南走,走到洛汗豁口,取道我到此来的路,那儿的人对我族很友善。要么我们可以跨过艾森河,进入长滩与五河地,这样可以从近海地区到刚铎。"

"你北上以后,世事已变,波洛米尔,"甘道夫说,"我跟你们说过萨鲁曼已叛变,难道你没有听到吗?一切终局之前,我跟他还有私人恩怨要了结,但魔戒一定不能靠近艾森加德,要尽一切努力避免。持戒人与我们同行,洛汗豁口便等于对我们关闭了。

"至于走更长的路线,我们又花不起时间。那样走下来可能会花上一年,会穿过许多荒芜且无处躲避的地方,而且不安全。萨鲁曼和敌人的耳目在监视那些地方。波洛米尔,你北上的时候,在大敌眼中,不过是一名迷路的南方漫游者,跟他无甚干系:他那会儿正一心追踪魔戒。可现在你作为魔戒远征队的一员踏上归途,只要同我们在一起,你就有危险。无遮无拦的天空之下,我们每往南多行一里格,危险便多一分。

"我想,公然尝试通过大山隘口之后,我们的境况更加无望了。眼下如果我们不立刻从监视的视野中消失一段时间,掩盖踪迹,那希望就渺茫了。因此,我提议,我们不从山上走,也不绕着山走,而是走山底下。不论如何,这条路是敌人最想不到我们会走的。"

"我们又不知道他怎么想的,"波洛米尔说,"他也许条条路线都监视呢,管他可能还是不可能。那样的话,进入墨瑞亚等于进入陷阱,比直接敲黑暗妖塔的大门好不到哪儿去。墨瑞亚这个名字本身就是乌黑的。"

"你把墨瑞亚与索隆的据点作比,真是显露无知,"甘道夫回应道,"队伍中只有我一个人进入过黑暗魔君的地牢,但不过是他在多古尔都的旧时巢穴,逊于今日。进入巴拉督尔塔楼大门的没有能出来的,但是,若无出去的希望,我不会带大家进入墨瑞亚。确实,如果那儿盘踞着奥克,会对我们不利。但迷雾山脉的奥克多数已在五军之战中毁灭或逃散了。巨鹰们报信说,奥克正在远方集结,但墨瑞亚尚有希望是片净土。

"甚至,那里还住着矮人也有可能,芬丁之子巴林也许还在其父辈所建的深深厅堂之中。不管结果怎样,我们必须踏上迫于情势不得不选的道路!"

"我和你一起踏上此路,甘道夫!"吉姆利说,"我要去看看都林的厅堂,不管有什么在等着我 —— 只要你能找到封闭之门。"

"好,吉姆利!"甘道夫说,"你鼓舞了我。我们一起去寻找隐藏之门,我们会一起通过的。在矮人的遗址里,比起精灵、人类、霍比特人,一位矮人的头脑最不容易发晕。然而,这不是我的初次墨瑞亚之旅,很久以前瑟罗尔之子瑟莱因失踪的时候,我便到那里搜寻过。我穿过了墨瑞亚,也活着出来了!"

"我也有一次穿过了黯溪门，"阿拉贡平静地说，"尽管我也出来了，可回忆实在糟糕。我不愿再次进入墨瑞亚。"

"我连一次都不愿进入。"皮平说。

"我不去。"山姆小声嘟囔。

"理所当然！"甘道夫说，"谁又愿意去呢？但现在的问题是：如果我给大家带路，谁愿意跟我走？"

"我愿意。"吉姆利急切地说。

"我愿意，"阿拉贡沉重地说，"你跟着我走，几乎让大雪给埋了，指责的话一个字也没说。现在我跟你走——如果我最后的提醒也不能动摇你。我现在想的不是魔戒，不是我们中其他的人，我只担心你，甘道夫。我要提醒你：如果你穿过墨瑞亚之门，小心提防！"

"我不愿意去，"波洛米尔说，"除非全体投票结果反对我的意见。莱戈拉斯还有小个子怎么说？应该听一听持戒人的意见吧？"

"我不愿意去墨瑞亚。"莱戈拉斯说。

霍比特人一言不发。山姆望向弗罗多，他最终开口了："我不愿意去，但我也不愿意拒绝甘道夫的提议。我恳求先不投票，睡过今晚再作决定。甘道夫要收集投票，有晨光也比这又冷又黑的时候方便。听听风吼得多厉害啊！"

听到这话，众人都沉思不语。他们听到风在岩间与林间嘶吼，黑夜空荡处，怒吼声声，哀号阵阵，将他们包围。

阿拉贡猛然跳起来。"风吼得多厉害啊！"他大喊，"风吼中有狼的声音。邪狼抄到大山以西了！"

"那么我们还需要等到明晨吗？"甘道夫说，"如我所言，围捕在即！就算我们能活到黎明，现在身后缀着野狼，谁会愿意连夜南下？"

"墨瑞亚有多远？"波洛米尔问。

"卡拉兹拉斯峰西南过去有一个门,乌鸦飞差不多十五哩,野狼跑也许二十哩。"甘道夫严峻地说。

"办得到的话,让我们明天天一亮就出发,"波洛米尔说,"听到狼嗥比担心奥克还要糟糕。"

"没错!"阿拉贡说着,抽出了剑鞘中的剑,"但邪狼嗥叫之处必有奥克潜行。"

"我但愿自己听了埃尔隆德的话,"皮平对山姆小声说,"我到底是没出息啊。'吼牛'班多布拉斯的血脉没在我身上延续多少:这嗥叫声吓得我的血都凝固了,我还从未感觉这么倒霉过。"

"我的心都沉到脚趾尖了,皮平先生,"山姆说,"不过咱不是还没给吃了嘛,还有壮汉跟咱一起。甭管有啥等着老甘道夫,我打包票不会是狼的肚子。"

为了保护自己,远征队攀上了他们原本躲藏其下的小山的山顶,山顶上生长着一团扭曲的老树,围着老树有一圈碎裂的巨石。既然无法寄望于黑暗与寂静掩藏他们的行踪不被追捕团伙发现,他们在石圈中间点着了一堆火。

他们围着火堆团团而坐,不担任警戒的人很快便盹着了。可怜的小矮马比尔站着发抖流汗,狼嗥声眼下围绕着他们,时近时远。夜晚死寂酷寒之时,许多发光的眼睛从山梁边缘窥视,有的几乎靠近了石圈,在石圈的一个缺口处,可以看到一个巨大的狼形黑影凝住不动,瞪着他们。它猛地发出一阵令人战栗的嗥叫,似乎是一个首领在召集狼群准备袭击。

甘道夫站起来大步向前,将法杖举高:"索隆的狗,听着!甘道夫在此。若还心疼这张臭皮毛,就快滚!若踏入此圈,把你从尾巴到嘴巴烧成焦干!"

巨狼咆哮着跃起,朝他们扑来。霎时间响起一声锐利的弦音,莱戈拉斯已松开了弓弦。随着骇人的吼叫,跃起的影子砰地摔倒在地上;精灵箭刺穿了它的喉咙,窥视的眼睛立刻消失了。甘道夫与阿拉贡大步去寻,但小山已被抛弃,围捕的狼群已经逃走。包围他们的黑暗一片寂静,风的叹息中再也没有吼叫声。

夜色已老,亏缺的月亮正在西沉,从正在散开的云间断断续续地透出光来。弗罗多突然从睡梦中惊醒。一阵风暴般的嗥叫毫无预警地爆发,激烈疯狂地包围了营地,一大群邪狼已悄无声息地聚集,正在从四面八方向他们发起攻击。

"朝火上添柴!"甘道夫对霍比特人大喊,"拔刀!背靠背站!"

新加的木柴熊熊燃烧,在跳跃的火光中,弗罗多看到许多灰色的影子跃过石头圈,紧跟着越来越多。一匹巨型头狼的喉咙被阿拉贡的剑猛地划了对穿,波洛米尔用力挥剑砍下了另一匹的头。他们身边是吉姆利,两条粗壮的腿分开站立,舞着矮人斧;莱戈拉斯的弓嗖嗖作响。

火光摇曳,甘道夫似乎突然身形大涨:他巨大的充满威胁的身影拔地而起,像一座古代君王的纪念像立在山上。他行云流水一般躬身拿起一支燃烧的柴枝,大踏步去迎战狼群。在他面前,狼群退却了。烈焰熊熊的火炬被他高高抛掷到空中,瞬间爆燃,腾起闪电般的白光,而他的声音滚动如雷:

"*Naur an edraith ammen! Naur dan i ngaurhoth*[1]!"

随着一声咆哮和一串噼噼啪啪,他上方的那棵树爆出火焰的叶子与花朵,亮得炫目。火焰从一棵树顶蹿到另一棵树顶,整个山顶都戴

---

1 精灵语,意为"火来救我!火退狼群!"

上了耀眼的火冠。反击者的刀剑光芒闪耀,莱戈拉斯最后一支箭飞在空中点燃了,燃烧着扎进一匹领头巨狼的心脏。其余的狼逃走了。

火慢慢地熄灭,只余散落的灰烬和火花;寒烟缭绕在烧剩的树桩上,随着天际现出第一缕微弱的晨曦,又从山上被暗中吹走。他们的敌人被击溃,没有返回。

"我跟您说什么来着,皮平先生?"山姆说着,把剑插入鞘中,"狼群可弄不了他。真开眼啦,没错! 差点儿把我的头发燎没了!"

晨光大亮的时候,他们看不到狼群的踪影,也没有找到死狼的尸体。除了烧焦的树木和山顶上的莱戈拉斯的箭,没有一点战斗的痕迹。箭都没有损坏,只有一支唯余箭尖。

"正如我所担心的,"甘道夫说,"这可不是荒野里觅食的一般的狼。我们快点吃饭,马上走!"

当天天气又变,仿佛听命于某种力量,既然他们已从隘口撤回,便不再用雪,眼下倒想使光线明亮,好让人从很远就能看清楚在荒野上移动的东西。夜间,北风已转成西北风,现在已经止息。云彩向南飘散消失,玉宇澄清,蔚蓝高远。他们在山侧预备离开的时候,淡色的阳光闪耀在群山山顶的边缘。

"我们必须在日落之前走到墨瑞亚门口,"甘道夫说,"要么我怕永远都到不了了。距离不远,但我们的路会曲折,因为阿拉贡很少在这儿行走,带不了路;我只到过墨瑞亚的西墙下一次,而且很久远了。"

"西墙就在那里。"他遥遥指向东南,大山的山坡陡然沉入山脚下的重重阴影。远处可以微微看到一线光秃秃的悬崖,其中有一座最高,像一堵灰色的巨墙,"可能有人已经注意到了,离开隘口后我带着你们南行,并没有回到出发点。这么做很不错,因为我们眼下可以少跨越几哩,而且我们必须快。我们出发!"

"我不知道该希望什么，"波洛米尔低落地说，"是甘道夫找到他想找的，还是到了悬崖发现大门已永远失落。哪个选择都糟糕，最有可能的是前有墙、后有狼。带路吧！"

吉姆利这次和巫师走在前面，他十分渴盼去墨瑞亚。他们一同领着队伍退向大山。从西而来通向墨瑞亚的唯一古道沿着大门溪的河道而建，从大门近旁的悬崖崖底伸出。但是，要么甘道夫偏离了道路，要么近年地形已经改变，他没有走到期待中的溪边，从起点往南出发本该只走几哩路就到。

时间已近中午，远征队仍在一片满是红色石头的荒地上胡乱爬上爬下。哪里也望不到溪水的闪光，听不到水流的声音，处处干涸惨淡。他们的心沉了下去。看不到一个活物，天上一只鸟也没有；但是夜晚会带来什么，会不会在这片失落之地被缠上，谁也不愿意去想。

突然，急急走在前面的吉姆利回头喊他们。他站在一个小丘上，手指右方。大家赶过去，看到下方有一条又深又窄的沟渠，空空荡荡，安安静静，褐色与红色浸染的石头河床间连一条细流都没有；但是在近侧却有一条小路，断断续续，残损不堪，在倾颓的旧墙和古代大道的铺路石中间曲折向前。

"啊！终于找到啦！"甘道夫说，"这就是大门溪的河道，过去这么叫。但我猜不出溪水哪里去了，过去水流湍急，水声响亮。来！我们必须加快速度，已经耽搁了。"

大家脚又痛，人又累，但仍然沿着崎岖曲折的小径坚持跋涉数哩。天已过午，太阳开始向西，他们短暂地休息了一下，匆匆吃了一餐，便继续前行。大山在他们前面显出险恶之态，他们走的小径在一条深沟之中，只能望见更高处的山脊和东方遥远的山峰。

他们好不容易走到一个急转弯,这条小径夹在沟渠边沿和左边的陡坡之间,一直偏南,此时再度转向正东。拐弯之后,他们瞧见面前有一个低崖,大约五㖞[1]高,顶上破损成锯齿状,一股细流滴滴答答地从顶上一个宽宽的裂缝流下来,这个裂缝看上去是过去水量充沛的大瀑布冲刷而成的。

"真的都变了!"甘道夫说,"但地方没有错,这是阶梯瀑布,只剩下这一点啦。如果我记得不差,瀑布旁的石崖凿有一段台阶,但主路左转向上盘旋几圈直到顶上的平地。以前瀑布边上有一个浅谷,直通墨瑞亚的崖壁墙,大门溪流经浅谷,溪边有路。我们过去瞧瞧如今怎样了!"

他们毫不费力地找到了石头台阶,吉姆利飞快地跳上台阶,后面跟着甘道夫和弗罗多。到了顶上,他们发现不能再往前走,大门溪溪水枯竭的谜底也揭开了。他们身后落日西沉,寒冷的西天满是灿烂金光;身前铺展开一面静谧的暗色湖水,阴沉的湖面上没有映出天空,也没有映出落日。大门溪上筑了坝,溪水注满了山谷。不祥的湖水对岸是宽广高耸的悬崖,严峻的崖壁在暗淡的光线中沉闷苍白:到此为止,不可逾越。大门或者入口一点影子都没有,在险恶的石壁上,弗罗多连一道裂纹或缝隙都找不出。

"那里是墨瑞亚的崖壁墙,"甘道夫指着水对岸说,"那儿曾经立着大门,也就是西门,位于我们从走过来的那条连着冬青郡的路的尽头。但这条路给堵死了。我想,队伍中没有谁愿意在一日将尽之时游过这阴沉的湖水。这水一副病态的样子。"

"我们必须从北边找路绕过去,"吉姆利说,"大家首先要由主路爬上去看看它通向何处。就算是没有湖水,我们也不可能把驮行李的

---

[1] 原文 fathom,六英尺,约1.83米。

小矮马拉上这个台阶。"

"无论如何我们不能把这头可怜的牲口带进矿里,"甘道夫说,"山底下的道路漆黑,而且有的地方又窄又陡,即便我们走得,它也走不得。"

"可怜的老比尔呀!"弗罗多说,"我从未想到过这一层。还有可怜的山姆! 不敢想他会怎么说?"

"我很抱歉,"甘道夫说,"可怜的比尔一直是个得力的旅伴,现在甩开它任它游荡,让我心里难过。真不应该带这么多行李,也不该带牲口,至少不带这头山姆喜欢的,要是按照我的想法。我一路上都在担心会被迫选这条路。"

白日将尽,高悬在夕阳之上的寒星开始在天空上闪烁,远征队竭力全速爬上山坡,到了湖水的另一边。湖面最宽处看起来最多两三弗朗,在暗下来的天色中,他们看不清湖水南端延伸到多远,但北端距他们的立足处最多半哩,而且在闭合山谷与湖边的石岭之间,有一道开阔地的边缘。他们立刻向前疾行,因为到甘道夫所指的对岸地点,他们仍有一两哩路要走,之后他还得寻找大门。

到了湖的最北角,他们发现被一条窄溪堵住了去路。溪水又绿又臭,像一条黏腻的手臂,戳向闭合的群山。吉姆利没有退缩,大踏步迈了进去,发现水不深,边上只到脚踝。大家鱼贯跟上,小心翼翼地探着路,因为长满水草的水下是腻滑的石头,落脚处暗藏危险。暗沉的脏水一碰到弗罗多的脚,他就恶心得打哆嗦。

山姆排在队伍最末,他将比尔牵到岸边干地时,冒出了一个轻微的声响:唰啦一下,然后是噗噜一声,好像有条鱼打破了平静的水面。他们迅速回头,看到涟漪阵阵,在暗淡的光线中,边缘带着黑影:从湖心远处的一点,大圈的涟漪正一环一环地向外荡漾,伴随着气泡声,随后便安静了。暮色变深了,云彩遮住了夕阳的最后几缕光线。

此时甘道夫加速迈起大步，其他人拼力跟上，走到了湖水与悬崖之间的一窄条干地：窄窄的，多处的宽度不会超过十几码，还堵着落石；但他们找到了办法，贴着崖壁，尽量远离黑水，这么沿湖岸走了一哩之后，他们碰到了一片冬青树。树桩和枯枝烂在浅滩里，残留的部分好像属于旧日的树丛，要么属于过去的道边树篱，淹水之前道路跨过了山谷。不过，靠近崖壁脚下却长着两株高大的冬青树，仍然强壮有活力，比弗罗多见过的任何冬青树都高大，高大到无法想象。从远处石阶顶上望过来时，它们在赫然高耸的崖下好像只是灌丛；但眼下它们在头顶上如高塔一般升起，硬挺，黑暗，沉默，在树根处投下深深的夜影，像两个守门的柱子一样矗立在路之尽头。

"啊，我们终于到啦！"甘道夫说，"这是自冬青郡到此的精灵之路的终点。冬青是冬青郡人的标记，种在这里标志着他们疆域的终点；西门主要是修给他们用的，以与墨瑞亚之主交通往来。那会儿是幸福岁月，不同种族常常对彼此友善亲密，包括矮人与精灵都友情深厚。"

"这个友情的削弱不是矮人的过错。"吉姆利说。

"我也没听说是精灵的过错。"莱戈拉斯说。

"你们俩的话我倒是都听到了，"甘道夫说，"现在我不做评判，但是，莱戈拉斯、吉姆利，我恳请二位，至少你们彼此友好一点，帮帮我的忙，二位我都需要。大门是隐藏而且紧闭的，越早找到越好。天就要黑了！"

他转头又对其他人说道："在我搜寻的时候，各位做好进入矿坑的准备，好不好？我恐怕必须在这儿与我们驮行李的好牲口道别，你们必须放下原为抵御酷寒预备的东西，在里面用不着，我们穿过去继续南下也用不着——希望我们能穿过去。我们每个人必须背一份马儿背的行李，尤其是食物和水囊。"

"可你不能把可怜的老比尔丢在这个废弃的地方啊，甘道夫先生!"山姆嚷嚷着,又生气又沮丧,"我受不了,明摆着的嘛,它都走了这么远了!"

"我很抱歉,山姆,"巫师说道,"但是等大门打开,我不觉得你能把你的比尔拽进去,拽进墨瑞亚的漫漫黑暗之中。比尔还是你家少爷,你必须选一个。"

"它能跟着弗罗多先生下龙潭虎穴,只要我牵着它,"山姆抗议,"把它放在这个到处是狼的地方,跟杀了它也差不多。"

"我希望,这不至于杀了他,"甘道夫说着,把手放到马儿的头上,低声念道,"我施保护咒与引导咒于你,去吧,你是头明智的牲口,在幽谷也很长见识。去能够找到青草的地方,及时回到幽谷也好,愿意去哪儿就去哪儿也行。"

"来,山姆! 它与我们有同样的机会,逃开恶狼、回到家园。"

山姆闷闷不乐地站在马儿旁边,一声不吭。比尔似乎完全懂得发生了什么,抬头去蹭他,把鼻子伸到山姆的耳畔。山姆的眼泪一下子涌了出来,抖抖索索地去摸皮带,把它驮的行李都解了下来,丢在地上。其他人给东西分类,把要扔下的堆了一堆,再把余下的分份儿。

做好之后,他们回头看甘道夫。他好像什么也没做,站在两棵树之间,盯着空荡荡的崖壁,好像要用眼神钻出一个洞来。吉姆利东走西走,用斧子这儿敲敲那儿敲敲。莱戈拉斯贴在石头上,好像在倾听。

"好,大家也到这儿了,一切也备好了,"梅里说,"可门在哪儿呢? 我连个门影子都瞧不见。"

"矮人之门特地这么建造的,关闭时看不见,"吉姆利说,"门是隐形的,就连建造者忘记秘语也打不开、关不上。"

"但是此门并没有特地建造为一个仅矮人所知的秘密,"甘道夫突然醒过神来,转身说道,"除非一切全然改变,否则一双慧眼定能发现标记。"

他走到崖壁前面，就在两棵树的树影中间有一片平滑的地方，他的手来来回回摩挲着，口中低声念念有词。然后他退后几步。

"看！"他说，"你们现在能看出来了吧？"

此时，月亮把光芒洒在灰色的岩面上；但大家一时间什么也看不出。然后，在巫师的双手轻拂过的表面上，缓缓现出模糊的线条，好像石头中有纤细的脉络，流动着白银。起初只是暗淡的游丝，非常纤细，仅在月光照射的时候才明明灭灭，但是越来越粗，越来越清晰，直到它们描绘的花纹能够被看出来。

甘道夫尽力能够触到的顶端上，是交缠的字母构成的拱顶，以精灵文写就；拱顶下方的线条虽然有模糊和断裂之处，仍能看出铁砧与锤子的轮廓，上悬着一顶王冠与七颗星辰。文字和纹样之下是两棵树，树上结着新月。最醒目的是门中央闪耀的一颗星星，放射着光芒。

"这些是都林的纹章！"吉姆利大叫。

"这是高等精灵的圣树！"莱戈拉斯说。

"还有费阿诺家族之星。"甘道夫说，"这些是由伊希尔丁，也就是秘银打造的，它只映射星月之辉；被能够讲出如今中土世界早已失传的词语的人触碰，它才苏醒。我听到这些词语已是很久之前，费神凝思才回忆起来。"

"这些文字讲了什么？"弗罗多问，他正在解读拱顶铭文，"我认得精灵字母，可这些读不懂。"

"这些文字是古代中土世界以西的精灵语，"甘道夫说，"但是说的话对我们毫不重要。只是说：都林之门，墨瑞亚之主。请说，朋友，然后进来。下方模糊的小字写的是：纳维谨制；冬青郡凯勒布林博绘文。"

"'请说，朋友，然后进来'，是什么意思？"梅里问。

"多简单啊，"吉姆利说，"如果你是矮人的朋友，那么说出口令，

左上角字母 C，代表凯勒布林博；右上角字母 N，代表纳维；下方中央字母 D，代表都林。

图中文字：

以费阿诺[1]字母据贝烈瑞安德[2]式样写就：都林之门，墨瑞亚之主。请说，朋友，然后进来。纳维谨制；冬青郡凯勒布林博绘文

---

[1] 原文 Fëanor，技艺高超的精灵工匠，精灵宝钻的创造者，并设计了滕格瓦（Tengwar）书写系统。
[2] 原文 Beleriand，中土西北角的地域，第二纪元矮人来此建立城邦。

门就开了，然后你就能进去。"

"是的，"甘道夫说，"大门很有可能受口令支配。有些矮人之门仅在特定时辰才开，或者只为特定的人而开；还有些锁，即便已经知道必需的口令，时辰也对，仍需要钥匙才能开。此门不需要钥匙。都林时期，它不是秘门，常开不闭，守门人便坐在这儿。但如果门关上了，知道开门口令的任何人都能说得出，然后进入。至少是这样记载的，对不对，吉姆利？"

"没错，"矮人说，"可口令没人记得。纳维和他的手艺、亲族都已从世上消失了。"

"可难道你不知道吗，甘道夫？"波洛米尔惊讶地问。

"不知道！"巫师说。

大家面露诧异；只有对甘道夫知之甚深的阿拉贡仍然安静而不为所动。

"那把我们带来这个倒霉地方有什么用？"波洛米尔回望着黑色的湖水，打了个颤，大声叫起来，"你告诉我们你曾一度穿过矿坑。如果你不知道如何进入，那怎么可能？"

"你第一个问题的答案，波洛米尔，"巫师说，"是我现在还不知道口令——还未；但我们很快见分晓。另外，"他补充道，怒张的浓眉下，一双眼睛闪出精光，"等到我的作为证明没用的时候，你再问有什么用处不迟。至于你的另一个问题：你在怀疑我讲述的事情？还是没剩下多少脑子？当年我不是从此门进入的，我走的东门。"

"如果你还想知道，我要告诉你，此门向外开，你可以从里面用手推开，但从外面什么也休想动它分毫——除了命令咒语。朝内用蛮力也不可。"

"那你打算怎么办？"皮平问，没有被巫师怒张的浓眉吓退。

"拿你的脑袋砸门，佩里格林·图克，"甘道夫说，"如果砸不碎大门，至少也能让我远离愚蠢的问题，能清静一会儿，我会找寻开门口令。"

"所有精灵族、人族、奥克族的每一种方言中每一条用于此类目的的咒语，我都曾熟知；现在无须搜肠刮肚我也能记起一两百条。不过，我想还需要再尝试几次；不需要请求吉姆利告诉我秘密矮人语中的词语，这门语言他们从不教给外人。开门口令是精灵语，和拱顶上的文字一样；这一点看来没有疑问。"

他再次走近岩石，用法杖轻触门中央铁砧符号下的银星。

Annon edhellen, edro hi ammen!
Fennas nogothrim, lasto beth lammen! [1]

他以命令的口吻念道，银线隐去，但空白的灰色石头毫无动静。

他把这些词语改动次序或加以变化，重复念了很多次；随后又尝试了其他咒语，一条接一条，一会儿大声疾喊，一会儿轻言慢语。再之后他讲了许多精灵语的单字，什么也没有发生。悬崖高耸，探入黑夜，数不尽的星星在闪烁，风冷冷地吹着，而大门牢固地站着。

甘道夫再次走近岩壁，高抬双臂，语气中满是命令和越来越盛的怒气："*Edro, edro!*"他一边喊，一边用法杖敲击墙面。"开门，开门！"他大叫着，随即用中土世界以西出现过的所有语言发出了同样的命令。之后，他将法杖掷在地上，自己也坐下，默然不语。

此时，寒风将远方的狼嗥声送入他们倾听的耳朵，小矮马比尔吓得跳起来，山姆跃到它身边，轻声对它耳语。

---

[1] 精灵语，意为"精灵之门，为我开启！矮人通道，听我话语！"

"不要放它跑了!"波洛米尔说,"看来我们仍需要它,如果狼群发现不了我们。这个臭水塘真讨厌!"他弯腰捡起一块大石头,投入黑水远处。

伴随着轻轻的啪嗒一声,石头消失了;同一刹那唰啦一响,冒起了一个水泡。石头落下的水面上荡起巨大的一环环涟漪,缓缓地扩散到悬崖脚下。

"你这是干什么,波洛米尔?"弗罗多说,"我也讨厌这个地方,也害怕。我不知道怕什么:不是狼群,不是门后的黑暗,而是别的。我害怕这个水塘。不要扰动它!"

"要是我们能离开这儿就好了!"梅里说。

"甘道夫为什么不出个快招?"皮平说。

甘道夫不理会他们,他垂头坐着,既不灰心,也不焦躁。狼群凄凉的嗥叫又一次传来,水面涟漪越来越多,越来越近,甚至已经拍到了岸边。

巫师猛然间一跃而起,把大家都吓了一跳。他哈哈大笑:"找到了! 理所当然,理所当然啊! 多数谜语都这样,你明白答案的时候发现它简单得荒唐。"

他捡起法杖,站在岩石前,清清楚楚地念道:Mellon[1]!

星星放出光芒,很快又暗了下去。然后,尽管之前连条门缝或接头都不曾显现,一个巨大的门框的线条默默地勾勒出来,然后慢慢地从中间分界,一时一时地朝外打开,直至门扇贴到后面的墙壁上。大门洞开处,可以看到一级阴影中的台阶陡直而上,低处的台阶之外是比黑夜还要深邃的黑暗。远征队惊讶地看着。

"原来是我错了,"甘道夫说,"吉姆利也错了。所有人中只有梅

---

1 精灵语,意为"朋友"。

里在正确的轨道上。开门口令自始至终镌刻在拱顶上！正确的翻译应该是：请说'朋友'，然后进来。我只需要说出精灵语的'朋友'，门就开啦。颇为简单。如今疑心重重的日子里，这对于一位博闻的学问家来说过于简单了。过去的岁月更美好。现在我们走吧！"

他大步向前，踩上了最低的一级台阶。就在这一刹那，出了一串事情。弗罗多感觉有东西抓住了他的脚踝，他大叫一声摔倒在地。小矮马比尔吓得狂嘶，甩尾猛冲，沿着湖岸跑入黑暗。山姆跳起来跟上它，听到弗罗多的大叫又跑回来，眼泪汪汪，咒骂不停。其他人猛然转身，看到湖水沸腾滚动，好像一大群蛇正在朝南端游来。

水中爬出一条长长的扭曲的触手，灰绿色，湿乎乎的闪着冷光。顶端有触须，抓住了弗罗多的脚，正在把他往水里拖。山姆跪在地上，拿刀砍向触手。

触手放开了弗罗多，山姆把他拉开，大喊救命。又有二十来条触手扭动出水，黑水沸腾起来，散发出恶臭。

"进门！上台阶！快！"甘道夫连连后跳，大声喊叫，惊醒了吓呆的众人，除了山姆，他们都原地站着，双脚像生了根；甘道夫轰着大家往前。

他们刚好及时赶上。山姆和弗罗多才登上两级台阶，甘道夫刚上去，这时摸摸索索的触须扭动着爬过窄窄的湖岸，摸上了岩壁和大门，有一条蠕动着爬过门槛，在星光下发亮。甘道夫转身停下脚，若是他在思索从内把门关上的咒语，却已毫无必要了：因为许多纠缠的触手攫住了两边门扇，以可怕的力气将它们推转，砰地关上，回声轰然，一丝光亮也没有了。从笨重的岩石里传来瓮声瓮气的碰撞和破裂声。

山姆紧抱着弗罗多的胳膊，在漆黑的台阶上摔倒了，他抽抽噎噎地说："可怜的老比尔！可怜的老比尔！狼呀蛇呀！蛇它可是对付不来。弗罗多先生,我不得不选呀,我只能跟你走。"

他们听到甘道夫回身下了台阶,以法杖击门,石头颤抖,台阶战栗,但是门没有开。

"好啊,好!"巫师说,"现在我们身后的路堵死了,只有一条出路——在大山的另一边。听刚才的声响,恐怕巨石已经堆起,树木也连根拔了打横扔在门前。那两棵树那么美丽,长了那么多年,我很遗憾。"

"我的脚刚碰到水的那一刻,我便感觉有可怕的东西在近旁,"弗罗多说,"是什么东西?是不是有很多?"

"我不知道,"甘道夫说,"但所有的触手都受一个目标指引。从山底下的黑水中有东西爬出来了,或者被驱赶出来了。在世界深处,有比奥克更古老也更丑恶的东西。"他没有大声说出自己的想法:不管湖中盘踞的是什么,远征队里第一个被它抓住的是弗罗多。

波洛米尔压着嗓子咕哝,但是石壁有回音,把他的话放大为粗哑的低语,人人都能听见:"世界深处!我们不正朝那儿去嘛,绝非我所愿。眼下谁会在这死沉沉的黑暗中给我们带路?"

"我会,"甘道夫说,"吉姆利和我一起。跟上我的法杖!"

巫师领头走过,爬上巨大的台阶,将法杖高举,其顶端放射出微弱的光亮。宽大的阶梯完好无损,他们数着数爬了二百级宽敞低矮的台阶,到了顶上,有一个拱顶通道,地面是水平的,直通到黑暗之中。

"我们在这个楼梯平台上坐下来休息一下,吃点东西吧。反正也找不到餐厅!"弗罗多说。他刚刚开始摆脱了触手抓人的恐惧,一下子感觉饥饿无比。

这个提议大家都很欢迎,于是都坐在了顶部的台阶上,在黑暗中他们像灰扑扑的影子。吃完以后，甘道夫给每个人啜饮了第三口幽谷甘露酒。

"恐怕所剩不能支持太久了，"他说，"但我想，门口惊魂之后，我们需要来一口。而且，除非我们运气奇佳，估计还没到大山另一边，我们就会需要所有剩下的甘露酒！行路也要小心水！矿坑里有许多水流和井，但都不可触碰。下到黯溪谷以后，我们才有机会灌满水囊和水壶。"

"到那儿我们要花多长时间？"弗罗多问。

"不好说，"甘道夫答道，"取决于许多变数。但是一直走，不出事、不迷路的话，我估计，我们得走三四程。西门到东门的直线距离都不会少于四十哩，况且这条路会非常曲折。"

短暂休整后，他们又上路了。虽然人人都已疲惫，但都盼着快点把路程赶完，而且愿意再疾行几个钟头。和以前一样，甘道夫走在前面，左手举着放光的法杖，光线差可照亮他脚前的地面；右手持剑，剑名格拉姆德林。他身后跟着吉姆利，左右转头张望，一双眼睛在微弱的光线中亮晶晶的。弗罗多走在这位矮人后面，他拔出了短剑刺叮。不论是刺叮，还是格拉姆德林，剑身都没有放光，这让人感到些许宽慰，因为这两把剑是古代精灵工匠的造物，如有奥克靠近，会发出冷光。弗罗多后面是山姆，然后是莱戈拉斯、另两位年轻的霍比特人，以及波洛米尔。黑暗中坚定沉默地走在最后的，是阿拉贡。

通道拐了几个弯之后，开始下降，径直向下了好一会儿才又到了平路。空气变得又热又闷，但不难闻，他们还时不时感觉有凉爽一些的气流吹到脸上，大致推测是从墙上的开口吹进来的，这样的开口有很多。在巫师法杖的微光中，弗罗多瞥见了台阶、拱门，还有其他的通道、隧道，斜向上的，直向下的，两边没有墙漆黑一片的；令人糊涂,要记住这些简直绝不可能。

吉姆利几乎帮不到甘道夫,好在他有顽强的勇气。至少,他和多数成员不一样,不会单单因为黑暗本身而扰乱心神。在岔路可疑的地方,巫师时常问询他,不过总是巫师最后说了算。墨瑞亚矿坑之广大、之复杂超出了吉姆利的想象,尽管他是格罗因之子,属于山地矮人族。对于甘道夫,很久以前的遥远回忆现在没多少用处,但是,尽管身处昏暗,尽管道路蜿蜒,他总是知道自己要往哪里去,并且毫不退缩,只要前方有路,引向他的目标。

"不要怕!"阿拉贡说。这一次停下的时间比往常久,甘道夫和吉姆利在一起轻声商议,其他人挤在后面,焦急地等着,"不要怕!我同他走过许多旅程,即便比不上这么漆黑的;而且,幽谷流传着他的伟大事迹,比我亲眼所见的还要伟大。他不会步入歧途——只要能够找到路。他带领我们克服恐惧走到了这里,还会带领我们走出去——不论自己要付出什么代价。在伸手不见五指的黑夜里,他比贝如希尔王后[1]的猫还有把握找到回家的路。"

有这样的一位向导,远征队有福了。他们没有柴,也没有任何办法点燃火炬;之前不顾一切地夺门而入,把很多东西都丢在了身后。要不是还有一点亮光,他们会很快陷入忧愁。里面不仅有许多道路要从中选择,许多地方还有坑洞,路边有暗井,回响着他们走过的足音。墙壁与地面有裂缝和断层,时不时恰好在他们的脚前裂开。最宽的超过七呎,皮平鼓了很久的勇气才跳过这个致命的沟堑。从脚下很远的地方传来水流翻滚的声音,仿佛地下深处转动着巨大的水车轮。

---

1 原文 Berúthiel,刚铎第十二代国王的王后,豢养了九只黑猫与一只白猫,去探查刚铎的一切阴私。后被国王放逐海上。

"绳子！"山姆喃喃道，"我就知道如果我没带上，一定会缺绳子用！"

当这样的危险开始增多，他们的速度放慢了，仿佛一直拖着沉重的脚步走啊，走啊，无尽地走向大山的根底。他们已经无比疲惫，可停下歇脚的念头也并不能带来一丝抚慰。弗罗多逃脱后，精神振奋了一会儿，进食和饮了蜜酒后也是如此；但此时一股深切的不安慢慢化为忧怕，再次蔓延到他的全身。尽管他中刀后在幽谷治愈了，那个可怕的伤口却已产生了效力。他的感官更加敏锐，更能感知到肉眼不可见的东西。他很快注意到变化之一斑：黑暗中他比任何一位同伴都能看到更多的东西——也许只除了甘道夫。无论如何，他是持戒人，系在链子上的魔戒挂在他胸口，有时似乎分量很重。他很确定，既有妖邪在前，也有妖邪在后，但他什么也不说。他将剑柄握得更紧了，顽强地继续走着。

他身后的队员很少吭声，之后也只是匆匆低语。什么响动也没有，只有他们自己的足音：吉姆利的矮人靴的沉闷踩地声，波洛米尔重重的脚步声，莱戈拉斯落地轻盈，霍比特人双脚啪嗒啪嗒，轻得几乎听不到；后面缓慢又坚实的脚步声属于阿拉贡，步子迈得很大。小停一刻的时候，他们根本什么也听不到，除了偶尔的细流涓涓或者看不见的水珠滴落。可是，弗罗多逐渐能够听到——或者想象自己听到——其他声响：好像有双光裸的软足轻轻地踩在地上，永远不够响，也不够近，让他不能确认自己真听到了；可当远征队行进的时候，它一旦起步就绝不会停止。而且也不是回音，因为一次他们停下脚，它还自己啪啪走了几步，随即沉默了。

他们进入矿坑的时候，夜幕已经降临；又连续走了几个钟头，只短暂地歇了几次脚，这时甘道夫遇到了第一个困难的关口。他眼前是一座宽大的黑暗拱门，通向三条通道：方向差不多一致向东，但左手边的陡然向下，右手边的攀爬向上，而中间的一条似乎一直平坦地延伸，但十分狭窄。

"我一点也不记得这个地方！"甘道夫犹豫不决地站在拱门下说。他举起法杖，期望能发现一些标记或雕刻，以帮他选择道路；但一概看不到。"我太累了，拿不了主意，"他摇着头说，"我猜大家和我一样累，要么更累。今夜剩下的时间，我们不如就地停下。你们懂我的意思！此处永远黑暗，但外面午夜已过，残月正向西沉。"

"可怜的老比尔呀！"山姆说，"真想知道它在哪里，希望那些狼还没有逮到它。"

他们在大拱门的左边发现了一扇石头门，半掩着，轻轻一推便轻易打开了。门里似乎有一间从岩石中凿出来的宽敞石室。

"慢着！慢着！"甘道夫喊道，因为梅里与皮平往前推门，高兴地发现一个能够休息的所在，至少比敞开的通道更让他们感觉像个栖身之地，"慢着！你们还不知道里面会有什么。我先进。"

他小心翼翼地走了进去，其他人排成一行跟在后面。"那里！"他将法杖指着地面中央说。在他的双脚前，大家看到一个大圆洞，似乎是一个井门，边沿上挂着残破生锈的链子，垂进黑黑的坑洞。旁边散落着碎石片。

"你们中可能有一位就这么掉进去，触底之前还纳闷呢。"阿拉贡对梅里说，"有向导时，应请向导先走。"

"此处似乎曾经是守卫室，为守望三条通道而建。"吉姆利说，"这个洞明显是给卫兵打的井，有一个石头井盖。可这个井盖碎了，我们大家在黑暗中一定多加小心。"

皮平被这口井勾起了好奇心。其他人靠着石室的墙壁展开毯子铺床，尽可能远离地板中心的洞口，他却爬到井沿边上，探身往里瞧。

从不可见的深处腾起一股冷气,扑到他脸上。一时冲动之下,他摸起一块松塌的石头,丢了下去。他感到自己的心怦怦跳动了许多下之后,才听到声响。随后,似乎石头掉进了洞穴的深水中,从地下深处传来一声噗隆,非常遥远,但在空荡荡的竖井里来回激荡放大了。

"那是什么?"甘道夫喊道。当皮平坦承以后,他松了口气,但仍然很恼怒,皮平能够看到他眼中闪烁的怒火,"图克家的傻瓜!"他低吼道,"这是严肃的征途,不是霍比特人的溜达派对。下回你把自己也丢进去吧,这样就不会再讨嫌了。现在安静!"

有那么几分钟,什么响动也没有;但随即从地下深处传来微弱的敲击:咚—嗒,嗒—咚。然后停了下来,待回音消失后,嗒—咚,咚—嗒,嗒—嗒,咚地重复起来。听上去好像是某种讯号,让人不安;可过了一会儿,敲击消失了,再也没听见。

"这是一把锤子的声音,绝对错不了。"吉姆利说。

"是的,"甘道夫说,"我不喜欢。也许和佩里格林丢的蠢石头没关系,可也许有什么本该最好由它安睡的东西被惊动了。求你不要再做这种事了!让我们盼着能休息一下,不要有更多的麻烦了。你,皮平,还不领赏,担任第一轮警戒吧。"他低吼着,把毯子卷在身上。

一片漆黑之中,皮平可怜巴巴地坐在门边,不时四顾,生怕有什么未知的东西从井口爬出来。他特别想盖住那个洞口,只要用条毯子就好,但他不敢动,也不敢靠近,即使甘道夫似乎已经入睡。

甘道夫虽然安静地、一动不动地躺着,其实却醒着,陷入了沉思,努力回忆先前的矿坑之旅任何能记起的事;同时焦躁地思索着接下来应该走哪条路;眼下拐错一个弯都可能招致灾祸。一个钟头以后,他起身走到皮平旁边。

"去角落里睡一觉,我的孩子,"他语气和蔼,"我估计你瞌睡了。我合不上眼,所以不如由我来担任警戒。"

"我知道自己哪儿不对劲，"他坐在地上，喃喃地说，"我需要吸烟！暴雪前的那个早晨以后，我没尝到一点烟味。"

皮平被睡意征服之前的最后一眼瞥到的是，老巫师蜷坐在地板上，粗糙的双手拢在两膝之间，护着一个点燃的小木片。火花短暂地映出他的尖鼻子，随后是喷出的一口烟。

甘道夫将大家从睡梦中唤醒，他已经独自坐守了六个钟头，让其他人休息。"守夜的时候我已决定好了，"他说，"我不喜欢中间通道的感觉；也不喜欢左边通道的气味：里面的空气肮脏，要是连这都闻不出来我就不算什么向导了。我打算选右边的通道。我们又该开始攀登啦。"

不算两次简短的休息，他们连续行进了八个钟头，没有遇险，没有异响，什么也没有看见，只有巫师照亮的微光，在他们前方跳跃，仿佛是一簇飘忽的磷火。他们选择的通道不停地蜿蜒向上，据他们判断，此路拐着很大的弯攀爬，越向上越巍峨、越宽广。眼下，两边都没有连通其他走廊或隧道的开口，地面平坦，没有坑洼裂缝。他们明显踏上了曾经的重要通衢，比第一程走得快。

以直线向东估算，他们这样前进了约莫十五哩，尽管实际上走了至少二十哩。随着道路向上攀升，弗罗多的精神也有所提振；但他仍感觉压抑，仍会有时听到，或者感觉自己听到，在队伍啪嗒啪嗒脚步落地的声音后面，远远地缀着并非回声的足音。

他们走啊走，直到霍比特人承受不住，必须歇脚才停下，所有人都琢磨着到哪儿能睡一觉，这时左右两侧的墙壁忽然都没有了，似乎他们已穿过了一条拱顶走廊，来到了一个黑暗空旷的地方，身后有一股强烈的穿廊而过的热气流，身前有黑暗的冷气扫在脸上。他们停下脚步,紧张地挤在一起。

甘道夫看上去很高兴。"我选对了路,"他说,"我们终于到了居住区,估计我们现在离东边不远了。但是我们位置很高,大大高于黯溪门,只要我没搞错。从气流可以感知,我们肯定在一个宽敞的大厅中,现在我要冒险点燃一朵真正的小火苗。"

他举起法杖,瞬间烈焰腾起,好像一道闪电。巨大的影子一闪而过,有那么一秒,他们看见了高高在上的巨大屋顶,由许多根石头雕凿的粗壮柱子支撑着。一座空旷巨大的厅堂在他们的眼前和左右两边延伸开去,黑色的墙壁打磨得平滑如镜,亮晶晶地闪着光芒。他们还看见其他三个入口,暗沉的黑色拱门:一个在他们面前笔直向东,另两边各有一个。随后,火光熄灭了。

"我冒险前进到此将暂时停止,"甘道夫说,"这里过去在大山的一侧有高大的窗户,还有通风井延伸出去,引入矿坑上段的光线。我认为,我们已经来到了这个所在,只是现在外面又是夜晚,要到明天早晨才能见分晓。如果我是对的,明天我们就会看见透入的晨光。不过眼下我们最好不要再往前走了,能休息,且休息。到现在事情都很顺利,而且黑暗路段的大部分已经走完。但我们还未全部完成,向下走到朝向世界的大门还有很远的路。"

队伍在洞穴般的巨大厅堂中过了一夜,大家在一个角落里紧紧地挤在一起,以避开气流:似乎有一股冷流从东拱道穿堂直来。他们躺下后,周遭尽皆黑暗,空洞无物,庞大无边,挖凿而成的厅堂、无尽分叉的台阶与通道既巨大又孤独,压迫着他们。暗黑传言中最狂野的想象加在一起,也比不上霍比特人所真正体味到的墨瑞亚之恐怖、之神异。

"这儿肯定曾经有一大群厉害的矮人,"山姆说,"个个都比打洞的獾还勤快，干了五百年修的这些，好多都还是在硬石头里修的！修这个为了啥呢？他们不会真的住在这些黑乎乎的洞里吧？"

"这些不是洞穴，"吉姆利说，"这是伟大的矮人之国矮人挖掘之所。而且，在古代这里并不黑暗，而是充满光辉，仍然铭记在我们的歌谣之中。"

他站起身，挺立在黑暗中，开始以低沉的嗓音唱起来，回音缭绕，直入屋顶。

> 万物初始群山青，
> 溪石皆新待命名，
> 月尚皎皎无痕渍，
> 都林苏醒独自行。
> 赐名群山与山谷，
> 新井掬水他初尝；
> 俯身湖面鉴镜泊，
> 忽现星冠光烁烁，
> 宝石玲珑缀银线，
> 恰映倒影覆前额。
>
> 万物美好群山高，
> 旧日君王功滔滔，
> 纳格斯隆德[1]与刚多林[2]，

---

[1] 原文 Nargothrond，第一纪元中精灵在矮人的帮助下建造的地下要塞，后被魔苟斯大军所毁。
[2] 原文 Gondolin，第一纪元中精灵的隐匿之城，后为魔苟斯大军所毁，是贝烈瑞安德诸地中最后陷落的。

犹立西海未倾倒。
王者已殒时已逝,
都林岁月不可追。

雕凿刻镂为王座,
石柱如林石厅阔;
白银墁地金为顶,
如尼文咒封大门。
悬灯璀璨水晶削,
日月星辰齐放光;
云难遮蔽夜难掩,
光明美丽永世存。

铁锤打在铁砧上,
刻刀写画錾叮当;
锻炼利刃铸刀柄,
上建高厦下挖矿。
绿玉珍珠彩宝闪,
金甲密嵌似鱼鳞,
圆盾胸甲刀斧利,
雪亮长矛宝窟藏。

昔日都林民不倦,
群山之下乐音长:
竖琴弦拨歌者唱,
大门启报号角响。

万物失色群山老，
锻炉烈火冷灰销；
竖琴弦哑锤不落，
都林殿堂暗无光；
卡扎杜姆墨瑞亚，
都林长眠墓影深。

镜泊湖底暗无波，
仍现坠星光灼灼；
湖水深处沉王冠，
且待都林醒日多。

"我喜欢这首！"山姆说，"我想学这首歌。'卡扎杜姆墨瑞亚'！可是想想那些水晶灯，只会让眼前的黑暗更加沉重。这儿底下还藏着成堆的珠宝黄金吗？"

吉姆利沉默不语。唱完他的歌以后，他不想再开口。

"成堆的珠宝？"甘道夫说，"没有。奥克曾常到墨瑞亚抢掠，上层的厅堂什么也没有剩下。而且，自矮人逃离以后，谁也不敢搜寻竖井和深处的宝藏：宝藏已被沉入水里——或者说沉入了恐惧的阴影里。"

"那么，矮人们想回来，是为了什么？"山姆问道。

"为了秘银。"甘道夫说，"墨瑞亚的财富不在于黄金珠宝，那不过是矮人的玩具；也不在于黑铁，那不过是矮人的奴仆。确实，黄金黑铁在这儿也有，特别是黑铁；但他们不需要为此掘矿：他们所求的一切都能交易而来。可天下唯独此处有墨瑞亚银，也曾被叫作真银：精灵语称为秘银，矮人们也有命名，但他们不肯说。当年它比金子价昂十倍，现在更是无价；地面上几乎没有留存，连奥克也不敢在此挖掘。矿脉向北朝卡拉兹拉斯而去，深入地底暗处。矮人们嘴巴很严；但是，秘银虽为他们的财富之源，却也是他们的毁灭之根：他们挖得太深，取之太贪，惊扰了他们后来要逃离的那位，都林克星。他们挖出的几乎全被奥克所夺，又上贡给觊觎此物的索隆。

"秘银！人人垂涎！可受锤打，延展如铜；可被打磨，光亮如镜；矮人炼此矿成金属，比淬火的精钢更坚实，却又更轻盈。其美似凡银，却能永葆光泽，不会发乌变暗。精灵爱之尤甚，用之甚广，将其制成伊希尔丁，星月银，你们在大门上所见便是。比尔博有一件梭林所赠的秘银连环软甲，也不知下落如何？我猜，眼下还在大洞镇的马松馆积灰落土吧。"

"什么？"吉姆利从沉默中惊跳起来，大叫道，"墨瑞亚银制的软甲？真是一件君王之礼！"

"没错，"甘道夫说，"我从未告诉过他，此甲价比夏尔全境及全部所有之物！"

弗罗多什么也没有说，只把手探进自己的短袍里，摸着锁子甲的连环。想到自己把价值夏尔全郡的宝物穿在上衣里一直行走了这么远，他站都站不稳了。比尔博知道吗？他觉得，比尔博无疑知道得很清楚，的的确确是一件君王之礼。此时，他的思绪已从黑暗的矿洞飘走，飘到了幽谷，比尔博，还有比尔博仍在居住时的袋底洞。他满心只愿回到袋底洞，回到旧时，修剪草坪，闲步花间；但愿自己从未听说过墨瑞亚，从未听说过秘银——还有魔戒。

周围一片深深的沉默。大家一个接一个地睡着了，弗罗多担任警卫。似乎有一股鼻息穿过深处看不见的门而来，恐惧爬上他的心头。他两手发冷，额头冒汗，侧耳倾听；凝聚全副心神听了漫长的两个钟头,却什么也没有听到,包括想象中的落足回音。

就在快要换岗的时候,他疑心自己看见两点微弱的光芒,几乎仿佛是两只眼睛,远远地在大约是西拱门的地方闪光。他本来已经瞌睡得点头,这下一惊,心想:"我肯定是在警戒的时候快睡着了,刚才正在睡梦的边缘。"他站起身,揉了揉眼睛,一直站着,探看黑暗,直到莱戈拉斯把他替下来。

躺下后,他很快入睡,但似乎感觉梦还在继续:他听到低语声,看到两点微光缓缓地凑近。醒来发现,众人正在他近旁低声说话,而一道微光恰好落在自己的脸上。东拱道上方高处靠近屋顶的一个竖井透过长长的一束微弱光线;大厅的另一边,也有光线穿过北拱道,远远地闪着淡淡的光。

弗罗多坐起身。"早晨好!"甘道夫说,"终于又是早晨啦。你看,我说得没错。我们现在墨瑞亚东侧高处,今天结束之前我们应该能找到出去的大门,能看到黯溪谷中的镜影湖水展现在眼前。"

"我会很高兴,"吉姆利说,"我已经看到了墨瑞亚,雄伟壮丽,但已变得阴暗可怕,也没有发现我的亲族的痕迹。现在我怀疑巴林根本没有来过这里。"

用过早餐之后,甘道夫决定立即重新上路。"大家都累了,但出去以后,我们能更好地休息。"他说,"我想,我们谁也不愿意在墨瑞亚再过一夜。"

"确实不愿意!"波洛米尔说,"我们应该走哪条路?那边的东拱道?"

"也许。"甘道夫说,"但我还不知道我们确切的位置。只要我没有跑得太偏,我估计,我们现在出去的大门上方以东的位置;找到下行通向大门的道路也许不易,可能东拱道会证实就是我们必须走的路;但决定之前我们应该好好看看周围。我们先到北门有光线处看看,如果能找到一扇窗户就好说了，但只怕光线来自通风井深处。"

大家跟着他走到北拱道下，发现自己身处一条宽阔的走廊。越往前走，光线越强，瞧着是从右侧的一处门口透进来的。门廊高高的，平顶，石头门扇犹连着铰链，半开半掩。跨过门口是一间宽敞的正方石室，微微有光，但他们已在黑暗中太久，感觉亮得刺目，一进去便闭上了眼睛。

他们的脚踩进了地板上厚厚的尘土，被门口处堆放的东西绊住，起初无法辨出是些什么。在里面东墙高处有一个宽宽的通风井，从中透过的光线照亮了石室。通风井倾斜向上，上方高处能望见小小一方蓝天。通风井的光线直射到房间中央的桌子上：是一个长方体，大概两呎高，上面放着一块又大又厚的白色石板。

"看起来像是陵寝。"弗罗多小声说，带着古怪的预感弯腰向前，仔细打量石板。甘道夫立刻走到他身旁。石板上有如尼文字，刻痕很深：

"这是戴隆的如尼文，墨瑞亚古时使用的。"甘道夫说，"用人类和矮人的语言书写便是：

> 巴林，芬丁之子，
> 墨瑞亚之王。"

"这么说，他死了。"弗罗多说。"恐怕如此。"吉姆利将兜帽拉下，盖住脸孔。

第五章
卡扎杜姆大桥
THE BRIDGE OF KHAZAD-DÛM

———— 恰在此时,甘道夫举起法杖,大吼着猛击他跟前的桥面。法杖碎裂,从他的手中掉落,一大片眩目的白光腾空而起,桥身喀嚓作响,正在炎魔的脚下断裂,它所立足的那块石头粉碎,跌入深壑,而余下的桥身悬立着,颤巍巍的,好像一条岩石的舌头,伸入虚空之中。

魔戒远征队默默伫立在巴林的陵墓旁。弗罗多想起比尔博，想起比尔博与这位矮人长久的友情，还有多年前他来造访夏尔。在大山之内这间落满尘灰的石室之中，那些恍惚是千年之前另一个世界的事情了。

许久之后，他们才动动身体，抬起头来，开始寻找，看看有什么物品能够透露巴林的命运，或是他的族人后来如何的消息。石室另一侧有一扇小一些的门，正在通风井下方。现在他们能够看到两扇门旁有许多骨头，其间有断剑与斧头，还有裂开的盾牌与头盔。有一些剑是弯的，正是奥克所用的黑刃短弯刀。

岩壁上凿了许多壁龛，里面放着箍铁的大木箱。所有木箱都被砍破，洗劫一空；但是，在破碎的箱盖旁边有一本残卷，被刀划过、砍过，有一部分被火烧过，遍布着黑色焦痕，还有其他深色印记，好像陈旧的血渍，几乎没剩多少可以辨读。甘道夫小心地把残卷举起，但是在放到石板上的时候，书页仍然散落破碎了。他默默地研究了一会儿，站在他身旁的弗罗多和吉姆利可以看到他小心翼翼地翻动书页，书页上书写着许多不同的字迹：墨瑞亚如尼文、河谷邦如尼文，不时还有精灵文字。

末了，甘道夫抬起头："这似乎记载了巴林族人的命运。我猜测，开头写的是大约三十年以前他们来到黯溪谷，书页上好像有数字，记着他们到来的年数。头一页上有'一'，不，是'三'，所以至少从开始缺了两页。听！"

"'我们把奥克从大门和守卫'——接下来的字烧煳了,也许是'室'——'赶走,在谷内明亮的'——我想是'阳光里——杀死了许多奥克。弗洛伊中箭身亡,他杀死了块头最大的一个'。接着字迹模糊了,后面是'弗洛伊倒在镜影湖边的草丛下'。下面一两行我无法读出。然后是'我们占了北端第二十一厅住下。这里有'——读不出来——但提到了通风井。之后,'巴林设营马扎布尔室。'"

"就是史册文献室,"吉姆利说,"我猜我们现在立足之处便是。"

"唉,接下来好大一部分我都无法读出,"甘道夫说,"除了几个词:'金子''都林之斧''头盔'什么的,然后是'巴林现于墨瑞亚称王'。似乎在此结束了这一章。然后画了几颗星星,接着是另一个人的笔迹;我能读出'我们发现了真银',还有'锻造精细',然后是什么呢,我明白了! 是'秘银';最后两行写着:'欧因寻找第三深谷的上层武器库',以及什么'向西行',有一块儿模糊了,然后是'到冬青郡大门'。"

甘道夫停了下来,把几张书页收到一旁。"还有几页一样的,匆匆写就,损毁严重,"他说,"这个光线下我不太能辨认出来。散失的书页一定还有不少,因为这几页的编号是五,我猜是开拓此地第五年。让我瞧瞧! 唉,砍得太破,污损太多,没法读了。也许阳光下好一点。等等! 这部分可以,字迹粗大,写的是一种精灵文字。"

"可能是欧瑞的笔迹,"吉姆利从巫师的手臂上方探头望去,"他写字又快又好,常用精灵文字。"

"恐怕他用优美的字体记下来的是不好的消息,"甘道夫说,"第一个清晰的字是'悲痛',但这行其余的字缺失了,只有最后一个字'乍';不对,这个字肯定是'昨',紧接着是'天,11月10日,墨瑞亚之主巴林殒命于黯溪谷。他独自前去探看镜影湖,有一奥克从石后将之射中，我等手刃此奥克，但奥克又至更多……自东边银脉河上游而来'。这一页余下的太过模糊，我几乎辨认不出，不过能读出来'我们闩上大门'，然后是'能够御敌多久，倘若'，接下来也许是'恐怖'与'受难'。可怜的巴林！看来他得到尊号后，保持不过五年。我很想知道接下来发生了什么，但没有时间揭开最后几页的谜底了。这是整册的最后一页。"他停住叹了一口气。

"读来令人悲哀，"他说，"恐怕他们的结局悲惨。听！'我们出不去了，我们出不去了。大桥及第二大厅已被占领。弗拉尔、罗尼、纳里于彼处殒命。'接下来的四行模糊了，我只能读出'五日之前'。最后几行是'西门湖水涨至岩壁。水中监视者捉走欧因。我们出不去了。末日已至'，然后写着'鼓声，地底深处传鼓声'。我猜不透这是什么意思。写到最后是潦草得连在一起的精灵文：'他们来了。'然后什么也没有了。"甘道夫停下不语，站着陷入了沉思。

一阵惧怕猛然袭来，石室的恐怖笼罩了众人。"'我们出不去了'，"吉姆利喃喃道，"咱们运气好，湖水退落了一点，而且监视者在南端沉睡。"

甘道夫抬起头环顾四周，说："他们似乎坚守这两扇门，战到了最后，只是那时剩下的人也不多。收复墨瑞亚的行动如此收场了！英勇，但是愚蠢。时机未到呀。现在，我想，我们得和芬丁之子巴林道别了。他必须长眠于此处、先祖的厅堂之中。我们带上这册马扎布尔之书，以后再细细研读。吉姆利，最好由你保管，有机会的话带回去交给达因。他会感兴趣的，虽然也会深感悲痛。来，我们出发吧！上午就要过去了。"

"我们应该走哪条路？"波洛米尔问。

"退回大厅，"甘道夫说，"不过到此石室一访并非白费。现在我知道我们身处何处了，正如吉姆利所说，这里一定是马扎布尔石室，那么大厅一定是北端之二十一厅。如此一来,我们应该从大厅东拱道离开,向右朝南,再下行。二十一厅位于第七层,还在大门六层之上。来!回大厅!"

甘道夫的话音还未落地,便传来了巨大的声响:一串轰轰的滚动声,仿佛来自地下深处,将他们脚下的石头震得直颤。他们心中一凛,冲向门口。咚咚,咚咚,那声音又开始滚动,似乎有一双巨手,正将墨瑞亚的间间穴室化为一面巨鼓。接着爆出回应的巨响:厅中吹起了一支硕大的号角,接着是应和的号角声声,粗哑的吼声阵阵,从远方传来。还有许多足音,急急跑来。

"他们来了!"莱戈拉斯嚷道。

"我们出不去了。"吉姆利说道。

"困住了!"甘道夫喊道,"为何我要耽搁?现在好了,困住了,与他们当年一样。不过那时我不在此,我们且来看看——"

咚咚,咚咚,巨鼓擂动,四壁摇撼。

"关门,堵死!"阿拉贡大喊,"背好背包,不要卸下:我们还有机会突围。"

"不!"甘道夫说,"我们绝不能封死,东门留缝!一有机会就往那边跑!"

又是一阵粗哑的号角声,还有尖厉的喊叫声,足音正从走廊冲下来。远征队纷纷拔剑,铮铮叮叮响成一片。格拉姆德林寒光微微,刺叮两刃雪亮。波洛米尔用肩膀抵住西门。

"且慢!先别关门!"甘道夫说着,往前一纵,跳到波洛米尔身旁,拔起身形,高大挺立。

"来者何人,惊扰墨瑞亚之主巴林安息?"他朗声叫道。

门外传来一阵粗嘎大笑,好像块块石头滑进坑底;喧嚣之中,有一个低沉的嗓门抬高了声音,发号施令。咚咚,咚咚,咚咚,深处传来鼓声。

甘道夫一个箭步跨到门口窄缝前,将法杖向外一送,炫目的火光照亮了石室与门外的通道,在他朝外张望的瞬间,箭雨嗖嗖,呼啸而至,他已及时跳回。

"奥克来了,非常多。"他说,"有些是大块头的妖邪,是魔多的黑乌鲁克。眼下他们暂且后退不前,可还有别的,我猜是个巨大的洞穴食人妖,也许不止一个。从那条路逃出去没有希望。"

"要是它们也冲另一扇门来,那就一点希望也没有了。"波洛米尔说。

"这边外面还没动静,"阿拉贡站在东门旁侧耳倾听,"这边的通道走台阶直接向下,明显没有折回大厅。但是后有追兵,盲目从这条路逃走不利,因为我们封不住门,没有钥匙,锁也坏了,门又朝里开。我们必须首先拖住敌人,我们要让它们惧怕马扎布尔石室!"他严肃地说着,抚着他的宝剑安督利尔的剑锋。

沉重的脚步声已来到了走廊,波洛米尔飞身扑到门上抵住,然后用断剑残木将门揳牢。远征队撤到石室的另一边,但尚未得到逃出的机会。门上遭了一击,一阵摇晃;然后开始贴着地面被慢慢蹭开,门楔子被推挤向后。一只巨大的臂膀猛地从渐宽的门缝中杵了进来,皮肤黝黑,还覆着发绿的鳞片。接着,一只扁平无趾的巨足从门下硬挤了进来。门外一片死寂。

波洛米尔纵身向前,用尽全身的气力对着那条手臂砍了下去,只听得当啷一声,他的剑滑向一旁,他的手受此一震,宝剑落地,剑刃磕出了缺口。

霎时间,弗罗多心头怒火腾起,大吼一声,连他自己都吓了一跳:"以夏尔之名!"他跳到波洛米尔身旁,挥起刺叮,弯腰力刺那只丑恶的巨足。响起一声惨号，那只脚猛然回缩，差点将刺叮从弗罗多手中弹下来。黑色的血液沿着剑刃滴落，落地生烟。波洛米尔再次扑到门上，将门猛地撞上。

"夏尔名下记上一个！"阿拉贡大喊，"霍比特人这一刺够狠！你有一把好剑，德罗格之子弗罗多！"

门上传来一下撞击，然后一下接着一下，夯锤、榔头正在猛敲，门嘎吱作响，摇摇欲倒，突然间，门缝一下子大张大开，飞箭嗖嗖射入，但撞在了北墙上，全部落地，未伤及一人。又响起一阵号角声、匆匆的脚步声，奥克一个接一个地跳进了石室。

究竟有多少个奥克，远征队不能尽数。奥克攻势凌厉，但远征队抵抗之强，也令他们气馁。两个奥克的咽喉被莱戈拉斯射穿，另一个跳上巴林陵寝的被吉姆利从下盘砍断双腿，波洛米尔与阿拉贡也斩杀不少。倒了十三个以后，余下的尖叫着逃窜，而守方不曾受伤，只除了山姆的头皮剐了一道。他及时缩头，保住了性命，且干掉了这个奥克：用他的坟岗宝剑直直一刺，棕色的眼眸中喷着怒火，泰德·山迪曼见了定会后退。

"现在正是时候！"甘道夫喊道，"趁食人妖还没回来，我们快走！"但是，就在他们撤退途中，皮平与梅里还没来得及踏上外面的台阶，一个几乎有人类那么高的大块头奥克头目跳进了石室，他从头到脚披着黑色的鳞甲，身后跟着喽啰，簇拥在门口。他的面孔宽平黝黑，双眼如煤块，舌头鲜红，手里挥舞着一支长矛。他将蒙着兽皮的巨大盾牌一抵，便挡开了波洛米尔的剑，逼得他后退倒地。他一矮身，躲过阿拉贡一击，接着冲向远征队，快如进击的毒蛇，长矛直取弗罗多，正中他的右身，把他撞到墙上，钉住了。山姆大吼一声，挥刀劈向矛杆，把它斩断。此奥克掷开残杆，刚刚甩出弯刀，安督利尔已经劈上他的头盔，一道火光闪过，头盔爆裂，奥克的脑袋开花，倒地不起。

他的喽啰面对冲上来的波洛米尔与阿拉贡,号叫着四散奔逃。

咚咚,咚咚,深处传来鼓声。巨大的声响再次滚动而过。

"就现在!"甘道夫吼道,"现在是最后的生机!快逃!"

阿拉贡背起倒在墙边的弗罗多,推着他前面的梅里与皮平,一路往台阶跑。其他人随后;可吉姆利不顾危急,还垂头踯躅在巴林墓前,莱戈拉斯硬把他拽走。波洛米尔用力去拉东门,铰链摩擦作响,两个门扇上有巨大的铁环,但不能关严。

"我没事,"弗罗多喘着气说,"我能走,放我下来!"

阿拉贡一惊,差点把他摔下来。"我还以为你死了!"他喊道。

"还早呢!"甘道夫说,"但没工夫吃惊了。快出去,每个人!快下楼梯!在底下等我几分钟,要是我来不了,就继续走!动作要快,选向右、向下的路。"

"我们不能留下你独自守门!"阿拉贡说。

"照我说的做!"甘道夫厉声道,"刀剑在此已无用处。走!"

通道没有风井采光,漆黑一片。他们摸索着往下走了很长一段台阶,回头张望,什么也看不见,唯有巫师的法杖在高处上方闪烁的微光。看来他仍在关闭的门边守备。弗罗多呼吸粗重,倚着山姆;山姆用两臂环抱着他。他们站住脚,沿着台阶往上看,目光探入黑暗。弗罗多觉得能够听到上方甘道夫的声音,念念有词,话语顺着斜下的屋顶滚落,激起叹息般的回声。他听不清说的什么,四壁似乎在颤抖,时不时有鼓声擂动回荡:咚咚,咚咚。

突然,台阶最高处闪过一片白光,接着一阵闷响,又是沉重的一声砰噔,鼓声疯狂暴起:咚——隆、咚——隆,然后止住了。甘道夫从台阶上飞身而下,倒在了众人中间的地上。

"行，行，解决啦！"巫师挣扎着站起来说，"我尽了全力了，可也碰上劲敌了，差点完了。可别站在这儿呀！走呀！你们要凑合着摸黑走上一阵，我相当虚弱。快走！快走！吉姆利，你在哪儿？和我一起走在前头！所有人，跟紧了！"

大家跌跌撞撞地跟着他走，很想知道出了什么事。咚咚，咚咚，鼓声又起：现在听起来又闷又远，但仍然跟在后面。再没有其他追兵的声响，足音没有，什么声音都没有。甘道夫没有左拐右拐，看来通道的方向正合他意。道路时常有下降的台阶，五十级或者更多级，到更低的一层。此时，他们的主要危险便是这些台阶，因为在暗中看不到下一级，必须等到踏上去一脚踩空才能知道。甘道夫以杖触地探路，像个盲人。

一个钟头里他们走了一哩，也许一哩多，下了许多段台阶，仍未听到追兵的声音，甚至开始抱有逃出去的希望。来到第七段台阶的底部后，甘道夫停了下来。

"越来越热了！"他喘着气说，"现在我们至少下到了大门的那一层了。我想，很快我们就该找一条左转的路，好往东行。希望不太远。我太累了，哪怕世上孳生的所有奥克都在追我们，我也得在这儿休息一下。"

吉姆利扶着他的手臂，帮他在台阶上坐下来，问道："上边那扇门旁发生了什么？你遇上那个敲鼓的了吗？"

"不清楚，"甘道夫答道，"但我意识到自己猛然间遭遇了从未遇到过的东西，我一时没了主意，只能尽力施行闭门咒。闭门咒我懂得不少，要施为得对却耗功夫，而且即便成了，之后门仍可被强力破开。

"守在那儿的时候，我能听见门外奥克说话，心想他们随时都会闯进来。他们说的什么我听不清，讲的好像是他们自己的丑恶语言。我只捕捉到一个词 ghâsh，就是'火'。然后石室进来了一个什么东西——我透过门察觉到了,而那些奥克怕了,噤若寒蝉。那物抓住门上铁环,感知到了我,还有我下的咒。

"我猜不出那究竟为何物,但从未遭遇过如此对手。他的反击咒语太厉害了,几乎击垮了我。有那么一霎,门脱离了我的控制,要打开了! 我不得不念出律令咒,可是它力道过强,门炸成了碎片。某种乌黑似云的东西摒开了里面全部光线,我给震开,向后摔下台阶。墙壁都塌了,我估计,石室的屋顶也一样。

"只怕巴林给埋在了深处,也许还有别的也给埋了,我不好说。但至少我们身后的通道完全堵死了。啊! 我从来没这么筋疲力尽过,但是正在恢复。弗罗多,你怎么样? 虽然说这些还不是时候,但听到你开口说话,我这辈子都没这么开心过。那时我怕阿拉贡背的是一位英勇却丧了命的霍比特人。"

"你问我怎么样?"弗罗多说,"还活着,而且还全乎着,我估计。身上有青肿,也很痛,但不算太糟。"

"嗯,"阿拉贡说,"我只能说,霍比特人是块硬材料,我从未见过能与之相匹的。要是我早知道,在客栈的时候说话就会软和点啦。长矛那一刺,一头野猪也能捅穿!"

"哎,没把我捅穿,我很高兴能这么说,"弗罗多道,"虽然我感觉就像在锤头和铁砧之间给夹住了。"他没再多说,因为一呼吸就会痛。

"你同比尔博很像,"甘道夫说,"人不可貌相呀,很久以前我这么说他。"弗罗多暗忖,这番评语是否含有深意。

众人继续前行,吉姆利在黑暗中也有锐利的眼神,不一会儿他开口道:"我觉得前方有光,但不是昼光,是红色的。能是什么呢?"

"Ghâsh!"甘道夫喃喃道,"不知他们所指的是不是:矿坑低层燃着火? 可我们只能向前。"

很快，那光芒便不容错认，所有人都能看清：正闪烁摇曳着，照亮了他们面前向下通道的墙壁。此时，他们能把路看清：前方道路坡度陡降，再往前有一个低矮的拱门；那簇越来越亮的红光便是来自于此。空气变得炽热。

来到拱门门口，甘道夫示意他们等待，自己先穿了过去。他刚到入口外便站住了，大家看到他的脸被火光映红。他很快便退了回来。

"那儿有个新的妖物，"他说，"准是专门迎候我们的。不过，现在我知道咱们在哪儿了：我们到达了第一深谷，刚好是大门下面的那一层。此处是古墨瑞亚的第二大厅，大门就在附近：从东端出去向左转，最多四分之一哩路便到。跨过大桥，登上宽宽的台阶，沿着宽阔大道，穿过第一大厅，就出去了！你们都来瞧一瞧！"

他们朝外探看，面前是另一座洞穴般的大厅，比他们之前曾经睡过的那座厅堂宽得多，也更加高耸气派。他们离大厅东端较近，向西望去，大厅延伸到了黑暗之中；大厅的中央有两排高高的石柱，雕刻成大树树干的样子，上方枝条散开，浮雕着纹路，支撑着天花板。黑色的主干很光滑，侧边暗暗映出红色的火光。正对面的两个巨柱的柱脚的近处，地面裂开了一道巨缝，红色的烈焰从中蹿出，火舌不时舔向巨缝的边缘，围着柱基盘卷。炽热的空气中，晃动着缕缕黑烟。

"如果当初我们走主路从上层的大厅下来，就会困在此处，"甘道夫说，"但愿大火挡在我们和追兵之间。来！我们没有时间了。"

就在他说这些话的时候，大家又听到追兵的鼓声：咚咚，咚咚，咚咚。大厅西端远处的暗影之外，传来喊叫声与号角声。咚咚，咚咚：石柱似乎在摇撼，火焰也在哆嗦。

"现在要最后冲刺了！"甘道夫说，"如果外面阳光照耀，我们还能逃脱。跟我来！"

他转身向左，飞速跑过大厅光滑的地板，这段路比看起来的还要长。跑起来的时候,他们听到身后的鼓声和急促的足音回声。一声尖厉的叫喊,显示他们已经被发现了,铁器碰撞得叮叮响,一支箭嗖地贴着弗罗多的头皮飞过。

波洛米尔笑了起来:"他们可没料到这个,大火封住了去路,而我们在另一边!"

"朝前看!"甘道夫大叫,"大桥近了!桥面狭窄危险。"

弗罗多猛然发现面前出现了一道黑色的裂隙。大厅尽头,地面消失,沉入无尽深渊,而连通外门的唯有一架细窄的石桥,没有修砌边石,没有安装护栏,只是一道弯拱,长五十呎。这是古代矮人修建的防御工事,以防万一有敌人占领了第一大厅与向外的通道。此桥只能单列通过。甘道夫在深渊边缘停下脚,其余的人拥在他身后。

"吉姆利!带路!"他说,"皮平与梅里随后。直向前走,出门就上台阶!"

飞箭纷纷落下,一支射中了弗罗多又被弹开,另一支穿透了甘道夫的尖帽,像根黑羽毛似的戳着。弗罗多回头张望,火海另一边聚起黑压压的身影,好像有成百上千的奥克,挥动着长矛、弯刀,在火光里映得血红。咚咚,咚咚,鼓声回荡,愈来愈响;咚咚,咚咚。

莱戈拉斯抽箭压弦,尽管于他的小弓而言,这一射有些太远。弓弦才张,他便垂下手来,箭镞跌落在地。他发出一声惊惧交加的大喊,两只巨型食人妖出现了,背着硕大的石板,正在将石板往巨缝上甩,想在火焰上搭起步桥。但是,让精灵充满恐惧的却非食人妖。奥克的队列已经断开,正推搡着挤到一边去,仿佛他们自己也吓到了。有个东西从他们身后赶来,是什么尚看不清:好像有一团巨大的阴影,其中有个黑色的人形,却比人大得多;带着蛮力与恐吓,形虽未至,势已逼人。

此物来到火边,火势即退,好像被一团云笼罩住了。然后,它猛地一冲,跃过巨缝,火焰腾空,向它致敬,围裹着它,一股黑烟在空中盘旋。它的背鬃飘扬,点着了火,在其后熊熊燃烧;右手持刃,状如火舌,左手扬鞭,垂着簇簇流苏。

"啊!啊!"莱戈拉斯哀叫道,"炎魔!来了一只炎魔!"

吉姆利瞪大了双眼,叫道:"都林克星!"便任由斧头脱手落地,以手掩面。

"炎魔,"甘道夫喃喃道,"原来如此。"他身体一晃,沉重地倚在法杖上,"运气糟透了!而我已经力竭。"

喷火的黑影冲着他们奔来,奥克怪叫着挤上石板步桥,奔涌而至。这时,波洛米尔举起号角吹响了,迎战的号声响亮激昂,好像厅洞顶下有许多条喉咙在呐喊。刹那间,奥克怯了,连那个汹汹火影都顿住了。然后,号声的回音乍然消失,好像火苗被阴风吹熄,而敌人又发起进攻。

"过桥!"甘道夫大吼,重聚气力,"快逃!此敌你们谁也对付不了。我必须守住这条窄道。快逃!"阿拉贡与波洛米尔并不听令,仍然肩并肩守着甘道夫的后方,守着拱桥的远端。其他人停在大厅尽头的门口处,转过身来,无法留下他们的领袖一人独自对敌。

炎魔踏上了拱桥。甘道夫站在桥中央,左手拄杖,支撑身体,右手握着格拉姆德林,寒光雪亮。敌人再度停下,与他正面相对,笼罩着他的阴影伸展开来,好似两只巨大的翅膀。它扬起鞭子,流苏噼啪作响,火焰从它的鼻孔喷出来。但是甘道夫岿然不动。

"你休想通过。"他说。奥克站住不动,周围安静下来,死寂一片,"我乃秘火[1]之仆,驾驭阿诺尔[2]之焰。你休想通过。黑暗之火于你无用,

---

1 原文 Secret Fire,是造物主伊露维塔独有的创造之力,能赋予生命灵魂。也叫作"不灭之火"。
2 原文 Anor,指太阳。

你这乌顿[1]之焰。滚回魔影那里去！你休想通过。"

炎魔没有回应。它身上的火似乎要熄灭了，但阴影加重。它缓步上前，踏上拱桥，瞬时间身形暴涨，变得十分高大，双翅展开，直抵大厅两壁；但是，甘道夫的身影还可看见，在昏暗中闪着微光，看上去很渺小，全然孤立无援：灰扑扑地佝偻着，好像一株面临风暴来袭的干瘪老树。

唰的一下，一柄红剑从黑影中刺出，喷着火焰。

格拉姆德林寒光雪亮，对上了这一刺。

呛啷啷一声脆响，两剑相交，迸出一道白焰，炎魔向后摔倒，利剑飞出，碎片熔化。坐帅在桥上晃了一下，向后退了一大步，又重新稳住。

"你休想通过！"他说。

炎魔纵身一跃，整个地落在桥面上，鞭子卷起，嘶嘶有声。

"不能让他独自对敌！"阿拉贡突然大吼一声，沿着桥往回跑，喊着，"以埃兰迪尔之名！我来助你，甘道夫！"

"以刚铎之名！"波洛米尔高喊着，奔在他后面。

恰在此时，甘道夫举起法杖，大吼着猛击他跟前的桥面。法杖碎裂，从他的手中掉落，一大片眩目的白光腾空而起，桥身喀嚓作响，正在炎魔的脚下断裂，它所立足的那块石头粉碎，跌入深壑，而余下的桥身悬立着，颤巍巍的，好像一条岩石的舌头，伸入虚空之中。

伴着一声惨叫，炎魔向前摔落，其影也一头扎下，消散无踪。可就在它跌下的时候还甩出了鞭子，流苏缠上了巫师的膝盖，把他拖到断桥边缘。他一个踉跄，摔倒在地，伸手去抓石头，却是徒劳，滑入了无底深渊。"快跑啊，你们这些傻瓜！"他喊叫着，然后不见了。

---

1 原文Udûn，为魔多西北部山谷，谷底有无数地道。此词为精灵语，字面意思"地洞""坑道""地狱"。

烈火熄灭，空虚的黑暗降临，远征队脚下像生了根，惊恐地站着，凝视着深坑。阿拉贡与波洛米尔飞快撤回的同时，余下的桥身已经断裂跌落了。阿拉贡一声大吼，将众人唤醒。

"来！现在我来带领大家！我们一定要遵从他最后的指令。跟我来！"

众人跌跌撞撞，胡乱爬上门外的宽大阶梯，阿拉贡领头，波洛米尔殿后。阶梯顶端是一条宽阔的通道，响着回声。他们从通道逃走，弗罗多听到自己身旁的山姆在哭泣，然后觉察到自己也在边跑边哭。咚咚，咚咚，咚咚，鼓声在他们身后回荡，此刻是那么的哀伤平缓；咚咚！

他们跑啊跑啊，前方越来越光明；巨大的通风井穿透了天花板。他们加快脚步，进入一座大厅，东侧有高高的窗户，日光照亮了厅堂。他们飞跑而过，跑过倾颓的道道大门，黯溪谷门出现在眼前，骤然打开，拱形的门洞光芒刺眼。

两扇门边有高耸的门柱，有一队奥克蜷缩在柱后的阴影里，但是门扇已毁，坍塌倒地。阿拉贡一剑把挡路的头目刺翻，余者慑于他的怒气，四处逃散。远征队如疾风扫过，顾不上理会他们。出了大门，他们连跑带跳地冲下岁月侵蚀的巨大台阶，逃出了墨瑞亚的门口。

直到跑出山墙的一射之地以外，他们才停住脚步。黯溪谷将他们环绕，迷雾山脉的影子笼罩着溪谷，但东边的地面上照耀着金色的阳光。刚过正午一个小时，阳光闪亮，高空中云朵洁白。

他们转身回望。大山的阴影之下，墨瑞亚大门的拱道黑洞洞地张着大口，地下深处滚动着微弱缓慢的鼓声：咚咚。一缕薄薄的黑烟飘了出来，别的什么也看不见；周围的溪谷空空荡荡。咚咚。终于，悲伤将他们全然淹没，他们痛哭了很久：有人伫立着默然饮泣，有人扑倒在地流泪。咚咚，咚咚。鼓声渐退。

第六章
洛斯罗里恩
Lothlórien

────────　险境遍布世界，黑暗之地甚多；但是仍有许多美好，而且如今各处，爱虽然已掺杂了忧伤，可也许反而更得增强。

────────　到了大树脚下，弗罗多看到了阿拉贡，伫立不动，沉静如一棵树，但掌心中握着一朵太阳星的小小金花，眼中闪烁着光芒。他沉浸在美好的回忆中，弗罗多一瞧见他就明白，他在故地又看到了往昔的事物，不曾改变。

"唉！恐怕我们不能在此久留。"阿拉贡说。他遥望群山，把宝剑高高举起，喊道，"永别了，甘道夫！难道我不曾对你说过：'若你通过墨瑞亚之门，务必当心'？唉，此话竟已成真！没有你，我们还有什么指望？"

他转过身，对着远征队说道："没有指望，我们也必须前行。至少我们还要报仇。让我们擦干眼泪，打起精神！来！我们还有很长的路要走，还有许多事情要做。"

他们起身环顾四周。溪谷向北延伸进入一个阴暗的谷底，两边由大山环抱，其上闪耀着三座白色高峰：银齿峰、云顶峰、红角峰，峰峰相连，是谓墨瑞亚群山。暗谷顶上，流淌着一道激流，像一带白色的蕾丝，流过有数级小瀑布的无尽阶梯；一团水雾绕着山脚，悬在空中。

"那就是黯溪梯，"阿拉贡指着瀑布说，"若是当初命运仁慈一点儿，我们本该从激流旁边的那道深壑中的路下去。"

"或是红角峰没那么残酷，"吉姆利说，"它竟然矗立在阳光里笑呢！"对着积雪覆盖的山峰的最远处，他挥了挥拳头，转过身来。

向东望去，大山伸展的山麓戛然而止，可以依稀看到山外远方的大地，苍茫辽阔。向南望去，迷雾山脉迤逦而去，极目远眺也没有尽头。他们站在溪谷西翼的高处，他们下方地势稍低、不到一哩开外处有一面湖水。水面椭圆狭长，形似一个巨大的矛尖，深深扎入北边的暗谷；但南端没有阴影遮蔽，敞在阳光明媚的天空之下。可是，湖水发暗，色泽幽蓝，好像从点灯的房间望去的晴朗夜空。湖面平静无波，平整的草地围绕着湖水，从四边沿坡斜下，直至岸边；岸边是光秃秃的一整圈。

"那就是镜影湖，深深的凯雷德-扎拉姆！"吉姆利忧伤地说，"我记得他说过：'愿你见景而欢欣！但我们不可逗留。'现在，我将走过漫长旅途，而心中没有欢欣。必须匆匆离去的是我，只得长存此地的是他。"

远征队顺着溪谷大门伸出的道路下行。道路破烂坎坷，曲折狭窄，夹在裂石中钻出的石楠与荆豆之间。不过看得出来，很久以前这是一条石铺的宽广大道，从低地蜿蜒而上，直到矮人王国。路边有几处损毁的石头工事，还有小小绿丘，丘顶长着细细的桦树，也有的长着杉树，在风中叹息。道路往东转弯，将众人带到镜影湖边的草地近旁，路边不远处伫立着一根石柱，顶端已经残破。

"这是都林之柱啊！"吉姆利喊道，"既已路过，我怎么可能不过去一下，瞻仰这个谷中奇迹呢！"

"那么动作要快！"阿拉贡回望着溪谷大门说，"太阳下山早，奥克也许黄昏以后才出来，但我们在夜晚来临之前必须远走高飞。月朔将至，今晚夜色会很黑暗。"

"跟我来，弗罗多！"矮人喊着，跳到路外，"你还没见到凯雷德-扎拉姆就离开，那可不行。"他一溜烟跑下长长的绿草坡，弗罗多缓缓地跟在后面，虽感伤痛疲倦，但仍被平静的蓝色湖水所吸引。山姆也跟了上去。

到了石柱旁边，吉姆利停下脚步，抬头仰望。石柱饱经风霜，已然开裂，侧面模糊的如尼文字已经辨认不出。"这根柱子标志着都林第一次望向镜影湖的位置，"矮人说道，"走之前，咱们自己也来望一次吧！"

他们向暗沉的湖水探出身去。起先什么也看不见，然后一点一点地看到深邃的蓝色湖水如镜般映照出群山环抱的形态，而山峰好似簇簇白焰漂浮其上，再往外便是天空。尽管头顶青天白日，湖水深处却闪耀着璀璨的星星，仿佛珠宝一般。他们自己探出去的身影一点也看不见。

"噢！美丽神奇的凯雷德-扎拉姆呀！那里沉睡的是都林之冠，直到他醒来之日。再见了！"他说完，鞠了一躬，然后转身急匆匆爬上绿草地，重新回到路上。

"你看到什么啦？"皮平问山姆，但山姆陷入了沉思，没有应答。

道路又向南转弯，陡然而下，挣脱了山谷两侧山岭的怀抱。过了湖水又下行了一段路，他们碰到了一眼深泉，从中流出一股淡水，清澈如水晶，流过石头的泉口，沿着一条陡峭崎岖的水渠闪着光芒汩汩流下。

"这就是银脉河的源泉，"吉姆利说，"不要饮它的水！凉得和冰一样。"

"很快，它便成了一道急流，汇集了许多条山泉，"阿拉贡说，"我们的这条路沿着它延伸许多哩。我将要带你们走甘道夫选好的路，首先希望能到银脉河并入安度因大河处的那片森林——那边远处。"他们顺着他所指的方向远眺，可以看到泉水跳跃着流到谷底，然后一路前进，流入更低的地方，最后消失在一片金色的雾霭之中。

"那里有洛斯罗里恩森林！"莱戈拉斯说，"我族的栖居地中最美好的。那片土地上的树木没有其他地方的可比，因为秋天树叶不落，而是转为金色；春天来临，新绿萌发，树叶方落，随即枝条上累累开满黄色的花朵；林中地面是金的，穹顶是金的，而支柱是银的，因为树干是光滑的银灰色。我们在幽暗森林的歌谣便是如此唱诵的。倘使我能身处那片森林的枝叶之下,且逢春日,我心里该多么快乐呀!"

"即便在冬天,我心里也会是快乐的,"阿拉贡说,"但森林还在迢迢之外呢。咱们快点!"

弗罗多和山姆一度能够勉强跟上大伙儿;但是阿拉贡大步流星地走在前面带路,不一会儿他们便落后了。一早以来,他们什么都没有吃,山姆的伤口灼痛如火,脑袋发飘。虽然太阳高照,但从墨瑞亚暖热的黑暗中走出以后,风似乎发凉。他哆嗦着,而弗罗多每走一步,痛苦便增加一分,喘不过气来。

终于,莱戈拉斯回头发现他们已经落后太远,告诉了阿拉贡。其他人停下脚,阿拉贡往回跑,大声叫波洛米尔一起来。

"对不起,弗罗多!"他喊着,充满了关心,"今天发生了太多事,我们又太需要抓紧,所以我忘记你受了伤,山姆也是。你该开口呀。就算墨瑞亚所有的奥克在后面追,我们也应该帮你们缓解伤痛,可我们什么也没做。快过来!再往前一点儿,有一处可稍作休息的所在,到那儿我会尽力为你们处理。快来,波洛米尔!我们把他们背上。"

不久之后,他们来到了从西边流下的另一条小河,冒着泡泡流入了湍急的银脉河。两条河一起骤然流下一道绿莹莹的石头坡,泛着泡沫扎进了山谷。山谷到处长着矮小弯曲的杉树,两侧陡峭,覆着舌状蕨和越橘丛。谷底有一块平地,河水从中间喧闹地流过,河底的卵石闪闪发亮。他们在此处休息。已近午后三时,但从大门出来后,他们才走了不过几哩。日头已开始西斜。

吉姆利与两位年轻的霍比特人用灌木和杉木生了火,汲了水;阿拉贡照料弗罗多与山姆。山姆的伤口不深,看上去却很狰狞,阿拉贡检查的时候面色凝重。过了一会儿,他欣慰地抬起头来。

"运气不错啊,山姆!"他说,"许多人第一次斩杀奥克的时候,付出的代价比这个惨。你的刀口无毒,虽说奥克弯刀常常淬毒。我处理之后,你会愈合得很快。等吉姆利烧好水,要清洗一下伤口。"

他打开荷包,取出一些干枯的叶片:"已经干了,失了一些药性,不过我还存了一些,是我从风云顶附近采的阿塞拉斯。磨碎一片,投入水中,将伤口洗净,我再包扎。现在轮到你啦,弗罗多!"

"我没事。"弗罗多说。他不愿意有人碰到自己的衣服,"我只需要吃点东西,再休息一下就好了。"

"不行!"阿拉贡说,"我们必须看一看,你在锤头和铁砧之间给夹得怎样了。你还活着,让我一直很惊叹。"他轻轻地剥下弗罗多的旧外套和破短袍,大吃一惊,倒吸了一口气,随后大笑起来。那件贴身银甲在他的眼前闪闪发亮,好像波光粼粼的海面。他小心翼翼地解下银甲,把它托起,甲上缀着的宝石璀璨如星星,链环摇动,声如雨滴落水,叮叮咚咚。

"看啊,朋友们!"他喊道,"这有一张美丽的霍比特外皮,配得上一位精灵小王子!若是叫人知道霍比特人有此等皮张,那中土世界所有的猎手都要出动去夏尔了。"

"而世间所有猎手的所有飞箭都会徒劳无功,"吉姆利惊奇地盯着那件银甲说,"这是一件秘银外衣!秘银!我从未见过这么美的,也闻所未闻。这是甘道夫说起过的那件吧?那他还说得谦逊了。但这件赠礼赠得正好!"

"我时常纳闷,在比尔博那间小屋里,你和他在干啥,那么机密。"梅里说,"保佑那位老霍比特人!我爱死他了。希望我们能有机会告诉他!"

弗罗多的右肋和胸口有青紫的瘀伤,他在银甲下穿了一件软皮衬衫,但是有一处被链环压穿,挫进了皮肉。他的左肋也有挫痕和瘀肿,是他被猛甩到墙上撞到的地方。其他人准备食物的时候,阿拉贡用阿塞拉斯浸泡的水给他清洗伤处，一股辛辣的芬芳充满了谷地，药水冒着蒸汽，每一位俯身吸入的人都感到精神焕发，有了力量。弗罗多很快便不疼了，呼吸也顺畅了，虽然长矛触处后来僵硬酸痛了许多天。阿拉贡把柔软的垫布裹扎在他的肋上。

"这件甲胄轻盈得不可思议，"他说，"要是你受得住，就重新穿上吧。得知你有这样的一件宝衣，我心里真高兴。即便在睡梦中也不可把它脱下，除非命运把你送到暂时安全的地方；可只要你的征途未尽，又何来安全。"

一时用餐已毕，远征队准备好再次出发。他们把火熄灭，掩盖好所有的痕迹，随后爬出山谷，回到大路。太阳沉到西边的高山背后时，他们尚未走出很远，而巨大的阴影已爬下了山坡，暮色没过了脚面，谷中升起了雾霭。东方天际的黯淡暮光，笼在远方朦胧的平原与树林之上。山姆与弗罗多此时感觉轻松，精神大振，能够大步前进。阿拉贡继续带领大家又走了差不多三个钟头，中间只让他们短暂歇了一下脚。

暗沉沉的夜幕已经落下，一片漆黑。天上有许多明亮的星星，但到了夜很深的时候，才见到一弯细细的残月。吉姆利和弗罗多走在队尾，轻手轻脚，不言不语，倾听着身后路上的所有动静。末了，吉姆利打破了寂静。

"除了风声，别的啥也没有，"他说，"近处没有半兽人，除非我的耳朵是块朽木。但愿把我们赶出墨瑞亚后，奥克们就满足了。也许这就是他们的目的，除此之外和我们——和魔戒——没有什么干系了。不过，当奥克要为一个死去的头目报仇的时候，他们时常把敌人追出数里格，追到平原中。"

弗罗多没有应声。他看了一眼刺叮，剑身黯淡无光。他倒是听到了动静,要么他以为自己听到了。夜影刚一包围他们,身后的道路刚刚变暗,他便再次听到脚步迅速的啪嗒声。哪怕到了此时,他仍能听得到。他飞快地转身,后面有两点细弱的光芒,或者他一度以为自己看到了,但这两点光芒立刻溜开,消失不见了。

"怎么啦?"矮人问道。

"我不清楚,"弗罗多说,"我感觉自己听到了脚步声,还看到了闪光——像眼睛。自我们刚踏入墨瑞亚,我就时不时有这种感觉。"

吉姆利停下脚,俯身贴近地面:"除了草木石头的夜间低语,我什么也听不见。来!我们加快!其他人已经走得看不见了。"

夜风吹得谷中寒意更盛,扑面而来。在他们眼前,一片灰蒙蒙的影子乍然显现,还能听到树叶像杨树叶般在微风中飒飒有声,无穷无尽。

"洛斯罗里恩!"莱戈拉斯叫道,"洛斯罗里恩!我们来到金色森林的檐下了!可惜现在是冬天!"

夜幕下,高大的树木伫立在他们面前,枝条伸展着,在突然流入森林的河流和道路上方形成了拱顶。在微弱的星光下,树干灰蒙蒙的,颤动的树叶泛着一丝金棕色。

"洛斯罗里恩!"阿拉贡叹道,"再度听到林中风声,我多么欢喜!我们离大门不过五里格多一点,可是往前走不动了。但愿精灵的法力保护我们今夜不受尾随而来的危险侵扰。"

"在这越来越阴暗的世间,不知是否仍有精灵居住在此。"吉姆利说。

"古代,我的族人中有旅行到此又回到我们的漫游地的,已经是很久之前的事了,"莱戈拉斯说,"但我们听说,罗里恩[1]尚未被废弃,

---

1 洛斯罗里恩(Lothlórien)的简称。在精灵语中字面意为"鲜花盛开的罗里恩","罗里恩"是维拉伊尔牟(Irmo,主宰想象与梦境)在大海彼岸的花园,意为"梦之地";故而洛斯罗里恩可以说是"花之梦田"。

因为这里有种神秘的力量,能够将邪恶挡在此地之外。不过,罗里恩的居民极少露面,也许现在藏身森林深处,远离东部边境。"

"他们确实深居于森林,"阿拉贡叹一口气,仿佛回忆起了什么,"今晚我们必须自己保卫自己。我们要往前走一小段路,等树木能将我们围合起来,就离开道路,找一个地方安营。"

他向前迈步,波洛米尔却踌躇不动,没有跟上来。"没有别的路了吗?"他问。

"你想要走什么更好的路?"阿拉贡说。

"一条普通的路,哪怕要穿过刀丛剑林。"波洛米尔说,"这支队伍已被引领着走过了奇奇怪怪的道路,到现在也没有好运道。我们穿过了墨瑞亚的重重暗影,悖我所愿,造成了我方的损失。现在,你说,我们必须进入金色森林。可是,我们在刚铎曾对这个危险的地方有所耳闻,说进入的人绝少能再出来,能出来的也没有安然无恙的。"

"不要用'安然无恙'这个词,但如果你用的是'依然如故',那你还许道出了真相。"阿拉贡说,"如果曾经的智者之城现在开始恶言议论洛斯罗里恩,波洛米尔,那么刚铎的学问式微了。尽管相信你愿意相信的,但我们没有别的路可走——除非你愿意返回墨瑞亚大门,或去攀爬无路的群山,又或者独自游过大河。"

"那么继续领路吧!"波洛米尔说,"可是这条路有危险。"

"确实危险,"阿拉贡说,"又美好又危险;但只有恶人或者把恶物带来的人才需要害怕这处森林。跟我来!"

进入森林以后,他们走了一哩多点,来到了另一条溪流。溪水自树木丛生的山坡上一泻而下,而山坡向西朝着群山攀升。自左侧的莽莽阴影深处,他们听到水从陡坡落下哗哗溅起的声音。幽暗湍急的水流横穿他们跟前的道路,在树木根部之间打着漩儿形成朦胧的水洼,流入银脉河。

"这是宁姆洛德尔！"莱戈拉斯说，"很久以前，西尔凡森林精灵为这条溪流作了许多歌，在北方，我们仍在传唱，铭记着溪流瀑布上方悬挂的彩虹，逐着水沫漂流的金色花朵。此时一切在黑暗中，宁姆洛德尔桥也倒塌了。我要洗濯我的双足，因为传说这溪水对疲惫者有疗愈之功。"他走到前方，从深深裂隙的溪岸爬了下去，步入溪中。

"来啊！"他喊道，"水不深，咱们蹚水过去吧。我们可以到对岸休息，溪水溅落的声音也许能催我们入眠，让我们忘记悲伤。"

他们一个接一个爬下溪岸，跟上了莱戈拉斯。弗罗多在水边站了一会儿，让溪水流过疲惫的双脚。水冷冷的，但触感清洁，他继续往前走，水没过了膝盖，让他感觉旅途的污渍、所有的疲惫都从肢体上一洗而空。

远征队的每一个队员都过了河，坐下休息，吃了一点东西；莱戈拉斯给大家讲述了幽暗森林精灵仍然铭记在心间的洛斯罗里恩的传说，讲述了世界变得灰暗之前的故事，那时，大河两岸的芳草地上，阳光照耀，星光洒满。

故事讲完，大家一片沉默，只听得暗影中水流落下的甜美乐音。恍惚之间，弗罗多似乎能够听到一个声音在歌唱，混杂在水声之中。

"你们听到宁姆洛德尔之声了吗？"莱戈拉斯问，"我给大家唱一支精灵少女宁姆洛德尔之歌吧，她与溪流同名，很久以前住在溪边。在我们林地精灵语中，这是一支美丽的歌谣；不过，我会用西部语，现在幽谷有些精灵就是这样来唱的。"他轻启歌喉，在头顶上空飒飒作响的树叶声中，他的声音几乎轻不可闻：

古有少女美精灵，

灿若白日之星；
雪色披风金边缀，
蹑银灰之鞋履。

眉上额角明星闪，
发间有光盈盈；
恰似阳光照金枝，
居梦田罗里恩。

肤如凝脂发丝长，
自在美丽姑娘；
乘风来去脚步轻，
仿若椴叶飘飞。

宁姆洛德尔飞瀑，
有溪水流清凉；
少女歌声随水落，
似银铃入晶潭。

伊人何处今难寻，
隐身光影之间；
少女久已无踪迹，
徜徉群山深处。

精灵航船泊灰港，
避风山下停留长；

苦候伊人时日久,
静候海边听涛吼。

夜来北地起大风,
狂嗥升,裂长空;
航船吹离精灵港,
过大潮,滔天涌。

晨光熹微初露时,
山沉苍茫陆不见。
水波滚滚群山外,
巨浪排空迷人眼。

阿姆洛斯极目眺,
波涛尽处海岸消。
诅咒航船弃信义,
宁姆洛德尔伊人抛。

身为古时精灵王,
幽谷御,万木掌;
往昔春来树枝金,
仙境洛斯罗里恩。

弃舵入海纵身跃,
箭矢发,已离弦;
潜进海水深深处,

如白鸥,翼乘风。

随波起伏风梳发,
周身水沫涌晶莹,
精灵远望体矫健,
美若天鹅破浪行。

王者一去失音讯,
此岸精灵空探问,
鱼雁往来无书传,
阿姆洛斯永不还。

莱戈拉斯嗓音开始发颤,停止了歌唱。"我唱不下去了,"他说,"这只是一部分,大部分我已遗忘。这是一支忧伤的长歌,讲述了当矮人唤醒大山深处的邪物后,不幸如何降临到花之梦田洛斯罗里恩。"

"可那邪物并非矮人造出来的。"吉姆利说。

"我也没有那么说;但邪物现世,"莱戈拉斯悲痛地说,"宁姆洛德尔一族的许多精灵背井离乡,她在遥远的南方失了踪,消失在白色山脉的垭口通路里,也没有登上她的爱人阿姆洛斯等待她的航船。但是,当春天风儿吹绿新叶,在以她的芳名为名的瀑布边,仍可听到她的声音回响。当风儿吹到南方,阿姆洛斯的声音便从海上传来;因为宁姆洛德尔溪流入精灵称为凯勒布兰特的银脉河,凯勒布兰特流入大河安度因,而安度因流入贝尔法拉斯海湾,正是罗里恩精灵启航之处。可是,宁姆洛德尔与阿姆洛斯都不曾回还。

"传说她曾在瀑布边的一棵树的树枝上筑屋,因为栖居树上是罗里恩精灵的习俗,也许今日仍然如此。故而他们被称作加拉德里姆,意为树民。在他们的森林深处有非常高大的树木。过去，林中居民不像矮人在地上挖洞，在魔影降临以前，也不修筑坚固的石头建筑。"

"即便在如今这些日子里，居住树上也比待在地上安全。"吉姆利说。他的视线越过溪流，投向自黯溪谷而来的那条道路，又投向头顶上交错成荫的黑色树枝。

"你的话很有道理，吉姆利，"阿拉贡说，"我们修筑不了房屋，但今晚我们要仿照树民，在树顶上找到庇护之所，只要办得到。我们已在路边坐了太久，不够明智。"

远征队离开了道路，沿着山溪往西，背向银脉河，走入树林深处的暗地。在离宁姆洛德尔瀑布不远处，他们发现了一簇树丛，有几棵树的树冠探过了溪水，其灰色的树干围度巨大，而其高度无法估测。

"我爬上去看看，"莱戈拉斯说，"由枝到根，树木上下没有我不精通的，虽说这些树属于我不熟悉的种类，只是歌谣中的一个名字：瑚珑金树，开金黄花朵的那种，我还从未爬过。我来看看它什么样子，怎么长的。"

"管它什么样子，"皮平说，"能在夜里提供休息地的都是了不起的大树，但也就给鸟儿休息。我可不会睡在鸟窝里！"

"那你就在地上打洞吧。如果更合乎你那一族的习惯。不过，想躲过奥克，你得挖得够快，够深。"莱戈拉斯说着，从地上轻松一跃，抓住了一根从树干伸出的树枝，高出他的头顶不少。但是，他挂在树枝上还没等摆动两下，上方的树影中突然响起一个声音。

"*Daro*[1]！"那声音下了命令，莱戈拉斯又惊又吓，跌回地面，靠着树干，蜷缩起来。

---

1 精灵语，意为"不许动"。

"站着别动！"他低声对大家说，"不要动，不要说话！"

他们的头顶上响起一阵低笑，然后，一个声音清清楚楚地讲起了一种精灵语。弗罗多几乎听不懂，因为大山以东的西尔凡森林精灵所讲的语言与大山以西的不同。莱戈拉斯抬起头，以同样的语言[1]应答。

"他们是谁，说的是啥？"梅里问。

"他们是精灵啊，"山姆说，"你听不出他们的嗓音吗？"

"没错，他们是精灵，"莱戈拉斯说，"他们说，你们的呼吸太重，他们能在黑夜中把你们射中。"山姆慌忙拿手掩住嘴巴，"不过他们还说，你们无须害怕。他们察觉到我们已经很有一会儿了，过宁姆洛德尔溪的时候，他们就听到了我的声音，明白我是他们在北方的族人的一员，所以没有阻挠我们过溪；之后又听到了我歌唱。现在，他们允许我与弗罗多上树，因为好像他们已经听到了关于他和我们的征途的一些消息。其他人要稍待，在树根这里警戒，等他们做决定。"

有一张梯子从树影里放了下来，梯子用绳子编成，银灰色，在黑暗中闪着微光；虽然看着纤细，一试之下，却很结实，能担数人。莱戈拉斯轻捷地攀了上去，弗罗多缓缓随后；然后是山姆，努力把呼吸放轻。珑树的枝条几乎从树干上水平长出，再向上伸展；但是，快到顶时，主干开散为许多枝条，交织成冠。他们三人在枝条之中见到了旧时搭建的木制平台，古代称为弗莱特，精灵唤作塔兰。中央有洞，梯子从洞中伸出，他们便由此登台。

弗罗多最后一个攀上平台，看到莱戈拉斯与三位精灵同坐。这三位穿着银灰色的衣裳，能够隐身于树干丛中，除非猛然移动，才会被发现。他们站起身，其中一位揭开一盏小灯的灯罩，小灯散发出纤弱

---

[1] 原注：见附录六第一篇"精灵"词条。

的银光。他举起灯盏，照了照弗罗多的脸，又看了看山姆的脸；然后又盖上灯罩，用精灵语致了欢迎辞。弗罗多磕磕巴巴地回谢。

"欢迎！"那位精灵又用通用语缓缓说道，"除了我们自己的语言，我们很少使用其他语言；因为如今我们居住在森林深处，不愿意与任何别族打交道。即便是我们自己在北方的族人，如今也生疏了。不过，我族还有一些人，要到异地去搜集消息，监视敌人，要讲其他地方的语言。我便是其中之一。我的名字叫哈尔迪尔，我的兄弟汝米尔和欧若芬几乎不能讲你们的话。

"我们早已听到了你们要来的传言，埃尔隆德的信使由黯溪梯上返程时，经过了罗里恩。我们经年累月都不曾听到过霍比特人——半身人——的消息，也不知道还有没有霍比特人居住在中土。你样貌不恶！而且你是与我们族的精灵同来的，我们愿意按照埃尔隆德说的，与你交好；虽然带领生人穿过自己的领土并不合我们的规矩。今晚，你一定在此住下。你们有多少人？"

"八个，"莱戈拉斯说，"我，四个霍比特人；两个人类，其中一位叫阿拉贡，是西方之地的人类，精灵之友。"

"阿拉松之子阿拉贡在罗里恩大名鼎鼎，"哈尔迪尔说，"而且他很得夫人喜爱。那么这就全妥了。可你只说了七个。"

"第八位是个矮人。"莱戈拉斯说。

"矮人！"哈尔迪尔说，"不妥。自黑暗年代以来，我们不与矮人打交道，不许他们踏足我们的领土。我不能允许他通过。"

"但是他来自孤独山脉，是达因信得过的人，还和埃尔隆德亲近，"弗罗多说，"埃尔隆德亲自选了他作为我们的队友，而且他一向忠诚英勇。"

精灵们用自己的语言彼此低声交谈了一下，又找莱戈拉斯问了话。"很好，"哈尔迪尔最后说，"虽然我们不喜欢，但就这么办：阿拉贡与莱戈拉斯看守他，为他担责，他便能通过；而且通过洛斯罗里恩时他必须戴上眼罩。

"现在我们不能再争辩什么了。你们的人绝不能留在地面上。多日以前，我们发现一大队奥克沿着群山，北上墨瑞亚；自此我们一直监视着山溪河流。现在，群狼已咆哮着逼近森林边缘。如果你们果真从墨瑞亚过来，那么危险也不远了。明天一早，你们必须上路。

"四位霍比特人要爬到这里，与我们一起——我们并不害怕他们！邻树还有一个平台，其他人都过去躲避。你，莱戈拉斯，务必为他们负责，向我们交代。一旦出了岔子就呼唤我们！盯紧那个矮人！"

莱戈拉斯立即爬下梯子，传了哈尔迪尔的话；很快，梅里和皮平爬上了高台，气喘吁吁，一副害怕的样子。

"瞧！"梅里喘着粗气说，"我们把自己的和你的毯子都拖上来了。神行客把我们其余的行李藏到一个大树叶堆底下了。"

"你们无须这些累赘，"哈尔迪尔说，"冬季树顶寒冷，虽然今夜风从南来；但是我们会给你们饮食驱走夜寒，而且可以分给你们毛皮和披风。"

霍比特人非常愉快地接受了又一餐晚饭——而且比上一餐好得多。随后，他们把自己裹得暖暖和和的试着入睡，不仅有精灵的披风，还有自己的毯子。可即便那么疲惫，只有山姆一人轻松睡着。霍比特人不喜欢高处，不在楼上睡觉，何况他们也没有楼梯。把高台作睡房丝毫不中他们的意：没有四壁，连护栏也没有；仅在一侧设有轻便的叠褶屏风，视风向挪动，固定在不同的位置。

皮平继续聊了一会儿："要是我真的在这个鸟棚里睡着了，但愿不会滚下去。"

"要是我睡着了，"山姆说，"我就睡啊睡，管他滚不滚下去。而且，话说得越少，我滚进梦乡就越快。您懂我的意思。"

弗罗多睁眼躺了一会儿，仰望上空，抖动的树叶交织而成灰蒙蒙的穹顶，透过叶隙可以看到闪光的群星。早在他合上眼睛之前，山姆便在他身边打起了呼噜。他模模糊糊地看见两位精灵暗淡的身影，双臂环膝，一动不动地坐着，悄声说着话。还有一位早已下到低处的树枝上，值班警戒。头上枝间穿过飒飒的风声，身下宁姆洛德尔瀑布水声甜美地呢喃，终于令弗罗多放松下来，脑海中回响着莱戈拉斯的歌谣，进入了睡梦中。

后半夜，他醒了过来。霍比特同伴都在酣眠，精灵们不见了，树叶间一钩弯月依稀闪着光辉。稍远处能够听到粗嘎的笑声，下方地面上纷乱的脚步踩踏声，还有金属撞击声。然后，这些声音渐渐变弱，似乎奔南而去，深入了森林。

突然，一个脑袋从高台的洞里钻了出来，弗罗多吓得坐直身体，原来是一位戴着灰色风帽的精灵，望向霍比特人。

"那是什么？"弗罗多说。

"Yrch！"精灵用气声低语道，把卷起的绳梯掷到高台上。

"奥克！"弗罗多问，"他们来干什么？"但那位精灵已经走了。

再也没有声音传来。连树叶都静止了，瀑布似乎也悄无声息。弗罗多裹着衣服和毯子，坐着发抖，很庆幸他们这些人没有在地面上被抓住。但是，他觉得大树除了掩藏他们，并不能给予多少庇护。据说，奥克的嗅觉像猎犬一样灵敏，何况他们还会爬树。他拔出刺叮剑，剑光一闪，好似一道蓝色的火焰，随即又缓缓褪去寒光，暗淡下去。尽管剑不发光，危险近在咫尺的感觉却没有消失，甚至更强烈了。他几乎确定能够听到鬼鬼祟祟的动静，就在下方低处的树根旁。

不是精灵；林地精灵族行动起来是完全悄然无声的。之后，他听到了微弱的仿佛吸鼻子的声音；好像有个东西在抓挠树干的树皮。他屏住呼吸，朝下盯着黑暗。

此时，有个东西正在慢慢地爬树，他的呼吸仿佛是从咬紧的牙关间传来的轻嘶。随后，紧贴树干升上来一双暗淡的眼睛，停住朝上盯着看，一眨也不眨。突然，这双眼睛掉转视线，一个黑影绕着树干溜了下去，消失不见了。

哈尔迪尔立即从枝干间迅速地攀爬过来，说："这树上刚才有个我从未见过的东西，不是奥克。我刚一碰到树干，它就溜了。看来它很警觉，也有些树上的本领，不然我还以为是个霍比特人。

"我没有射它，因为不敢引发叫喊，不敢冒作战的风险。才过去一大队奥克，它们跨过了宁姆洛德尔溪——污秽的脚踩入清洁的溪水，诅咒它们——又沿着溪边的旧路往南去了。它们似乎嗅到了什么气味，在你们停留过的地方附近搜寻了一会儿。我们三个斗不了一百个，所以我们到前面用假嗓子说话，把它们引到林子里去了。

"欧若芬现在正急忙赶回我们的居留地示警。那些奥克哪一只也别想活着走出罗里恩。明天夜幕降临之前，会有大批精灵到北部边界埋伏。不过，天一大亮，你们必须立即南行。"

东方显露出浅淡的晨曦，昼光渐亮，透过琄珑树的黄叶洒落下来，在霍比特人眼中，仿佛清凉的夏日早晨初升的太阳在闪耀。晃动的枝条之间露出一点浅蓝的天空，从高台南侧的一个瞭望口远眺，弗罗多看到银脉河的整条河谷，河水如同一片金褐色的海洋，在微风中轻腾细浪。

晨光尚早，寒意浓重，远征队由哈尔迪尔与他的兄弟汝米尔带领，再度出发了。莱戈拉斯喊道："再见了，美丽的宁姆洛德尔！"弗罗多回头望去，在灰色的树干之间，瞥见了一道发亮的白色水沫。"再见。"他说，感觉自己再也听不到这么美妙的淙淙流水，将万千音符融入变幻无穷的乐声中,绵延不绝。

他们重回沿着银脉河西岸延伸的那条道路,向南行走了一段。地上有奥克的足印。不过,哈尔迪尔很快便转入树林,随后在树荫遮蔽的河岸边停住了脚步。

"对岸有一个我们的人,"他说,"可能你们看不到。"他打了个唿哨,好像鸟儿的低啸;一位精灵从一片小树丛中走了出来,裹着灰色的衣裳,但是风帽甩在脑后,头发在朝阳中闪着金光。哈尔迪尔熟练地把一卷灰色的绳子抛过河,那位精灵接住绳子,把绳头绕在近岸的一棵树上捆好。

"你们看,凯勒布兰特的水流到此变得汹涌,"哈尔迪尔说,"而且水深流急,非常冰冷。到了这么靠北的地方,除非不得已我们是不涉水的。但如今日日警戒,我们也没有架桥。瞧我们怎么过河!学我的样子!"他将自己这端的绳子也在树上捆牢,轻盈地踩着绳子跑过河又跑回来,如履平地。

"这条路我能走,"莱戈拉斯说,"可其他人没有这个本领。他们得游水吧?"

"不用!"哈尔迪尔说,"我们还有两根绳子,系得比这根高一些,一条到肩膀,一条到腰,让这些外人扶着绳子,小心一点,就能过河。"

纤纤绳桥架起之后,队员们过了河,有的谨慎慢行,有的走得轻快。霍比特人之中,皮平最为出色,他落脚沉稳,只需单手扶绳便走过了桥;眼睛始终盯着前方河岸,不往下瞧。山姆一点点往前蹭,手抓得死死的,往下盯着灰蒙蒙的漩涡,如临山中深渊。

安全到岸后,他长舒一口气:"活到老学到老哇!我家老头子总这么说。虽然他脑子里想的是侍弄园子,不是学鸟儿栖巢,也不是学蜘蛛走路。哪怕我的叔叔安迪也从没耍过这种把式!"

等最后远征队员全部在银脉河东岸集合后,精灵们解下两根绳子卷好；汝米尔留在对岸，将余下的一根绳子拉回，搭在肩头上，挥挥手，便走回宁姆洛德尔，继续监视。

"朋友们，"哈尔迪尔说，"现在你们来到了罗里恩河角地，或者按你们的称呼，三角洲，因为这块地正位于银脉河与安度因大河两臂之间，形如矛尖。我们不许外人打探河角地的秘密，甚至踏足此地也不可。

"按照约定，我要蒙住矮人吉姆利的双眼。靠近我们的居地之前，其他人可以暂且自由行走。我们的居地叫埃格拉迪尔，在两河夹角之中。"

吉姆利极为不悦，说道："这个约定没有经过我的同意，我不是乞丐，不是囚犯，走路不能蒙眼。而且我也绝不是什么探子，我们一族从来没有和大敌的奴才有过什么勾当，也从来没有干过伤害精灵的事。我和莱戈拉斯或者其他同伴一样，不可能背叛你们。"

"我并不是怀疑你，"哈尔迪尔说，"但这是我们的律法。我既不是律法的主人，也不能置之不顾。能让你双足走过凯勒布兰特河，我已够大方。"

吉姆利很固执，他两脚生了根似的分开站立，一只手搭在斧柄上，说道："要么我自由地前进，要么踏上归途；在我老家，都知道我绝无虚言。哪怕我一人在荒野遇险丧命，我也要回去。"

"你不能回去，"哈尔迪尔严肃地说，"既然你已经到了此处，就必须带你到领主与夫人的驾前，由他们裁判你是走是留，全看他们的意思。你不可再次渡河，你身后是越不过去的暗哨，不等你发现就会把你正法了。"

吉姆利从腰间拔出斧头，哈尔迪尔与同伴张开了弓箭。"矮人硬颈，灾祸来了！"莱戈拉斯说。

"别！"阿拉贡说，"这个队伍我还是队长，大家必须听我的。这样孤立矮人,让他太难受;我们都戴眼罩,包括莱戈拉斯。虽然行程会变得缓慢无聊,但最为妥当。"

吉姆利突然大笑起来:"那咱们就成了一支快活傻瓜队啦!哈尔迪尔会不会拿绳子牵着我们,像一条狗带着一串瞎乞丐?只要莱戈拉斯同我一样蒙眼,我就没意见。"

"我可是精灵,还是这儿的亲戚。"现在轮到莱戈拉斯生气了。

"要么咱们大声唱:'精灵硬颈,灾祸来了!'"阿拉贡说,"但是,既为一队,当行动一致。来,蒙上我们的眼睛吧,哈尔迪尔!"

"如果你带路有闪失,那么任何摔倒磕碰,我都要求赔偿。"吉姆利在绑蒙眼布的时候说。

"你不会要求赔偿的,"哈尔迪尔说,"我带路万无一失,而且条条道路笔直平坦。"

"我为近日的蠢行叹一声!"莱戈拉斯说,"站在这里的都是唯一大敌之敌,且金叶之下,林地之中,阳光正好,我却必须蒙眼行路!"

"虽然貌似愚蠢,"哈尔迪尔说,"坚持反抗者之间居然会疏远分裂,黑暗魔君之力于此显现得再清楚没有了。如今,在洛斯罗里恩之外,我们极少看得到信仰,也极少得到信任——也许除了幽谷——所以不敢单凭自己的信任就将我们的家乡置于危险之中。现在,我们所居的是诸多险境夹缝中的孤岛,我们的双手拨弄琴弦的时候少,挽起弓弦的时候多。

"长久以来,河水溪流是我们的防御;但现在守护已不再牢靠,因为魔影已匍匐向北,把我们包围。有人说起离乡,可现在看来似乎已经太迟。往西,群山已变得不吉;往东,已是废土,索隆的怪物遍布;还有传言说,往南,此时我们也无法安全地穿过洛汗,大河河口又为敌人所把守。即便我们跋涉到大海之滨,庇护之所也已不再。据说,高等精灵仍有港口,但在极北极西之处,半身人的土地之外。不论在哪里，也许领主与夫人知晓，可我没有头绪。"

"你至少应该猜一下嘛，既然已经同我们会面了，"梅里说，"精灵避难地就在夏尔以西，夏尔是我的家乡，霍比特人生活的地方。"

"霍比特人得以居住在近海之处，多么幸福！"哈尔迪尔说，"我族确实已经太久无人看到过此地了，不过我们在歌里把它记诵。咱们行路的时候，给我讲讲那些海港吧。"

"我讲不了，"梅里说，"因为我从未见过海港，从未离开过自己的家乡。而且，要是之前我知道外面的世界是啥样子，我会更不愿意离开。"

"离开家乡看看美丽的洛斯罗里恩也不愿意么？"哈尔迪尔说，"不错，险境遍布世界，黑暗之地甚多；但是仍有许多美好，而且如今各处，爱虽然已掺杂了忧伤，可也许反而更得增强。

"我们之中有人颂唱：阴影将要回退，和平又会降临。可我却不信，我们周围的世界仍然会似旧时，也不信太阳的光芒仍然会如从前般闪耀。我担心，对于精灵最好的运气也不过是一次休战，以容得我们不受阻碍地跋涉至海滨，永远离开中土世界。可怜我所爱的洛斯罗里恩啊！若到了不生长瑁珑树的地方，生活该多么可悲。可即便大海对岸有瑁珑树，也无人报告过。"

他们一边谈着，一边由哈尔迪尔引着远征队在林中沿着小路排成一队缓缓前行，而另一位精灵走在最后。队员们感到脚下的地面平坦柔软，过了一阵便走得自在多了，丝毫不担心绊倒受伤。缺了视力，弗罗多感到听力和其他直觉变敏锐了，能够闻到树木和踩倒的青草的气味，能够听到变幻的音符，隐藏在头顶上飒飒树叶风声中、右侧河水的潺潺流淌中、高天上鸟儿细弱清脆的鸣叫中。穿过一块空地时，他还感到，阳光照在自己的脸上、手上。

弗罗多刚刚踏足银脉河的对岸，一种奇特的感触便油然而生，随着他继续前行,深入河角地,这种感触逐渐加深:他好像走过了一架时间之桥,进入了昔日岁月的角落,正行走于不复存在的世界之中。幽谷保存了古代事物的记忆,而在罗里恩,这些古代事物的生命仍在现世延续。虽然精灵已耳闻目睹过邪恶,已尝过悲伤的滋味,对外面的世界既惧怕也不信任 —— 林地边缘,群狼正在嘶吼 —— 但是,罗里恩这片土地上,没有阴影。

远征队走了整整一天,直到暮时寒意袭来,耳听见早来的晚风在树叶间低语。他们便停下休息,毫无惧意地睡在地面上;因为向导不允许摘下眼罩,不能爬树。第二天一早再次上路,走得不慌不忙。中午停下脚后,弗罗多意识到,刚才他们被太阳照得晕晕乎乎,现在猛然听到了身边有许多条喉咙的声音。

一队急行的精灵已经悄悄走近,他们正匆忙赶向北部边界,准备抵御来自墨瑞亚的一切进攻;他们带来了消息,哈尔迪尔讲了一些:掳掠而来的奥克遇到伏击,几乎全军覆没;残部往西逃向大山,后有追兵。他们还瞧见了一个奇特的怪物,弓着背逃窜,两手几乎到地,貌似兽类,却非兽形。它躲过了围捕,他们不曾射杀那物,因为不知它是好是歹。它已顺着银脉河南下,消失不见了。

"另外,"哈尔迪尔说,"他们还传给我领主与夫人的口谕,你们皆可自由行走,包括矮人吉姆利。夫人似乎知道你们队伍中每一位的身份和任务。也许,从幽谷送来了新消息。"

他首先取下吉姆利的眼罩,一躬到地:"请原谅!现在,以友好的眼睛看看我们吧!看一看,开心起来,自都林时代以后,你是第一位得见罗里恩河角森林的矮人呢!"

轮到弗罗多解开眼罩以后,他抬头张望,松了一口气。他们现在身处一片开阔地,左边耸立着一座高大的山丘,覆满芳草,绿得仿佛是上古的春光。草上环生着两圈树木，好像一顶双层的王冠：外环的树木树皮雪白，叶已落光，然而素枝线条匀称，非常美丽；内环是高高的珺珑树，静静地裹着浅金衣装。群树拱卫着中央一株高秀的大树，树顶的枝条间隐约有一座白色高台闪亮。在大树脚下和翠坡之上尽皆芳草，草丛中点缀着小小的金花，形如星星。柔茎上的金花点着头，其间还生长着别的花朵，颜色雪白，还有极淡的青色，恍如微微发光的雾气，氤氲在色调丰富的草丛间。这一切之上是湛蓝的天空，午后的阳光闪耀在山坡上，在林间投下长长的绿色影子。

"看哪！你们进入了凯林阿姆洛斯，"哈尔迪尔说，"自古以来旧国的中心，这是阿姆洛斯之丘，在幸福的古代，阿姆洛斯在丘上修建了高厦。在这里，常青的草地上，冬日之花永远盛放：金黄的是埃拉诺'太阳星'，浅淡的是尼芙瑞迪尔'小雪面'。我们在此逗留一下，傍晚再去树民之城加拉德里姆。"

大家都躺倒在芳草之上，唯有弗罗多仍然站着，惊叹得失了神。他感觉自己已从一扇能够窥见失落的世界的高窗里走了出来，有一束光照亮了这个他的语言无以名之的世界。目之所及无不线条优美，形态在瞬间清晰显现，好像在他取下眼罩的一霎时才初次构思并勾勒出来，同时又那么古老，仿佛已存在了永生永世。眼前所见，不外已知的色彩：金黄、雪白、湛蓝、翠绿，但又是那么新鲜，那么鲜明，好像在这一刻他才第一次感知到这些色彩，并且以全新的美好名称为它们命名。此间虽已是冬季，但绝不会让人哀叹春夏之逝；此方土地上生长的一切，都看不到一点瑕疵，没有丝毫的病容或扭曲。罗里恩之地是无瑕无垢的。

他转过身，看到山姆伫立在身旁，一脸迷惑地打量着周围，又去揉眼睛，好像不能肯定自己是否醒着。"太阳照着，亮堂堂的大白天，千真万确,"他说,"我原以为精灵只合星月之夜出现呢。不过,这比我听说过的一切都更像精灵地,我觉得自己就跟在诗歌里面似的,要是您懂我的意思。"

哈尔迪尔望向他们,微笑着,看来话里的意思和脑袋里的想法他都懂得。"你们感觉到的正是加拉德里姆夫人之神力,"他说,"愿不愿意随我一起登上凯林阿姆洛斯呢?"

他轻盈地踏上绿草如茵的山坡,众人跟在他身后。弗罗多行走着,呼吸着,凉风吹拂着他的脸颊,尽管周围的树叶和花朵充满生机,也在风中颤动,他仍感觉身处永恒之境,不会褪色,不会改变,也不会陷入遗忘。哪怕还要离开,还要进入外面的世界,弗罗多这位来自夏尔的行者仍会踏足于此,来到美丽的洛斯罗里恩,走上"太阳星"与"小雪面"花朵盛放的芳草地。

他们走进了白树环,南风吹拂着凯林阿姆洛斯,在树枝间发出叹息。弗罗多凝神站立,听到了远方大海拍打久已被冲刷殆尽的沙滩的涛声,以及已在陆上绝迹的海鸟的啼鸣。

哈尔迪尔继续前行,开始朝高台攀爬。弗罗多预备跟上的时候,先把手掌覆到了梯子旁的树皮上:他从未这么突然、这么深刻地感知到一棵树的树皮肌理,以及其中所蕴含的生命。他感受到了藏在树木中的愉悦和抚触树皮的愉悦,不是护林人或木匠感受到的那种,而是活生生的树木本身所具备的。

他最终踏上高高的平台后,哈尔迪尔牵住他的手,令他转身向南:"先朝这边看!"

弗罗多放眼望去,远处还有一座山丘,长满了大树,也许是一座布满了绿色高塔的城池,他分辨不清。在他看来,统辖全域的神力与光芒皆来自此处,令他突然间渴望化为一只鸟儿,飞到那座绿城栖息。随后,他又望向东方,看到罗里恩的土地延伸而下,直到微微闪亮的安度因大河之滨。他举目远眺，大河之外光芒顿失，他又回到了熟悉的那个世界：大河彼岸的土地平坦空旷，模糊杂乱，地势在更远处抬高，像一堵墙一样，阴暗沉闷。照耀着洛斯罗里恩的太阳无力驱散远方高处的阴影。

"那里盘踞着南方幽暗森林的要塞，"哈尔迪尔说，"掩藏在黑杉林中，黑杉树彼此倾轧生长，枝条枯萎腐烂。其中有一座石头山，上方矗立着妖术之丘多古尔都，潜藏的大敌长期以此为巢穴。我们担心，现在它又被起用了，妖力更增七重。近来常有一片黑云笼罩。登到这个高处，你可以看到两股力量针锋相对，它们争斗如何现在还没有头绪，但是，光明已察觉了黑暗的核心，而自身的秘密尚未被发现。暂时未被发现。"他转过身，敏捷地爬了下去，其他人跟随其后。

到了大树脚下，弗罗多看到了阿拉贡，伫立不动，沉静如一棵树，但掌心中握着一朵太阳星的小小金花，眼中闪烁着光芒。他沉浸在美好的回忆中，弗罗多一瞧见他就明白，他在故地又看到了往昔的事物，不曾改变。因为晦暗的岁月已从阿拉贡的脸上一扫而空，他似乎变成了一位身着白衣的年轻君主，高大俊美，正在用精灵语同一位弗罗多看不见的人物说着话。"*Arwen vanimelda, namárië！*"[1]他说完，深吸一口气，脱离了纷纷思绪，看向弗罗多，微笑着说：

"这是地上精灵国的中心，我心灵的永栖之所，除非你我、我们仍必须踏上的黑暗旅程尽头之外还会有光明。随我来！"他握住了弗罗多的手，离开了凯林阿姆洛斯，有生之年再未重游。

---

[1] 精灵语，意为"美丽的阿尔玟，再会了！"

第七章
加拉德瑞尔之镜

THE MIRROR OF GALADRIEL

这是我要告诉你们的话：你们的征程走在刀尖上。稍有差池，则使命失败，全军覆没。不过，只要远征队人人忠贞，则希望不灭。

他们再度启程的时候,太阳已经西沉到群山之外,林中的阴影渐渐浓重。他们脚下的道路伸入了暮色四合处的灌木丛中,往前走着走着,黑夜也潜入到树下,精灵们揭开了银灯的罩子。

忽然之间,他们又来到了开阔地,最早出现的几颗星星刺破了浅淡的夜空。他们面前是一片宽敞无树的空地,合围成巨大的圆圈,向两侧弯转,圈外是深深的壕沟,在朦胧的阴影中看不清楚;沟缘的草却是绿的,仿佛因感念已沉的太阳而发着光。壕沟的对岸耸立着高高的绿墙,环绕着一座绿丘,丘上密密麻麻地生长着珝珑树,比他们在任何地方见过的都要高大。大树高不可测,但在夜色中卓然站立,好像有生命的高塔。层层叠叠的枝干和不停摆动的树叶之中,闪烁着数不尽的灯光,碧绿金银交错。哈尔迪尔转身面向远征队说:

"欢迎来到卡拉斯加拉松!这里是树民之城,罗里恩领主凯勒博恩与夫人加拉德瑞尔的居住之地。但是我们从这里进不去,因为大门不朝北开。我们必须绕到南边,本城很大,要走不少的路呢。"

顺着壕沟的外沿有一条白石铺就的道路,他们沿着这条路向西,树城连绵不断地在他们左侧攀升,好似一片绿云;夜色越来越深,从中喷射出来的灯光越来越多,到了后来,整座山丘仿佛被无尽的星光点燃了。末了,他们来到了一座白桥,桥那头便是巨大的城门:面朝西南,嵌在环形围墙的两端之间。围墙高大坚固,两端于此处交叠,墙上挂着许多灯盏。

哈尔迪尔去叩门,说了些什么,大门无声地打开了,但是弗罗多看不到卫兵的影子。旅人们走了进去,大门在身后关闭了。现在,他们身处在城墙末端的深夹道中,快步走出,便来到了树民之城。在街上他们瞧不见人影,也听不到任何足音,可是身边有许多声音围绕,半空中也有。山丘高处,遥遥飘来歌声,从空中落下,好似雨滴轻打在树叶上。

他们走过许多条街道,爬过许多级台阶,最终来到了高处,面前是一片宽敞的草坪,草坪中央有一座水光粼粼的喷泉,大树枝间摇曳的银灯把喷泉照亮,泉水落入一个银盆,再从中溢出,形成一道白色的溪流。草坪南端,矗立着一株无以伦比的巨树,光滑的树干像银灰色的丝绸一样发亮。它拔地而起,在很高处才开始分权,硕大的树枝伸展在如云的叶影之下。大树的一侧立着一部白色的梯子,梯子下坐着三位精灵。当旅人走进,他们一跃而起,弗罗多发现他们身材高大,穿着银灰甲胄,长长的白色披风从肩膀上一泻而下。

"凯勒博恩与加拉德瑞尔的居所在此,"哈尔迪尔说,"领主与夫人要你们攀上去谒见。"

话音刚落,一位守卫精灵吹响了一个小号角,音调清脆,上空中也传来号声,回响了三次。"我先上,"哈尔迪尔说,"让弗罗多第二个上,莱戈拉斯作陪。其他人随意。对于不习惯这种梯阶的人来说,攀爬会很长,不过中途可以休息。"

他们缓缓地向上攀爬,弗罗多经过了许多个高台,有的在左边,有的在右边,还有的环绕着树干,所以梯子得穿过去。在远离地面的高处,他来到了一个宽广的塔兰,好像是一艘巨舰的甲板。台上修有房屋,十分轩敞,可作地上人类的礼堂。他跟随哈尔迪尔走了进去,来到了一处椭圆的厅堂,中心是那株瑰珑巨树的树干,因渐至冠顶而收细,但仍然是一根围度惊人的巨柱。

厅堂之中满是柔光,四壁为绿银两色,厅顶是金色的,厅内坐着许多位精灵。在树干之下,两座并排,上方笼着枝条交织而成的华盖,座上并肩端坐着凯勒博恩与加拉德瑞尔。他们起身迎接来宾,遵从的是精灵的礼仪,即便身为强大的王者也不例外。他们身材高大,夫人与领主平齐,皆庄严美丽。二人从头到脚穿着白衣,夫人的头发是深金色,领主凯勒博恩一头闪亮的长银发,岁月没有在他们身上留下痕迹,但是深邃的眼眸中却藏着阅历,因为星光下他们的眼神锐利如矛,又深沉如累积记忆的古井。

哈尔迪尔将弗罗多引到他们座前,领主以精灵语向他表示欢迎。加拉德瑞尔夫人一言不发,但长久打量着弗罗多的脸。

"坐在我的座位旁边,夏尔的弗罗多!"凯勒博恩说,"待大家到场,我们一起谈谈。"

远征队的每一位队员到场,他都唤出名字,谦恭有礼地问候。"欢迎,阿拉松之子阿拉贡!"他说,"自你上次来此,以外面世界的时间来计,已过去三十八载;岁月悠悠,沉重地压在你的心头。但是不管是吉是凶,终局已经临近,且在此放下重担,稍憩片刻吧!"

"欢迎,瑟兰杜伊尔之子!我的族人北来至此的,实在是稀客。"

"欢迎,格罗因之子吉姆利!很久以来,我们都未在卡拉斯加拉松见过都林亲族。但在今日,我们破了自己的旧规矩,也许正是一个信号,预示着虽现世黑暗,但即将变好;预示着我们两族将重续友谊。"吉姆利深鞠一躬。

当所有来客在领主座前安坐,他再度环视众人:"一共是八位,但信报说出发的有九人。也许会议改变了决定,我们未曾听闻。埃尔隆德毕竟离得很远,而我们两地之间黑暗势力聚集,今年以来,暗影一直在增强。"

"并非改变了决定,"加拉德瑞尔夫人这才首次开口,她的嗓音清晰优美,但比惯常的女声低沉,"灰袍巫师甘道夫与远征队一起出发的,但没有穿过本地的边界。现在请告诉我们他在何处,因为我极其渴望再度与他交谈。但是,除非他步入洛斯罗里恩的疆域,我从远处看不到他:一团灰雾萦绕着他,他的足迹与心灵所谋之路对我隐藏不见。"

"唉!"阿拉贡说,"灰袍巫师甘道夫坠入暗影,未能逃出,长存于墨瑞亚了。"

听到这话,大厅内的精灵们又惊又悲,大喊起来。"真是噩耗,"凯勒博恩说,"这么多年来常闻令人伤心的坏消息,尤以此为最。"他转向哈尔迪尔,用精灵语问道,"为何之前一点也未报知与我?"

"我们还未与哈尔迪尔说起,也没有讲过我们此行的目的,"莱戈拉斯说,"起初,我们疲惫不堪,身后又紧随着危险;后来我们踏上了罗里恩的仙径,行走在愉悦之中,又几乎一度将伤心事忘怀。"

"但我们万分悲痛,所失去的再也无法弥补,"弗罗多说,"甘道夫是我们的引路人,带领大家穿过墨瑞亚;逃出险境无望的时候,又是他拯救了我们,自己却坠入了深渊。"

"快把详情告诉我们!"凯勒博恩说。

于是,阿拉贡讲述了卡拉兹拉斯隘口发生的事,还有随后几日的情形;他说起了巴林和那册记录,马扎布尔石室里的激战,烈火,窄桥,以及恐怖怪物的来临。"似乎是古代世界的妖物,我从前从未见过。它既是一片阴影,也是一团火焰,又强大又可怖。"

"那是一只魔苟斯的炎魔,"莱戈拉斯说,"除了坐镇黑暗妖塔的那一位,它是所有的精灵克星中最为致命的。"

"我在桥上真真切切地看见了我族最可怕的噩梦里才出现的那个,

都林克星。"吉姆利低声说,眼中含着一丝恐怖。

"唉!"凯勒博恩说,"我们长久忧心,卡拉兹拉斯下沉睡着一个恐怖妖魔。倘若我早知道矮人再度惊醒了这个墨瑞亚的妖魔,我便会阻止你、你们一行所有人,穿过北方边界。恕我直言,智慧的甘道夫最终竟然一时糊涂,没有必要地落入了墨瑞亚的羁网之中。"

"话若如此说,未免过于轻率。"加拉德瑞尔严肃地说,"甘道夫万不会做出没有必要的事情。追随他的人也不知道他的心思,讲不出他的完整意图。但是,无论引路人现在如何,追随者是无可指责的。你已欣然接纳了矮人,无须后悔。倘若我族之中有被驱离洛斯罗里恩甚远甚久者,树民之城中又有谁人,哪怕是智者凯勒博恩,在行近故园之时不想去看看呢?即便故园已成恶龙巢穴,也难捺思乡之情吧?

"凯雷德-扎拉姆湖水暗幽幽,奇比尔-纳拉泉水冰冷冷;山石下的强大王者陨落之前,往昔岁月里卡扎杜姆的厅堂中巨柱林立,华美非凡。"她说着,双目望向坐在一旁悲愤交加的吉姆利,微笑着;而当矮人听到以自己本族古语一一道出的这些地名,抬起头来,正碰上夫人的视线,他仿佛突然在敌人的心中看到了爱与理解,脸上一片惊喜之色,随后也报之以微笑。

他笨拙地站起身,以矮人的礼节鞠躬行礼,说道:"但罗里恩之地充满生机,更为美丽;加拉德瑞尔夫人啊,您更胜过地下所藏的一切珍宝!"

众人一片沉默。末了,凯勒博恩再度开口道:"我原先不知道你们的处境如此险恶。请吉姆利忘掉我的尖刻言辞:我内心不安,才作如此言论。我将尽我之力协助你们,谨依照诸位的意愿与需求,尤其是这位担当重任的小个子伙伴。"

"你们的使命我们已然知晓,"加拉德瑞尔望着弗罗多说,"但我们不会在此处公开谈论。不过，你们来此求助——甘道夫本人明显有此意——将不会徒劳。加拉德里姆领主被公认为中土精灵中最富智慧者，更是一位给予者，所赠之礼君王之力难及。世间初有晨曦时，他便居住在西方，我与他同住的岁月亦不可胜数；纳格斯隆德和刚多林陷落之前，我已翻越群山，与他并肩，历经此世的漫长岁月，历经漫长的战败，长败长战。

"首次发起白道会的正是我。若不是我的谋划落了空，本应该由灰袍巫师甘道夫来统领，也许会另开生面。但是，即使到了现在这个地步，希望仍然还在。我不会指点你们，告诉你们做这做那。因为我之力不在行事或设计，也不在选择路线；我之力，仅在于知晓过去，懂得现在，以及部分地预见未来。这是我要告诉你们的话：你们的征程走在刀尖上。稍有差池，则使命失败，全军覆没。不过，只要远征队人人忠贞，则希望不灭。"

说完，她举目凝望着他们，以探询的目光，默默地把他们一一看过来。除了莱戈拉斯和阿拉贡，谁也不能承受她久久的凝视。山姆一下子脸红了，垂下了头。

最后，加拉德瑞尔夫人收回了视线，微笑着说："请不要内心不安，今晚你们将会安眠。"话音刚落，他们便打起呵欠，突感疲惫，好像被彻底盘问了许久似的，虽然那些问话都没有公开讲出来。

"去吧！"凯勒博恩说，"经历大恸又千辛万苦，你们已经力竭。且不说你们的征程与我们大有关联，即便无关，你们也能从本城得到庇护，休养疗伤，重振精神。现在你们该休息了，至于你们的前路，我们暂时不谈。"

当晚，队伍在地面上安睡，尤其中霍比特人的意。精灵为他们在喷泉边的林间搭起篷帐，在帐中放置了柔软的卧榻，然后便用动听的精灵嗓音讲着平和的话语离开了。旅人们聊了一小会儿，说起在树顶上度过的前一夜、白天走过的路、领主与夫人；因为大家都还没有勇气回望更早之前发生的事。

"那会儿你脸红什么呢，山姆？"皮平说，"那么快就垮了，会让人家以为你良心有愧。但愿最糟不过是你要诡计要偷走我的一条毯子。"

"我可从来没有过那种念头，"山姆答道，丝毫没有打趣的心情，"告诉您，我当时感觉好像啥衣裳也没穿，可不喜欢了。似乎她看穿了我的五脏六腑，问我会怎么办——如果她给我飞回夏尔家中的机会，给我一个舒服的小洞府，还带一个归我自己的小花园呢。"

"有意思，"梅里说，"几乎和我的感觉一模一样；只不过，不过，哎呀，我不想再说啦。"他的话留了半截。

似乎所有人都有同样的体会：都感到自己得到了一个选择的机会——一边是横亘前方危机四伏的阴影，另一边是自己极之渴望、早就清晰地藏在心里的东西，伸手可得，只需自己掉头离开，把使命和对抗索隆的战斗丢给其他人。

"我也这么觉得，"吉姆利说，"我的选择也保密，只我自己知道就好。"

"依我看，这太过诡异了，"波洛米尔说，"也许只是一次考验，她以为读出我们的心思是出于正义的目的；可我差点要说出口她在诱惑我们，假装有能力给我们想要的东西。不用说，我不听她的。米那斯提力斯的人类说话算话。"不过，波洛米尔并没有提他认为夫人要给他什么东西。

至于弗罗多，虽然被波洛米尔追问，却不愿意说什么。"她可是凝视了你很久呢，持戒人。"他说。

"是的，"弗罗多说，"不过，我脑子里出现的念头只会留在我脑子里。"

"好吧，要小心！"波洛米尔说，"对这位精灵夫人我拿不准，她有什么目的也说不清。"

"对加拉德瑞尔夫人不可口出恶言！"阿拉贡严肃地说，"你不知道自己在说什么。在她身上、在这片土地上一丝邪恶也不存在，除非有人自己带来。让这个人自己当心吧！今夜我要无忧无惧地睡上一觉，自从离开了幽谷这还是头一回。但愿我睡得酣沉，暂时忘怀我的悲伤！我已经身心俱疲了。"他一头倒在眠床之上，立刻陷入了长长的睡眠。

其他人也很快睡着了，没有动静打扰他们的酣睡，一夜无梦。醒来时，他们看到天光大亮，照在帐前的草坪上，泉水喷得高高的又落下，在阳光里闪闪发亮。

他们能够说得出、记得起的是，大家在洛斯罗里恩逗留了一些时日，所住的地方总是闪耀着明亮的阳光，除了时不时落下一场温柔的细雨，把万物洗得清新干净。空气清寒柔和，他们似乎身处早春，却也感觉沉浸于深邃多思的冬之宁静中。他们好像只是在吃喝休息，到林间散步，然而这些便已足够。

领主与夫人他们未能再度拜见，和精灵们也交谈甚少，因为精灵中懂得西部语言的、愿意讲西部语言的寥寥无几。哈尔迪尔已经告别了他们，回到了北部边防，自远征队带来墨瑞亚的消息后，警戒森严了起来。莱戈拉斯常常与树民在一起，自第一夜之后再也没有和队友一起睡，不过仍回来一起吃饭聊天。他出去到处活动时，有时会带上吉姆利，其他人对这一改变都感到纳闷。

现在队员们同坐交谈的时候会讲起甘道夫，每个人曾知晓的关于他的一切、曾目睹的他的各种样子，都在心头变得清晰起来。随着身上的伤口愈合、疲惫退去，失去甘道夫的痛苦愈发强烈。有时，他们听到附近精灵歌唱的声音，知道他们在为甘道夫的陨落作哀歌，虽然那些甜美而忧伤的词语他们听不懂，但从中捕捉到了他的名字。

米斯兰迪尔，米斯兰迪尔，哦灰袍的行者！他们喜欢这么称呼他。不过，莱戈拉斯和大伙儿在一起时，不愿意为他们翻译，说他没有那个本事，而且悲伤未已，令他垂泪，尚未到歌唱的时候。

弗罗多是第一个把悲痛化为断断续续的文字的。他很少心有所感而作诗写歌，即便在幽谷，他也只听，自己不唱，尽管别人在他跟前作的许许多多都已存到了记忆之中。此时，坐在罗里恩的喷泉旁，听着周围精灵的歌唱，他的思绪化作了一支歌，一支在他看来美丽的歌；可当他试着复述给山姆时，却只余片段，仿佛一握失色的枯叶。

　　薄暮冥冥，夏尔之郡，
　　小山之上，足音可闻；
　　天未破晓，已踏征程，
　　长路漫漫，无言前行。

　　东游大荒，西至大洋，
　　北地废墟，南方山岗，
　　密林幽暗，行走随心；
　　龙巢秘门，任由他闯。

　　矮人霍比特，人类与精灵，
　　无论仙凡，结交甚广。
　　枝头飞鸟，穴中野兽，
　　诸般密语，尽皆知晓。

　　雷霆宝剑，回春妙手，

身负重任，背已弯驼；
　　声似号角，法杖喷火，
　　行者劳苦，长途不辍。

　　智者端坐，宛如君临，
　　嗔怒嬉笑，爽快如风；
　　长者如斯，头顶旧帽，
　　手持荆杖，身来倚靠。

　　危桥之上，凛然独立，
　　火魔暗影，一力独挡；
　　訇然碎石，法杖难支，
　　卡扎杜姆，智者魂亡。

"啊呀，您要胜过比尔博先生啦！"山姆说。

"不，我恐怕不行，"弗罗多说，"但我已经尽力了。"

"好吧，弗罗多先生，要是您再来一段，我希望您讲讲他的焰火，"山姆说，"比如这样：

　　焰火璀璨，世所未见：
　　碧绿翠蓝，爆作星点，
　　响雷过后，金雨倾盆，
　　漫天落花，滂沱泼洒。

不过，这还说不出焰火的美，差得远呢。"

"没差什么，山姆，剩下的交给你来完成，或者交给比尔博。不过——唉，我再也写不下去了。想到要把噩耗带给他，我承受不了。"

一天傍晚，弗罗多与山姆在清凉的暮色中一起散步，都再度不安起来。弗罗多突然感到离别的阴影降临：不知怎的，他心里清楚，必须离开洛斯罗里恩的时刻就在眼前。

"山姆，现在你对精灵怎么看？"他问，"我以前问过你同样的问题——似乎非常久远以前了；但是从那以后，精灵你也见得多了。"

"确实见得多！"山姆说，"我寻思，精灵有各种各样的。他们都很精灵，可又不全一样。这儿的精灵族有家园，不四处游荡，好像有点更近似咱们一族：他们属于这里，比霍比特人对夏尔的依恋还要深。是他们造就了这片土地，还是这片土地造就了他们，倒也说不清，您懂我的意思就成。这儿安宁得令人惊叹，好像无事发生一样，而且谁也不愿意有事。如果说有什么魔法，不妨说，那就是深藏地下，在我的手碰不到的地方。"

"你在这儿处处都能看到，感觉到。"弗罗多说。

"不过，"山姆说，"你看不到有谁在使魔法啊。不像可怜的老甘道夫过去展示的焰火。恐怕这些日子咱们看不到领主与夫人的本事啦，我眼下盼着她施展妙法，如果她有这个心思。我真的特别想瞧一瞧精灵魔法，弗罗多先生！"

"我不想，"弗罗多说，"我已经知足了。我也不想念甘道夫的焰火，只想念他的浓眉，他的急脾气，还有他的声音。"

"您说得对，"山姆说，"可别以为我在挑毛病。我时常想要瞧一瞧古代传说讲的那种魔法，不过我从未听说过比这儿更好的地方。又像家里那么自在，又像度假那么惬意，您懂的。我不想走。话又说回来，我开始觉得，要是咱们必须继续向前，那咱们最好放下。

"我家老头子过去总说，'开不了头的事情永远完不成'。我寻思，这些精灵也帮不了咱多少，甭管使不使魔法。我想啊，离开这里的那一刻，我们对甘道夫的想念就会变得更厉害。"

"恐怕你说得再正确也没有了，山姆，"弗罗多说，"不过，我十分希望，走之前我们能够再见上精灵夫人一面。"

话音未落，他们便看见加拉德瑞尔夫人正在走来，仿佛回应他们的话似的。她行走在树林下，高挑、白皙、美丽，不发一言，却向他们招了招手。

随后，她转过身，引他们走向卡拉斯加拉松的南坡，穿过一道高高的绿色篱墙后，他们步入了一座封闭的花园。此处没有种树，园地袒露向天，晚星已升，在西边树林上方闪耀着白焰般的光芒。夫人走下一段长长的台阶，进入了一个绿色的深谷，山上的喷泉所溢出的那道银色的泉水，呢喃着从洞中流过。洞底立着一座台架，雕刻成开枝的树的形状，托着一只宽浅的银盆，盆边有一把银壶。

加拉德瑞尔将泉水注入银盆，满盈到盆边，对着水面吹了口气，待水波平复以后，她说："这是加拉德瑞尔之镜。带你们来此，正为观看镜中映像，若你们有此意愿。"

空气完全静止了，谷中黑暗，身边站立的精灵夫人高大而苍白。"我们应该探看什么，我们将会看到什么？"弗罗多满怀惊奇地问道。

"我可以令水镜展露许许多多，"她答道，"对于有的人，我可以令其展露他们渴望见到的，但是水镜也会擅自显现一些东西，常常比我们希望看到的更古怪，也更有益处。若我任由水镜擅专，你们将会看到什么，连我也说不出——因为它能显现过去之事，现在之事，乃至未来可能之事。故而一个人从镜中所见，即便是最有智慧者也不总是能够预知。你想要看一看吗？"

弗罗多没有回答。

"你呢？"她转向山姆，"我想，这就是你族所称的魔法，虽然我并不确切理解你们的意思,因为同样的词语也用来指称大敌的骗术。但是,如果你想瞧,这就是加拉德瑞尔的魔法。你不是说,渴望看看精灵魔法吗?"

"我说过,"山姆哆嗦着,左右于恐惧与好奇之间,"我想瞄一眼,夫人,如果您允许。"

"我想瞧一眼家里怎样了,"他小声对弗罗多说,"我离开家似乎已经太久了,久得可怕。可从这儿我大概只能看得到星星,或者啥我不懂的东西吧?"

"大概不会,"夫人说着,温和地笑出了声,"来,你来瞧,看看会有什么。不要碰水面!"

山姆攀到台架的脚旁,探身张望银盆。水面看起来暗沉坚实,反射出许多星星。

"只有星星嘛,和我想的一样。"他说,马上又发出了一声短促的低吼,因为星星消失了。仿佛撩开了黑色的面纱,水镜先发灰,随后清晰起来:阳光高照,树林的枝条在风中摇摆翻动。可还没等山姆在心中认定看到了什么,光明消退了;他觉得自己看到了脸色苍白的弗罗多在高大的黑悬崖下沉睡,然后又好像看到了自己走在一条阴暗的路上,爬着蜿蜒的台阶,没有尽头。他猛然意识到,自己正在急切地寻找,但是找什么却不知道。那幅景象如梦般飘逝又闪回,他再次看到了树林,不过这次没有那么近,他能看清正在发生什么:树木并非在风中摇动,而是正在倒下,砸向地面。

"嘿!"山姆愤怒地嚷嚷起来,"原来是那个泰德·山迪曼在砍树,他不该砍,树也不该给伐倒:这是磨坊外的林荫道啊,给去傍水镇的路遮阴的。真恨不能截住泰德,我先把他伐倒!"

可是很快山姆便注意到,老磨坊已经消失了,原地正修起一座红砖大楼,许多人忙着干活,近旁有一座高高的红烟囱,黑烟滚滚,遮住了镜面。

"夏尔有人在施妖术，"他说，"埃尔隆德那时要把梅里少爷送回去，原来是有缘故的。"接着，山姆大叫一声，跳到一边，怒冲冲地说，"我得回家。他们把袋下路给挖了，我家可怜的老头子正在走下小丘，用推车推着他的零碎东西。我必须回家！"

"你不能一个人回去，"夫人说，"在你探看水镜之前，你并不愿意抛下你家少爷回去，而且你也早已知道夏尔很有可能出坏事。记住，镜子展露的许许多多，并非都已发生；有些事永远不会成真，除非看到镜像的人离开正途要去阻止。以镜子指导行动是危险的。"

山姆一屁股坐在地上，以手掩面："要是我没上这儿来就好了，我也不再想看魔法了。"说完便沉默了。过了一会儿他又开了口，含混不清，好像在竭力忍泪，"不，要么我和弗罗多先生一起走过长长的路回家去，要么哪儿也不去。但愿有一天真能回家。如果我见到的成了真，那某人就要承受怒火了！"

"现在你想不想看看，弗罗多？"加拉德瑞尔夫人说，"你曾感到知足，不想看精灵魔法。"

"您建议我看吗？"弗罗多问。

"不，"她说，"我不会建议你这样做或者那样做。我不指点别人。也许你能从中知道什么，好也罢，歹也罢，可能都有益处，也可能全无用处。看见，既有好处，也有危险。不过我认为，弗罗多，你有足够的勇气与智慧冒这个险，否则我便不会带你来此。按你的心愿做吧！"

"我愿意看。"弗罗多登上去，俯身探看昏暗的水面。镜子立刻清晰起来，他看到一处笼罩在苍茫暮色中的地方，远处群山矗立，黑沉沉地映着灰色的天际，一条灰色的长路蜿蜒到视线之外。一个遥远的身影沿着长路缓缓而来，起先渺小模糊，然后愈走愈近，也越来越大，越来越清晰。刹那间，弗罗多意识到，这个身影让他想起甘道夫。他差点喊出了巫师的姓名，可随即瞧见人影并没有穿灰衣，而是白袍，在暮色中微微发着白光；手里握着的是一根白色的法杖，头垂得很低，他看不见脸。之后，人影转过身，拐了一个弯，便走出了镜子的视野。弗罗多心中感到疑惑：这镜像究竟是甘道夫久远以前的多次漫长孤旅中的一次呢，还是萨鲁曼呢？

镜像变了。虽然很短暂，人影也小，但他清清楚楚地瞧见了比尔博在他的房间不安地踱步，桌上丢着杂乱的纸张，雨点敲击着窗户。

镜像随后一滞，接着许多场景飞快闪过，不知怎的，弗罗多心里明白这些是他已卷入其中的伟大历史的片段。雾霭消散，他看到了从未见过的景色，但他顿时知道，那是大海。黑夜降临，大海腾起怒涛，掀起猛烈的风暴。然后，他看到残阳如血，沉入乱云，映出一艘大船黑色的轮廓，破帆高张，正自西方驶来。之后看到一条宽广的大河流经人烟稠密的城市，再之后是一个有七座高塔的白色要塞，然后又是一艘船，挂着黑帆，但时间已到早晨，海面上波光粼粼，船旗上绣着标记，是一株白树，在太阳里放光。似乎起了战火硝烟，太阳再度西沉，红得如同烈焰灼烧，缓缓退却，融入灰霭；一艘小船穿破雾霭，船灯闪闪烁烁。小船消失了，弗罗多叹了口气，预备离开。

但就在此时，水镜突然完全变黑，黑得就像在眼前的世界开了一个洞，弗罗多凝神望入这片空茫。在黑暗的深渊中，出现了一只独眼，越涨越大，最后几乎占据了整个镜面。独眼太过可怕，弗罗多的脚像生了根，喊不出声来，也无法收回凝望的视线。独眼外缘是一圈火焰，但自身也像有一层亮釉，黄得如同猫眼，警觉，专注；瞳孔的狭缝通向一个深洞，是一扇探入虚无的窗。

然后，独眼开始转动，左看看，右探探；弗罗多十分害怕，也十分肯定，他自己本人便在它所搜寻的许多东西之列。但是，他也清楚，独眼看不到他——尚且不能，除非他授意给它。系在他颈间链条上的魔戒变得沉重起来，重过大石，把他的头都拽得往下垂。水镜好像变热了，水面上腾起卷曲的蒸汽。他往前滑去。

"不要触碰水面！"加拉德瑞尔夫人轻声说。镜像隐去，弗罗多发现自己正在盯着银盆中闪烁的寒星。他退了回来，全身颤抖不止，望着夫人。

"我知道最后你看到的是什么，"她说，"因为它也出现在我的脑海中。不要怕！但是，也不要认为，仅凭在林间吟唱，洛斯罗里恩这片土地就能御敌于外，得以留存；精灵弓上的细箭也远做不到。弗罗多，告诉你，就在我对你说话的此刻，我也觉察到了黑暗魔君，知道他的图谋，知道他对精灵的一切心思。而且，他也一直摸摸索索地要看到我，还有我的想法。但大门仍然紧闭！"

她抬起白皙的双臂，朝着东边张开手掌，做出了拒绝和抵抗的手势。晚星埃雅伦迪尔、精灵最爱的那颗星，在天空中闪耀着；星光是那样的明亮，精灵夫人的身形在地面上投下一道暗淡的影子。星光也照着夫人手指上的一枚戒指，戒指闪闪烁烁，好像打磨过的黄金又镀上了一层银光；一颗白色的宝石镶嵌其上，忽明忽暗的，仿佛那颗晚星下降，停留在她的手上。弗罗多敬畏地盯着戒指，因为霎时间他明白了原委。

"是的，"她读出了他的念头，"谈论它是禁止的，埃尔隆德也做不到。但是，它不能在持戒人的眼前隐形，见过独眼的人也能看得到。的确，正是在罗里恩之地，加拉德瑞尔的指间，保存着三戒其中之一。这是能雅，金刚石戒指，我是它的持有者。

"他有怀疑，但不知道——尚未知道。现在，难道你还看不出，为何你的到来对于我们就像听到了末日的脚步？因为，倘若你失败了，我们便手无寸铁地暴露于敌人面前。可如果你成功了，我们的力量便会削弱,洛斯罗里恩也会消亡,时间的大潮会把它冲刷殆尽。我们只能离开,向西迁徙,否则便会沦为乡野蛮夫,苟存于山谷地洞,逐渐遗忘过往,也逐渐被人遗忘。"

弗罗多低下了头。"您希望怎么样?"他最终问道。

"该怎么样,就怎么样。"她说,"精灵对于自己家乡和造物的爱比海渊更深,而痛悔之情永存,不可完全减灭。可是,我们宁可抛弃一切,也绝不向索隆低头:因为我们现在了解了索隆。你须负责的,不是洛斯罗里恩的命运,而只是你自己的使命。可我仍然希望,但凡能够,那枚至尊戒从未被造出过,或者永远消失。"

"加拉德瑞尔夫人,您有智慧,大无畏,又公正,"弗罗多说,"如果您开口,我就把至尊戒给您。对我来说,这件事过于重大了。"

加拉德瑞尔猛然朗声大笑:"加拉德瑞尔夫人或许有智慧,在这儿她可是碰上彬彬有礼的对手啦。第一次会面时我考验了你的心意,现在你委婉地报复回来了。你的眼光变犀利了。我不否认,你要献上的,我心中极之渴望;因为我已思索了多年,假使至尊戒到了我手中,我将怎么做;现在你看! 它送上门来,由我掌握。不管索隆自身兴起还是衰亡,那很久以前谋划出来的邪恶都会以各种形式作乱。倘若我凭武力或者恐吓来宾取得魔戒,岂不是正中他的戒指的奸计吗?

"而现在机会终于来了,你自愿把魔戒献给我! 你将扶植起一位女王,取黑暗魔君而代之。我不会变得暗黑,而是美丽可畏,如晨如夜! 公平公正,如海如日,如高山之雪! 恐怖可怕,如狂风暴雨,如闪电雷霆! 强大无比,胜过大地之基! 万物敬爱,无望难及! "

她扬起手来,所佩的戒指放出强烈的光芒,独照亮她自己,余者皆在黑暗中。她站在弗罗多面前,此时高大得不可估测,美丽得无法承受,令人生畏,叫人拜服。然后她把手放下,光芒褪尽,忽然又大笑起来,呼啦一下子缩小了,仍然是一位亭亭的精灵女子,裹着简素的白袍,嗓音温柔,低沉悲伤。

"我通过了考验,"她说,"我将衰减消逝,将跋涉西行,但仍为加拉德瑞尔,不变不改。"

他们伫立良久,默默无言。最后,夫人再次开口道:"我们回去吧!明早你们必须启程,因为我们已做出了选择,而命运的大潮正滚滚而来。"

"行前我还有一事要问,"弗罗多说,"在幽谷的时候我本想问甘道夫的。我获许佩戴至尊戒,可为何我看不到其他戒指,也不知道那些佩戴者的心思?"

"你还没有尝试过,"她说,"自你得知拥有了什么样的力量,你将魔戒套上手指才不过三次。不要尝试!它会把你毁灭。难道甘道夫不曾告诉你,魔戒会依据每一位拥有者的品性能力来赋予力量吗?若要运用力量,你需要变得强大,远超现在,还需磨炼意志,以适应统御其他戒指。不过,话虽如此,作为持戒人,你的手指戴过它,眼睛看到过藏身暗处的东西,你的眼力变敏锐了,许多公认的智者也比不上你,能把我的想法看得那么清晰。方才你所看到的独眼,属于持有七戒与九戒的那一位。难道你没有看到并认出我手指上的这一枚吗?你看到了没有?"她转向山姆,问道。

"没有,夫人。"山姆答道,"说实话,我不懂您刚才讲的是啥。我瞧见了您指缝间有颗星星。可要是您原谅我直说,我觉着我家少爷说得对,您应该拿走他的魔戒,让事情回到正道。您得拦住他们,别把我家老头子搜出来,把他赶出去流浪。您得让干了下作事儿的家伙付出代价。"

"我会的。"她说,"开头皆如此,但不会就此罢休的,唉!我们不要再多说了,走吧!"

第八章
告别罗里恩
Farewell to Lórien

———————— 我的归家路在前方,不在身后。

———————— 应为我们大家一叹!也为今后岁月行走此世的人们一叹!因为世事如此:寻到再失去,正如在流水上行舟的人眼中所见。

当晚，远征队再次被召到凯勒博恩的接见厅，领主与夫人向他们致意，言语和善。最终，凯勒博恩说到了启程。

"现在，时候已到，"他说，"愿意继续踏上征途者，须硬起心肠，离开本地。不再有意前行者，可暂时留下。但是，不论是走是留，和平都没有定数。因为现在末日已经迫近，愿意留下的会等到最终时刻的到来，要么世上条条道路再成坦途，要么受我们召集，为罗里恩坚持到最后。之后，活着的返回家乡，在战争中倒下的魂归安息之地。"

一片沉默。"他们人人决心已定，要继续前行。"加拉德瑞尔望着众人的眼睛说道。

"至于我，"波洛米尔说，"我的归家路在前方，不在身后。"

"不错，"凯勒博恩说，"但是远征队全体都要同你去米那斯提力斯吗？"

"我们尚未决定行程，"阿拉贡说，"我不知道，过了洛斯罗里恩以后，甘道夫原打算去哪里。其实我认为，即便是他本人也没有清晰的目标。"

"或许是吧，"凯勒博恩说，"不过，当你们离开此地，你们将永远无法忽略大河。你们中有的人很清楚，罗里恩与刚铎之间的河段，背负行囊的旅人不乘船是无法渡过的；而鬼城欧斯吉利亚斯的所有桥梁不是都被摧垮了吗？所有的码头不是都被大敌把控了吗？

"你们要走哪一边呢？去往米那斯提力斯的道路在这一边，西岸；

但征途的直线路径在大河之东、黑暗之岸。现在你们要走河的哪一边?"

"如果我的意见能够入耳,那就是走西岸,去米那斯提力斯。"波洛米尔答道,"但远征队之首并非本人。"其他人没有作声,阿拉贡面露疑虑。

"看来你们还未决定好下一步,"凯勒博恩说,"为你们做选择不是我的本分;但我会尽力帮助你们。你们之中有操舟好手:莱戈拉斯一族熟知密林河的急流;还有刚铎之波洛米尔、行者阿拉贡。"

"加上一位霍比特!"梅里嚷嚷着,"我们也不是人人都把船儿看作难驯的野马。我族便住在白兰地河流岸边。"

"甚好,"凯勒博恩说,"我会为队伍配备船只,一定确保小巧轻便,因为你们走水路行得远了,会有些地方让你们不得不扛起船来。你们会碰上萨恩盖比尔的湍流,也许最后还会到达拉乌洛斯大瀑布,那里由大河自能希斯艾尔湖奔涌倾泻而成;还有其他的险境。有了船,你们的旅途暂能少些辛苦。可是,船儿给你们出不了主意,最终你们必将弃船登岸,决定向西——还是往东。"

阿拉贡对凯勒博恩谢了又谢。获赠船只令他颇感怀慰,特别是眼下多日都无须再操心行程路线了。其他人也抱有了更大的希望,甭管前方有何危险,乘船顺着安度因大河漂流而下迎接危险,总比弯腰弓背负重前行好。只有山姆怀疑不安:无论如何,他都觉得船只像野马那么糟糕,甚至更糟;他所亲历的种种危险也并不都能使他对船只有所改观。

"明日午前,一切都会齐备,在港口恭候你们,"凯勒博恩说,"早晨我会派人帮助你们做好启程的准备。此时,我们祝愿大家今夜愉快,安眠无忧。"

"晚安,我的朋友们!"加拉德瑞尔说,"祝你们安睡! 今夜不要过于烦心道路的事,也许每个人要走的路已在各位的脚下展开,虽然现在你们还无法看到。晚安！"

于是，远征队告退，回到了自己的篷帐。莱戈拉斯同大伙儿一起，因为这是在洛斯罗里恩的最后一夜，虽然加拉德瑞尔的言语在先，他们仍希望共同商议一下。

对于应当做什么，以及为了争取完成处置魔戒的任务怎么做才最好，他们争辩了很久，也没能达成决策。显然，多数人都想先去米那斯提力斯，至少能暂时避开恐怖的大敌。他们也愿意有一位领袖，带着大家渡过大河、深入魔多的阴影；但是，弗罗多一言不发，而阿拉贡心里仍在左右为难。

原先甘道夫仍在的时候，阿拉贡自己的计划是跟波洛米尔走，用手中的宝剑，解救刚铎。因为他相信那些梦传达的是召唤，终有一刻，埃兰迪尔的继承人将会降临，与索隆拼力一战，争夺统治权。但是，在墨瑞亚，甘道夫的担子已放到了他的肩头，他明白，如果弗罗多最终拒绝跟波洛米尔走，自己也不能抛下魔戒。可是，除了盲目地陪着弗罗多深入黑暗之地，他也好，远征队的其他队员也好，又能给予弗罗多什么帮助呢？

"我要去米那斯提力斯，如有必要，独行亦可，因为这是我使命所在。"波洛米尔说完这句，沉吟片刻，坐着不动，眼睛盯着弗罗多，似乎要看透这个半身人的心思。末了他又开口了，声音低低的，更像是在和自己争辩："如果你的愿望只是摧毁魔戒，那么打仗和武器都没什么用处，米那斯提力斯的人类也帮不上忙。但是，如果你的愿望是摧毁黑暗魔君的武装力量，那么进入他的领地而无法力傍身是愚蠢的；抛弃也是愚蠢的。"他猛然顿住了，似乎意识到把私念说出了声。"我的意思是，抛弃生命是愚蠢的，"他最后说，"守卫一处强大的城池，还是无遮无挡地步入死神的怀抱，选择在你。至少我是这么看的。"

弗罗多从波洛米尔的这一瞥中捕捉到了未曾见过的古怪,于是他严厉地看着波洛米尔。他的想法明显和最后说的话不一致。抛弃也是愚蠢的:抛弃什么呢? 力量之戒吗? 他在议会上说过类似的话,但随后便接受了埃尔隆德的指正。弗罗多又望向阿拉贡,但他似乎在沉思自己的想法,看不出是否注意到了波洛米尔的话。他们的争论便如此结束了。梅里和皮平已经睡着了,山姆也困得点头。夜已深沉。

早上,他们刚开始打包不多的行李,会讲他们的语言的精灵们来了,送上了许多礼物,以供路上吃穿。食物多是极薄的糕饼,粗粉做的,外层烤得微褐,内里色如奶油。吉姆利拿了一块,狐疑地看着。

"干粮。"他掰下一角脆饼,小口咬着,从嗓子里咕哝了一句。随即脸色突变,津津有味地把剩下的都吃光了。

"别再吃了,别再吃了!"精灵们笑着叫起来,"你吃的已经足够一天的长途跋涉啦。"

"我还以为只是一种干粮,像河谷邦的人类为荒野旅行做的那种。"矮人说。

"确实是的,"他们答道,"但是我们称为兰巴斯,路饼,比人类制作的所有食物都耐饥,也比干粮更适口,人人都这么说。"

"的确如此,"吉姆利说,"啊,比贝奥恩人的蜜饼美味! 这可是极高的赞美,因为贝奥恩人是我所知道的最佳烘焙师,但他们如今没谁舍得把糕饼分给过路人。你们待客真是善良体贴!"

"话虽如此,我们要你们节约食物,"他们说,"一次食用一点点,而且仅在必要的时候食用。这些东西是给你们没别的办法的时候应急的。我们把糕饼包在树叶里带来,如果保持不碎不裂,不打开树叶,糕饼很多天都不会变质。哪怕是米那斯提力斯的高个儿人类,一片也足以支撑一日之长途辛劳。"

接着，精灵们打开包裹，将带来的衣物赠予每位队员。每人得到一件连帽披风，依照各自的身量，用树民所纺织的轻盈保暖的丝料制成。颜色很难形容：在树下看，似乎是灰的，带着一缕暮色；可是如果移动一下，放到其他光线中，又有背阴处的树叶之绿色、夜色下耕犁过的田野之浅棕、星光下流水的暗淡之银色。每件披风的领口都扣着一枚别针，别针好似一片络着银色叶脉的绿叶。

"这是魔法披风吧？"皮平惊奇地看着这些衣服，问道。

"我不懂你这个词儿指的是什么，"精灵的头领答道，"这些是好衣裳，好丝线，因为是在这片土地上制成的。当然都是精灵衣袍，如果你是这个意思。枝条、树叶、岩石、流水：我们热爱的一切事物在曙光暮色下呈现的色调与美丽都织在了这些衣袍之中；因为我们把对所爱的一切的心思都化入了我们所制作的一切物品里。不过，这些仍只是衣裳，不是盔甲，无法抵御刀箭；但是对你们应该很有用处：穿着轻便，随需要冷暖宜人。而且，不管是行走在石头间还是树林中，你们会发现它能极好地助你们隐身，躲过不友好的视线。夫人对你们实在是特别宠爱！她亲自与侍女们织就了这些衣袍；有史以来我们第一次给生人穿上我们自己人的衣服。"

用过早餐，远征队向喷泉边的草地道别，人人都心情沉重，因为这是一个美好的地方，他们已经有了家的感觉，虽然数不清楚在这里度过了多少个日夜。他们伫立片刻，注视着阳光下白色的泉水，这时哈尔迪尔穿过空地的绿草坪，朝他们走来。弗罗多欣喜地向他打招呼。

"我自北方防线而来，"这位精灵说道，"现在，我再次被指派担当你们的向导。黯溪谷充满了水汽与云烟，群山中颇不太平。地下深处有噪音骚动，若你们中有谁想过北上返回家乡，那条路可过不去。但是，来吧！现在你们要向南而行。"

他们穿过卡拉斯加拉松的时候，绿色的道路上空无一人，但是，头顶上方的树丛中却响起了许多声音，低语着，吟唱着。他们默然前进，最后，哈尔迪尔带领他们从山南下坡，又一次来到了悬着灯盏的大门，还有那座白色的桥。于是，他们穿行而过，离开了精灵之城。随后，他们下了那条白石铺就的道路，走上了一条小路，这条小路延伸到一丛瑚珑树林深处，蜿蜒穿过银色树影下起伏的林地，带着他们一路往下，一会儿向南，一会儿向东，朝大河河岸奔去。

临近中午，他们已走了大约十哩，来到了一座绿色的高墙下。从一个口子钻出去以后，他们一下子脱离了森林，面前展开一道长长的草坪，绿草闪亮，点缀着金色的太阳星花朵，在太阳下熠熠生光。草坪延伸到远处，收窄呈狭长的舌状，夹在两条明亮的边缘之间：右侧也就是西边流淌着波光粼粼的银脉河；东边左侧则是水面宽广的大河，暗沉幽深。沿河更远处，目之所及，林地一直伸展向南，但河岸全都荒凉一片，光秃秃的。罗里恩领地以外，看不到瑚珑树高举悬挂金叶的枝条。

两河交汇后再往前走一段距离，在银脉河岸边有一个小港，以白石和白木搭建，泊着不少小船和驳船。有些油漆得很鲜艳，闪着金银碧色，不过多数是白的或灰的，其中有三条灰色的小船已为行路人们准备妥当，他们的物品也被精灵安置在船内，每艘还添了三捆绳子。绳子看着细，但是结实，触之如丝，望之颜色发灰，和精灵披风一样。

"这些是啥？"山姆拿起放在草地上的一捆绳子问道。

"绳子呀！"一位精灵从船上应声答道，"行远路，必备绳！还得是又长又轻又结实的，像这种。很多地方都会用得着。"

"这个您不必费口舌告诉我！"山姆说，"我来的时候没带着绳，打那会儿就一直焦心。不过，打绳子我虽然懂一点儿，照直说简直是祖传的功夫；可我纳闷这些绳子是什么做的。"

"这些是希斯莱恩雾丝做的,"那位精灵说,"可现在没时间教给你制作手艺啦。要是我们早知道这门手艺你喜欢,我们能教给你不少东西。可惜!除非你什么时候还回到这里,眼下你只能满足于我们的赠礼啦。愿绳子派上大用场!"

"来!"哈尔迪尔说,"现在,一切都为你们准备好了。到船上来!但首先要当心!"

"这些话要注意听啊!"其他精灵说,"这些船造得轻便,也很精巧,不像其他族群所造的船。它不会沉,你们可随心装载;但若操作不当,便难以控制。你们驾船顺流而下之前,明智的做法是先熟悉进出上下,趁这里有登岸的地方。"

远征队是这样安排登船的:阿拉贡、弗罗多、山姆乘一艘,波洛米尔、梅里、皮平乘另一艘,而第三艘上是莱戈拉斯与吉姆利,他们现在已成为铁打的朋友了。这艘船上装了最多的东西和行李。船的移动和方向由短柄桨控制,桨板宽宽的,桨片是树叶形的。一切就绪以后,阿拉贡带领大家到银脉河上试驾,水流湍急,他们缓缓向前。山姆坐在船头,紧抓船舷,贪恋地回望着河岸,水面上闪耀的阳光晃晕了他的双眼。经过舌形绿地以后,树木伸到了水边,金色的树叶四处翻飞,飘落在水波涟漪上。空气十分透亮,静止无风,除了高天上云雀的歌唱,一片寂静无声。

他们在河中一个急转弯,瞧见一只巨大的天鹅,朝着他们骄傲地顺流而来。它弯曲的颈项下是雪白的胸脯,两侧簇着水波;它的喙好似琢磨过的黄金,双眼发亮,好似嵌在黄色宝石中的黑玉;它雪白的巨翅半张着,离他们越来越近。此时沿河传来乐声,他们猛然意识到这是一艘船,以精灵技艺仿造鸟儿雕刻打造。两位白衣的精灵划着黑色的船桨,掌握着航向。船舰正中坐着凯勒博恩,加拉德瑞尔站在他

身后,高大白皙,发间戴着黄金花朵的环箍,手中抚着竖琴,正在歌唱。寒冷明净的空气中,她的声音既哀伤,又甜美:

> 我歌唱树叶,歌唱金色树叶,歌唱生长于斯的金色树叶;
> 我歌唱清风,歌唱徐来清风,歌唱吹拂枝间的徐来清风。
> 太阳不到处,月亮不到处,沧海茫茫寄白浪;
> 伊尔玛林高殿,提力安墙外,海滨长滩生金树,
> 埃尔达玛尔精灵城,阿门洲中永暮地,群星映衬金树光。
> 金叶长生金树上,金树开枝岁月长;
> 彼岸阻隔无情海,此岸精灵泪纷纷。
> 叹我罗里恩,冬来叶落日萧瑟;
> 落叶逐水流,大河滚滚逝如斯。
> 叹我罗里恩,我栖此岸羁留久,
> 戴冠金花绕,金冠黯淡渐失色。
> 若我此时歌航船,何船破浪将我迎?
> 何船能渡洋洋水,何船载我彼岸归?

天鹅船驶过来的时候,阿拉贡停住小船,夫人结束歌唱,向他们致意:"我们来向你们做最后的道别,送上我们领地的祝福,愿你们一路顺风。"

"虽然各位到我方做客,"凯勒博恩说,"却不曾与我们饮宴。我们来此为各位饯别,设宴两河之间,流淌的河水将载着各位离开罗里恩奔向远方。"

天鹅船缓缓航向港口,大家掉转船头,跟随其后。河角地尽头的绿草地上摆上了送别宴,但是弗罗多没怎么用酒饭,只注意到夫人的美丽与她的嗓音。她不再显得危险可怕,也不像充满着隐藏的力量。

他眼中的夫人已与凡人眼中的精灵别无二致，就像后世人类仍能时常看见的精灵样子：既在场，又疏离；只是一个活动的影子，真身被时间的逝水远远抛在了从前。

饮食完毕，大家坐在草地上，凯勒博恩再次提起他们的旅程，抬起手向南指着舌形地之外的树林，说道：

"你们顺水而下，会发现林木变少，继而是一片荒凉的原野，大河夹在高地沼泽中，流淌于石谷之间，流过许多里格之后，会出现一座岛峰，名为刺岩岛，我们称为托尔布兰迪尔。大河围着此岛陡峭的四岸绕流而下，形成拉乌洛斯大瀑布，水声轰隆，水雾缭绕，再流泻到宁达尔夫，即你们语言中的湿平野。那是一片广阔的沼泽地，水流淤塞滞缓，蜿蜒曲折，支汊众多。西边的恩特泽河从范贡森林经由许多河口溢出，注入了这片沼泽。这条河周围、安度因大河西岸，坐落着洛汗；大河东岸是荒瘠的埃敏穆伊丘陵，那里风从东来，丘陵俯瞰着死亡沼泽、无人之地，一直到奇立斯高格隘口与进入魔多的黑门。

"波洛米尔以及随他同去米那斯提力斯的队员，宜在到达拉乌洛斯大瀑布之前离开大河，穿过恩特泽河，但不要南下到死沼地。也不宜沿恩特泽河北上太远，不可冒险陷入范贡森林。此林诡异，现在我们知之甚少。不过，显然我无须告诫波洛米尔与阿拉贡。"

"我们在米那斯提力斯确实听说过范贡森林，"波洛米尔说，"不过我听到过的很大程度上类似老妇人的传说，我们讲给孩子听的。洛汗以北的所有地方如今对我们来说太过遥远，任由人们随意想象。往昔范贡森林在我国的边境线上，但到现在已经很多辈人没有去过了，没有人去验证从老年间流传下来的故事的真假。

"我本人多次造访洛汗，但从未跨过北部边境。我任信使的时候，沿白色山脉的山脚穿过洛汗豁口，跨过艾森河与灰潮河，进入北方之地。真是一条漫长疲惫的旅途。我估计有四百里格的路程，耗费了我数月的时间，因为我在沙巴德城的灰潮河浅滩折损了马匹。经过那次旅程，以及加入远征队后走过的路，让我有把握能找到穿过洛汗、范贡的路，只要有需要。"

"那我便不再多言。"凯勒博恩说，"但是，也不要轻视早年流传下来的传说，因为古代智者必知之事，常常保存在老妇记忆的只言片语之中。"

此时，加拉德瑞尔从草地上站起身，接过一位侍女奉上的酒杯，注满白色的蜜酒，递与凯勒博恩。

"此时此刻，应饮下这杯离别酒，"她说，"举杯吧，加拉德里姆之主！请不要心怀忧伤，尽管午后必将是黑夜，而我们的黄昏已然迫在眼前。"

随后，她将酒杯递给远征队的每一位队员，请他们饮酒作别。待他们饮毕，她却又命众人重新在草地上坐下，座椅已为她与凯勒博恩设好。她的侍女安静地环立在她周围，她将客人们打量片刻，方才重新开口。

"离别酒我们已经饮罢，暮影降临在你我之间。在你们离开之前，我便备了礼物在船上，现以加拉德里姆领主与夫人的身份赠予你们，愿你们铭记洛斯罗里恩。"然后，她将队员一一唤上前来。

"凯勒博恩与加拉德瑞尔赠予远征队队长此物。"她对阿拉贡说，交给他一副剑鞘，正为配他的宝剑而制。剑鞘上缠绕着金银打造的花朵与叶片，还镶嵌了许多宝石，用精灵如尼文拼写了宝剑之名安督利尔及其传承。

"此鞘所藏之锋刃，污秽不侵，败亦不折。"她说，"值此离别时，你对我还有没有其他渴求？因为黑暗之流将会把我们分隔两岸，或许我们将再难相见，再见之日亦遥遥，重逢也在不归路上。"

阿拉贡回道："夫人，您知道我渴求的一切，您一直保管着我所寻找的唯一宝物。可即便您愿意，您也不能将它作为您的拥有物来赠予我；唯有穿过重重黑暗，我才能靠近它。"

"但这个或许能够照亮你的内心，"加拉德瑞尔说，"因为它交到我手中保管是为了赠予你的，只待你经过这片土地。"说完，她从膝上拿起一枚翠绿的大宝石，嵌在银胸针上，胸针铸成雄鹰展翅的形状。宝石被举起时，闪闪发亮，好像春日透过树叶射下的阳光，"这枚宝石我传给我的女儿凯勒布莉安，她又传给自己的女儿；现在作为希望的信物传给你。此刻，请接受预言中赐予你的名字，埃莱萨，埃兰迪尔家族的精灵宝石！"

于是，阿拉贡接受了宝石，将胸针别在胸前，见之者莫不称奇：因为大家从未注意到他竟如此高大，通身王者之风；在大家看来，多年艰辛都已从他的肩头抖落了。"感谢您赐我厚礼，"他说，"啊，罗里恩夫人，凯勒布莉安与暮星阿尔玟之源！我对您的赞美滔滔不尽。"

夫人领首，之后转向波洛米尔，赠予他黄金腰带一条；又给梅里和皮平白银小腰带，带扣锻成金花的样式。她给莱戈拉斯的是一把弓，与加拉德里姆用的一样，比幽暗森林的弓更长更坚固，弓弦是精灵发丝绞缠而成，附有一只装着箭镞的箭囊。

"小个儿园丁、爱树人，"她对山姆说，"对你我只有小礼相赠。"她将一只朴素的灰色木头小匣子放到山姆手中，匣子没有装饰，只在盖上镶了一个如尼文的银字母，"这是代表着加拉德瑞尔的G，"她说，"可也代表着你们语言中的花园。匣中盛着我园中的泥土，蒙有加拉德瑞尔的赐福。它不能保你一路，也不能护你免灾，但是如果你保管好，终有一日返回家乡时，它或许能够报偿你。纵使你看到万物荒芜，废墟一片，只要你撒播此土，你的花园便会百花盛放，中土世界的花园鲜有能比肩者。那时,你或许会忆起加拉德瑞尔,看到远方罗里恩的一丝影子,你也只见过它冬日的样子。因为我们的春日、夏天俱已逝去,也将不复重现于世,只能存于回忆之中。"

山姆的脸红到了耳根,紧紧握住匣子,嘟囔了几句听不清的话,边说边努力鞠躬行礼。

"那么,矮人会向精灵求取什么礼物呢?"加拉德瑞尔说着,转向了吉姆利。

"夫人,我一无所求。"吉姆利说,"能亲见加拉德里姆夫人,亲耳听到您的温言良语,对我已经足够。"

"尔等精灵,全都听好!"她对围着她的精灵们喊道,"谁也不许再言,矮人攫取贪婪!虽然如此,格罗因之子吉姆利,你果真不渴求什么我能给予的吗?我命你说出来!不能让你成为唯一未获赠礼的来宾。"

"没有所求,加拉德瑞尔夫人。"吉姆利说着,深鞠一躬,嗫嚅起来,"没有,除非或许——除非允许我相求,不是,允许我说出来,求您一绺发丝,它胜过地里的黄金,恰如星星胜过矿中的宝石。这样的贵礼我不会索要,但是您命我说出我的渴求。"

精灵们都惊动起来,低声议论,凯勒博恩吃惊地盯着矮人,但夫人微笑着说:"人常道,矮人精于手艺,拙于言辞;这话可不适合吉姆利,因为从未有人向我提出这么大胆又这么有礼的请求。而且,既然我命他开口,又怎能拒绝?不过,请告诉我,这礼物你要拿去做什么?"

"好好珍藏,夫人,"他答道,"为了铭记您在首次会面时对我说的那些话。若我还能回到家乡的锻造场,便会把它置入坚不可摧的水晶之中,由我家族世代相传,记住大山与森林之间友好的承诺,永永远远。"

听完这话,夫人散开一条长辫,剪下三根金发,放入吉姆利手中:

"礼物之外，还有下面的话。我不作预言，因为眼下任何预言都是空言：一边是黑暗；另一边唯有希望。但是，倘若希望不灭，我要告诉你，格罗因之子吉姆利，你的双手将会黄金满溢，但你不会受制于黄金。"

"还有你，持戒人，"她转向弗罗多，开口道，"你在受赠之列最末，但在我心上不是最末。为你我准备了这个。"她举起一只水晶小瓶，小瓶随移动闪闪烁烁，一束白色的光芒从她的手中射出来，"此瓶中摄取的是埃雅伦迪尔的星光，浸在我的喷泉的泉水之中。当夜幕将你笼罩，星光便会大炽，光亮更盛。在黑暗之地，诸灯尽灭之时，愿它成为你的明灯。请记住加拉德瑞尔，还有她的明镜！"

弗罗多接过瓶子，在星光闪耀在他们中间的时刻，他又一次看到她矗立如女王，伟大，美丽，但不再可怖。他深鞠一躬，却不知说什么好。

夫人站起身来，凯勒博恩引他们返回港口。昏黄的午后天色笼在舌形地的绿草之上，河水闪着粼粼银光。一切终于齐备，远征队按照先前的安排，一一到船上归位。罗里恩的精灵与他们泣别，用长长的灰色撑篙将船只推入水流，河水荡着涟漪，慢慢地带着他们离开。旅人们静静地坐着，一动不动，一言不发。舌形地的尖角的绿岸边上，加拉德瑞尔夫人默然独立。当他们经过她身边时，纷纷转头，凝望着她的身影缓缓从眼前流逝而过，恰好似：罗里恩一路滑落向后，如同一艘以仙树为桅的光明船，航向遗忘之岸；而他们束手无策，坐在灰蒙蒙、光秃秃的世界边缘。

在他们注目之时，银脉河注入了安度因大河，他们的小船掉转航向，快速南下。很快，夫人的白色身影变得遥远渺小。在开始向西的太阳下，她周身闪光，好像远山上的一扇玻璃窗，又好像在山中遥见的一面湖水；落入大地怀抱的一片水晶。之后，弗罗多感觉看到她抬起手臂，做最后的告别；随风而至的是她遥远却具有穿透力的清晰歌声。但此时她以大海彼岸的古代精灵语言歌唱，他听不懂歌词；尽管乐声优美，却无法抚慰他的内心。

不过，这些精灵词语不可磨灭地印在了他的记忆之中，因为精灵语便是如此过耳不忘。很久以后，他尽力将歌词翻译出来：以下是精灵歌所用的语言，讲的是中土世界少有人知晓的事物。

Ai! laurië lantar lassi súrinen,
yéni únótimë ve rámar aldaron!
Yéni ve lintë yuldar avánier
mi oromardi lisse-miruvóreva
Andúnë pella, Vardo tellumar
nu luini yassen tintilar i eleni
ómaryo airetári-lírinen.

Sí man i yulma nin enquantuva?

An sí Tintallë Varda Oiolossëo
ve fanyar máryat Elentári ortanë,
ar ilyë tier undulávë lumbulë;
ar sindanóriello caita mornië
i falmalinnar imbë met, ar hísië
untúpa Calaciryo míri oialë.
Sí vanwa ná, Rómello vanwa, Valimar!

Namárië! Nai hiruvalyë Valimar!

Nai elyë hiruva. Namárië!

啊！风吹叶落片片金，
去岁无尽，似无数枝条如翼！
流光易逝，高堂蜜酒饮罄急；
高堂远在西方地，天穹蔚蓝瓦尔达家；
神圣高贵歌喉启，震颤群星动天地。

如今有谁，为我再斟手中杯？

恒白峰上，星辰女王光明神，瓦尔达抬手如层云，条条归途坠深影；

暗生灰海，分隔两岸笼白浪，卡拉奇利亚隘口断，层层迷雾隐宝光。

今已痛失，众神之城瓦利玛尔，东方来者无归处！

今日告别，愿你寻到维利玛尔[1]！
一路平安，终将寻到维利玛尔！
（瓦尔达夫人之名，在这片精灵的流亡地上被称为埃尔贝瑞丝。）

大河猛地拐了一个急弯，两岸陡升，罗里恩的光芒隐没了。弗罗多再也没有踏足这片美丽的土地。

此时，旅人们都转而直面眼前的路途；太阳在前，他们视线模糊，因为眼中盈满了泪水。吉姆利大声抽泣起来。

---

1 原文 Valimar，维林诺（Valinor）的核心地，诸位大能维拉（Valar）的居地。

"世间至美我已看过了最后一眼，"他对同伴莱戈拉斯说，"从今往后，对我来说，再无何物可以称美，除非是她的赠礼。"说着，他将手捂在胸前。

"告诉我，莱戈拉斯，为何我踏上这道征程？大危大难隐藏何处，我不曾知晓。确实，埃尔隆德说过，前路将有何际遇，我们无法预知；原先我惧怕的危险是黑暗中的磨难，但那磨难也不曾叫我后退半分。可是，若我早知道光明与欢乐会带来危险，我就不会上路。我以为，这次分别伤我最深，哪怕今夜就要迎面撞上黑暗魔君也比不上。为格罗因之子吉姆利一叹！"

"非也！"莱戈拉斯说，"应为我们大家一叹！也为今后岁月行走此世的人们一叹！因为世事如此：寻到再失去，正如在流水上行舟的人眼中所见。不过，我觉得你是有福的，格罗因之子吉姆利：因为承受的丧失之痛来自你本人的自由意志，你本也可以做出别的选择。但你不曾抛开同伴，而且你会得到报偿，至少有洛斯罗里恩的回忆永在心中，清晰不染，不会褪色，鲜活如初。"

"或许吧，"吉姆利说，"谢谢你的这番话。无疑是真心话，虽说如此慰藉并不温暖。心中所渴求的可不是回忆，回忆不过是一面镜子，哪怕清晰如同凯雷德－扎拉姆。这是矮人吉姆利的心声，精灵也许不这么看。真的，我曾听说，在精灵看来，回忆更近乎清醒的世界，而不是近乎梦境。矮人不这么想。"

"但我们还是别谈这个啦。留神船儿！装着这么多行李，船儿吃水太深，大河又这么急。我可不想用冰凉的河水浇愁。"他抄起船桨，掉转船头朝向西岸，跟上前面阿拉贡的船。阿拉贡已经驶离了中流。

远征队便这样继续着漫漫航程，顺着宽广湍急的水流，一路向南。两岸蔓延着光秃秃的树林，后面的土地他们也不能再瞥见一眼。轻风已住,大河流淌无声,也没有鸟儿的鸣叫打破寂静。天光渐老,太阳变得雾蒙蒙的,之后在苍白的天空上好像一颗高挂的白色珠子,闪着微光。不久,太阳隐入西天,黄昏早至,随即黑夜来临,朦朦胧胧,没有星光。他们漂浮前进良久,深入黑暗与宁静之中,在西侧树林矗立的阴影下掌着船舵。大树如鬼魅般掠过,虬结饥渴的树根穿破迷雾,戳进水里。河上寒冷沉闷,弗罗多坐听河水在树根与近岸浮木间噬咬轻拍的汩汩声,直至盹着了,沉入不安的睡梦之中。

第九章
大河
THE GREAT RIVER

对于精灵而言,世界在运行,既非常迅速,又非常缓慢。迅速,是因为精灵自身变化甚少,而其他万物匆匆飞逝,令他们很感伤怀。缓慢,是因为精灵无须计算流年,不为自己计时。四季的流转不过是在长而又长的逝水中永恒复现的涟漪,可是在太阳之下,万物最后必然消逝,直到终了。

弗罗多是被山姆叫醒的。他发现自己裹得严严实实的，躺在灰色树皮的高大树木下。这是大河安度因西岸林地的一个安静的角落，他已经睡了一夜，光秃秃的枝丫间显露出灰蒙蒙的晨曦。吉姆利在边上忙着收拾一小簇篝火。

天光大亮之前他们便再度出发了。倒不是多数队员急着南下，最迟要到拉乌洛斯瀑布和刺岩岛才必须下决定，那还得等上一些日子，他们对此挺满意；眼下，他们任由大河的水波推着前行，丝毫不急于奔赴前方的危险，以及最终将要踏上的任何路程。阿拉贡由着他们的心愿随波漂流，好给大家节省力气，以待未来的辛劳。不过，他坚持至少每天要早动身，并且航行到深夜；因为他内心感觉时间紧迫，害怕他们在罗里恩悠游的时候黑暗魔君并没有闲着。

然而，那天他们没有发现敌人的任何踪迹，第二天也没有。枯燥暗淡的时间一个钟头一个钟头地过去了，太平无事。航行的第三日慢吞吞地过去，两岸也渐渐不一样了：树木越来越稀疏，最后完全消失了。他们左边是东岸，只看见没有形状的长坡朝着天际不断伸展，焦褐萧瑟，似乎被火烧过，没有留下一片有生命的绿叶：甚至连一棵断树、一块秃石也没有，让这片不祥的废土无处排解其空茫。他们来到的正是褐地，夹在南部幽暗森林与埃敏穆伊丘陵之间，荒凉辽阔。大敌究竟播了什么毒，作了什么恶，烧了什么战火，把褐地全境毁坏至此，连阿拉贡也讲不清。

他们右边的西岸也没有树木,但地势平坦,有片片宽平的草地,绿意处处。这侧河边有大丛的芦苇,他们沿着苇丛摇曳的边缘,驾着小船唰唰而过。芦苇很高,完全遮挡了西岸的视野。轻软的冷风中,枯萎发暗的芦花簌羽弯下腰,摇摇荡荡,忧郁地低声嘶嘶。弗罗多有时乍然瞥见起伏的草地,草地之外是夕阳中的远山,目力所极处是一道暗色的线条,乃是迷雾山脉列阵的最南端。

除了鸟儿,没有什么活物的动静。鸟儿不少:苇丛中有小型飞禽呼哨鸣唱,只是很难看到。有那么一两次,旅人们听到天鹅的急急扇翅声与嘎嘎的鸣声,抬头仰望,有一大队天鹅正从天上疾掠而过。

"天鹅!"山姆说,"还是很大的天鹅!"

"没错,"阿拉贡说,"是黑天鹅。"

"这片土地多么空旷,多么凄凉!"弗罗多说,"我总想象着,往南走会越来越暖和,越来越开心,直到把冬天永远甩在后面。"

"可我们走得还不够南,"阿拉贡应声道,"现在仍是冬天,我们离大海也很远。此地在春天突然来临之前都是寒冷的,我们也许还会遇上下雪。安度因大河流向远方的贝尔法拉斯海湾,到那里或许又暖和又开心 —— 倘若没有大敌,就该如此。不过,我估计现在距你们夏尔南区以南不超过六十里格,数百哩远。你正在朝西南方远眺的是驭马地的北平原,驭马之国洛汗。不久我们将来到利姆清河的河口,这条河从范贡森林流出,注入大河。它是洛汗的北边界,古代,利姆清河与白色山脉之间的土地都属于洛希尔人。那是一片欢乐的沃土,牧草最佳;但现如今邪恶横行,人们不再依河而居,也不常骑马到河边。安度因河面宽广,但奥克的箭可以远远射过河对岸;而且最近有传言说,奥克已经胆敢过河偷袭,抢走洛汗的马匹。"

山姆不安地看看左岸,又看看右岸。原先,树木看起来不怀好意,好像隐匿着秘密的眼睛,潜藏着危险;现在他倒宁愿那些树木还在岸上。他感觉队伍太暴露了，在毫无遮掩的地界中央乘着敞开的小船漂流，而这条河还是战争的前线。

接下来的一两天里，他们继续一直顺流南下，这种不安全的感觉蔓延到了全体成员。整整一天他们都在奋力划桨，向前急行。两岸迅速后退，很快，大河河面宽阔起来，水流变得更浅；东岸是石头长滩，水中出现了砾石暗礁，所以需要小心掌舵。褐地地势升高，变成荒凉的丘陵，刮过一股东来的寒风。西岸的草地已成为起伏的枯草草丘，夹杂在一片生着高草丛的低洼泽地间。弗罗多想着洛斯罗里恩的芳草地、喷水泉、明亮的太阳与温柔的细雨，打了个寒战。所有的船上都没有笑声，也极少谈话，远征队的每一个队员都忙着想自己的心事。

莱戈拉斯的心已经飞到了夏夜星光下，北方山毛榉树林中的空地上；吉姆利在心里拨弄着金子，琢磨着是不是适合用来锻造，以盛放夫人的赠礼。中间小船上的梅里和皮平不得安宁，因为波洛米尔坐着嘟嘟嚷嚷自言自语，有时啃咬指甲，仿佛正受着什么烦心事和疑虑的锉磨；有时抓着桨使劲划船，紧跟在阿拉贡的小船后面。皮平脸朝后坐在船头，但当他朝前瞥向弗罗多时，捕捉到他眼中闪过一丝奇怪的光亮。山姆在很早之前便已认定，虽然航船不像他从小以为的那么危险，但比他想象的还要让人难受得多。他局促不安，非常遭罪，除了瞪眼盯着两侧匍匐而过的冬日荒野与灰色的河水，什么也做不了。即使在划船的时候，他们也不放心让山姆拿桨。

第四天，暮色四合之时，他向后回望，视线越过弗罗多与阿拉贡低垂的头以及跟在后面的小船，感到瞌睡，渴望着宿营，渴望着脚踩大地的触感。突然，有个东西吸引了他的视线：起先他无精打采地瞪着，然后坐直身体，揉了揉眼睛，但当他定睛再看时，那东西已经不见了。

当夜，他们在靠近西岸的一个小河洲上宿营。山姆裹着毯子躺在弗罗多身边，说："弗罗多先生，在咱们停下来一两个钟头之前，我做了个有意思的梦；也许不是梦。反正有点意思。"

"行，那是什么呢？"弗罗多问。因为他明白，不管是什么，山姆不讲完这件事就不会安顿下来，"我们离开洛斯罗里恩以后，我还没看到什么让我能笑一笑的东西，想也没想到过。"

"不是那种有意思，弗罗多先生。是有些古怪。如果不是梦而是真的，那可全糟了。您最好听一听，是这么回事儿：我瞧见了一根长眼睛的木头！"

"木头倒也罢了，"弗罗多说，"河里有的是。但眼睛嘛你还是算了！"

"我不能够，"山姆说，"这么说吧，就是那双眼睛让我坐直了。我瞧见的时候，原以为是根木头，在吉姆利小船后模模糊糊的光亮里漂着，也没太注意。可似乎那根木头在慢慢地赶上咱们，您说，这就不一般了，因为大家可都是一齐顺水漂着。就是那一刻，我瞧见了眼睛：两个暗淡的亮点，会发光似的，在浮木靠近我们这头的凸起上。而且那根本不是浮木，因为它有脚蹼，和天鹅的差不多，只是大一些，不停地在水里划进划出的。

"我就是在那会儿坐直揉眼睛的，本想着叫一声，如果我把瞌睡从脑袋里揉走了它还在的话。因为不管是个啥，它那时来得很快，在吉姆利后面逼近了。不过，是那两盏灯照清楚我的动作了呢，还是我清醒了呢，我也不知道；等我再瞧，它已经不在了。可我觉得我瞥见了，俗话怎么说的，'用眼尾的余光'，瞥见了一个黑乎乎的东西在河岸的影子里嗖地划过。之后我再也没看见眼睛了。

"我对自个儿说：'又做梦呢吧，山姆·甘姆吉。'然后就不再说话了。可之后我一直在琢磨，到现在也拿不准。您看得出是什么嘛，弗罗多先生？"

"山姆，要是那双眼睛第一次有人看见，我本该不拿它当什么，只当是你眼里看到的一根木头，加上暮色和睡意的错觉，"弗罗多说，"可这不是第一次。我们到达罗里恩之前，远在北边的时候我就见过这双眼睛。罗里恩那夜，我看见了长眼睛的怪东西往高台上爬，哈尔迪尔也看见了。你还记不记得，追击奥克军团的精灵的汇报？"

"啊，"山姆说，"记得；我还想起了更多的。我不喜欢这么想，可想到这一串的事，还有比尔博先生的故事，我估摸着能叫得出那东西的名字。一个讨厌的名字：咕噜。是不？"

"是的，我为这个已经担心了一段时间了，"弗罗多说，"从高台那夜以后一直担心。我推测，他潜藏在墨瑞亚，就是那会儿发现了我们的行踪；我还曾指望，那些日子住在罗里恩，就能把他给甩掉。这个倒霉东西肯定一直藏在银脉河边的林子里，盯着我们启程！"

"差不多，"山姆说，"咱们自己得多加小心，要么不知哪夜就得感觉到有讨厌的手指掐住脖子啦——如果还有机会醒过来感觉得到的话。我正打算这样：今晚没必要打扰神行客或其他人，我来警戒。明天我再睡，反正，你或许会说在船上我跟一件行李差不多。"

"我会，"弗罗多说，"或许我要说'一件长眼睛的行李'呢。你来警戒，但必须答应我，在天亮以前、长夜过半时把我叫醒，除非之前有事发生。"

在凌晨最寂静的时刻，弗罗多从沉沉黑梦中醒来，山姆正在摇他，悄声说："不好意思叫醒你，不过这是你吩咐的。啥事也没有，或者说没啥要紧的。我觉得刚才听到了很小的溅水声和抽鼻子的声音，不过夜里在河边这种怪声倒是常有。"

他躺了下来，弗罗多坐起身，裹在毯子里，抵抗着睡意。时间过得很慢，一分钟一分钟、一小时一小时地过去，什么也没有发生。正当弗罗多要屈从于躺倒的诱惑时,一个几乎看不出来的黑影泚水靠近了泊着的一条船,依稀可见一只发白的长手倏地伸出来抓住了船舷,两盏灯似的淡眼珠冷冷地闪着光亮,往船里窥探,然后又举目望向了小洲上的弗罗多。此时,它的距离不过一两码,弗罗多听到了它在轻轻地咝咝吸气。他把刺叮剑从鞘中拔出,站起来直面那双眼睛。眼睛的亮光立即熄灭了,随着一声轻咝,那个木头似的黑影哗啦一响钻进了水流,潜入了夜色之中。阿拉贡从梦中惊醒,翻身坐起来。

"那是什么?"他一个弹跳奔向弗罗多,低声问,"我在梦里感觉有动静。你为何拔剑?"

"是咕噜,"弗罗多答道,"至少我猜是他。"

"啊!"阿拉贡说,"这么说你知道我们这位跟踪小贼了,是吧?他跟踪我们一路穿过墨瑞亚,又南下到宁姆洛德尔河。自从我们走水路,他便趴在一根浮木上手脚划水在后面跟着。夜里有一两次我试着捉他,可他比狐狸还狡猾,比鱼还滑溜。我曾盼着行船让他吃不消,但他的水性实在太好。

"明天我们应该加快。现在你躺下吧,今夜接下来让我担任警戒。真希望能亲手抓住那无赖,我们也许用得上他。要是抓不住,我们就必须把他甩掉。他太危险了。靠他自己夜间行刺还差得太远,但他会把我们路上附近的敌人给引过来。"

一夜过去,咕噜的影子没有再出现。此后,远征队一直戒备甚严,但航行中再也没见到咕噜。如果他仍然跟着,那么他真是非常狡诈,小心谨慎。照阿拉贡的吩咐,大家现在长时间地划桨,两岸飞快地退后。不过,他们很少看得到两岸的土地,因为主要在夜里和傍晚赶路,白天休息,尽量借地形藏身。就这样连日无事,直到第七天。

天灰蒙蒙、阴沉沉的,刮着东风,但是,随着黄昏转入夜晚,西边天际开始放晴,从灰色的云岸下面倾泻而出束束微光,黄的,淡青的;还能望见一弯新月的白色边缘在远处的云池之中发着亮光。山姆望着月儿,蹙起了眉头。

次日,两岸的地形突变,河岸抬高,石头增多,很快,他们便穿行在一片嶙峋的丘陵地带中,两岸陡峭的边坡掩没在浓密的荆棘与黑刺李丛里,与悬钩子和藤蔓纠缠在一起。陡岸后是低矮崩裂的悬崖,还有石柱,灰色的岩石饱经风雨剥蚀,被常青藤遮得黑黢黢的;悬崖与石柱以外,又是高高隆起的山岭,山顶上生长着杉树,被风吹得弯拧扭曲。他们越来越靠近埃敏穆伊的灰色丘陵地带了,大荒野的南部边缘。

悬崖与石柱周围有许多飞鸟,终日在高空中成群盘旋,被暗淡的天色映得乌黑。当天,大家在营地躺下以后,阿拉贡怀疑地观察着飞鸟,不知道是不是咕噜捣了鬼,是不是他们航行的消息已经在荒野里传递了。后来太阳正待西沉、远征队起身预备上路的时候,他突然注意到正在暗下来的天色中有一个黑点:一只大鸟,又高又远,正在盘旋,又慢慢地朝南飞去。

"那是什么,莱戈拉斯?"他指着东边的天际问道,"是不是如我想的,一只鹰呢?"

"对,"莱戈拉斯说,"一只鹰,还是一只猎鹰。不知这是什么预兆。离群山太远了。"

"天完全黑下来之前,我们不要动身。"阿拉贡说。

旅程的第八日来到了。这一天安静无风,阴郁的东风早已停息,单薄的弯月早早地沉入落日暗淡的余晖,但头顶上的天空是晴的,尽管遥远的南天边有绵延的大堆云彩,仍在微微发光,西天的星星却灿烂闪亮。

"来吧！"阿拉贡说，"我们再冒险夜行一段。要进入的这段流域我不太熟悉，因为这片地区我之前从未走过水路，也没走过从此处到萨恩盖比尔的激流这一段。但是，如果我估计得不错，到达激流还得很多哩。而且，我们到达之前的危险区域也不少：河里有很多礁石，还有石头浅滩。我们必须盯严盯紧，划桨不能图快。"

领航船里的山姆被赋予了瞭望之职。他面朝前方，凝视着一片黑暗。夜色渐深，但上空的星星却明亮得出奇，大河河面上闪着亮光。已近午夜，他们已经顺水漂流了好一会儿，几乎没怎么划桨，此刻山姆突然大喊一声。有黑色的影子从水中拔起，矗立在前方仅几码处，他还听到了急流打漩的声音。一道湍流左转流向东岸，水道清晰可见。旅人们被冲到一边的时候可以看到，在极近处，大河的白浪击打着尖尖的岩石，这些岩石赫然从水里高高刺出，好像齿状的山脊。所有的船被冲得挤在一起。

"嚯，阿拉贡，小心！"波洛米尔的船撞上了领航船，他大喊道，"太疯狂啦！我们不能在夜里挑战激流！可是，没有船能活着通过萨恩盖比尔，不管白天还是夜晚。"

"退后，退后！"阿拉贡也在喊，"转舵，能转快转！"他将船桨插入水中，努力稳住船身，让它掉头。

"我估算失误了，"他对弗罗多说，"没想到我们走了这么远，安度因水流得比我以为的还要急。萨恩盖比尔肯定已在眼前了。"

他们费了好大的劲才控住小船，慢慢地掉了头；但在最开始，他们面对急流的冲击只能挪开一点点，总是被推向东岸，越来越近，河岸在夜色中赫然耸现，黑黢黢的，大为不祥。

"大伙一起划！"波洛米尔大喊，"划呀！不划就搁浅啦。"他的话音未落，弗罗多便感觉到船底龙骨撞上了石头。

正在此时,响起了呛啷啷拨动弓弦的声音,好些箭矢呼啸着擦着他们的头顶飞来,有几支落在他们中间,还有一支射在弗罗多肩胛之间,他大叫一声,往前一晃,桨也脱了手:但那支箭掉落了,被他隐藏的铠甲弹开了。另一支射穿了阿拉贡的风帽,还有一支牢牢扎进了第二艘船的舷边,差点射中梅里的手。山姆感觉能够看到东岸下的砾石长滩上有黑影子在跑来跑去,似乎靠近了。

"Yrch!"莱戈拉斯说,自己的语言都冒出来了。

"奥克!"吉姆利说。

"咕噜干的好事,准没跑儿,"山姆对弗罗多说,"还选了个好地方。看来大河下手了,要把咱们送到它们的怀里!"

他们都倾身向前,拼命划桨,连山姆都搭了一把手。每一刻,他们都以为要被黑羽箭咬到,因为许多支箭从头顶嗖嗖飞过,或者跌进附近的水中,但没有再射中他们。夜色虽黑,但也没黑到奥克的夜视眼都看不清的地步,而且星光照耀下他们也一定会有踪迹落在狡猾的敌人眼里;幸亏罗里恩的灰斗篷与精灵造船的灰木抵御了魔多射手的恶意。

一下,又一下,他们努力划着桨。黑暗之中,自己是否真的移动了半分,他们也难以确定;但是,河水漩涡的声音渐渐地变小了,而东岸的影子也重新融进了夜色。终于,他们可以判断出自己已经重回中流,并且将小船往上流划了一段,驶离了那些高突的岩石。随后,他们半转过身,用尽力气把小船往西岸撑去,到了悬遮河面的灌木丛的荫蔽之下以后,他们才停下来喘气。

莱戈拉斯放下船桨便拿起了从罗里恩带来的弓,一个纵身跳上了河滩,往上爬了几步,到了岸上。他张弓搭箭,转过身回望大河,注视远处的黑暗。对岸有刺耳的尖叫声,但什么也看不见。

弗罗多抬头仰视上方的精灵,他岿然挺立,凝望着黑夜,正在寻找瞄准的目标。黑暗中,他的头部仿佛戴上了璀璨的星冠,白色的星星在身后黑池般的天空里灿烂光明。可是,此刻从南边涌起大量的乌云,滚滚而来,步步逼近,发兵黑卫,侵入繁星闪烁的天空。一阵恐惧猛然降临到远征队的头上。

"埃尔贝瑞丝,吉尔松尼尔!"莱戈拉斯抬起头,低声呼唤。呼声未完,一个似云却非云的黑影自阴沉的南天飞出,远比云朵移动得迅捷,加速朝远征队扑来,所经之处,光亮尽被遮蔽。很快,它化成一个有翼怪兽的样子,比夜的深渊还黑,河对岸腾起尖厉的叫喊,迎接它的到来。弗罗多感到一股凉意蓦地流遍全身,攫住了他的心脏;肩头一阵死一般的寒冷,仿佛旧伤的回忆重生。他蜷起身体蹲下去,似乎要躲起来。

罗里恩的巨弓铮然出声,自精灵弦上尖啸着射出一支箭。弗罗多抬头看时,头顶上那个有翼的影子斜栽了一下,发出刺耳的粗嘎号叫,从空中跌落,消失在东岸的昏茫之中。天空恢复了澄净,远处一阵骚动,纷乱有声,在黑暗中诅咒、号啕,然后归于寂静。那夜,从东边再也没有飞来箭镞或喊叫。

片刻之后,阿拉贡领航,众船溯流而上,沿着水边走了不知多远以后,发现了一处小小的浅湾。近水的地方生长着几株矮树,树后耸立着陡峭的石岸。远征队决定在此停留,等待黎明:夜间再往前赶路也是无用。他们没有搭帐,也没有生火,而是缩在船中,船紧紧地泊在一起。

"赞美加拉德瑞尔之弓箭,赞美莱戈拉斯之手眼!"吉姆利大口嚼着一块兰巴斯,说道,"黑暗中强有力的一射啊,我的朋友!"

"但谁说得出射中的是什么?"莱戈拉斯说。

"我说不出来,"吉姆利说,"但是黑影不再靠近,我很高兴,我一点都不喜欢它，太让我想起墨瑞亚的火光之影了——炎魔的影子。"最后一句他压低了声音。

"那不是炎魔，"弗罗多仍因刚才流贯全身的寒意而发着抖，"它可是冷得多。我觉得是——"说到这儿，他顿住了，不再吭声。

"你觉得是什么？"波洛米尔从他的船里探出身来，好像要觑看弗罗多的脸色似的，问得很急切。

"我觉得是——不，我不会说的，"弗罗多答道，"不论是什么，射落它打击了我们的敌人。"

"看来如此，"阿拉贡说，"但敌人在哪里，有多少，下一步做什么，我们全不知道。今夜大家都不能睡觉！现在黑夜将我们藏匿，但谁能说白天会展露什么？武器都放在手边！"

山姆坐着敲剑柄，好像在用手指计数，还举目望天。"真奇怪，"他嘟哝着，"这月亮还是夏尔、大荒野的那个月亮，或者应该是同一个月亮；可要么它运行轨迹出错了，要么我推算错了。您记得不，弗罗多先生，咱们在那棵树的高台上躺着的时候，正在月亏，我估摸着是满月后一周。而到昨晚咱们已经上路一周了，却蹦出来个新月，细得跟剪下来的指甲似的，就好像咱们从没在精灵地待过。

"哎，我确切记得那里度过的其中三夜，似乎还有别的夜晚，但我可以发誓，绝没有整整一个月。谁都会觉得时间在那里不算数了。"

"也许时间在那里恰是如此，"弗罗多说，"在那片土地上，我们可能身处在他方早已逝去的时间之内。我想，直到银脉河带我们回到流向大海的安度因大河之后，我们才重返流过凡人地界的时间之内。而且，我也不记得卡拉斯加拉松的月亮，不论新月残月；只记得夜里的星星，白天的太阳。"

莱戈拉斯在他的船内动了一下，说道："非也，时间从不停留，但也不是万物各方的变化与生长都一样。对于精灵而言,世界在运行,既非常迅速,又非常缓慢。迅速,是因为精灵自身变化甚少,而其他万物匆匆飞逝,令他们很感伤怀。缓慢,是因为精灵无须计算流年,不为自己计时。四季的流转不过是在长而又长的逝水中永恒复现的涟漪,可是在太阳之下,万物最后必然消逝,直到终了。"

"但在罗里恩消逝得很慢,"弗罗多说,"夫人施了仙力。在卡拉斯加拉松,时光多么的丰厚,然而又感觉短暂;那里,加拉德瑞尔支配着精灵戒指。"

"这话不可在罗里恩之外讲,哪怕对我讲也不行。"阿拉贡说,"再也不可!山姆,是这么回事儿:你在那个地方数丢了日子。在那里,时间从我们身边飞逝,就像对精灵一样。在外面的世界里,残月逝去,新月盈而复亏,而我们逗留在彼方。昨晚新月再现,冬天将要过去,时间继续前行,行到一个几乎没有希望的春天。"

这一夜安静地过去了,河对岸再也没有响起语声或叫声。旅人们缩在船内,感到了气候正在变迁。从南方和遥远的大海飘来的大团雨云之下,空气开始变暖,凝滞不动。大河流过湍滩石块的冲刷声越来越响,越来越近;他们头顶上方的细树枝开始滴下水滴。

天亮以后,他们周围的世界的气氛已经变得柔和忧郁。晨曦渐渐转为清光,弥散开来,却不留阴影。大河上有霭,还有白色的雾,包裹着河岸,也不能看到对岸。

"我受不了下雾,"山姆说,"但这个看来真是幸运的雾。也许现在我们能溜走,又不被那些遭殃的半兽人看见。"

"也许,"阿拉贡说,"但找到通路也难,除非等会儿雾气能升上去一点。如果打算穿过萨恩盖比尔到埃敏穆伊丘陵去,我们必须找到通路。"

"我不明白，为何我们要穿过湍流，或者还要顺着大河往前，"波洛米尔说，"如果埃敏穆伊丘陵就在前方，我们可以丢下这几艘轻舟，奔西奔南，到恩特泽河，再过河去我的家乡。"

"可以是可以，如果我们要去米那斯提力斯，"阿拉贡说，"但那个目标不是还未达成一致嘛。而且，那条路也许比表面上更加危险。恩特泽河谷平坦，泽洼多，那里的雾气对于负重步行的人有致命危险。不到迫不得已，我不会丢下小船的。走大河至少是不会迷路的。"

"可是敌人把持了河东岸啊，"波洛米尔反对道，"而且，即便你能穿过阿戈那斯双工石柱之门，平平安安地到达刺岩岛，之后你要怎样？从大瀑布跳下去，再落到沼泽地上？"

"不！"阿拉贡道，"不如说，我们背负小船，走古道到拉乌洛斯瀑布的脚下，再重新走水路。波洛米尔啊，难道你不知道伟大王者的时代所修建的北阶梯、阿蒙汉山顶的那把高椅，还是你有意忘记了？无论如何，我打算重登那个山巅，之后再决定下一步的去路。也许，到那儿我们能够看到一些预示，指引我们。"

波洛米尔坚决反对这个选择，争了很久；但是，当情况明显表明，弗罗多不论阿拉贡去哪儿都会跟随，他便让步了。"抛弃需要援手的朋友不是米那斯提力斯的人类所为，"他说，"只要你们能到刺岩岛，你们就会需要我的力量。不过，我可以去那座峰岛，但不会再往前走。到那里以后，我便掉转头，回家乡；倘若我施以的援手没能为自己赢得伙伴，我就独自上路。"

天光渐亮，雾气已升腾了些许。大家决定，阿拉贡与莱戈拉斯立即沿着河滩往前探路，其他人留在船中。阿拉贡希望能找到一条路，可以带上小船和行李，避开激流，到较为平缓的水域。

"也许，精灵船不会沉没，"他说，"但这不等于说我们能够活着穿过萨恩盖比尔。迄今还从未有人做到过。这片区域里没有刚铎的人类修建的道路,因为即使在盛时,刚铎的疆土也未扩展到大河上游、埃敏穆伊丘陵对岸;但是,河西岸有一处从水路转陆路的运输道,希望我能找得到。这条道路应该尚未荒废,因为过去常有轻舟自大荒野南下到欧斯吉利亚斯,几年前还有轻舟这么走;那会儿魔多的奥克开始增多。"

"我此生极少见到有船自北来,而且奥克在东岸逡巡,"波洛米尔说,"若你们往前走,即便能找到路,每走一哩,危险便会增多一分。"

"南去的路没有不隐藏着危险的,"阿拉贡回应道,"等我们一天。过了一天我们还没回来的话,你们应该明白,厄运已降临到我们的头上。到那时,你们必须选出新队长,尽力跟他走。"

怀着沉重的心情,弗罗多目送阿拉贡与莱戈拉斯攀上陡岸,消失在雾气之中;但他的担心后来证明是无根据的。只过了二三个小时,还不到中午,探路者的身影模模糊糊地出现了。

"一切顺利,"阿拉贡一边从岸边爬下来,一边说,"有一条小径,通向一处不错的码头,现在还能凑合用。离得也不太远:激流的发端在我们下游不过半哩路,流段有一哩多点。过了激流不远,河水重新变得清澈平稳,虽然流速快。我们最艰难的任务是把船只和行李都搬到古运输道去。那条道我们已经找到了,可是它在此处水边之后很远的地方,掩蔽在一道石墙之下,离岸边有一弗朗远,也许还要远一点。我们没有找到北上的码头的位置,如果它仍在,我们一定在昨夜便路过了。而且,可能我们辛辛苦苦往上游走很远还是会在大雾里把它错过。恐怕我们必须现在就离开大河,从此处出发,努力往运输道去。"

"这可不容易,哪怕我们每一个都是人类也难办到。"波洛米尔说。

"即便如此,我们仍会努力。"阿拉贡说。

"赞成,我们要去,"吉姆利说,"人类的腿在崎岖路上走得慢,矮人可是走不停，扛着两倍体重的东西也不在话下，波洛米尔少爷！"

任务的确艰辛，然而最终完成了。物品从船里取出，搬到了岸坡顶上，放到了平坦的地方。随后，船一只一只地从水里拖出来，拉了上去。谁也没想到，小船竟然那么轻；精灵地究竟长的什么树来造的这个船，木材结实却轻得出奇，连莱戈拉斯也不知道。梅里与皮平自己就能轻松地拖着船沿着平地走。不过，眼下必须经过的地方，需要队伍中的两位人类合力搬起船拖行：离大河较远处隆起了一道坡，一座浅色大块石灰岩的废石堆，野草与灌丛下掩盖着许多坑洞，有荆棘丛和陡峭的山谷，处处都是泥泞的沼坑，吸纳着远方内陆的梯田排出的涓涓细流。

波洛米尔与阿拉贡将小船一只一只地拖过去，其他人背着行李，跟在他们身后艰难地慢慢攀爬。最后，所有的东西都挪了过来放到了运输道上。之后，他们全部一起往前移动，再没什么障碍了，除了匍匐的荆棘丛和许多落石。雾气在崩裂的石墙上蒙上了一层面纱，而在他们的左侧，薄霭裹住了大河：可以听到河水冲刷在萨恩盖比尔突出的石阶和齿峰上，喷涌着泡沫，但却看不见。这条路他们一共走了两回，把所有的东西都安全带到了南码头。

这条掉头通向水边的运输道，轻缓地向下延伸到一个小池塘的浅滩。小池塘像是在大河边挖出来的，却非人力所为，更像是从萨恩盖比尔漩流而下，河水冲击突进大河的岩石的基部而形成的。池塘旁边的河岸陡然而起，是一面灰色的悬崖，再也没有步行者往前走的路径了。

短暂的下午已经过去，阴暗多云的黄昏正在迫近。他们坐在水边，听着掩藏在雾气里的激流发出迷乱的冲击声与咆哮声，感到疲惫困倦，而内心如同这将尽的白昼一样阴郁。

"好啊，我们到这儿啦，一定要在这儿过一晚，"波洛米尔说，"我们得睡觉,即使阿拉贡有意要在夜间穿过阿戈那斯双王石柱之门,我们也都已经累坏了——除了我们这位强壮的矮人,不用说。"

吉姆利一声不吭,坐在那儿,脑袋一点一点的。

"现在大家尽量休息,"阿拉贡说,"明天必须重新在白天赶路。如果天气不会再次改变,不会把我们欺骗,那我们有很好的机会悄悄溜过去,逃脱东岸所有的眼目。不过,今晚必须两两一轮守夜:休息三个钟头,警戒一个钟头。"

当夜无事,只是在黎明前一个小时短暂地下了一点毛毛雨。天刚一大亮,他们便动身了,雾气开始变淡,他们尽量紧靠西侧,只见低崖阴暗的影子不断拔高,湍急的河水中崖壁影影绰绰地矗立着。上午过半,云层低垂,下起了大雨。他们扯起雨膜覆住船只,以免灌水,继续拖着船前行,眼前、周围都挡着灰蒙蒙不停落下的雨幕,几乎什么也看不见。

不过,大雨并没有下多久。压在头顶的天空慢慢变轻,然后突然雨霁云开,残云拖着尾痕沿着大河北上飘去。雾霭散尽,旅人的面前是一条宽宽的沟壑,高高的岩壁上,零星几株扭曲的树木紧紧扎根在层阶之上与缝隙之中。河水越流越快,河道越收越窄;他们一路疾行,不指望能够停下来或者转弯,也不管前面会遇见什么。头顶上是一道灰蓝的天空,围在身旁的是阴影沉沉的大河,迎面是埃敏穆伊丘陵黑色的群岭,遮住了太阳,也看不到任何出口。

弗罗多向前打望,看到远处有两座巨石越来越近:好似两座尖峰或者石柱,矗立在河流两边,高大陡峭,凶险不祥。巨石之间现出一道窄壑,大河推着小船朝窄壑漂去。

"看,阿戈那斯,双王之柱!"阿拉贡喊道,"我们很快就要通过啦。所有的船保持一列,尽量拉开间距!稳在中流上!"

弗罗多朝石柱漂去时,它们如巨塔般拔地而起,扑面而来,如同巨人,庞大的灰色身影沉默却充满威胁。随后他看清了石柱原来雕刻过,塑形过:古代的技艺与力量将它们塑造,尽管在遗忘的年月间曝日栉雨,却仍然保持着当年劈凿出的形貌神采。在深入水底的巨大的基座上,屹立着两位石雕的伟大王者:虽然眼睛已经模糊,眉毛已经坼裂,却仍蹙眉凝视北方。他们举着左手,掌心朝外,做出警告的姿势;右手中都握着斧子,顶上都戴着风化残损的头盔与王冠。王国虽然消逝已久,但他们一直默默守卫,威力仍在,尊贵不减。敬畏之情慑住了弗罗多,船儿靠近的时候,他紧闭双眼,不敢仰视。连波洛米尔也垂下了头,当时小船正急旋而过,在努门诺尔卫士的永恒阴影之下,脆弱飘忽,仿佛树叶一般。就这样,他们进入了大门后的山隙之内。

在他们两侧,恐怖的悬崖陡然而立,高不可测,高远处是灰暗的天空。黑水咆哮,回声激荡,风在水面上啸叫。弗罗多抱着膝盖缩成一团,听到山姆在前面哼哼唧唧地小声说:"啥地方啊! 多吓人的地方啊! 只要能让我离开这艘船,我绝不会再踩进一个小水洼,更别说一条河啦!"

"不要怕!"他身后响起一个陌生的声音。弗罗多转头看到了神行客,然而却又不是神行客,因为那位饱经风霜的游侠已经不在,船尾端坐着的乃是阿拉松之子阿拉贡,傲然挺拔,熟练地操桨控船,风帽甩在脑后,乌发在风中飞扬,眼中有光:流放的王正在返回自己的领地。

"不要怕!"他说,"很久以来,我都渴望瞻仰先祖伊希尔杜与阿纳瑞安的尊像,在他们的身影下,我埃莱萨,伊希尔杜之子维兰迪尔家族一脉,阿拉松之子精灵宝石,埃兰迪尔之继承人,无所畏惧!"

此话说完,他眼中的光暗了下去,自言自语道:"要是那甘道夫在这里该多好啊! 我的心多么渴望米那斯阿诺尔,多么渴望我故国的城墙！可现在我该何去何从？"

山隙又长又黑，充塞着风声，冲击的水声，还有石上的回声。它略微向西弯折，所以起先前路一片黑暗；但不久弗罗多便看到了面前有一道高高的光隙，而且越来越宽，迅速靠近，小船猛地一掠而过，驶出了山隙，驶进了一片光明之中。

早已过了正午，太阳西斜，闪耀在风中。禁锢在山隙里的水涌出来，铺展成一个长椭圆形的湖，苍茫的能希斯艾尔湖，由灰色的陡峭群山围护着，山坡上长满了树木，但山顶光秃秃的，在太阳下闪着冷冷的光芒。对面南端屹立着三座山峰，正中央的那座要靠前一点，与另两座分离，是水中的一座岛峰，流淌的大河绕着它猛然分叉，暗淡的河水粼粼闪光。从遥远的深处乘风传来阵阵咆哮，好像远处滚动的雷声。

"看，托尔布兰迪尔！"阿拉贡说，指向南边的高峰，"左边屹立的是阿蒙肖，右边屹立的是阿蒙汉，即倾听之山与观望之山。在伟大王者的时代，山上设有高椅，并派驻了警卫。但是，据说无论是人类还是兽类，都从未有能够踏上托尔布兰迪尔的。夜幕降临之前，我们应该能够到达。我听到了拉乌洛斯瀑布的无尽呼唤。"

此时，远征队稍作休息，顺着流过湖心的水流向南漂流。用餐以后，复又拿起船桨，划船赶路。西边的山岭坠入阴影中，太阳变得又圆又红。朦胧的星星这儿一颗、那儿一颗地显现，三座山峰赫然耸立在他们的面前，在暮色中渐渐变暗。拉乌洛斯瀑布发出巨响。旅人们最终来到山影之下时，夜幕已笼罩在流水之上。

旅途的第十日便这样结束了。大荒野已甩在身后，究竟向西，还是往东，他们必须做出抉择，否则无法再往前行进一步。征途的最后阶段摆在了他们面前。

第十章
分道扬镳
THE BREAKING OF THE FELLOWSHIP

———————— 这两股力量在他心中交战,他一度完全僵持在二者锐利的芒刺之间,挣扎扭动,饱受折磨。猛然间,他重新意识到了自己的存在,弗罗多的存在,既不是那个声音,也不是那只眼睛:按自己的意愿进行选择,并且还有最后的一刹那来实现。

阿拉贡带领大家走大河的右岔流，在河流西岸，托尔布兰迪尔的阴影下有一片绿色的草地，自阿蒙汉山脚下一直延伸到水边。过了草地，便是阿蒙汉最外的一道缓坡，坡上遍生树木，树林依着弯曲的湖岸向西伸展。一条小溪自坡上跳跃着流下，哺育着青草。

"今晚我们在这儿休息，"阿拉贡说，"这就是帕斯加兰草地：旧时夏日的仙境。但愿此地尚未有妖邪踏足。"

他们把船靠在绿草岸边，就近安营。有人担任警戒，但没有敌人的声息影踪。要是咕噜想方设法，跟踪在后，那么他一直没有被发现，也没弄出动静。虽然如此，随着夜越来越深，阿拉贡开始不安，在半睡半醒之间辗转反侧。凌晨时分，他起身来找正轮值警戒的弗罗多。

"你怎么醒了？"弗罗多问道，"还没轮到你呢。"

"我不知道，"阿拉贡答道，"但是我在睡梦中感到有一道阴影正在扩大，有威胁正在加重。你最好把剑拔出来。"

"怎么？"弗罗多说，"敌人靠近了？"

"我们瞧瞧刺叮剑会显示什么。"阿拉贡说。

于是，弗罗多从剑鞘中拨出了精灵所造的宝剑，剑刃在夜色中闪着微光，令他担心："奥克来了！不是那么近，可也已经太近了，看起来。"

"我有同样的担心，"阿拉贡说，"但也许他们不在这边河岸。刺叮剑的光很微弱，也许指向的只是逡巡在阿蒙肖山坡上的魔多探子。

我也从未听说过有奥克上过阿蒙汉。可谁又说得清如今恶世会发生什么,连米那斯提力斯也保全不了安度因大河的通道了。明天我们务必小心。"

白昼来得灿如烟火。东边天际低处有条条黑云,好像大火燃烧的烟雾;升起的太阳从底下把黑云点燃,迸出浑浊的红焰,但很快便攀到了云层之上,天空一片澄净。托尔布兰迪尔的峰顶覆上了一层金色,弗罗多朝东张望,凝视着高高的岛峰。山峰侧壁从流水中陡然拔起,高崖之上还有陡坡,坡上攀援着树木,一棵高过另一棵的树顶;树木之上又是灰色的岩面,高不可及,顶着巨大的尖尖石峰。有许多鸟在绕顶盘旋,但看不到别的活物的踪迹。

用罢早餐,阿拉贡将队伍召集到一起:"这一天终于来了,我们迟迟拖延,终将做出选择。我们远征队并肩走了那么远的路,现在将何去何从呢?跟波洛米尔向西,去参加刚铎之战?还是朝东奔向恐怖与魔影?还是应该分道扬镳,每人各随心意,各奔东西?不论如何,我们都必须立刻行动,因为不能在此长久耽搁。大家知道,敌人就在东岸;可我担心奥克也许已经到了河水的这一边。"

一片长久的沉默,没人开口,也没人动弹。

"好吧,弗罗多,"阿拉贡终于开了口,"恐怕这个担子在你肩上。你是会议指定的持戒人。你自己便可决定自己要走的路。这件事上,我不能给你建议。我不是甘道夫,虽然我拼力承担他的职责,但对于这一刻他有什么计划或期待——如果他确实有的话——我并不知道。即便此刻他在场,也很有可能仍然等待你做出抉择。你命定如此。"

弗罗多并没有立刻作答,迟了一下才缓缓开口:"我明白需要抓紧,可我还无法做出选择。这个担子太重了。再给我一个钟头吧,我会告诉大家的。请让我独自待着!"

阿拉贡带着善意的怜悯，看着他说："很好，德罗格之子弗罗多，你有一个钟头的时间，而且由你独处。我们在这儿待一阵子。但不要走远了，或者喊不到。"

弗罗多垂着头坐了一会儿。山姆一直极其关心地望着他家少爷，摇着脑袋嘟囔道："光头上的虱子明摆着嘛，可眼下山姆·甘姆吉插嘴绝不行。"

此时，弗罗多站起身走开，山姆看到其他人都注意控制自己不去盯着他，唯有波洛米尔的眼光急切地追随弗罗多，直到他的身影消失在阿蒙汉脚下的树林中。

起先，弗罗多漫无目的地在林中游荡，后来发现自己无意中爬上了山坡，来到了一条小径，蜿蜒曲折，是一条古道的残迹。陡峭处原本凿有石阶，但现在已经磨损破碎，被树根挤出裂缝。他爬了一阵子，并不在意去向，后来到了一片长草的地方，周围生长着花楸树，中央有一块宽平的石头。高处的这片小小草地朝东没有遮蔽，现在洒满了清早的阳光。弗罗多停下脚步，探头俯瞰遥在下方的大河，还有托尔布兰迪尔，以及盘旋在这个无人踏足的岛屿及他自己之间的巨壑中的飞鸟。拉乌洛斯瀑布轰然咆吼，夹着深沉的脉动隆隆。

他在那块石头上坐下来，手捧下巴，朝东凝望，但是无心去看。比尔博离开夏尔后发生的一幕幕在他的脑中闪过，还有甘道夫说过的话，但凡他能记起来的，他都回忆着、揣摩着。时间正在流逝，可他原地不动，仍不能决定。

忽然间，他从深思中惊醒：有一种奇怪的感觉，好像自己身后有什么东西，有一双不怀好意的眼睛正在盯着他。他跳起来，转过身，但让他吃惊的是，身后只是波洛米尔，脸上堆着和善的笑容。

"我为你担心，弗罗多，"他近前说道，"如果阿拉贡说得对，奥克就在近处，那我们谁也不该独自乱走，最不该独自一人的就是你，毕竟你担着那么大的干系。我心情沉重，既然已经找到你了，我可不可以待一会儿，跟你聊聊？聊聊会让我心里舒服一些。人一多，说的话就变成没完没了的争论了。可是两个人一起也许能找到些智慧。"

"你真好心，"弗罗多说，"可是，我觉得聊什么都帮不到我，因为我清楚自己应该做什么，只是我害怕去做。波洛米尔，我害怕。"

波洛米尔一言不发地站着，拉乌洛斯瀑布无穷无尽地轰鸣着，风在树林的枝杈之间低声呢喃。弗罗多在发抖。

突然，波洛米尔走过来坐在弗罗多的身边，说："你确定不是在受不必要的折磨吗？我真希望能帮得上你。抉择艰难，你需要参考别人的意见。愿意听听我的意见吗？"

"你打算给的意见，我已经猜到了，波洛米尔，"弗罗多说，"如果不是我的心发出警告，你的意见也是明智的。"

"警告？警告什么？"波洛米尔尖刻地问。

"警告我不要再拖延了，不要走貌似轻松的路，不要抗拒放在我肩头的担子，不要——唉，恕我不得不说出来——不要相信人类的力量，人类的真实面貌。"

"可正是人类的力量长期以来遥遥保护着小小国度里的你们，尽管你们并不知道。"

"我并不怀疑你们的英勇。但是世界正在改变，米那斯提力斯的城墙也许很坚固，可还不够坚固。如果城墙守不住了，将会怎样？"

"我们将英勇作战，倒在战场上。而且城墙仍有希望守住。"

"只要魔戒在，就没有希望。"

"啊！魔戒！"波洛米尔说，眼睛亮了，"魔戒！为了这么个小东西，我们竟然遭受这样的恐惧和疑虑，难道不是奇怪的宿命拨弄吗？就为了这么个小东西！我仅仅在埃尔隆德之家见过那么一下。

能不能再给我看一眼呢？"

弗罗多抬起头，心一下子变凉了。他看到波洛米尔眼中闪着怪异的光芒，可脸上还挂着友善的表情。"最好还是让它藏着。"他答道。

"随你，我不在乎，"波洛米尔说，"可是我连谈一谈也不行吗？你似乎一直只看得到它在敌人手中的力量，只看得到它能作恶，而看不到它也能为善。你刚才说，世界正在改变，只要魔戒在，米那斯提力斯就会倒下；可为什么会这样呢？因为如果魔戒落在敌人手里，自然会如此。可是为什么非得这样呢？如果魔戒留在我们手里会怎样？"

"难道你没有参加会议吗？"弗罗多回应道，"因为我们不能使用它，而且用它做的一切都会转而为恶。"

波洛米尔站起身，不耐烦地转着圈，喊了起来："你就继续这一套吧，甘道夫也好，埃尔隆德也好——那些家伙就是教给你这么说的。从他们自己的角度，他们也许说得对；那些精灵、半精灵、巫师会下场悲惨的。我时常疑心，他们是不是真的有智慧，还是只有怯懦罢了。但是，每一个都偏向自己那一族。心灵真诚的人类，不会腐化；米那斯提力斯的我们，从来都忠实坚定，历经多年考验。我们不贪图巫王的权力，只求自保的力量、正义事业的力量。看哪！机会应需而来，力量魔戒现世。要我说，它是一件礼物，一件赠给魔多之敌的礼物。不用它——不用敌人的力量克敌——就是愚蠢。胜利单凭大无畏、下手狠便能取得。此时此刻，一个战士、一个好领袖有什么不能做的？阿拉贡有什么不能做的？若是他拒绝，波洛米尔为什么不行？魔戒能够给我统领的力量。我将驱赶魔多宿主，举起大旗，一呼百应！"

波洛米尔大步来回走着，一句比一句声音大。似乎他已忘记了弗罗多的存在，滔滔不绝地讲着城墙、利器、集结的人群，描绘着联盟大军的蓝图，未来的光辉胜利；他要推倒魔多，自己称王，强大仁慈又贤明。突然，他停下来，挥舞着手臂，嚷嚷道：

"可他们告诉我们把它扔掉！我还没说'毁掉'。若是这么做从理性上看有一丝希望，倒也罢了；可是没有。给我们的唯一提议，居然是让一个半身人盲目地闯入魔多，把重夺魔戒为己所用的机会给大敌送上门。愚蠢！"

"你肯定也看出来了吧，我的朋友？"他又猛然转身对弗罗多说，"你说你害怕。这样，最有胆量的人应该原谅你。不过，真的不是你的理智在反对吗？"

"不是理智，是害怕，"弗罗多说，"单纯的害怕。不过，我很高兴听你讲得这么充分。我的头脑现在清楚一些了。"

"那么你要去米那斯提力斯啦？"波洛米尔喊着，眼睛发亮，脸上满是急切。

"你误会我了。"弗罗多说。

"可是你会去的，至少待一段时间，对不对？"波洛米尔坚持，"我的城离这里不远，从那儿去魔多比从这儿去也远不了多少。我们在荒野上待了这么久，你在行动之前，需要大敌活动的消息。跟我走吧，弗罗多，即便你非去险地不可，之前也需要休息。"他把手搭在弗罗多的肩膀上，姿态友好；但是弗罗多感到他的手在颤抖，强压着一股兴奋。他迅速走开，警惕地盯着眼前的高大人类：几乎比自己高一倍，力量更是强出数倍。

"你怎么这么不友好呢？"波洛米尔说，"我一片真心，不是做贼的，也不是跟踪的。我需要你的魔戒：现在你心里也有数。但是我向你保证，我不贪图持有。你难道不愿意至少让我试试我的计划吗？把魔戒借给我吧！"

"不！不行！"弗罗多大声说，"议会让我负责承担。"

"就是因为我们自己的愚蠢，敌人要打败我们啦，"波洛米尔嚷嚷，

"气死我了！蠢货！不开窍的蠢货！一厢情愿跑去送死，还要毁了我们的大事。如果凡人有资格掌管魔戒，那也得是努门诺尔的人类，而不是半身人。要不是什么倒霉的运道，它才不会是你的，说不定早归我了，也应该归我。拿来给我！"

弗罗多没有应声，而是移到了那块又宽又平的大石头后面。波洛米尔把声音放缓和了一点，说道："来嘛，来嘛，我的朋友！为什么不摆脱它？为什么不从疑虑恐惧中解脱出来？你尽管赖到我头上，只要你愿意。你可以说，我力气大，把它抢走了。半身人啊，比起你来，我的力气太强了。"他叫着，猛然跃过大石，朝弗罗多扑来，令人厌憎地变了脸，不再和蔼可亲，眼中喷着怒火。

弗罗多朝旁边一躲，再次让大石挡在身前。他能做的只剩下一件事：颤抖着扯出系在链子上的魔戒，就在波洛米尔再次朝他扑过来的那一霎，飞快地套在自己的手指上。这个人类喘着粗气，惊讶地瞪大眼睛盯了一会儿，然后发疯地在周围乱跑，在石头和树丛间四处寻找。

"卑鄙耍诈的小人！"他喊叫道，"看我把你抓住！我现在看明白你的心思了：你要把魔戒献给索隆，把我们全卖了。你只是一直在等待机会，好把我们推进火坑。我诅咒你，诅咒所有的半身人，去死吧！沉到黑暗中去吧！"说完，他的脚绊到了一块石头，脸朝下摔倒在地。有那么一刻，他趴着一动不动，似乎中了自己的诅咒；之后突然抽泣起来。

"我都说了些什么话呀？"他坐起身，手捂着眼睛，猛地抹掉眼泪，哭喊着，"我都做了些什么呀？弗罗多！弗罗多！"他叫道，"快回来！一股疯劲刚才制住了我，但已经过去了。回来吧！"

什么回答也没有。弗罗多根本没有听到他的哭喊，他早已遁开甚远，正在通向山顶的小路上两眼一抹黑地跃行。他又恐慌，又伤心，心烦意乱,脑海里浮现着波洛米尔疯狂可怕的面孔,还有喷火的眼睛。

很快,他独自出现在阿蒙汉的顶峰,住了脚,上气不接下气。他的眼睛似乎穿过迷雾看到了一片宽阔而平坦的环场,铺着结实的石板,围绕着剥蚀的墙垛,正中央由四根雕花柱子托起的是一座高椅,椅下是许多级台阶。他拾级而上,坐到古代的高椅上,感觉自己像一个迷路的孩童,费力爬上了群山之王的王座。

起先他几乎什么也看不见,好像身处迷雾世界,唯有阴影重重,因为戒指在手。随后,四处的迷雾散去,他能够看到许多景象,细小而清晰,好像就铺陈在眼睛底下的桌子上,却很遥远。也没有声响,只有鲜活的形象。世界似乎缩小了,陷入沉寂之中。他所坐的是阿蒙汉山的观望之椅,此山乃努门诺尔人的观望之眼。向东望去,有一片片没有标记的宽广土地、无名的平原、无人踏足的森林;向北望去,大河好似在下方伸展的丝带,迷雾山脉挺立着,又小又坚固,好像一排破损的牙齿;向西望去,是洛汗宽阔的牧场和艾森加德的尖塔欧尔桑克,像一根黑色的尖刺;向南望去,大河正在脚下蜿蜒,像一道汹涌的波涛,冲入拉乌洛斯瀑布,落进泛着水沫的深洞,水雾之上现出一道闪亮的彩虹。他还看到了埃希尔安度因大河,巨大的三角洲,无数盘旋的海鸟,好像阳光里的一团白烟,飞鸟下方是银光闪闪的绿色大海,波纹荡荡,无边无际。

但是,不管看向何方,处处都是战争的狼烟。迷雾山脉匍匐如蚁冢一般,奥克正从成千的洞穴里倾巢而出;幽暗森林的枝条下掩藏着精灵、人类、猛兽之间的争斗;贝奥恩人的大地上烈火熊熊,墨瑞亚笼罩着云雾,罗里恩边界上升起了硝烟。

骑兵践踏着洛汗的草地,群狼从艾森加德奔涌而出;一艘艘战船自哈拉德的港口驶向大海,人类自东方出动,望不到头:持剑的,持矛的,骑马挽弓的,乘战车的指挥官,还有满载补给的马车;黑暗魔君的全部力量都在行动。之后，他再次把目光投向南方，看到了米那斯提力斯。它是那么的遥远，那么的美丽：白墙围绕，群塔耸立，骄傲而庄严地坐落于山地之上，城垛间钢铁闪亮，角楼上旗帜鲜明。希望在他心中跃动起来。但是，还有一座堡垒与米那斯提力斯对峙，规模更大，也更坚固。他的目光不情不愿地被东方吸引，掠过欧斯吉利亚斯城中一座座废桥、米那斯魔古尔城中的一扇扇狞笑的大门、魔怪出没的群山，又落在了魔多的恐怖之谷高格洛斯，即便在阳光下，魔多也一片黑暗，硝烟之中闪着火焰。末日山在燃烧，升起一股浓烈的臭气。最终，他的目光凝住了：一墙之外又是一墙，城垛叠着城垛，黑压压的牢不可破；铜山钢门，塔楼高耸，坚不可摧。所见正是索隆的堡垒巴拉督尔。所有的希望都飞散了。

忽然，他感知到了那只眼睛。黑暗之塔中有一只不会入眠的眼睛。他明白，它已经意识到了自己的注视，塔中有一种强烈又急切的意志，正朝他扑过来；他感觉好像有一根手指伸出来，正在搜寻他，而且知道他的准确位置，很快就要把他摁住。它触到了阿蒙肖，开始打量托尔布兰迪尔——弗罗多从高椅上跳下，蜷起身体，用灰色的风帽把头盖住。

他听到自己在呐喊："千万不要，千万！"抑或喊的是："我真的过来了，过来找你？"他也分不清。紧接着，伴随着一道来自另一个力量点的光芒，一个新念头冒了出来："摘下来！把它摘下来！傻瓜，摘下来！把魔戒摘下来！"

这两股力量在他心中交战，他一度完全僵持在二者锐利的芒刺之间，挣扎扭动，饱受折磨。猛然间，他重新意识到了自己的存在，弗罗多的存在，既不是那个声音，也不是那只眼睛：按自己的意愿进行选择，并且还有最后的一刹那来实现。他把魔戒从手指上取了下来，跪在高椅之前，沐浴在明亮的阳光之中。一道黑色的阴影像一条手臂一样,从他的头顶掠过,忽视了阿蒙汉,向西摸去,消失不见了。接着,天空处处放晴,一片蔚蓝,所有的树上鸟儿放声歌唱。

弗罗多站起身,一股巨大的疲惫袭来,但是他的意志坚定,内心轻松。他大声对自己说:"现在,我要做必须做的事。至少有一点很明显:魔戒的邪恶力量已经影响到远征队了,必须拿走魔戒,离开大家,以免造成更大的恶果。我要独自上路。有的人我不能信任,能信任的人对我来说太过宝贵:可怜的老山姆,还有梅里和皮平,还有神行客:他的心渴望着米那斯提力斯,那里正需要他。如今波洛米尔已经倒向邪恶。我要独自上路。立刻就走。"

他沿着小路迅速下山,回到了波洛米尔找到他的那片草地,停下脚步,仔细倾听,感觉自己听到了下方河岸近旁的树林里传来的喊声与叫声。

"他们正在找我吧,"他说,"也不知道我离开了多久,应该有几个钟头了。"他踌躇了,喃喃道,"我能怎么办?我必须现在就走,要么永远也走不成。不会有第二次机会了。我不愿意离开大家,尤其不愿意像这样一句解释也没有。可是,他们肯定会理解的,山姆会理解的。我又能怎么办呢?"

他慢慢地把魔戒取出来,再次戴在手上,一下子便隐了身,闪下了山,比沙沙的风声更轻。

其他人在河边待了很久。起先,他们沉默了好一会儿,不安地四处踱步;但眼下围坐在一起,正在聊天。他们时不时努力把话题扯到别处:走过的长路、经历过的许多冒险;他们询问阿拉贡刚铎王国的事,问刚铎的古代历史,还有伟大工事的遗迹,现在还能在埃敏穆伊这片古怪的边境地上看得到:双王石像、阿蒙肖和阿蒙汉山上的高椅,还有拉乌洛斯瀑布边的巨大石阶。然而,他们的思绪和话语总会拐回到弗罗多和魔戒。弗罗多会做出什么选择呢？他在犹豫什么呢？

"我想，他正在考虑哪条路线最需要胆量吧，"阿拉贡说，"很有可能。现在队伍往东是条绝路，因为我们一直被咕噜跟踪，并且必须考虑我们征程的秘密已经暴露了。但是，米那斯提力斯距离烈焰之山与那个负担的毁灭同样遥远。

"我们可以在那里逗留一阵，勇敢抵抗；但是，德内梭尔领主和他的人也没有希望做到连埃尔隆德都说力不能及的事：一是保住那个负担的秘密，二是大敌来攻取时，抵挡住他的全力一击。我们当中无论是谁，假如处在弗罗多的位置上，会选择哪条路呢？我不知道。现在，我真的非常想念甘道夫。"

"我们的损失太惨重了，"莱戈拉斯说，"但我们必须在没有他协助的情况下拿定主意。为何不能由我们来决定，从而帮助弗罗多？我们把他叫回来，再投票！我投给米那斯提力斯。"

"我也是，"吉姆利说，"我们只是受指派在路途中帮助持戒人，不想往前了就不必再走，这是理所当然的；而且，我们当中谁也不受誓言或命令的约束，一定要到末日山。当初告别洛斯罗里恩，我是多么痛苦啊。不过我已经走了这么远，我要说：眼下我们到了最后抉择的关头，对我来说很清楚，我不能离开弗罗多。我想选择米那斯提力斯，但是如果他不选，我会跟他走。"

"我也会跟他走，"莱戈拉斯说，"现在道别就是背信弃义。"

"如果我们都离他而去，确实是背叛。"阿拉贡说，"不过，假如他要往东，我们不必都跟他走，我也不认为我们都该跟他走。那条路是绝境：对八个人如此，对三两个人如此，一个人独行也是一样。如果你们让我来选，我会指定三位同伴：山姆，不让他去他是不能忍受的；吉姆利，还有我自己。波洛米尔应该回到自己的城池，他的父亲和人民都需要他；剩下的人都应该跟他走，至少梅里阿道克和佩里格林应该跟去，要是莱戈拉斯不愿意离开我们的话。"

"这绝对不行！"梅里喊道，"我们不能离开弗罗多！皮平和我早就打算天涯海角都跟着他，现在也没改主意。只是之前我们还没有意识到这话的含义。让弗罗多去魔多既疯狂又残酷。我们为何不阻止他呢？"

"我们必须阻止他，"皮平说，"而且这也正是他担心的事儿，我确定。他清楚，我们不会同意他往东去，他也不愿意开口请任何人与他同去，可怜的老伙计。想想看：孤身前往魔多！"皮平打了个冷战，"可这位亲爱的傻霍比特啊，他该明白，自己不需要开口的。他该明白，要是我们拦不住他，就不会丢下他。"

"不好意思，"山姆说，"可是我觉得您完全不了解我家少爷。他并不是在犹豫选哪条路。我的意思是，对于他来说，米那斯提力斯又有什么好处？——求您原谅，波洛米尔少爷。"他补充了一句，转过头去，到了这一刻他们才发现，原来一直沉默地坐在圈外的波洛米尔不见了。

"他现在跑哪儿去啦？"山姆一脸担心地喊道，"我心里觉得，最近他有点儿怪。但不管咋样，这事和他没关系。他出发是要回家的，他总这么说；怪不着他。但是，弗罗多先生他明白，自己必须找到末日之隙，要尽全力。可他害怕。眼下到了这节骨眼儿，他只是单纯的害怕。这就是他的烦恼。当然，离家以后，他学到了东西——不妨说，我们都学到了——要么他早就吓得把魔戒扔进大河，撒腿逃了。他是太害怕了而动不了身，而且他也不担心我们，不管我们跟他还是不跟他走。他知道，我们打算跟他走，这是另一件让他烦恼的事。如果他给自己鼓劲儿要走，他也要自个儿走。记住我的话吧！等他回来我们就麻烦了，因为他肯定会给自己鼓足了劲儿，要不把他的名字巴金斯倒过来写。"

"我相信,你说的比我们都更有道理,山姆,"阿拉贡说,"如果你说的都应验了,我们该怎么办?"

"拦住他!不让他去!"皮平喊道。

"我怀疑办不到,"阿拉贡说,"他是持戒人,那个负担何去何从取决于他。我认为,我们没有资格驱使他选这条路或者那条路,即便努力也做不到。有其他的强大得多的力量在拉扯他。"

"唉,我倒是希望弗罗多'鼓了劲儿'回来,好让我们有个了结,"皮平说,"这种等待太煎熬了!真的,时间到了没有?"

"到了,"阿拉贡说,"一个钟头早已过去,上午的时光快要消磨殆尽,我们必须呼唤他了。"

恰在此时,波洛米尔重新现身了。他从树林中一言不发地朝他们走来,满脸沮丧。他顿了一下,好像在清点在场的人数,随后躲开大伙坐了下来,眼睛盯着地面。

"你去哪儿啦,波洛米尔?"阿拉贡问道,"你看到弗罗多没有?"

波洛米尔迟疑了一下,缓缓地回答道:"看见了,也没看见。是的,我在山上的一个地方找到了他,还跟他说了话。我催他去米那斯提力斯,别去东方。我生气了,他离开了。他消失了。我以前从未见过这样的事,虽然在传说中听到过。他一定是把戒指戴上了,我没有再找到他。我还以为,他回来找你们了。"

"你要说的就这些?"阿拉贡问,冷冷地看着波洛米尔,不太客气。

"就这些,"他答道,"没有别的话要说了。"

"坏了!"山姆跳着脚嚷嚷,"我不清楚这位人类都鼓捣了啥。弗罗多先生为啥得戴上那东西?不应该啊;要是他不得不戴,天知道出什么事了!"

"而且他不愿意戴着,"梅里说,"除非要躲开讨厌的来客,比尔博过去就是这样。"

"可他去哪儿了呢？他在哪儿？"皮平喊道，"到现在他已经离开很久了。"

"自你最后看到他有多久了，波洛米尔？"阿拉贡问。

"可能有半个钟头吧，"他回答道，"也许有一个钟头。我之后徘徊了一会儿。我不知道！我不知道！"他双手抱头，坐了下去，似乎被难过压弯了腰。

"他消失了一个钟头了！"山姆吼道，"我们必须立刻去找他。快来！"

"等一下！"阿拉贡喊，"我们必须两两分组，安排——哎呀，站住！等等！"

这话没有用。他们都不理会，山姆第一个冲了出去，梅里与皮平已经消失在西边，进入了岸边的树林，用霍比特人清亮高亢的嗓门喊着"弗罗多！弗罗多！"莱戈拉斯与吉姆利也跑了起来。似乎一阵突如其来的恐慌（或者说疯狂）降临到了远征队。

"我们这样都会散开，会迷路的，"阿拉贡闷声说，"波洛米尔！我不知道这场祸事里你干了什么，但现在要帮忙！跟上那两位年轻的霍比特人，至少要保护他们，哪怕你们找不到弗罗多。如果你发现了他或者他的任何踪迹，回到这个地点。我很快就回来。"

阿拉贡敏捷地纵身一跃，去追山姆了。他刚赶到花楸树丛间的那片小草坪便追上了山姆，山姆正在艰难地往山上爬，一边喘着粗气，一边大声喊着"弗罗多！"

"跟我一起，山姆！"他说，"我们谁也不应该落单。附近有危险，我感觉得到。我准备登顶，到阿蒙汉观望之椅，看看能望到什么。瞧！正如我心里猜的，弗罗多从这边走了。跟上我，眼睛瞪大点！"他飞快地攀上了小路。

山姆虽竭尽全力，仍不能跟上游侠神行客，很快便落在后面。他还没走多远，阿拉贡便消失在前方的视线里了。山姆停下脚，连连喘气，忽地把手往脑袋上一拍。

"呜哇，山姆·甘姆吉！"他大声说，"你的腿太短了，所以要动脑子！让我想想！波洛米尔没有撒谎，他不是那样的人；但他也没和盘托出。有什么东西把弗罗多先生吓坏了。让他猛然间都紧张到那份儿上了。末了他拿定主意——走。去哪儿？东边。不带山姆？是的，连他的山姆都不要了。太狠心了，残忍狠心。"

山姆用手抹着眼睛，擦掉泪水，说："坚强点，甘姆吉！好好想，尽力想！他既不能飞过河流，也不能跳过瀑布。他没有工具。所以他必须回到小船那里。回到船那里！回到船那里！山姆，快，像闪电那么快！"

山姆转身冲下小路，摔倒了，伤了膝盖。他爬起来继续跑，来到了河岸旁帕斯加兰草地边缘，小船都给拖出水搁浅在这里。一个人也没有。身后的树林里似乎传来吼叫，但他不予理会。他伫立了一会儿，像块木头似的一动不动，张着嘴，凝视着，一艘小船正在自己从岸上往下滑。山姆一声没出，飞快地穿过草地。船已入水。

"来啦，弗罗多先生！我来啦！"山姆叫着，从岸上扑下去，伸手去抓正在离开的小船。离船舷还差一码，他惊叫了一下，泼喇一声脸朝下落入深深的急流，咕嘟咕嘟地往下沉。大河合拢水面，盖住了他的卷毛头。

一声惊愕的喊叫从空空如也的小船上传来，一支船桨划了个圈，掉转了船头。弗罗多正赶上抓住山姆的头发，他浮了上来，挣扎着吐泡泡，圆圆的褐色眼睛里满是惊惧。

"快上来，山姆我的伙计！"弗罗多说，"抓住我的手！"

"救我，弗罗多先生！"山姆喘不过气来，"我给水淹了。我瞧不见您的手。"

"这儿呢。别握那么紧呀,伙计!我不会放手的。踩着水,别扑腾,要不船就让你弄翻啦。就这里,抓住船舷,让我划桨!"

弗罗多划了几下,将船只重新靠岸,山姆得以爬出水来,湿淋淋的像只落汤鸡。弗罗多摘下魔戒,走回到岸上。

"所有的糊涂蛋讨厌鬼里面,你是最糟的,山姆!"他说。

"噢,弗罗多先生,太狠心了!"山姆哆嗦着说,"太狠心了,您竟然要自己走,不带我。要不是让我猜中了,您现在会到哪儿了?"

"安全上路了。"

"安全!"山姆说,"一个人,没有我帮您?这我可受不了,对我来说跟死了一样。"

"你和我一起去,才是送死,山姆,"弗罗多说,"那我可受不了。"

"比不上给甩在后面更让人想死。"山姆说。

"可是我要去魔多啊。"

"我心里可明白呢,弗罗多先生。您当然要去。我跟您一起去。"

"哎,山姆,"弗罗多说,"不要拦着我!其他人随时都会回来,要是让他们在这儿逮着我,我就必须争辩解释,我就永远不会有胆量出发了,永远不会有机会了。但是我必须立即走。这是唯一的办法。"

"那还用说,"山姆说,"但不是您一个人。我也去,要么咱俩谁也别想去。我会先把每条船都凿出窟窿。"

弗罗多反而笑出了声,一股欣喜的暖流涌上心头。"留一条嘛!"他说,"我们还得用船呢。不过,你可不能就这么空着手走,没有工具、食物什么的。"

"那就等一下,我去取东西!"山姆急切地喊道,"全都齐备,我原先估摸着今天咱们出发呢。"他冲向营地,弗罗多之前把同伴在船中的物品倒空,山姆从物品堆里掏出自己的背囊,抓了一条备用毯子、几包额外的食物，又跑了回来。

"我的计划就这么全毁啦！"弗罗多说，"想摆脱你没门儿。但是我很开心，山姆，说不出有多么开心。快来！显然我们注定要一起去。我们走了，愿其他人找到一条安全的道路！神行客会照料他们的。说不定我们再也不能与大家相见。"

"可我们能再见的，弗罗多先生，会再见的。"山姆说。

就这样，弗罗多与山姆一起踏上了征途的最后一程。弗罗多划船离岸，大河载着他们顺着西边的支流迅疾而下，经过了托尔布兰迪尔的嶙峋峭壁。大瀑布的咆哮越来越近了。尽管有山姆竭力相助，驾船穿过小岛南端的湍流、去往东边的对岸也极其艰辛。

最终，他们再度登上了陆地，来到了阿蒙肖的南坡。他们在那儿找到了一片渐倾的坡岸，把船拖到高过水面的地方，藏到了一块巨石之后，尽量隐匿。然后，他们捐起重负出发了，去找寻一条道路，带他们翻越埃敏穆伊灰蒙蒙的山岭，再探入魔影之地。